셰프의 탄생

셰프의 탄생

요리계의 하버드, CIA에서 보낸 2년

마이클 룰먼 지음 | 정현선 옮김

푸른숲

일러두기

1. 본문에서 단행본은《 》로, 노래 제목, 잡지, 신문은〈 〉로 표시했다.
2. 인명과 지명을 비롯한 고유명사의 외국어 표기는 '국립국어원 외래어표기법'에 따라 표기하되, 이미 굳어진 인명 등 몇 가지 경우에 한해서는 관용을 따랐다.

들어가며

CIA의 웅장한 건물로 되돌아오니 나도 모르게 가슴이 철렁하는 느낌이 든다. 요리 작업으로 긴장감이 감도는 수십 개의 주방 겸 교실들, 백 명이 넘는 강사 셰프들의 음식에 대한 지식으로 달뜬 공기, 손에 만져질 듯한, 거대한 요리의 세계로 입장하는 학생들의 열정 속으로 다시 돌아왔다는 사실에 내 가슴은 또다시 흥분과 에너지로 가득 찬다.

요리 공부를 시작하려는 학생들에게 미국에서 음식과 서비스의 세계에 진입하기에 이보다 더 좋았던 때는 없었다고 말할 수 있어 기쁘다. 바야흐로 훌륭한 식재료를 쉽게 구할 수 있고, 음식에 대한 각종 주제가 신문 1면을 장식하며, 셰프들은 그들의 선배들이 상상도 하지 못했던 유명세를 누리는 시대다. 요리 공부를 처음 시작하는 학생들은 요리의 기본을 배워야 한다. 기본을 알게 되면 나머지, 아니 그 이상의 것이 따라온다. 그리고 기본을 제대로 익힐수록 요리사로서 성공할 가능성은 더 커진다. 이 짧은 시간 동안, 최대한 많은 질문을 던지고, 최대한 많은 요리 지식과 지혜를 흡수해야 한다.

요리 교육은 흥미진진한 여행이다. 한 사람을 완전히 바꿔놓는다. 시간을 바라보는 태도, 날씨에 대처하는 자세까지. 교육의 장이 레스토랑이든 학교든, 훌륭한 요리 교육은 학생이 세상에 반응하는 방식, 삶을 준비하는 방법, 스스로와 타인에 대한 기대, 어려움에 맞서는 태도를 탈바꿈시킬 것이다. 각 주방의 원칙과 독특한 정신은 그간 접했던 그 어떤 것과도 다르다. 최고의 주방에서 이러한 정신을 익히는 것은 가장 큰 영예이기도 하지만 이를 지켜나가는 것은 참으로 지난한 일이다.

요리 교육은 우리가 먹는 동식물에 관한 방대한 정보와 그것들이 열을 받아 일으키는 변화 같은, 끝도 없이 다양하며 아주 미묘한 차이를 지닌 지식을 제공하는 일이다. 또한 직접 손을 쓰고, 기술을 익히며, 그 같은 경험을 반복하게 하는 것이기도 하다. 기본을 지키되 수준급의 요리를 하기 위해서는 본질적으로 기술이 필요하며, 기술에는 끊임없는 연습이 필수다. 반복을 통해야만 점차 속도가 빨라지고 더욱 정밀해지기 때문이다.

또한 요리 교육이란 압박을 받는 방법, 또 스스로 자신에게 압박을 가하는 방법을 배우는 것이기도 하다. 굉장히 중요하지만 그에 대해 논하는 사람은 별로 없다. 인간은 스스로 생각하는 것보다 더 많이 할 수 있고, 더 잘할 수 있는 존재이다. 바로 그렇다는 사실을, 매일같이 닭을 해체하거나 햄 혹은 고명용 허브를 보존하고 말리면서, 또 커스터드 소스를 만들어 식히는 법을 배우면서 자연스럽게 받아들이게 된다. 결국 좋은 요리 교육은 더 많이 배우고, 더 열심히, 더 빠르게, 더 잘하기 위한 압박인 것이다.

이 책은 미국에서 가장 영향력 있는 요리학교의 교육에 대한 기록이자 그곳의 학생과 셰프 강사, 다양한 수업, 요리 실습, 그리고 음식에 대한 이야기이다. 우리네 여행길에서 일어날 수 있는 변신에 관한 이야기이기도 하다. 나는 작가다. 하지만 이 책을 쓰기 위해 요리사가 되었다. 이 일은 내가 그전까지, 혹은 그 이후로 했던 어떤 경험보다도 내 삶에 큰 영향을 끼쳤다.

내가 CIA에 들어간 1996년은, 운 좋게도 셰프라는 존재가 대단한 스타로 대접받는 세상이 활짝 만개한 시기였다. 푸드 네트워크 채널이 막 개국했고, 그해 여름 요리 쇼 〈에머릴 라이브〉가 첫 전파를 탔다. 각 지방에서 나는 농산물과 유기농으로 재배한 식재료에 대한 요구가 셰프들 사이에서 조용히 움트고 있었다. 식재료와 요리, 레스토랑에 쏠린 국민적인 관심을 아직까지 '음식 혁명'이라고 일컫던 시기였다. 그해 미국 내 157개 요리 학위 프로그램에 등록한 학생은 총 2만 9천 명이었다. CIA에 따르면, 지난해에는 무려 6만 2천 명이 넘는 학생들이 301개 요리 학위 프로그램에 등록했다고 한다. 현재 요리 기술 학사학위를 수여하는 학교는 총 56곳이다. 하지만 내가 학교에 들어갔을 때에는 학위를 수여하는 학교는 CIA와 존슨 앤드 웨일스, 이렇게 딱 두 곳뿐이었다(존슨 앤드 웨일스 대학의 다섯 개 캠퍼스에 등록한 학생 수는 그해 최고치를 경신했다).

10여 년이 지나는 사이, 정식 요리 교육을 받으려는 사람들 수가 두 배 가까이 늘었다. 신입생 중 직업을 바꾸려는 이들도 있다. 2005년 CIA를 다시 찾았을 때, 나는 40~50대 전직 은행가, 물리학자, 변호사 등 여러 전문직에 종사했던 몇몇 학생들을 만났다. 원래 하던 일에서 충족감을 얻지 못했거나 오랜 시간 요리사가 되겠다는 꿈을 간직했던 사람들이 마침내 결단을 내린 것이다. 그러나 현재 CIA 학생 평균 연령은 22~26세로 내가 다녔을 때보다 오히려 더 낮다. 즉, 엄청나게 늘어난 입학생 가운데 직업을 바꾸려는 사람이 비율은 아주 적은 셈이다.

입학생 수가 10여 년간 두 배가 된 이유 가운데 하나는 업계의 일자리가 늘었기 때문이다. CIA 설립 이래 60년간(CIA는 1946년, 제2차 세계대전에서 돌아온 퇴역 군인들에게 일자리를 제공하기 위해 뉴헤이븐에 설립되었다) 배출했던 요리사들이 대개 셰프가 된 것과 달리, 요즘의 학생들은 굳이 셰프가 되겠다는 꿈만으로 학교에 등록할 필요가 없다. 오늘날 레스토랑 업계는 매우 건실하며 계속해서 성장세를 보이고 있다(2007년 대비 210억 달러가 성장해, 총 5,580억 달러 규모이다). 그래서 셰프로, 또 레스토랑 운영자로 뛰어들려는 사람들은 일자리 걱정을 할 필요가 없다. 매체와 출판, 식품 생산, 비즈니스 및 제조업 분야에도 새로운 기회가 아주 많다.

또 다른 이유는 셰프라는 직업으로 얼마든지 명성을 얻을 수 있게 되었기 때문이다. 요리 수업을 받는다는 것이 멋진 일이 되어버린 것이다. 과거에는 자식이 요리를 하는 것이 부모에게 그다지 자랑스럽게 떠들어댈 일이 아니었다. 하지만 이제는 드러내놓고 자랑할 수 있게 되었다. 이렇게 셰프의 위상이 바뀌었지만, 여기에는 장점, 단점이 모두 있다.

셰프들은 TV 쇼에 출연한다. 셰프들은 유명하다. 셰프들은 책을 쓴다. 자기 이름을 붙인 제품도 만든다. 셰프들은 많은 사업체를 운영한다. 어떤 셰프들은 전 세계적 거물로 성장하기도 한다. 거물 셰프라는 것은 볼프강 퍽, 마리오 바탈리, 장 조르주 봉게리히텐을 비롯해 세계 각지에서 레스토랑을 운영하고, 각종 식품과 요리 제품을 판매하는 사람들이 등장하면서 생겨난 개념이다. 이들은 거물 셰프가 부와 명성을 쌓을 수 있다는 것을 증명해 보였다. 과거의 프로 요리사들은 꿈도 꿔보지 못한 일이었다. 이는 모든 셰프에게 반가운 일이다. 힘든 노력 끝에 크게 이름을 떨치고 사람들에게서 존경받는 셰프들이 있다는 것은 참 좋은 일이다. 또한 비교적 소수이긴 해도 그들이 이룬 놀라운 성공 덕에 요리사에 대한 사람들의 인식이 좋아졌다.

하지만 이 같은 선례가 미치는 부정적인 영향도 분명 존재한다. 장차 요리사가 되려는 사람들이 졸업과 동시에 젖과 꿀이 흐르는 땅이 열릴 것이라 믿게 될 수도 있기 때문이다. 그건 열성적인 고교 풋볼 혹은 농구 선수가 NFL이나 NBA에 들어가기만 하면 큰 성공을 이룰 수 있다고 생각하는 것과 다를 바 없다. 그러나 향후 5년간 요리학교에 등록하는 수백, 수천의 학생들 가운데 자신의 요리나 사업으로 부자가 되고 명성을 얻게 되는 사람은 아주 소수에 불과하리라는 것은 엄연한 현실이다.

최근 셰프들의 명성이 심어준 환상 때문에, 요리학교에 들어간 많은 사람들이 졸업 후 환멸감을 느끼고 실망하기 일쑤다. 남은 것이라고는 최저 생활비를 겨우 충당할 수 있는 일터의 과중한 업무와 학자금 대출의 멍에 뿐이다. 그러나 이는 그야말로 졸업을 한 뒤에나 겪을 일이며, 반드시 나쁘다고만 할 수도 없을 것이다.

기회가 늘고 있으므로, 학사학위 과정에서 공부하고 있거나 요리 코스를 밟고 있는 학생들은 졸업 후 선택의 폭이 넓다. 공부할 시간과 돈만 받쳐준다면, 좀 더 투자하는 것도 괜찮을 것이다.

몇 년간 내 책을 읽은 이들에게서 수많은 메일을 받았다. 많은 사람들이 내 책 덕에 요리학교에 가지 않기로 했다며 감사의 마음을 전했다. 그리고 그보다 훨씬 더 많은 사람들이 내 책 때문에 요리학교에 입학했다고 말했다.

내가 가장 흔히 듣는 것은 이런 질문이다. "요리학교에 갈 만한 가치가 있나요? 많은 빚을 지면서까지 레스토랑에서 일하는 방법을 공부해야 할까요?"

결정을 내릴 수 있는 사람은 오로지 당신이다. 상황에 따라 결정을 내리겠지만, 어느 쪽이든 분명 도움이 된다. 요리학교에 가면 돈은 들지만, 짧은 시간에 많은 지식과 정보를 얻을 수 있다. 레스토랑에 바로 취직한다면, 배우고 익히기까지 시간이 오래 걸리는 데다 학교에서처럼 폭넓은 정보를 주지는 않지만, 일하면서 돈을 벌 수 있다. 여러 유명하고 명망 높은 셰프들이 이런 방식으로 일을 하면서 훈련을 받았다. 후자를 선택하면 불확실하고 시간이 오래 걸린다. 전자를 선택하면 돈은 훨씬 더 많이 들겠지만 그런 만큼 얻을 것도 충분하다. 아주 많은 정보를 빠르게 습득할 수 있기 때문이다.

오히려 나는 이십대를 지나버렸으니 지금 시작하기엔 너무 늦은 것이 아닌가 고민하는 사람들의 이메일을 받았을 때 대답하기가 꽤나 까다로웠다. 지난주에는 이런 메일이 오기도 했다. "룰먼 씨, 나이 쉰에 요리사의 세계에 뛰어들겠다고 생각하는 제가 미친 거지요?"

대답은, 상황에 따라 다르다. 만일 이 사람이 레스토랑 셰프가 되기를 원한다면 미친 짓이라고 말할 것이다, 너무 늦었다고 말이다. 레스토랑에서 요리를 한다는 것은 사실상 젊은이들의 게임이다. 엄청난 체력과 인내심이 필요하기 때문이다. 요리는 예술 공연이 아니라 프로 축구를 능가하는 육체적인 일이며, 육체적으로 강인할수록 더 나은 요리사가 될 수 있다. 진정으로 하고 싶은 일이 무엇인지 깨닫기까지는 학교를 졸업하고도 최소 5년은 걸린다. 그리고 레스토랑을 열든, 요리 관련 사업을 시작하든, 혼자서 무엇인가를 해내기까지 최소 5년이 더 걸린다. 나는 예순이 되도록 여전히 라인에서 일한다는 셰프 얘기를 단 한 번도 들어본 적 없다. 본인이 운영하는 레스토랑에서 가끔 라인 업무를 하기도 하는 쉰 살 전후의 내 셰프 친구들은, 젊은 친구들이 주문서를 등 뒤에서 너무 빨리 읽어준다고 불평한다. 더 이상은 젊은 친구들의 속도를 따라잡을 수가 없는 것이다. 운동선수든, 심장 전문의든, 요리사든, 몸을 쓰는 직업에 종사하다 보면, 점점 느려지는 자신의 속도를 경험과 지식만으로 메울 수 없는 시점이 오게 마련이다.

하지만, 만일 이 편지를 보낸 사람이 단순히 음식 업계와 어떤 식으로든 관련된 일을 하고 싶어 하는 것이라면, 나는 미친 짓이 아니라고 말하겠다. 졸업 후 무엇을 하느냐가 중요하다. 쉰이라는 나이는 어떤 종류의 변화에도 타격이 클 수 있다. 하지만 만일 그런 변화를 돈이 되는 것으로 바꿀 수만 있다면, 요리학교 생활과 그것으로 얻은 기회에서 큰 보상을 얻게 될 가능성이 높다. 기회는 어쩌면 글을 쓰는 데, 제품 생산 라인에, 홀 서비스에,

아니면 식품회사 연구 개발 부서에 있을지도 모른다.

1997년 1월, 원고를 마무리하며 나의 요리학교 여행을 마쳤다. 당시 나는 서른넷이었다. 그때는 이 책을 쓰면서 받은 요리 교육이(그리고 약간의 행운이) 이후 집필할 대다수 책의 기반이 되고, 또 내 주요 수입원이 될 거라고는 거의 생각하지 못했다. 1994년, 나와 거의 비슷한 나이가 될 때까지 방송국에서 일했던 앨튼 브라운은 TV 요리 쇼의 가능성을 미리 내다보고 뉴잉글랜드 요리학교에 입학했다. 1999년 그는 자신이 출연하는 〈굿 잇츠〉라는 요리 쇼를 만들어 푸드 네트워크에 판매했고, 이후 다양한 쇼와 다큐를 진행하고 음식과 요리에 대한 뛰어난 책을 여럿 집필해 방송국 내에서 가장 큰 인기를 얻게 되었다.

찾아보면 중년의 나이에 요리 공부를 시작해 업계에서 성공을 이룬 예가 틀림없이 많이 있을 것이다. 중요한 것은 당신의 목표다. 만일 인쇄 매체든, 방송국이든, 음식 관련 매체에 들어갈 생각이라면, 요리 교육을 받아보라고 추천하겠다. 요리에 대한 탄탄한 기본을 갖춘 사람이라면 전통 매체에서든, 새로운 매체에서든 기회를 향해 열린 유리한 고지를 차지할 수 있을 것이다.

나는 사실 요리학교 학생이 되고자 하는 사람들을 위한 지침서를 만들려던 것이 아니었다. 오히려 요리학교에 발을 들여놓을 생각은 전혀 없지만 그래도 요리를 배우면서 일어나는 일들이나, 요리사 혹은 셰프가 된다는 것의 의미가 궁금한 사람, 그리고 전문 요리사가 자신의 일을 통해 음식과 요리에 대해 들려주어야만 하는 이야기가 무엇인지 궁금해하는 사람들의 마음을 사로잡을 이야기를 쓰고 싶었다. 그래서 이 책에는 내가 CIA 전체를 여행하며 만난 사람들의 면면과 이야기가 그토록 많이 들어 있는 것이다.

책에 등장하는 사람들 대다수와는 연락이 끊겼지만, 아직 소식을 전하는 친구들이 몇몇 있다. 애덤 셰퍼드는 맨해튼과 브루클린에 있는 루네타라는 레스토랑 두 곳의 오너 셰프이다. 벤 그로스먼 역시 브루클린에 있는 더 스모크 조인트의 오너 셰프이다. 두 사람 모두 스킬 수업 우등생이었다. 폴 트루히요는 버진 아일랜드 세인트존에서 셰프로 일하고 있다. 트래비스 앨버해스키는 캔자스에 있는 한 케이터링 회사에서 셰프로 일하고 있으며, 이라크에 배치되었다 돌아와 '미주리 국가 방위군'에 소속되어 있다. 이은정은 박사학위를 받았고 한국에 있는 대학에서 요리를 가르치고 있다. 작년에는 함께 제빵 수업을 들었던 질 데이비스를 우연히 만났다. 질은 산타모니카 조시에서 셰프로 일하고 있었으며 푸드 네트워크의 〈더 넥스트 아이언 셰프 아메리카〉에 참가 중이라고 했다. 그리고 같은 수업을 들었던 제이슨 단테가 간호사가 되었다고 전해주었다. 나파밸리의 CIA 캠퍼스에서 열린 한 음식 학회에서는 아메리칸 바운티 레스토랑에서 함께 일했던 빌 시팬스키와 마주쳤다. 빌은 대규모 식품 회사의 셰프로 일하고 있었다. 아메리칸 바운티 레스토랑에서 내 그릴 스테이션 짝꿍이었던 존 마셜은 사우스캐롤라이나 찰스턴에서 레스토랑을 운영했다. 그리고 몇 년 후 레스토랑을 팔아 노스캐롤라이나에 농장을 사서 자신의 꿈이었던 농장 직영 레스토랑을 열었다.

친구들은 모두 뿔뿔이 흩어졌다. 그들의 행적은 10년 전 졸업한 학생들이 현재 드넓은 요리의 세계에서 무엇을 하고 있는지를 보여주는 대표적인 표본이다.

팀 라이언은 CIA 총장이 되었고, 시설과 캠퍼스를 확장하고 프로그램을 늘려 더 큰 미래를 향해 공격적으로 학교를 운영해나가고 있다. 라이언 앞에서는 부디 CIA를 직업학교라고 부르지 말기를. 그는 CIA가 아이비리그만큼 전면적으로 수준 높은 교육을 하는 기관이 되기를 바라는 사람이니 말이다. 이 책을 읽은 독자가 만약 지금 CIA에 등록하게 된다면, 성장 가도의 업계에서 점점 더 늘고 있는 전문화 요구를 받아들여 진화한 CIA를 경험하게 될 것이다. 그러나 이처럼 세월에 따라 발전을 거듭했지만 CIA의 기본 메시지와 정신은 여전하다.

아, 그리고 파두스 셰프. 그는 아직도 CIA 하이드 파크에서 학생들을 가르치고 있다. 아시아 요리의 전문가가 되었고 아직도 나와 가깝게 지낸다. 내 아들과 파두스의 딸은 동갑이다. 일주일 전, 그에게 이메일을 써서 이 서문을 쓰고 있다는 말을 전했다. 그리고 그가 오전에 아시아 요리 수업을 하고, 오후 스킬 수업까지 떠맡아 두 배로 일하고 있다는 사실을 알게 되었다. 그는 이런 답장을 보내왔다.

"8일차는 아니지만, 그와 다를 것 없는 날이야. 한 번도 그런 말을 하게 될 거라고 생각지 못했는데, 난 모두를 불러 모아놓고 개수대를 쳐다보고 웃으면서 말했어. '이거 정말 우습군. 언젠가 읽은 책 한 구절이랑 똑같잖아…….' 그러고는 도저히 용납할 수 없다고 말하고 자리를 떴지. 내 얘기를 듣고 책을 찾아본 친구도 있는 모양이더군.

아, 이 블록을 마치고 나면 기분이 좋아질까……. 알아, 그래, 지금 자넨 통쾌하게 웃고 있겠지……. 방금 벨루테 19개와 브로콜리 크림수프 19개 맛보는 작업을 간신히 마쳤어……. 아주 죽을 맛이었지."

다행이다. 변하지 않는 것들이 있어서.

마이클 룰먼
클리블랜드 하이츠, 오하이오
2008년 5월

차례

3부
요리의 파수꾼

4부
CIA 2년차

5부
바운티

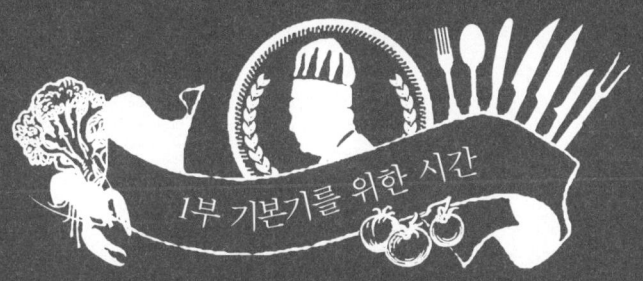

1부 기본기를 위한 시간

비밀을 공유한 자

고기 묶는 끈으로 단단히 감아놓은 의자 위 꾸러미가 나를 기다리고 있었다. 특별할 것 없이 그저 빨래 뭉치처럼 보이는 물건이었다. 나는 꾸러미를 옆구리에 낀 채 서둘러 사무실을 나와, CIA 본관 로스 홀을 지나 화장실로 향했다. 화장실 맨 안쪽 칸으로 들어가 문을 잠근 뒤, 스웨터와 청바지를 벗어 가죽 숄더백에 쑤셔 넣고는 꾸러미에 든 하운드투스 체크무늬 바지 두 벌 중 하나를 꺼내 입었다. 가슴 양쪽에 단추가 줄지어 달린 눈부시게 하얀 셰프 재킷을 흰 티셔츠 위에 걸치고 단추를 잠갔다. 남은 바지 한 벌은 다른 옷들처럼 가방 안에 집어넣은 뒤 가방을 닫았다. 그리고 검정 외투와 칼 세트를 챙겨 밖으로 나왔다.

거울을 들여다보았다. 고교 시절 풋볼 팀에서 선수로 뛴 이후 처음 입는 유니폼이었다. 나는 거울을 향해 자신 없이 어깨를 으쓱해 보이며 한쪽 눈썹을 치켜올렸다. 요리학교 학생 복장을 하고 있는 모습이 나 같기도 하고 아닌 것 같기도 했다. 어딘가 모르게 누군가와 은밀한 비밀을 공유하고 있는 사람의 분위기가 풍겼다. 하지만 마냥 감상에 빠져 있을 수는 없었다. 몇 분 안에, 마이클 파두스 셰프의 스킬 수업이 진행될 K-8 주방이 어디에 있는지 찾아내야 했기 때문이다.

나는 짙은 색 벽돌로 된 복도를 내달렸다. 오른쪽으로는 유리창이 달린 주방이, 왼쪽으로는 벽감에 맞춰 설치된 진열장이 늘어서 있었다. 한때 예수회 수도원 예배당이었던 중앙 식당 알럼나이 홀 모퉁이에서 왼쪽으로 돌아, 식기 세척장을 지난 뒤 한 번 더 왼쪽으로 꺾으면 왼쪽에 나타나는 첫 번째 주방이 K-8이었다. 문 앞에서 시계를 보자 다행히 수업 시작 1분 전이었다. 교실로 들어서자 서른여섯 개의 눈동자가 일제히 내 쪽을 돌아보았다.

파두스 셰프는 하던 말을 멈췄다. 교실 양쪽에 각각 두 개씩, 총 네 개의 커다란 스테인리스 스틸 탁자 주변에 모여 있던 학생 17명이 호기심 어린 눈초리로 나를 살폈다. 파두스 셰프는 학생들 것과 비슷하지만 양쪽 가슴에 둥글고 근사한 흰 단추가 줄지어 달려 있고, 칼라에 녹색과 금색 줄무늬가, 그리고 가슴 주머니 위에 초록색 이름표가 붙은 강사 셰프용 유니폼을 입고 있었다. 그리고 학생들보다 3센티미터 정도 긴 종이 모자를 쓰고 있었다. 모자를 벗는다면 대략 178센티미터 정도 될 것 같은 늘씬한 체격의 파두스 셰프는 밝은 갈색 곱슬머리 몇 가닥을 칼라 위로 늘어뜨린 채 금테 안경을 쓰고 있었다.

"마이클."

셰프가 내 이름을 불렀다. 지난주에 미리 찾아가 이미 내 소개를 하고 수업 자료와 숙제를 받아 온 터였다.

"예, 셰프. 늦어서 죄송합니다."

"네 번호는 18번이다. 1번 테이블로 가도록."

셰프는 내 자리를 가리키더니 앞에 놓인 탁자를 탕 하고 쳤다. 1960년대에 생산된 것으로 보이는 낡아빠진 철제 책상이었다. 셰프 뒤에 걸린 칠판에는 밝은 색 마커로 이렇게 적혀 있었다.

1일차

- 미르포아* 9백 그램
- 토마토 2 콩카세**
- 향신료 주머니 1
- 다진 양파 1/2

자리로 간 나는 내 물건들을 철제 테이블 위에 대충 내려놓았다.

"모자는 어디에 있지?" 파두스 셰프가 물었다.

"못 받았습니다." 내가 대답했다.

"네커치프***는?"

"그것도요."

"여기서는 둘 다 반드시 착용해야 한다. 좀 있다 비품실에 연락해서 자네가 쓸 게 있나 알아보도록 하지."

셰프는 좀 짜증이 난 것 같았다. 하긴, 지각도 모자라 복장까지 불량했으니 그럴 만도 했다.

그러나 어쨌거나 난 이곳에 왔다. 지금 중요한 것은 내가 바로 여기에 와 있다는 그 명백한 사실뿐이다. 그렇다. 여기는 진짜 요리학교다.

K-8은 복잡한 CIA 커리큘럼의 첫 번째 실습인 요리 스킬 개발 1 교실이었다. 내가 이곳에 온 것은 어쩌면 10년 전 이미 예견된 일이었는지도 모르

---

* 당근, 양파, 셀러리, 월계수 잎, 백리향을 주사위 모양으로 잘게 다진 것. 스톡을 만들 때 버터에 볶아서 사용.

** 가로, 세로 1.5센티미터씩 정사각형으로 얇게 써는 방식.

*** 요리사가 장식이나 방한용으로 목에 두르는 얇은 천. 주방에서는 네커치프 색으로 위아래를 구분한다.

겠다.

대학 졸업 후 뉴욕에서 직장을 다니기 시작한 지 얼마 되지 않았을 때, 종조부에게서 편지 한 통을 받았다. 할아버지는 예술의 의미에 대해 말씀하시더니 수십 년 전 뉴올리언스의 '갈라투아스'에서 맛본 음식 이야기를 꺼냈다. "이것저것 많이 먹었지만 그중에서도 잊을 수 없었던 것은 감자였단다. 입맛을 당기는 소스를 곁들이거나 혀를 미묘하게 유혹하는 양념을 뿌리지 않고, 다른 재료도 전혀 섞지 않은 그냥 감자였어. 담백하고 작은 감자 조각들은 겉이 섬세하게 바삭거렸고, 입안 가득 진하게 느껴지는 부드러움과 풍미가 일품이었지. 훌륭한 질감과 놀라운 맛이 동시에 느껴졌어. 이 할애비는 그때 깨달았단다. 셰프는 현란함을 보여주려 감자를 이용한 것이 아니라, 마치 예술가와 같은 손길을 감자 요리 한 접시 안에 담아냈구나 하는 사실을 말이야."

핵심을 찌르는 말이었다. 나는 이 마지막 문장을 메모지에 적어 책상 옆쪽 벽에 붙여두었다.

종조부 편지를 받은 때로부터 거의 10년이 지난 후(빛 바랜 메모지는 여전히 벽에 붙어 있었다), 나는 요리하는 방법을 직접 배우며 그 공부 과정에 대한 책을 쓰겠다는 생각을 품게 되었다. 예술과 감자에 대한 할아버지의 말씀을 등불 삼아 한번 도전해보고 싶었다. 잡지에 사진으로 등장하는 것들이 아니라 할아버지가 묘사했던 감자 같은, 그런 요리를 만드는 법을 배우고 싶었던 것이다.

나의 목표는 소박했지만, 한편으론 주제넘은 것이기도 했다. 하지만 '요리 한 접시'라는 말이 마음속에 깊게 자리하고 있어 다른 생각은 할 수가 없었다. 훌륭한 요리는 정말 예술일까? 그렇다면 셰프들은 예술가란 말인가? 어떻게 하찮은 감자 따위가 수십 년씩이나 할아버지의 뇌리에 그토록 중요한 음식으로 남아 있을 수 있었던 걸까?

요리를 배우고, 이와 떼려야 뗄 수 없는 예술성과 역사, 미식이라는 개념, 그리고 지극히 단순하면서도 어쩌면 지극히 본연의 것이라 할 수 있는 먹는 일에 대한 인간의 애정을 그려보고 싶다는 열망을 품은 채, 나는 미국에서 가장 유명한 학교이자 요리 지식의 메카인 CIA에 들어가기로 했다. 과연 그곳에서는 무엇을 가르칠까? 그곳에서는 셰프에게 가장 중요한 것을 무엇이라고 이야기할까? 요리 교육에서 변하지 않는 핵심은 무엇일까? 진정으로 훌륭한 요리의 비밀은 무엇일까?

이 모든 것을 알아내기 위해 나는 학생을 가장하여 이곳에 왔다. 요리 공부에 미래를 건 다른 학생들과 같은 마음가짐으로 요리를 배울 생각이었다. 파두스 셰프의 스킬 1 주방은 완전히 새로운 세계였다. 이곳에서 나는 진짜 셰프가 되는 데 필요한 것을 배울 것이다. 정말 기초부터 말이다.

스킬 1의 첫 수업은 바로 스톡이었다.

"이 수업에서 가장 중요한 것이 스톡 만드는 일이다."

파두스 셰프가 입을 열었다. 우리가 주방을 둘러보기 시작했을 때였다. 제일 먼저 눈에 띈 것은 찜솥이었다. 증기 파이프가 연결된 거대한 탱크 세 개에 수도꼭지가 두 개씩 달려 있었다. 가운데 솥에는 매일 닭 뼈 54킬로그램과 물 85리터, 미르포아 6.8킬로그램을 넣고 월계수 잎, 통후추, 파슬리 줄기, 타임을 면 보자기로 싼 향신료 주머니를 넣어 스톡을 만들었다. 수업이 끝날 무렵 완성되는 치킨 스톡은 약 57리터 정도였고, 강의 시작 전에 이를 식혀 이름표를 붙인 뒤 저장했다.

"스톡은 어떻게 끓이는 게 좋을까?"

셰프가 묻자 몇 명이 대답했다.

"레이지 버블 상태로 끓여야 합니다."

미리 보고 오라고 했던 비디오에 나온 내용이었다. 학교 도서관에는 2천

3백여 개의 비디오가 소장되어 있었는데, TV 방송용으로 만든 일부를 제외하고는 대부분 '브라운 스톡 만들기', '굴 껍질 벗기기', '송아지 도축'처럼 학생들을 위한 학습용 비디오였다(방송용 비디오는 교수 한 명이 출연해 진행하는 요리 프로그램으로, 최근 공영방송국에서 〈CIA 요리의 비밀〉이라는 제목으로 전국적으로 방송되기 시작했다).

"맞아. 레이지 버블, 그러니까 몇 초에 한 번씩 기포가 올라오는 온도로 끓여야 한다는 말이다. 지방을 스톡 안에 완전히 녹여 불순물을 없애기 위해서지. 스톡은 깨끗해야 하거든."

셰프는 솥에 달린 수도꼭지 앞에 쭈그리고 앉아 손잡이를 여닫으며 말했다. "이 꼭지는 잘 잠가둬야 해. 안 그러면 신발이 물투성이가 될 거야."

셰프가 파이프 손잡이를 돌리자 솥은 마치 증기로 가득 찬 낡은 라디에이터처럼 철커덩거리기 시작했다. 셰프는 탁자에서 크고 하얀 통을 가져와 안에 든 것을 솥에 쏟아부은 뒤 물을 틀었다. 소뼈 18킬로그램이었다.

"불순물, 특히 핏물 제거를 위해 먼저 뼈를 데친다. 그러고 나면 물은 걸쭉하고 고약한 냄새가 나는 회색 국물이 되지. 거기서 불순물을 깨끗하게 걷어내는 거야. 스킬 1 수업에서는 재료를 정확하게 측정해 스톡을 만든다. 하지만 스킬 2가 되면 눈대중으로도 할 수 있게 될 거야."

셰프 책상 왼편 받침대에는 물과 뼈, 미르포아와 토마토의 비율이 적힌 두툼한 종이 묶음이 놓여 있었다. 셰프는 3주 동안은 물이 29리터일 때 소뼈 18킬로그램이 어디까지 잠기는지 측정해보라고 했다.

"끓이기 시작해서 4시간이 지나면 뭘 넣어야 할까? 그렇지, 미르포아를 넣어야지. 그리고 완성 1시간 전에 향신료 주머니를 넣는다."

파두스 셰프는 스톡을 거를 때 온도가 145도가량이며, 위생 지침에 따라 스톡 전체를(보통 하루에 110리터 정도가 나온다) 2시간 안에 70도로, 그리고 4시간 안에 45도로 식혀야 한다고 말했다.

"하지만 걱정 말도록. 솥에서 냉장고까지는 18분이면 갈 수 있으니까. 16분에 주파한 적도 있고. 어쨌거나 스톡을 식히기 전 기름을 확실하게 걷어내야 한다. 혹시라도 기름 걷는 걸 깜빡하고 콩소메*를 만들면 곤란하지. 동기들에게서 원망을 잔뜩 사게 될 테니까. 콩소메 점수 2점이 감점되거든."

우리는 계속해서 오븐을 구경했다. 교실 양편에 벽 길이에 맞먹는 길이의 레인지대가 설치되어 있었다.

"주방에 도착하면 우선 오븐이 작동하고 있는지 확인해야 한다. 직접 점화하라는 건 아니야. 그건 관리팀 사람이 해주거든. 오븐 점화는 함부로 하면 안 돼. 까딱 잘못했다가는 교실 저 끝까지 날아갈걸."

셰프는 코에 주름을 잡은 채 웃으며 말했다.

"암, 아주 무섭지. 눈썹이고 뭐고 싹 태워먹을 테니."

버너와 플랫톱**에 대해 설명하면서 셰프는 특별히 더 조심하라고 힘주어 말했다.

"뜨거운지 아닌지 잘 구분이 안 가거든."

그러더니 온도를 확인하고는 플랫톱 표면에 손바닥을 눌렀다.

"만일 이게 뜨거운 상태였다면 내 손이 들러붙었겠지. 온도가 엄청나게 올라갈 수 있으니 팬 여러 개를 쓸 때는 열 조절을 위해 은박지로 링을 만들어 받쳐야 할 거야."

셰프는 김이 오르기 시작한 솥 쪽으로 되돌아갔다. 셰프가 서 있는 뒤쪽 벽에 붙은 커다란 종이에는 이렇게 쓰여 있었다.

---

* 간 고기, 달걀흰자, 미르포아로 불순물을 흡수하여 정화시킨 고기 국물. 맑은 수프나 소스의 기본으로 씀.

** 철판으로 된 열기구로 그 위에 직접 냄비, 프라이팬을 올려놓고 조리함.

최고의 스톡을 결정하는 요소

- 맛
- 투명도
- 색감
- 질감
- 향기

거대한 솥 안을 들여다보며 셰프가 말했다.

"핏물이 줄줄 나오는 거 보이지? 이 핏물은 특정 온도가 되면 바로 회색으로 변한다."

우리는 주방을 시계 방향으로 돌며 레인지대를 지나 개수대 앞에 도착했다. 세 개의 개수대 안에는 뜨거운 비눗물과 헹구기 위한 뜨거운 물, 그리고 차가운 살균 용액이 들어 있었다. 학생들은 매일 돌아가며 위생 관리를 맡게 되어 있었다. 무려 18명이 베샤멜소스*를 만들고 있는 동안에 청결을 유지한다는 것은 쉽지 않은 일이다. 개수대 곁을 떠나면서 셰프는 이렇게 말했다.

"완전히 혼이 빠져버린 상황만 아니라면 부디 모두 서로를 도와주기를 바란다. 수업에서 많은 걸 얻어 가야지, 밤새도록 솥만 닦아댈 수는 없지 않겠어?"

식재료 담당도 마찬가지로 돌아가면서 맡는데, 위생 관리 담당과 함께 두 사람은 책임지고 모두가 서로서로 돕도록 만들어야 했다.

"두 사람은 부사령관이다. 이 주방의 수 셰프**인 셈이지. 두 사람이 뭔

---

* 우유와 화이트 루로 만든 하얀 소스.

** 부주방장.

가 해달라고 부탁하거나, 굳이 두 사람이 아니더라도 누구라도 도움을 청하면 너무 바쁘다는 둥, 머리가 아프다는 둥, 개가 먹어버렸다는 둥, 정신이 없다는 둥, 그런 식으로 대답해서는 안 된다."

잠시 말을 멈춘 셰프는 우리 얼굴을 쭉 훑어보았다.

"무조건 해주겠다고 대답해야 하는 거야."

앞으로 우리가 쓸 커다란 단풍나무 도마와 맞은편에 놓인 제빙기를 지나, 냉장 보관하지 않아도 되는 건재료 저장대를 보았다. 그리고 옷장만큼 큰 장 앞에 도착했다. 거기에는 스톡 솥, 분쇄기, 차이나 캡*과 시누아**, 일반 국자, 스키머***, 소쿠리, 로봇 쿠페****, 삶은 뼈와 채소를 스톡 솥에서 건져내는 데 쓰는 대형 국자가 들어 있었다.

"이것은 그냥 숟가락이다. 그리고 이것과 이것은 둥글거나 긴 구멍이 난 숟가락이지."

셰프는 구멍 뚫린 숟가락과 일반 숟가락을 번갈아 들어 올렸다.

"이걸 암수로 부르는 곳도 있어. 아주 구세대 조리사라면 이런 식으로 소리칠걸. '암숫가락 내놔, 암숫가락!' 그러니 뭔 소리인지 알아둬서 나쁠 건 없어. 물론 요즘은 그런 표현 쓰는 곳을 찾아보기 어려워. 우리 교실에서도 그런 말을 쓰진 않지만, 어쨌거나 의미는 알아두라는 말이야."

그러고는 중탕냄비와 호텔 팬***** 그리고 스파이더******를 들어 올리며 각각의 용도를 설명했다.

---

* 금속으로 된 둥근 체.
** 소스를 거르는 원뿔형 체.
*** 스톡을 끓일 때 거품을 제거하는 국자.
**** 다량의 채소 등을 다양한 모양으로 잘라주는 기계.
***** 넓고 얕은 금속 용기. 음식을 보관하는 데 씀.
****** 성긴 망이 달린 국자 비슷한 기구. 덩어리 등을 건져낼 때 쓰는 손잡이가 긴 스키머.

오븐에 미리 넣어둔 대형 탄소 코팅 로스팅 팬이 뜨거워진 것을 알아차린 셰프는 책상 오른편에 있는 대형 냉장고에서 송아지 뼈 두 통을 꺼냈다. 금요일에 들어와 주말 포함, 사흘간 저장되어 있던 뼈였다. 셰프는 뼈 냄새를 맡아보고 손안에서 굴리면서 면밀히 살피더니 이렇게 말했다.

"며칠 되긴 했지만 괜찮을 거야."

그러자 애덤 셰퍼드가 물었다. 좁은 얼굴에 날카로운 코, 검은 머리카락에 키가 크고 마른 학생이었다.

"맛은 괜찮을 거란 뜻인가요?"

"맞아. 맛이 괜찮으면 돼. 어차피 익힐 거니까. 왜 있잖아 그거. 그래, 포도상 구균 같은 독성 물질이 남아 있을 거란 걱정은 할 필요가 없어. 그냥 살짝 갈 듯 말 듯한 냄새가 나는 것뿐이거든."

셰프는 오븐에서 뜨거운 팬 하나를 꺼내 희고 커다란 병에 담긴 웨슨 면실유를 부었다. "웨슨 면실유는 시중에서 제일 저렴한 식용유야. 오로지 스톡 만들 때만 쓰지."

팬 안에 송아지 뼈 절반을 쏟아 넣자 뼈들이 기름을 두드리기라도 하듯 칙칙거리는 소리가 났다.

"그냥 막 쌓는 게 아니라 평평하게 펴야 한다. 이유가 뭔지 아나?"

"그래야 골고루 갈색이 되기 때문인가요?"

한 학생이 대답했다.

"그렇기야 하지. 하지만 자주 뒤집어주기만 해도 골고루 갈색이 되게 만들 수는 있어."

잠시 답을 기다리던 셰프는 설명을 이어갔다.

"마구잡이로 쌓아놓으면 아래와 위에 있는 뼈는 갈색이 되고 중간 뼈에서는 육즙이 배어나와 팬 바닥에 고이게 돼. 그러면 질 좋은 스톡은커녕 눌어붙은 피에 응고된 단백질만 남게 되거든. 그러니 36킬로그램씩이나 되는 많은 뼈를 팬 세 개에 억지로 우겨넣을 생각은 하지 말도록."

투어는 소퇴즈*와 소트와르**, 마르미트***, 소스 포트, 론도**** 그리고 7.5리터들이 플라스틱 스톡 통이 가득 들어찬 솥 저장대에서 끝이 났다. 셰프는 옆면이 기운 팬을 집어 들고는 이름을 물었다.

"소퇴즈요."

그리고 같은 크기에 옆면이 수직인 팬을 쳐들었다.

"소트와르입니다."

이윽고 책상으로 돌아간 셰프는 크고 단호한 목소리로 말했다.

"이곳이 바로 앞으로 6주간 너희가 지낼 주방이다. 늘 청결을 유지하도록."

아주 넓고 밝은 멋진 주방이었다. 가로세로가 각각 11.5미터, 8미터는 되어 보였다. 주방 맨 앞에 설치된 호바트 리치인 냉장고 두 대는 각각 오전과 오후 수업용으로, 내부 온도를 알 수 있는 디지털 장치가 붙어 있었다. 냉장고 바로 옆에는 긴 갤런드 레인지대가 붙어 있었는데, 레인지대 아래쪽에 오븐 여섯 개가 있었고 그 위에는 4구짜리 버너 세 세트와 넓은 플랫톱 세 개가 번갈아가며 설치되어 있었다. 건너편에는 플랫톱 일곱 개가 나란히 있고 그 뒤에 버너 일곱 개가 달린 울프 레인지가 늘어서 있었다. 이쪽 편에는 튀김기도 있었는데, 하루 빼고는 늘 속을 비워둔 채 뚜껑을 덮어둔다고 했다. 천장에는 코드 연장선 두 개가 달려 있었다. 싱크대가 모두 세 개였고, 그중 육수 전용으로 사용하는 싱크대에는 거대한 제빙기가 달려 있었다. 도마 역시 두께가 7.5센티미터에 10킬로그램은 거뜬히 넘는 크

* 측면이 사선으로 생긴 구이용 팬의 일종.
** 손잡이가 달린 냄비. 측면이 수직이며, 속이 깊지 않다.
*** 큰 요리 냄비.
**** 손잡이가 두 개 달린 얕고 넓은 냄비.

고 튼튼한 물건이었다. 그래서 스테이션*으로 가져오려면 두 손으로 들어야만 했다. 시설비로 33만 달러는 족히 들었을 주방이었다. 그런데 학교에는 이런 주방이 36개나 있었다.

파두스 셰프는 각자 자기 스테이션에 의자를 가져가 앉으라고 지시했다.

"내 이름은 파두스다. 하지만 혹시라도 개프니에서 나를 마주치거나 우드스톡에서 어슬렁거리는 모습을 보거든 그냥 마이클이라고 부르도록. 나는 1981년에 CIA를 졸업했다. 학사학위는 존슨 앤드 웨일스 대학에서 그 뭐더라, 경영서비스인가 뭔가 하는 걸로 받았지. 끝내주지?"

셰프는 휘파람을 불더니 싱긋 웃었다. 존슨 앤드 웨일스는 요리전문학교는 아니었지만 CIA의 가장 큰 경쟁 학교였다.

"CIA에서 가르치기 시작한 것은 지난 7월부터고."

서른일곱의 마이클 파두스는 요리사 생활 대부분을 고급 프랑스 레스토랑에서 했으며, 프랑스 레스토랑이 매력을 잃고 몰락해가는 모습을 목도한 장본인이었다. 마지막으로 일한 곳은 소노마의 스위스 호텔로, 그곳에서 총주방장을 지냈다. 캘리포니아 북부 지방이 마음에 들어 그곳에서 여생을 보내고 싶었지만, 하루 14시간을 꼬박 요리에 매달려 살고 싶지는 않았다. 그런데 세인트 헬레나에서 멀지 않은 곳에 CIA의 신규 캠퍼스 그레이스톤 캠퍼스가 곧 문을 열게 될 거라는 사실을 알게 된 파두스는 그곳에서 미래를 보내리라 결심하고 강사가 되기 위한 장기 계획을 세웠다. 그레이스톤은 19세기 와인 저장고 내에 지은 학교로, 업계 종사자들에게만 수업을 제공하는 CIA의 웨스트코스트 캠퍼스였다. 파두스가 세운 계획의 첫 단계는 바로 뉴욕 시티에서 북쪽으로 120킬로미터 떨어진 허드슨 강변 하이드 파

* 주방 내에서 각기 다른 조리법을 담당하는 구역.

크에 있는 자신의 모교에 지원하는 것이었다. 셰프 실기 시험을 치러 강사로 채용된 뒤, 파두스는 자동차에 짐을 꾸려 넣고 동부로 향했다. 그레이스톤에 들어가기 위해 어떤 일이든 기꺼이 할 수 있다는 사실을 학교 관리자들에게 보여줄 작정이었다.

파두스는 책상 위에 걸터앉아 우리에게 질문을 던지기 시작했다. 먼저 지목된 학생은 서른일곱으로 반에서 가장 나이가 많고, 검은 머리에 덩치가 큰 루 푸사로였다. "자네는 여기 온 이유가 뭔가?"

"정말이지, 잘 모르겠습니다." 루가 걱정이 가득한 목소리로 하소연하듯 말했다. 생각해보지 않은 것은 아니나 잘 모르겠다는 말투였다. 루는 세 아이를 둔 가장으로 한때 이 지역 경제의 중심이었던 IBM의 발송부에서 여러 해 동안 일했다. 루는 그곳에서 일하는 동안 매년 급속히 변화하는 상황을 지켜보며, 자신의 미래가 불투명하다는 사실을 절감할 수 있었다. 컴퓨터는 점점 작아졌고 발송 일을 하는 직원도 점점 줄어들었다. 사실 루의 아버지는 주방이 딸린 바를 운영하고 있었고, 루 역시 80년대 초반에 샌드위치 가게를 운영한 적이 있었다. 그 덕에 학교 입학 자격을 갖추기는 했지만, 엄밀히 말해 루는 칼 잡는 법 정도나 겨우 알고 있을 뿐, 주방 경험은 전무하다고 해야 했다. 마침내 루는 이렇게 말했다. "제가 어떤 일에 어울리는지 찾아보려고 온 것 같아요."

그 말에 셰프는 고개를 끄덕이며, 꽤 괜찮은 이유라고 대답해주었다. "자네는 어떤가?" 이번에는 반에서 가장 어린 십대 소년 맷이었다. 맷의 대답은 간단했다. "몰라요." 그렇게 말하고는 입을 다물어버린 맷에게, 셰프는 학교에 온 데는 갖가지 이유가 있을 수 있다고 말했다. 기술을 향상시키는 것도 이유가 될 수 있다고 하자, 그 말이 마음에 든 맷은 고개를 끄덕이며 덧붙였다. "맞아요, 제 기술을 향상시키기 위해서 왔습니다."

18명 모두 크리스마스 직전에 입학한 신입생 72명에 속한 친구들로, 스킬 1 주방에 들어오기 전 이미 9주간의 기본 수업을 마친 상태였다. 우리가 처음 배운 것은 미식학 입문과 조리 수학이었다. 14일간 그 두 과목을 수강한 뒤에는 7일간 위생 관리 및 영양을, 또 7일간 재료 선별 수업을 받았다. 6시간 반 동안 수업을 받고 저녁에 조리 프랑스어 수업이 2시간 더 이어지는 일정이었다. 그 뒤에는 육류 선별로 넘어가 동물의 몸을 이루고 있는 근육과 뼈에 대해 7일간 공부하고, 이어지는 육류 해체 입문에서는 고기를 작은 크기로 잘라내고 뼈를 발라내며 프렌칭*을 연습했다.

입학생 모두에게 미식학 입문을 가르치는 사람은 이탈리아인 특유의 좁은 얼굴과 다갈색 피부를 지닌 마흔한 살의 셰프 밥 델 그로소였다. 델 그로소는 강사가 되기 전 코네티컷에 위치한 여러 레스토랑에서 쭉 요리사로 일한 사람이었다. 데리언의 블랙 구스 그릴에서는 라인 요리사로, 레이크빌 카페에서는 셰프로, 그리고 스탬퍼드의 르코크 아르디 레스토랑에서는 돼지고기 담당에서 1급 조리사, 수 셰프를 다양하게 거쳐 마침내 총주방장의 위치에까지 올랐다. 그는 원래 미고생물학을 전공해 뉴욕시립대학 퀸즈 칼리지에서 석사학위를 받았다. 석유 산업의 붐 덕에 전공을 살려 일할 수 있는 자리가 많았지만, 델 그로소는 취업하는 대신 박사학위까지 공부를 이어나갈 생각이었다. 그러다 1980년대 초반, 석유 버블 붕괴가 일어나면서 그의 미래는 어두워지고 말았다. 델 그로소는 무엇을 하고 살아야 할지 막막해 밤마다 서성거리며 잠을 이루지 못했다. 그러다 거실 바닥에서 잠이 든 어느 날, 밝게 비치는 햇살 속에서 잠을 깼다. "깨달음의 순간이었지. '요리를 하면 되지!'라는 생각이 들었거든."

델 그로소의 강의실은 딱 옛날식으로 생긴 교실이었다. 생선과 채소, 파

---

* 육류의 근섬유 해체를 가리키는 프랑스어.

스타 모양 등이 그려진 포스터가 벽에 붙어 있는, 넓은 칠판이 있는 계단식 강의실. 델 그로소는 처음 학생들을 가르치면서 미식학이라는 학문 자체를 아는 이가 거의 없다는 사실에 놀랐다. "천문학자는 천문학을 알지. 생물학자들도 생물학을 알아. 하지만 자칭 미식가네 식도락가네 하는 사람들이 미식학을 모른단 말이야." 수업은 정해진 주제와 일정에 따라, 맨 처음 에티켓의 개념을 배우는 것으로 시작해 프랑스 요리 속 셰프의 역사, 누벨 퀴진, 앨리스 워터스가 주창한 최신 요리 경향, 그리고 셰프와 농부의 관계로 이어졌다. 그중 한 수업은 내내 "음식이란 무엇인가?"라는 질문에 대한 답을 찾는 데 집중하고, 마지막 수업에서는 식품 생산의 윤리에 대해 이야기했다.

"누벨 퀴진에 대해 알아보도록 하자." 그는 학생들을 향해 말했다. "쉬운 일은 아니지만, 요리는 본질적인 맛을 살릴 수 있어야 해. 누벨 퀴진은 소크라테스식 요리라고 생각할 수 있지. 혹시 플라톤을 읽어본 사람 있나?" 36명 가운데 6명 정도가 손을 들었다. 그러자 델 그로소는 플라톤의 국가론과 동굴의 비유, 그리고 플라톤식으로 요리를 한다는 게 무엇인지를 간단히 설명했다. "완벽한 모습의 샐러드가 있다. 그리고 소크라테스식 요리사 한 명이 햄버거를 만들고자 한다고 치자. 요리사는 이렇게 질문을 던지면서 요리를 시작하지. '햄버거란 무엇인가?'" 델 그로소는 우리를 향해서도 같은 질문을 던졌다. 학생 하나가 용기를 내어 이렇게 대답했다. "소고기를 갈아서 만든 둥근 패티를 구운 빵 사이에 끼운 것입니다." 델 그로소는 재차 확인했다. "둥글다고 했지? 그럼 그걸 디스크 모양이라 부르도록 하자." 그러자 모두들 왁자지껄 햄버거에 대해 떠들기 시작했다. 델 그로소는 우리가 음식에 대해 비판적으로 생각하기를 바랐다. 학생들은 대부분 고등학교 졸업 후 상급 학교로 진학하지 않고 군복무를 했거나 내내 주방에서만 일한 사람들이라, 비판적 생각을 하는 데 익숙지 않았다. "셰프는 소크라테스처럼 생각해야 한다. 하다못해 식기의 위치까지, 모든 것에 질문을 던져야 하는 거야. 그게 바로 본질을 살려 요리하는 방법이지." 델 그로소는 연극조로 말을 이었다. "'여어, 소고기, 넌 정체가 뭐냐?' 그렇게 질문을 던지고 대답에 맞게 요리해라. 아주 색다른 요리법이야. 생각을 많이 해야 한다. 모든 요리를 다 그런 식으로 해야 한다고 강요하려는 건 아냐. 나도 그렇게는 안 하니까. 달걀 요리를 할 때마다 '달걀은 뭐지?'라고 묻는다고 생각해봐, 안 그래? 하지만 때로는 질문을 던지는 게 도움이 된다는 말이다."

이 수업은 원래, 학교가 근간으로 삼고 있는 고전 프랑스 요리 문화에 대해 소개하는 것이 주목적이었다. 하지만 델 그로소의 수업은 딴소리의 향연이었다. 그는 월트 디즈니가 만든 계획 도시 셀레브레이션에 대해 15분 동안이나 자세히 얘기하기도 했다. 그리고 한 학생이 '콩피*'라는 단어를 언급하자 '누벨 퀴진'이라는 용어를 처음 만든 기자인 골과 미요 얘기를 하다 말고는, 모두들 콩피를 아느냐고 물었다. 그게 뭔지 전혀 모르는 학생도 있다는 사실을 알자, 그는 콩피의 의미와 역사, 음식을 그런 식으로 보존하는 이유, 그리고 자신이 오리 콩피를 준비하는 방법을 간략하게 들려주었다.

국물 없이 밑간하고 콩피를 요리하는 방법을 설명한 뒤, 가급적이면 유리 단지에 담긴 오리 지방에 오리 다리를 최소 2주 동안 담가 저장하는 게 좋지만 만드는 장소가 레스토랑 주방이고 유리 단지를 늘어놓는 게 마뜩치 않다면 플라스틱 통을 써도 괜찮다고 설명했다. 2주가 지난 뒤 오리 다리를 꺼내 지방을 살짝 닦아내고 브로일러**나 샐러맨더***에서 껍질을 바

---

* 육류를 소금 혹은 자체 지방으로 천천히 조리해 저장한 것.
** 그릴과 달리 열원이 위쪽에 있고 육류, 생선, 가금류 등을 구울 때 사용하는 조리 기구.
*** 열원이 위에 있고 음식물을 익히거나 색을 낼 때 사용하는 조리 기구.

삭하게 만들면서 고기를 조금 데운 뒤 정제 버터로 볶은 감자, 튀긴 파슬리와 함께 낸다고 했다. "튀긴 파슬리를 먹어본 적 있나?" 델 그로소는 질문을 던지더니 눈을 감으며 이렇게 말했다. "정말 죽여주지."

이런 식의 딴 얘기를 듣다가 이어서 들어야 하는 조리 수학 수업에 들어가면 신입생은 좀처럼 정신을 차릴 수가 없었다.

조리 수학 문제는 이런 식이었다. 11리터 12큰술을 리터로 환산하라. 꿀 1.8킬로그램은 몇 컵인가? 행사 음식 350인분을 준비하는데 한 사람당 포테이토칩 3/4컵을 먹을 것이라 예상한다면, 만들어야 할 칩은 총 몇 킬로그램인가?

모두 반드시 알아두어야 할 중요한 것들이었다. 리터를 킬로그램으로 환산하는 것은 고정적인 것이 아니라, 재료에 따라 달라졌다. 계피 가루 1리터는 고작 5백 그램 분량인데, 꿀 1리터는 1.5킬로그램이니까.

"스킬 1 수업을 듣다 보면 단위 환산을 해야 하는 경우가 많을 거야. 그러니 어렵더라도 노력하도록." 조리 수학을 가르치는 줄리아 힐은 레스토랑 매니저가 되기 위해 회계사 일을 그만두었다. 그리고 CIA에 들어와 평생교육 수업을 들은 후 11년 동안 쭉 이곳에서 일했다. "학교에 발을 들여놓는 순간, 여기가 바로 내가 있을 곳이라는 사실을 깨달았지."

요식업에 필요한 응용 수학을 공부하는 힐의 수업에서는 흥미로운 수수께끼가 줄줄이 나왔다. 그녀는 학생들에게 되도록 본인의 칼 세트를 챙겨오게 했다. 칼 세트는 각종 칼과 도구가 들어 있는 검정 서류가방이었다. 학생들은 당근 몇 킬로그램을 가지고 문제에 등장하는 '구매량'과 '요리에 쓰일 양'의 개념을 분석했다. 기초 수학을 3일간 공부하는 것으로 시작해, 분수 및 십진법과 그 응용 방법, 단위 환산과 비용, 재료비 산출, 비율 등을 두루 공부하고 마지막으로 주류 단위 측정까지 배웠다.

델 그로소의 수업에는 치를 떨면서도, 조리 수학은 똑 떨어지는 맛이 있다며 마음에 들어 하는 학생들이 있는가 하면, 두 수업 모두 진저리가 난다며 9주 내내 주방을 갈망하는 학생들도 있었다.

여기까지가 A 블록이었다. A 블록에 속한 학생들은 A 블로커라고 불렀다. 평균 나이 26세인 학생들 가운데 10퍼센트가 중도에 탈락했다. A 블로커의 25퍼센트는 여학생, 12퍼센트는 성적 소수자였다. 블로커들은 평상복을 입었지만, 밝은 셔츠와 짙은 바지 또는 스커트, 그리고 짙은 색 신발로 복장 규정이 정해져 있었다. A 블록 뒤에는 위생과 영양 수업이 있는 B 블록이, 이어서 육류 선별 및 해체를 공부하는 C 블록이 이어졌다. 이는 늘 변함이 없었으며, CIA가 1976년 소위 교육적 진보를 이룬 뒤 20년간 교과 과정이 확장되었음에도 불구하고 한 명도 빠짐없이 이 과정을 거쳤다. 각각의 블록은 3주씩이며 수업일수는 14일이었다. 그리고 앞 블록 수업을 기반으로 그다음 블록 수업이 이어졌다.

앞에서 배운 내용과 기술을 바탕으로 다음 수업을 이어나가는 것은 CIA의 핵심 기본 방침이었다. 이를테면, 왜 재고를 신속하게 냉장해야 하는지 같은 기초 위생 지식을 갖추기 전까지 첫 주방에 들어가지 못하는 것이다. 일단 스킬 수업에서 닭가슴살 한 덩어리를 소테*하는 방법을 배워야, 이어지는 과정에서 닭가슴살 열여섯 개도 신속하게 소테할 수 있었다. 이러한 발상이야말로 현장 실습에 나가기 전 수업인 가드망제**에 이르기까지 총 30주 동안, 각기 다른 일곱 개의 주방을 학생들이 무사히 거치고 발전해 나갈 수 있는 원동력이었다. 최소 18주 동안 실제 레스토랑이나 호텔, 음식 관련 잡지, 혹은 푸드 채널 방송국 등에서 현장 실습을 마친 후에는 제

---

* 팬에 적은 기름을 두르고 2백 도 정도의 고온에서 살짝 볶는 것

** 찬요리를 만드는 주방.

과 제빵 수업을 받았다. 그런 뒤 6주 동안은 조리복을 벗고 강의실에 앉아 와인과 메뉴, 레스토랑 계획, 레스토랑 관련 법을 배웠다. 이후에는 마지막 남은 공부를 위해 다시 주방으로 돌아가야 했다. 학교가 일반인을 상대로 영업하는 네 군데 레스토랑에서 6주는 웨이터로, 그리고 6주는 요리사로 총 12주 동안 일하기 위해서였다.

교육과정은 논리적인 이론과 엄격한 실습으로 구성되어 있었다. 이곳 생활은 3주 간격으로 이어지는 행군과도 같았으며, 그 행군이 멈추는 일은 없었다. 3주마다 한 번씩 CIA를 졸업하는 학생 72명의 지인과 부모로 복도가 들어찼고, 바로 다음 주에는 신입생들의 미식학 수업이 시작되었다. 3주 걸러 한 번씩 학생 72명이 현장 실습을 하러 학교를 떠났고, 현장 실습을 마친 또 다른 72명이 이들과 엇갈려 학교로 돌아왔다. 여름과 겨울 각각 2주간의 휴가가 있었다. 일요일을 빼고 늘 수업이 있었다. 팬트리* 혹은 조식 요리를 하는 첫 수업은 전날 마지막 수업이 끝나고 약 4시간 후인 새벽 3시 15분에 시작됐다. 현장 실습을 얼마나 길게 하느냐에 따라 전체 21개 블록을 마치는 데 총 81주에서 2년 정도의 시간이 걸렸다. 기숙사비를 포함한 총 학비는 대략 3만 4천 달러였다. 만일 시간과 돈, 체력이 남아도는 학생이라면 2년간 이론 수업을 더 받으며 3, 4학년 과정을 마치고 학사학위를 취득하며 졸업할 수도 있다.

그러나 CIA에는, 3주마다 변함없이 72명의 학생들을 졸업시키는 것 이상의 특별한 점이 있었다. 한 음식 전문 기자의 표현을 따르자면, CIA는 "요리 교육의 모범"이었다. CIA가 새로운 수업을 추가한다든지 새 레스토랑을 개업하거나 새로운 책을 쓰는 등의 일을 하면, 거의 3천억 달러 규모

---

* 가드망제와 비슷한 말이나, 이 책에서는 아침과 점심에 대량의 식사를 만들어내는 주방을 가리킨다.

인 전미 요식업계의 시선이 쏠렸다. 최신 기술을 보유한 셰프들을 수도 없이 배출했다는 이유로 유명해진 것도 아니요, 때로는 졸업생들이 제 능력보다 더 많은 것을 알고 있다 착각해 지나치게 많은 돈을 요구한다고 싸잡아 비판하는 사람들도 있지만, 그럼에도 불구하고 CIA는 명실상부한 요리 교육계의 하버드였다. 게다가 재스퍼 화이트, 월디 말로프, 크리스 슐레진저, 딘 피어링, 수전 페니거, 릭 무넨, 찰리 팔머, 데이비드 버크, 토드 잉글리시 같은 유명 요리사들의 모교이기도 했다. 해마다 CIA 평생교육 프로그램과 캘리포니아 신규 캠퍼스를 거쳐 가는 업계 전문가들도 부지기수였다. 그리고 이제는 미국 이외 지역에서도 다양한 요리 교육을 실시해 국제적인 영향력까지 발휘하고 있었다.

1946년 뉴헤이븐 레스토랑 인스티튜트라는 이름으로 50명의 학생과 함께 처음 문을 연 이후, 1972년 천 명이 넘는 학생을 데리고 현재 캠퍼스로 옮겨 온 CIA에는 이제 해마다 2천 명이 넘는 학생들이 등록하고 있었다. "우리 학교는 식음료를 가르칩니다"라며 학교 부총장인 팀 라이언은 무척 겸손하게 소개했지만, CIA는 사실상 미국에서 가장 전통 깊고 유명하며 가장 영향력 있는 요리학교이자, 요리법만을 연구하는 미국 유일의 기숙학교였다. 무려 백 명이 넘는 20개국 출신의 셰프들이 일하고 있었다. 허드슨 강 푸른 둑 위에 벽돌로 지어진 이 수도원에는 음식에 대한 지식과 경험이 지구상 그 어떤 곳보다 풍요로웠다.

파두스 셰프는 책상에서 미끄러져 내려와 몸을 바로 세우며 이렇게 말했다. "CIA에서 보낼 나머지 시간과 너희 요리 인생에 기초가 될 바탕을 바로 이 수업에서 배우게 될 것이다. 미르포아니 데미글라스*니 퀴송**이니 하는 게 뭔지 모르는 채 고급 레스토랑에서 일하려 든다면 제대로 대접받지 못할 거야." 그는 그리고 표준 '전문 용어'를 가르쳐줄 것이라고 말했다.

"내가 데이비드에게 돼지 갈비를 팬 프라잉하라고 시키고 루에게도 같은 일을 부탁하면, 두 사람은 절대적으로 동일한 그림을 떠올려야만 한다. 표준 전문 용어를 완전히 자기 것으로 만들어야 해."

파두스 셰프는 유니폼 규정을 비롯해 복장, 위생, 기본 예의를 차례로 일러주었다. "이미 다들 알고 있는 규칙들일 테니 길게 얘기하지는 않겠다."

"이 반에는 그래도 여성 동지들이 꽤 있군. 17명 중 5명이나 되네. 좋은 일이야. 남학생들이 여성과 동등한 입장에서 일하는 법을 배워야만 하거든."

파두스 셰프는 찜솥 쪽으로 걸어가 데친 소뼈에서 나온 부연 회색 거품을 떠내며 숙제에 대해 짧게 정리했다. "숙제를 안 해도 이유를 묻지는 않겠다. 초등학교가 아니니까." 3주 동안 2페이지에 걸친 시험이 총 네 번(브라운 빌 스톡***, 파생 소스****, 유화 소스*****, 녹말) 치러질 터였다. 그리고 미리 보라고 한 비디오에 대해서는 감상문을 쓰고, 표준 비용 서식도 채워서 내야 했다.

학생 각자는 그날의 준비와 태도, 팀워크, 칼 다루는 기술, 직접 만들어 제출한 수프와 소스, 만드는 데 걸린 시간과 위생 상태에 대해 하루에 75점씩을 받을 수 있었으며, 이 실습 점수는 전체 점수의 절반에 달했다. 손을 베면 0점이 될 수 있으니 각별히 조심해야 했으며, 6시까지 음식을 모두 완성시키지 못할 경우에는 감점이 됐다. 6시 30분까지도 셰프에게 음식을 제

---

* 브라운소스를 가리키는 프랑스어.

** 재료를 삶을 때 쓰이는 액체로 스톡, 푸메, 쿠르 부용 등이 포함된다. 졸여진 후에는 소스로 쓰인다.

*** 송아지뼈로 만든 갈색 육수.

**** 기본 소스로 만든 여러 가지 소스.

***** 달걀노른자를 기본으로 두 가지 이상의 액체를 섞은 소스.

출하지 못하면 0점 처리가 된다고 했다. 파두스 셰프는 이렇게 덧붙였다. "6시 30분이면 너희 손님은 자리를 뜰 것이고, 그러면 만든 음식이 아무짝에도 쓸모없게 되기 때문이다."

칼은 언제나 날을 아래쪽이나 자신을 향해 두어야 하며, 거칠게 밀거나 때리는 장난을 하거나 뭔가를 던지는 행동은 금물이었다. 셰프는 이어서 사이드 타월에 대한 얘기로 넘어갔다. 사이드 타월은 회색과 흰색 격자무늬가 들어간 천으로, 학생들은 앞치마 끈에 이 천을 밀어 넣어 가지고 다녔다. 미국에는 기준에 맞는 것이 없어 학교에서는 천을 직접 독일에서 수입해서 썼는데, 이 튼튼한 직물은 주방에서 아주 유용한 도구였다. 신입생 시절에는 사이드 타월이 빳빳하고 청결하며 거의 새것에 가까웠다. "사이드 타월은 테이블을 닦는 데 쓰는 게 아니다. 땀을 닦아서도 안 돼. 칼을 닦거나 뜨거운 것을 들 때만 써야 한다. 여기서는 뭐든지 다 뜨거워진다. 그러니 예측하고, 예상할 수 있어야 해."

"하루에 무려 55킬로그램에 가까운 뼈를 들었다 놨다 하게 될 거야. 두 번은 얘기하지 않을 테니 반드시 기억해두도록. 무거운 걸 들 때는 무릎을 구부려야 한다. 이 바닥에서 계속 일할 생각이라면, 허리가 건강하고 튼튼해야 해."

"늘 바닥이 깨끗한지 신경 쓰도록 해라. 바닥에 떨어진 물건은 무조건 치워야지 그냥 놔두면 안 돼. 누가 떨어뜨렸는지는 중요치 않아. 이 바닥 주인은 바로 네 자신이니까, 청결하도록 신경 쓰라는 거다."

셰프는 모든 것에 먼저 시범을 보였다. 첫 시범은 당근 깎기였다. CIA에서는 학생의 경력이 어떻건 상관없이 무조건 양파 써는 법부터 가르치는데 결코 쉽지 않은 일이라 이에 대해서는 불만이 꽤 높았다. 파두스 셰프는 당근을 들고 깎는 게 아니라 굵은 부분을 도마 위에 둔 채 손끝으로 돌리면서 깎았다. 속도도 더 빠르고 힘도 덜 드는 방법이었다. 당근 9킬로그램을 깎는다거나 일을 빨리 해치워야 할 때라면, 차이가 느껴질 게 분명했다. "1시간에 5달러 받고 접시닦이로 일하고 있을 때 너희 앞에서 주방 사람들이 당근 껍질을 벗기고 있다면, 시범 한번 보여주고 코를 납작하게 해줄 수 있을 거야."

우리는 2번 테이블 끝에 서 있는 셰프 주변을 에워싸고 당근을 깎는 모습을 지켜보았다. 그때 누군가 어차피 육수에 들어갈 당근이라면 굳이 껍질을 벗길 필요가 있느냐고 물었다.

그러자 셰프가 손을 멈추고 대답했다. "너희는 어때? 보통 당근 껍질을 깎아서 쓰나? 깎지 않고 쓰는 사람도 있겠지. 나는 내 육수가 최대한 신선하고 깔끔한 맛이 나기를 바라는 사람이야. 내 방법만 옳다는 말은 아니지만, 껍질을 깎지 않는 사람들은 게을러서 그런 거라고 생각한다." 셰프는 짓궂게 웃으며 주렁주렁 늘어진 지저분한 당근 껍질 뭉치를 집어 들었다. "껍질이 그렇게나 좋으면 샐러드에 올려줄게. 먹고 싶어?"

모두들 재료를 썰어 미르포아 9백 그램을 준비했다. 비율은 셀러리와 당근, 양파가 1:1:1 비율이었다. 앞으로 6주간 우리가 매일 만드는 이 미르포아가 그날 육수 맛을 내는 데 쓰이게 될 것이었다.

셰프가 다음으로 보여준 시범은 토마토 콩카세였다. 토마토 콩카세는 잘게 다진 토마토를 의미한다. 토마토 껍질을 벗기는 데 쓸 물은 스토브 위에서 이미 끓고 있었다. 셰프는 2월 중순이라 아직 토마토가 단단한 편이니 끓는 물에 45초간 데친 후 얼음물에 옮겨 담는 게 좋다고 말했다. 테이블마다 얼음물 그릇이 놓여 있었다. 토마토 껍질을 벗기고 씨를 제거한 뒤 잘게 다지면서 셰프는 이렇게 말했다. "이게 토마토 콩카세야. 별것 없어." 분량의 양파 중 절반은 으깨고 절반은 얇게 저며야 했는데, 으깰 때는 처음에 최대한 얇게 썰어야 즙을 짜내지 않고도 마무리를 손쉽게 할 수 있다고 했다. 으깬 양파는 보슬보슬하고 밝은 색을 띠어야지 칙칙하고 질척거리면 안 된다는 말이었다. 다음에는 마늘과 샬롯* 껍질을 벗겨 으깨고 파슬리를 곱게 다졌는데, 셰프는 가루로 만들지 않도록 주의하라고 말했다. 마지막이 성가시기 짝이 없는 뚜르네였다. 뚜르네란 채소를 공 모양으로 둥글게 깎는 것을 뜻한다. 이렇게 다듬은 채소들은 작은 종이컵에 담아, 앞서 만들어놓은 9백 그램의 미르포아와 함께 호텔 팬 안에 보관했다. 그리고 하루 작업을 마무리하면서 그날 다양한 모양으로 썰어놓은 채소들은 모두 비닐봉투에 담아 흔들어 섞었다.

파두스 셰프가 해산을 지시하자 우리는 각자 테이블로 돌아가 그날의 미장 플라스**를 시작했다. 나는 방금 셰프를 따라 주방 전체를 구경해놓고도 어디에 뭐가 있는지 도통 기억이 나지를 않아, 자투리 야채를 담을 그릇과 호텔 팬을 찾아 한참을 헤맸다.

우리가 채소를 써는 동안 파두스 셰프는 이리저리 다니며 칼 잡는 모양을 바로잡아주었다. 손잡이 전체를 망치 쥐듯이 움켜쥐거나 검지를 쭉 뻗어 칼 등에 대면 안 된다고 했다. 검지와 엄지로 날을 살짝 쥐고 나머지 손으로 손잡이를 잡는 게 올바른 방법이라고 했다. 그 외에는 다 틀렸다는 것이었다. 누군가에게 칼 잡는 법을 알려주지 않을 때는 스테이션을 깨끗이 치우라거나 바닥이 지저분하지는 않은지 살피라고 일러주었다. "첫날 늘 말을 제일 많이 하게 되지. 하지만 일주일 후에는 웅성거리는 소리만 들릴 거야."

내가 쓰는 칼 세트는 학교에서 빌린 것이었다. 보자마자 딱 느꼈지만, 정

---

* 작은 양파의 일종.

** '제 자리에 놓인'이라는 뜻의 프랑스어로, 특정 음식이나 서비스에 필요한 재료, 팬, 접시 등을 모두 준비한 상태.

말이지 엄청난 물건이었다. 가방에는 자단목 재질의 손잡이가 달린 30센티미터짜리 셰프 나이프, 과도, 뼈 바르는 칼, 편뜨기 칼과 온도계, 페이스트리 솔, 짤 주머니 깍지, 55그램짜리 국자, 소형 후추 분쇄기가 들어 있었다. "할 만해? 불편한 점은 없어?" 모두 미장 플라스 준비를 시작하자 셰프가 약간 염려스러운 얼굴로 내게 조용히 물었다. 나는 괜찮다고 대답했다. 그러나 필요한 물건을 거의 다 챙기고 나서 왼편에 놓인 사이드 타월을 집으려다 탁자에 놓인 칼에 약지가 닿은 것은 그로부터 고작 2분이 지난 후의 일이었다. 칼은 워낙 날이 서 있어서 내 손이 닿았을 때 움직이지도 않았다. 그저 미끄러지듯 스쳤고, 내 손가락은 깔끔하게 베였다. 날 선 칼은 안전하다더니.

요리 근처에도 안 가본 사람은 반 전체에서 나 하나였다. 그런 주제에 칼을 꺼내자마자 바로 손가락을 베다니, 정말이지 부끄러웠다. 제발 아무도 나한테 신경을 쓰지 않았으면 했다. 셰프는 자상하게도, 수업 첫날 손가락을 베는 것은 좋은 징조라고 말해주었다. "가서 손 씻고 와. 반창고를 줄 테니." 셰프는 책상 서랍에서 반창고를 꺼내 건네주었다. 생김새와 기능 때문에 손가락 콘돔이라는 이름이 붙은 손가락 싸개도 같이 주었다. 상처에 반창고를 붙인 뒤 손가락 싸개로 감싸자, 미장 플라스를 하는 데는 별 지장이 없었다. 내 옆에서는 퀸즈 출신의 스물한 살 비앙카 리초가 일을 하고 있었다. 서른두 살의 그레그 린치와 이십대 중반의 데이비드 스콧, 트래비스 앨버해스키는 내 맞은편에서 스토브를 등진 채 서 있었다. 셋 다 입학 전 주방에서 일한 경력이 있었으며, 그레그는 버몬트에서 B&B 게스트 하우스 헤드 셰프 승진에서 미끄러진 후 학교를 오게 되었다고 했다. 그가 이곳에 온 이유는 오로지 돈 때문이었다. CIA 졸업장이 있다는 것은 미래에 더 큰 급여를 받게 될 거라는 뜻이었으며, 그는 자신이 투자한 3만 달러를 되도록 빨리 보상받기를 원하고 있었다.

우리는 매일 미르포아 9백 그램을 썰어야 했다. 손가락을 보호하면서 빨리 썰기 위해, 양파를 붙든 손끝을 둥글게 만 채 얇게 저며야 했다. "손가락을 둥글게 말고 엄지는 다른 손가락들 뒤에 둬라. 지금 당장 내 말대로 하란 말이야. 파슬리에 엄지손가락까지 같이 다져넣을 셈이야?"

우리는 이탈리아산 긴 토마토 두 개를 콩카세하고 통후추 대여섯 알과 월계수 잎 하나, 백리향, 파슬리 줄기 몇 개를 넣어 향신료 주머니를 만들었다. 보통은 마늘을 함께 넣기도 하지만, 파두스 셰프는 육수의 용도를 잘 생각해서 결정하라고 했다. 글라스* 상태가 될 때까지 졸여서 소스로 쓸 것인가? 그 소스에 마늘 맛이 나게 할 생각인가? 매사를 그런 방식으로 생각하라는 것이었다. 우리는 셰프에게 두 가지 모양으로 채소를 썰어 제출했다. 이를테면 페이잔느**와 바토네*** 같은 모양으로 말이다. 6시가 되기 전, 우리는 귀리죽을 더 달라고 미스터 브럼블에게 다가가는 올리버 트위스트처럼, 파두스 셰프에게 다가갔다. 그는 책상 뒤에 앉아 금테 안경 너머로 우리 얼굴을 흘끗 올려다보고는 고개를 숙인 채 우리가 썬 채소들을 손에 쥔 과도로 헤집어보았다. "양파는 잘 썰었군." 첫날 그가 내게 한 말이었다. "음. 샬롯은 좀 들쭉날쭉해." 그러고는 칼날 위에 갖가지 크기의 샬롯을 꺼내 올려 보여주었다. 반박의 여지가 없었다.

다른 것도 그렇겠지만 샬롯 역시 균일한 크기로 자르는 게 제일 중요한 평가 요소였다. 사실 양파의 경우 너무 두툼했지만 그나마 모양이 균일했기에 잘 썰었다는 평가를 들었던 것이었다. 셰프는 내가 썰어놓은 당근을 집어 들었다. 당근을 뚜르네하기가 정말 어려웠는데, 특히 비스듬하게 칼

---

* 점도가 생기도록 졸인 육수.

** 사방 1.2센티미터 정도 크기에 납작한 네모로 잘라 야채수프에 넣는 용도로 쓰는 썰기 방식.

*** 6센티미터 정도 길이로 약간 굵은 막대 형태로 자르는 채썰기 방식.

날을 집어넣는 것 자체가 무척 힘이 들었다. 그래서 완벽하게 일곱 면으로 잘린 축구공 모양을 쉽사리 만들 수가 없었다. "나쁘지는 않군. 좀 더 노력이 필요하지만 그럭저럭 괜찮아." 내가 호텔 팬을 치우자 셰프는 종이를 몇 장 넘기더니 내 점수를 기록했다.

5센티미터 깊이의 호텔 팬에 내가 만들어 제출한 것이 바로, 칠판에 그 날의 SMEP, 즉 스탠더드 미장 플라스라고 적어 놓은 재료였다. 6시가 지나고 각자 자신의 호텔 팬을 셰프에게 가져가 칼질 점수를 받고 나면 모두들 다진 양파와 저민 양파를 각기 다른 주머니에 쏟아부었다. 미르포아 3킬로그램가량, 갈고 다지고 썬 채소들 몇 자루, 그리고 향신료 주머니 18개가 모두 그날의 표준 미장 플라스였다.

기본을 배우기 위해 이곳에 온 내게 파슬리를 다지고 양파를 써는 것보다 더 기본적인 것은 확실히 없는 것 같았다.

저녁 식사 시간은 6시 반이었다. 우리는 주방 이름이 적힌 티켓을 받아 그 주방의 수 셰프에게 가서 밥을 달라고 했다. 우리 교실은 K-8이었고 밥을 타는 곳은 바로 옆에 있는 스미스 셰프의 K-9 주방이었다. 스미스 셰프는 해병대 출신이라는 소문이 있었다. 그가 맡은 반은 스킬 수업 바로 다음에 이어지는 더운 요리 입문이었는데, 강인한 턱과 무표정한 얼굴, 허리를 똑바로 펴고 뒷짐을 지고 있다가 껍질콩이 익었는지 맛을 볼 때에나 자세를 푸는 그의 모습은 정말로 부대를 사열하는 해병대 장교처럼 보였다. 더운 요리 입문은 학생들이 직접 요리해 학생들에게 판매하는 첫 프로덕션 주방*이었다. 우리는 복도에 늘어선 줄 끝에 서서 차례가 오기를 기다렸다. 더운 요리 입문반에서는 전통적인 음식들을 냈다. 채소 두 가지와

* 수업시간에 만든 요리를 학생들에게 판매하는 CIA의 독특한 주방.

스타치*, 단백질로 된 음식 하나와 한 가지 소스로 이뤄진 네 가지 다른 요리, 그리고 채식 요리 하나였다. 요리는 그릴, 소테, 로스트, 브레이즈** 이렇게 네 군데 스테이션에서 각기 하나씩 맡았다. 이를테면 쥐리에*** 소스를 곁들인 닭구이에 바삭한 감자와 소테한 시금치, 졸인 당근이 함께 나오는 식이었다. 송아지 고기 블랑케트****는 골파를 뿌려 으깬 감자와 바토네로 썬 근채류, 껍질콩과 함께 나왔는데, 모두 통틀어 "브레이즈"라고 불렀다. 누군가 주문을 하면 수 셰프를 맡은 학생이 이렇게 외쳤다. "브레이즈 불에 올려!" 그러면 브레이즈를 담당한 학생이 맞받아 외쳤다. "브레이즈 불에 올립니다!"

요리를 받아 들고 복도에서 오른쪽으로 돌아 조금 더 가면 식당으로 쓰는 알럼나이 홀이 나왔다. 둥글고 높은 아치형의 지붕이 있는 그 길쭉한 방은 예수회 예배당으로 쓰이던 곳이었다. 원래 제단이었던 무대를 따라 탁자가 늘어서 있었으며 벽감 안쪽까지 테이블이 차지하고 있었다. 그리고 예수의 생애를 그린 스테인드글라스 창이 밥 먹는 학생들을 에워싸고 있었다.

그날 밤은 필라델피아 출신의 열아홉 살 에리카와 식사를 함께 했다. 에리카는 자그마한 키에 풍성하고 짙은 갈색 머리카락을 학교 규정에 맞게 그물망으로 씌워 단정하게 묶고 있었다. 거의 완벽한 둥근 얼굴에 내가 이제껏 본 것 중에 가장 푸른 눈동자가 돋보였다. 너무 파래서 깊은 빛이 일

---

* 원래는 전분이라는 뜻이나 서양 요리 메인 중 고구마, 감자, 파스타 등 전분이 들어간 재료로 만든 것들을 총칭함.

** 팬에 소량의 기름을 넣어 큰 덩어리 고기를 살짝 익힌 후, 고기를 냄비에 반쯤 잠기게 스톡을 붓고 뚜껑을 덮은 뒤 오븐에서 시머링(95~98°C의 불에 부글부글 끓이는 것)하는 방법.

*** 주스를 뜻하는 프랑스어로 과일 및 야채주스를 나타내는 동시에 육류를 로스트해서 저절로 용출되는 걸쭉한 육즙을 나타내는 단어.

**** 어린 양고기나 닭고기 또는 송아지 고기와 함께 진한 화이트소스를 이용하여 만드는 스튜.

렁이는 수정 같았다. 분명 콘택트렌즈를 착용한 걸 거라 생각한 나는 K-9 주방 밖 복도에 함께 서 있는 동안 혹시 렌즈를 낀 거냐고 물어보았다. 에리카는 콘택트렌즈가 맞지만 그래도 푸른색은 자연스러운 색깔 아니냐고 대답했다. 그러더니 걱정스럽게 물어보았다. "왜? 별로야?"

"아냐, 정말 멋져. 사실 태어나서 한 번도 그렇게 파란 눈은 본 적이 없어."

그러자 에리카는 웃으며 말했다. "진심이야? 고마워. 누가 눈에 대해 칭찬해주는 게 난 참 좋더라. 데이비드, 넌 어때? 내 눈 마음에 들어?" 그러고는 데이비드 쪽을 보았다.

"그래, 에리카. 마음에 들어." 데이비드에게서 원하던 대답을 들은 에리카는 고맙다면서 미소 지었다.

나는 밥을 받아서(운 좋게도 딱 하나 남은 소테한 송아지를 받을 수 있었다) 에리카, 루, 그레그와 함께 앉았다. 루는 아침 7시부터 11시까지 IBM에서 파트타임으로 일했다. 간호사인 아내는 밤에 일했다. 아침 6시에 루가 처갓집에 아이들을 데려다주면, 아이들은 그곳에서 아침을 먹고 학교에 갔다. 아이들을 데려다준 뒤 일을 마치고 집에 돌아오면 오전 11시 30분이었다. 요기를 좀 하고 등교를 위해 1시쯤 집을 나설 때까지 조용한 시간을 공부에 투자할 수 있었다. 그리고 매일 밤 10시가 조금 못 되어 집으로 돌아갔다. 루는 반에서 가장 나이가 많았고 주방 경험도 가장 적은 편이었다. 간신히 양파 써는 방법 정도나 알까. 그레그 린치는 두 아이의 아버지로, 아내와 이혼한 뒤 주말마다 버몬트로 아이들을 만나러 갔다. 고교 졸업 후 원래는 공장에서 일했는데, 중간에 주방으로 일자리를 옮겼다. 그레그는 행동이 빠르고 요리를 할 줄 아는 친구였다. 잘할 수 있는데도 기본 내용을 공부하는 것은 오로지 학점 때문이라고 그는 거듭 말했다. 에리카는 실업고 마지막 학년 한 학기 동안 주방 기술을 배웠고, 이후 1년 정도 B&B 게스트 하우스 주방 전채 요리 스테이션에서 일했다. 그리고 주방에서 일하면서도 얼마든지 성공할 수 있다고 부모님을 설득하려 애쓰고 있었으며, 나중에는 학생들에게 요리를 가르치고 싶어 했다.

식사는 금방 끝났다. 우리는 7시 반이 되기 전 주방으로 돌아와 그릇과 프라이팬을 설거지하고 스톡을 거르고 뼈와 연골, 축축한 미르포아를 솥에서 꺼내 파란색 대형 음식물 쓰레기통에 넣었다. 브라운 빌 스톡은 밤새 천천히 끓인 뒤, 7시부터 1시 반까지 이어지는 오전 스킬 수업 학생들이 거르고 식혀 저장하게 되어 있었다.

주방을 다 치운 뒤 앞치마를 풀어 둘둘 말아 배낭에 쑤셔 넣었다. 그리고 종이 모자를 벗고 학교에서 받은 검고 단단한 서류 가방 안에 칼을 안전히 챙겨 넣은 뒤, 의자를 다시 꺼내 와 테이블에 둘러앉았다. 환하고 넓고 청결한 주방에서 강의를 듣기 위해서였다.

첫날 강의는 스톡에 관한 내용이었다. 우리는 오늘 이미 육수 몇 리터를 만들었다. 사실 그레그가 만들었다고 해야 정확한 표현이다. 그는 마치 길거리 농구에 참가한 호전적인 단신 포인트가드처럼 주방을 온통 뛰어다니며 거의 혼자서 모든 일을 해치웠다. 브라운 스톡은 밤새 끓이지만, 화이트 비프 스톡*은 좀 덜 끓인 채 끝을 냈다. 그래서 셰프는 7.5리터짜리 플라스틱 통에 담아 냉장고에 보관한 스톡에 표시를 하는 방법에 대해 설명하면서 이렇게 강조했다. "화이트 스톡을 제대로 만들려면 5시간 정도를 뭉근히 끓여야 한다. 그러므로 내일은 물 대신 묽은 육수를 사용할 것이다."

파두스 셰프는 벽에 붙여놓은 종이들을 읽으면서 강의를 시작했다. 그는 늘 나무 숟가락을 손에 들고는 지시봉으로 쓰거나 휘두르면서 말을 했다.

---

* 맑은 소고기 육수.

“훌륭한 스톡을 결정하는 것은,” 이렇게 말한 셰프는 잠시 말을 멈췄다. “맛이다.”

원래 제일 중요한 내용을 제일 먼저 얘기하는 법이다. 스톡이 잡맛 없이 훌륭한 맛을 내는지, 또 원재료로 쓴 뼈의 맛과 향을 제대로 지니고 있는지가 중요하다는 말이었다. 두 번째는 투명도였다. 곧 배우게 될 콩소메를 만들 생각이라면 스톡은 더더욱 맑아야 했다. 색깔도 중요한 요소였다. 브라운 스톡은 갈색이어야 하고, 화이트 스톡은 투명해야 하며, 치킨 스톡은 옅은 노란 빛을 띠어야 했다. 질감도 중요한데, 이를 가리켜 셰프는 “입안에서의 느낌”이라고 설명했다. “물처럼 느껴지면 그것은 제대로 된 질감이 아니야.” 훌륭한 스톡을 결정하는 마지막 요소는 향이다. 브라운 스톡은 로스팅한 냄새가, 치킨 스톡은 닭 냄새가 나야 하며, 화이트 스톡은 중간 정도의 향이 나야 하는데, 이 세 가지 향 모두 깨끗하고 신선해야 한다.

“이걸 기준으로 육수가 제대로 되었는지를 판단해야 한다. 그리고 제대로 되었다는 판단이 들지 않으면, 각 기준을 살펴보고 잘못된 게 무엇인지를 알아낼 수 있어야 해.” 예를 들어 브라운 스톡 색깔이 진하지 않다면 미르포아를 제대로 된 갈색이 될 때까지 충분히 볶지 않았기 때문이었다. 묽다면 물을 너무 많이 써서 젤라틴이 풀어졌거나 뼈에서 젤라틴이 모조리 빠져나올 정도로 푹 끓이지 않았다는 뜻이었다. 연골이 풍부한 관절 부위 뼈는 젤라틴이 많이 나오지만, 풍미가 좀 떨어졌다. 반면에 골수가 풍부하게 함유된 부위의 뼈는 풍미가 좋지만 그 골수 때문에 스톡이 탁해질 수 있었다. 그러므로 뼈를 골고루 섞어 쓰는 게 제일 좋은 방법이었다. 셰프는 매일 만드는 모든 스톡을 담당 학생을 시켜 조금씩 가져오게 했고, 기준에 따라 하나하나 평가해 발표했다.

스톡을 만드는 방법은 매우 다양하고 그중에는 좋은 방법도 많다면서 셰프는 이렇게 말했다. “하지만, 우리는 K-8 주방의 방법으로 만들 것이다.”

이 K-8 주방 방법이 바로 CIA의 공식 방법이었으며, 그 내용은 학교에서 펴낸 거대한 조리 교과서인 《더 프로페셔널 셰프The Professional Chef(이하 《프로 셰프》)》에도 기본 방침으로 들어 있었다.

파두스 셰프는 이젤로 받친 대형 자료 뭉치를 넘겨가며 강의를 했다. 파두스 셰프는 종이 한 장을 넘기더니 숟가락으로 가리켰다. "모든 정통 프랑스 요리의 기본은," 그러고는 잠시 말을 멈추었다. "바로 스톡이다."

스톡은 퐁 드 퀴진, 즉 요리의 기초였다. 위대한 프랑스 요리 셰프이자 작가인 오귀스트 에스코피에는 이렇게 썼다. "소스 담당은 완벽한 스톡을 만들기 위해 온 힘을 다해야 한다. 소스 조리사는 마르퀴스 드 퀴시의 말마따나 '진리를 깨우친 화학자이자 창의적 천재, 그리고 최고급 요리 체계의 초석'이다." CIA에서 오귀스트 에스코피에의 정신과 이름이 차지하는 위상은 동양철학을 이끈 부처와도 같았다. 그의 1903년 작 《요리의 길잡이Le Guide Culinaire》는 이곳에서는 'Le Guide' 혹은 '경전'으로 일컬어지며, 에스코피에의 요리 철학을 완벽하게 담고 있는 훌륭한 작품이다. 1846년 니스에서 태어난 에스코피에는 요리사가 된 뒤 1884년, 원래 수석 웨이터로 일하다 호텔 경영을 맡게 된 세자르 리츠라는 사람에게 스위스의 한 호텔에서 일해 달라는 청을 받았다. 1898년, 두 사람은 함께 일했던 그 호텔을 흉내 내어 파리에 리츠 호텔을, 런던에 칼튼 호텔을 만들었다.

무려 2천 가지에 이르는 조리법을 정리하면서도 에스코피에는 스톡 등과 같은 요리의 기초 준비를 중시했다. "기초 준비는 요리의 핵심과 요리에 필요한 재료를 결정한다. 제아무리 중요한 일도 기초 준비 없이는 시작할 수 없다." 그의 책 두 번째 단락에 나오는 말이다. 기초 준비 없이는 제아무리 중요한 일도 시도조차 할 수 없다니, 자신만만하되 약간의 겸손함이 느껴진다. 게다가 에스코피에는 제대로 준비하지 않으면 아무 일도 제대로 할 수 없는 식재료 리스트와 마찬가지로, 기초 준비 사항에도 이름을 붙여 체크하도록 했다. 그가 말하는 기초 준비 사항은 열세 가지였다. 그리고 그 중에서 특히 중요한 여덟 가지를 따로 떼어, 스톡, 루*, 기본 소스 이렇게 세 가지 항목으로 나눠 구분했다. 그것이 바로 내가 이 학교에 온 이유이자 현대 요리 기술의 기본이었다.

나는 조리법을 맹목적으로 따르는 사람은 아니었다. 세상에 흔해 빠진 것이 조리법이었으며, 그런 것을 백 년 동안 줄곧 따라 한다 해도 결코 제대로 요리하는 법을 배울 수는 없었다. 내가 추구하는 것은 진정한 방법론이었으며, 그 방법을 실제로 시도하고 싶었다. 그리고 그 경험 속에서 음식이 만들어지는 모양새와 소리, 냄새와 느낌을 배우고 싶었다. 혼자서도 스톡을 만들어본 적이 있고, 여러 셰프들과 그들이 만드는 스톡에 대해 이야기를 나눠본 적도 있었지만, 이곳 CIA에서 스톡을 만들기 위해 필요한 제대로 된 방식과 정통 요리의 토대 및 기반을 배울 작정이었다. 훌륭한 스톡을 만드는 방법도 모르고, 심지어 훌륭한 육수가 어떤 맛이 나는지조차 모른다면, 잘해봐야 평범한 요리사, 최악의 경우 무지하고 어리석은 요리사가 되고 말 테니까.

과거에 했던 어떤 행동이나 선택은 훗날 돌이켜 생각해볼 때에야 비로소 이해가 된다. 나는 클리블랜드 집을 세놓고 우리가 가진 거의 모든 살림살이를 아버지 집에다 맡기고는, 아내(사진가였던 아내의 고객은 모두 원래 살던 동네에 있었다)와 아직 걷지도 못하는 딸을 데리고 8백 킬로미터나 떨어진 티볼리에 있는 차고 하나에 침실 하나짜리 다락방으로 이사했다. 인구수와 소의 마릿수가 같은, 뉴욕 주 허드슨 강 계곡에 있는 마을이었다. 내가 이 무

---

* 버터와 밀가루를 섞은 것으로 소스를 걸쭉하게 만드는 데 쓰임.

모한 짓을 감행한 이유를 이제야 알겠다는 생각이 들었다. 그것은 끝내주는 브라운 빌 스톡을 만드는 비법을 배우기 위해서였다.

브라운 빌 스톡을 만드는 물리적 원리는 다른 육수와 크게 다르지 않았다. 뼈를 물에 담가 끓인다. 뼈와 뼈에 붙은 고기에서 단백질과 비타민, 지방, 젤라틴, 무기염, 젖산과 아미노산이 나온다. 채소와 허브, 향신료에서는 펙틴과 녹말, 산과 유황 성분이 나온다. 어린 동물의 뼈일수록 결합 조직이 더 풍부하다. 대체로 콜라겐이라는 단백질로 이뤄진 이 결합 조직이 녹아 젤라틴이라는 끈끈한 물질이 되며, 이것이 스톡에 질감을 선사한다. 고기가 익으면 향긋한 육즙과 단백질이 갈색이 되며, 그 맛이 스톡에 녹아든다. 채소 역시 엷은 흑설탕 색으로 변하며 스톡에 맛이 밴다. 미르포아를 넣고, 깊고 짙은 갈색이 된 토마토 페이스트를 넣어 물을 더 부은 뒤 아주 뭉근하게, 즉 다른 움직임은 전혀 없이 몇 초마다 한 번씩 기포 두세 개만 올라올 정도의 온도로 끓이고, 간간이 위에 떠오른 기름을 걷어내면서 오랜 시간 익히면, 갈색을 띠는 맛이 진하고 영양가 풍부한 액체가 된다. 기름을 걷어내고 걸러낸 뒤 다시 몇 번 더 기름을 제거하면, 완성이다.

이렇게 나온 스톡에 아무것도 넣지 않고 그대로 먹을 수는 없다. 냄새도 그다지 좋지 않다. 구운 닭으로 낸 치킨 스톡은 맛 좋은 수프와는 거리가 멀다. 소고기 스톡 역시 그저 소고기 맛일 뿐이다. 완벽한 브라운 빌 스톡은 '중립적' 풍미라고 할 만한 맛이 난다. 그 말인즉, 익숙하지도 않고 먹고 싶지 않은 맛이라는 뜻이다.

하지만 이 중립성이야말로 이 스톡의 핵심이다. 훌륭한 빌 스톡으로 할 수 있는 요리는 정말이지 다양하다. 왜냐하면 빌 스톡은 짙은 풍미를 내세우지 않고, 다른 풍미를 받아들이는 놀라운 특질을 지니고 있기 때문이다. 게다가 고유의 풍미가 두드러지지 않은 채로 진국 같은 질감을 선사한다.

빌 스톡을 졸이면 그 자체만으로도 전채 요리 소스로 쓸 수 있다. 빌 스톡에 루를 넣으면 데미글라스 소스가 되고, 데미글라스 소스가 있으면 에스코피에가 만든 백 가지 소스 중 어떤 것이라도 30초 안에 만들 수 있다.

만일 제대로 된 빌 스톡을 만들겠다는 마음이 불타오르거든, 오랜 시간 동안 끓여낸 이 황금색 천상의 육수를 새로 구운 송아지 뼈에 부은 뒤, 약간 진한 갈색으로 익힌 미르포아와 갈색 토마토 페이스트를 더 넣어라. 천천히 끓이고 앞서 했던 모든 과정을 천천히 다시 하는 것이다. 이 모든 것을 완벽하게 해내면 최고의 브라운 빌 스톡을 만들어낼 수 있다.

주방에서의 첫날이 거의 끝나가고 있었다. 파두스 셰프는 화이트 스톡과 브라운 스톡 만드는 방법을 다시 한 번 복습시켰다. 토마토 페이스트를 갈색이 될 때까지 익히는 것을 뜻하는 단어 '팡세'를 말하면서 파두스 셰프의 금테 안경이 콧등 주름 위로 높이 솟아올랐다. 셰프는 목소리가 대단히 변화무쌍했다. 게다가 단어를 강조할 때면 입술을 온갖 모양으로 일그러뜨렸다. 예를 들어 푸메*, 쿠르 부용**, 부용***, 브로스****, 에센스 등 각기 다른 스톡과 그 스톡의 쓰임새에 대해 이야기하다 글라스 차례에 이르자, 이렇게 말했다. "글라스는 스톡을 졸여 완전히 농축시키는 것이다. 브라운 스톡 3.7리터 정도를 한 컵으로 졸이고 차갑게 식히면 탱탱공처럼 단단해진다. 그게 바로 글라스지."

수업이 끝난 뒤 홀로 K-8 주방을 나와 예수회 예배당이었던 식당을 지나 로스 홀로 내려갔다. 그리고 냉기가 감도는 텅 빈 광장을 지나 좀 더 내

---

*　향미 재료를 와인 등에 끓여 만든 육수.
**　물에 각종 향미 재료를 넣고 끓인 액체. 해산물을 포칭할 때 주로 사용.
***　국물이라는 프랑스어.
****　뼈와 살코기로 만든 진한 고기 국물. 부용이라고도 함

려가, 편도 이 차선으로 탁 트인 9번 도로 모퉁이에 있는 넓은 주차장에 들어섰다. 내가 선 이곳은 요리학교였다. 하운드투스 체크무늬 바지와 크고 두툼한 검정 신발, 손에 든 칼 세트, 어깨에 걸친 가죽 서류 가방. 학교와 주방을 상징하는 것들을 모두 모아놓은 차림새였다. 이곳에서 나는, 완벽한 브라운 빌 스톡을 만드는 방법 그리고 거기에서부터 뻗어나가는 모든 것들을 배울 것이었다.

일상

파두스 셰프의 말이 옳았다. 3일차로 접어들자 일상이 자리를 잡으면서 주방에서는 그저 웅성거리는 소리만 들려왔다. 우리는 보통 1시 30분에서 2시 10분 사이에 주방에 도착했다. 식재료 담당은 누군가의 도움을 받아 식재료가 담긴 거대한 회색 통을 위층 저장실에서부터 K-8 주방까지 용을 쓰며 끌고 왔다. 각 테이블에서 한 사람씩 나와 같은 팀의 도마를 모두 챙기고, 다른 사람은 팀에 필요한 그릇과 향신료 주머니용 천을 넉넉히 챙겼다. 오늘도 그랬지만 그 후로도 2주 내내 트래비스는 누군가 향신료 주머니를 만들다가 "혹시 타임* 좀 있는 사람?"이라고 외치면 어김없이 "아, 2시 10분 정도 됐어"라고 대답했다. 그런 시시껄렁한 농담을 트래비스는 질리지도 않고 내뱉었고, 누군가 자신에게 타임 좀 달라고 부탁하면 흔쾌히 도움을 베풀었다. 모두들 자신이 하는 일에 익숙해지고 있었다. 따로 정하지는 않았지만 우리 팀 팀장은 그레그였다. 파두스 셰프가 각 팀마다 정제 버

* 향신료의 일종.

터 5파운드나 10파운드를 녹여 투명하게 만들라고 시키면, 우리 팀에서는 그레그가 그 일을 해치웠다. 나는 내 양파(미르포아용으로 반은 얇게 저미고 반은 으깨야 하는)를 처리하느라 그런 걸 챙길 정신이 없었다. 우선 내 할 일을 끝낸 뒤 다른 일을 하고 싶었다. 내 옆 비앙카는 제 몫의 표준 미장 플라스를 만드는 동안에는 거의 아무 소리도 내지 않았다. 맞은편 트래비스와 그레그 사이에서 작업을 하는 데이비드는 매사에 진지하고 싹싹했다. 그는 서던 캘리포니아 대학교를 졸업한 뒤 이곳에 오기 전까지 은행에서 근무했다고 했다.

에리카는 아름다운 푸른 눈동자에도 불구하고, 계속해서 뭔가 어긋나고 있었다. 머리카락 망을 하는 것을 자꾸 잊어버려 거의 매일 위생 점수가 깎였고, 유니폼은 때에 몹시 절어 있었다. 본격적으로 요리를 시작하기도 전인 첫날부터.

에리카 맞은편에는 이은정이 있었다. 은정은 서울에서 온 젊은 영양사로 한국에서 CIA 출신 유명 셰프와 같이 일하다 그의 추천으로 학교에 오게 됐다. 150센티미터 정도 돼 보이는 키에 작은 체구, 검은 곱슬머리를 완벽하게 망으로 감싼 은정은 처음에는 약간 부끄러움을 타는 듯 보였다. 물론 오래지 않아 아시아인들이 워낙 사려 깊은 편인 데다, 영어 이해에 한계가 있다 보니 그런 태도를 보였다는 사실을 알게 되었다. 영어의 한계를 메우려는 듯 은정은 강의 때마다 꼼꼼히 필기를 했고, 맨 앞자리에 앉아 셰프의 말에 열중했다. 3일째 되는 날에는 기숙사 방에서 김치 파티를 연다며 나를 초대하기까지 했다. 그때까지 내게 진심으로 말 걸어주는 사람이 하나도 없었던 터라, 나는 은정에게 눈물 나게 고마웠다. 은정은 다양한 절임 채소들을 맛보여주었고 한국에서 가져온 요리책을 자랑스럽게 보여주었다. 은정은 집을 그리워하고 있었다.

뉴욕 로클랜드 카운티 출신으로 스물다섯 살의 짧은 머리 청년 벤 그로스먼은 우리 반 반장이었다. 그가 하는 일은 모두에게 각 수업 과정을 확실히 알려주고 누군가 어려움을 겪고 있지는 않은지 살피는 것이었다. 또한 따로 모여야 할 때는 모두에게 알려주었고, 반 전체가 학교생활 전반을 원활하게 해나갈 수 있도록 도왔다. 벤은 원래 뉴욕 주립 대학 앨버니 캠퍼스에서 학부를 졸업한 뒤, 뉴욕 주에서 공인회계사 자격을 취득해 1년가량 회계사로 일했다. 그가 직업을 바꿀 결심을 한 것은 1993년 뉴욕타임스에 실린 칠면조 미트로프에 관한 기사와 조리법 때문이었다. 그는 기사를 클릭한 순간 요리학교에 가야겠다는 생각이 들었다고 했다. 벤은 처음에 사우스 스트리트 시포트에서 케이터러로 일하다 가족 소개로 스탠호프 호텔 주방에서 일자리를 얻어 7개월간 가드망제에서부터 팬트리, 연회장에 이르기까지 모든 스테이션을 섭렵했다.

하지만 파두스 셰프는 벤에 대한 첫인상이 별로 좋지 않았다. 반장이라는 녀석이 숙제를 제출하며 이름 적는 것을 잊었으니, 셰프로서는 이 반이 어떻게 되려나 하는 걱정을 하지 않을 수 없었던 것이다. 나머지 사람들은 첫 과제를 아예 제출하지 못했다. 하긴 그 두 가지 말고도 셰프의 마음에 들지 않은 것은 무척 많았을 것이다. 에리카의 풀어헤친 머리카락이라든지, 말귀를 잘 못 알아듣는 은정, 혹은 손재주가 꽝인 루 등 참으로 가지각색이었으니까. 셰프는 우리를 가망 없는 반이라고 여기고 있었다. 하지만 우리 반에는 이미 요리에 능숙한 그레그와 키 크고 마른 체격에 검은 머리카락을 거의 뾰족할 정도로 아주 짧게 깎은 애덤이 있었다. 애덤은 워낙에 잘 웃지 않아 화가 난 것처럼 보일 때가 많았다. 나이를 묻는 내게 애덤은 쏘는 듯한 눈빛으로 이렇게 대답했다. "스물여섯? 스물일곱? 이봐, 나도 잘 몰라." 그러나 애덤이 던지는 질문은 하나같이 훌륭했다.

수전 역시 꽤 똑똑했다. 스물일곱인 수전은 몸집이 가냘펐고, 검은 곱슬머리와 작은 얼굴, 짙은 눈동자가 인상적이었다. 버나드에서 3년간 영어를 전공하다가 수업이 만족스럽지 않고 또 할렘에서의 삶이 지겨워 학교를 그만뒀다고 했다. 그 뒤 요리학교에 오기로 결심하기 전까지 몇 년 동안 광고일을 했다. 대학을 다니는 동안 여기저기서 웨이트리스로 일했지만 입학 자격을 갖추려면 그 이상이 필요했다. 그래서 뉴욕의 샨터렐에서 견습직, 일명 스타지 자리를 따냈다.

스킬 수업 3일차, 내 작은 준비 카드에는 이렇게 적혀 있었다.

- 오븐 켜기, 팬 달구기
- SMEP (당근 굵게 채썰기, 작게 깍둑썰기)
- 브라운 스톡
- 양파 수프

나는 가장 먼저 챙길 항목으로 오븐 켜기, 팬 달구기라고 적어두었다. 육류 해체 반 친구들이 그날의 고기를 가져오자마자 송아지 뼈로 작업을 해야 하는데, 오븐을 아무도 켜놓지 않으면 족히 30분이 날아갈 수 있기 때문이었다. 테이블마다 세 가지 스톡 중 하나씩이 배정되고, 네 번째 테이블에서는 셰프의 시범 준비를 했다. 오늘은 양파와 소스와 소테 팬을 찾아두고, 화이트 스톡 1킬로그램을 계량해 준비해두고, 종이컵에 50그램가량의 블레어 애플잭*을 담아야 했다. 그렇게 모든 준비를 마치자 셰프가 외쳤다. "5분 후 시범이 있겠다!" 셰프가 시범을 보이는 동안 우리는 모두 리치인 냉장고 바로 옆 버너 앞에 선 그를 둘러쌌다. 셰프는 말을 하면서 시범을 보였고, 우리는 듣고 보았다. 양파 수프 만드는 과정은 약간 복잡해 보였지

* 요리용 사과주.

만 어쨌거나 재미있었다.

파두스 셰프는 어제 강의 중에, 치즈나 크루통*은 쓰지 않았으면 한다고 말했다. "내 관심사는 너희가 훌륭한 양파 수프를 만들 수 있느냐다." 그리고 수프가 잘되었는지 평가하는 기준을 알려주었다. 색감, 질감, 온도, 향, 그리고 당연히 맛이 중요한 요소였다. 셰프는 "수프는 뜨거워야 해. 당연히 그릇도 뜨거워야지. 그렇다고 그릇 안에서 수프가 부글거리며 끓어오르도록 만들라는 말은 아니야"라고 말했다.

셰프가 가장 먼저 보여준 것은 양파 썰기였다. 숟가락에 딱 맞는 짧은 길이에 모두 같은 두께였다. 숙녀의 숟가락에 긴 양파 가닥이 매달려 4백 달러짜리 드레스에 금방이라도 떨어질 것 같은 꼴이 되어서야 되겠느냐는 것이었다. 커다란 단풍나무 도마 위에서 양파를 썰던 셰프는 동작을 멈췄다. "내 손을 잘 봐. 손끝을 둥글게 구부렸지. 엄지손가락은 손가락 뒤에 감췄어. 그러니 손가락 자를 일은 없을 거야. 간호사 볼 일도 없겠지. 병원에도 안 가. 난 그런 것 말고도 할 일이 많은 사람이거든."

스토브로 돌아선 셰프는 소테 팬을 불 위에 얹고 양파를 천천히 익히기 위해 불꽃을 줄였다.

파두스 셰프는 준비된 2리터짜리 계량컵에 담긴 채 말랑거리는 화이트 비프 스톡을 들여다보았다. "본격적으로 요리에 들어가기 전에 스톡을 좀 데워 맛을 보는 것도 괜찮아. 내 생각에 이 스톡은 분명 상태가 좋아. 우리가 어젯밤에 만든 스톡이거든."

"바로 전날 액체였던 스톡이 그렇게 젤리처럼 변할 수가 있나요?" 전직 회계사 벤 그로스먼이 물었다.

---

* 수프에 띄우는 튀긴 빵 조각.

"당연히 그럴 수 있지. 하지만 그 시간은 동시에 지독하게 긴 시간이기도 하지. 우리가 스톡을 만들기 시작한 시각은 3시였어. 만드는 데 걸린 시간은 대략…… 이런, 젠장."

갑자기 교실이 어두컴컴해진 것이었다. 모두들 셰프를 따라 했다. "어, 이런."

불은 30초쯤 뒤에 다시 들어왔다. "자, 계속하자. 오븐을 전부 끄도록. 그쪽 불 켜져 있나?" 그레그가 확인 후 켜져 있지 않다고 대답했다. "오븐을 전부 꺼. 점화용 불씨가 나갔어. 이게 바로…… 뉴욕의 겨울이야!" 전기가 나가면 가스가 모두 차단되기 때문에 반드시 수동으로 다시 켜야만 했다. 이런 일이 생길 때면, 보수 담당 직원들이 소형 점화 장치를 들고 오래된 수도원 전체로 흩어져 무려 천 개의 점화용 불씨에 불을 붙였다.

"안 되겠군. 시범은 미루도록 하지." 파두스 셰프가 말했다.

"안 돼요!" 짐짓 놀란 표정으로 롤라가 외쳤다. 롤라는 스태튼 섬 출신이었다. 내가 학교에 온 이유를 묻자 롤라는 "검보* 만드는 방법을 배우고 싶어서"라고 대답했다. 어쩐지 동질감이 느껴졌다. 사실 나는 롤라에게, 그 짙은 갈색 눈동자와 긴 갈색 머리카락에 신경이 쓰였다. 매일 뭔가 썰고 다지는 내 앞에서 트래비스와 은밀하게 속삭이고 킬킬대느라 정신이 없었기 때문이었다. 당시에는 몰랐지만, 두 사람은 몇 주 전 육류 선별 수업에서 이미 만난 사이였다. 아무래도 육류 선별이 어떤 사람들에게는 묘한 영향을 끼치는 모양이었다.

작업복 셔츠와 갈색 바지를 입은 직원들이 점화용 불씨를 붙이고, 양파가 다시 지글거리기 시작한 뒤 1시간가량이 지났다.

---

* 농도가 진한 스튜 비슷한 요리로 오크라, 토마토, 양파 그 밖의 고기나 조개, 큰 게, 새우, 햄, 소시지 같은 것들을 넣어 끓인다.

"자, 이제 양파가 갈색으로 변하기 시작했지만 내가 원하는 만큼은 아니다. 아주 짙은 갈색이 되게 만들 생각이거든. 어제 얘기한 복잡한 캐러멜 맛과 향을 만들어내려는 거다. 캐러멜은 설탕이 아주 복잡하게 작용해 탄생하는 결과물이다. 논문까지 보여줄 수는 없다만, 아무튼 복잡해."

"복잡하다는 게 정확히 무슨 뜻인가요?" 내가 물었다.

학생들이 웅성대기 시작하자 셰프는 목소리를 조금 더 높여 말했다.

"복잡함의 의미를 물은 건가?" 잠시 후 셰프가 다시 입을 열었다.

"다 떠들었어? 얘기 다 끝나면 말해주라고. 그때 다시 시작할 테니."

그러자 롤라가 나서서 사과했다.

"혹시 원당 맛을 본 적 있나? 맛이 어떻던가? 달콤하지. 그렇게밖에는 말할 수 없을 거야. 그러면 캐러멜은? 입안에 넣으면 어떤 맛이 나지? 물론 역시 달콤하지. 하지만 그 안에는 뭔가 다른 맛이 숨어 있어. 확실히 달라. 뭔가 더 복잡하지. 어쩌면 바닐라 맛, 또 강한 계피 맛도 날 거야. 캐러멜화가 일어나기 시작하면서 생겨나는 여러 가지 맛, 그리고 그 맛과 더불어 만들어진 각각의 향을 느낄 수 있지."

나는 그날의 준비 리스트 뒷면, 도구 리스트 아래에 '맥기McGee'라는 이름을 적고 동그라미를 쳐두었다. 서점에 들러 《음식과 요리에 관하여: 주방의 과학과 이야기On Food and Cooking: The Science and Lore of the Kitchen》를 잊지 않고 사기 위해서였다. CIA에서는 늘 언급되는 책이었다. 전날 파두스 셰프는 졸업 전에 모두들 이 책을 처음부터 끝까지 두 번은 읽어야 한다고 말했다. 오래전부터 사람들은 이 책을 원래 제목 대신 저자 이름으로 불렀다. 해럴드 맥기. 학기 중 언제고 음식이 익어가는 동안 무슨 일이 벌어지는지 모르겠다는 얘기가 나올 때면, 늘 이런 대답이 뒤따랐다. "《맥기》를 읽어봐." 혹은 "《맥기》에서 찾아봐."

파두스 셰프는 캐러멜화에 대한 얘기가 《맥기》 609쪽에 나온다고 했다.

"캐러멜화 과정에서 일어나는 화학적 반응은 아주 복잡하고 이해하기 어렵다. 이당류 자당보다 더 단순한 당분인 글루코스는 갈변하면서 분해되고 재구성되어 최소 백 가지나 되는 반응 결과를 만들어낸다. 그 가운데는 새콤한 유기산 맛, 단맛, 씁쓸한 맛이 나는 파생물과 많은 향긋한 휘발성 분자들, 그리고 갈색을 내는 고분자가 있다. 정말이지 놀라운 변화지. 미각에게는 축복인 거야."

"자, 이제 팬 바닥에 폰드*가 완성됐다." 파두스 셰프는 팬에 들러붙은 폰드와 갈변한 설탕을 애플잭으로 벗겨낸 뒤 거기에 바로 화이트 비프 스톡을 부어 끓였다. 그러고는 본인이 원하는 맛이 날 때까지 정확히 끓인 뒤 딱 본인 취향대로 양념을 하고는, 양파 수프가 완성되었으니 맛보기 스푼으로 맛을 보라고 했다. 이 맛을 표본으로 삼아 각자의 수프를 만들어야 했다. 셰프가 요리하는 동안 우리는 그날의 표준 미장 플라스를 준비했다. 미장 플라스는 단순히 '그날 필요한 것을 준비'한다는 의미만이 아니었다. 많은 셰프들이 "마음의 미장 플라스"에 대해서 이야기했다. 셰프가 양파 수프를 시범 보이기 전, 나는 내 몫의 파슬리를 잘게 다지는 중이었다. 그러다 다소 방심한 상태로 엄지와 검지로 쥔 칼을 파슬리 위에 내려치는 순간 손가락이 칼날에 닿았고 그만 움찔하고 말았다. 내 꼴을 본 셰프가 말했다. "반창고를 가져다줄게."

"괜찮습니다. 제가 챙겨왔어요"라고 대답하자 셰프는 새삼 나를 쳐다보며 말했다. "손가락 정도는 얼마든지 벨 만큼 스스로를 멍텅구리라고 생각해서 미리 준비했나?" 그는 싱긋 웃고 있었다. "그래, 그게 바로 미장 플라스야."

---

* 스톡의 다른 말.

수프가 완벽하게 캐러멜화된 것 같다는 생각이 들면 셰프에게 그릇을 가져갔고, 셰프는 맛을 보고 점수를 매겼다. 뜨겁게 데워놓은 그릇을 사용하기 때문에 옮길 때에는 반드시 사이드 타월을 사용해야 했다. 길고 흰 종이 모자 하나만 덩그러니 썼을 뿐, 촌스러운 라틴어 선생 같은 모양새를 하고 책상 앞에 앉은 셰프는 우리 대부분에게 수프가 지나치게 캐러멜화되어 너무 색이 짙고 쓴맛이 난다는 평가를 내렸다.

솥과 팬, 칼과 국자, 차이나 캡, 시누아, 마르미트 등 이런 저런 그릇들을 씻어서 서랍장에 넣고, 식은 스톡에 이름표를 붙여 저장하고, 바닥을 깨끗이 청소하고, 스테인리스 스틸 테이블들을 말끔히 닦고 의자를 주변에 가지런히 정리하자, 파두스 셰프는 첫날 제출했던 브라운 빌 스톡에 대한 숙제를 돌려주었다. 나는 보통 트래비스 맞은편에 앉았는데, 그는 독일 빌세크에서 군 복무를 하다 전역한 뒤 지금은 킹스턴 근처 버거킹에서 패티 뒤집는 일을 하고 있는 친구였다. 미주리 주 캔자스 출신인 그는 키가 크고 건장하며 군대식 헤어스타일에 안경을 쓰고 있었다. 처음 업계에 뛰어든 것은 열다섯 살, 셀프 서비스 식당 체인 퍼스에서 접시를 닦으면서였다. 그곳에서 그는 튀김 담당에서 제빵, 채소 담당, 저녁 정식 담당까지 차례로 자신의 길을 걸었다. 이후 그레이하운드 버스 터미널 식당에서 요리를 하다가 캔자스시티 하얏트 제과점으로 자리를 옮겼다. CIA에 가고 싶다는 생각을 했던 것이 바로 그 시기였다. 하지만 돈이 없어서 2년 반 동안 군 복무를 한 것이다.

숙제를 받아들자마자 가방에 구겨 넣는 표정으로 보아 트래비스는 점수가 마음에 들지 않은 모양이었다. 사실 진심으로 기뻐하는 듯 보이는 친구는 아무도 없었다. 서던 캘리포니아 대학 졸업생 데이비드 스콧은 도저히 믿을 수 없다는 표정으로 앉아 있었다. 죽어라고 열심히 써서 냈는데 점수가 5점 만점에 3점이었던 것이다. 타자를 치는 데 고작 2시간밖에 걸리지 않았다는 롱 아일랜드 벨포트 출신 폴 트루히요는 4점을 받았다.

셰프도 우리가 실망했다는 사실을 알고 있는 듯했다. 칼 기술은 뛰어난지 아닌지가 분명히 구분된다. 할 수 있거나 못하거나 둘 중 하나니까. 콩소메도 마찬가지. 부옇게 된 콩소메를 괜찮다고 주장할 사람은 아무도 없었다. 하지만 숙제 점수가 5점 만점에 2점이라면?(그게 바로 애덤 점수였다.) 여기가 요리학교지 작문 학교냐, 우리가 몸담은 곳은 주방이지 교실이 아니라고! 학생들의 약 오른 표정이 그렇게 말하는 것 같았다.

볼멘 친구들을 향해 셰프가 입을 열었다. "자, 너희는 대부분 학교를 졸업한 뒤 조리사로서 꽤 좋은 일자리를 얻게 될 거야. 실력이 괜찮으면 수셰프도 금세 되겠지. 수 셰프가 되면 사람들이 너희들에게 찾아와 답을 구하려 할 것이다. '저, 셰프, 이건 왜 이렇고, 저건 왜 그런 거죠?' 그러고는 너희가 정답을 내놓기를 기대하겠지. 너희는 평직원이 아니라 관리자가 되기 위해 훈련을 받고 있는 것이다. 사람들은 너희가 업계 리더로 제 몫을 해주기를 기대할 거야. 말단 고용인이 되고 싶나? 남은 인생 맥주나 홀짝이고 싶어? 그럼 입학을 말았어야지. 너희가 자발적으로 뚝심 있게 밀고나가는 것 같지 않다 싶으면, 가차 없이 점수를 깎을 거야. 알겠나?"

다음 숙제는 유화 소스였다. "유화 소스를 만들 때 일어나는 작용과 관련된 화학적 과정을 이해하고 있다면 소스가 분리되지 않고 제 모습을 유지하게끔 만드는 일이 한결 쉬울 거다. 그래서 지식과 기술이 필요한 거지. 주제를 좀 더 심도 있게 연구하기를 바란다. 어떤 사람들은 홀랜다이즈*를 소스의 기본으로 여기고, 또 어떤 사람들은 이에 동의하지 않는다. 이유가

---

* 식초 졸인 것, 달걀노른자, 레몬즙, 정제 버터 등으로 만든 전통적인 유화 소스.

뭘까?"

말을 멈춘 셰프는 교실을 둘러보더니 숟가락을 휘저었다.

"어허. 모두들 긴장감을 좀 가져야겠어. 누구나 세계 최고의 요리사가 될 수 있지만, 요리 하나 만드는 데 세월아 네월아 하면 절대 일자리를 얻을 수가 없어."

말을 마친 그는 강의를 위해 자리를 떴다. 강의에서는 우리가 내일 만들 크림수프에 대해 배울 예정이었다. 사실 내일 만들 수프는 정확히 말해 브로콜리 크림수프지만, 어쨌거나 그건 별로 중요한 게 아니었다. 정작 중요하게 배워야 할 것은, 바로 그것을 만드는 체계적 방법이었다.

사실 스킬 수업 3일차인 오늘의 양파 수프 수업에 나는 큰 기대가 없었다. 그저 진짜 요리를 배우기 전의 별 재미없는 준비운동쯤이겠지, 여겼던 것이다. 헌데, 우리는 무려 캐러멜화에 대한 실험과 토론을 했다. 비록 각자의 딱한 뇌를 캐러멜화하기는 했지만, 고생 끝에 진정한 캐러멜화의 의미를 배운 것이다. 화이트 브로스에 갈색으로 볶은 양파만으로 멋진 맛과 깊고 진한 황금색을 낸 진짜 캐러멜화 말이다.

그날은 우리가 요리 쇼 주인공이 된 것만 같은 느낌이었다. 셰프의 시범은 TV 요리 프로그램과 흡사했지만, 실시간으로 직접 눈앞에서 보고 소리를 듣는다는 점이 달랐다. 무엇보다 우리는 셰프에게 질문을 할 수 있었다. 뭔가 이상하다는 생각이 들면 이의를 제기할 수 있었고, 그때마다 셰프의 반박이 나왔다. 베샤멜소스 시범과 루를 넣어 점도를 높인 브라운소스 시범을 얼마나 기다렸는지 모른다. 파두스는 재미있고 활기 넘치며 영리한 셰프였다. 익히는 시간이 각기 다른 채소 열 가지를 정확히 같은 시각에 조리를 마쳐서 완성해야 하는 아메리칸 바운티 채소 수프 시범을 보일 때였다. 그는 정제 버터 약간을 팬에 넣고, 소량의 리크*와 양파를 넣어 스웨팅**하고 거기에 마늘을 넣으면서 이렇게 말했다. "요리는 눈과 코와 귀는 물론 온몸의 감각을 모두 이용해서 해야 한다." 셰프가 팬을 불에서 내려 우리 앞에 쓱 휘젓자 우리는 한 명씩 차례로 고개를 들이밀고는 이제 막 익기 시작한 마늘 냄새를 맡았다. "좀 덜 익은 냄새가 나지." 그렇게 말한 셰프는 팬을 다시 불 위에 올렸다. "이제 거의 다 됐다." 다시금 코와 눈과 귀 무리 사이로 팬이 스치자 이번에는 제대로 익은 마늘 냄새가 났다. 수도 없이 맡아본 냄새였지만, 익히다 말고 자세히 살피겠다고 멈춰본 적은 없었다. 익힌 정도에 따라 냄새는 달랐고 당연히 최종 결과물의 맛도 달라졌다. 셰프는 2번 테이블에서 준비해놓은 종이컵에 든 작은 주사위 모양 셀러리와 당근을 팬에 부어 섞었다. 옥수수와 리마콩, 순무와 감자도 넣었다. "시간을 맞춰서 넣는 중이다. 그래야 동시에 모든 채소 조리가 완전히 끝나 맛볼 수 있으니까. 아메리칸 바운티 수프를 제대로 만드는 비법이 바로 그거다." 마지막으로 파슬리를 넣으면서 셰프는 향이 더 강한 곱슬 파슬리보다 향이 강하지 않은 납작 잎 파슬리가 낫다고 강조했다. 내가 수프를 완성해 책상 위에 놓자, 그는 색도 밝고 보기에 괜찮으며 적당 시간 조리한 것처럼 보이지만, 맛이 다소 밋밋하다고 평가했다. "한 국자 덜어내고 소금을 쳐봐. 그러고 나서 원래 수프와 맛을 비교해보도록. 아주 차이가 클 거야. 한번 해봐, 괜찮은 방법이니. 소금이 음식에 미치는 영향을 제대로 알게 될 거야." 소금의 맛이 나야 한다는 말이 아니라(사실 음식에서는 소금 맛이 나서는 안 된다) 간을 맞추라는 뜻이었다.

셰프는 에리카에게도 소금 테스트를 해보라고 일렀다. 모자 밖으로 비어져 나와 이마에 흘러내린 앞머리 가닥을 입으로 불어 치우려고 애쓰면

---

* 파와 비슷한 채소.

** 기름을 두르고 서서히 익히는 것.

서 셰프에게 다가가는 에리카의 얼굴은 벌겋게 달아올라 번들거렸고, 표정은 흡사 공포에 질린 듯했다. 에리카가 어제 만든 양파 수프는 미지근했다. 그리고 아메리칸 바운티 수프는 간이 심심했다. 브로콜리 크림수프는 너무 걸쭉했고 내일 만들 콩소메는 탁할 게 뻔했다. 수프를 검사받고 돌아오는 에리카는 언제나 씩씩거리며 금방이라도 눈물이 터질 것 같은 모습이었다. 게다가 흰옷은 날이 갈수록 점점 제 색을 잃어가고 있었다.

하지만 에리카는 미워할 수 없는 친구였다. 진전이 없는데도 안간힘을 쓰는 딱한 모습을 보면 연민을 느낄 수밖에 없었다. 반 전체에서 말은 제일 험하게 했지만, 다정하고 귀여웠으며 순진한 구석도 있었다. K-9 주방 앞에 서서 저녁 식사를 기다리다 수프 두 가지 중 어떤 것을 먹겠느냐는 질문에 에리카는 "말린 완두콩 수프요"라고 대답하고는 내 쪽을 돌아보며 이렇게 말했다. "난 말린 완두콩 수프가 진짜 좋아."

저녁 식사를 마친 뒤 우리는 다시 주방으로 돌아와 스톡을 식히고 솥을 비우고 설거지를 했으며, 음식물, 재활용, 일반 쓰레기가 각각 담긴 거대한 쓰레기통 세 개를 계단 아래로 굴려 복도를 지나 뒷문 밖 쓰레기차 진입로로 가져가 비웠다. 그러고 나서 강의를 듣기 위해 자리에 앉았다. 스킬 4일차, 금요일 밤. 모두들 고대하는 주말이 코앞이었다.

"훌륭하군." 파두스 셰프는 우리 앞을 왔다 갔다 하면서 숟가락을 휘젓고 있었다. "7시 45분이야. 3주 동안 계속 이렇게만 한다면 눈물이 다 나겠군." 다음 월요일에는 제일 먼저 루를 배우고, 이어서 수프를 배운다고 했다. "스킬 수업 5일차에는 드디어 대망의 콩소메를 만든다. 반드시 기억해 두도록. 할 일이 확 늘어나지만 데드라인 6시는 그대로다. 너희 중 몇몇은 오늘 정말 아슬아슬하게 통과했어. 월요일에는 좀 더 긴장해야 할 거다. 주방에 들어서면 뭣부터 해야 할까? 본인 스테이션을 준비해야지. 뭘 만들 예정이든 뼈부터 준비해야 해. 시간을 충분히 남겨둬야 한다는 것을 잊어서는 안 된다. 콩소메는 최소 1시간, 아니 제대로 완성하는 데 거의 1시간 반은 걸려. 시범이 끝나자마자 제일 먼저 해치워야 할 거야."

셰프는 말을 멈추고는 점수표를 들어 오늘 점수가 적힌 페이지를 펼쳤다. "오늘은, 괜찮은 날이었어. 내 생각에는 말이지. 지각생도 없었고 주방도 상당히 청결했다." 그러고는 점수표에서 점수가 낮은 쪽을 짚으며 이렇게 덧붙였다. "위생 점수 깎인 친구가 몇 명 있군. 다시 한 번 강조하지만 부디 청결을 유지해라. 깔끔하게 보여야 해. 머리카락도 단정하게 하고 말이야. 알겠나? 수업 전에 제발 거울들 좀 보란 말이야. 머리카락이 긴 친구들은 필히 머리카락을 망으로 싸매야 한다. 그렇지 않은 사람들도 머리카락을 모자 안으로 잘 밀어 넣어 비어져 나오지 않게 해. 절대 모자 밖으로 앞머리를 내놓지 말고. 나를 좀 봐. 머리카락도 짧고 수염도 다 밀었잖아? 나도 포기했으니 너희도 포기해야지 않겠어? 테이블은 반드시 청결하게 정리하도록. 콩소메 기름을 제거한 종이 타월을 도마 위에 던져놓지 말라는 말이야. 제발 주의해라. 테이블 상태를 보고 팀별 점수를 깎아버릴 거야. '도마가 엉망이로군. 자네 점수를 깎겠어'라고는 얘기 안 할 거야. 너희는 한 테이블에서 일하는 한 팀이다. 10점 만점인 위생 점수가 0점이 될 수도 있어. 물론 손가락으로 맛을 보는 작태를 보이지만 않는다면 보통은 그렇게까지 감점되지는 않아. 그리고 그 경우에는 개인 점수가 깎이지. 하지만 테이블 청결은 다르다. 서로에게 상기시켜주라는 말이야. '이봐, 우리 테이블 꼴이 엉망이야. 얼른 치워버리자고', '바쁜 모양이니 지금은 내가 네 자릴 치워줄 테니 나중에 나 좀 도와줘' 이런 식으로 협동하라는 거야. 오늘은 솥을 잘 관리했더군. 준비 목록과 도구 목록도 기대 이상으로 좋아지고 있다. 쓸 만한 목록을 만들었어. 잘하고 있다. 이제는 속도를 좀 높일 차례야. 지금까지는 일이 가벼운 편이었지만, 앞으로는 훨씬 더 과중해진다. 스킬 2 수업이 절반쯤 지나가면, 더운 요리 입문 반 학생들에게 일이 할

만하냐고 한번 물어봐. 그 친구들이 스킬 수업에 들어오면 너희들이 6시 정각에야 간신히 마치는 일을 1시간 반이면 다 해치우고 집에 갈걸? 하지만 걱정할 건 없어. 어차피 너희들도 시간이 흐르는 동안 더 체계적이고 신속하게 일하는 법을 배우게 될 테니까."

셰프는 그렇게 말했지만 이 모든 일을 4시간 안에 해내는 것이 내게는 벅차게 느껴졌다. 먼저 화이트 스톡을 38리터가량 만들고 나면 그날의 표준 미장 플라스를 모두 썰어 준비했고 당근을 돌려 깎았다. 이어서 리크와 양파, 셀러리, 마늘을 가늘게 썰고, 두 번째 향신료 주머니를 준비했으며, 순무와 감자를 작은 크기로 깍둑썰기 하고, 리마콩과 옥수수를 계량해 준비하고, 토마토를 작은 네모꼴로 썬 뒤 양배추를 실처럼 가늘게 채쳤다. 그러고 나서는 수프를 만들고 오늘 한 일 모두를 평가받았다. 미친 듯이 속도를 내지 않으면 해낼 수가 없는 일들이었다.

"자, 아메리칸 바운티 채소 수프 점수를 발표하겠다. 두두두두두두두." 셰프는 점수를 쭉 훑어보았다. "모두들 잘했다. 아무도 망치지 않았어." 하지만 셰프는 대부분 간이 심심했다고 말하며 수프 평가 방법과 맛을 따지는 법을 얘기해주었다. "내가 대부분 간이 심심했다고 했지만, 그 경우 맛이 나쁜 것은 아냐. 오히려 좋은 편이지. 그치? 사실 망친 점이 하나도 없으면 잘 만든 수프라고 할 수 있어. 하지만 거기에 소금을 좀 더 넣는다고 해서 맛이 짜지진 않아. 맛이 조금 더 좋아지지. 풍미가 진해지고 좀 더 풍부한 맛이 나게 되는 거야. 바로 그 균형이 잡힌 지점을 목표로 삼고 노력해야 해. 그에 맞춰 미각을 계발해 톡 쏘는 맛, 신맛, 단맛, 쓴맛을 감지해낼 수 있어야 하는 거다."

셰프는 자신의 말이 틀렸다는 생각이 들면 기탄없이 애기해달라고 했다. "대화는 늘 환영이다. 나한테 증명해 보이면 돼. 나도 실수할 수 있다. 내 평가가 틀렸다면 그 부분을 증명하거나 설득해봐. 난 이런 토론을 아주 좋아하거든. 내 말이 절대 진리는 아니니, 나한테 맞서는 것을 두려워 말도록. 토론을 통해 우리 둘 다 뭔가 배우게 될 테니까. 자, 아메리칸 바운티 수프에 대해 질문 있나? 오늘은 아주 만족스럽다. 모두들 참 잘했어."

"자, 그럼 454페이지에 나오는 콩소메 조리법에 대해 이야기해보도록 하자. 우리에게 맞게 양을 줄일 거야. 책에는 3.8리터로 나오지만 우리는 1/4만 만든다. 그러므로 갈색으로 볶은 양파도 조금만 있으면 돼. 미르포아는 110그램, 소고기 정강이살 간 것 220그램이 필요해. 달걀흰자 세 개는 거품을 내고, 토마토 콩카세는 110그램을 준비한다. 그런데 이 양은 생토마토냐 통조림 토마토냐에 따라 달라진다. 신맛이 얼마나 나느냐가 관건이지. 일 년 중 이맘때쯤 나오는 토마토는 온실에서 키운 것이라 산 성분이 별로 많지 않아 나는 통조림 토마토를 즐겨 쓴다. 하지만 잘 익어 신선하고 산 성분이 풍부한 토마토가 제철인 여름에는 늘 생 토마토를 쓰지. 아무튼 이맘때는 통조림 토마토야."

"화이트 비프 스톡은 1.1킬로그램이 필요하다. 증발해서 양이 줄어들 것을 감안해야 하거든. 아마 이 얘기는 구체적인 조리 방법을 들으면 이해하게 될 거다. 그리고 표준 향신료 주머니가 있어야 해. 정향과 올스파이스는 안 넣는다. 안 넣을 거야. 다른 장소에서 다른 음식 만들 때라면 상관없지만, 우리는 과일 케이크를 만드는 게 아니니 싹 다 잊고 콩소메 맛에만 집중하기로 한다. 깨끗한 소금과 흰 후추가 필요하다. 후추는 맛을 봐가며 조심해서 넣어야 한다. 후추가 필요 없을 수도 있어."

"우리가 할 일은 소위 정화(淨化)라는 작업이야. 정화는 간 소고기와 달걀흰자, 미르포아, 그리고 토마토에서 나온 산이 섞인 것을 가리킨다. 거기에 화이트 와인이나 레몬즙을 넣을 수도 있어. 뭐, 원한다면 염산을 넣어도 되겠지만, 맛은 장담 못하겠군. 어쨌거나 산이 필요하다는 얘기야. 소고기와 달걀흰자, 미르포아, 토마토가 섞이면 그게 바로 정화다. 정화는 명사야.

하나의 구체적인 사물이지. 과정을 가리키는 게 아니야. 심하게 눅눅한 미트로프처럼 생긴 게 바로 정화의 실체야." 셰프는 웃고 있었다. "보기 좋은 모양새는 아니지."

확실히 콩소메는 우리가 지금껏 만든 것 중 가장 흥미로운 음식이었다. 소고기 밀크셰이크처럼 생긴 끈적거리는 물건을 완벽한 스톡에 집어넣다니, 어린 시절 장난 치던 때로 돌아간 기분이 들었던 것이다. 진흙을 뭉치고 놀거나 아주 큰 멜론을 높은 곳에서 떨어뜨리거나, 친구와 멀찍이 떨어져서 날달걀을 주고받는 기분이랄까. 하지만 이러한 유치한 기쁨에도 불구하고, 아니 사실은 그 같은 유치한 기쁨을 누린 덕에 콩소메는 궁극의 맑은 수프가 될 수 있었다.

주말에 쉬면서 《프로 셰프》에 실린 콩소메 만드는 방법을 보니 고기 밀크셰이크를 끓이면 무슨 일이 일어나는지가 구체적으로 그려졌다. 고기 밀크셰이크는 스톡을 탁하게 만드는 모든 것을 끌어안은 채 응고되어 회색에 거품이 낀 덩어리 혹은 부유물, 그러니까 래프트*가 되어 스톡 위를 떠다닌다고 나와 있었다. 스톡은 부글거리면서 천연 물 여과 장치 역할을 하는 래프트를 지나 위로 끓어올랐다가 다시 래프트를 통과하여 제자리로 돌아갔다. 사실 콩소메를 만드는 일은 어려운 게 아니었다. 다만 주의를 요할 뿐이었다. 제대로만 하면 이 콩소메로 최고의 솜씨를 발휘할 수도 있었다.

셰프는 콩소메와 함께 정제 버터에 밀가루를 볶아 만든 루**를 비롯해, 옥수수 가루나 칡 전분, 감자 전분 같은 순수 전분만을 물에 섞어 크림 같

---

* 콩소메를 정화하기 위해 사용한 재료의 혼합물 덩어리.

** 색깔에 따라 화이트 루(또는 페일 루) 블론드 루, 브라운 루로 구분한다.

은 농도를 내는 슬러리에 대해서도 가르쳐 주었다. 루와 슬러리는 둘 다 물처럼 묽은 것을 걸쭉하게 만들어주는 역할을 했다. 주어진 몫보다 더 많은 것을 해내는 그레그가(아마 따분해지지 않으려고 나섰을 게다) 파두스 셰프가 쓸 브라운 루를 준비했다. 페일 루나 블론드 루는 시범을 보이는 동안 셰프가 직접 만들 수 있었지만, 그보다 시간이 오래 걸리는 브라운 루를 동시에 내려면 따로 준비해둬야 했다.

우리는 2번 테이블을 둘러싼 채 셰프가 달걀흰자 세 개를 커다란 스테인리스 스틸 그릇에 넣고 거품을 내 "단백질을 기계적으로 변형"시키는 모습을 지켜보았다. "거품은 약간만 내면 된다. 레몬 머랭 파이를 만드는 게 아니니까." 거품을 낸 흰자를 미르포아에 넣고 다진 소고기를 섞었다. 정화 과정에서 맛이 흐려지게 되므로 맛내기 용으로 반드시 넣어야 하는 재료였다. 그러고 나서 토마토를 넣었다. "통조림을 써야 한다는 것을 잊지 말도록. 그러면 한겨울이어도 산 성분이 부족할 거라는 걱정은 안 해도 될 거야." 거기에 스톡을 넣었다. 젤리처럼 변한 훌륭한 화이트 비프 스톡이었다. 그러고 나서 셰프는 콩소메가 잘되었는지 평가를 시작했다.

"빅터가 기록을 담당한다." 3번 테이블의 빅터 카더먼이 마커를 손에 들고 리치인 냉장고에 테이프로 고정시켜놓은 종이 옆에 섰다. "맑은 정도. 완벽하다. 통 바닥에 놓인 동전 날짜도 훤히 보일 정도다." 빅터는 그대로 받아 적었다. "마아아앗은, 아주 좋군. 진해. 주요 재료의 맛이 충분히 느껴진다. 또 뭐가 있을까?"

그레그가 대답했다. "맛이 풍부해야 하나요?"

"그렇지, 풍부해야지. 입안에서 느낌이 좋고, 진하고, 풍부해야지. 겉보기에는 어때야 하지?"

이번에는 벤이었다. "기름기가 없어야 하나요?"

"그렇지. 맑아야지. 또?"

“온도요?”

“온도. 뜨거워야지. 콩소메를 젤리처럼 만들려는 게 아니니까.”

셰프가 잠시 말을 멈추고 주변을 둘러보았다. 바로 이 점이 좋은 선생의 자질이 아닌가 싶었다. 그는 학생들에게 전통적인 방식을 제시하고 이유를 들려준다. 하지만 그러고 나서는 자신의 생각과 독특한 개성을 바탕에 깐 채 광범위하게 주제를 넓혀나갔다. 파두스 셰프는 눈을 빛내며 입술에 주름을 잡아 힘주어 말하기 시작했다. “물론 콩소메 젤리를 만들 수도 있겠지. 전통적인 방식이니까. 자, 이 스톡이 젤리처럼 끈적거리는 게 보이지? 옛날에는 투명하게 만들어 그릇에 담고 장식을 띄운 뒤 식혔을걸? 봐. 엉겨 있어. 매우 전통적이고 지극히 유럽적인 여름 전채요리, 차갑게 식힌 젤리 콩소메야. 물론 미국인들은 고기 맛 젤오를 먹는 것 같다고 해서 젤리처럼 만드는 경우가 드물어. 하지만 제대로만 만들면 아주 섬세한 요리 대접을 받는 게 젤리 형태의 콩소메야. 제대로 만든 젤리 콩소메에는 숟가락을 꽂아도 고정되지가 않아. 당연히 젤오 같은 느낌도 전혀 나지 않지. 그저 섬세함만이 느껴져. 여름에 걸맞은 아주 시원하고 청량한 느낌의 수프야. 메추라기 콩소메 젤리는 또 어떻고? 송로버섯과 푸아그라 약간을 젤라틴 안에 넣어봐. 끝내줘. 풍미가 짙고 청량감이 넘치거든.”

거기까지 말한 셰프는 꿈에서 깨어난 듯 갑자기 나무 수저로 콩소메를 휘저었다. 계속 저으며 타지 않게 약불에 끓여야 한다고 주의를 주었다. “너희가 만든 콩소메를 내가 직접 들여다보기 전까지는 맘에 들지 않는다 하더라도 솥을 내던지면 안 된다.” 달걀흰자가 미처 굳기 전에 솥 바닥에 가라앉아 눌어붙고 타버릴 위험이 얼마든지 있었다. 그 경우 콩소메는 아름답고 짙은 호박색이 되지만 풍미는 뚝 떨어졌다. 파두스는 색에는 도통한 사람인지라, 누군가 만든 수프를 한 번 쓱 보는 것만으로도 상태를 알아채고 이렇게 말했다. “자네 솥 좀 보러갈까.” 그 솥에는 어김없이 타서 눌어붙은 달걀흰자가 있었다.

키가 커서 늘 무리 뒤쪽에서 맴돌던 애덤이 물었다. "궁금한 게 있습니다. 정화로 젤라틴이 제거되나요?" 애덤 질문은 늘 그런 식이었다.

"아니."

"그러면 콩소메를 아스픽* 같은 걸 만드는 기본 재료로 쓸 수 있나요?"

"그럼."

"아, 그래요?"

"음. 사실, 많은 가드망제 반에서 우리한테 그랜드 뷔페용 아스픽에 들어갈 콩소메를 남겨달라고 부탁을 하지."

우리는 셰프가 휘젓고 있는 솥을 둘러싼 채 래프트가 생겨나기를 기다리고 있었기 때문에 모두 이 대화를 들을 수 있었다. 이번에는 내가 질문했다.

"콩소메 만드는 방법을 꼭 알아두어야 하는 이유는 뭔가요?"

"왜 콩소메 만드는 법을 알아두어야 하느냐?" 셰프가 내 질문을 되풀이했다. 생각에 잠겨 있었지만 솥 가장자리를 긁어내 흰자가 눌어붙지 않았는지 확인하는 나무숟가락은 멈추지 않았다.

마침내 입을 연 셰프는 이렇게 말했다. "콩소메를 만드는 데는 섬세함과 요령이 필요하다. 물론 인기도 많은 음식이야. 고급 레스토랑에서 아주 자주 내놓는 메뉴라는 뜻이지. 게다가 콩소메를 만드는 데는 인내심은 물론, 만드는 법에 익숙해지도록 연습하고 훈련하는 과정도 필요해. 그런 과정 없이 콩소메를 만들 줄 안다고 장담할 수는 없는 거야. 너희도 그렇게 해야 해. 연습이 필요하단 말이지."

스톡이 뜨거워지자 회색 거품 더께가 앉은 단단한 래프트가 보란 듯이

---

* 육즙으로 만든 투명한 젤리. 차게 식혀 상에 냄.

떠올랐다. 약간의 스톡이 가장자리에서 부글거리고 있었다. 파두스는 고기 밀크셰이크가 엉겨 붙을 때조차도 쉬지 않고 스톡을 휘저었다. 그러다 래프트가 숟가락에 밀려 이리저리 옮겨 다니기 시작하자 손을 멈추고, 콩소메가 스스로 맑아지기를 기다렸다. 그러고는 갈색으로 볶은 양파를 솥 가장자리에 조심스레 집어넣어 색과 풍미를 더하고, 향신료 주머니도 집어넣었다. 그렇게 완성된 콩소메를 우리가 직접 맛을 보고 평가했다.

"자. 시범은 끝났다. 이제 직접 만들어보도록."

우리는 셰프가 한 대로 따라 했고, 효과가 있었다. 불투명했던 스톡이 크리스털처럼 투명한 수프가 되었던 것이다. 물론 완벽하게 순조로웠던 것은 아니었다. 은정이 래프트를 제거하다가 작은 사고를 일으켰으니 말이다. 은정은 늘 모든 것을 꼼꼼히 필기했다. 아니 적어도 그런 것처럼 보였다. 하지만 꼭 한두 부분을 제대로 이해하지 못한다는 게 문제였다. 그녀는 "약하게 시머*하기" 같은 표현을 놓치기 일쑤였다. 그러다 보니 눈으로 직접 보지 않는 한, 혼자서 하는 작업을 자신만만하게 해나가지 못했다. 은정을 구출하기 위해 달려간 것은 셰프였다. 내가 본 셰프는 래프트가 부서진 걸 보고 분명 기뻐하고 있었다. 그는 급박한 와중에 그때그때 잘못된 일들을 바로잡아주는 것을 즐기는 사람이었던 것이다. 셰프는 망친 콩소메를 금속 그릇에 붓고 소고기 간 것과 달걀흰자를 더 넣은 뒤, 누군가 토마토를 잘게 다지고 남긴 즙을 가져다 첨가해 새로운 래프트를 만들어냈다(훗날 같은 사고가 또 일어났을 때는 레몬 반 토막을 찾아내 즙을 짜서 새로운 래프트를 만들어냈다. 어떤 종류의 산이 되었든 상관없었던 것이다). 그릇을 다시 불에 얹자 새 래프트와 함께 스톡은 아름답게 끓어오르기 시작했다.

---

* 끓기 직전의 온도를 유지하는 조리법. 주로 육수를 끓일 때 씀.

은정은 콩소메가 적당히 끓자 국자로 떠내 커피 필터처럼 촘촘한 체에 받쳐 두 번째 솥으로 옮겨 담았다. 완벽하게 투명한 스톡이었다. 양념을 하기 위해 맛을 본 뒤 다시 데워 뜨거운 그릇에 담은 은정은 파두스 셰프가 보여준 대로 갈색 종이 타월로 콩소메 표면을 살짝 건드려 기름기를 제거했다. 그리고 마침내, 평가를 받기 위해 셰프에게 제출했다. 은정의 콩소메는 훌륭했다. 모양도 좋았고 맛도 풍성했다.

콩소메를 만드는 작업은 이상스러울 만큼 만족스러웠다. 눈에 확연히 보일 정도로 뚜렷한, 무엇인가가 일어난 느낌이었다. 내 콩소메를 맛본 파두스는 흡족해했다. "마이클 자네, 좋은 요리사가 될 소질이 있어." 좀 놀란 듯한 셰프를 본 나는 다른 일은 아무것도 하고 싶지 않았다. 그저 내 콩소메를 맛보고 바라보며 그 투명함과 아름다운 색에 대해 떠들어대고 싶은 기분이었다.

나만 그랬던 것이 아니었던 모양이다. 내가 내 콩소메에 넋이 나가 있는데, 나보다 먼저 완성한 데이비드 스콧이 맞은편에 앉아 연신 고개를 끄덕이는 모습이 눈에 들어왔다. "정말 끝내주는군." 그는 활짝 웃었다.

강의가 끝나고, 나는 차가운 2월의 밤거리로 걸어 나갔다. 원하는 놀이기구를 실컷 탈 수 있는 자유이용권을 손에 쥔 채 놀이공원을 떠나야 하는 어린아이가 된 것처럼 아쉬웠다. 나는 오늘, 파두스 셰프에게서 좋은 요리사의 자질이 있다는 얘기를 들었다. 내가 좋은 요리사가 될 수 있다는 사실을 나도 물론 알고 있었지만, 셰프가 그걸 알아주다니. 집으로 향하는 동안 내 마음은 한없이 부풀어 올랐다.

스킬 수업 8일차

8일차는 이제까지와는 완전히 다른 날이 될 것이라는 사실을, 3일차 준비 리스트와 비교해보았을 때 알아차렸어야 했다.

제8일

- 콩소메
- SMEP
- 벨루테*
- 베샤멜
- 클램 차우더
- 정제 버터 225그램
- 화이트 비프 스톡

---

* 루로 점성을 높인 닭 혹은 생선 육수.

셰프에게 제출하는 순서에 따라 리스트를 짰는데, 가장 중요한 요소는 타이밍이었다. 콩소메를 제일 먼저, 베샤멜은 마지막에 놓고, 베샤멜이 끝날 때 내 칼질도 끝이 나도록 맞췄다. 6시 전에 칼질을 끝마치기만 하면, 마감 시간을 넘겨 제출해도 상관없었다. 보통 5시 30분에서 6시 15분 사이에 셰프에게 솥과 그릇을 제출하려는 줄이 만들어지는데, 셰프는 종이 노트를 돌려 완성한 사람은 거기에 이름을 적게 했다. 줄을 선 채 금세 식어버리는 콩소메 그릇 속에 비친 제 얼굴을 멀거니 바라보며 시간 낭비하는 일이 없게 해주었던 것이다. 6시가 되면 셰프는 그때까지 적힌 이름 바로 밑에 줄을 그었고, 줄 아래에 이름을 적은 사람은 모두 감점했다.

전날부터 일하는 속도가 갑자기 빨라졌다. 6일차만 해도 우리는 미장 플라스와 수프 하나를 만드는 수준이었다. 그런데 7일차에는 그날의 표준 미장 플라스를 마치고 당근을 굵게 채 썰고 또 작게 깍둑썰기한 뒤, 감자 네 개도 돌려 깎았다. 거기에 콩소메, 말린 완두콩 수프, 베샤멜소스를 만들었다. 밀가루와 우유를 섞어 만드는 베샤멜소스는 여러 소스의 기본 소스이며, 다양한 크림수프에 넣어 좋은 맛을 내게 한다. 아무튼 7일차의 분주함이란, 미친 듯이 서둘다 어느 순간 베샤멜소스가 눌어붙어 속을 태우게 된다 하더라도 어디까지나 편안하게 느껴질 그런 종류의 분주함이었다. 그리고 분주하다는 것은 사실, 재미있는 일이었다.

에리카가 내 뒤를 지나 중앙 통로로 향하는 모습을 본 나는 일순간 동작을 멈췄다. 에리카는 지나치게 집중한 나머지 혀를 내밀어 윗입술에 붙이고는, 완성한 완두콩 수프를 손에 들고 조심스레 발걸음을 옮기고 있었다. 무표정한 얼굴의 셰프에게 다가가는 에리카는 언제나처럼 붉게 상기된 채 땀이 번들거리는 얼굴에 부끄러워하는 표정을 짓고 있었다. 에리카가 받은 스킬 1 수업 중간 점수는 65점이었다. 낙제를 겨우 면한 수준이었다. 그녀가 만든 수프는 별로였고 따뜻하지도 않았으며 부연 색이었다. 그녀는 너저분했고 허구한 날 머리카락 망을 잊고 와 말도 못하게 감점을 당했다.

파두스 셰프는 음식을 자세히 들여다보고 점수를 적을 만반의 태세를 갖춘 채, 의자에 몸을 푹 파묻고 앉아 있었다. 에리카가 다가오자 그는 고개를 들었다. 실제로 한숨을 쉬지는 않았지만 표정에 한숨이 어려 있었다. 그는 숟가락을 꺼내며 말했다. “자, 에리카. 수프 맛 좀 볼까.” 에리카는 금방이라도 자리를 박차고 달아날 것만 같은 자세로 다리를 움찔거렸다. 온도를 확인하기 위해 그릇에 손을 대본 파두스 셰프는 아무 말도 하지 않았다. 다만 수저를 담가 휘저어본 후, 고개를 끄덕였다. “농도도 좋고 색도 괜찮군.” 그러고는 수프를 숟가락 가득 떠올려 후 불고는 맛을 보고 다시 한 번 고개를 끄덕였다. “맛도 좋아. 에리카, 잘 만들었어. 굉장히 훌륭한 수프야.” 에리카는 손에 그릇을 쥔 채 제자리로 돌아왔다. 자리를 뜰 때와 다를 바 없는 부끄러워하는 표정이었다. 다가가 무슨 일이냐고 묻자 그녀는 고개를 크게 한 번 끄덕이더니 말했다. “셰프가, 내 수프가 마음에 든대. 아주 잘했다고 했어.”

“멋져, 에리카.” 나는 에리카의 수프를 맛보았다. 정말로 아주 훌륭한 맛이었다.

이번에는 빅터가 셰프에게 콩소메를 가져갔다. “색이 멋지군. 아주 멋진 색이야. 맛을 볼 필요조차 없겠어. 딱 봐도 알겠거든. 이건 눌은 거야.”

“네, 맞아요.” 빅터가 실토했다. 이십대 중반에, 술, 담배를 좋아하는 전직 해병 빅터는 큰 소리로 막말을 해대는 셰프가 마음에 든다며, 자기도 주방에서 그렇게 시끄럽게 일하는 게 꿈이라고 말하는 친구였다. 사실 그의 중저음 목소리는 시끄러운 주방에서도 쉽게 알아차릴 수 있었다.

“솥 좀 보자.” 파두스가 말했다.

빅터가 들고 온 솥 바닥에는 아니나 다를까 달걀흰자가 온통 눌어붙어 있었다. 셰프는 빅터에게 솥을 두고 들어가라고 하더니 빅터가 만든 콩소메를 치켜들고는, 혹시 눌어붙은 콩소메의 생김이나 맛이 궁금한 사람은 나와서 그 예시를 구경하라고 얘기했다. 빅터는 고개를 저으며 3번 테이블로 돌아갔다. 실패작의 본보기가 된 것이 영 마음에 들지 않는 눈치였다.

수업 중간에는 수전이 피에 젖은 종이 타월 뭉치를 움켜쥔 채 셰프 책상 곁에서 손을 치켜올리고 있는 모습이 보였다. 셰프 말을 잘 들으면 자다가도 떡이 나오는 법이다(이러니까 칼질을 할 때는 엄지를 꼭 뒤로 밀어 넣고 있으라고 셰프가 그렇게나 강조하는 것이다).

애덤은 일이 바빠지자 투덜거리고 있었다. 수프가 마음에 들지 않는 걸까. 어쩌면 그냥 늘 화가 난 상태인지도 모르겠다. 격하게 좁고 긴 얼굴에 날카롭고 가느다란 콧대, 뾰족하게 자른 짧은 검은 머리. 항상 화를 내니 생김새까지 삐죽삐죽 솟아오른 게 아닌가 하는 생각이 들 정도였다.

줄을 서서 이야기를 나누다, 나는 그에게 이렇게 물었다. "실제 레스토랑 상황과는 전혀 비슷하지 않은 거야?"

그러자 그가 대답했다. "전혀. 진짜 레스토랑에선 '솥을 가져와' 그러면 접시닦이가 잽싸게 가져다주지. 안 그랬다가는 해고당할 거라는 사실을 접시닦이도 알고 있거든. 솥을 직접 설거지할 필요도 없어. 이 바보스러운 미장 플라스도 할 필요 없어. 일찍 출근할 필요조차 없다니까." 줄이 움직이기 시작하고 모두들 브로일, 소테, 그릴, 브레이즈, 로스트, 채식 요리 중 하나를 선택하는 동안 그는 쉬지 않고 투덜거렸다.

8일차도 7일차와 마찬가지로 정신없이 지나갔다. 시간 측정이 불가능했다. 때로 45분이 15분처럼 느껴지기도 했고, 또 어떤 때는 분명 45분이 지난 것 같은데 과연 제대로 느낀 건지 확신이 서지 않기도 했다. 하물며 콩소메를 만들 때는 더 말할 것도 없었다. 끓기 시작할 때 시간을 기록하는 걸 잊어, 너무 오래 끓여서 래프트가 분해되거나 덜 끓여서 맛이 깊게 우러나지 않는 일이 부지기수였다. 그 때문에 시계에 의존하기보다는 눈으로 보고 냄새를 맡고 맛을 보아 판단하는 게 나았다. 마감 시간 6시가 임박했는데도 아직 감자 깎기 과제가 남아 있다는 사실을 상기할 때 빼고는 시계는 별 소용이 없었다. 요란하게 부딪치는 솥들과 양파 껍질의 소용돌이 속에 우두커니 서서 콩소메가 끓기 시작한 게 언제인지 기억을 쥐어짜느라 멍청해진 눈으로 먼 산을 바라보는 동안, 베샤멜은 관심을 받지 못해 불만이 폭발한 듯 눌어붙기 시작했다. 그러면 제발 베샤멜을 걸쭉하게 하는 데 쓸 밀가루가 아직 충분히 남아 있기를 간절히 기도하며 얼른 다른 솥을 구해와 아직 상태가 괜찮은 부분을 옮겨 담아야 했다. 베샤멜과 거의 비슷하지만 우유 대신 치킨 스톡으로 만드는 치킨 벨루테 소스도 처음 만들었는데, 이 역시 눌어붙기 십상이었다. 하지만 계속해서 기름을 걷어내는 작업을 해야 했기 때문에, 눌어붙는 걸 몰랐다는 변명도 할 수가 없었다. 게다가 이때까지 차우더를 시작하지 못했다면 그야말로 큰일이었다. 그때쯤이면 시간도 모자라고 남은 솥도 없기 때문이었다. 설령 솥을 찾는다손 치더라도(그나마도 직접 설거지를 해서 써야 한다) 플랫톱에서건 화덕에서건 솥을 올릴 자리를 거의 찾을 수가 없었다.

그날, 일을 시작하고 얼마 지나지 않았을 때였다. "자, 이제 이 주방 안에 남은 솥이 없다는 사실을 모두 알아두기 바란다." 셰프의 목소리는 교실 안에 선명히 울려 퍼졌다. 모두들 너무 분주해 입도 뻥긋하지 않았기 때문이었다. 셰프는 이렇게 덧붙였다. "그래서 뭐 어떻다는 얘긴 아니야."

모두들 정말 바빴다. 각자 솥 세 개씩을 동시에 스토브에 얹어놓고 일을 하니, 그 수만 해도 총 54개였다. 솥과 팬, 그릇은 가지런히 놓아야 했다. 콩소메만 해도 커피 필터에 시누아, 걸러낸 내용물을 담을 솥, 거기에 당연히 따끈하되 지나치게 뜨겁지는 않도록 달궈둔 수프 그릇이 필요했다. 5백도로 예열한 오븐에 30분 동안 넣어두었던 그릇에 콩소메를 담으면 약 5초 후 윤기가 흘렀다. 베샤멜도 걸러낸 내용물을 담을 다른 솥이 필요했다. 그런데 거의 한 사람도 빠짐없이 베샤멜을 눌어붙게 만드는 바람에 개수대는 금세 탄 우유와 밀가루가 딱딱하게 눌어붙은 솥이 산처럼 쌓이고 말았다. 하지만 누가 설거지 할 시간이 있단 말인가.

바로 그때 지나가던 지어포스 셰프가 문틈으로 머리를 들이밀고는 엄청나게 쌓인 솥을 보며 파두스에게 농담을 던졌다. 지어포스 셰프는 위생 관리 총책임자였다. 셰프는 지어포스가 사라지자 소리를 질렀다. "누구든 당장 이 솥들 좀 치워!" 나는 못 들은 척했고, 누군가(아마도 그레그였을 것이다. 늘 누구보다 앞서서 행동하는 친구였으니까) 솥을 치우기 시작했다.

5시 30분이 다가오자 난리가 따로 없었다. 우리 테이블은 양파 껍질과 종이 타월이 여기저기 널브러지고 도마와 호텔 팬, 시누아 틈바구니에 금속 그릇이 끼어 있는, 그야말로 참사의 현장이었다. 파란색 쓰레기통으로 직행해야 할 음식물 쓰레기가 테이블 위에 넘쳐흘렀다. 주방 바닥은 폭풍이라도 지나간 듯, 온통 음식 파편과 타버린 소스, 토마토 꼭지로 뒤덮여 미끌거리고 있었다. 파두스가 이미 사용한 맛보기 숟가락을 은 그릇 안에 집어넣는 소리가 찰그랑거리며 4분의 4박자 속도로 들려왔다. 누군가 "등 뒤 조심해!"라거나 "뜨겁다고!" 또는 "시누아 있는 사람?"이라고 외치는 소리도 들렸다.

나는 6시가 되어서야 가까스로 과제를 완수할 수 있었다. 저녁을 먹으며 누군가와 이야기를 나눌 기운은 전혀 남아 있지 않았다. 다른 친구들도 피곤해하고 낙담하기는 마찬가지인 듯했다. 우리 팀은 부상병처럼 반창고를 나눠 붙인 채 모두 함께 둘러앉아 있었다. 수전은 모두를 둘러보며 다른 팀에 비해 우리가 잘한 건지 물어보았다. 진실을 아는 이는 없었지만, 수전이 뭘 두려워하는지를 알고 또 공감하는 듯 보였다. 사실 오늘 우리는 잘한 게 없었다. 최선을 다했지만 별로였던 것이다.

대체 뭐가 문제였는지 궁금했다. 수프 두 가지와 기본 소스 두 가지 때문에 이처럼 두려움에 떨며 불협화음을 일으키다니. 저녁을 먹는 동안 모두 침묵을 지켰다. 그리고 대부분 아주 신속하게 주방으로 되돌아갔다. 주방은 우리가 내버려두고 온 그대로, 여전히 참사 현장으로 남아 있었다. 스톡 75리터를 걸러내야 했고 누군가는 뼈와 채소와 지방을 모두 음식물 쓰레기통에 넣은 뒤 그것을 밀고 복도와 계단을 지나 4백 미터 넘게 굴려가 재활용 쓰레기통, 일반 쓰레기통과 나란히 놓인 음식물 쓰레기통에 갖다 부어야 했다. 양동이에 지방도 따로 모아야 했다. 스톡에서 건져낸 지방은 밖에 있는 큰 통에 모아 나중에 비누를 만들었다. 누군가는 스톡을 커다란 얼음통에 넣어 차갑게 식혀야 했다. 냄비 바닥에 딱딱하게 눌어붙은 탄 우유와 밀가루 더께를 벗겨내는 일은 트래비스가 최고였다. 그 같은 멋진 재주는 아마도 꽤 오랜 시간을 군에서 보낸 덕에 익혔을 것이다. 그런저런 일 때문에 우리는 9시가 되도록 수업 준비를 마칠 수가 없었다. 파두스 셰프도 지쳤는지 그다지 쾌활해 보이지 않았다.

"브라운소스는 소스 에스파뇰이라고도 한다." 파두스 셰프는 《프로 셰프》에서 내일 쓸 조리법을 살피며 말했다. "우리는 그 양을 1/4로 줄일 것이다. 뜨거운 기름 적당량, 토마토 페이스트 28그램, 브라운 빌 스톡 1.1킬로그램. 책에는 페일 루를 쓰라고 하지만 우리는 브라운 루를 쓴다. 또한 책에서는 3.8리터당 340그램이라고 나오지만 우리는 3.8리터당 9백 그램, 혹은 940밀리리터당 220그램을 쓸 것이다."

셰프는 오늘따라 좀 차분한 모습이었다. 이리저리 돌아다니며 숟가락을 휘두르는 대신 책상 앞에 앉아 있었다. 표정에서도 특유의 짓궂은 기색이 별로 보이지 않았다. 조리법에 대한 얘기가 끝이 나자 셰프는 오늘의 평가로 화제를 옮겼다. 반 전체가 축 늘어져 가라앉은 분위기가 역력했다. 나 역시도 그랬다.

"음, 오늘은," 파두스 셰프는 숨을 들이마셨다. "베샤멜. 이게 문제였다. 팬 바닥을 태운 사람이 수두룩했고, 그러다 보니 루가 눌어붙어 소스를 걸쭉하게 만드는 힘이 부족했어. 결과적으로 너희가 만든 베샤멜은 묽거나 탄 맛이 났지. 모두 집중력과 신중함이 부족해 생긴 결과다. 너희 모두는 오늘 속도를 내려 노력했다. 나도 알고 있어. 할 일이 많았다는 사실도 알고 있단 말이지. 감당하기 어려운 친구가 대부분이었겠지." 셰프는 동정심이 생긴 듯 잠시 말을 멈췄다. "하지만 그건 중요하지 않아. 그럼에도 불구하고 자신이 만들고 있는 음식에 집중해야 한다는 말이야. 그릇이나 단지를 데우지 않고 음식을 내가는 것은 말도 안 되는 일이야. 너희도 알고 있잖아. 절대로 그러지 마라. 너무 걸쭉해? 그런 문제라면 전에도 이미 해결해본 적이 있다. 아는 대로 하란 말이다! 푹 끓이지 않아서 입안에서 알갱이가 느껴지도록 만든 사람도 있었지. 맛을 좀 보란 말이야. 혀를 입천장에 대고 문질러봐. 부드러운 느낌이 완벽하지 않고 가루가 조금이라도 느껴지면…… 제발 좀 더 끓이란 말이야! 그런데 이미 농도가 진해서 조금 더 끓였다가는 죽처럼 될 것 같다 싶으면 우유 약간을 데워서 넣으면 돼. 그러고 나서 조금 더 끓이라고. 가루가 겉도는 느낌이 사라지도록 익혀야 완전히 매끄러운 소스가 된다."

"요리는 부정확한 과학이자 예술에 가까운 일이야. 표준 비율은 어느 정도까지는 도움이 되지. 하지만 그것은 어디까지나 가변적이야. 루가 느껴지지 않도록 익혔는지, 요리 온도가 몇 도였는지, 증발한 양은 얼마나 되는지, 그래서 얼마나 줄었는지, 이 모든 것을 감안해 최종 요리가 어떻게 나올지 알아내야 하고 또 어떻게 수정할지 그때그때 밝혀내야만 하는 거야. 이제는 너희도 모두 문제 해결 방법을 알고 있어. 지나치게 스트레스 받아서도 압박감을 느껴서도 안 돼. 그래야 '문제가 생겼군, 바로잡아야 해'라고 스스로 말할 수 있어."

"제대로 만들지 못한 음식을 내가면 절대 안 된다." 셰프는 이제 자리에서 일어나 있었다. "바쁘다는 건 핑계가 안 돼. 그 어떤 상황에서든 요리를 내놓을 수 있어야 명성을 얻을 수 있다. '어떻게 보이든 상관없어, 나는 너무 바쁘고 요리는 어쨌거나 나가야 하니까. 그리고 사람들은 알아채지도 못할 거야.' 이런 마음을 품는다면 딱 제 수준에 맞는 레스토랑에서 남은 인생 썩고 말 거야. 그저 그런 레스토랑에서 일하며 그저 그런 셰프로 늙어가겠지."

"그러니까, 지금부터 좋은 습관이 몸에 배도록 노력해라. 지금 당장! 제대로 해야 해. 찬찬히 자기만의 속도로 해야 한다."

셰프는 돼지고기를 너무 크게 썰어 넣어 알갱이가 덜 익었거나 약간 묽었던 벨루테, 너무 오래 끓여 오트밀처럼 되어버렸던 차우더 얘기로 넘어갔다. 그리고 마지막으로 콩소메 얘기를 꺼냈다. 콩소메는 확실히 쓸 만했다.

"콩소메는 대체로 썩 괜찮았다. 맛도 훌륭했고 투명했어. 약간 색이 흐리고 맛이 약한 것도 있었지만 색이 깊고 풍미가 진한 것도 있었다. 색이 흐리고 가벼운 콩소메와 색이 진하고 맛이 깊은 콩소메를 가르는 것은 조리 시간이다. 워낙 적은 양이었으니 1시간 정도는 충분히 좋은 상태를 유지해. 하지만 1시간 45분쯤이 되면 래프트 상태에 문제가 생기기 시작하지. 그러므로 1시간쯤 되었을 때 숟가락으로 맛을 보고 색과 투명도를 살피며 질감과 풍미를 입안에서 느껴보도록 해라. 그러고 나서 '이제 뭘 더 해야 하지? 질감을 더 살려야 하나? 더 짙은 색을 내야 하나?' 이런 생각을 해야 하는 거야."

셰프는 말을 멈추고 메모를 들여다보았다.

"오늘은 말을 많이 하지는 않겠다. 시간이 별로 없거든. 하지만 이것 하나는 짚고 넘어가겠다. 솥은 설거지를 해가면서 일할 수 있도록 모두들 좀 더 노력하도록. 아까 지어포스 셰프가 들여다보면서 지적을 하기 전까지는 나도 미처 깨닫지를 못했어. 정말이지 참담한 몰골이었지." 셰프는 손가락을 튕겨 딱 소리를 내며 말했다. "클램 차우더를 담았던 그릇이라면 그저 물에 담가 문지르고 다시 담가 소독하면 끝이란 말이지. 고작 3초면 되는 일이야. 하지만 정말 중요해. 알았나? 솥이 수치스러울 만큼 높게 쌓이면 이 주방을 아예 닫아버릴 작정이다. '동작 그만. 다 집어치우고 모두들 이 쪽으로 와서 솥을 닦아라. 솥을 몽땅 걷어 설거지한 뒤에 다시 주방을 열겠다'고 말할 거야. 물론 6시 마감 시간은 그대로다."

"재활용 쓰레기는 잘 모아야 한다. 앞뒤 가리지 않고 섣불리 해치워서는 안 돼. 솥이 불 위에 올라가 있는 동안에도 계속해서 엉뚱한 물건이 재활용 통에 들어가지는 않는지 확인해야 한다."

"그날의 표준 미장 플라스를 만드는 것은 너희 몫이다. 그리고 끝낼 만한 시간도 충분해. 그런데도 시간이 다 된 후 '이게 다예요. 시간이 도저히 나지 않았어요'라고 한다면, 엄청나게 점수가 깎일 것이다."

"스톡 팀은 스톡을 만들어야 한다. 무엇보다 먼저 스톡부터 만들어라. 신속하게 시작하지 않으면 8시 30분까지도 계속 끓이고 있게 될 거다."

"시범 팀은 오늘은 준비 시작 시간이 15분 늦어졌다. 그러면 그 피해는 고스란히 너희에게 돌아간다. 시범이 15분 지체된다는 것은 요리 시작도 15분 늦어진다는 뜻이야. 시작이 늦어진 경우에는 오로지 집중만이 살 길이다. 얼른 자신의 자리를 준비하고 본인이 맡은 시범 재료를 준비해야 한다. 그걸 다 마친 뒤에야 본인 요리에 쓸 채소를 자르고 미르포아를 만들 걱정을 할 수 있는 거야. 팀 속도에 맞춰 어슬렁거리지 말고 이기적으로 굴어라."

"아, 한 가지 더. 이 물건은 수백 달러짜리 물건이다."

견고한 식품용 디지털 온도계가 스톡 싱크대의 얼음물 속에 담겨 있는 게 보였다. 아까 내가 스톡을 식히고 있던 빅터에게 온도계를 그런 데 두면 안 될 것 같다고 말하기는 했지만 내 손으로 직접 치우지는 않았다. 파두스 셰프는 온도계를 집어 올렸다. “누군가 디지털 온도계를 싱크대 옆에 있는 물에다 담가두었더군. 그 바람에 내장된 전기 회로가 완전히 푹 젖었다. 아마도 며칠 동안은 제대로 작동하지 않겠지. 어쩌면 영영 고장 날 수도 있다. 부탁 좀 하자, 제발. 이건 비싼 장비야.”

셰프는 말을 멈추고 학생들을 둘러보았다. 그러고는 얼굴을 찌푸리며 다시 입을 열었다. “그래. 아빠 잔소리는 여기서 끝이다. 이제 유화 소스 강의를 시작하겠다. 책에서 직접 읽어도 된다. 시간도 늦었고 유화의 화학작용에 대해 너무 자세히 들어가면 모두 잠들고 말 거야. 그러니까 직접 읽도록. 꼭 읽어. 알겠지?”

직접 읽어보라는 셰프의 말이 그렇게 반가울 수가 없었다. “자. 그럼 내일 보자.”

나는 주차장을 향해 가만히 걸어갔다. 빙판길 40킬로미터를 달려 집으로 가면 아내를 만날 수 있겠구나, 하는 생각을 하자 마음이 따스해졌다. 아내는 아직 신문을 읽거나 이메일을 살피고 있겠지. 둘이 함께 까치발을 하고 살금살금 옆방으로 가서 우리 귀여운 공주님이 조용히 잠들어 있는 모습을 들여다봐야지. 하지만 오늘은 다른 날보다 훨씬 늦었고 또 집에 가서 할 숙제도 많았다. 유화 소스 예습도 절대 빠뜨릴 수 없었고 준비 리스트와 장비 리스트도 작성하고 《맥기》도 더 읽어봐야 했다. 그러다 정신을 차려보면, 어느 샌가 유니폼과 앞치마를 걸친 채 칼집을 열고 도마를 챙기고 있겠지.

브라운소스

기본 재료나 품목 가운데 브라운소스보다 더 불운한 이름을 가진 것이 있을까. 소스 에스파뇰이라는 프랑스식 이름은 한술 더 떠 칙칙하고 탁한 납빛이 떠오르면서, 명백히 갈색인 소스 빛깔을 가리려는 수작처럼 들린다. 마트에서 항아리째 살 수 있는 그레이비소스와 닮은, 루를 넣어 걸쭉하게 만든 빌 스톡이 브라운소스다. 그래서 반죽 느낌이 강하다. 오래 묵은 반죽 말이다. 그런 걸 지금도 쓰는 사람이 있나? 요즘 미국 셰프들은 육류를 기본 재료로 만든 소스에 잘 졸인 스톡 말고는 아무것도 쓰지 않는다. 하지만 CIA의 스킬 1 수업 9일차에서는, 19세기 초반 마리 앙투안 카렘이 처음으로 분류한 기본 소스인 브라운소스 만드는 법을 가르친다. 카렘식 조리법대로 하려면 바욘 햄과 자고새가 필요하고 조리하는 데 3일 정도가 걸리지만, 우리는 끓이는 시간을 줄였고 자고새와 햄도 생략했다.

우리는 당연히 교과서 《프로 셰프》 조리법을 따라 갈색으로 잘 볶은 미르포아 110그램, 짙은 갈색의 토마토 페이스트 28그램, 브라운 스톡 5컵, 브라운 루 220그램, 향신료 주머니 하나를 준비했다. 준비된 재료를 최소 1시간 이상 뭉근히 끓이고 거듭해서 표면에 떠오르는 것을 걷어냈으며 바닥에 밀가루가 달라붙지 않도록 저었다. 맛을 본 뒤 “브라운소스 맛이 나는군”이라는 의미로 어깨를 치켜올린 뒤 체에 걸러 다른 솥이나 그릇에 담았다. 면보로 거르는 친구도 있었다. 그날 내가 재미있다고 느꼈던 점은 단지, 파두스 셰프가 제시간에 내온 브라운소스를 열여덟 숟가락이나 먹어야 했다는 사실뿐이었다.

이렇게 재미없고 구시대적인 소스인데도 불구하고 몇 가지 모순 때문에 브라운소스는 내 마음에 선명하게 남았다. 브라운소스를 만들던 첫날, 파두스는 일부러 조리법을 살짝 바꾸었다. 책에는 페일 루를 쓰라고 나와 있었지만 브라운 루를 쓰도록 시킨 것이었다. 그러나 눈치 챈 사람은 없었다. 게다가 총 6쇄 중 5쇄에 해당하는 내 《프로 셰프》를 쭉 보다 보면, 페일 루를 쓰라고 나온 같은 페이지 “만드는 법” 란에 두 번이나 브라운 루를 넣으라고 되어 있었다.

브라운소스가 마음에 남은 두 번째 이유는 이 소스가 이제는 그다지 많이 쓰이지 않고 구식이라 업신여기는 분위기인데도, 브라운소스를 찬양하는 사람들이 상당하다는 사실 때문이었다. 더 끓여 졸이면 데미글라스가 되는 브라운소스는, 어쨌거나 각양각색의 수백 가지 전통 프랑스 소스의 기본이었으며, 프랑스 요리의 체계를 구축하고 그것이 서구 세계를 지배하게 한 주춧돌이었다.

줄리아 차일드는 주부의 요리 지평을 지속적으로 변화시킨 몇 권의 책 가운데 최고로 꼽히는 저서 《프랑스 요리 마스터 기술The Art of Mastering French Cooking》에서, 목소리를 높여 이렇게 말한다. “프랑스 요리의 화려함과 아름다움을 대변하는 것이 바로 소스이다.” 그러나 줄리아도 어느 정도는 데미글라스를 멸시하는 것처럼 느껴진다. 왜냐하면 데미글라스를 짧게 언급한 뒤 “하지만 우리는 아무래도 형식에 구애를 덜 받는 요리에 대해 이야기하고 있으므로, 데미글라스에 대해 더는 얘기하지 않으려 한다”라고 덧붙이고 있기 때문이다.

처량한 《프로 셰프》는 고전적인 소스에 대해 거의 변명이라도 하는 듯 적고 있다. "비록 지금은 사람들이 기본 소스에 예전만큼 크게 의존하지는 않을지 모르지만, 현대 주방에서도 그것이 중요한 것은 명백한 사실이다." 하지만 책에서는 그 이유를 제대로 설명하지 않고 있다. 마치, 이유가 뭐 필요하겠냐며 그냥 소스를 이용해 요리해주기를 바라기라도 하는 듯 슬쩍 넘어가고 있는 것이다.

30년 이상 이 주제를 논해온 영국의 위대한 음식 전문 작가 엘리자베스 데이비드의 말은 흡사 19세기 소설에 대해 얘기하는 것처럼 보인다. "지금과는 환경이 전혀 다른 18, 19세기에 걸쳐 신비스러움을 발전시킨 브라운 소스는 오늘날에는 지독하리만치 뒤떨어진 존재가 되어버렸다." 그녀는 심지어 기본 소스라는 개념과 그 파생 소스를 조롱하기까지 한다. "모든 요리의 기본적인 맛이 똑같아질 수밖에 없다. 소스 자체가 진부하니 요리가 훌륭할 수가 없는 것이다."

하지만 존경스러운 맥기는 약삭빠르게 말한다. 그는 소스 만드는 과정이 "별나고", "험악하며", "변덕스럽다"고 말하면서, 성공하느냐 실패하느냐는 "요리사가 취하는 팔의 특정한 동작"에 상당 부분 달려 있다고 이야기한다. 소스란 "본래 다루기 아주 까다로운 물리적, 화학적 체계"라는 게 그의 결론이다. 사실을 근거로 한 이야기임이 분명하다.

내가 읽은 전통 소스에 대한 최고의 책은 기자이자 음식 전문 작가 레이몬드 소콜로브가 쓴 《소스 요리 견습생The Saucier's Apprentice》이다. 소콜로브는 자주 인용되는 '소스 없는 요리는 아무리 훌륭해도 옷을 걸치지 않은 미인과 같다'는 브리야 사바랭의 말을 상기시키면서, 이 문장의 속뜻을 설명한다. 그 같은 여인 혹은 음식은 "흥미를 충만하게 불러일으키는 문명의 도금"이 부족하다는 게 그의 설명이다. 책을 보다 보면 소콜로브가 브라운소스를 숭배하며 흡사 기사도적 태도로 보호하려 든다는 사실이 분명히 드러난다. 그는 브라운소스와 브라운 스톡을 졸여 만드는 데미글라스가 "브라운소스를 계량해 낼 수 있는 최고의 결과"라고 언급하면서, "프랑스 소스들이야말로 요리 기술의 정점"이라고 쓰고 있다.

프랑수아 피에르 드 라 바랭은 중세(빵과 곁들여 더 걸쭉해지거나 음식을 압도할 정도로 양념이 가미된 소스가 특징이었던 시기)에 소스를 발전시킨 것으로 유명한 사람이었다. 오늘날 루로 알려져 있는 '밀가루'를 사용해 소스를 걸쭉하게 만들었으며, 홀랜다이즈와 유사한 아스파라거스를 위한 '향기로운 소스'를 보면 그가 달걀을 기본 재료로 하는 유화 소스를 발명했을 것이라는 추측도 가능하다. 그의 작품 중 하나인 '소스 로베르'는 오늘날에도 건재하다. 우리도 곧 배울 소스였다. 그 후 수백 년간 수많은 프랑스 전통 소스들이 발명되어 이름이 붙었다.

차갑고 맑은 2월의 오후, 벽난로가 타닥거리며 타오르는, 새로 문을 연 학교 도서관에는 패니 파머의 말이 새겨진 티파니 스타일의 유리판이 트로피 장 안에 진열되어 있었다. "문명은 요리와 함께 진보했다."

패니 파머는 프랑스 혁명이 일어난 후 아직 단두대에 오르지 않은 귀족들을 국외로 피신하게끔 내몬 공포정치 시대가 도래한 후 이 말을 했던 것으로 보인다. 귀족들이 피신하면서 많은 요리사들이 일자리를 잃었다. 이 시기 파리에 처음으로 자신의 이름을 걸고 레스토랑을 연 요리사가 있었던 것도 우연은 아니다. 1765년 화이트소스에 담근 양 다리 요리를 광고했던 무슈 블랑제가 그 시작이었다고 한다. 대중을 위한 레스토랑을 낸다는 것은 괜찮은 생각이었다. 그리고 그것 말고는 일자리를 잃은 요리사가 할 수 있는 일도 없었다. 레스토랑이 전성시대를 맞이하면서 새삼 음식 가격과 비용 효율에 대한 관심이 커졌다. 요리사들이 예전처럼 요리 재료에 엄청난 비용을 쓸 수 없었기 때문이었다. 지금도 그렇지만, 당시에도 더 많은 사람들이 요리를 먹을수록 벌어들이는 돈도 더 많아졌다.

이 시기, 혁명이 일어날 당시에는 고작 다섯 살이었던 자신감 넘치고 공격적인 요리사 하나가 처음으로 프랑스 요리 셰프로 이름을 떨치게 되었다. 소콜로브는 마리 앙투안 카렘이야말로 "프랑스의 위대한 요리 역사상 가장 뛰어난 인물"이라고 말한다. 그는 카렘이 "최초로 기본 소스 개념을 분명하게 설명"했으며, 소스를 걸쭉하게 하는 보편적인 재료로 루를 선택했다고 말한다. 카렘은 루를 비웃는 사람은 그 누구든지 긴 설명으로 무릎 꿇게 했다. 다음은 카렘의 말이다. "그들은(루의 명예를 훼손한 자들을 가리킨다) 위에서 밝힌 원칙에 따라 준비된 우리의 루에서 미각을 황홀하게 만드는 견과류 맛이 난다는 사실을 모른다……." 그는 루가 소스를 걸쭉하게 하지만, 이후 곧 소스로부터 분리된다고 주장했다. 백 년 동안 셰프들은 카렘의 주장을 따랐으며, 루는 서양 요리에서 흔히 쓰이는 소스 농후제가 되었다.

기본 소스의 개념을 명확히 하고 그에 따라 수많은 파생 소스들을 분류함으로써 카렘은 혁명 후의 새로운 수요에 걸맞은 '방식'을 창출했다. 기본 소스를 저렴하게 대량으로 만들어 큰 통에 저장해놓고 주문이 들어오면 즉석에서 파생 소스들을 손쉽게 준비할 수 있게 한 것이었다. 맥기와 소콜로브는 둘 다 이 소스 비즈니스를 높이 평가했다. 맥기는 기본 소스라는 이 새로운 아이디어를 "최고의 간편식"이라고 일컬은 소콜로브의 말을 인용하며 그를 인정하고 있다. 혹자는 프랑스 고급 요리가 사실상 역사상 최초의 패스트푸드였다고까지 말하기도 한다.

카렘은 자신의 저서가 "불멸의 업적"이라고 주장하며 상당한 자부심을 드러냈지만, 또 한편으로는 겸손하고 너그러웠다. 자신이 만든 소스 방식에 따라 "쉼 없이" 노력하면 누구든 자신처럼 요리할 수 있다고 말했다.

에스코피에는 역사상 최초의 스타 셰프였던 카렘의 업적을 더욱 발전시키고 가다듬었다. 훌륭한 소스가 가치 있다고 깊게 믿었던 그는 거의 2백 가지에 달하는 소스(디저트 소스는 넣지도 않았다)를 첫 저서에 담았다. 프랑스 소스에 대해서는 이렇게 적었다. "지금까지 프랑스 요리를 세계적 요리로 만들고 유지시킨 것이 바로 소스이다."

에스코피에는 칡이나 옥수수 전분 같은 순수한 전분을 루 대신 쓸 수 있을 거라 믿었다. 아니, 그러기를 바랐다. 루는 만드는 데 시간이 너무 오래 걸리고 소스를 걸쭉하게 만드는 것 외에 다른 기능은 없다고 생각했던 것이었다. 그래서 순수한 전분을 만들어내는 효율적인 방법이 개발되면 모두가 전분만을 쓰게 될 거라는 게 그의 생각이었다.

하지만 에스코피에가 틀렸다. 1996년 2월, 파두스 셰프의 스킬 수업, 그리고 일곱 개의 다른 스킬 수업에서는 질 좋은 스톡 안에 넣을 루를 양동이 하나 가득 만들고 있었다.

애덤 셰퍼드는 첫날부터 눈에 띄는 인물이었다. 그가 던지는 질문들 때문이었다. 한번은 파두스 셰프가 홀랜다이즈에 대한 강의를 하다 소스를 차갑게 내는 것은 잘못된 방법이라며 비판을 한 적이 있었다. "홀랜다이즈는 차갑게 내놓으면 안 되는 소스야. 따뜻하게 내놓는 방법을 배우도록 해." 물론 너무 따뜻하게 데우면 달걀이 응고되니 조심해야 했다. 사람들이 차가운 소스를 내놓는 것도 실은 분리된 상태로 내놓는 것보다는 낫다는 심리 때문이었다.

그때 애덤이 손을 들고 질문했다. "산이 단백질의 응고 온도를 높여주니까, 먼저 레몬즙을 첨가한 뒤 150도 정도 되는 버터를 넣으면 분리 문제가 해결되지 않을까요?"

이 말을 듣고 얼마나 어리둥절했던지. 이 애덤이라는 인간은 150도가 어떤 상태인지, 또 반 고체 상태인 달걀노른자에 그렇게 뜨거운 버터를 넣으면 어떤 일이 벌어지는지를 대체 어떻게 알았단 말인가.

파두스가 대답했다. "훌륭한 지적이다. 모두들 애덤이 무슨 말을 하는지 이해했나?" 멍한 표정들을 훑어본 셰프는 애덤의 질문을 다시 읊어준 뒤 결론을 내렸다. "레몬즙을 먼저 넣으면 홀랜다이즈를 더 뜨겁게 데울 수 있다. 써도 되는 방법이야. 아이디어가 훌륭해. 나도 생각하지 못했던 거라 좀 놀랍군." 파두스는 마치 '바로 그거야. 내 말을 제대로 듣고 있군'이라고 말하는 것만 같은 미소를 짓고 있었다. "문제를 해결할 때면 나도 바로 그런 식으로 생각을 한다. 정말이지 아주 훌륭했어, 애덤." 훌륭한 요리란 다름 아닌 연속되는 문제 해결이라는 것이 셰프의 생각이었다.

애덤에 대해 알아내는 것은 쉽지도 않았고, 확실하고 완전한 답을 얻어내기도 불가능했다. 하긴, 요리학교라는 곳이 워낙 입으로 떠벌리는 공간이 아니기는 했다. 애덤에게는 뭔가가 더 있었다. 도대체가 몇 살인지조차 짐작할 수가 없었다. 그렇지만 애덤이 던지는 복잡하고 명확한 질문들을 보면, 그가 무엇이든 읽고 생각하는 데 상당한 시간을 보내고 있다는 사실만큼은 확실히 알 수가 있었다. 딱히 뭔가를 숨기고 싶어 하는 것처럼 보이지는 않았다. 다만 어쩐지 늘 화가 난 사람 같았다. 애덤은 부릅뜬 눈으로 사람을 쳐다보았다. 어떤 각도에서 보면, 눈 한쪽이 다른 쪽보다 약간 더 높이 올라간 것 같기도 했다. 그가 오른손, 그러니까 칼을 쥐는 손에 장애가 있다는 사실을 깨닫는 데 무려 2주나 걸렸던 것은 아무래도 그 힘 있는 눈빛과 빠르고 능숙한 손놀림 때문이지 않았나 싶다.

그가 장애에 대해 난데없이 이야기를 꺼낸 것은 아니었다. 내가 뭔가 질문을 하자 대답하는 와중에 나온 이야기였다. 금요일 밤, 수업이 끝난 뒤의 일이었다. 그날 우리는 처음으로 브라운소스와 홀랜다이즈 소스, 그리고 슈프레임과 크림(치킨 벨루테를 기반으로 해 버섯 향을 낸 슈프레임은 캠벨에서 나온 버섯 크림수프와 꼭 닮았지만, 베샤멜을 기반으로 한 크림은 놀랍게도 황홀할 정도로 섬세하고 가벼웠다)이라는 두 가지 즉석 화이트소스를 만들었다. 애덤은 기숙사에서 생활하고 있었지만, 2년 반 전에 결혼한 아내 제시카와 함께 지내기 위해 주말에는 집으로 향했다. 식당을 지나 어둡고 텅 빈 복도를 함께 걸으며 나는 애덤에게 학교에 왜 왔는지, 요리를 시작한 이유가 뭔지 물어보았다.

"사고 덕이었어." 오른손을 치켜들며 그가 말했다. 검지와 엄지는 멀쩡했는데, 가운뎃손가락은 아예 없었고 약지와 새끼손가락도 거의 남아 있지 않았으며 그나마도 손바닥을 향해 구부러진 채 굳어 있었다.

뉴잉글랜드 전역을 돌아다니며 지내던 애덤은 메인 주에 있는 생선 가게에서 일했다. 버몬트의 말보로 칼리지에 들어갔지만 1년 후 자퇴를 결정하고, 학교 식당 주방에 취직해 3년간 사진, 목공, 철학, 예술사, 종교, 언어학 등을 청강했다. 하지만 결국 책을 들여다보는 일이 자신에게 맞지 않다는 사실을 깨달았다. "난 직업학교 체질이었어."

하지만 수업 중에 던지는 질문을 보면 전혀 그런 느낌이 들지 않는다고 내가 말하자 애덤은 이렇게 말했다.

"직업학교에 꼭 가야 한다기보다는, 그러니까, 음…… 아, 뭐라고 얘기해야 할지 잘 모르겠다……." 애덤은 말을 잇지 못하고 우물거리고 있었다.

"기질이 그렇다는 얘기야?"

"맞아, 기질. 타고나기를 그렇게 타고난 거야."

학위증 하나 받지 못하고 학교를 떠난 애덤은 주방과 목공소 중 하나를 일터로 삼기로 마음먹었고, 가구나 진열장을 만들어 파는 목공소를 선택했다. 밤에는 악기를 만들었다. 애덤과 제시카가 결혼할 때는 애덤 친구가 애덤이 직접 만든 기타로 축가를 연주하기도 했다.

손은 어쩌다 그리 되었는지 물어보았다.

"잘 모르겠어." 애덤이 대답했다.

"무슨 소리야?"

"정말로 잘 모르겠다는 거야. 무슨 일이 일어났는지, 왜 그랬는지 기억이 안 나. 모든 게 잘 돌아가고 있었거든." 애덤은 테이블 톱에 합판을 밀어 넣는 시늉을 해보였다. "어쨌거나 오른손 손가락 절반을 잘라버렸지."

애덤은 원래 요리며 레스토랑 일을 좋아했고 CIA에 대해 궁금해하고 있었다. 1993년 당시 매사추세츠 서부에 살고 있었던 애덤은 제시카와 함께 요리학교를 방문했다. 그리고 CIA가 운영하는 네 군데 레스토랑 중, 건강 요리를 주로 제공하는 세인트 앤드루스 카페에서 저녁 식사를 했다. 두 사람은 마지막 남은 자리 하나를 가까스로 예약할 수 있었다. 제일 인기 있는 레스토랑이 아닌데도 남은 자리는 얼마 없었던 것이다. 그날 저녁 식사는 애덤 기억 속에 생애 최고의 레스토랑 요리로 남았다.

그로부터 3주 후인 11월 30일, 애덤은 사고를 당했다. 2년간 애덤은 복원 수술과 물리치료를 견뎌냈다. 두 사람이 결혼에 골인한 것은 테이블 톱이 애덤의 인생을 바꾼 지 두 달이 지난 후였다. 회복 기간은 둘 모두에게 힘든 시기였다. 손으로 무엇인가를 만들 때 가장 큰 충족감을 느끼는 애덤은 아무것도 만들지 않고 시간을 때우는 법을 배워야 했다. 애덤은 디스커버리 채널의 요리 쇼를 시청했다. 오른손을 조금씩 쓸 수 있게 되자, 그때부터는 제시카를 위해 요리를 시작했다. 그러다 드디어 제시카를 위해 하루에 두 끼씩 식사를 준비해줄 수 있게 되었다. 오른손에 힘이 충분히 돌아오고 셰프 나이프를 자유자재로 다룰 수 있다는 확신이 들자 애덤은 요리학교에 지원했고, 1995년 12월, 조리 수학과 미식학 입문 수업을 수강했다.

이제 부상 따위는 애덤에게 전혀 문제가 되지 않는 것 같았다. "돌려깎기를 할 때 좀 불편할 뿐, 다른 건 전혀 문제없어." 애덤이 말했다. 어쩌면 그가 뿜어내는 분노의 원천이 다친 손은 아닐까 하는 의구심이 스쳤다. 브라운소스의 밤, 우리의 대화는 그리 길지 않았다.

"이 소스들은 즉석 소스라고 할 수 있다." 우리는 시범을 보기 위해 셰프 주변에 모였다. "파생 소스는 마지막 순간에 만들기 때문이다." 셰프는 3번 테이블이 호텔 팬에 깔끔하게 정리해 놓은 미장 플라스를 점검했다. "대량으로 만들 수도 있지만, 요리를 내가기 직전에 만드는 게 제일 낫다. 브라운소스나 데미글라스를 만들어놓고, 커틀릿과 돼지 갈빗살을 소테잉하거나 돼지고기 등심을 로스팅한 팬에다가 곧장 즉석 소스를 완성하는 거지."

우리는 셰프 말대로 브라운소스를 만들고 빌 스톡과 브라운 스톡을 동량으로 넣어 데미글라스를 만들었다. 먼저 빌 스톡을 끓여 1/3로 졸인 뒤 브라운 스톡을 넣어 함께 뭉근히 끓이면서 불순물을 걷어내는 방법으로. 이것이 바로 가장 정제된 브라운소스였다. 내 입에는 그다지 맛진 않았다. 실제로 브라운소스는 갈색의 맛이 났고 그 외엔 없었다. 그리고 데미글라스는 브라운소스보다 더 진한 갈색 맛이 날 뿐이었다.

다진 양파 약간을 기름에서 약불로 익히던 파두스 셰프가 화이트 와인 한 병을 집어 들었다. "자, 와인을 넣어야지." 잠시 입을 다물었던 셰프가 말을 이었다. "와인을 넣을 때는 불에서 멀리 떨어져야 한다고 일전에 말했다. 이유 기억나나?" 셰프는 소테 팬을 불에서 내렸지만 와인을 붓지는 않고 있었다. "불 가까이에서 부으면 와인 병 안으로 불꽃이 튀어 올라, 병이 뒤로 날아가고 옆 사람까지 다치게 돼. 무시무시한 일이지. 겪어본 사람? 나는 본 적이 있어. 거의 재앙과도 같은 일이 벌어지지. 우선은 모두들 겁에 질리게 돼. 다치는 사람도 나오고. 하던 일도 다 때려치워야 해. 미장 플라스에 온통 유리 파편이 들어가니까." 말을 마친 셰프는 여전히 와인 병과 소테 팬을 그대로 들고 있었다. "한 사람의 부주의 때문에 레스토랑이 수천 달러 넘는 손해를 입게 되는 거야."

폴 트루히요가 물었다. "그럼 플라스틱 통을 쓰면 되나요?"

"큰일 날 소리! 그냥 불에서 떨어져서 부으면 돼. 불안정하기 짝이 없는 그 액체를 불에서 떨어진 데서 부어야 한다는 거야." 폴은 재빨리 고개를 끄덕였다. 팬을 불 위에 다시 얹은 파두스는 지글거리기 시작한 양파를 불에서 내려 화이트 와인을 몇십 그램 넣었다. "화이트 와인을 반 정도로 졸여라. 더 졸이고 싶으면 그래도 되기는 하지만, 어쨌거나 물기를 남겨두어야 해." 데미글라스 소스 110그램은 종이컵에 담겨 있었다. 파두스는 컵을 꽉 움켜쥐더니 엉겨 붙은 소스를 팬 안에 세게 흔들어 털어 넣었다. 소스는 금세 묽어지더니 부글거리기 시작했다. "이 정도에서 더 졸아들면 안 돼. 숟가락에 코팅이 될 정도로 가벼운 농도여야 하거든. 액체 상태로 흘러내리는 정도여야 해. 팬 바닥을 그어 갈라놓을 수 있을 정도로 점성이 있어서는 절대 안 된다."

셰프는 팬을 보여주며 우리에게 농도를 확인시켰다. 나무 숟가락으로 팬 중앙을 긁자 잠시 생겼던 선은 이내 사라졌다.

"이때 액상 겨자를 넣는다. 거품기가 어디 있지?" 애덤이 셰프에게 거품기를 건넸다.

거의 다 완성된 시점에서 풍미와 질감, 소위 입안에서 느껴지는 질감을 위해 버터 약간만 넣으면 된다.

"이렇게 마지막에 버터를 넣는 것을 몽테 오 뵈르라고 한다. 불을 좀 키우고 휘저어라." 밝은 색이었던 버터가 빙빙 돌며 짙은 갈색 소스 속에 섞이자, 파두스는 먼 곳을 헤매는 듯한 표정으로 이렇게 말했다. "캘리포니아에 있을 때 피자 오븐에 돼지고기 등심 훈제를 한 적이 있었지. 소금과 후추 약간으로 양념을 해 천천히 구울 생각이었어." 그러더니 소금과 후추를 치고는 팬을 조금 더 휘저었다. "지금 만들고 있는 것과 아주 비슷한 소스를 만들고 거기에 씨겨자를 넣어 완성했지. 브라운 포크 스톡을 만들어 졸인 뒤 몽테 오 뵈르로 마무리하고 거기에 씨겨자를 넣었던 거야." 모두들 입을 다문 채 생각에 잠겨 있었다.

"딱 좋은 농도군." 팬을 불에서 내리면서 셰프가 말했다. 그러고는 소스를 걸러 향을 내기 위해 썼던 양파를 건져냈다. "소박한 외양의 요리가 좋다면 양파를 남겨둬도 돼. 문제가 되지는 않아. 하지만 아주 세련된 레스토랑에서는 반드시 양파를 걸러낸다. 에스코피에 주방에서도 마찬가지야. 남김없이 걸러내지. 복도 건너에 있는 카테리나에서 이 소스를 만든다면, 아마도 질감을 흥미롭게 돋우면서 보다 진한 맛을 내기 위해 양파를 약간 남겨둘 거야. 이태리 요리는 정통 프랑스 요리보다는 좀 소박하잖아?"

셰프가 소테 팬을 돌리자, 우리는 소형 급강하 폭격기 함대처럼 일제히 숟가락을 내밀었다.

그 맛에 대해 달리 무엇을 말할 수 있으랴. 입안에서는 정말이지 뜻밖의 일이 일어났다. 전혀 무겁지도, 끈끈하지도 않았고, 오히려 가벼움이 느껴졌다. 겨자는 톡 쏘는 또렷한 맛을, 와인은 원숙한 풍미를 선사했으며, 버터는 진하면서 벨벳처럼 매끄러운 질감을 만들어냈다. 돼지고기랑 정말 잘 어울릴 것만 같았다. 어느새, 갈색의 칙칙한 느낌이 소스에서 완전히 사라지고 없었다. 마법 같은 일이었다.

셰프는 만족스러운 표정이었다. "소스 느낌을 이제 잘 알겠지? 돼지고기에 딱일 거라는 생각이 들지 않아? 이 소스는 돼지고기 맛을 제대로 살려준다. 맛도, 질감도 깊이도 나무랄 데 없는 훌륭한 소스지. 제대로 만든 데미글라스를 썼기 때문에 소스도 제대로 나온 거야. 브라운소스를 제대로 만들지 않았다면, 혹은 데미글라스 소스를 대충 만들었다면, 소스는 좀 찐득거리면서 입안에서 전분 느낌으로 겉돌았을 거다. 그런데 우리는 훌륭한 브라운소스를 만들어 거기에서 훌륭한 데미글라스를 완성했거든. 그러니 무결점 소스가 탄생한 거지. 바로 이 때문에 요리는 시종일관 까다롭게 차근차근 해야 한다고 말하는 거다. 형편없는 스톡으로는 좋은 브라운소스를 만들 수 없어. 좋은 브라운소스가 없으면 당연히 좋은 데미글라스도 없지.

좋은 데미글라스 없이는 훌륭한 소스도 없는 거야."

"자. 이번 일은 베던 나무를 쓰러뜨리는 것쯤으로 보면 될 거야." 셰프는 깨끗한 소테 팬을 가져다 다시 불 위에 얹었다. "이번에 만들 소스는 마데이라 소스다. 너희가 할 일은 그저 좋은 데미글라스를 끓이다가 거기에 마데이라 와인 56그램인가, 28그램인가 뭐, 그것만 넣으면 된다. 어, 좀 많은 것도 같군. 어쨌든 그렇게만 하면 완성이야."

와인 소스가 부글거리자 파두스는 우리를 바라보았다. "조리법에 보면 졸이지 말라고 나온다. 마데이라 와인이 상급이라면 당연히 그래야지. 하지만 품질이 떨어지는 와인이라도 그 역시 졸이지 않는 것이 낫다. 품질도 별로인데 왜 졸이지 말라는 걸까?"

말이 떨어지기가 무섭게 애덤 목소리가 들려왔다. "좋지 않은 풍미가 고스란히 남은 채 졸아들면, 좋지 않은 풍미로 가득한 농축액이 될 테니까요."

"바로 그거다. 애덤."

스킬 수업 11일차였던 그날의 소스는 소스 로베르를 넘어서는 뜻밖의 놀라움을 선사했다. 마치 비밀의 방 열쇠를 찾아내기라도 한 듯, 멋진 경험이었다. 분명 칙칙한 맛이 나던 소스가 불과 3, 40초 후 정교하고 섬세하며 풍부한 맛으로 변모할 수 있다는 걸 알았으니, 이게 정말이라면(내 눈으로 직접 보고 맛도 보았지 않았느냔 말이다) 하산해도 되겠다는 생각이 들 정도였다. 기쁨도 컸지만 동시에 몹시 부끄러웠다. 다시는 그 어떤 음식도 우습게 볼 수 없으리라. 소스 로베르(아마 오늘날까지 계속 사용되는 가장 오래된 소스일 것이다)가 어떻게 쓰이는지, 또 프랑스 소스의 여왕인 데미글라스의 뛰어남과 역할을 모르고서 뭘 안다고 할 수 있겠는가.

눈보라

우리 같은 보통 사람이 세계적인 헤비급 권투 선수에게 한 방 맞으면 어떤 느낌인지, 한 친구가 이렇게 말한 적이 있었다. "천장을 받치고 있던 기둥이 머리 위로 무너져 내리는 기분이지." 친구의 말은 그해 겨울 북동부를 덮친 눈보라에 딱 들어맞는 표현이었다. 게다가 이 강펀치는 쉼 없이 이어졌다. 새해가 밝은 지 며칠 후부터 시작된 눈보라는 일주일 뒤, '96년 블리자드'라고 불리며 미국 동부 전역을 강타했다. 놈의 손아귀에서 벗어난 뒤에도 동부 해안에는 또 다른 폭풍이 3주마다 한 번씩 덮쳤다. 폭설 주의보와 함께 이전 블록을 마감했고 어김없이 3주 뒤, 스킬 수업 13일차에도 폭풍우가 불어닥쳤다.

3월의 아침, 눈이 내리는 모습을 지켜보면서 학교에 가야 하나, 고민에 잠시 빠졌다. 내 소형 닛산 센트라는 파이 굽는 틀 무게나 겨우 될까 말까 한 자동차였다. 나는 결국 지각하지 않기 위해 1시간 일찍 나서기로 결심하고는, 칼 세트와 숄더백을 챙겨 들고 새하얀 설원으로 나갔다. 그로부터 1시간 반 후, 학교에 도착하자 떠오른 생각은 오로지 집에 가야겠다는 생각뿐이었다. 칼질 실기 시험 같은 건 안중에도 없었다. 교실로 뛰어 들어가면서 계획을 세웠다. 칼질 실기 시험이 끝나면 내일 있을 소스 실기 시험을 쭉 훑어보며 총연습을 하게 되어 있었다. 나는 이 총연습을 빠질 작정이었다.

2시 15분이 되기 직전, 파두스 셰프가 시작을 알렸다. 우리는 20분 동안 양파 하나를 으깨고, 또 하나는 저민 뒤 토마토를 콩카세하고 파슬리 한 다발을 다졌다. 서둘러야 했지만 타이밍이 당락을 가르는 시험은 아니었다. 모두들 손가락을 베지 않은 채, 고만고만한 수준으로 일을 마쳤다. 내 경우 으깬 양파는 양호했지만 입자가 굵었고, 저민 양파는 다소 들쭉날쭉해 각각 3포인트씩 감점을 받았다. 콩카세에서는 토마토 씨 두 개가 발견되어, 씨 하나당 1포인트씩 또 감점되었다. 파슬리도 쓸 만했지만 셰프는 한 다발을 제대로 다 다진 것인지 의심스러워했다. 아닌 게 아니라 정말 양이 좀 적어 보였다. 그는 손질하고 남은 자투리를 뒤적이며, 내버린 양이 그렇게 많지는 않다는 사실을 확인했다. 시간 안에 잘 끝냈고, 칼질하는 손 모양도 발랐기 때문에 내 점수는 100점 만점에 97.5점이었다. 파두스 셰프는 쉬운 시험이었다고 말했다.

셰프가 마지막 학생의 호텔 팬과 자투리를 보며 점수를 매기자마자 나는 내 칼을 챙겨 들었다. 등을 꼿꼿이 편 그는 책상 뒤에 서서 금테 안경 너머로 눈을 크게 뜬 채 무표정한 얼굴로 나를 바라보았다.

"셰프!"

"말해봐."

"눈 때문에 걱정이 돼서요. 지금 바로 나가야 할 것 같습니다."

"그렇군." 셰프가 대답했다.

그는 분명 내가 무슨 말을 할지 알고 있었을 것이다. 하지만 그 꼿꼿한 자세와 무표정한 얼굴을 대하자 어쩐지 뭔가 생각하고 있는 것 같다는 생각이 들었다. 나는 아무 말도 하지 않는 셰프를 향해 말했다.

"그럼 내일 뵙겠습니다."

"그래, 내일 보자고."

교실을 나섰다. 눈보라를 헤치고 뛰다시피 해 자동차로 향했다. 지금 이 순간에도 티볼리로 향하는 길 위에 눈이 쌓이고 있을 게 뻔했다. 한낮이었지만, 구름이 잔뜩 끼어 어둑해진 회색 하늘과 굵은 눈발 때문에 앞도 제대로 보이지 않았다. 학교 주차장 출구에 걸린 신호 앞에 멈춰 서자 자동차 바퀴가 헛도는 소리가 들렸다. 9번 도로를 향해 좌회전을 하는 순간 자동차 후미가 평소보다 조금 더 거칠게 움직였지만 이내 정상으로 되돌아왔고, 차는 무사히 집으로 향하는 길에 접어들었다.

하이드 파크를 지나는 길에는 시속 40킬로미터 정도로 기어가는 자동차 행렬이 한 줄로 쭉 이어져 있었다. 9번 도로는 옆 동네 스타츠버그를 지나자마자 4차선 고속도로로 갈라진다. 다른 때 같았으면 초보 운전자도 쉽게 고속도로로 들어설 수 있는 편안한 길이었지만, 오늘은 모두 멈춰만 있었다. 도로는 흠결 하나 없이 새하얗고 바큇자국 하나 보이지 않았다. 모두들 한 줄로 선 채 거의 움직이지 않았다. 눈발이 양쪽 차선을 표류하듯 흩날리기 시작했다. 길은 눈에 파묻혀 보이지 않았고, 약간 바깥쪽으로 방향을 틀자 차가 약간 주저앉는 듯한 느낌이 들었다. 나는 핸들을 꽉 붙든 채 속도를 32킬로미터 이하로 줄였다. 다시 제 길에 올라서기 위해 핸들을 살짝 꺾었지만 뒷바퀴가 경계석에 끼였는지 움직이지 않았다. 끼여버린 바퀴를 빼내기 위해 핸들을 확 돌렸다. 그런데 그게 과했는지 이번에는 자동차 후미가 추월 차선으로 미끄러지고 말았다. 다시금 핸들을 시계 반대 방향으로 틀자 방향은 바르게 돌아왔지만, 아까처럼 다시 내려앉아버렸다. 나는 핸들을 다시 틀었다. 순간 도로 표면에 마찰력 같은 건 전혀 존재하지 않는 듯, 우주 공간을 떠다니는 우주 비행사가 된 듯한 느낌이 들었다. 물론 이곳이 4차선 고속도로라는 사실을 잊은 것은 아니었다. 내 차는 순식간에 추월 차선을 가로질러 눈으로 미끄러워진 울퉁불퉁한 경계석을 넘어 반대 차선으로 미끄러져 들어가 오는 차들과 마주보며 멈췄다. 안간힘을 써서 자동차들과 수직을 이루는 수준까지 방향을 돌렸다. 그때 누군가 용기를 내어 차를 세워주었다. 뒤쪽에서 따르는 차들도 모두 멈춰주지 않으면 굉장히 위험해질 수 있는 상황이었다. 다행히 뒤쪽 자동차들도 모두 멈춰 섰다. 다시 제자리로 돌아와 차량들 틈으로 끼어든 나는 기도하는 마음으로 티볼리를 향해 살금살금 움직이기 시작했다. 그제야 작은 덜컹 소리와 함께 내 차는 우아하게 빙글 돌아, 계속해서 움직이는 차량들 속으로 미끄러져 들어갔다. 나는 천만다행이라며 가슴을 쓸어내릴 수 있었다.

어릴 때야 그렇게 아슬아슬하게 운전하는 게 무엇보다 즐거웠지만, 부모가 되자 그런 재미는 싹 사라져버렸다. 아이들은 부모의 행동 방식을 바꾼다. 부모에게 새로운 본능이 생겨나는 것이다. 그중 하나가 자기 보호 본능이다. 맨해튼에 사는 내 친구 하나는 아버지가 된 후부터 도로에서 멀리 떨어져 도보 안쪽으로 붙어서 걷기 시작했다고 했다. 9번 도로에서 하릴없이 미끄러져 길을 벗어난 순간 제일 먼저 떠오른 것은 딸아이 얼굴이었다. 아이들이 바로 부모를 올바른 방향으로 이끄는 존재였던 것이다. 그러고 나서야 아내가 이 사고 소식을 들으면 얼마나 놀랄까 하는 생각이 떠올랐다. 난 브라운 빌 스톡을 만들겠다는 욕심 때문에 다치거나 죽고 싶은 생각이 추호도 없었다. 집으로 돌아온 뒤 아내와 예쁜 딸아이를 끌어안으며 집에 무사히 돌아와 정말 기쁘다고 말했다. 그러고는 그간 밀린 글쓰기를 해치우기 위해 따스한 빛이 일렁이는 컴퓨터 앞에 바짝 다가앉았다.

다음 날 아침에도 눈이 내렸다. 사실 밤새 한 번도 그치지 않았다. 나는 방 안을 서성거리다 창밖을 내다보았다. 허드슨 강을 따라 온통 눈이 덮여 있었다. 아직까지 눈이 내리고 있다니, 도저히 믿을 수가 없었다.

다른 날이었다면 날씨 때문에 그렇게까지 화가 나지는 않았을 것이다. 하지만 오늘은 스킬 1 수업 마지막 날이었다. 책 쓰는 일 때문에라도 도저히 놓칠 수는 없었다. 게다가 오늘은 요리 실기 시험을 치른다. 나는 시험을 꼭 보고 싶었다. 어제 일찍 나오느라 필기 테스트도 빼먹은 상황이었다. 도대체 어떻게 스킬 1 수업 마지막 이틀을 모두 빠진단 말인가. 하지만 지금 밖에는 내 차가 9번 도로에서 발레를 추었던 어제보다도 훨씬 더 많은 눈이 쌓여 있었다. 길을 나서겠다는 것 자체가 무모한 일이었다.

나는 혹시나 하는 마음에 학교 대표 번호로 전화를 걸었다. "그럼요. 오늘도 물론 수업을 합니다." 뭘 그런 걸 다 묻느냐는 목소리였다.

12시 반에도 눈은 계속해서 내리고 있었다. 결국 나는 파두스 셰프에게 전화를 걸었다.

파두스의 목소리는 무척 피곤한 듯 조용하게 가라앉아 있었다.

"안녕하세요, 셰프. 마이클 룰먼입니다."

"아, 마이클. 무슨 일이지?"

"여긴 아직도 눈이 내리고 있어요. 그래서 학교에 가기 어려울 것 같습니다."

"자네가 그렇다면 그런 거겠지." 셰프가 부드럽게 말했다.

"죄송합니다."

"뭐, 괜찮아." 거의 속삭이는 듯한 목소리였다.

잠시 침묵이 흘렀다. 나로서도 쉬운 결정이 아니었다는 사실을 셰프에게 알려야만 한다는 생각이 들었다. "죄송합니다. 저도 정말 가고 싶어요."

수화기 너머에서는 잠시 아무 소리도 들리지 않았다. 그리고 조금 뒤 여전히 조용하고 피곤에 찌든 목소리로 셰프가 말했다. "마이클. 지금부터 내가 하는 말에 기분 상하지 않았으면 해." 그는 표현할 말을 고르고 있는 듯했다. "사실 어제 이 말을 할 작정이었어. 어쩌면 꼭 했어야 했는지도 모르겠군. 어쨌거나 자네를 기분 나쁘게 하려는 건 아니라는 걸 알아줘."

전화를 끊었다. 내게 정확히 무슨 일이 일어난 건지, 왜 이런 기분이 드는지 알 수가 없었다. 나는 방 안을 서성거리다 자리에 앉아 방금 전 들은 이야기에 대해 생각하려 애썼다.

"학생들을 셰프로 훈련시키는 것이 학교에서 하는 일이야. 그리고 셰프는 가야 할 곳이 있으면 반드시 가." 파두스는 최대한 객관적인 말투로 나직하고 차분하게 말을 이어나갔다. "셰프는 추수감사절이나 크리스마스처럼 모두가 파티를 즐길 때조차도 일하는 사람들이야. 집에 있다고 해도 가족을 위해 일을 하는 게 셰프지."

"마이클 자네는 이 분야 일을 하는 사람이 아니야." 이 말을 듣는 순간 나는 내가 작가라는 사실을 망각하고 말았다. 파두스의 목소리에서는 뭔가 '넌 우리와 다른 사람이야'라는 느낌이 전해졌다. 셰프는 내 행동을 쭉 지켜보았다고 말했다. 그가 평소에 딱히 말로 표현했던 것은 아니었지만, 나도 눈빛으로 이미 그의 생각을 감지하고 있었다. 그리고 이제 수화기 너머 목소리에서도 선명하게 느껴졌다. 셰프에게 나는 먹물, 화이트칼라, 뺀질거리는 놈, 작가 나부랭이였던 것이다. 그는 내가 가진 것들을 선망하는 동시에 재미있어하는 것 같았다. 파두스 셰프는 머리가 좋고 생각이 분명한 사람이었다. 또한 뼛속까지 요리사였다. 알고는 있었지만, 그가 나를 제외한 학생들과 자신이, 그러니까 자신들이 나와는 전혀 다르다고 하자 화가 치밀었다. 무슨 외계인 취급이라도 받은 기분이었다. 셰프는 말을 이어나가는 동안 점점 더 피곤해하는 것 같았다. 그 역시 마음이 편치 않은 모양이었다.

"우리는 자네와 달라. 우리는 무슨 일이 있어도 가거든. 그게 바로 셰프의 덕목 중 하나야." 나는 침묵을 지켰다. "우리 학교가 절대 휴교하지 않는 것도 그 때문이지. 우리는 학생들에게도 이런 방식을 가르치고 있어."

그는 내 직업이 요리사가 아니라는 걸 잘 안다고 말했다. 그게 문제라는 말은 아니었다. 그저 내가 이해해주기를 바라고 있었다. 내가 내 일을 해야 하는 것처럼 자신도 자신의 일을 해야 한다고 말이다. 나는 셰프에게 이해한다고 대답하면서, 만일 내가 진짜 학생이고 지금처럼 전화를 걸어 결석해야 할 것 같다 이야기를 했다면 어떻게 했겠느냐고 물었다. 그러자 셰프는 내가 학생이고 스킬 1 수업의 14일차에 결석했다면 낙제를 면치 못했을 거라고 대답했다.

그랬다. 이곳은 온몸으로 부딪혀야 할 진짜 세계였다. 6시까지 음식을 완성하거나 못하거나, 주방에 모습을 나타내거나 아니거나, 둘 중 하나였다. 중간은 없었다. 이유 같은 건 중요하지 않은 순간이 있는 것이다. 변명은 전혀, 아무런 의미도 없었다. 어떤 순간이든, 손에 잡히는 분명한 사실만이 의미가 있었다. 그뿐이었다.

내가 실기 시험이 한창인 주방에 들어서자 셰프는 눈썹을 한껏 치켜올린 채 고개를 절레절레 저으며 곧장 내게로 걸어왔다. "창피를 줘서 학교에 나오게 하려던 것은 아니었어."

"알고 있습니다." 나는 그가 한 말에 기분이 좀 상했었다고 설명했다. "지금이라도 시험을 볼 수 있을까요?"

"2조에 들어가면 되겠군. 30분 후에 시작할 거니까."

스킬 1 수업 14일차가 되면 셰프는 학생을 반으로 나눈다. 절반은 실기 시험을 보고 나머지는 설거지와 청소를 담당하는 것이다. 그러면 버너를 차지하느라 서로 다툴 필요도, 베샤멜소스가 눌어붙어 새 솥을 찾으러 설거지 통으로 달려갈 필요도 없다. 콩소메와 안정적인 유화 소스를 제대로 만들 줄 아는지만 보여주면 되는 간단한 시험이었다. 1시간 반이 지나면 조는 역할을 바꿨다.

내 이름은 2조에 속한 다른 학생들과 함께 칠판 위에 적혀 있었다. 내가 못 가겠다고 했지만 셰프는 내 이름을 적어두었던 것이다. 그게 중요했다.

결국 1시간 45분이나 늦었음에도, 내게는 실기 시험을 치르기 전 필기 시험을 치를 30분이 남아 있었다. 벌렁거리는 심장을 진정시키며 칼과 가방을 내 자리 밑에 안전하게 집어넣고 시험지를 받았다. 시험지는 K-8과 K-9 사이 복도에 앉아서 풀어야 했다. 이름을 써야 했는데 깜빡 잊었다. 지금, 내가, 티볼리의 따뜻한 내 방에서 40킬로미터 떨어진 복도에 앉아 있다니. 대체 내가 왜 이런 식으로 행동했는지, 또 왜 여기에 와 있는지 도무지 알 수가 없었다. 사실 왜 그토록 화가 났었는지도 모르겠다는 생각이 들었다. 그러나 다시 말하지만, 여기는 이런 때 이유 같은 것을 고려해주는 곳이 아니었다. 첫 번째 질문을 읽었다.

"브라운 빌 스톡 만드는 과정과 재료를 순서대로 나열하시오."

나는 잠시 멈추고 생각에 잠겼다.

"먼저, 클리블랜드의 집을 세놓은 뒤 수백 킬로미터 떨어진 허드슨 계곡 동쪽으로 가족과 함께 이사를 온다……."

마음속에서 뭔가 확실히 변화가 일어났지만, 반추해볼 시간은 없었다. "자, 그리고 이곳은 스킬 수업이 이뤄지는 곳입니다. CIA에 입학한 후 처음으로 들어가는 주방이지요. 그리고 여러분 뒤쪽에는 카테리나 드 메디치 레스토랑 주방이 있습니다." 이따금 투어(학교에는 1년에 20만 명가량의 방문객이 찾아왔다) 안내를 하는 학생이 지나가며 방해를 일삼는 복도에 앉아, 짧은 시간에 시험 문제 스물다섯 개를 풀어야 했으니 당연한 일이었다. 나는 문제를 다 풀자마자 서둘러 주방으로 달려갔다.

데이비드와 비앙카는 이미 스테이션 준비를 마치고 미장 플라스까지 끝낸 상태였다. 간 고기와 달걀흰자, 토마토, 미르포아로 이루어진 억센 래프트 아래서 두 사람의 콩소메가 끓고 있었다. 고개를 끄덕이며 인사를 건네는 두 사람에게 혹시 남는 자리가 있느냐고 물었다. 이제는 정말이지 왕따가 된 것 같은 기분이었지만, 그렇다고 해서 그 친구들의 실기 시험을 망치고 싶지는 않았다. 어차피 나는 진짜 학생도 아니지 않은가. 그런 나를 데이비드는 당연하다는 듯 따뜻이 맞아 주었다. "당연히 있지. 남아돌아."

실기 시험을 위한 준비는 전혀 하지 못했고 필기시험도 봐야 했기 때문에, 나는 다른 친구들보다 조금 뒤처진 상태였다. 하지만 콩소메 950밀리리터, 베샤멜 950밀리리터, 달걀노른자 세 개를 넣은 홀랜다이즈 소스, 달걀노른자 하나를 넣은 마요네즈까지 모두 수업시간에 여러 번 해보고, 달달 외우다시피 한 것들이었다. 나는 장에서 그릇 세 개를 꺼내 들고 자리로 돌아오는 길에 신선한 고기 280그램을 집어 들었다. 맛 타령을 할 셰프를 생각하면 허비할 시간이 없었다. 달걀흰자 세 개를 휘저어 고기와 섞은 뒤 약간의 미르포아를 잘라 넣고 토마토 페이스트를 계량했다. 그러고는 재료를 비프 스톡 안에 붓고 조금 더 저은 뒤 불을 켜고 천천히 끓였다. 이제 콩소메를 불에 얹었으니 시간은 많았다. 완벽하고 두툼한 살코기 색에 둥글납작한 래프트가 만들어지자마자, 나는 베샤멜을 시작했다. 먼저 정제 버터에 밀가루를 넣고 멋진 패스트리 껍질 냄새가 날 때까지 볶아 우유를 넣은 뒤 양념을 했다. 그리고 타지 않도록 은박 호일로 고리를 만들어 플랫톱 위에 올리고 거기에 솥을 얹었다. 하지만 호일을 넉넉하게 쓰지 않은 탓에 솥을 세 번이나 태워먹었고 그때마다 눌어붙은 솥을 트래비스에게 넘겨주고 소스를 새 솥에 옮겨 담아야 했다. 개수대 담당이 트래비스니 든든한 기분이었다.

"잘돼가?" 지나가는 나에게 트래비스가 물었다.

"좀 뒤죽박죽이야."

마요네즈에 시간이 좀 걸릴 수 있었지만 유화 소스 두 가지를 만드는 일은 간단했다. 마요네즈는 휘젓는 게 제일 어려웠다. 너무 많이 휘저으면, 낡은 금속 그릇에 담긴 마요네즈가 회색으로 변하기 때문이었다. 홀랜다이즈는 내가 제일 좋아하는 소스였다. 그래서 다소 느긋한 기분으로 천천히 시간을 들여가며 달걀을 중탕해 멋진 사바용* 농도가 될 때까지 익혔다. 셰프는 달걀을 익히는 데 플랫톱을 사용하거나 튀김용 팬을 쓰는 사람도 본 적이 있다고 말했다. 하지만 물이 끓어오르게만 하지 않는다면 이중 냄비가 가장 안전한 조리 도구였다. 달걀에 레몬즙을 넣은 뒤 따뜻한 정제 버터를 넣어 저었다. 완성된 홀랜다이즈는 230그램 정도였으며 셰프에게 검사받기 전에 다시 한 번 데워야 했다.

책상 뒤에 앉아 있던 파두스 셰프가 내 소스를 살펴보았다. "색이 좋군. 과하게 매끄러운 감은 있어. 더 많이 휘저어도 되겠어." 맞는 말이었다. 나도 수긍했다. 셰프는 한 숟가락 가득 떠올린 소스를 걸쭉한 줄 모양으로 천천히 떨어뜨렸다. "농도는 훌륭하군." 맛을 본 셰프는 아무 말도 하지 않은 채 고개를 끄덕였다. "잘 만든 소스야." 그러더니 눈을 가늘게 뜨고 나를 바라보았다. "신맛이 아주 조금 부족할 뿐이야. 레몬즙을 좀 더 넣었어도 좋았을 뻔했어."

셰프의 말에 내가 반박했다. "그동안은 레몬즙을 너무 많이 넣었다고 하셨어요."

셰프는 어깨를 으쓱하더니 별로 중요한 점은 아니라고 말했다. 대신 질감에서 1점을 깎았다. 실기 시험 전체에서 감점된 부분은 오로지 그 1점뿐

---

* 사바용 소스는 후식의 색을 내는 데 자주 이용된다. 주재료가 달걀노른자와 설탕이므로 과일 디저트에 주로 많이 사용되고 더운 버터 소스를 만들 때도 거품기로 젓는 것을 사바용처럼 만든다고 표현한다. 주의할 점은 중탕하면서 노른자를 약하게 익히는 것이다.

이었다. 다른 것은 모두 완벽했고, 마요네즈는 그중에서도 최고였다. 파두스는 내 마요네즈를 가리켜 "그간 그토록 가르치려 했던 바로 그 기본이 제대로 된 마요네즈"라고 하면서, 짠맛과 신맛의 균형이 완벽해 "진짜 산뜻하다"고 말했다. 내 최종 점수는 200점 만점에 199점이었다. 시험 종료 시간까지 15분이 남았다. 이제야 머릿속이 맑아진 느낌이었다. 나, 제대로 해치웠어. 우린 너무나 다르다고? 내가 한 것 봤잖아.

그러나 의문은 머릿속을 떠나지 않았다. 내 행동이 지나쳤던 걸까? 감정에 휘둘려 섣불리 행동했던 걸까?

잘 모르겠다. 며칠 후 친구에게 이메일을 보내며 그날 일을 써 보냈더니, 껄껄 웃는 답장을 보내왔다. "베샤멜소스를 만들겠답시고 아내와 딸아이를 난로 곁에 버려둔 채 그 눈보라를 뚫고 40킬로미터를 달려갔단 말이야? 이봐, 그 책 좀 빨리 써봐. 아주 읽고 싶어 좀이 쑤시는군그래." 한발 떨어져서 보면 얼마든지 우스꽝스러워 보일 수 있었다. 하지만 그때 나는 웃음 따위 조금도 나지 않을 만큼 진지했다. 뭔가 이상했다.

그날 파두스와 통화를 마친 뒤 상황을 곱씹어보면서 옆방에 있던 도나와 이야기를 나눴다.

"그러니까 파두스 셰프는 당신을 약해빠진 사람으로 본다는 거 아냐?" 이야기를 꼼꼼히 들은 아내가 말했다.

"그래, 당신 말이 맞는 것 같아."

"당신 기분 많이 상했겠어."

"그런 것 같아." 나는 씨근덕거리며 잠시 서성였다.

그러다 마치 상대를 노리는 테니스 선수처럼 나를 바라보던 도나가 내뱉은 말에 결정적으로 화가 머리끝까지 뻗치고 말았다. "여보, 당신은 요리사가 아니라 작가잖아." '이런 날씨에 밖에 나갈 생각은 하지도 마'라는 의미를 담고 있는 말이라는 것을 알고 있었지만, 숨은 뜻은 무시한 채 나는 이렇게 외쳤다. "나도 알아, 나도 안다고!"

그건 물론 거짓말이었다. 나는 전혀 모르고 있었다. 사실 나는, 화장실 문을 밀고 들어가 청바지와 스웨터 대신 하얀 셰프 재킷과 하운드투스 체크무늬 바지를 입었던 그 순간부터 계속 나를 흔들어온 것의 정체를 눈보라가 치던 그날까지도 전혀 이해하지 못했다.

나는 점차 요리사가 되고 싶다는 생각에 물들어가고 있었다. 진짜 요리사가 되고 싶었다. 도나의 말이 있기도 했지만, 그날 화가 치밀었던 것은 바로 그 때문이었다. '내가 너보다 강한 남자야'라는 식의 파두스의 태도가 나를 참을 수 없게 했다. 어찌나 거만한지 봐줄 수가 없었다. 속이 부글부글 끓어올랐다. 그래, 보여주고 말겠어. 나는 그렇게 생각했다.

문제는 또 있었다. 나는 작가였고(그래서 화가 나면서도 이유를 쉽게 찾아내기 더 어려웠던 것이다), 실제 이야기에 기초해 글을 쓸 의무가 있었다. 그런데, 파두스는 마치 나를 이도 저도 제대로 하지 않는 협잡꾼 취급을 해, 내 작업 방식 자체에 스스로 의문을 품게 만들었다. 나는 단순한 관찰자가 아니라, 학생 신분이 되어 요리를 배우는 방법을 글로 남기는 기록자였다. 지금부터는 내 역할을 제대로 해 보이겠다는 생각이 들었다. 내가 이곳에 온 건 조리법을 배우기 위해서가 아니지 않은가. 훌륭한 빌 스톡을 만드는 법을 배우러 온 것도 아니었다. 거기서 끝내서는 안 된다는 것을 이제 정말 알 것만 같았다. 나는 진정한 요리사가 되기 위해서 어떤 노력이 필요한지를 제대로 배워야 했다. 그러나 그러기 위해서는 객관성이나 한 발짝 떨어져서 보는 차분함 같은 보고자로서의 자세를 버려야만 했다. 먼발치에서 관찰만 해서는 요리사가 된다는 것의 진정한 의미를 알 수 없었다. 이제는 분명히 알겠다. 나를 부추긴 것은 요리사가 되는 법을 배우기는커녕, 요리사가 되는 데 필요한 것이 무엇인지조차 제대로 쓰지 못할 거라는 파두스의 말이었다. 그는 내가 자신들과 다른 부류의 인간이기 때문에 절대 알 수 없을 거라고 말했다. 그건 요리사들의 영역이라는 것이었다.

하지만 내가 정말로 알 주제도 못 되고 자격 없는 인간이며 그들만큼 강인하지 못한 사람이라서 이 과정을 제대로 따라잡지 못한다면, 그렇다면 학생으로서도, 책 쓰는 사람으로서도 실패할 게 자명했다.

나는 아내에게 길이 너무 위험하다 싶으면 되돌아오겠다고 약속한 뒤 눈보라 속으로 달려 나갔다. 그날 나는 변했다. 요리사가 되기로 결심했던 것이다. 경험도 없고 시간도 없으며 교과과정을 건너뛰어야만 하고 또 보고자로서의 의무도 지켜야 하지만, 그래도 어떻게든, 무슨 수를 써서라도 내 자신이 요리사라는 것을 증명해 보일 작정이었다.

파두스 셰프

실기 시험을 멋지게 해치운 후에도 과연 내가 왜 그랬을까 의아한 마음이 남아 있었다. 그래서 나는 파두스 셰프에게 시간을 내달라고 청했다.

구두 강의도 없는 날이고 주방도 깨끗했고 그리고 낙제한 학생도 없었기에 14일차 수업은 7시 조금 지나자 끝이 났다. 나는 주방 문을 나서며 아까는 정말 화가 났었다고 파두스에게 말했다. 그는 흥미롭다는 표정이었다. 설명이 될지 모르겠다고 말하면서 도나가 내게 했던 말을 그대로 옮기자 파두스는 싱긋 웃었다. "자네 부인 말이 옳은 것 같군. 내가 자네를 약골이라고 생각하고 있었나 봐."

우리는 식당을 지나 우편실로 향하는 계단을 내려갔다. 우편함을 들여다본 뒤 긴 녹색 사물함 76개가 설치되어 있고 카페트가 깔린 좁다란 셰프용 라커룸으로 들어가는 파두스에게 나는 그렇게 생각한 이유를 물었다.

"으음, 설명할 게 많겠어." 파두스는 셰프 재킷 단추를 풀던 손을 멈췄다. "말하자면 일종의 치료 요법이야. 생각만 해도 머리가 쭈뼛해지는군." 어쩐지 웃어야만 할 대목인 것 같았지만, 그의 얼굴에는 웃음기가 없었다.

"어떤 면에서는 보호책이라고도 볼 수 있어." 셰프는 재킷을 빨래 바구니 안에 던져 넣었다. "평범한 삶을 살지 않고 있다는 느낌을 막아주는 보호책 말이야. 이 일을 선택함으로써 포기해야 했던 모든 일에서부터 스스로를 보호하기 위한 거지." 고개를 끄덕이는데, 옷을 갈아입던 셰프가 내 쪽으로 돌아서서 이렇게 말했다. "나는 어린 시절부터 한 번도 추수감사절을 지내본 일이 없어. 올해도 말이야. 그뿐인 줄 알아? 어버이날을 우리 어머니와 보낸다는 건 상상도 하기 어려워. 한 해 중 가장 바쁜 날이니까. 이 일을 하느라 잃은 게 많았지. 그리고 난 그게 싫었어."

셰프는 청바지와 녹색 스웨터를 입고는 신발 끈을 맸다. 옷을 갈아입는 동안에는 전혀 상상도 못했는데, 그의 변신은 정말이지 놀라웠다. 짧은 갈색 곱슬머리에 청바지와 스웨터를 입고, 말끔히 면도한 얼굴에 사립학교 학생에게 어울릴 것 같은 금테 안경을 쓴 늘씬한 그의 모습은 마치 대학원생 같았다. 그에게 나는 아무래도 요리사의 삶이란 군인이나 떠돌이 어릿광대와 닮은 면이 있는 것 같다고 말했다.

내 말을 들은 파두스는 아주 틀린 말은 아니라면서 웃음을 터뜨렸다. 우리는 차가운 공기 속으로 나갔다. 눈보라는 멈췄다. 염화칼슘이 뿌려진 길은 군데군데 말라 있었다. 코끝이 찡하게 추웠지만 날은 청명하게 개어 있었다. 파두스는 눈을 파내고 차를 꺼내야 한다면서 나 먼저 가는 게 낫겠다고 말했다. 지난밤 눈보라 때문에 발이 묶일까 봐 학교에 남아 있었다는 것이었다. 하이드 파크 남쪽으로 1시간 거리에 있는 동네에 사는 수전도 은정의 기숙사 방에서 신세를 졌다. 나만 빼고 모두가, 와야 할 곳에 이미 와 있었다.

우리는 하이드 파크와 티볼리 중간에 위치한 평화로운 작은 마을 라인벡의 스타 칸티나에서 다시 만났다. 여름 주말에는 뉴요커로 바글거리지만 날이 추운 3월 초순에는 행복하게 한적한 마을이었다. 스타 칸티나 역시 금요일 밤인데도 한산했다. 자리에 앉으려는 셰프를 향해 옆 테이블에 있던 커플이 "안녕하세요, 마이클"이라고 외쳤다. 전에 가르쳤던 학생들이라고 했다. 지금은 가드망제 수업을 받고 있다고.

파두스 셰프와 내가 교실 밖에서 이야기를 나누는 것은 이번이 처음이었다. 그가 뉴올리언스에서 일했던 적이 있다는 사실은 수업 시간에 이미 들은 적이 있었다. 언젠가 1번 테이블에서 미장 플라스를 준비하고 있던 우리에게 구부정하고 나쁜 자세를 지적하면서, 프렌치 쿼터에 있는 한 호텔에서 가드망제 담당으로 일했던 시절 이야기를 해줬기 때문이었다. 당시 셰프는 온종일 구부정한 자세로 칼질을 하다가 "좌골신경이 완전히 맛이 가 버려" 쓰러졌다고 했다. 그리고 몇 주 동안 태극권을 수련한 뒤에야 건강을 되찾았다.

파두스는 이런저런 음식을 먹으며 프랑스를 돌아다닌 적도 있었다. "혹시 영화 아마데우스 본 적 있나? 살리에르가 이렇게 말하는 장면이 나와. '신께서 모차르트를 통해 말씀을 하시는구나.' 로뷔숑의 레스토랑을 나설 때가 딱 그랬어. 내가 살리에르가 된 기분이었지." 그건 내 도마에서 밝은 녹색 싹이 돋은 마늘 한 쪽을 보자 꺼낸 이야기였다. 파두스 셰프는 정식으로 요리에 이용한다면 모를까, 그게 아니라면 싹 같은 것은 깨끗이 제거하는 세심함이야말로 좋은 레스토랑과 뛰어난 레스토랑을 구분 짓는 요소라고 말했다. 그러면서, 본인의 마음속에서는 거의 기계에 가까운 완벽함으로 명성이 자자한 셰프, 조엘 로뷔숑의 별 3개짜리 레스토랑 자맹이 둘도 없는 요리 성지이자 메카라고 말이다.

파두스는 언제나 북 캘리포니아를 사랑했다. 버섯이 흔하고 또 풍요로운 농장이 지척에 있어 이따금 문밖으로 나가 길 건너 시장에서 몇 가지 귀한 재료를 사는 것만으로도 레스토랑 홍보가 가능한 곳이 바로 북 캘리포니아 소노마였다. 파두스의 셰프 제복에 이끌린 시장 손님들은 그가 구입한 재료로 무슨 요리를 할지 궁금해했으며, 그는 그때마다 점심 혹은 저녁 식사로 즐길 만한 특별 메뉴를 즉석에서 만들어내었다.

파두스는 성실하고 야망이 크고 집중력이 뛰어나며 생각이 깊은 사람이었다. 이따금 엄청 떠버리처럼 굴기도 했다. 그리고 늘 탁자 옆에 《맥기》와 《요리의 길잡이》, 〈US 뉴스 & 월드 리포트〉 최신판을 구비해 놓았다. 그를 여기까지 이끈 것은 강한 경쟁심이었다.

범상치 않은 그날의 기억 때문에 아직도 마음이 조금은 요동치고 있었지만, 나는 왜 그렇게 화가 났었는지를 설명하려 애썼다. 그러나 내가 흔들렸던 것은 그의 도발 때문이라는 설명을 하다 보니, 결국은 파두스 본인과 그가 품은 어떤 상실감에 관해 이야기하게 되었다. 그것은 셰프의 전 부인 비키 이야기였다. 비키는 파두스가 CIA 졸업을 앞두고 있을 때 막 들어온 신입생이었다. 비키 역시 요리사가 되었고 두 사람의 결혼 생활은 11년간 이어졌다. 파두스는 남들보다 훨씬 더 오랜 시간 일해야 직성이 풀리는 타고난 완벽주의자인 두 사람이 이혼한 것은, 그처럼 오랜 시간을 투자해야만 하는 일을 하느라 대화를 나눌 수 없었기 때문이라고 생각했다. 반년쯤 지난 뒤, 파두스는 열 살짜리 아들을 둔 몇 살 연상의 여인과 사랑에 빠졌다. 두 사람은 아이를 가지는 것에 대해 상의했다. 여자는 나이가 점점 많아지고 있었지만(그녀는 "지금이 아니면 절대 가질 수 없어"라고 말했다), 파두스는 자신이 아직 안정을 이루지 못한 상태라고 생각했다. 시간이 지나 확실한 안정을 찾았을 때 여자는 파두스가 너무 오래 시간을 끌었다며 이제는 늦었다고 말했다. 얼마 지나지 않아 파두스는 자신이 "더 이상 올라갈 자리가 없다"고 느끼기 시작했다. 똑같은 시간을 일하지만 그 가치를 더 높게 평가받는 유명 셰프 대열에 끼지 못할 거라는 생각이 들었던 것이다. 계속 요리를 하다가는 완전히 나가떨어지고 말 것만 같았다. 때는 CIA의 그레이스톤 캠퍼스가 거의 완공되어가고 있던 시기였다. 그레이스톤 캠퍼스는 나파밸리의 유서 깊은 19세기 화산암 와인 저장고 안에 최신 시설을 갖춰 만든 웅장한 학교로, 전문 요리사 평생교육을 위한 기관이다. 파두스 셰프는 이곳이야말로 자신이 있을 자리라고 생각했고 그레이스톤 입성의 첫 단계로 하이드 파크 캠퍼스에 지원했다.

계획대로 하지 않으면 불행해질 거라 생각한 파두스는 짐을 꾸려 자동차에 싣고는 사랑하는 여인과 친자식처럼 아끼던 그녀의 아들을 떠나 동부로 돌아왔다. 그는 "지난 13년을 증명해 보일 것이 전혀 없다"는 생각이 들었다고 했다. 자신을 보여줄 수 있는 것은 전처도, 지금의 사랑도 아니었다. 그것은 동부 해안에서부터 남부 해안으로 그리고 서부 해안까지, 전국에 흩어진 수많은 레스토랑들에서 일하는 다른 요리사들도 마찬가지였다. 요리사는 흡사 중세시대의 방랑자와도 같았다. 그리고 이러한 삶은 요리사 개인에게 큰 영향을 끼쳤다. "내 자신의 일부를 뚝 떼어 남겨두고 떠나는 거야." 셰프가 말했다.

아직 저녁을 먹지 않은 나를 위해 감자 한 접시를 주문하고, 우리는 맥주를 마셨다. 파두스는 어떻게 그리고 왜 여기까지 오게 되었는지 들려주었다. 평범한 사람을 셰프가 되도록 만든 멋진 사건 같은 것은 없었지만, 그가 걸어온 길과 그의 성품에는 다른 셰프들과 닮은 점이 많았다.

마이클 파두스는 1957년 초등학교 교사와 지역 전화국 직원인 부모 밑에서 태어났다. 태어난 곳은 코네티컷 윌리맨틱이었고 자란 곳은 같은 주 스토스였다. 내가 만난 셰프들은 대부분 가족 중에 셰프가 되겠다는 생각을 품는 데 결정적인 역할을 하는 주방 경험을 선사한 여성이 한 명씩 있었다. 파두스의 경우 할머니가 그랬다. 파두스의 할머니는 크리스마스에 쿠키를 1천5백 개나 굽는 그런 사람이었다. "할머니는 쿠키 개수를 정확하게 알고 계셨어." 파두스는 할머니에게서 음식을 다루는 방법을 배웠다. 고속도로 주변 잔디 깎는 일을 해서 돈을 벌었고, 집에서는 아름다운 정원을 가

꾸던 할아버지로부터 신선한 농작물에서 얻을 수 있는 기쁨을 배웠다.

1970년대 중반 십대 시절을 보낸 파두스는 당시 분위기에서 크게 벗어나지 않는 반항적인 소년이었다. "열다섯 살 때는 꼭 테드 뉴젠트 같았지." 테드 뉴젠트는 공연 도중 갈색 곱슬머리를 깃발처럼 흩날리며 스피커 위로 뛰어오르곤 했던 록 뮤지션이었다. 파두스는 스키 탈 돈을 마련하기 위해 노인정에서 접시를 닦았다. 그리고 자신이 주방에 잘 맞는다는 사실을 깨달았다.

고등학교에 대해서는 진절머리를 쳤고, 가능한 한 피해 다녔다. 대신 고등학교 2학년 시기에 코네티컷 대학 분교에서 수업을 들어 고등학교 졸업에 필요한 학점을 채웠다. 친구들이 3학년을 시작할 무렵, 파두스는 가방을 꾸려 떠날 채비를 하고, 지나가는 스쿨버스를 보며 이렇게 말했다. "엄마. 전 보스턴으로 갈래요. 다녀올게요."

히치하이킹으로 이동하던 그는 주당 19달러를 받고 매사추세츠 종합병원에서 철판과 솥 닦는 일을 시작했다. "사실 그땐 음식이 아니라 주방의 혼돈이 좋았어." 그곳에서 잠시 머무른 뒤에는 여자 친구와 몇몇 친구들과 함께 보스턴으로 떠났다. 하지만 그들의 생활은 결국 방종으로 흘렀고 '기묘해'졌다. 무엇보다 이십대에 접어들면서, 찜솥 닦는 일은 오래 할 만한 게 아니라는 생각이 들기 시작했다. CIA에 대해 알고 있었던 그는 학비를 알아본 뒤 부모님께 부탁을 드렸다. 아버지는 제대로 다니지도 않을 보스턴 대학 학비를 1년이나 대줬으니 더 이상은 안 된다고 대답했다. 그렇지만 원한다면 집으로 돌아오는 것은 허락해주겠다고 했다. 그 말은 저축을 할 수 있다는 뜻이었다. 결국 파두스는 집으로 돌아가 학비를 충분히 마련할 때까지 일을 했다. 그런데 돈을 다 모으고 나니 이번에는 CIA에서 신입생을 뽑지 않는다지 뭔가. 그는 입학하기 위한 작은 작전을 펼치기 시작했다.

"학교 사람들을 못살게 굴었어. 매주 빠짐없이 전화를 걸었거든. '안녕하세요, 마이클 파두스입니다. 신입생 안 뽑나요?' 시간이 지나자 오히려 그쪽에서 내 전화를 기다리게 됐지. '아직이야, 마이클. 아직 자리가 없어.'" 1979년 늦여름, 파두스가 스물두 살이 되었을 때 전화가 왔다. 10월 말까지 하이드 파크 캠퍼스로 오면 빈자리 하나가 있을 거라는 소식이었다. 파두스는 수집한 우표를 비롯한 모든 것을 팔아치운 뒤 하이드 파크로 갔다. 하이드 파크는 그에게 새로운 고향이 되었다.

"살면서 그렇게 많은 사람이 나를 좋아해준 건 그때가 처음이었어. 모두가 동기간이나 마찬가지였지. 눈만 뜨면 음식에 대해 얘기했어. 수업 시간에는 음식을 연구했지. 모두 함께 점심을 먹으며 또 음식에 대해 얘기했고, 밤이 되면 맥주를 마시며 음식 얘기를 했어."

그러나 그를 사로잡은 것은 음식이 아니었다. 그는 이런 걸 대체 왜 먹는 거지? 라고 의아해하면서 80년대 초반 교과 내용이었던 정통 프랑스 요리를 배웠다. 그때는 학교에서 생선을 다듬은 적도, 신선한 허브를 사용한 적도 없었다고 했다. "하지만 나는 기본 방침을 따랐어." 그러나 그는 자신이 아직도 롱 존 실버스 같은 패스트푸드 레스토랑을 멋지다고 생각한다고 시인했다.

파두스가 현장 실습을 한 곳은 아이다호 선밸리의 한 리조트였다. 그곳에서는 매주 토요일 천 명의 사람들에게 일인당 25달러짜리 대규모 뷔페를 제공했다. 현장 실습 중 뷔페 담당 요리사가 일을 그만두자, 아직 학업도 마치지 않은 파두스가 그 자리를 맡았다. "책임지는 자리를 무지 좋아했거든."

그곳에서 배운 것은 체계였다. 파두스가 할 일은 하나였다. 천 명의 배를 채우는 것. 그는 매주 4, 50개의 소갈비와 4, 50개의 돼지고기 등심을 로스팅하고 수천 개의 새우를 다듬어 요리했다. "음식은 엉망이었어. 나한테도 음식은 아직 중요한 존재가 아니었고. 그냥 체계성을 공부하는 수단일 뿐이었지." 그는 체계적으로 일하는 것을 좋아했다. 그가 적은 준비 리스트는 몇 페이지에 달했다. 다른 사람들은 흉내 낼 수도 없고, 또 그러려고 들지도 않는 수준이었다. 매주 토요일 밤 일이 끝난 뒤에야 그는 긴장을 풀 수 있었다. "진 다섯 잔을 마시고, 웨이트리스 한 명과 욕조 안에서 잠이 드는 거지."

CIA로 돌아온 그는 1981년 졸업을 한 뒤 뉴올리언스의 버번 스트리트에 있는 로열 소네스타 호텔에서 라인 요리사로 일했고, 금세 가드망제 일을 맡게 되었다. 새우 만 마리를 다듬어 얼음이 담긴 2.5미터짜리 통에 넣다가 좌골신경을 다친 곳이 바로 여기였다.

비키가 졸업한 뒤 두 사람은 결혼을 했다. "뉴올리언스에서는 더 이상 술 없이는 일을 할 수 없겠어. 아무래도 다른 곳을 찾아봐야 할 것 같아." 두 사람은 같은 생각이었다. 결국 낙점된 곳은 비키가 취직한 포시즌스가 있는 댈러스였다. 비키는 파두스를 위해 라스 콜리나스 스포츠 클럽이라는 컨트리클럽에서 일자리를 알아봐줬다. 그녀는 남편보다 먼저 댈러스에 도착해 일을 시작했다. 집을 구하는 중이라 호텔에서 지냈다. 그리고 몇 주 후 파두스가 비키가 묵고 있던 호텔에 도착했다.

그날 밤, 두 사람은 룸서비스를 부르기로 했다. 그리고 그 룸서비스가 파두스의 요리 인생에 커다란 전환점이 되었다.

"한 입 먹자마자 완전히 넋이 나가버렸어. 대연회장에서 제공하는 룸서비스였지. '이게 바로 요리구나'라는 생각이 들었어. 뭐라 말로 표현할 수 없이 훌륭했거든." 파두스가 먹었던 것은 뛰어난 프랑스인 셰프가 만든 현대식 요리였다. 엉터리가 아니라 진짜 말이다. 파두스는 음식이 이런 느낌을 줄 수 있다는 생각을 한 번도 해본 적이 없었다. 때는 현대식 요리가 정말 현대식이고 훌륭했던 80년대 초반이었고, 파두스는 스물네 살이었다. "정말이지 멋졌어. 나도 무스 만드는 법이야 알고 있었지. 그런데 이 무스는 랍스터를 가지고 만들었더란 말이지. 그것도 양배추 잎으로 싸서 찐 뒤 바질 소스와 뵈르 블랑*을 곁들여 냈어. 그런 건 한 번도 본 적이 없었거든. 랍스터에 어울린다고 생각하는 건 보통 버터지. 그게 고전적인 조합이야." 파두스와 비키는 침대에 앉아 접시를 바라보다 요리를 분리해 관찰하고 세심히 살폈다. 그리고 말로 분석해 읊어본 뒤 다시 합쳤다. "아름다운 요리였어. 나는 중얼거렸지. '그래, 여기 들어가는 것들을 나는 모두 다 만들 줄 알아. 다만 이런 식으로 어우러질 수 있다고 생각하지 못했을 뿐이야. 한 번도 경험해보지 못했으니까."

그 일을 계기로 파두스는 공부를 시작했다.

책을 사서 사진을 면밀히 살피고 조리법을 읽으며 무엇을 해볼 수 있을지 생각했다. 그리고 스스로 실험에 돌입했다. "물론 일상의 쳇바퀴는 계속해서 돌고 있었지." 여전히 컨트리클럽에서 수준 낮은 음식을 만들었지만, 가끔은 셰프에게 허락을 받아 일을 마치고 밤늦게까지 비키와 토론했던 그런 종류의 음식을 만들기도 했다. 비키는 감자에 섬세하게 장미를 새기느라 손이 뻣뻣해지고 경련이 인 채로 퇴근해서 파두스에게 포시즌스의 셰프가 하는 일을 들려주었다. 이제 파두스는 스포츠 클럽 일요 뷔페에 평범한 훈제 연어 대신 시금치와 랍스터를 채워 넣고 얇게 저며 엷은 뵈르 블랑을 곁들인 따뜻한 연어 무슬린을 내게 되었다.

하지만 이것만으로는 충분치 않다는 사실을 그도 알고 있었다. 스승이 필요했던 것이다. 그는 요리사 협회에 시내에서 가장 흥미로운 작업을 하는 셰프가 누군지 문의했다. 협회에서는 롤랑 파소라는 오너 셰프를 추천했다. 파두스는 파소를 찾아가 일을 달라고 청했다. 그런 그에게 파소는 아

---

* 어패류 소스의 일종. 화이트 와인, 양파, 생크림 졸인 것에 버터와 허브를 넣은 소스.

무한테도 돈을 줄 생각이 없다며 돌아가라고 했다.

"돈은 필요 없어요."

"그래? 흠. 일할 수 있는 시간대를 말해봐."

"다른 곳에서 2시부터 10시까지 일하니까 그 외에는 언제라도 가능합니다."

파소의 레스토랑에서 파두스는 열 달간 무급으로 일했다. 파소는 프랑스에 있을 때 뛰어난 레스토랑 몇 곳의 주방을 거치며, 훌륭한 셰프들 밑에서 경험을 쌓은 사람이었다. 파두스가 파소에게서 가장 먼저 배운 것은 멋진 브라운 스톡을 만드는 법이었으며, 지금도 파소의 브라운 스톡만 한 것을 본 일이 없다고 했다. CIA에서도 브라운 스톡을 만들어본 적이 있지만, 교실에 맞는 방식으로 만들다 보니 조리 시간이 충분하지 않았고 적당한 맛과 질감이 생길 때까지 졸일 수가 없었다. 하지만 파소에게서 배운 브라운 스톡은 오랫동안 끓여 감칠맛 나는 수프 비슷한 정도로 졸아들어 그대로 요리에 쓸 수 있었다. 파소와 그의 동업자는 온종일 불어로 떠들었지만 파두스는 아랑곳하지 않은 채 진짜 프랑스인 셰프가 일하는 방식을 배웠으며, 어떻게 해야 CIA의 고전적인 방식들을 배운 것 이상으로 써먹을 수 있을지 알아내기 위해 쉬지 않고 질문을 던졌다.

파두스가 직장을 옮긴 후 인생을 바꿔놓을 두 번째 사건이 찾아왔다. 그와 비키는 캘리포니아로 이사를 갔다. 그리고 세인트 헬레나의 미라몬테 레스토랑의 셰프 위도 밑에서 일을 했다. 위도는 과거 보퀴즈와 미셸 게라르 밑에서 일했던 셰프였다. 파두스는 바로 이곳에서 셰프로서 명성을 얻게 되었다. 그는 미라몬테에서 새롭게 만들어낸 특별 요리를 매일 일기에 기록했다. 이를테면, "푸아그라를 곁들인 메추라기 요리"라는 항목에는 "메추라기 스톡을 사용해 포칭*한 뒤, 포도와 절인 체리, 정제시켜 젤리 형태로 만든 포칭액을 함께 낸다"라고 적는 식이었다. 거기에는 요리법 이외에도 요리를 접시에 담는 모양이라든지, 절인 체리를 놓는 위치와 아스픽을 두르는 모양 같은 것을 그린 그림을 함께 그렸다. 파두스는 지금도 갖가지 요리로 가득한 그 공책을 지니고 있으며 여전히 참고하고 있다고 했다. 1985년 위도는 레스토랑 문을 닫고는, 비행기 삯을 스스로 조달하는 조건으로 직원들을 데리고 프랑스 여행을 떠났다. 파두스의 공책 마지막을 장식한 것은, 신의 말씀을 요리로 표현한다는 조엘 로뷔숑 셰프의 자맹에서 맛보고 새로운 눈을 뜨게 된 열두 코스짜리 정찬이었다.

수백 개의 요리가 기록된 일기는 이렇게 끝이 난다. 일기의 주인이 로뷔숑의 요리를 맛본 뒤 공부와 요리사 인생의 한 장을 마감하고 새로운 장을 열었듯이 말이다.

---

* 가볍게 데치는 것.

내 말 알아듣겠나?

"분명히 말하는데, CIA에서는 알 덴테*로 조리한 채소는 용납하지 않는다." 스킬 2 수업이 시작되는 15일차의 시범을 보이면서 파두스 셰프가 말했다.

모두들 사흘간의 휴일을 막 마치고 돌아온 참이었다. 블록 중간에 휴일이 따로 없는 한, 보통은 한 블록이 마감되면 사흘을 쉬었다. 고작 14일짜리 블록 하나를 마쳐놓고는, 뭐든 할 수 있는 시간이 사흘이나 된다는 생각에 얼마나 반가웠는지 모른다. 게다가 이제는 아리송하고 복잡한 콩소메와 소스 로베르에서 벗어나 채소 요리를 할 차례였다. 스킬 2 수업은 졸인 당근과 크림에 담가 익힌 옥수수, 그리고 멕시코 스타일 옥수수 요리를 배우며 시작되었다. 파두스는 우리를 골탕이라도 먹이려는 듯, 각자 만들어야 할 요리에 베샤멜 9백 밀리리터를 추가했다.

이제부터 스킬 1과는 다른 방식으로 일해야 했다. 테이블 배치도 바뀌어

* 적당히 씹히는 맛, 그 정도로 익힌 음식.

있었다. 나는 주방 뒤쪽에 있는 3번 테이블로 옮겼다. 거기서는 벨루테 소스를 평가하는 파두스의 목소리가 더 이상 들리지 않았다. 오가는 시간을 줄이기 위해 스토브 근처 자리를 맡았다. 갑자기 힘이 솟는 것 같은 느낌이었다. 애덤 역시 스토브에서 가장 가까운 내 옆 자리에 자리를 잡았다. 내가 도마를 가지러 간 사이 은정이 슬그머니 내 자리로 끼어들려고 했지만, 얼른 가서 밀어냈다. 결국 은정은 스토브에서 가장 먼 애덤 맞은편 자리를 쓰게 되었다. 어차피 우리가 만드는 음식 대부분이 버터 정제나 스톡 졸이기 같은 것처럼 팀 단위로 협력해야 하는 것들이기 때문에 아직도 의사소통에 문제가 있는 은정보다는 내가 스토브 근처에 있는 게 더 낫다는 게 내 생각이었다. 아무튼 가슴에 손을 얹고 말하자면, 내가 은정을 밀쳐내면서까지 그 자리를 사수했던 진짜 이유는 최고가 되고 싶어서였다. 진심이었다. 나는 경기에 참가한 사람이었고, 공연히 헛발질할 이유가 없었다.

내 앞자리의 친구는 퀸즈 출신의 다부진 청년 레너드 모몬도였다. 렌은 푸른 눈에 말이 거의 없는 일벌레로, 얼굴 생김새가 전체적으로 축 처져 있어 내내 시무룩한 표정을 짓고 있는 것처럼 보였다. 그는 집 앞 레스토랑과 빵집, 그리고 정육점에서 각각 1년 반씩 일했다고 했다. 그래서인지 송아지 고기 반쪽을 도마에 가져다 놓고 판매하기 좋은 덩어리로 손쉽게 해체하는 모습이 범상치가 않았다. 렌의 태도와 과묵함, 작고 다부진 골격에서 나오는 능률은 그가 정직하고 근면한 사람임을 고스란히 보여주고 있었다.

경쟁자가 따로 없기도 했지만, 당연히 애덤이 열혈 리더를 맡았다. 은정은 필요에 의해서, 레너드는 기질상, 나는 직종이 다른 인간이다 보니 애덤을 따를 수밖에.

"너희나 내가 일했던 레스토랑에서 분명 알 덴테를 찾는 사람들이 있지." 파두스는 늘 쓰던 버너 앞에 서 있었다. 그는 이번 주부터 3주간은 오전, 오후 두 반을 가르치게 되어 있었다. 그 말은 지금 그가 7시간 전 K-2

주방에서 했던 것과 꼭 같은 말과 시범을 보여주고 있다는 뜻이었다. "하지만, 잘 익은 채소를 찾는 사람들도 비슷한 비율이야." 곤죽 같은 질감이나 서걱거리는 맛이 느껴지지 않으면서, 색이 선명하고 신선한 풍미가 살아 있는 잘 익은 채소를 원한다는 것이었다. 핵심은 온도 조절이었다. 채소를 균일하게 자르는 것도 중요했다. 팬 속에 채소를 한꺼번에 털어넣는 것도 잊어서는 안 되는 요소였다. 무엇보다 채소를 튀겨버리지 말아야 한다고 했다. 학교에서 가르치는 것은 채소를 제대로 익히는 것이지 과하게 익히는 방법이 아니었다. "우선 제대로 익히는 방법을 섭렵하고, 그 뒤에 손님이 알 덴테를 요구할 때 그만큼 덜 익히는 게 훨씬 쉽지. 처음부터 '아, 예. 글쎄요, 저는 채소를 알 덴테로 조리했을 뿐이에요'라고 말하는 건, 채소를 덜 익혀놓고 늘어놓는 변명에 지나지 않아. '아, 그건 원래 이런 식으로 익히는 거예요. 그게 알 덴테죠'라니. 아, 그러셔." 파두스는 입을 다물고 모두를 둘러보았다. "그건 샐러드잖아! 생 채소는 샐러드란 말이야."

가끔 낯선 사람이 나타나 33만 달러짜리 교실에서 일하는 우리를 관찰했다. 그러고는 파두스 셰프와 잠시 이야기를 나누고 우리가 고개를 들면 사라져버렸다. 그 사람을 처음 본 것은 파두스 셰프가 아메리칸 바운티 채소 수프를 시범 보일 때였다. 그 역시 셰프 복장을 하고 있었으며 상의 주머니 위에 꽂힌 녹색 이름표에는 '우베 헤스트너'라고 적혀 있었다. 헤스트너 셰프는 키가 크고 창백한 얼굴에 탄탄한 체격으로 강인한 인상을 풍겼다. 파두스가 리크, 양파, 당근을 소테하는 동안 그는 주방을 이리저리 돌아다녔다. 그러고는 찜솥 근처에 멈춰 서서 빌 스톡에 그릇을 담그더니, 떠오른 스톡 통을 다시 솥 안으로 떨어뜨렸다. 생각에 잠긴 표정으로 그 모양을 바라보던 헤스트너는 잠시 후 사라졌다.

헤스트너 셰프는 20년 이상을 근무한 팀장이었다. 팀장이란 매니저를 가리키는 말이었다. 학교에는 8명의 팀장이 있었는데, 그들은 120명의 강사를 관리하는 일을 했다. 20명의 강사 셰프가 헤스트너의 팀이었다. 그들은 모두 스킬, 입문, 미국 지방 요리, 생선 주방, 아시아 요리, 돼지고기 가공 등 요리사가 되는 데 핵심적인 내용을 가르치는 강사들이었다. 강사 셰프들은 강의를 시작하고 3년간 시험 채용 기간을 보내게 된다. 이 시기에는 특별한 통보 없이 해고될 수도 있었다. 헤스트너는 이 기간 동안 강사 개인을 정기적으로 평가하는 일을 맡았다. 스킬 강사 하나가 콩소메가 온통 부옇게 되어버렸다고 문제를 제기하면 그는 주방에 들러 부글거리며 끓고 있는 콩소메를 하나하나 아주 조용히, 놀란 표정으로 살폈다. 그러고는 차근차근 지나는 버너들마다 시머링 상태로 화력을 낮췄다. 그런 그가 저녁 식사 후 이어진 파두스의 크림수프 강의에 들어와 교실 뒤에 앉아 있었다. 파두스는 딱히 평소와 다른 방식으로 강의를 진행하지는 않았다.

스킬 2 수업 16일차. 내가 완두콩과 시금치를 준비하고 있을 때 헤스트너가 나타났다. 그날 내가 준비할 것은 치킨 스톡 졸임, SMEP, 빵가루, 시금치, 완두콩, 껍질콩 저미기, 브로콜리 홀랜다이즈였다. 파두스 셰프는 우리에게 이제 한 번에 두 가지 채소들을 조리하도록 독려하고 있었다. 소량의 비프 스톡에 데친 알이 작은 양파와 완두콩을 함께 소테했고, 마지막에 스톡을 걸쭉하게 하는 뵈르 마니에*를 섞었다. 시금치는 학교에서 아주 흔히 쓰이는 재료였는데, 샬롯과 함께 소금, 후추, 그리고 소량의 육두구를 넣어 정제 버터로 소테했다. 육두구는 녹색 채소의 맛을 제대로 살려주는 신기한 양념이었다. 나는 요리를 마친 채소를 따뜻한 접시에 담아 셰프 책상으로 향했다. 헤스트너와 이야기를 나누던 셰프는 내가 다가가자 입을

* 밀가루와 버터를 반죽해 소스를 진하게 만들 때 쓰는 재료.

다물었다.

한 걸음 떨어진 곳에 서 있는 내게 헤스트너 셰프가 다가오라고 손짓했다. 파두스는 포크로 완두콩을 조금 건지더니 소스를 칭찬했다. 그러고는 양파를 맛보았다. "좀 서걱거리는군." 헤스트너 앞에서 반박하고 싶지는 않았다. 그런데 그 순간, 놀랍게도 헤스트너가 포크를 집어 들더니 완두콩과 양파를 맛보았다. 갑자기 몸 둘 바를 모르겠다는 생각이 들면서 자신감이 싹 사라졌다. 그리고 그제야 내가 얼마나 바보짓을 했는지를 깨달았다. 양념이 제대로 되고 잘 익었는지 다시 한 번 맛보는 걸 잊었던 것이다. 헤스트너가 맛볼 줄 알았더라면 정말 잘했을 텐데.

"서걱거리나요?" 내가 물었다.

헤스트너는 독일 함부르크 출신으로 말 속에 아직까지 짙은 독일어 억양이 남아 있었다. "이 친구 셰프로군." 그는 내 쪽을 보지 않고 있었다. 가느다란 눈과 얇고 긴 입, 각진 얼굴에는 웃음기가 없었다. 나는 마치 꾸지람을 받는 듯한 기분으로 고개를 끄덕였다. 아무 말도 할 수가 없었다.

파두스는 시금치를 맛보았다. "아주 알맞게 익혔어. 맛이 훌륭해." 나도 알고 있었다. 적당히 익혀 먹는 내 취향대로 완벽하게 조리했기 때문이었다. 헤스트너도 시금치 한 점을 맛보았다. 이번에는 아무 말도 하지 않았다.

헤스트너가 가고 나자 파두스가 내게 말했다. "이야, 헤스트너가 자네더러 셰프라고 하는 것 들었지? 솔직히 난 이게 아스파라거스지 양파냐고 말할 수도 있었어. 그랬으면 헤스트너도 똑같이 말했을걸." 파두스는 헤스트너가 내 채소 요리를 마음에 들어 했다고 말했다. 그 말을 듣자 어쩐지 채소 요리가 무척 의미 있는 일인 듯 느껴졌다. 파두스도 흡족해했다. 그 덕에 본인도 훌륭한 교사임을, 그것도 진짜 요리사도 아닌 하찮은 존재인 나를 제대로 가르친 사람임을 증명해 보였기 때문이었다.

나중에 우연히 다시 한 번 헤스트너와 마주쳤다. 파두스가 오전 스킬 수업을 하는 길고 침울한 아래층 주방 K-2에서였다. 그 스킬 수업은 원래 맨해튼의 르 파비용, 르 시뉴, 라 코테 바스크에서 여러 직책을 두루 거친 셰프 르 루가 맡았던 수업이었다. 나는 파두스에게 오전 수업에 따라가 구경해도 된다는 허락을 받았다. 미장 플라스의 압박이 없는 상태에서 수업 중에 일어나는 일들을 지켜보고, 두 수업의 차이를 느껴보고 싶었던 것이다. 뒷자리에 앉아 주방이 돌아가는 모습을 흥미진진하게 지켜보면서 파두스와 이야기를 나눌 수도 있었다. 우리 반과 마찬가지로 이 반에도 여학생이 5명 있었다. 파두스는 좁은 주방을 내려다보면서 부드럽게 말했다. "남학생들 대다수는 아직도 주방을 보이스 클럽이라고 생각하고 있어. 하지만 나는 그 친구들을 데려다 먼지가 나도록 흠씬 두들겨줄 현역 여성 요리사를 얼마든지 소개시켜 줄 수 있단 말이지. 중요한 건 체력과 기술이지, 성별이 아니야."

잘하고 있는지 살피기 위해 잠시 들른 헤스트너에게 파두스가 나를 소개했다. 나는 헤스트너에게 내가 이곳에 온 이유를 설명한 뒤 질문 몇 가지를 건넸다. 그는 요리를 가르친다는 것의 본질에 대한 자신의 의견을 들려주었다. 우리는 리치인 냉장고 앞에 나란히 서 있었다. "훈련과 교육의 균형이 중요하지." 헤스트너는 그렇게 말하더니 고개를 살짝 숙이고는 눈을 가늘게 뜬 채, 양손을 펼쳐 검지끼리 맞대어 균형 잡힌 삼각형 모양을 만들었다.

"훈련과 교육의 차이가 뭡니까?" 내가 물었다.

"훈련이란, 무엇인가를 하는 방법을 보여주고 그것을 따라 하게 하는 거라네." 헤스트너는 내 쪽을 보며 눈썹을 치켜올렸다.

"그렇다면 교육은 뭐죠?" 나는 계속해서 물었다.

잠시 생각에 잠겨 있던 헤스트너가 이렇게 답했다. "교육이란, 스스로 알아내는 거야."

처음에는 날더러 교육의 의미를 스스로 알아내라고 하는 줄 알았지만, 나를 보며 알아듣겠느냐는 표시로 고개를 끄덕이는 헤스트너를 보자, 그제야 무슨 이야기인지 깨달을 수 있었다.

"그렇군요. 그런데, 요리하는 도중에 어떤 일이 일어나고 또 일어나지 않는 이유를 배우는 것도 중요하지 않나요?" 파두스도 언제나 이유에 대해 이야기하고, 학생들도 대부분 스킬 수업에서 요리가 그렇게 저렇게 되는 이유를 알게 되어 좋다고들 하니, 나로서는 궁금할 수밖에 없는 문제였다.

헤스트너는 대답하지 않았다. 어딘가 모르게 흥미롭고 수수께끼 같은 면모가 있는 사람이라는 생각이 든 나는 그에게 이야기를 좀 더 나눌 수 있겠느냐고 물었다. 그러자 그는 작은 캘린더와 연필을 꺼내 들고 내게 물었다.

"자네 것은 어디 있나?"

차마 집 벽에 걸려 있다고 대답할 수 없어 그냥 그런 건 쓰지 않는다고 말했다. 우리는 헤스트너의 캘린더를 들여다보며 만날 날짜와 시간을 정했다. 메모를 하는 헤스트너의 표정은 사뭇 회의적이었다. 마치 이 녀석이 정확한 날짜와 시간에 나타날 것인가 미심쩍어하는 듯한 느낌.

그날 나는 오전, 오후 스킬 수업을 무사히 완수했다. 막판에는 좀 피곤했지만, 완전히 쓰러질 정도는 아니었다. 3주도 아니고 고작 하루였으니 당연한 일이었다. 정작 피로가 쌓여가는 사람은 파두스였다. 그는 후반부로 갈수록 점점 많아지는 시범 내용을 일일이 포스트잇에 적어 도마 옆 남는 자리에 붙이기 시작했다. 빠뜨리는 일이 없도록 하기 위해서였다. 그가 하루 열너덧 시간을 일하며(채점 시간을 제외하고) 몇 주를 버틸 수 있었던 것은 거의 대부분이 육체적인 일이기 때문이었다. 그 오랜 시간 동안 집중하고 사리분별을 정확히 해야 하는 일이었다면 쉽지 않았을 것이다.

내가 영 못 미더웠던지, 헤스트너 셰프는 사무실에 제시간에 꼭 와야 한다고 다시금 확인을 했다. 로스 홀 4층에 있는 작은 공간을 회색 파티션으로 나눠 쓰는 강사들과 달리 팀장들에게는 수수하지만 개인 사무실이 있었다. 내가 이 학교에 들어온 이유를 헤스트너가 잘 모르는 것 같아, 요리의 기본에 대해 쓰려고 한다고 설명했다.

그는 만족스러운 표정으로 고개를 끄덕였다.

"요리의 핵심은 바뀌지 않지."

내가 헤스트너와 만나기로 했다고 말하자 파두스 셰프는 "나야 그분을 좋아하지"라고 말하더니 웃음을 터뜨렸다. 그러면서 굉장히 박식하고 늘 책에 나오는 말들을 인용하니 알아두는 게 좋을 거라고 주의를 주었다. 상당히 단순한 듯한 말이지만 헤스트너가 짐짓 엄숙하게 선언하고 있다는 사실이 내게도 확실히 느껴졌다. 요리의 핵심이 변하지 않는다는 사실을, 늘 한결같은 물의 작용이나 천년 전이나 지금이나 변하지 않는 열의 물리적 성질 수준으로까지 확대하려는 것 같았다. 예전이나 지금이나 요리는, 세상의 물리적인 작용을 익혀 그것을 달걀과 밀가루와 뼈와 고기에 적용하는 것이라고 말이다.

어쩌다가 셰프가 되었느냐는 질문에 헤스트너는 손가락을 좌우로 저었다. "나는 셰프가 아니라 요리사라네." 전에도 이런 얘기를 들은 적이 있었다. "셰프"라는 말에는 함정이 있었다. 요즘 같은 때 셰프로 산다는 것은 유명인이라는 덫에 걸려 요리와 거리가 멀어진다는 뜻일 때가 많기 때문이었다. CIA에서 셰프는 일종의 직함이었다. 헤스트너는 자신이 보통 사람들이 생각하는 셰프와는 다른 의미의 셰프임을 내가 알아주기를 바랐던 것이다. 그는 요리사였다. 요리사는 그의 직업이요, 독일 함부르크의 호텔 라이히스호프에서 벨보이로 일하기 시작한 열네 살 이후 쭉 해온 일이었다.

라이히스호프 호텔의 주방에서 견습 직원으로 일하려면 누구나 2년간 벨보이 생활을 먼저 해야만 했다. 그것은 요리를 이해하려면 먼저 "고객 서비스 및 접객의 의미를 이해해야 한다"는 호텔의 셰프 겸 오너의 원칙이었다. 그래서 1950년 10월부터 1952년 10월까지 우베 헤스트너는 손님들의 가방을 날랐다. 그곳 셰프는 손님이 먼저, 그다음이 음식이라고 생각하는 사람이었다. 손님을 제대로 모시지 않으면 음식을 먹으러 올 손님도 없으며, 벨보이 일을 기꺼이 해내지 못하면 셰프도 될 수가 없다는 게 그의 생각이었다.

2년 뒤, 우베는 잔뜩 겁을 먹은 채 드디어 거대한 화덕과 밝은 채광창, 엄청나게 큰 오븐들이 즐비한 라이히스호프의 웅장한 주방에 들어가게 되었다. "들어가서 2년 동안 셰프의 미장 플라스를 준비하고 그릇을 챙기는 일을 했네." 이것이 바로 도제 교육, 그러니까 셰프를 길러내는 유럽의 전통 방식이었다. 최근 들어 유럽 몇몇 나라들에 다른 방식이 도입이 되고는 있지만 옛 방식은 여전히 건재하다. 도제 교육은 일대일 방식이었다. 도제 교육과 정규 학교 교육 가운데 어떤 것이 더 낫다고 생각하는지 묻자 헤스트너는 일대일로 배운다는 것은 한 사람에게서 오로지 그 사람의 방식만을 배우는 것을 의미한다고 대답했다.

"우리 학교에서는 두 가지 모두를 해준다네." 그것이 바로 이론과 훈련이었다. "물론 여기에는 기준이 있지." 그러더니 헤스트너는 혼자 알아내라는 듯 다소 모호하게 말을 마무리 지었다. 내가 좀 더 자세히 말해달라고 하자 베토벤에 비유를 했다. 그는 분명 이런 의미를 전달하려 했을 것이다. 베토벤 소나타라고 하면 어떤 음계들이 들어 있다는 표준이 분명히 있다. 그러나 특정 음을 얼마나 길게 연주하느냐, 또 얼마나 세게 치느냐에 따라 곡의 해석은 얼마든지 달라진다. 그리고 이것이 음악의 수준과 예술성을 결정한다. 요리도 마찬가지다. 먼저 표준을 배우고 나서 다듬어나가는 것이다. 헤스트너는 자신이 홀랜다이즈 소스를 수천 번 만들었고, 그때마다 다른 결과가 나왔다고 말했다.

드디어 내가 가장 좋아하는 주제, 스톡 얘기를 꺼냈다. CIA에서는 왜 표준 방식과 강사가 다듬어낸 방식 모두를 가르치는 걸까? 물론 강사들에게는 자신의 의도대로 가르칠 수 있는 얼마간의 재량이 있으며, 강사들끼리 모여 방법을 논의하고 문제를 고심한다는 얘기를 듣기는 했다. 하지만 파두스 셰프의 말에 따르면, CIA에는 학교만의 기본 방침이 있었다. 학교 측에서 한 가지 방식을 표준이라고 정하면 그걸 가르치는 게 맞다. 그런데 스킬 수업에서는 학생들에게 약간은 모순되고 어쩌면 혼란스러울 수 있는 두 가지 방법을 가르치고 있었다. 원칙은 하나면 족한 것 아닐까? 어떻게든 대답을 끌어내기 위해 내가 갖은 미끼를 놓으며 안간힘을 쓰고 있다는 걸 그도 눈치를 챈 듯했다.

결국 나는 정공법을 택했다. "둘 중 하나가 더 나은 방법 아닌가요? 셰프는 어느 쪽을 더 선호하십니까? 이유는요?"

잠시 침묵을 지키던 그가 입을 열었다. "이거 아주 흥미롭군."

그렇게 말하며 미소를 짓는 그의 얼굴이 얼핏, 파충류 같다는 생각이 들었다. 길고 얇게 쪽 찢어진 눈에 넓고 각진 얼굴을 가로지르는 얇은 입술까지, 그에게는 어딘가 모르게 가혹하고 약삭빠르며 짓궂은 면이 있었다. 나는 대답을 기다렸다. 이제는 그가 말하는 방식에 슬슬 익숙해지고 있었다. "어디 한번 보도록 하지. 경전에서 에스코피에가 뭐라고 말했는지 말이야." 헤스트너는 색인을 쭉 훑어보더니 화이트 스톡에 관한 부분을 찾아 내용을 짚어 내려갔다. 나도 그의 손가락을 따라 내용을 살펴보았다. "여기에는 뼈와 물이라고만 되어 있군. 찬물이냐 끓는 물이냐는 명시되어 있지 않아. 그렇군."

그는 다시 입을 다문 채 《헤링의 전통 및 현대 요리 사전Hering's Dictionary of Classical and Modern Cookery》을 살펴보았다. 그 책에는 뼈를 살짝 데치라고 나와 있었다. 《요리 백서Le Répetorie de la Cuisine》에서는 뼈와 미르포아, 소금이 필요하다고 했다. 헤스트너는 마지막으로, 책이 차곡차곡 쌓인 선반에서 고무줄로 묶은 책 한 권을 끄집어냈다. 그것은 에른스트 파울리가 쓴 독일어 교본으로, 헤스트너는 그 제목이 《주방 교육 교본》이라고 알려주었다. 고무줄을 풀면서 그는 이렇게 말했다. "이게 바로 나의 교과서였다네." 파울리는 찬물을 쓰라고 하고 있었다.

책을 덮은 헤스트너는 의자에 기대앉아 어깨를 으쓱했다.

나는 '그렇군, 스톡을 만드는 방법은 원래 여러 가지인 거야'라고 생각했다. 헤스트너는 계속해서 직접적인 답변을 피하고 있었다.

"토마토를 넣는 건 어떻게 설명할 수 있나요?"

"토마토와 월계수 잎을 넣는 것은, 기술이라고 볼 수 있지."

"더 맑은 스톡을 짧은 시간에 만들어내려는 목적으로 단백질 변성에 토마토를 이용하는 것은요?" 헤스트너가 웃으며 대답했다. "그건 응용 이론이고."

오호, 멋지다! 헤스트너는 전혀 망설이지도 않고 대답했다.

이야기는 그런 식으로 사방으로 가지를 뻗어나가며 흘러갔다. 헤스트너는 이런 저런 얘기를 속사포처럼 쏟아내다가도 언제 그랬냐는 듯 느긋하게 굴었고, 화제를 이리저리 잘도 옮겨 갔다.

그는 요리책이 난무하는 상황이 한심하다고 말했다.

"어딜 가나 요리책 천지야." 경멸하는 듯한 말투였다.

"선생님은 그런 상황이 맘에 안 드시나 봐요."

헤스트너는 이 세상 모든 요리사가 알아야 할 것은 다섯 권의 책에 모두 다 들어 있다며, 《에스코피에》, 《라루스의 식도락Larousse Gastronomique》, 《헤링의 전통 및 현대 요리 사전》, 《요리 백서》, 이렇게 네 권의 책 이름을 늘어놓았다. 네 권밖에 말하지 않았다고 알려주자 그가 덧붙였다. "그리고, 누구도 원하지 않는 카렘이 있지."

다시 긴 침묵이 흐른 뒤 헤스트너가 입을 열었다. "요리 기술이 제대로 실현되게 하는 요소가 무엇일까?"

나에게 던지는 질문인지, 그저 질문의 형식을 빌어 이야기를 이어나가려는 것인지 알 수가 없었다. 흡사 공중에 던져 올리듯 불쑥 내뱉은 말이었다. 헤스트너는 검지를 치켜올리더니 의자를 휙 돌려 뒤쪽에 놓인 파일을 집어 들었다. 그러고는 누런 마닐라지로 된 서류철을 휙휙 넘기더니 종이 두 장을 꺼내 내게 건네주었다. 종이에는 한 페이지 반에 걸쳐 표가 그려져 있었다. 그는 정말 필요한 것은 이거 하나라고 말했다. "이게 바로 요리 기술의 본질이야. 에스코피에, 라루스, 카렘은 물론, 줄리아 차일드, 제임스 비어드, 〈행복한 요리〉 같은 프로그램이나 요리 전문 채널 같은 데 나오는 요리의 본질이 몽땅 이 한 페이지 반에 농축되어 있단 말일세. 이걸 50달러에 팔고 싶네만, 사려는 사람이 없어." 그러고는 셰프는 한참을 껄껄대고 웃었다.

종이에는 스물여섯 개의 항목과 그 비율이 적혀 있었다. 맨 윗 단에는 숫자 1, 2, 4, 6, 8, 16이 적혀 있었고, 세로에는 아스픽, 파트 아 슈*, 사바용, 쿠르 부용 오디네르 같은 기본 요리가 적혀 있었다. 내가 처음에 했던 질문에 대한 답이 여기에 있었다. 스톡을 만드는 데는 물 9백 밀리리터, 뼈 9백 그램, 미르포아 110그램이 필요했다. "스톡 9백 밀리리터를 만들기 위해서는 뼈 9백 그램이 필요하네. 그러니 뼈를 1.3킬로그램을 쓰면 과연 스톡이 나올까?" 그렇게 말한 헤스트너는 어깨를 으쓱해 보였다. 마치 내가 무슨 말을 하려는지 알겠나? 이해가 돼? 라고 하듯이 말이다.

종이에 적힌 내용은 어쩐지 묘하게 흥미를 자극했다. 표에는 홀랜다이즈

---

* 슈에 크림을 채운 케이크.

소스에 달걀노른자 여섯 개와 버터 450그램 외에는 필요한 게 없다고 나와 있었다. 스킬 수업에서는 사과 식초를 졸이고 후추를 갈아 넣었다가 걸러낸 뒤, 레몬즙을 넣은 뒤 정제 버터와 노른자를 휘저어 만든다고 배웠다. 그런데 헤스트너 셰프의 비율표에는 모든 것을 진액이 될 때까지 졸이라고만 나와 있었다. 표에 따르면 식초, 후추, 레몬즙을 넣지 않아도 홀랜다이즈 소스를 만들 수 있지만, 달걀노른자와 버터를 빼면 그것은 더 이상 홀랜다이즈 소스가 아니었다. 아름다운 비율표였다. 품은 생각이 보석이 될 때까지 갈고 닦으며 단어를 하나씩 다듬고 쳐내어 기록하는 시인처럼, 헤스트너는 요리에 크게 중요하지 않은 요소를 모두 제거했던 것이다.

나는 헤스트너 셰프에게 괜찮다면 표를 가지고 싶다고 말한 뒤 시간을 내준 데 대해 고마움을 전했다. 아직 조심스럽지만 그래도 한결 가까워진 기분이 들어 사무실을 나서면서 다시 한 번 질문을 던졌다. "아까 얘기한 스톡 만드는 방법 중에 셰프님이 더 좋아하는 건 어떤 건가요?"

헤스트너는 한숨을 쉬었다. 그가 대답을 해줄지 아닐지, 그 순간엔 정말이지 알 수가 없었다. 그는 직접적인 대답을 하거나 자신의 생각을 들려줄 마음이 전혀 없어 보였다. 셰프는 목이 쉰 듯한 특유의 억양으로 이렇게 대답했다. "정말 듣고 싶나? 그러자면 밤을 새도 모자라." 그러더니 싱긋 웃었다. "무슨 말인지 알겠나?"

정말이었다. 사실, 스톡을 만들면서 따져볼 사항은 참으로 많았다.

스킬 수업 18일차, 우리는 우리가 먹을 요리를 만들기로 했다. "망치면 굶는 거야." 셰프가 말했다.

제일 먼저 요리한 것은 미국에서 가장 흔하면서 또 대부분 너무 익혀 먹는 경향이 다분한 단백질 음식 닭가슴살이었다.

파두스는 강의 초반에 이렇게 말했다. "소테는 참 재미있어. 토요일 밤이면 활극이 벌어지는 곳이 바로 소테야. 너희도 모두 3년 후쯤 소테 담당으로 가고 싶잖아, 안 그래? 소테는 수 셰프가 되기 위한 전초기지라고 할 수 있어. 한 번에 팬 여덟 개에서 열 개 정도는 저글링하면서 일할 수 있어야 해. 정말 멋진 자리지." 그쯤에서 소테 타령을 잠시 멈춘 셰프는 숟가락을 들고 자료 받침대를 향해 돌아섰다. "소테는 빠르게 즉석에서 익히는 요리 기술이다. 소테를 한다고 해서 재료가 부드러워지지는 않기 때문에 원래부터 부드러운 재료를 써야 하지. 그래서 양 다리는 소테로 해서 먹을 수가 없어. 소테는 빠른 조리법이다. 그래서 정말 재미있다는 거야. 딱 놓고 휙 뒤집어서 내려놓으면 끝. 그러고는 손님한테 나가는 거지. 기름을 조금만 쓰고 높은 온도로 익히는 방법이 바로 소테다."

파두스의 강의는 여전히 열의가 넘쳤지만, 어딘가 모르게 본인이 소테가 된 것처럼 보였다. 그는 오전 7시에 학교에 도착해 거의 대부분 오후 10시가 넘어서야 퇴근하고, 자동차로 45분 걸리는 집으로 향했다. 브라운소스 서른여섯 숟가락과 더치스 포테이토 서른여섯 숟가락, 콜리플라워 폴로네즈 서른여섯 입과 애호박과 서양 호박 졸임 각각 서른여섯 입을 맛보고 나서야 소테의 날이 마무리되는 식이었다. 파두스는 직접 맛본 180입 모두를 채점했다.

다음 날, 파두스는 우리가 만들어야 할 것들을 시범 보였다. 으깬 감자와 방울양배추 찜, 굵게 채 썰어 팬 스팀*한 당근, 그리고 스톡과 와인, 신선한 허브를 졸여 만든 소스를 곁들여 낸 닭가슴살 소테였다. 요리는 전부 뜨거운 상태로 동시에 접시에 담아야 했다. 모두 집에서 어떤 식으로든 한두 번 해본 적이 있는 음식들이었다. 하지만 학교에서는 훨씬 요리하기 쉬웠다.

---

* 액체에 직접 담가 찌는 조리법.

우선 날개 한 짝이 붙은 닭가슴살은 뼈를 잘 발라 굉장히 우아하게 다듬은 최상품이었다. 게다가 우리에게는 불과 무쇠 소테 팬, 다량의 정제 버터와 넉넉한 스토브, 충분한 시간까지, 모든 장비가 다 갖춰져 있었다. 지각한 사람은 하나도 없었고 대부분이 1시간 정도 일찍 도착했다. 그런데, 완벽한 요리를 완성한 이는 내가 아는 한 오직 한 사람뿐이었다.

내 경우에는 팬에다 정제 버터를 충분히 넣지 않았고 고기 표면의 물기를 미리 닦아내지 않은 게 문제였다(파두스는 밀가루를 뿌리는 건 옳지 않다고 생각했다). 결국 내 닭은 팬에 넣자마자 달라붙어버렸다. 나는 미친 듯이 닭을 비틀어 떼어냈지만 육질 몇 가닥이 팬에 붙은 채 떨어지지 않았다. 결국 내 눈에 나름 괜찮아 보이는 짙은 황금색으로 표면을 그을려 간신히 실수를 감췄다. 소스를 졸이는 동안 다른 음식들을 접시에 담은 뒤 마지막에 다진 파슬리와 처빌*, 사철쑥을 흩뿌린 뒤 닭을 접시에 담아 파두스에게 가져갔다.

파두스는 방울양배추를 잘 익혔다고 칭찬해주었다. 으깬 감자도 괜찮은 평가를 받았다. "이건 분명 본인이 좋아하는 음식이군그래." 그러더니 셰프는 접시를 가까이서 들여다보며 닭을 유심히 살폈다. "겉면이 좀 과하게 익은 것 같아. 이 섬유질과 다갈색 표면을 좀 보란 말이지." 닭을 칼끝으로 들어 올린 셰프는 움찔 놀라고 말았다. 나도 고개를 들이밀고 셰프가 보고 있는 줄 모양을 자세히 들여다보았다. 그때까지 나는 닭고기에 그렇게 선명한 줄무늬가 있는 줄 전혀 몰랐다. 다시 생각해보니, 아까 팬에도 닭고기가 줄처럼 달라붙었었다. 내가 실수했던 부분을 설명하는 동안 파두스는 닭가슴살을 찔러 익힌 시간을 확인했다. 그러나 맛을 보지는 않았다. 그러더니 내 말을 끊으면서 이렇게 말했다. "팬을 충분히 달구지 않아서 그랬던 것

---

* 미나리과 향신료.

같군. 꺼내야 할 타이밍에서 1, 2분 정도 더 두었어. 표면이 거칠거칠한 것 보이지?"

나는 당황한 채 그의 말에 동의했다. 솔직히 조금 전까지만 해도 나는 내가 잘했다고 생각했었다. 소스를 맛본 파두스가 맛을 칭찬하면서 몇 마디를 더 했는데, 나는 닭에 정신이 팔려 있어서 무슨 말인지 제대로 듣지 못했다. 셰프가 펜을 고쳐 쥐고 점수표에 점수를 적으려고 할 때에서야 겨우 평정을 되찾을 수 있었다. "잠깐만요, 셰프. 제 고기 육즙을 좀 봐주세요. 이렇게 풍부하게 남아 있는데, 어떻게 과하게 익었다고 할 수 있죠?"

"네 말이 맞아. 촉촉해 보이기는 해." 그렇게 말한 셰프는 나를 배려해 닭을 조금 맛보았다. "촉촉하지만 질감이 약간 거칠어."

그의 결정은 번복되지 않았고, 나도 인정할 수밖에 없었다. 어쩔 수 없는 일이었다. 우리가 이곳에서 추구하는 것은 결국 완벽함이었다. 완벽함은 학교에서부터 시작되는 것이었다. 내 닭가슴살 표면은 너무 익었고 팬에 달라붙기까지 했다. 그 때문에 내 의도보다 더 바삭하고 거친 식감을 지니게 되었다.

그날 완벽한 요리를 내놓은 사람은 에리카였다. 5시가 조금 넘었을까. 파두스가 내게 다가와 툭 치면서 나직하게 말했다. 방금 에리카가 가히 환상적인 요리를 가져왔다는 것이었다. 언제나처럼 땀에 절고 겁에 질린 붉은 얼굴로 말이다. 에리카의 요리는 완벽했고 담아낸 모양도 아주 간결했다(파두스는 이렇게 말하곤 했다. "굳이 나한테 창의적인 모습을 보여줄 필요 없어. 요란한 것도 질색이야. 그냥 음식에 집중하란 말이야"). 익힌 정도도 완벽했다. "그레그나 애덤 정도는 돼야 할 수 있을 거라 생각한 수준이었어. 에리카가 직접 들고 오는 모습을 봤으니 망정이지, 안 그랬으면 분명히 다른 사람이 만든 게 틀림없다고 했을 거야. 정말 놀라 자빠지는 줄 알았다니까."

홀랜다이즈 소스 대신 스크램블드 에그를 만들고, 콩소메는 탁하게, 양파 수프는 차디찬 그릇에 담아내며, 루를 만들라고 하면 불을 질렀던 우리의 에리카가 발전하고 있었다.

매일 밤 6시 30분, 우리는 대개 함께 모여 식사를 했다. 나는 친구들에게 스킬 수업에서 배우는 것들이 어떻게 느껴지는지, 마음에 드는 부분이 무엇인지 묻곤 했다. 나와 같은 팀인 렌은 이렇게 말했다. "어떻게 요리가 만들어지는지 이제야 알 것 같아." 거의 대부분 이와 비슷한 대답을 했다. 렌은 이제 문제가 생기면 알아서 해결하게 되었고 넓은 시각으로 보게 되었다고 했다.

벤은 책에서나 보고 호기심을 품고 있었던 베샤멜 같은 오묘한 혼합 소스를 직접 만들어볼 수 있어서 좋았다고 했다.

애덤도 비슷했다. 이전에는 기본 소스를 만들어본 적이 없었는데, 여기서 직접 만들어볼 수 있어서 만족했다고 했다. "나중에 나는 데미글라스를 쓸 거야." 애덤은 자신이 열 레스토랑을 상상하고 있었다. 콜리플라워 폴로네즈에 대해서는 어떻게 생각하느냐고 묻자 애덤은 놀랍게도 그 역시 마음에 든다고 했다. "하지만 좀 변형할 생각이야. 콜리플라워를 평평하게 펼치고 브레드 스틱 같은 걸 만들면 어떨까 싶어."

에리카 역시 폴로네즈가 좋다면서 수줍게 얘기했다. "달걀 완숙을 정말 좋아하거든." 그러더니 얼굴을 약간 찡그렸다. "날더러 단세포 같다고 얘기하는 사람도 있기는 해." 찐 감자와 껍질콩, 브레이즈한 꽃상추를 곁들인 송어 뫼니에르*를 먹고 있는 모두 앞에서 아무렇지도 않은 듯 이야기하기는 했지만, 그런 말이 에리카에게는 상처가 되는 듯 보였다.

---

* 생선에 밀가루 옷을 살짝 입혀서 버터에 볶고 레몬즙과 파슬리, 뜨거운 버터로 양념하는 조리법.

나는 에리카에게 스킬 수업에서 지금까지 어떤 것들을 새로 알게 되었느냐고 물었다.

에리카는 곰곰이 생각했고, 우리는 모두 묵묵히 기다렸다. 이윽고 그녀는 싱긋 웃으며 대답했다. "전부 다. 수업 중에 배운 것 가운데 내가 알고 있던 건 하나도 없었거든."

매일 내 옆에 나란히 서서 일하는 애덤 셰퍼드를 표현할 수 있는 말이 뭐가 있을까? 애덤은 확실히 눈길을 끄는 인물이었다. 오로지 음식 자체에만 관심이 있는 것 같았기 때문이었다. 다른 친구들은 대개 학교를 졸업하면 돈을 더 벌 수 있으리라는 생각에 입학했다고들 말했다. 하지만 애덤은 돈 얘기는 결코 하지 않았다. 그에게 돈이란 넉넉하지 않아도 별 문제 되지 않는 것일 뿐이었다. 외부 셰프들이 학교를 찾아와 많은 관중과 비디오카메라 두 대 앞에서 요리 시범을 보이던 날, 나는 대니 케이 극장 맨 앞줄 애덤 바로 옆에 앉아 있었다. 파두스 셰프도 마이클 로모나코 셰프를 보러 가라고 21일차 수업을 휴강해주었다. 마이클 로모나코는 다 쓰러져 가던 "21" 클럽을 소생시켜 미국 지방 요리를 선보이는 뉴욕 최고의 레스토랑으로 만든 장본인이었다. 애덤은 카메라를 왼손으로 받쳐 들고(그는 학교 신문 〈라 파피요트〉를 위해 사진을 찍고 있었다) 구부정한 자세로 앉아 있었다.

요리를 공부하는 궁극적인 목표가 뭐냐고 묻자 그는 "능력이 닿는 한 가장 뛰어난 셰프가 되는 것"이라고 대답했다. 미스 아메리카의 대답 같은 공허한 느낌이 아니라 진심이 담겨 있는 한마디였다. 사실 나도 그런 대답이 나올 줄 알고 있었다.

로모나코 셰프는 대단한 달변가였다. 지역 고객의 중요성과 그 지역에서 나는 질 좋은 재료의 소중함에 대해 매우 명확하게 전달하고 있었다. 그의 생동감 넘치는 요리 쇼가 끝난 뒤, 나는 말했다. "멋진 시범이었어."

애덤도 맞장구쳤다. "그런 것 같아."

내게는 여러 모로 "그런 것 같은" 정도보다는 더 큰 의미를 보여준 쇼였다. 로모나코는 특히, 매일 하는 공부에서 무엇에 중점을 두어야 할지 가르쳐주었다. 그가 곰보버섯과 아스파라거스를 곁들인 흰살 생선을 소테하는 모습을 보는 것은 그 자체로 매우 큰 공부가 되었다. 먼저 생선살을 팬에 넣은 로모나코는 지글지글하는 소리가 아주 작게 들리자 즉시 도로 끄집어냈다. 팬이 충분히 달궈지지 않았던 것이다. 불꽃을 살핀 그는 잠시 기다리더니 생선살을 다시 팬 안에 놓았다. 이번에는 지글지글하는 소리가 크게 들리기 시작했다. 파두스가 우리에게 가르쳐준 것과 똑같은 행동이었다.

하지만 애덤은 로모나코에게서 그다지 큰 감흥을 느끼지 못한 듯 보였다. 완벽하지 않은 것은 쳐다도 보지 않는 친구였기 때문이었다. 그 같은 애덤의 기준은 교실에서도 마찬가지였다. 애덤과 나는 팬 그레이비*를 곁들인 치킨 로스트를 만들면서 한 팀이 되었다. 닭은 두 사람당 한 마리씩이었다. 파두스가 두 번째 시범을 보여주려고 우리를 불러 모으자 나는 우리 닭을 오븐에서 꺼냈다. 거의 다 익어가고 있었고, 너무 익으면 안 된다고 생각했기 때문이었다. 하지만 내가 꺼내놓은 닭을 발견한 애덤은 몹시 화를 냈다. 내가 모든 걸 망쳐버릴 작정이라고 생각했던 모양이었다. 그는 직접 나서서 일을 수습하기 시작했다. 그리고 팬 그레이비를 만들 때까지도 내내 화를 풀지 않았다. 팬 그레이비를 누가 만들 것인지 상의도 하지 않았다. 결국 그가 만든 팬 그레이비 안에는 검은 점들이 둥둥 뜬 채 마무리되었다.

애덤은 혼자 일하는 것을 좋아했으며 누구에게도 기대지 않았고 누군가

---

* 요리 중에 나오는 육즙.

자신에게 기대는 것도 원하지 않았다. 장비도 자기 것만 썼지 절대 빌리는 일이 없었다. 한번은 은정이 늘 오븐 손잡이에 걸어놓는 애덤의 집게를 집어 들자, 그는 자신도 써야 한다면서 이렇게 말했다. "은정, 너도 네 집게가 있잖아." 은정은 손에 든 것과 위에 놓인 것을 번갈아 바라보더니 사과했다. "미안해, 애덤." 한참 후 애덤이 소스를 걸러내고 기름을 제거하고 있을 때였다. 그는 미리 브레이즈한 양 다리를 따뜻하게 보관하려고 플랫톱 위에 올려놓고 소스 작업을 하는 중이었다. 그런데 잠시 후 돌아보니 양 다리가 담긴 솥에서 연기가 나고 있었다. 애덤은 솥을 내려놓으려고 재빨리 집게가 놓인 곳으로 달려갔다. 하지만 집게는 그곳에 없었다. 이번에도 은정이었다. 그녀는 스토브 곁에서 팔을 쭉 뻗어 집게로 자신이 요리한 양 다리를 붙든 채 뚝뚝 떨어지는 소스를 무심히 바라보고 있었다.

"은정!" 애덤이 이를 악물고 외쳤다. 그 서슬에 은정이 애덤 쪽을 홱 돌아보았다. 연기가 나고 있는 솥을 불에서 내릴 도구를 물색하던 애덤은 간신히 포크 하나를 찾아내 솥을 찬 곳으로 끌어냈다. 양다리는 솥 바닥에 들러붙어 있었다. 들러붙은 고기를 떼 내려고 애쓰는 동안 설상가상으로 애덤이 공들여 걸러내고 기름을 제거한 소스는 끓다 못해 거의 증발해버리고 말았다. 그나마 물을 부으면 원 상태로 복구시킬 수 있을 정도는 남아 있어 다행이었다. 제시간에 요리를 완성시키기 위해 정신없이 서두르던 애덤이 접시에 담긴 양 다리 위에 그레몰라타*를 흩뿌리고 비앙카가 평가받고 있는 셰프 책상으로 마구 달려 나가려는 찰나, 내가 그에게 서명부터 하고 기다리라고 일깨워줬다. "어, 고마워." 애덤이 말했다. 그에게 도움이 될 수 있어서 기분이 좋았다.

---

* 곱게 다진 파슬리와 마늘, 강판에 간 레몬 껍질의 혼합물.

내 요리는 파두스의 말에 따르면 "아주 괜찮았다". 셰프는 미각을 일깨우는 복잡한 맛이 존재한다고 말한 뒤 평가를 다시 내렸다. "그냥 괜찮은 게 아니라 아주 훌륭하다"고 말이다. 애덤의 요리는 차례를 기다리느라 맛이 좀 떨어졌지만, 셰프가 기다린 시간을 참작해주었다.

마감 시간이 지나고 주방이 조용해지자 테이블로 돌아온 애덤이 말했다. "미안해, 은정."

은정은 애덤 쪽은 보지도 않은 채 대답했다. "그래, 그래."

"화내서 미안하다고."

"그래, 그래."

애덤은 좌절한 표정으로 나를 바라보았다. "얘 지금, 내가 말하는 것도 이해 못하는 걸까."

그러자 은정이 말했다.

"아냐, 네 말 알겠다는 뜻이었어. 나도 미안해, 애덤."

마음 속 깊이 애덤에 대한 경쟁심이 도사리고는 있었지만, 나는 애덤과 공감할 때가 꽤 많았다. 재료실에서 가져온 양배추만큼 큰 회향*을 보자 우리 두 사람은 채소밭 얘기를 하기 시작했다(회향은 브레이징할 예정이었다). 나는 애덤에게 에리카나 렌, 혹은 은정에게는 "스스로 기른 재료로 음식을 만드는 행복에 비할 것은 없다"고 아무리 말해봐야 이해하지 못할 거라고 얘기했다.

애덤은 내 말이 떨어지기가 무섭게 고개를 끄덕였다. "상추가 딱 그런 채소야. 훌륭하고 신선한 토마토 맛은 누구나 알고 있어. 직접 기르든, 시

---

* 향이 강한 채소의 하나.

장에서 사든 신선함이 살아 있으니까. 하지만 정원에서 갓 따낸 상추 맛을 따라올 것은 아무것도 없지. 땅에서 직접 뜯어 10분 안에 밥상 위에 올려 맛을 보면, 정말이지 환상적이거든."

파두스도 애덤과 비슷한 생각이었다. 파두스는 감자에 대해 가르치면서, 감자를 구울 때 나타나는 다양한 탄수화물 대 물의 비율, 그리고 수분 함량이 아주 높아서 부드러운 식감을 자랑하는 갓 캐낸 감자에 대해 강의를 하면서, 셰프는 땅에서 막 캐서 바로 익힌 햇감자야말로 정말 특별한 요리라고 강조했다. "혹시 먹어본 사람 있나? 내 생각에 애덤 자네는 분명 먹어봤을 것 같은데 말야. 갓 쪄낸 감자에 버터 약간을 곁들이면 둘이 먹다 하나 죽어도 모를 지경이라니까." 애덤을 돌아보니 지당하신 말씀이라는 표정으로 고개를 끄덕이고 있었다.

애덤은 보면 볼수록 아주 뛰어나면서도 굉장히 독특한 스타일의 요리사라는 생각이 들었다. 열정이나 능력만의 문제가 아니라, 애덤이라는 사람을 이루고 있는 요소와 분위기, 그의 생각 속에 그런 느낌을 자아내는 부분이 있었던 것이다. 내 공책에는 애덤의 성품을 단적으로 보여주는 그의 말 한마디가 적혀 있었다. "되는 일이라고는 하나도 없는, 형편없는 날은 얼마든지 있을 수 있어. 하지만 이 주방에만 들어오면 나는 힘이 솟아. 모든 게 달라지지."

우리 팀에는 펜실베이니아 중부 작은 탄광 마을 출신인 맷이라는 젊은 친구가 있었다. 스킬 수업 첫날 파두스에게 여기 온 이유를 잘 모르겠다고 대답했던 바로 그 친구 말이다. 맷은 다정한 성품에 강단도 있었지만 늘 꼴찌 자리를 지켰다. 콩소메를 만들다 래프트를 망쳐버린 일도 한두 번이 아니었다. 마요네즈 유화는 아예 영겁의 시간이 걸릴 것처럼 보였다. 미친 사람처럼 마구 휘저었지만 소용이 없었던 것이다. 그러다 맷은 스킬 2 수업 중간쯤 학교에 나타나지 않았고, 하와이로 이사를 갔다는 소문이 퍼졌다.

다음 날 나는 그의 방으로 전화를 걸었다. 수화기 너머로 엄청나게 큰 음악 소리가 들려왔다. "맞아, 떠날 생각이야." 그가 대답했다.

맷은 그저 주방에 잘 맞지 않았을 뿐이었다. 물리학은 그의 적성에 맞지 않았다.

반대로 애덤은 확실히 다른 곳에서보다 주방에서 훨씬 편안해 보였다. 그를 지켜보면서, 뛰어난 프로 요리사들은 어쩌면 선택에 의해 그 자리에 오른 것이 아닐지도 모른다는 생각이 들었다. 그저 천성에 내재된 무엇인가를 충족시키려고 하다 보니 뛰어난 요리사가 되어버린 게 아닐까 하고 말이다.

양 다리 요리를 끝으로, 긴 일주일이 끝났다. 애덤은 모르핀이라는 밴드의 연주를 들으러 바사르로 향했다. 벤과 다른 친구들은 CIA에서 가까운 개프니스가 아닌 다른 바로 술을 마시겠다며 가버렸다. 나는 얼어붙은 9번 도로를 따라 티볼리로 향했다. 내 안에 내재된 천성과 나의 선택은 무엇일까 곰곰이 생각하면서.

가치 체계

요리 스킬 개발 2는 기본에서 거의 벗어나지 않는 내용으로 이뤄져 있었다. 파두스 셰프는 거기에 덧붙여, 요즘은 채소가 요리의 영양 균형과 맛, 색감과 식감, 대비를 한층 북돋는 데 한몫을 하고 있다고 가르쳐주었다.

"소스처럼 말이지, 흠. 이제는 채소가 전체 그림의 중요한 부분 역할을 하고 있다니까. 고명이 아니라 음식의 일부인 거야."

양 다리 브레이즈는 브레이징 기술을 익히기 위한 요리였고 닭 가슴살 로스트는 로스팅 기술을 위한 요리였다.

파두스는 이런 질문을 하기도 했다. "베이킹과 로스팅의 차이가 뭘까? 요즘은 로스팅이든 베이킹이든 오븐에서 이뤄진다. 그렇다면 둘의 차이를 뭐라고 할 수 있을까?"

여기저기서 다양한 대답이 튀어나왔다.

"결과물이 다르다는 것 외에는 근본적으로 같은 것 아닌가요?" 애덤이 물었다.

"근본적으로 동일한데 그저 결과가 다를 뿐이다?" 애덤의 말을 되풀이한 파두스는 잠시 생각에 잠겼다. 모두들 애덤 생각에 동조하며 고개를 끄덕였다. "틀렸어. 둘 사이에는 차이가 없다. 의미상의 차이가 있을 뿐이야."

약이 오른 애덤이 맞받았다. "저는 셰프가 빵과 고기에 대해 얘기하고 있는 거라 생각했어요."

"둘 사이 차이는 없어. 빵은 베이킹한다. 고기는 로스팅하지. 안 그래?" 잠시 조용해졌다. "햄은 어떻게 하나? 그렇지, 햄은 베이킹한다. 그러니까 늘 규칙대로 가는 건 아니라는 뜻이야."

브레이즈와 소테를 배울 때는 이런 의문이 제기되기도 했다.

"그럼 시어*는 뭘 하는 걸까?" 레인지대를 등지고 서있던 파두스가 우리를 둘러보며 물었다.

"제가 정말 알고 싶은 게 바로 그거예요." 애덤이 말했다.

벤이 대답했다. "색감과 맛 때문에 하는 거라고 생각했어요."

"고기는 색감과 맛, 향을 위해 시어하는 게 맞아. 세 가지 모두 캐러멜화의 효과지. 하지만 육즙을 지킬 수는 없어. 여기 셰프 강사들 중에 시어링만으로도 육즙을 보존할 수 있다고 가르치는 분도 있어. 나도 한동안은 그렇게 생각했지. 물론, 그럴듯한 얘기기는 해. 겉면을 굳게 해서 껍질을 만들면 육즙이 흘러나오지 않는 게 맞거든. 하지만 그게 그렇지가 않더라고. 내 말을 못 믿겠으면 《맥기》를 읽어봐."

우리는 딥 포칭**과 셸로우 포칭***도 배웠다. 쿠르 부용과 퀴송을 하는 방법은 물론 파스타 끓이는 법까지 배웠다.

"오늘은 늘 하던 일을 하고, 파스타를 조금 만들어볼 생각이다." 파두스가 이렇게 말한 것은 19일차의 일이었다. "핵심은 비율이야. 건 파스타는

---

* 고기의 육즙을 가두기 위해 오븐이나 석쇠 혹은 팬에서 아주 높은 온도로 빠르게 익히는 조리법.

** 많은 물에서 포칭하는 조리법.

*** 적은 물에서 포칭하는 조리법.

어떻게 익히지? 끓는 물이 엄청 많이 필요하다, 그렇지? 끓는 물에는 소금으로 간을 해야만 하지. 양념을 마친 콩소메와 비슷할 정도로 간을 해야만 하는 거야." 전혀 들어본 적 없는 얘기였다. 나는 파스타를 넣기 전에 한 번도 물맛을 본 적이 없었다. 그런데 파두스는 맛을 보라고 권하고 있었다. "여기 솥 두 개가 있다. 하나는 제대로 양념이 되어 있고 나머지 하나는 바닷물 한 양동이를 퍼 넣은 것 같은 맛이 나지. 물은 적당히 간이 되어 있어야 해. 그래야 파스타 맛도 제대로 낼 수 있어." 그는 스위스에서 호텔 셰프로 지낼 때, 거느리고 있던 요리사들에게 파스타 물 양념을 제대로 하도록 가르치느라 끝나지 않는 전쟁을 치러야만 했다. 파두스는 라인을 걸어 다니며 내내 이렇게 외쳤다. "더, 더, 더, 소금 더 넣으라고. 아직 싱거워. 더."

그 수업을 받은 후부터 나는 가끔 파스타 물에 소금만이 아니라 월계수나 세이지 같은 향신료도 넣었다. 보통 연어를 포칭할 때는 미르포아로 양념해 약간 신맛이 나는 쿠르 부용을 쓴다. 그런데 에스코피에는 접농어와 숭어류를 포칭하는 데 쓸 만한 쿠르 부용 여섯 번째 항목으로 소금물을 적었다. 그렇다면 파스타는 왜 쿠르 부용처럼 양념한 물에 삶지 않는 것일까? 파스타를 물에 삶을 때부터 완성된 요리에 들어가도 좋을 만한 맛을 미리 스며들게 하면 안 되는 걸까? 이제까지 한 번도 파스타 끓이는 물에서 어떤 맛이 나는지 깊이 생각해본 적이 없었지만, 그 수업 이후로는 계속해서 신경이 쓰였고 완성된 파스타가 내가 의도한 맛이 나게 될지 확인하기 위해 언제나 한두 숟가락씩 삶는 물을 맛보게 되었다.

파두스 셰프는 생각하는 태도와 체계적인 방법을 중요시했다. 그리고 누군가 바보스러운 행동을 하자 이렇게 말했다. "요리는 여러 감각을 이용해서 하는 거야. 그리고 그 감각에는 상식도 포함되지."

하지만 스킬 수업에는 파스타 물에 간을 하는 방법이나 양 다리 브레이징을 배우는 것보다 더 큰 무엇인가가 있었다. 기술이나 비율, 지식을 넘어서는 것이었다. 사람의 기질 안에 천천히 스며들어, 그 사람이 손을 대는 모든 것 안팎으로까지 확장되는 것이기도 했다. 나로선 그것을 뭐라 불러야 할지 알 수가 없었다. 솔직히 이름이 있기나 한지, 그조차 알 수가 없었다. 그저 단편적인 내용만 들먹일 수 있을 뿐이었다.

우선 능률. 그것은 효율적인 움직임이었다. 능률적인 생각과 태도는 비단 주방에서 하는 일에만 관련된 것이 아니었다. 주방에서 익힌 능률 덕에 내가 여행 가방을 꾸리는 방식이 바뀌었다. 나는 주방에서 솥 찬장과 건재료 보관대 등을 오가는 횟수를 최소화하라고 배웠던 그대로, 벽장에서 서재, 그리고 여행 가방으로 오가는 횟수를 줄이려고 했다. 뭔가를 잊어버리거나 앞일을 예상하지 못해 철물점을 두 번 오가는 일이 없어졌다. 침실에서 거실로 가는 도중에 멈추고는 잊고 온 물건을 가지러 되돌아가는 일도 없었다. 혹시라도 그런 일이 생기면 견딜 수가 없었다. 문제를 해결하는 방식도 달라졌다.

나는 내 옆에서 일하는 애덤의 모습을 아주 가까이에서 매일 지켜보며, 이 같은 통제력에 내재된 일종의 맹렬함과 분노를 목격했다. 애덤이 추구하는 완벽함을 위해서는 이 같은 맹렬함은 꼭 필요하다. 심드렁한 태도로는 무엇이든 완벽하게 끝낼 수가 없다. 지치지 않고 끈질기게 밀어붙여야만 한다. 멈춰서는 안 된다. 멈추면 진다. 물질세계는 걸핏하면 무질서로 향한다. 거기에 질서를 만들어내고 유지하려면 에너지가 필요하다. 가장 높은 수준의 질서는 바로 완벽함이다. 그런데 이 질서 잡힌 완벽함을 추구하는 에너지에서 맹렬함이 빠지면, 그저 눈앞에 닥친 일을 무사히 끝내는 데서 그치게 될 뿐이다. 또한 완벽함을 추구한다는 것은 아주 어렵고, 많은 에너지를 소모하기 때문에 지치기 쉽다. 맨 처음 송아지 뼈를 로스팅할 때부터, 미르포아를 제대로 캐러멜화하고 레이지 버블을 지켜보며 완벽한 맛과 질감을 지닌 스톡을 완성할 때까지 아주 오래 끓이는 과정 모두에서, 또루의 색과 맛에서, 브라운소스가 입안에서 완벽하게 부드러운 질감을 내도록 반복해서 기름을 걷어내는 과정에서, 진하고 불순물이 전혀 없는 데미글라스를 만들기 위해 또다시 기름을 걷어내는 데서 주방의 완벽함이 시작된다는 것을 우리는 배웠다. 그렇기 때문에 일단 시작한 뒤에는 절대 긴장의 끈을 늦춰서는 안 된다. 훌륭한 요리사가 되려 한다면, 절대 대충 해서는 안 되는 것이다.

표현할 방법이 없는 그것을 비유할 말은 얼마든지 더 있다. 아마도 나 말고 다른 사람들 역시 이 효과를 느꼈을 것이다. 물론 스킬 수업은 어떤 셰프가 가르치느냐에 따라 차이가 있었다. 담당 셰프의 성품에 따라 필연적으로 그 주방의 기풍이 달라지지만, 스킬 주방에서 잘해내기 위해서는 이러한 형언할 수 없는 힘들을 이해하고 받아들여야만 했다. 일단 받아들이면, 수업이 시작하는 2시에 그것들을 활성화시켰다가 주방을 떠나면서 도로 넣어두는 일 따위는 할 수가 없었다. 그 힘은 우리 마음속에 영구적인 체계를 뿌리내렸다. 그리고 종국에는 그 힘이 하나가 되어 윤리, 그리고 그 이상의 무엇이 되었다. 그것은 바로 도덕률, 즉 가치 체계였다.

"그럼 그렇지!" 유니폼 위에 겨울 코트를 걸친 채 주방으로 쿵쿵거리며 들어오던 수전이 외치는 소리였다. "블록을 마감하는데 눈보라 없이 조용하게 지나갈 리가 없어!" 다시 또 눈보라가 치고 있었다. 나는 일찌감치 집을 나와 무사히 도착한 참이었다. 이번 눈은 25센티미터 이상 내릴 예정이라고 했다. 도로는 축축한 눈으로 덮인 채 얼어붙어 있었다. 1월 이후 이어진 블록은 계속 모두 눈보라와 함께 끝났다. 4월에 있었던 3일간의 휴식 이후 이제는 모두 슬슬 날씨에 질려가고 있었는데, 버나드 대학 출신의 광고 마케터였던 수전이 유독 이 날씨를 더 힘들어하는 것 같았다. 수전은 굵게 웨이브가 진 머리카락에 얼굴이 묻혀 얼굴이 작아 보이는 친구였다. 그녀는 늘 사고를 달고 다녔다. 수전의 왼손에는 네 바늘을 꿰맨 자국이 있었다. 집에서 칼을 떨어뜨려 엄지와 검지 사이 살점에 박혀버렸던 것이다.

블록은 막바지로 향하고 있었지만 주방의 일상은 달라지지 않았다. 우리가 만든 스톡은 학교 전체에서 쓰였고, 우리는 그 많은 스톡을 시험을 보는 날마다 만들었다. 또다시 몰아치는 겨울 폭풍을 뚫고 1시간 반을 달려 학교에 도착한 그날, 수전은 오븐 속에 담긴 송아지 뼈를 로스팅하는 솥 앞을 지키고 있었다. 한창 수업이 진행되고 있는데 갑자기 크고 날카로운 소리가 터져나왔다. 우리는 모두 하던 일을 멈췄다. 주방에서는 굉장히 심한 부상을 입을 수도 있기 때문에 그런 폭발음을 절대 무시해서는 안 된다. 그 엄청난 소리는 화상을 입은 수전이 지른 비명이었다.

"난 몰라!!" 그녀는 화가 나서 외쳤다. "나한테 뭔가 튀었어!" 그러고는 잽싸게 스톡을 식히는 개수대로 걸어가 꿰매지 않은 오른쪽 손을 차가운 물속에 담갔다.

파두스는 흔적을 좇는 유능한 사립 탐정처럼 이미 열린 오븐 앞을 차지하고 있었다. "어찌 된 노릇인지 정확히 알겠군. 송아지 뼈 관절 하나가 폭발했어. 증기가 차올라 터져버린 거야. 저기 보일 거야." 그가 가리킨 오븐 저 안쪽에 밝은 흰 빛의 송아지 뼈 관절 연골이 보였다. 원인이 밝혀졌으나 수전의 상태가 나아진 것 같지는 않았다. 물에 담가둔 화상은 눈에 띄게 악화되고 있었고 결국 그녀는 양호실로 향했다. 그리고 잠시 후 손과 손목에 크림을 듬뿍 바르고 붕대를 감은 채 돌아왔다.

요리 작업이 끝나고 난 뒤 수전과 에리카는 연고 얘기를 하며 서로 화상을 비교했다. 에리카의 왼쪽 팔에도 온통 붕대가 감겨 있었다. 역시 송아지 뼈가 범인이었지만, 이번에는 명백히 따져 물을 대상이 있었다. 그 대상은 데이비드 스콧이었다.

"에리카, 대체 어떻게 된 거야?" 내가 놀라 묻자 에리카가 대답했다.

"멍텅구리 같은 데이비드가 이렇게 만들어놨어."

둘에게서 들은 얘기는 조금 차이가 있었지만, 어쨌거나 데이비드가 갈색으로 구운 송아지 뼈를 엄청나게 뜨거운 팬에서 다른 팬으로 옮기는 중에 사고가 났다는 것은 분명했다. 뼈에 붙은 살점과 지방 때문에 팬 안에는 기름이 많이 고여 있었다. 데이비드가 들고 있던 팬에서 뼈들이 한꺼번에 쏟아져내리는 통에, 팬 안에 들러붙은 뼈들을 쑤석거리며 도와주던 에리카에게 끓는 기름이 튀어버린 것이었다. 에리카의 팔은 넓고 깊은 부푼 자국으로 온통 뒤덮였다. 흉이 져서 없어지지 않을 것 같았다. 데이비드는 자신이 에리카에게 분명 경고를 했다고 주장했다. 하지만 에리카는 데이비드가 부주의하게 행동했다고 말했다. 그 일이 있은 후 나는 데이비드를 볼 때마다 이렇게 소리쳤다. "멍텅구리 데이비드!" 그리고 모두들 한동안 데이비드를 그렇게 불렀다. 그럴 때면 에리카는 입을 가리고 이를 앙다문 채 키득거렸다. 속 좋은 친구 데이비드는 늘 싱긋 웃고 말았지만, 자신이 에리카에게 조심하라고 경고한 것은 분명하다고 주장했다.

물론 데이비드를 믿는 쪽이 우세하기는 했다. 에리카는 여전히 모든 일에 서툴렀다. 게다가 상냥한 성품 못지않게 막말도 우리 반 최고였으니까. "하여튼 난 이 입이 문제야." 에리카는 짐짓 속상한 듯 이렇게 말하곤 했다.

눈보라가 치던 날, 우리 모두는 5분 안에 양파 두 개를 다지고 두 개를 얇게 저미는 시험을 보았다. 칼 기술 실기였다. 양파 네 개의 껍질을 벗기는 데만 2, 3분이 족히 걸린다는 사실을 깨닫기 전까지는 시험은 그다지 어렵게 느껴지지 않았다. 제대로 해내기 위해서는 전략이 필요했다. 먼저 양파를 이등분 한 뒤 버려지는 부분 걱정 없이 과감하게 껍질을 벗겨낼 수 있어야 통과가 가능했다. 그러고 나서 저미기를 마치고, 시간이 될 때까지 미친 듯이 다졌다.

"아주 빠른 속도를 내는 훈련이다. 최종 시험에 10퍼센트가 반영되지." 파두스는 한마디 더 덧붙였다. "제대로 해내면 진짜 일류 대열에 들어섰고, 실제 요리를 만들어내는 속도로 일하고 있다는 걸 증명하게 되는 거야."

손을 베면 잠깐 멈추고 반창고를 붙일 수 있는지, 어떻게 되는지 묻자 그는 이렇게 대답했다. "제발 벨 생각 하지 마. 칼 기술 실기 시험이라잖아. 만일 손을 벤다면, 그건 제대로 하지 못했다는 뜻이지 뭐겠어!"

결국 폴은 손가락을 벴고 시간 안에 다 끝내지 못했다. 은정은 파두스가 "그만!"이라고 외치는데도 칼질을 멈추지 않았다. 그러면서 칼을 내려놓고 있는 애덤을 쳐다보았다. 칼질을 조금 더 하다가 렌과 내가 칼을 내려놓는 모습을 본 은정은 교실 전체를 쓱 둘러보더니 스스로에 대한 실망감이 가득한 표정으로 마지못해 칼을 내려놓았다. 에리카는 제대로 마쳤다. 칼을 잡는 법조차 모르던 뚱보 루도 제시간에 마쳤다.

파두스는 루를 특히 자랑스러워했다. 내게 이렇게 말한 적도 있었다. "원래 선원이었던 친구야. 그런데 요즘 만들어 오는 요리를 좀 봐. 제대로 해내려고 정말이지 피땀을 흘리며 노력하고 있어." 세 자녀의 아버지이자 남편인 루는 열심히 한 만큼 좋은 결과를 내고 있었다. 파두스는 루의 성공이 자신의 공적이라는 것을 내가 알아주기를 바랐다. 6주 전 파두스는 우리 반에 그다지 큰 기대를 걸지 않았다. 그러나 스킬 2 수업을 마무리하면서 그는 이렇게 말했다. "내가 훈련시킨 너희들은 이제 또 다른 주방으로 간다. 업계 현실과도 비슷한 일이야. 내가 훈련시킨 누군가가 다른 레스토랑의 수 셰프가 되어 떠나는 거지." 그는 잠시 말을 끊었다. "입문 수업에서도 모두 정말 잘할 거야. 진심으로 잘할 거라고 생각한다."

우리는 모두 파두스 셰프를 좋아했다. 에리카만 빼고 말이다. 이유는 결코 알아낼 수가 없었다. 스킬 수업 마지막 날, 저녁 식사를 마친 뒤 필기시험을 보기 전에 파두스 셰프는 우리에게 강사 평가지를 나눠주었다. 그것은 셰프가 최종 점수를 낼 때까지 봉해두도록 되어 있었다. 셰프는 우리가 빈칸을 채우는 동안 밖에 나가 있었다. CIA 다른 강사들과 마찬가지로 그 역시 익명의 평가지를 보게 될 터였다. 보아하니 에리카는 제 몫의 종이가 오기를 도저히 기다릴 수 없는 모양이었다.

시간이 지나고 벤이 평가지를 걷는 동안 꿍얼거리는 에리카에게 뭐라고 썼는지 물어보았다.

"훨씬 더 심하게 썼어야 했어."

"왜?"

"파두스는 나를 개똥같이 대했단 말이야."

에리카는 파두스가 자신에게 가장 가혹하게 굴었고 그녀가 만든 홀랜다이즈 소스를 스크램블드 에그라는 둥, 루를 불태웠다는 둥 하며 웃음거리로 만들었으며 선생으로서도 형편없는 사람이라고 생각하고 있었다. 나로선 에리카가 말하는 일 중 단 한 가지도 목격한 적 없었지만, 에리카의 생각을 바꿔놓을 수는 없었다.

"'강사가 개선할 점이 무엇입니까'라는 질문에서 나는 '그만두는 게 최선'이라고 쓸 작정이었어." 그녀는 잠시 말을 멈췄다. "하지만 그건 너무 비열한 것 같아서 관뒀어."

에리카의 말을 들은 렌이 고개를 저으며 중얼거렸다. "굳이 네 점수며 다른 사람들의 평가를 보지 않더라도 네 말을 믿어줄 사람은 아무도 없을걸." 렌은 파두스가 훌륭한 강사라고 생각하고 있었다.

수전은 최고의 수업을 받았다고 적었다. 아직도 아침마다 버거킹에서 일하고 있는 트래비스는 평가지에 대놓고 임금 인상을 해줘야 마땅한 강사라고 썼다.

애덤은 아쉬워서 어찌할 바를 모르고 있었다. 지겨운 표준 미장 플라스와 브라운소스에서 벗어나 진짜 요리를 만들 수 있기를 너무나 간절히 바라던 다른 친구들과 달리, 애덤은 스킬 수업이 너무 짧다고 생각했다. "팬 프라잉은 고작 한 번밖에 안 했어. 소테잉이나 셸로우 포칭도 하루에 몰아서 하는 건 좀 아니잖아." 매일 매기는 점수에도 불만이 있었다. 뭔가 기준이 불분명하다는 것이었다. 그래서 파두스의 가르침을 존중하지만 너무 주관적인 것 같다고 썼다. 그리고 첫 번째 제출한 요리에서부터 마지막으로 제출한 요리까지 모두를 평가하며 점수를 매기면서 일관성을 유지하기는 어려운 것 같다고도 적었다.

파두스는 벤이 평가지를 봉하고 시험지를 나눠준 뒤 다시 교실에 들어왔다. 우리는 시험을 마치고 각자 흩어졌다가 다음 날 다시 돌아왔다. 스킬 마지막 시간은 브라운소스와 베샤멜, 라이스 필래프, 더치스 포테이트를 만드는 실기 시험을 치르는 날이었다. 축제 같은 분위기였다. 에리카는 카메라를 가져왔다. 데이비드도 마찬가지였다. 데이비드는 내게 셰프와 함께 사진을 찍어달라고 부탁했다. "CIA 스크랩북에 모아둘 생각이야." 그는 행복해 보였다. 뚱보 루는 입이 귀에 걸리도록 웃고 있었다. "내가 수준 높은 사람이 된 것 같은 기분이야."

카메라를 손에 든 에리카는 사람들을 끌어안았다. 그녀는 주변 시선 따위 아랑곳하지 않은 채 환한 미소를 지으며 내게 말했다. "고등학생 같다는 걸 알지만, 한 반에서 함께 할 수 있는 마지막 시간이잖아."

그 말이 맞았다. 이제 우리는 절반으로 나뉘어, 다른 스킬 수업을 들으며 콩소메에서 불순물을 건져내던 친구들 절반과 각각 한 반에서 공부하게 되어 있었다. 훌륭한 스킬 반에 들어와 모든 학생들은 특별한 경험을 했고, 서로 헤어지기 싫어했다. 나만 그런 게 아니었다. 학생들은 대부분 헤어지는 것을 몹시 두려워했다. 그래서 때로는 메츠 총장과 팀 라이언 부총장을 직접 찾아가 자신들이 얼마나 특별하고 돈독한 유대 관계를 쌓아왔는지 주장하며 제발 그런 사이를 깨뜨리지 말아달라고 호소하는 학생들도 있다. "다들 똑같이 느껴." 부총장은 학교는 절대 규칙을 바꾸지 않는다고 대답했다.

반씩 갈라져 새로운 사람들과 섞이는 것을 손꼽아 기다리는 사람은 아무도 없었다. 이미 사이가 돈독해진 터라 헤어지는 게 싫기도 했지만, 새로 만날 사람들이 얼마나 좋은 성품일지, 얼마나 신속하게 움직일지, 과연 그들과 서로 의지가 될 수 있을지 알지 못하기 때문이기도 했다. 그리고 이것이 바로, 학교 측에서 스킬 수업 이후 반을 새로 편성하는 이유였다. 이 주방에서 저 주방으로 옮겨가며 새로운 사람들과 일해야 하는 것은 요리사의 숙명이었다. 그래서 학교에서는 교육의 일환으로 낯선 사람과 함께 일하는 방법을 가르치는 것이었다. 이제 새로 편성된 반은 7월 현장 실습을 나가기 전까지 쭉 이어질 것이었다.

나는 양쪽 어디에도 들어가지 않는다. 이 학교의 전체 교과 과정은 4개월간의 현장 실습을 포함해 대략 21개월이다. 이후 학사 과정으로 진학하는 사람들은 4년 과정을 밟아야 한다. 내게는 스킬 수업 동료들과는 다른 종류의 마감이 있었다. 다만 현장 실습을 나가기 전, 이 친구들을 다시 한 번 꼭 만날 수 있었으면 좋겠다는 생각이 들었다. 앞으로 나는 속성으로 여러 과정을 거치며 다른 여러 반 친구들과 함께 일하게 된다. 하지만 스킬 수업에서 함께했던 친구들만큼 깊은 친밀감을 느끼게 되지는 않을 것 같았다. 스킬 수업은 모두에게 특별한 경험을 선사했다. 흡사 비행기 사고나 난파를 당한 사람들이 함께 재앙을 견뎌내는 동안 싹트는 감정과도 같았다. 그것은, 어디를 가건 영원히 남아 있을 공동의 유대감이었다.

루 칙령

스킬 수업 마지막 날에는 브라운소스를 만들었다. 그리고 어쩌다 보니 내가 실기 시험을 꼴찌로 끝내게 되었다. 비앙카가 더치스 포테이토를 제출한 뒤에야 소스 그릇을 제출했던 것이다. 비앙카의 더치스 포테이토는 크기가 작아, 부드러웠어야 할 속이 딱딱해지고 말았다. 비앙카는 어깨를 으쓱하더니 나가버렸다. 파두스는 숟가락으로 내 마지막 브라운소스 맛을 보았다. 브라운 루가 훌륭했기 때문에 소스 맛도 좋았다. 파두스는 결점이 거의 느껴지지 않는다고 하면서 다만 쓴맛이 조금 난다고 했다.

"가끔은 아주 약간의 쓴맛을 일부러 내기도 해." 맞는 말이었다. 쓴맛은 잘만 이용하면 음식의 풍미를 더 돋보이게 할 수 있는 요소였다.

루디 스미스 셰프가 들어오다가 텅 빈 주방을 보고 깜짝 놀랐다. 그 모습을 본 파두스가 학생들을 그냥 보내버려 미안하다고 사과했다. 스미스 셰프는 보통 스킬 수업 마지막 날, 학생들에게 첫 프로덕션 주방이자 다른 학생들이 먹을 음식을 요리하는 첫 주방인 '더운 요리 입문'에 필요한 준비와 대략의 소개를 했다. 학생들은 대부분 스미스 셰프의 수업을 불안해했다. 입문 1일차 수 셰프를 맡기로 되어 있던 트래비스는 "똥줄이 타는 느낌"이라고 했다. 스미스 셰프의 태도도 긴장을 푸는 데는 전혀 도움이 되지 않았다. 그는 웃지 않는 사람이었다. 파두스에게서 보이는 장난스러운 모습을 그에게서는 찾아볼 수가 없었다. 우리는 저녁으로 먹을 음식을 가지러 갈 때마다, 훈련 조교마냥 K-9 주방을 지휘하는 스미스의 모습을 늘 보았다. 눈은 졸린 것처럼 거의 반 정도나 감겨 있었지만, 마음만 먹으면 전광석화처럼 공격할 만반의 태세를 갖추고 있었다. 옆에서 본 코는 어울리지 않게 귀족적이었다. 스미스 셰프는 오하이오 평원에서 옥수수를 먹고 자란, 젊고 늘씬하고 키가 크며 헛소리 따위는 하지 않는 사내였다.

파두스는 그에게 나를 소개했고, 우리가 하던 얘기를 들려주었다. 나는 그에게 브라운소스를 만들 때 블론드 루와 브라운 루 중에 어떤 것을 쓰는지 물어보았다.

내가 작가라서 그랬는지, 스미스는 미심쩍은 눈초리로 바라보았다.

"정해진 대로 가르치지."

"셰프 개인적으로는요?" 내가 물었다. 기본 방침 운운하는 셰프에게서 본인 이야기를 듣고자 할 때 흔히 던지는 질문이었다. 셰프들은 대부분 자신의 신념에 대해 얘기하는 걸 좋아했다.

"나는 옛 방식을 좋아해. 그 외엔 할 말이 없군."

어차피 다 아는 얘기인데도 그는 인정하지 않았다. 사실 스미스 셰프는 브라운 루를 쓰는 사람이었다.

언젠가 학교에 광풍이 불어닥친 적이 있었다. 나는 파두스에게서 그 얘기를 얼핏 들었다. 그는 내게 다른 셰프 몇 명과 저녁 식사를 하며 나눴던 대화를 들려주었다. 셰프들은 보통 알럼나이 홀의 첫 번째 벽감 안쪽에서 학생들과 따로 앉아 식사를 했다. 스킬 수업 23일차, 우리 반 친구들이 자신이 브레이징한 양 다리를 뜯는 동안, CIA 출신으로 젊은 편에 속하는 강사인 파두스, 스미스, 레일리와 선임 강사 알름키스트는 브라운소스에 대해 토론을 하고 있었다. CIA 셰프들이 푸아그라도 트뤼플도 아닌 브라운소스, 그것도 소스를 만들 때 무슨 루를 쓰는지 따위로 대 토론을 하다니 정말 재미있는 일이었다. 파두스가 전해준 말에 따르면, 테이블에 모인 셰프들 가운데 허리둘레만 딱 봐도 브라운소스에 대한 내공이 상당한 듯 느껴지는 최고의 알름키스트 셰프가 이렇게 말했다고 했다. "에스코피에 사망 이후 브라운 루로 브라운소스를 만든 사람은 아무도 없었다네!" 이렇게 단정적으로 말하는 것은 이 학교에서 흔한 일이었다. 이곳 셰프들은 요리에 대한 토론거리가 생기면 열정이 하늘을 찌르는 사람들이었다.

1988년 CIA를 졸업하고 모스크바의 호텔 메트로폴에서 수 셰프를 지낸 스물여덟의 레일리 셰프는 스킬 수강생들에게 블론드 루로 브라운소스를 만들라고 가르치고 있었다. 미르포아와 토마토를 짙은 색으로 캐러멜화하고, 깊은 색을 낸 스톡을 이용해야 멋지고 진한 색의 브라운소스를 만들 수 있다는 것이 그의 생각이었다(스미스 셰프가 간 뒤 레일리 셰프도 우리 스킬 주방에 들렀는데, 내가 브라운소스에 쓰는 루에 대해 묻자 그는 아무 말 없이 그냥 고개를 저었다). 브라운 루는 제대로 만들기 어렵다. 다른 루보다 훨씬 더 오랜 시간이 걸리고 집중력도 필요하다. 구수한 맛이 눈 깜짝할 사이에 쓴맛으로 변할 수 있기 때문에 인내심과 요령이 필요했다. 블론드 루 지지자들은 블론드 루로도 완벽하고 훌륭한 브라운소스를 만들 수 있는데 도대체 왜 브라운 루를 만드는 데 소중한 시간을 허비하며 쓴맛으로 변할 위험까지 감수하느냐고 말했다.

합리적인 얘기였다. 파두스도 그 아이디어가 괜찮다고 여겨, 레일리의 브라운소스 맛을 보고 비교해볼 생각이 있었다. 파두스는 꽉 막힌 사람이 아니었다. 스톡을 만드는 방법도 한두 가지가 아닌데, 브라운소스라고 다를 것 없다는 것이다. 그런 태도야말로 요리 교육의 전부라고 할 수 있었다.

그러나 브라운 루에 관한 토론이 있은 후 이틀이 지나자 문제가 심각해졌다. 파두스의 책상 옆에는 컴퓨터가 놓여 있었다. 컴퓨터는 각 주방에 하나씩 있었는데, 파두스는 매일 그 앞에 앉아 식재료 주문서를 재고실에 보내거나 이메일을 확인하고, 새 소식을 확인해 우리에게 알려주곤 했다. 그런데 스킬 2 수업이 한창이던 25일차, 그는 메일함에서 다음과 같은 메시지를 발견했다.

> 셰프님들께,
>
> 우리의 스킬 가이드와 전문 요리 지식, 그리고《프로 셰프》6쇄에 따르면, 브라운소스는 브라운 루로 만드는 것이 *아닙니다*. 부디 우리 학생들에게 *이처럼* 잘못된 방법을 가르치는 일을 삼가시기 바랍니다.

메시지 말미에는 "우베 헤스트너"라는 서명이 있었고, 질문이 있는 사람은 자신을 찾아오라고 쓰여 있었다.

파두스는 말 그대로 폭발하고 말았다. 그는 나에게《프로 셰프》를 확인해보라고 했다. 5쇄인 내 책을 살펴보니 아니나 다를까, 내용이 오락가락했다. "소스 에스파뇰" 부분에는 브라운 스톡 2.3리터를 걸쭉하게 만들기 위해 화이트 루 170그램을 준비하라고 나와 있었다. 그런데 "만들기"항목에서 두 번째 단계를 보면, "미르포아에 브라운 루를 넣고 빌 스톡이나 에스투파드*를 조금씩 섞으시오"라고 적혀 있었던 것이다. 아주 결정적이고 확연한 오류였다.

---

* 스튜의 일종.

헤스트너 셰프에게 이 오류에 대해 묻자, 그는 예의 그 말끝을 흐리는 방식으로 대답을 회피했다. 브라운소스에 브라운 루를 쓰도록 가르치지 않는 이유를 묻는 질문에는 빈약한 얘기로 에둘러 응수했다. "에스코피에는 루가 더 이상 필요하지 않게 될 것을 미리 내다본 거지……." 그러다 내가 제대로 된 답을 달라고 계속 밀어붙이자, 손을 공중으로 치켜들며 외쳤다. "아, 제발 브라운 루 따위 잊어달라고!"

하지만 나는 그럴 수가 없었다. 이 문제에서 뭔가 본질적인 것을 엿보았기 때문이었다. 이것 혹은 저것에 대한 사람들의 기호와 학교의 반응, 그리고 헤스트너의 루 칙령에 대한 셰프들의 대응 속에서 무엇인가 드러났던 것이다.

"브라운 루 대신 블론드 루를 쓰도록 가르치라고 강요할 수는 있어도 브라운 루가 잘못된 방식이라고 말할 수는 없어!" 분통이 터진 파두스는 이렇게 외쳤다.

스킬 수업 마지막 날 밤, 파두스와 스미스는 금속 그릇에 담긴 채 김을 내뿜고 있는 내 브라운소스를 앞에 두고 루 이야기를 계속했다. 파두스는 약간의 쓴맛도 도움이 된다는 주장을 내놓았다. 스미스는 브라운소스에 쓴맛은 전혀 필요가 없다면서, 정말 한 번이라도 쓴맛이 나기를 원했던 적이 있느냐고 물었다.

그러자 파두스는 스미스 셰프에게 숟가락을 건네면서 말했다. "마이클의 브라운소스 맛을 좀 보게. 내 생각에는 맛이 상당히 좋아."

스미스 셰프는 내 소스를 맛보았다. 가뜩이나 미간이 좁아 거의 맞닿을 것처럼 보이는 그의 눈이 아주 가늘어졌다. 입안에 든 것을 내뱉거나 나를 한 대 올려붙일 기세였다. 이윽고 입을 연 그가 말했다. "단맛이 더 필요하군."

스미스 셰프 덕에 나는, 한발 물러서서 상황을 관망하고 이곳에서 내가 만난 사람들에 대해 조사하기 시작했다. 먼저 독특한 델 그로소. 그는 미고 생물학을 공부하다 어느 날 아침 거실 마룻바닥에서 잠이 깬 순간 계시처럼 깨달음을 얻고 요리사가 되었다. 위생 교육을 담당하는 리처드 버질리는 대장균 박테리아에 대한 강의를 하면서 학생들을 박장대소하게 만드는 재주가 있었다. 버질리가 주말마다 도박으로 유명한 도시인 애틀랜타의 스탠딩 코미디 쇼 공연을 한다고 얘기하면 모두들 곧이곧대로 믿을 정도였다. 물론 그건 버질리 선생이 농담으로 한 말을 그대로 전한 거였다. 재료 선별 수업을 담당하는 케이터러 출신 제이 스타인은 식료품점에 가면 무려 일곱 종류나 되는 상추를 사서 집으로 달려와 맛부터 시험해보는 그런 사람이었다. 육류 해체 강사 중에는 영문학 전공에 마이너리그에서 심판 생활을 몇 년 하고 지역 극장 무대에 올랐던 이도 있었다. 그의 이름은 리거리였는데, 육류 해체 방법을 가르치는 것은 생활비를 벌기 위해서라고 했다. 워낙 화려한 출연진 덕에 파두스는 존재감이 희미할 지경이었다.

애덤이 스미스 셰프 반에서 더운 요리 입문 수업을 시작하자마자 나는 그에게 셰프가 마음에 드는지 물어보았다.

"끝내줘. 정말로 똑똑한 셰프야." 애덤은 스미스 셰프가 한때 테피 천막* 에서 살았다는 얘기를 들려주었다.

1986년 CIA를 졸업한 루디 스미스는 콜로라도 스노우매스 빌리지의 크래블루니크라는 레스토랑에서 잠시 조리장 생활을 했다. 크래블루니크는 산등성이를 따라 빙 돌아가는 외길을 걷다 보면 나오는 막다른 곳에 있는 레스토랑이었다. 어느 날 스미스 셰프는 길이 나지 않은 레스토랑 위쪽

---

* 미국 인디언들의 전통 가옥인 이동식 천막.

으로 약 30분 정도를 더 올라갔다. 그는 그곳에 테피를 치고 3년을 살았다. 일하는 날에는 매일 막다른 길 끝 레스토랑으로 내려왔다. 그리고 일을 마치면 물병을 가득 채워 다시 테피로 올라갔다.

나는 스미스에게 왜 테피 생활을 접었느냐고 물었다.

"스키를 타다가 다리가 부러졌어. 스키라는 걸 네 번째 타던 날이었지."

깁스를 한 채로 산을 오르는 것은 당연히 힘이 들었다. 아스펜 지역의 겨울 눈보라를 뚫고 오르는 어려움은 더 말할 것도 없었다. 나는 그에게 문명으로 돌아온 기분이 어떤지 물었다.

눈을 가늘게 뜨고 나를 바라보던 그는, 전혀 웃음기 없는 목소리로 이렇게 말했다. "임대료 수표에 서명하는데 손이 떨려 죽겠더군."

산 위에서는 임대료가 없었다. 사람들과 멀리 떨어진 곳이었고 누구도 그를 방해하지 않았다. 여름에는 땅에다 구멍을 파서 냉장고 대신 썼다. 그에게는 조명과 CD 플레이어에 쓸 배터리가 있었다. 씻는 것은 시내 헬스클럽에 등록해 해결했다. 스미스 셰프가 CIA 강사로 온 것은 조리기능장이 되기 위해서였다. 미국에는 10일간 총 140시간의 엄격한 시험을 통과한 조리기능장 49명이 있었다. 스미스 셰프는 이 일을 하며 이룰 수 있는 최고의 경지를 조리기능장이라고 생각했다. 그를 보면, 산 위의 테피에서 3년을 살아냈으니 그 같은 시험을 통과할 자기 수양은 이미 끝낸 것이 아닌가 하는 생각이 들었다.

나는 그에게 콜로라도의 산속 겨울이 어떻더냐고 물었다. 콜로라도는 적설량이 수십 센티미터에 달하는 스키의 고장이었다. 분명 얼어 죽을 것같이 추웠을 거라고 말하는 나를 스미스는 가느다란 눈으로 물끄러미 바라보았다.

"품질 좋은 침낭이 필수지."

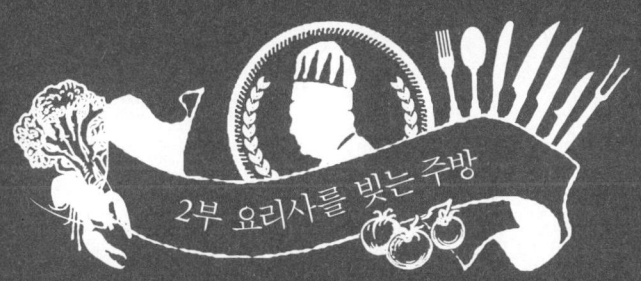

2부 요리사를 빚는 주방

더운 요리 입문

"나는 루디 스미스다. 앞으로 3주간 여러분을 가르칠 셰프지. 아주 즐거운 시간을 보내게 될 것이다."

스미스는 내게 첫날이 가장 어렵다고 했다. 하지만 주방은 금세 안정을 찾게 되고 이후 일주일 동안 순조롭게 돌아간다. 그리고 14일차가 되면 그냥 놔둬도 잘 돌아가는 경지에 다다른다. 그러다 그다음 날이면 쾅. 다시금 정신을 차리고 18명의 새로운 학생들과 또다시 힘겨운 첫날을 시작하게 된다는 것이었다.

"우리는 고객에게 음식을 내놓는다." 그가 말했다. "우리가 늦으면 괴로운 건 고객들이지. 그러므로 이 주방에서는 속도가 관건이다. 지난 수업에서 기술을 배웠다면, 이제는 요리를 하는 거다. 실로 위대한 도약이라 할 수 있어."

"나한테 말대꾸를 해라. 내게 도전하라는 말이야. '셰프, 에스코피에는 그걸 이런 방식으로 하라고 하는데, 셰프는 다른 방식으로 하라고 하네요, 왜죠?'라고 물을 수 있어야 해."

"모든 음식은 문밖으로 내가기 전에 내가 맛을 본다. 모든 것이 나를 거쳐서 나가는 거야. 일종의 깔때기라 생각하면 된다."

"어쨌거나 오늘은 지시하는 대로 따라야 하는 날이다. 너희에게는 결정권이 없어. 내가 55그램짜리 국자를 쓰라고 했는데 110그램짜리 국자를 쓰는 일은 있을 수 없다."

그는 자신의 책상 앞에서 거의 움직이지 않았다. 깨끗하고 빳빳한 셰프 모자 때문에 키가 2미터는 돼 보였다.

"내가 여기에 있는 것은 너희에게 수프 양념하는 방법을 가르치기 위해서가 아니다. 그런 건 너희가 직접 할 일이지. 완벽하게 양념이 되었을 때 내게 가져와라. 줄기콩도 마찬가지다. 다 익으면 가져와서 맛을 봐달라고 해. 내가 누군가와 이야기하는 중이라 하더라도 눈앞에 들이밀어야 한다. 그래도 된다는 것을 잊지 마라. 내가 다 익었다고 하면 자리로 달려가 물기를 털어내는 거야. 매분, 매일, 14일 내내 잊지 말고 그렇게 해야만 한다. 그래야 배울 수 있다."

스미스 셰프는 첫날 이렇게 말했다. "나는 고전적인 방식을 좋아한다. 현재를 살고 있지만 말이지. 음식에는 관심이 필요하다는 말을 아주 좋아해. 음식은 어린아이와도 같아. 관심을 기울일수록 더 훌륭한 결과가 나오거든. 냄새 맡고 만져보고 들어보도록. 자신의 모든 것이 음식에 반영된다는 것을 기억해라. 긴장하고 초조한 상태면 음식도 그렇게 나온다."

벤과 애덤은 스미스 셰프를 좋아했다. 벤의 말을 빌리자면 그는 "음식에 열정이 있는 사람"이었다. 그리고 정말 다행히도, 모두의 예상과 달리 그는 해병대 출신이 아니라고 했다. 에리카조차도 스미스 셰프에게서 배울 게 많다면서 좋은 선생이라고 인정했다. 반은 바뀌었지만 모두들 좋아 보였다. 그레그와 비앙카, 폴, 트래비스가 같은 반이 되었고 스태튼 섬 출신 롤라도 마찬가지였다. 트래비스와 롤라는 여전히 사이가 좋았다.

"너랑은 결혼이라면 모를까 절대 같이 일하진 않을 거야." 트래비스가 말하면 롤라는 “그러시든가”라고 받아쳤다.

하지만 루와 은정, 렌, 멍텅구리 데이비드, 수전, 그리고 나머지는 모두 다른 입문 주방에 가게 되었다. 헤어진 친구들과 같은 수의 새 얼굴에 익숙해져야 했지만 지금 무엇보다 중요한 것은 새로운 주방이자 교실에서 해야 할 일들과 새로운 셰프에 익숙해지는 일이었다. 셰프마다 주방을 지배하는 방식이 각기 달랐고, 그것을 제대로 받아들이지 못하면 성적에 영향을 받을 수 있었다. 어떤 셰프들은 소금을 많이 사용했고, 또 어떤 셰프들은 흑후추나 마늘의 과다한 사용을 싫어했다. 어떤 셰프들은 소테 용 고기에 밀가루를 발랐고(스미스 셰프), 겉면이 마르도록 가볍게 두드리되 밀가루는 쓰지 말라는 셰프도 있었다(파두스 셰프). 어떤 셰프들은 제멋대로 결정을 내리지 못하게 했고 어떤 셰프들은 스스로 실험하고 자율적으로 행동하라고 독려했다.

스미스 셰프가 우리에게 요구하는 준비 리스트는 매우 정교했고 해야 할 일과 시간이 빈틈없이 적혀 있어야 했다. 브레이징을 하는 날이라면 준비 카드에 이런 식으로 적는다.

“2시 45분, 고기를 말아 묶고 양념해서 시어링하기.”

“3시 30분, 오븐에서 솥 로스팅.”

또 이렇게 쓸 수도 있었다.

“3시, 미장 플라스 확인.”

3시 15분에 추가 주문을 할 수 있기 때문이었다. 서비스에 필요한 재료가 모자랄 경우 그것은 온전히 본인 실수였다. 실수냐 성공이냐만 있을 뿐 그 어떤 경우에도 변명은 통하지 않았다. 만일 스타치를 담당한다면 카드에는 다음과 같은 내용이 적혀 있어야 했다.

“4시 50분, 필래프 시작.”

그리고 “6시 5분, 서비스 시작”이라는 말은 학생 모두의 카드에 공통으로 들어가는 내용이었다. 준비 리스트가 여러 장에 걸쳐 이어질 때도 있었다. 셰프가 매일 준비 리스트를 검사하지는 않았지만 어리바리 헤매고 있는 듯한 모습을 보이는 날에는 꼼짝없이 카드를 검사받아야 했다. 그러면 스미스 셰프는 헤맬 수밖에 없게 만든 문제가 있거나 누락된 부분을 찾아냈다.

스미스 셰프는 준비 카드에 스테이션 준비 내용도 적도록 권했다. 만일 소테를 담당한다면, 송아지 고기가 어디에 있는지, 미장 플라스가 놓일 자리는 어딘지, 소금과 후추, 정제 버터, 소스 샹피뇽*에 들어가는 저민 버섯과 소스를 만드는 동안 송아지 고기를 올려둘 받침대 위치까지 일일이 계획을 세우라는 것이었다.

또한 그날 필요한 조리법도 모두 카드에 적어야 했다. 첫날 수프는 브로콜리와 치킨 브로스를 넣은 퓌레였다. 브로일 스테이션은 로즈마리가 들어간 카베르네 버터와 오르조**, 라타투이***, 그리고 소테잉한 시금치를 곁들인 램 찹****(셰프는 이것들을 프랑스 요리처럼 보이게 만들라고 했다)이었다. 소테 스테이션은 레몬과 아몬드를 넣은 라이스 필래프와 줄기콩, 라타투이를 곁들인 송아지 스캘러피니*****를 준비했다. 모두들 전체 메뉴에 책임을 져야 했기에 자신의 스테이션에 관한 질문이 아니어도 답할 수 있어야 했다. 그리고 노트를 보지 않고도 각 요리의 조리 방법과 순서, 역사에 대해 말할 수 있어야 했다.

스미스 셰프의 주방에서 공부하는 학생들은 저마다 가슴팍에 달린 주머

---

* 버섯 소스.

** 8밀리미터 정도 쌀알 모양의 수프용 파스타.

*** 프로방스풍의 야채 스튜.

**** 일 년 이하의 양고기 로스 부분을 얇게 잘라서 적포도주, 양파, 셀러리, 올리브 기름에 재어 소테잉해 화이트 와인으로 조미한 후 둥글게 놓는 음식.

***** 얇게 썬 송아지 고기를 기름에 튀긴 이탈리아 요리.

니가 불룩했다. 메모장과 펜, 식품용 온도계가 들어 있었기 때문이었다. 스미스 셰프는 첫날 로스트 스테이션에서 식품용 온도계 사용법을 10분에 걸쳐 설명해주었다.

"온도계의 정확도는 사용하는 사람에 따라 달라진다." 셰프는 온도계가 제대로 조정되어 있는지를 묻고는 정기적으로 온도계 조정하는 일을 잊지 말아야 한다고 덧붙였다. 그는 금속 막대 어느 부분에 온도가 나타나는지 설명했다. 로스트 스테이션에서 소고기 안심이 다 되었는지 확인할 때가 되자 셰프가 말했다. "고깃덩어리에서 가장 차가운 부분을 찔러야 해. 로스팅하는 부위 중 가장 두툼한 중심이 제일 차갑지." 그러더니 온도계로 고기를 찔렀다. "중앙에 다다랐는지 어떻게 알까?" 잠시 기다린 그는 계속해서 말했다. "중앙을 지나면 온도가 올라가게 된다."

스미스 셰프는 보통 한자리에 가만히 있지 않고 주방을 이리저리 돌아다녔다. 브로콜리 송이 부분을 다듬는 방법을 보여주고(숟가락에 딱 들어갈 정도로 작은 크기이되, 자르기보다는 자연스럽게 쪼개어 쐐기꼴 모양으로 만들라고 했다), 비네그레트 드레싱*과 소스를 맛보고, 요리들이 잘 익었는지를 확인하면서 셰프는 이렇게 외쳤다. "4시 20분이다. 감자는 스토브에 올렸나?"

"예, 셰프!"

"로스트는 오븐에 넣었나?"

"예, 셰프!"

첫날 만든 음식들은 애매하거나 복잡하지 않았다. 학생들은 대부분 겁을 잔뜩 먹고는 지나치다 싶을 정도로 철저히 준비했다. 스미스 셰프는 핫 라인**을 돌아다니며 한 사람 한 사람에게 스테이션 준비 방법을 설명했다.

---

* 기름과 식초를 베이스로 한 드레싱.

** 불 앞에서 조리를 하는 모든 스테이션을 통칭하는 말.

그는 꼼꼼한 준비를 중요하게 생각했다. "나야말로 진짜 미니멀리스트지." 그는 하다못해 정제 소금 한 톨조차도 허투루 쓰는 사람이 아니었다.

"소테 팀, 스테이션을 어떻게 준비해야 하는지 얘기해보도록 하자. 호텔 팬 하나에 얼음을 가득 준비해라. 하프 시트 팬 하나는 여기다 둬야 한다. 밀가루는 여기, 소금과 후추, 숟가락은 이쪽에 놓아라." 스미스 셰프는 레인지대를 가리켰다. "중탕냄비는 여기, 정제 버터는 저기, 소스는 저기, 화이트 와인과 스톡에는 55그램짜리 국자를 갖춰놓아야 한다." 송아지 고기는 두드려서 세 조각으로 나눠 말아둬야 했다. 이유가 있었다. "그렇게 준비해두면 서비스를 하는 동안 정말 편해지기 때문이다. 너희는 하룻밤에 250인분의 식사를 만들어내야 한다. 주문이 들어오면 바로 집어 들고 탁, 탁, 탁, 내려놓으면 곧장 오븐행인 거야!"

그게 바로 진짜 레스토랑에서 일하는 방식이었다. 물론 이곳에서는 18명이 약 80인분을 준비한다. 소테 스테이션은 그중 16인분을 담당했다. 학교에서 체험하는 주방 상황은 진짜와 다르다며 우습게 여기는 사람들이 많았다. 진짜 레스토랑 주방의 1/3밖에 안 되는 손님을 치르는 것은 맞다, 사실이다. 하지만 진짜 레스토랑에서는 메뉴 전체를 매일 변경하지는 않는다. 하다못해 후춧가루까지도 매일 쓰던 것을 쓴다. 스미스 셰프의 반에서는 본인이 필요한 크기로 후추를 직접 으깨서 썼다. 칼로 으깨기도 했다. 여기서는 뭐든 지름길보다는 멀리 돌아가기를 택했다.

스미스 셰프는 브로일 스테이션에서부터 시작해 유리문이 달린 컨벡션 오븐을 쓰고 있는 로스트 스테이션까지, 길게 이어진 레인지대를 따라 쭉 이동했다. 스테이션 준비 방법을 배우는 것이 이 수업의 주요 목표였다. 셰프는 또한 메뉴에 있는 고기의 종류와 각각의 요리 방법을 이해해야 한다고 강조했다. 모두들 전체적인 미장 플라스를 잘 알아둬야 하는 것은 물론 정신적 미장 플라스도 제대로 갖춰야만 했다. 그리고 그 어떤 주방에 가게 되더라도 이 모든 것을 스스로 해낼 수 있어야 했다.

5시 30분이 되자, 스미스 셰프의 시범 준비가 모두 끝났다. 그는 다시금 라인 순서대로 각각의 스테이션에서 1인분씩 시범을 보였다. 제일 먼저 브로일 스테이션에서는 그릴을 이용해 손님 앞에 나가는 고기 표면에 멋진 십자무늬를 새기는 방법을 보여주었다. 다 익었는지 확인할 때는 손으로 만져보고, 그 판단이 맞는지 확인하기 위해 고기를 잘라봐야 한다고 설명했다. "이 주방에서나 잘라서 확인할 수 있지, 다른 데서는 그렇게 하면 안 된다. 그러니 눈앞의 기회를 최대한 활용해라." 모두 다 알아들었는지 확인하려는 듯, 스미스는 실제 레스토랑 주방에서는 익었는지 아닌지 잘라볼 수 없다고 다시 한 번 강조했다. 그런 뒤에는 접시에 담는 방법을 보여주고 다음 스테이션으로 이동했다. 서비스 시간이 다가오고 있었다.

우리가 스킬 2 수업을 받는 동안 학생들에 대한 식사 서비스에 변화가 있었다. 식권을 받아 들고 K-9 주방 밖에 줄서서 기다리는 대신, 알럼나이 홀에 앉아서 웨이터들에게 주문을 하는 방식으로 바뀐 것이었다. 그 말은 이제 입문반 학생들도 문을 열어둔 채 지나가는 "고객"에게 음식을 내놓는 게 아니라, 문을 닫아둔 채 식당으로 가져갈 음식을 보온 박스 안에 채우면 된다는 뜻이었다. 질서를 유지하고 실제 레스토랑과 유사한 환경을 제공하기 위한 변화였지만, 스미스 셰프는 그것이 자신의 주방에는 별 도움이 되지 않는다고 생각했다. 음식을 먹을 사람들의 얼굴을 볼 수 없어 긴박감이 사라져버렸기 때문이었다. 그러한 제약에도 불구하고 셰프는 모두가 뒤처지지 않고 제시간에 음식을 내놓을 수 있게 독려했다. 셰프가 수 셰프에게 어떤 음식을 언제 불에 올려야 할지 알려주면, 채소와 스타치가 담긴 보온 박스와 스팀 테이블 사이에 서 있던 수 셰프가 "소테 둘 조리 불에 올려! 로스트 둘 올려! 브로일 둘 올려!"라거나 "채식 앙트레* 둘 준비! 브레이즈 둘 준비!"라고 외쳤다.

그러면 각 스테이션에서 돌아가며 큰 소리로 응답했다. "소테 둘 올려!", "브레이즈 둘 준비!" 스미스 셰프는 나오는 족족 요리 접시를 확인하고 제대로 완성되지 않은 것들을 되돌려보내면서, 그 같은 외침 외에 다른 소음은 필요 없다고 말했다.

처음 일주일이 지나자 주방에는 경쾌한 웅성거림만이 남았다. 매일 1시 45분이면 반 전체가 복장을 갖추고 모여들었다. 정신적 미장 플라스를 제대로 갖춘 경우 행동은 더욱 빨라졌다. 커다란 스테인리스 스틸 탁자 주변에 의자를 늘어놓으면 2시부터는 강의가 시작되었다.

오늘 큰 차우더를 만드는 수프 스테이션 담당은 롤라였다. 스미스 셰프는 롤라에게 "차우더에 대해 말해보라"고 시켰다.

"어떤 걸 말씀드릴까요?" 롤라가 사근사근한 목소리로 물었다.

"자, 차우더를 차우더답게 하는 요소가 뭘까?"

"걸쭉한 수프를 차우더라고 할 수 있죠." 롤라는 일단 첫마디를 내뱉은 뒤, 정확한 표현을 찾지 못해 우물거리기 시작했다.

스미스는 눈을 가늘게 떴다. "그건 퓌레에 대한 설명처럼 들리는군."

"하지만 농도를 짙게 만드는 재료가 차우더의 주재료잖아요?" 그녀가 말했다.

"나라면 그렇게 말하지 않겠다. 네 얘긴 붉은색이나 흰색 모두 가능하고 크림도 브로스도 모두 기본 재료로 쓸 수 있다는 말이 돼." 셰프는 거기까지 말하고는 입을 다물었다. "왜들 이래. 모두들 스킬에서 했던 거잖아. 분명히 했을 텐데, 아니야?"

---

* 서양 요리에서 생선 요리와 로스트 사이에 나오는 요리.

그러자 벤이 말했다. "차우더에서는 주재료의 맛이 나야 합니다."

"뭐, 그래. 그거야 너무 당연한 얘기고. 어쨌거나 맞는 말이긴 하다." 스미스는 웃으면서 고개를 저었다. "돼지고기가 들어가나?"

"전통적으로 돼지고기를 넣습니다." 누군가 얘기했다.

"전통 방식으로 끓인 차우더에는 늘 돼지고기가 들어간다." 스미스는 보통 소금에 절인 돼지고기를 쓴다고 말했다. "안에다가 재료를 채워 넣고 거의 스튜가 되도록 만드는 거지." 오늘 만들 차우더는 베이컨과 루, 감자, 우유, 크림 믹스가 주재료였다.

다음은 코카리키 수프*였다. "돼지고기 로스팅과 팬 그레이비는 누구 담당이지?" 담당 학생을 확인한 셰프는 브로일 스테이션으로 넘어가 잘게 다진 향신료를 넣은 소고기 안심에 대해 얘기했다. 그러고는 나와 다른 반에서 스킬 수업을 받은 멜리사에게 일러주었다. "먼저 향신료 줄기를 넣어 졸이고 마지막에 잎을 다져 넣어야 한다."

"한 회분씩 나눠두어도 되나요?" 그녀가 물었다.

"당연하지. 아, 그리고 몽테 오 뵈르는 하지 않을 거야."

"5시 30분부터 시작해야 하나요?"

"바로 시작해야지."

스튜 담당 그레그가 스튜에 물을 얼마나 써야 하는지 물었다.

"그야 브레이징 용기가 얼마나 크냐에 달려 있지."

"미르포아를 따로 캐러멜화해도 될까요?"

"사용한 솥을 직접 설거지하면 가능하다. 레스토랑 주방에서라면 식기 세척 담당에게 친절히 대하는 게 좋을 거야. 다른 질문 있나? 좋다. 다음은

---

* 스코틀랜드 명물로 닭과 대파가 사용되며 전통적으로 보리를 넣어 걸쭉하게 만듦.

스타치!"

비앙카와 트래비스는 감자 팬케이크와 납작한 감자 칩, 바스마티 쌀* 필래프를 만들 예정이었다. 어려운 점은 없었다.

스미스 셰프는 소테 담당에게 소스 만드는 데 걸리는 시간을 절약하는 방법을 아는지 물어보았다.

여기저기서 대답이 나왔다. "크림을 졸이면 됩니다."

"크렘 두블을 쓰면 된다. 하룻밤에 2백 인분을 만들어야 하고 버너 12개를 맡은 상황에서는 소스 졸이는 데 10분씩이나 쓸 수가 없어. 하지만 더블 크림을 쓰면 얼마든지 그 정도 손님은 감당할 수 있지." 그러면서 손가락을 딱 소리를 내며 튕겼다.

"자 다음은, 채식 요리!"

벤이 물었다. "로스팅할 피망 양이 궁금합니다." 그와 애덤은 채식 요리 담당이었다. 밀가루 토르티야에 염소 치즈와 구운 마늘, 로즈마리를 바르고, 블랙 올리브와 빨강, 노랑 피망, 그리고 포블라노 고추**를 올린 퀘사디아 피자, 그리고 햇볕에 말린 토마토와 구운 토마토로 만든 소스를 뿌린 치즈를 준비해야 했다.

"16인분이지? 포블라노를 쓴다고?" 셰프가 물었다.

"노란 피망과 빨간 피망, 포블라노를 씁니다."

"각각 3개씩이면 되겠군."

채식 요리 점검이 끝난 뒤 모두들 자기 자리로 돌아갔고, 주방은 달그락거리는 소리로 가득 찼다.

---

* 안남미의 일종.

** 멕시코 푸에블라 주가 원산지인 맵지 않은 고추.

에리카는 채소 스테이션에 있었다. 모든 요리에 곁들여 나가는 채소를 만들어내는, 할 일이 많은 스테이션이었다. 스킬 수업에서 아스파라거스 다듬는 방법을 이미 배워놓고도 에리카는 셰프를 불러 세웠다. "제대로 하고 있는지 좀 봐주세요." 스미스는 양손으로 아스파라거스 끝을 쥐더니 반으로 꺾어 두 동강을 냈다. "아, 이제 알겠어요."

스미스 셰프는 브로일 스테이션으로 가 멜리사에게 소고기 안심 다듬는 법을 설명해주었다. "패밀리 레스토랑에서는 안심이 12.95달러야. 채소에 구운 감자, 디저트로 피칸 파이와 커피까지 주면서 그 돈만 받는 거지. 그런 곳이라면 이대로 써도 돼." 그는 엉덩잇살에서 잘라낸 안심 스테이크에 붙은 기름진 부분을 가리켰다. "하지만 같은 스테이크를 22.50달러에 파는 고급 레스토랑에서라면 제거하는 게 당연하지." 물론 멜리사도 모두 떼어내야 했다.

스미스 셰프가 에리카의 스테이션으로 다시 돌아가 로스팅한 비트 자르는 법을 보여주려고 할 때였다. 칼로 얇게 저미려는 셰프 손 안에서 비트가 으스러지고 말았다. 그는 손에 들린 칼을 노려보며 말했다. "이 칼 주인이 누구야?"

"저요." 에리카가 고개를 숙이며 말했다.

"당장 갈아 와. 다시는 그 따위 칼을 가지고 수업 들어올 생각하지 마." 셰프는 그렇게 말하고는 다른 곳으로 가버렸다.

에리카는 칼을 가느라 아직 능숙하지도 않은 스테이션 준비에 써야 할 소중한 시간을 날려버리고 말았다.

그 사이 비앙카의 감자는 지나치게 익어버렸다. 그녀가 내미는 감자를 쓱 본 셰프는 고개를 저었다. "모두 잠시 멈추고 감자 세 개씩을 둥글게 깎도록. 가능한 가장 큰 놈으로 골라 잘 깎아주길 바란다." 모두 즉각 셰프 지시에 따랐다.

셰프는 에리카의 스테이션 앞에 다시 멈춰 서 있었다. 에리카도 감자를 손에 들고 있었다. 셰프는 에리카에게서 칼을 받아 들고는 감자를 잘랐다. 손으로 칼날을 만져본 셰프는 감자의 단면을 따라 손가락을 문질렀다. 그러고는 다시 한 번 감자를 자르고 단면을 만져본 뒤 칼을 도마에 내려놓았다. "내일은 이것보다 더 예리하게 갈아 와야 할 거야. 전혀 날카롭지가 않아. 여기 이 단면이 얼마나 엉망인지 좀 만져보란 말이야."

스미스 셰프는 시계를 보면서 스팀 테이블을 내려쳤다. 5시 7분이었다. "8분 안에 서비스 준비를 모두 마치도록 한다." 그렇게 말하면서 스팀 테이블을 내려쳤다.

스팀 테이블을 서둘러 밀고 가 전원을 연결하고 호텔 팬을 챙긴 수 셰프가 외쳤다. "5시 15분까지야. 그때까지 서비스 준비 완료다."

셰프가 외치는 소리가 들려왔다. "서둘러! 라인 준비해!"

주방이 조용해지고 모두가 자기 스테이션에서 요리할 준비를 완전히 갖춘 시각이 6시 3분. 그때까지 서두르라는 소리는 계속해서 반복되었다. 그리고 시작이었다.

"브로일 둘 조리 시작!"

"브로일 둘 시작합니다!"

"소테 둘 조리 시작!"

"소테 둘 시작합니다."

"로스트 둘 조리 시작!"

"로스트 둘 시작합니다!"

셰프는 익힌 채소를 맛보거나 다시 데운 뒤 익은 정도와 간을 확인했다. 접시에 담긴 요리에서 문제를 찾아내면 다시 돌려보냈다. 그러지 않을 때는 딱딱한 표정과 핏발 선 눈이 한층 더 가늘어진 채 마치 해병대처럼 수 셰프 옆에 서 있었다.

서비스가 끝난 뒤 30분 동안 밥을 먹었다. 그리고 주방으로 돌아와 강의가 시작되기 전까지 청소를 해야 했다. 강의는 그날의 요리와 결과에 대한 평가로 시작되었다. "결과는 좋았지만 과정이 만족스럽지 못했다." 스미스 셰프가 말했다. "하지만 더한 날도 있을 수 있다고 생각한다. 요리는 괜찮아 보였다. 실망스러웠던 점은 실수의 내용이었어. 이미 알고 있던 내용들을 틀렸어. 그다지 활기찬 모습을 보여주지도 않았다. 제대로 집중하는 모습도 보이지 않았다."

셰프는 구체적인 부분을 지적하기 시작했다. 제일 먼저 꺼낸 얘기는 잘게 다진 허브를 넣은 소스였다. "소스가 다소 걸쭉하고 반죽 같은 느낌이었다. 제대로 기름기를 걷어내지 않았기 때문이야." 멜리사가 끼어들어 변명을 하려 하자 셰프는 목소리를 한층 높였다. "문제는 스톡에서부터 시작된 것이다. 스톡이 완벽하면 소스도 완벽해진다. 스톡이 그저 그러면 아무리 용을 써도 그저 그런 소스밖에는 나오지 않아. 브라운소스와 그걸로 만들 수 있는 여러 가지 요리들의 수준을 높이는 방법은 기름을 제대로 걷어내는 것밖에는 없다."

"요리의 기본은 이게 다야. 다른 건 없어. 기본만 제대로 알면 앞으로 요리사로 살아나가며 겪는 어려움들을 잘 헤쳐나갈 수 있다. 고기를 시어링하고, 채소를 딱 좋을 만큼 익히는 것. 그게 언제 어디서나 중요한 기본 원칙인 거야."

생선 주방 셰프는 정말로 미치광이 같았다.

그의 이름은 코키 클라크로, 베트남에서 군복무를 했고 손목시계 자리에 미 해군 문신을 하고 있었다. 게다가 마흔아홉이라는 나이에 비해 10년은 더 늙어 보였다. 그가 CIA를 졸업한 것은 1971년이었다. "그땐 무슨 일을 왜 해야 하는지 같은 건 가르치지 않았어." 그는 CIA가 코네티컷 뉴헤이븐에 있었던 시절을 떠올리며 말했다. "무조건 하라는 대로 요리했지. 곧이곧대로 말이야." 클라크 셰프는 13년째 강사로 일했고, 본인 계산으로는 8년 동안 생선 주방에서 가르쳤다고 했다. 숨 쉴 때마다 담배 냄새가 났고, 말할 때 아랫입술을 동그랗게 오므리는 버릇이 있었다. 클라크 셰프는 늘 7도로 유지되는 생선 주방 뒤쪽에서 거의 하루 종일을 보냈다. 가뜩이나 꺽꺽대는 목소리인데 흥분할 때면 몇 옥타브가 더 올라가 거의 비명을 꽥꽥 지르는 것처럼 들렸다. 흥분 상태는 매일 오전 7시부터 11시 30분 서비스 시간을 지날 때까지 이어졌다. 클라크 셰프는 여간해서는 가만히 있지 못하는 사람이었다. 브로일에서 딥 프라이를 지나 포치를 향해 쉴 새 없이 돌아다니는가 하면, 구운 아몬드 한 줌을 입안에 털어 넣으면서 전화기 쪽으로 마구 되돌아갔다 다시 컴퓨터로 향하곤 했다. 셰프 강사로서 그가 주로 하는 일은 학생들에게 생선을 선별하고 구매해 다듬어 요리하는 방법을 가르쳐주는 것과, 학생들을 도저히 참을 수 없을 정도로 힘들게 만드는 것, 이렇게 두 가지였다.

스킬 수업은 28일이고 입문 수업은 14일인 반면, 다음 이어지는 세 블록은 수업일수가 반으로 줄어들었다. 7일마다 새로운 주방에 적응해 새로운 셰프가 시키는 대로 새로운 요리, 즉 미국 지방 요리, 생선 요리, 아시아 요리, 돼지고기 가공, 아침 식사 요리, 점심 식사 요리를 해내야 하는 것이었다. 돼지고기 가공 수업 외에는 모두 프로덕션 주방이었다. CIA에서 매일 학생들이 먹는 요리 4천 인분이 대부분 이들 수업에서 나왔다. 음식 수준 역시 모두 고급스럽거나, 최소한 고급을 지향하기는 했다. 첫날 코키 클라크의 생선 주방에서는 브로일링해서 앤초비 버터를 곁들인 황새치와 아몬드 슬라이스를 뿌린 송어, 포칭한 뒤 홀랜다이즈 소스를 곁들인 연어를 만들었다. 기숙사가 딸린 대학들이 보통 급식 업체와 계약하여 학생들의 식사를 제공하는 것과 달리, CIA에서는 교실에서 나온 음식을 학생들에게 제공했다.

클라크의 주방에서 준비하는 요리는 대략 40인분으로 다른 주방에 비해 적은 편이었다. 학생 중 절반은 생선을 다듬는 일을 맡았기 때문이다. 생선 다듬는 일을 맡은 사람은 그날 소테잉할 흰살 생선 20마리를 자르고 등푸른 생선 25마리를 다듬어야 했다. 조리사복 안에 긴팔 티셔츠와 긴 바지를 갖춰 입을 필요가 있었다. 늘 7도를 유지하는 생선 손질실 뒤에 워크인 냉장고가 있는데, 그 안 온도는 0도이기 때문이었다.

이곳에서도 주방 분위기와 요리의 특색을 결정하는 사람은 셰프 본인이었으며, 클라크 셰프가 만들어낸 분위기는 공황 그 자체였다. 그는 혼란스러운 분위기를 즐기는 듯 보였다. 주방문이 열리는 시각은 오전 6시 30분이었다. 클라크의 조수는 그보다 이른 6시에 도착했다. 네 곳의 레스토랑과 생선 주방에서는 학교에서 일하기를 원하는 졸업생을 6개월간 직원으로 썼다. 클라크 셰프가 오는 시간은 7시였지만, 서비스 시작 전까지 본인의 미장 플라스를 마칠 생각이라면 6시 30분까지는 도착해야 했다. 그때 오면 작업 시작 전까지 약 45분 정도를 벌 수가 있었다. 혹시라도 수프 스테이션을 담당하게 되어 피시 차우더에 들어갈 벨루테처럼 오래 걸리는 요리를 만들어야 한다면, 클라크가 강의를 시작하기 전에 미리 조금이라도 해두는 게 나았다.

강의 중에 둘러보면 모두의 얼굴에 걱정스러운 표정이 번지는 게 눈에 들어왔다. 클라크가 거들먹거리며 떠들어대고 질문을 던져대며 신나게 지껄이는 동안, 모두들 초조하게 시계에서 눈을 떼지 못하는 것이었다. 클라크의 질문들은 실용적일 때도 있었지만 가끔은 철학적이기도 했다.

"기준을 낮추는 것은 괜찮은 일일까?" 셰프는 질문을 한 번 더 반복해 말하고는 대답을 기다렸다. "타협은 거짓말하고 다를 것이 없다. 하면 할수록 더 쉬워지거든. 타협할 때마다 그게 바로 너희 기준이 될 거야."

잠시 후에는 또 이런 질문을 던졌다. "생선 튀김은 왜 보통 레몬과 함께 내는 걸까?"

누군가 대답했다. "기름기를 줄이기 위해서 아닙니까?"

대답을 들은 셰프는 웃으면서 고개를 저었다. 넌더리가 난다는 표정을 보니 금방이라도 '꼭 그렇게 말하는 녀석이 있지. 그래 거기 뒷줄에 앉은 너, 딱 새 대가리 수준의 감각밖에 없는 너도 그렇게 말할 참이었잖아'라고 내뱉을 것만 같았다. 한참 고개를 젓던 셰프는 이렇게 말했다. "생선을 튀겼다고 했잖아. 기름 속에서 헤엄치고 나온 놈이잖아!" 큰 키, 마른 체격의 셰프는 생쥐처럼 찍찍거리고 있었다. "거기다 기름을 주재료로 쓴 소스까지 곁들인다고! 레몬 쪼가리 하나가 지방을 줄여준다니! 그 좋은 지방을 왜?"

교실은 쥐 죽은 듯이 조용해졌다. "품질은 과정에서 나오는 것이지 그 자체가 목적이 아니라는 말이 있다. 진부하다고 생각했는데, 그게 아니더군. 생각할수록 말이 되더라고……. 시간이 가기만 하면 지금보다 나아질 것 같고, 더 많이 알 수 있을 것 같고, 더 빨라질 수 있을 것 같지? 아니야. 그럴 수 없어. 지금 잘해."

셰프는 팔짱을 낀 채 서성거리다가 철제 책상에 기댔다. 그러더니 난데없이 에스칼로프*가 뭐냐고 물었다. 아무도 대답하지 않았다. 대답 비슷한 것도 나오지 않았다. 셰프도 대답을 대신해주지 않았다. 그저 고개를 저을 뿐이었다. "비스크**는 뭘로 구분하지?" 그에게 돌아온 것은 오전 7시의 멍한 눈빛뿐이었다. "날 죽일 셈인가?"

"이건 모두 너희가 꼭 알아야 할 것들이다. 머리들 좀 써. 존 도허티가 스

* 얇게 저민 살코기에 빵가루를 발라 튀긴 요리.

** 조개류로 만든 진한 크림 수프.

물여덟에 왈도프 총주방장이 된 게 뭣 때문인 것 같아?"

여기저기서 소심한 목소리가 들려왔다. "남들보다 열심히 해서 그런 것 아닌가요?"

"으으으!" 셰프는 목소리를 낮췄다. "열심히 일하지 않는 사람은 없어. 문제는 더 공부하고 더 철저히 준비해서 모든 답을 알고 있어야 한다는 거다. 방법은 뭐든 괜찮아. 나처럼 반복 학습을 할 수도 있고 도허티처럼 할 수도 있지."

클라크 셰프는 늘 그런 식으로 강력한 선언을 하다가도, 아무렇지 않게 히스타민*이니 도버 서대기 혹은 대서양산 연어, 수경 재배 같은 주제로 슬쩍 넘어갔다. 강의가 끝난 뒤 우리는 생선 손질실로 우르르 몰려 들어갔다. 그곳에서 셰프는 시각 보조 교재, 즉 진짜 생선을 가지고 강의를 조금 더 한 뒤 생선을 얇게 뜨고 둥글게 잘라내는 등의 시범을 보여주었다. 모두들 여전히 시계를 흘긋거리고 있었다. 시범을 마친 뒤 셰프는 모두를 혼란 속에 풀어놓았고, 수업이 끝나면 또다시 고개를 저었다. 경멸스럽고 지긋지긋하다는 몸짓이었다. "오늘 수업은 대 혼란 그 자체였어. 완전히 엉망이었단 말이다."

하지만 최소한 그는 심술궂게 굴지는 않았다. 그는 그저 살짝 미친 사람이면서 타고난 요리사일 뿐이었다. 그를 보면 웃는 건지 비명을 지르는 건지 구분할 수 없을 때가 많았다.

사흘간의 주말 후에 이어진 새 수업 첫날 클라크 셰프의 주방에 들어갔다. 그는 내가 누군지 모르고 있었다. 나는 늘 규정에 맞는 복장에 칼집을

---

* 동물 조직에 있는 물질. 과잉 섭취하면 알레르기를 유발함.

손에 들고 일할 준비를 마친 채 교실에 들어갔다. 그래서 미리 내가 참관수업을 할 거라는 말을 듣지 못한 셰프는 나에게 아무런 신경도 쓰지 않았다. 내가 뭐 하는 인간인지를 그가 알아차렸을 때는 시간이 한참 흐른 후였다. 서비스가 시작되기 전 모두가 정신없이 바쁜 가운데 내가 질문 몇 가지를 건네자 그는 차가운 손질실의 고요 속에서 입을 다문 채, 고개를 갸우뚱하며 찡그린 눈으로 나를 바라보았다. 그는 내 질문에는 아무런 답도 하지 않고 가만히 나를 살피고만 있었다.

"스킬 수업을 누구한테 받았지?" 셰프가 물었다.

"파두스 셰프입니다."

셰프는 입술에 손을 갖다 댔다. "자네 얘기를 들은 적이 있는 것 같군." 그렇게 말한 셰프는 뼈만 남은 손가락을 나를 향해 흔들었다. "자네가 누군지 알 것 같아." 그는 마치 우리가 오래전에 만난 사이라도 되는 양 가늘게 뜬 눈을 내게서 떼지 않았다. 여전히 내가 마음에 들지 않기는 마찬가지인 듯했다. "그래, 기억이 날 것 같네."

나는 기다릴 수밖에 없었다.

잠시 후 셰프는 아주 조용히, 거의 들리지 않는 목소리로 말했다. "블록이 끝날 때쯤이었어. 눈보라가 치던 날이었지."

그러고는 입을 다물었다. 그는 고개를 살짝 끄덕였다.

"맞습니다." 나는 대답했다. 그는 아무 말 없이 눈을 찡그리고 고개를 기울인 채 나를 바라보고 있었다. 하릴없이 내가 한마디 더 했다. "이제 셰프 수업을 듣게 되었습니다."

그는 살짝 고개를 끄덕이면서 부드럽게 말했다. "그래."

그러더니 평소답지 않게 상당히 긴 시간 동안 입을 다물고 있던 그가 전속력으로 말하기 시작했다. 고작 며칠 안에 이 반에서 자신이 가르치는 모든 것을 제대로 이해할 수는 없을 거라며 꼬박 7일은 있어야 한다는 것이었다. 그러면서 이 주방에서 2년을 보낸다 하더라도 생선 요리 전부를 배우지 못할 수도 있다고 말했다.

지난 겨울 눈보라가 치던 날 클라크 셰프도 겨우겨우 고생 끝에 학교에 왔다. 그의 집은 우연찮게도 내가 사는 동네 바로 옆 골목이었다. 워싱턴에서부터 보스턴까지 동부 해안 전체를 마비시켜버린 96년 눈보라 사태가 있던 그날도 당연히 그는 결근하지 않았다. 나는 그의 반응이 보고 싶어 "왜죠?" 하고 물었다. 클라크 셰프는 어떻게 그런 걸 물을 수 있느냐는 듯 놀란 얼굴로 대답했다. "왜냐고? 이유는 몰라! 그냥 왔어."

지나간 일이지만 학교는 당시 너무 심한 눈보라로 설립 이래 처음으로 문을 닫기도 했다. 10여 명의 직원들과 더불어 학교에 도착한 클라크는 믿을 수가 없었다. 수업이 없다고? "좋아. 다 집어치워. 나는 집에 갈 테다." 그리고 그는 티볼리를 향해 다시 차를 몰았다.

주방에서 일하는 동안 학생들은 점차 요리사가 되어가고 있었다. 주방은 학생들이 요리사가 되는 데 꼭 필요한 기본적인 기술을 연마하는 중요한 장소였다. 입문반에서부터 팬트리까지 각 프로덕션 주방에 속한 학생들은 다른 학생들과 직원들, 그리고 평생교육원 수업을 듣는 업계 전문가들이 먹을 음식을 요리했다. 7일 동안 생선 주방에서 활기차게 일하던 학생들은 8일째 되는 날 평생교육원 건물 내의 미국 지방 요리 수업으로 옮겨 갔다. 평생교육원은 로스 홀에서 통로로 연결되어 있는 건물에 있었다. 그곳에서는 7일 동안 매일 각기 다른 지역 요리를 배웠다. 하루는 멕시코 만 연안 5개 주의 요리(망고, 아보카도, 살사 소스, 쌀, 완두콩을 넣은 베이컨 스튜, 그리고 그릴링한 파를 곁들인 농어 순살 소테 등)를 했고 다른 날은 남서부 지역의 요리(옥수수 토르티야 수프, 살사 소스를 곁들인 구운 소고기 파이타, 라임 크림과 히카마* 샐러드, 고구마 구이 등)를 배웠다.

일주일간의 미국 투어가 끝난 뒤에는 로스 홀로 되돌아와 K-8 주방과 스미스 셰프의 주방 옆에 있는 아시아 요리 교실로 향했다. 쓰촨 성 청두에서 온 셜리 청 셰프 밑에서 7일 동안 매일 중국, 베트남, 태국 등을 돌며 아시아 요리 여행을 떠나기 위해서였다.

청 셰프의 주방에서는 스터 프라잉**을 제대로 하는 기술과 아시아의 식재료에 대해 배웠다. 버섯을 곁들인 닭을 브레이징할 때는, 타임, 후추 열매, 파슬리, 월계수 잎 등을 넣었던 스킬 수업에서와 달리 오렌지 껍질과 계피, 쓰촨 후추, 스타 아니스***를 넣은 향신료 주머니가 들어갔다. 당근을 써는 방법도 달랐다. 스킬 수업과 입문 수업에서는 네모난 모양으로 잘라내 직사각형의 얇은 널빤지처럼 저민 당근을 쌓아놓은 상태에서 채썰기를 했다. 그러다 보니 자투리도 많이 남고 시간도 오래 걸렸다. 그런데 청 셰프은 당근을 사각형으로 잘라내지 않고 어슷하게 썰었다. 그러고는 얇은 타원형 당근들을 겹쳐서 도마 위에 부채처럼 펼쳤다. 그 위에서 칼을 앞뒤로 흔들기만 하면 순식간에 당근 채 무더기가 생겨났다. 버려지는 부분을 최소화하면서 단시간에 많은 당근을 채치길 원한다면 딱 좋은 방법이었다.

수프에 쓸 치킨 스톡을 만들 때는 늘 물을 붓고 닭 뼈를 넣기 전에 늘 먼저 냄비에서 마늘, 생강, 파, 일명 "마생파"를 볶았다. 마생파는 이 주방에서 만드는 요리들의 기본이 되는 아시아식 미르포아였다. 청 셰프의 주방에는 레이지 버블 같은 것은 없었다. 그녀는 스톡을 미친 듯이 부글부글 끓이면서 불순물을 자주 걷어내라고 수프 스테이션에 지시했다. 그래야 진하고 부드러운 육수를 빠르게 얻을 수 있다고 했다.

---

* 열대 미대륙산 콩과 식물. 뿌리를 샐러드에 씀.
** 기름을 약간 넣어 볶는 조리법.
*** 별 모양의 작은 열매 향신료.

언제나 정신을 바짝 차리고 있어야 했다. 멍하니 있다가는 쳉 셰프이 닭 뼈를 발라내는 시범을 놓칠 수 있었다. 그녀는 큰 칼로 14분 안에 닭을 발라냈다. 관절이 어디에 붙어 있는지를 제대로 알아야 할 수 있는 일이었다. 하지만 그보다 더 놀라운 것은 쳉 셰프이 살아 있는 닭을 3분도 채 걸리지 않아 요리 직전 상태로 다듬을 수 있다는 사실이었다. 쳉 셰프의 기술에 대해 파두스 셰프는 최고라는 찬사를 아끼지 않았다.

쳉 셰프의 수업을 마치면 바로 아래층으로 내려가 7일간 돼지고기 가공 수업을 받았다. 그곳에서는 소시지와 테린*을 위한 포스미트**를 갈고 준비하는 것뿐만이 아니라 돼지고기를 염장하고 말리고 훈제하는 기술을 배웠으며, 학생들이 수업 시간에 만든 것들은 학교 전체에서 사용했다. 그리고 7일이 지난 후에는 위층의 팬트리로 옮겼다.

전력 질주나 다름없이 진행되는 일정은 여간 힘든 게 아니었다. 여러 주방을 거치는 동안 나는 띄엄띄엄 스킬 수업 시절 동기들과 마주쳤는데, 볼 때마다 모두들 낯빛이 칙칙해지고 초췌해져가고 있었다. 한번은 식사를 하려고 팬트리가 문 여는 때를 기다리다가 미국 지방 요리 수업을 받고 있다는 데이비드와 루를 마주쳤다. 그리피스 셰프가 가르치는 미국 지방 요리는 흥미로운 음식은 물론 하루에 만들어내는 엄청난 요리의 양으로 유명했다. 그날은 데니케이 극장에서 시범 쇼를 보여주기 전 자신의 요리책을 홍보하기 위해 며칠 일찍 모교를 찾은 래리 포지온 셰프가 학생들과 얘기를 나누려고 교실에 들른다는 소식이 있었다. 그러나 전날 미 북서부 요리에 관한 숙제를 하느라 늦게 잠이 든 데이비드는 그저 쉬고 싶을 뿐이었다. "음식,

---

* 포스미트 또는 생선, 채소, 허브 등을 테린이라는 용기에 넣어 구워낸 음식.

** 고기 썬 것이나 다진 것을 다른 재료와 섞은 재료. 파테, 소시지, 혹은 다른 육류의 속을 채우는 데 씀.

음식, 음식. 온종일 그 생각뿐이라니까." 그는 돌기 직전인 것 같았다.

언제나처럼 오전 6시 30분에 아이들을 친척 집에 맡기고 학교에 온 루는 저녁 교대 근무에 늦을까 봐 초조해하는 것 같았다. 그는 아직도 7시부터 11시까지 IBM에서 일을 하고 있었다. 오늘 루가 맡은 곳은 만들어야 할 요리의 양이 많아 일이 만만치 않은 채소 스테이션이었다. 1톤은 족히 되어 보이는 엄청난 양의 케일과 순무, 그 외 여러 녹색 채소들을 준비해야 했지만, 어떻게 다듬어야 할지, 또 어떻게 조리해야 할지 제대로 알 수가 없었다. 게다가 교과서에는 서양호박을 그릴링하라고 나와 있었는데, 전날 셰프에게서는 단호박을 채치는 게 나을 거라는 말을 들었다.

안뜰에서 마주친 애덤은 며칠 동안 잠 한숨 못 잔 사람마냥 정신이 반쯤 나간 모습이었다.

"이젠 정말 지쳤어. 학교를 마칠 때까지 도저히 버틸 수 없을 것 같아."

그는 여전히 주말마다 브루클린을 오가고 있었다. 이번 토요일에는 솔트너가 운영했던 뤼테스에서 현장 실습 자리를 잡을 수 있지 않을까 해서 가볼 생각이라고 했다. 처음에 찾아갔던 레스피나스에서는 거절을 당했다. 애덤은 학교 교과과정에 불만이 많았다. 미국 지방 요리와 생선 주방이 끝난 이후로는 긴장감을 찾아볼 수 없다는 것이었다. 지금 애덤은 프로덕션 주방과는 거리가 먼 돼지고기 가공 수업을 듣고 있었다. "현장 실습을 나가기 전에 뭔가 갖춰서 내보내줘야 하는 거 아냐?"

그때 지치고 병들어 금방이라도 쓰러질 것만 같은 모습의 롤라가 나타났다. "물어볼 게 있어. 혹시 오리를 어떻게 할지 생각해봤어?"

"아, 그건 소금에 절여 말리려고 해. 잘생긴 오리고기 조각을 소금물에 담그다니, 정말 하고 싶지 않지만 말이지." 그렇게 대답한 애덤은 소스에는 피스타치오와 함께 색을 내기 위해 건포도를 넣었으면 한다고 말했다.

애덤이 숙제를 해왔다는 것을 알자 롤라는 눈에 띄게 안도했다. 그리고 손을 가슴에 얹으면서 이렇게 말했다. "차를 타고 오다가 숙제가 있다는 사실을 깨달았지 뭐야. 심장이 멎는 줄 알았다니까."

롤라는 여전히 트래비스와 잘 지내며, 킹스톤에서 함께 산다고 했다. 우리의 대화는 조금 더 이어졌다. 나와 애덤은 오리 콩피 이야기로 넘어가, 과연 버터 대신 정제한 오리 기름으로 멋지고 바삭한 껍질을 만드는 게 가능한지에 대해 의견을 나눴다. 모두들 피곤해하고 있었다. 익혀야 할 내용이 지나치게 많으니 당연한 일이었다. 생을 다 바쳐 공부하고 연습한다 해도 음식의 세계를 완전히 익힐 수는 없는 노릇이었다. 교직원들과 셰프 강사들도 이 사실을 알고 있었지만, 그럴수록 모든 공부를 몇 달 안에 끝내주겠다는 그들의 투지만 더욱 불타오를 뿐이었다. 오직 애덤만을 제외한 채, 그렇게 모두들 음식에 대한 열정을 서서히 잃어가고 있었다.

점심 요리와 타버린 설탕당근

학교 내에서 가장 빠르게 음식을 해서 내놓는 주방은 팬트리였다. 학교에는 아래 위층에 팬트리 주방이 두 곳 있었는데, 위층 팬트리는 중앙 복도에서 떨어진 로스 홀 중앙에 있는, 식당으로 쓰는 예배당 바로 옆에 자리하고 있었다. 팬트리는 하루에 4, 5백 명이 먹을 식사를 아침, 점심에 내놓는 대형 주방이다. 낮 12시 45분, 팬트리 문이 열리면 똑같이 생긴 하얀 웃옷과 체크무늬 바지를 입고, 검정 신발을 신은 학생들이 쏟아져 나와 한 줄로 길게 늘어섰고, 수 셰프 혹은 주방 직원이 문간에 클립보드를 들고 서서 주문을 적는 동시에 큰 소리로 외쳤다. "델리 하나 준비! 핫 플레이트 하나 준비, 두 개 준비, 세 개 준비! 채식 하나 준비! 핫 플레이트 하나 준비! 델리 하나 준비! 파스타하나에 두 개 더! 파스타 하나 준비! 파스타 하나 준비!" 점심 식사 서비스 주방에서 제일 중요한 것은 속도였다. 45분 뒤 팬트리 문을 닫기 전까지 무려 200~250인분의 음식을 만들어야 했는데, 그중 대부분이 전반 20분 사이에 완성되어 나오기 때문이었다.

이른 아침, 나는 바퀴 달린 철제 카트 선반에 공책을 되는 대로 쑤셔넣고는, 깍지완두 9백 그램을 굵게 채 썰고 파스타 담는 것을 도왔다. 피망과 당근, 표고, 파, 마름*, 셀러리, 죽순을 굵게 채 썰어 마생파와 간장, 치킨 스톡, 쌀 식초로 양념 및 소테잉해 접시에 담고, 그 위에 미리 재워두었다가 꼬치에 끼워 브로일링한 새우를 음양 문양을 흉내 내어 놓은 뒤 거기에 참기름, 고수, 검정깨로 양념한 로메인 국수**를 둥글게 올리는 작업이었다. 제임스가 스토브에 바짝 붙어서 채소를 10인분씩 소테잉하고 새우를 브로일링하는 일을 맡았고, K.C.와 나는 요리를 접시에 담았다. 주문이 쉴 새 없이 밀려들자 캐서린 셰퍼드 셰프가 직접 나서서 젖은 천으로 접시 가장자리를 닦아 철제 카운터 위에 쭉쭉 밀어놓았다. 접시는 올려놓기가 무섭게 사라졌다. 30분 동안 50인분을 모두 팔았다. 수 셰프가 메뉴판에서 요리 이름을 지워버리자 우리는 스테이션을 청소했다.

15분 후, 주방은 루벤 샌드위치***와 운 나쁜 감자 샐러드, 기름을 발라 그리스식 샐러드를 채운 피타****, 스파이시 케첩 그레이비와 마늘을 넣어 으깬 감자, 콩, 당근을 곁들인 미트로프, 과일과 치즈 요리, 그리고 음양 새우 등 총 2백 인분이 넘는 요리를 내놓은 뒤 문을 닫았다. 팬트리 학생들은 미리 주문해둔 식사를 받아서 먹은 뒤 2시까지 돌아와 청소를 하고 내일 만들 음식 준비를 했다. 내일의 메뉴는 파스타 샐러드와 팡바냐*****, 신선한 브레드 스틱을 곁들인 셰프 샐러드, 양파와 우유로 만든 스파이시 그레이비를 얹은 녹색 채소 소테와 마늘, 치즈가루를 뿌린 닭튀김 스테이크, 중동식 요리, 그리고 브루스케타******를 곁들인 이탈리아식 흰 강낭콩 요리였다.

---

* 연못에서 자라는 한해살이 풀, 열매를 식용으로 씀.
** 중국식 볶음 국수.
*** 호밀 빵에 옥수수, 쇠고기, 스위스 치즈, 사워크라우트를 얹어서 구운 빵.
**** 이스트로 발효시켜 만든 지중해, 중동 지방의 납작한 빵.
***** 양상추, 참치, 앤초비, 올리브 등이 들어간 둥근 샌드위치 롤.

"아침, 점심 라인에는 저녁 라인에서 일할 능력이 되지 않는 사람을 쓰는 거라고 생각하는 사람들이 있어. 심지어 업계 내에도 그런 생각을 하는 이들이 있지." 셰퍼드 셰프가 말했다.

"점심 요리를 내는 셰프에게 빠른 사고 전환은 정말 중요하다. 음식이 정말 빨리 나가야 하거든. 점심 요리에는 다른 때와 같은 완충장치가 없기 때문이야. '자, 손님들이 애피타이저를 먹겠지? 수프도 먹을 거야'라고 생각에 빠져 있을 여유가 없는 거지. 점심 손님은 금방 들어왔다 금방 나가. 주문하고 10분 내에 음식이 나오기를 바라는 거야. 그래서 나는 점심 라인에 있는 게 위신이 깎이는 일이라는 둥, 진짜 셰프는 그런 건 하지 않는다는 둥 하는 말을 들으면 이해할 수가 없어. 셰프라면 그런 환경 속에서 그런 방식으로도 제대로 요리할 수 있어야 한다는 게 내 생각이거든."

우리는 식당에 놓인 작고 둥근 테이블에 둘러앉아 있었다. 팬트리 사람들은 다른 학생들이 모두 식사를 끝낸 후에 밥을 먹기 때문에 식당은 대개 텅 비어 있었다. 셰퍼드 셰프는 모자를 벗고 찰랑거리는 머리카락을 늘어뜨리고 있었다. 금테 안경 너머로는 붉은 머리카락만큼이나 선명하고 푸른 눈이 빛났다. 셰프의 식사는 샌드위치 반쪽이었다.

나는 셰퍼드 셰프의 반에서 최선을 다해 일하고 다른 친구들과 이야기를 나누며 며칠을 보냈다. 이 반 학생의 절반은 우리 반이 스킬 수업을 받기 직전 파두스 셰프의 주방에서 공부했던 친구들이었다. 이 친구들은 유독 개성이 강했다. 데이비드는 이스라엘의 키부츠에서 요리를 했고, 크리스타는 워싱턴 대학에서 인류학을 전공한 스물아홉 살의 전직 인권운동가였다. 그녀는 늘 머리 쓰는 일을 하고 살았지만, 요리에 대한 열정을 지금 아니면

****** 프랑스 빵을 먹기 좋은 크기로 잘라 다진 마늘, 토마토, 올리브유 등을 양념해 얹어 모차렐라 치즈를 덮어 녹인 것.

절대 불태울 수 없을 거란 사실을 깨달았다고 했다. 대학을 다니는 내내 레스토랑에서 일했던 크리스타는 단시간에 폭넓고 단단한 기초를 다지기 위해 CIA를 선택했다. 제이슨은 전성기 시절 국내 12위까지 올라갔던 해머던지기 선수였다. 그리고 스물네 살의 대런 샘플은 지난 4년간 트라이던트 핵 잠수함 'USS 미시건'에서 요리사로 일했다. 그는 150명이 먹을 네 끼 식사를 만들기 위해 하루 16시간씩 일했다. 그가 웬만해서는 당황하지 않는 성격이라는 것은 눈빛만으로도 쉽게 알 수가 있었다. 대런은 훌륭한 요리사이자 뛰어난 해군 하사관이었다.

셰퍼드 셰프는 이들이 속이 꽉 찬 반이라는 사실을 알고 있었다. 대부분 모든 일을 처리할 능력이 있는 친구들이었다. 보통은 17명에서 18명이 한 반이지만 가끔 10명밖에 안 되는 수로 같은 양의 음식을 조리해야 할 때도 있었다. 셰프는 그렇게 인원수가 적은 반이 오히려 흥미롭다고 했다. "그런 경우엔 모두가 하나로 똘똘 뭉치거나 서로를 경멸하지." 학생들은 셰퍼드 셰프와 팬트리 주방을 좋아하는 것 같았다. 물론 모두가 그런 생각을 가진 것은 아니었다. 일부 셰프와 학생들은 팬트리를 시베리아라도 되는 것처럼 취급하기도 했으니 말이다.

1981년 CIA를 졸업하고 현재 팬트리를 비롯해 여러 주방의 팀장을 맡고 있는 티모시 로저스 셰프는 이렇게 말했다. "'팬트리'라는 이름을 '점심 요리'와 '아침 요리'로 바꾸자는 캠페인을 개인적으로 벌이고 있는 중이야." 로저스 역시 점심 요리를 낮춰보는 사람들이 있다는 사실에 통탄하고 있었다. 현실에서는 점심이야말로 가장 큰 매상을 올리는 장사인데 어째서 식사의 시간대로 그중요도를 평가하려 드는지 도저히 알 수가 없다고 했다. 전국 레스토랑 협회에 따르면 연간 저녁 요리 판매 수량은 150억 인분으로 260억 인분을 자랑하는 점심에 비하면 일천한 수준이었다. 점심은 거대한 산업이었다.

팬트리에서 만들어내는 음식은 학교 안에서 가장 흥미로웠을 뿐만 아니라, 다른 주방에서 만드는 음식과는 전혀 별개의 요리처럼 보였다. 이곳에는 브라운소스며 송아지 고기 소테, 시금치 소테 같은 건 존재하지 않았다. 팬트리 음식은 재료와 요리 방법에 다양한 문화가 담긴 일종의 미국식 비스트로* 요리였다. 주방에 들어온 첫날 메뉴에서 학생들이 보게 되는 것은 토스카나 소시지를 끼운 허브 포카치아**와 발사믹 비네그레트 드레싱을 얹은 녹색 채소, 치즈 퀘사디아, 고수와 라임, 쌀을 넣은 채소 칠리였다.

7일차 샐러드로는 옛날식 음식임에도 불구하고 전국적으로 인기가 있는 샐러드 니수아즈***를 내놓기도 했다. 팬트리에서는 주재료와 녹색 채소, 드레싱, 고수를 함께 내는 샐러드 메뉴 하나를 매일 빠뜨리지 않고 만들어야만 했다. 샐러드 메뉴에는 니수아즈 말고도 마카로니를 딜**** 드레싱에 담가 함께 내는 버팔로 윙 샐러드가 오르기도 했다. 팬트리에서는 델리 메뉴도 늘 준비했다. 보통은 샌드위치가 포함되었고, 팬트리 4일차에는 아보카도, 토마토, 적양파와 허브를 넣고 마요네즈 머스터드를 친 치즈 버거와 성냥개비처럼 잘라 튀긴 감자가 함께 나왔다. 7일차 메뉴는 항상 인기 최고인 CIA 클럽 샌드위치였다. 샌드위치를 제대로 만드는 법을 알아두는 것은 아주 중요한 일이었다.

그릴링한 정통 치즈 샌드위치인 루벤이 좋은 예였다. "루벤 샌드위치는 우리 모두에게 익숙한 샌드위치고 흔히들 만들어 먹지만 이에 대해 과학적 사고를 하는 경우는 드물지." 셰퍼드 셰프가 말했다. "그런데 어느 날 총장

---

* 수수한 레스토랑.

** 올리브유, 소금, 허브를 뿌려 구운 크고 둥근 이탈리아 빵.

*** 초록색 제비콩에 네 토막 낸 토마토와 얇게 썬 구운 감자를 염장 앤초비, 올리브, 케이퍼 등으로 장식하고 드레싱이나 소스를 끼얹은 음식.

**** 향신료의 일종.

에게서 메모가 왔어. '질척거리지 않는 루벤 샌드위치를 만드는 정확한 과정을 알려드립니다.' 거기에는 총장이 스스로 알아내고 또 다른 셰프들과 회의 끝에 밝혀낸 방법이 나와 있었어. 정확한 위치에 치즈를 넣어 고기와 사워크라우트가 빵에 닿지 않도록 방패 역할을 하게만 만들면 되는 거였지. 이런 방식을 따르지 않고도 썩 맛좋은 루벤을 만드는 사람이 얼마나 많은데, 굳이?" 셰프는 어깨를 으쓱했다. "하지만 그럼에도 그러한 방식을 만들어내는 것은 계속해서 더 나은 요리를 내기 위해서야."

CIA 클럽 샌드위치 역시 샌드위치를 제대로 만드는 게 얼마나 중요한지 잘 보여주는 예였다. 나는 CIA 클럽 샌드위치가 일반 클럽 샌드위치와 다른 점이 뭐냐고 질문했다.

"솔직히 '우리 학교에도 고유의 샌드위치가 있어야 한다.' 뭐 이런 식으로 위에서 명령이 내려온 건지 어쩐 건지는 나도 잘 모르겠어." CIA 클럽 샌드위치는 칠면조와 햄을 섞어서 넣었다. 그 외엔 특별할 게 없었다. 하지만 셰퍼드 셰프는 그걸 만드는 요령에 주목해야 한다고 말했다. "클럽 샌드위치를 만드는 방법, 그중에서도 위쪽보다 아래쪽 단이 무겁도록 만드는 것이 중요해, 그래야 잘랐을 때 무너져 내리지 않거든. 상추, 토마토, 베이컨 같은 가벼운 재료를 위쪽 단에 놓으라고 하는 게 바로 그 때문이야."

셰퍼드 셰프는 본격적으로 2단 샌드위치 강의를 시작했다. "CIA 클럽은 식은 죽 먹기 같은 느낌이 들지만 실상은 그렇지 않다. 품이 정말 많이 드는 음식이야. 오늘은 칠면조를 굽고 뼈를 발라내 얇게 저밀 거야. 햄도 저며둬야 해. 조리법에는 칠면조와 햄이 각각 55그램씩 필요하다고 나와 있어. 하지만 우리는 그렇게 하지 않는다. 칠면조가 좀 부족하거든. 그러므로 칠면조는 40그램, 햄은 70그램씩 나눠놓아야 한다. 또 조리법에는 햄을 종이처럼 얇게 썰라고 되어 있어. 말 그대로 종이처럼 얇게 말이야. 그리고 접히지 않게 쌓아야 한다. 육류를 미리 1인분씩 나눠두도록 해. 베이컨도 쟁반에 준비해놓고 마요네즈를 완성하도록 해." 오늘 요리에는 튀긴 뿌리채소가 함께 나갈 예정이었다. "손이 많이 가는 음식이야. 누가 담당하든 우리 튀김기가 워낙 작으니 오전 내내 매달려야 할 거야. 고기 담는 통 한 가득 튀겨야 하거든. 총 60인분의 요리와 채식 요리에까지 곁들이로 나갈 거야. 아직 먹어본 적 없어? 맛이 정말 끝내줘. 그동안 비트를 싫어했다면 이 튀김이 인생을 통째로 바꿔놓을 거야."

셰프는 클럽 샌드위치 재료를 스테이션에 늘어놓는 방법을 칠판에 그렸다. 토스트, 마요네즈, 고기, 토스트, 마요네즈, 상추, 토마토, 베이컨, 마요네즈, 토스트의 순서였다. 각 위치마다 토스트를 60장씩 놓아야 했다.

"정말 중요한 부분이니 잘 들어. 이쑤시개로 고정할 땐 전체 단을 지나도록 수직으로 찔러야 해. 똑바로 하지 않으면 칼에 걸려 부러지고 샌드위치가 분해될 거야. 부러진 이쑤시개를 먹은 사람 기분이 좋을 리가 없겠지? 샌드위치를 과학적으로 만드는 것이 정말 중요하다는 걸 명심해."

팬트리는 오전 9시 30분에 시작되었다. 건물 동쪽 4층, 줄리아 힐의 조리 수학 교실과 제이 스타인의 재료 선별 및 구매 수업 교실 근처에 자리한 방에서였다. 하얀 옷을 걸친 학생들은 자리에 앉아 공책을 펼쳤다. 셰퍼드 셰프는 먼저 델리, 파스타, 채식요리, 복합 샐러드, 핫 플레이트 등 각각의 스테이션을 향해 준비한 재료를 어디에 두었는지 묻고는 질문을 몇 가지 한 뒤 다음 날의 메뉴로 넘어갔다.

대부분 수업시간은 빡빡한 편이었다. 10시 15분에 강의가 끝나면 셰프가 시범 요리를 보여주기 전까지 2시간 정도 준비 작업을 할 수 있었다. 하지만 7일차에는 강의가 없었기 때문에 시간이 넉넉했다. 그런데 어쩐 일인지 셰프는 초조한 표정이었다. "슬픈 날이야. 시간이 너무 많잖아." 이런 날 주방에서는 좋은 일이 거의 일어나지 않았다. 셰프는 아침 시간 대부분을 일명 “작은 불들”을 진화하며 보냈다.

치아바타를 만들고 있던 팀이라는 친구는 밀가루 무게를 달면서 추로 그릇 무게를 맞춰두는 것을 잊어버렸다. 케이크 반죽처럼 묽어 보이는 반죽이 돌아가는 반죽기를 들여다 본 셰프는 팀에게 반죽 상태를 봐가면서 적당한 농도가 될 때까지 밀가루를 더 넣으라고 말했다. 그러면서 허브와 칼라마타 올리브는 왜 안 넣었는지 물었다. 팀은 눈을 어디다 둘지 모르는 표정으로 “아, 그거요”라고 대답했다. 나중에 올리브와 허브를 챙겨와 반죽에 넣었지만 올리브에서 나온 수분 덕에 반죽은 다시 묽어졌고 결국 밀가루를 더 넣어야 했다.

시간이 많이 남으면 꼭 사고가 생겼다. 니수아즈에 넣을 부드러운 흑후추 드레싱은 안정된 상태로 있지 못하고 계속 분리되었다. 클럽 샌드위치에 들어갈 3.8리터나 되는 마요네즈는 맛이 텁텁했다. 작은 튀김기에서 뿌리채소 튀기는 일을 맡은 제임스는 잘못된 판단을 내렸다. 시간이 오래 걸리는 작업이니 서비스 전까지 많은 양을 다 완성하려면 다 익기도 전에 얼른 기름에서 꺼내야겠다는 결론을 내렸던 것이다. 그리고 나는 그래서는 안 된다는 것을 알면서도 그에게 아무 말도 하지 않는, 아주 큰 잘못을 저지르고 말았다. 튀겨야 할 채소가 여러 통이었다. 그중 절반을 내가 직접 채칼로 썰었는데, 토란, 고구마, 설탕당근, 당근, 감자, 비트 등 총 12킬로그램에 달하는 양이었다. 적당히 튀겨냈더라면, 채소는 빨강, 주황, 황금빛 갈색의 아름다운 언덕을 이루었을 것이다. 하지만 제임스가 만들어낸 것은 축축한 전분 덩어리로 이루어진 산이었다. 나도 일손을 돕고 있기는 했지만 실제로 그들 반에 속한 사람이 아니었으므로 크게 나서고 싶지 않았다.

채소를 다 썰고 난 뒤에는 샌드위치 만드는 일을 도왔다. 서비스 시간이 다가오자 모두들 조금씩 더 속도를 내기 시작했다. 샌드위치는 아직 한참을 더 만들어야 했다. 게다가 셰프 말마따나 네 등분 하는 것이 여간 까다롭지 않았다. 그다지 맛이 좋아 보이지 않는 제임스의 튀김은 거의 마무리 단계에 접어들어 있었다. 서비스가 다가올수록 뭔가 손을 쓰지 않았다가는, 축축하고 덜 익은 튀김을 내놓을 수밖에 없겠다는 생각이 점점 강하게 들었다. 결국 서비스 약 5분 전, 셰프와 해머던지기 선수 제이슨이 니수아즈 드레싱을 다시 유화 소스로 간신히 되돌려놓은 직후, 나는 셰프를 찾아가 튀김 상태가 이래도 내놓을 수 있는지를 물어보았다. 셰퍼드 셰프는 고개를 가로저었다. 아니라는 뜻인 듯도 했지만 도저히 믿을 수 없다는 뜻 같기도 했다. 그녀는 시계를 바라보았다.

내가 말했다. "서비스 때까지 다시 튀길 수 있을 거예요. 빨리 익지 않겠어요?"

"선택의 여지가 없겠군." 그녀가 대답했다.

팬트리 주방의 문이 열리고, 축축한 튀김은 셰프가 직접 나서서 다시 튀기기 시작했다. "델리 하나 준비! 델리 하나 준비! 델리 하나 준비!" 일제사격을 퍼붓기 시작하자, 델리 메뉴를 담당한 나머지 사람들은 미친 듯이 분주해졌다. 둘은 샌드위치를 쌓아올리고, 한 사람은 이쑤시개를 꽂았으며, 또 한 사람은 잘랐고, 완성된 접시를 우리 스테이션에서부터 주방만큼이나 긴 서비스 카운터까지 잽싸게 옮기는 일은 내가 맡았다. 시간이 없었다. 이제 요리를 내놓아야 했다. 나는 라텍스 장갑을 낀 손으로 피클, 올리브와 함께 셰퍼드 셰프가 다시 튀긴 채소들을 접시에 담았다. 제임스가 튀김을 대량으로 쏟아 넣어 튀겨대는 통에 튀김기 온도는 너무 높아져 있었다. 그 덕에 창백한 채로 다시 튀김기에 들어간 채소들은 셰프가 미처 꺼내기 전에 새까매지고 말았다. 셰프가 할 수 있는 일은 거의 없었다. 기름의 온도를 떨어뜨리려면 시간과 채소가 많이 필요했다. 나는 타버린 튀김들을 할 수 있는 한 가장 빠른 속도로 계속해서 접시에 담았다. 그리고 접시들은 카운터에 올려놓자마자 사라졌다. 오늘따라 모두들 클럽 샌드위치만 먹으려는 것 같았다.

전화벨이 울려 셰프가 자리를 뜨자, 이제 막 식기 시작한 튀김기는 내가 대신 맡았다. 우여곡절 끝에 허브 오일 치아바타를 먹을 만한 상태로 완성한 팀이 나를 돕고 나섰다.

그때 카운터 너머에서 목소리 하나가 날아들었다. "이게 대체 정체가 뭔가?"

뉴욕의 리츠 앤드 맥스웰스 플럼의 총 주방장을 지냈고, 지금은 돼지고기 가공 반을 맡고 있는 르블랑 셰프였다. 둥근 머리에 검은 눈, 검은 머리카락과 콧수염을 기른 그는 카운터에 기댄 채 딱딱하고 새카만 튀김을 팀과 내게 내밀었다. "이게 대체 뭐냔 말이야?" 그가 말했다.

팀은 조심스럽게 르블랑의 엄지와 검지 사이에 들린 튀김을 살폈다. "제 생각에는," 잠시 머뭇거리던 팀이 말을 계속했다. "설탕당근 같은데요."

"한때, 설탕당근이었겠지. 지금은 숯 검댕일 뿐이야!" 르블랑 셰프는 그렇게 외치더니 자신의 클럽 샌드위치와 피클, 두 개의 올리브, 그리고 타버린 뿌리채소들을 들고 멀어져 갔다.

팬트리 7일차는 이렇게 끝이 났다. 우리는 다음에 올 학생들의 첫날 재료들을 미리 준비했다. 새로 올 학생들을 위해 준비를 해두는 것은 아주 중요한 일이었다. 250인분의 점심을 준비하는 데 주어진 시간이 2시간 30분뿐이기 때문이었다. 준비를 마친 뒤 모두들 바로 옆에 있는 번스 데모실로 향했다. 번스 데모실은 개교 초창기 시범을 위해 쓰인 주방 중 하나였다. 셰퍼드 셰프는 고등학교를 갓 졸업한 뒤 바로 이 주방 겸 강의실에 앉아 공부를 했었다. 1972년 코네티컷에서 뉴헤이븐으로 이전한 학교에 어린 캐서린이 도착했을 때, 천정에는 늘어진 전선이 아직 매달려 있었다고 했다. 처음에는 수업 주방들이 한곳에 모여 있었다. 학생들은 책 셰프나 바이젠

베르크 셰프(두 사람 모두 1958년 졸업생으로 아직도 학교에서 근무하고 있다)가 요리하는 모습을 6시간 동안 앉아 가만히 지켜봐야 했다. 다음 날에도 학생들은 다른 셰프가 요리하는 모습을 지켜보며 질문을 하고 필기를 했다. 당시 CIA의 생각은, 뭔가를 특별히 가르쳐주기보다는 입학해서 시간이 지나면 자연스레 익히게 된다는 것이었다. 칼질 방법 같은 것은 필요에 따라 본인 스스로 선택하면 그만이라는 식이었다.

셰퍼드 셰프는 블록 나머지 기간 동안 팬트리 수업 두 개를 담당하게 되었다. 오후 팬트리에서 공부했던 친구들에게 새벽 3시 30분부터 시작하는 오전 팬트리를 가르치고, 뒤이어 새로운 학생들에게 오후 팬트리를 지도하게 된 것이었다.

셰퍼드 셰프의 목표는 오전, 오후 모두 크게 다르지 않았다. 저녁 식사 요리와는 다를 때가 많은 이들 요리들을 학생들이 존중하도록 만들고 그 재료와 방법을 제대로 가르치는 것, 그리고 대량으로 음식을 만들어내는 주방에 꼭 필요한 속도와 민첩함을 기르도록 돕는 일이었다.

졸업식에는 셰퍼드 셰프의 학생 가운데 2명이 선발되어, 메츠 총장과 그가 모시는 손님들을 위해 총장실에 딸린 식당에서 오믈렛을 만들게 되어 있었다. 업계 유명 인사이자 졸업 연설을 할 사람도 함께하는 자리였다. "메츠 총장이 바로 코앞에 앉아 있는 거지." 셰퍼드 셰프가 내게 말했다. "총장은 학생들 자랑하는 걸 좋아해. 게다가 로버트 몬다비 같은 사람에게 너희 솜씨를 보여줄 수 있다니, 신나지 않아?"

거기까지 말한 셰프는 시험지를 나눠주었다. 복합 샐러드의 재료를 열거하시오, 서비스로 나갈 샐러드 채소를 준비하고 보관하는 방법을 단계별로 쓰시오, 채식의 세 가지 유형을 쓰시오, 같은 질문들이었다. 내일은 모두들 아침 요리를 만들기 위해 새벽 3시 30분까지 학교에 와야만 했다. 셰프는 기숙사에서 지내는 친구들에게 술 마시며 놀지 말라고, 그리고 새벽에 학교에 올 때 9번 도로 위의 사슴을 조심하라고 경고했다.

수업은 끝이 났지만 르블랑 셰프와 숯 검댕이 된 설탕당근이 뇌리에서 떠나지 않았다. 그래서 셰퍼드 셰프에게 전화를 받으러 간 사이 일어난 일을 고백했다. 셰프는 언짢은 표정으로, 르블랑에게 제대로 만든 요리를 다시 가져다줘야 한다고 생각하는지를 내게 물었다. 나는 그래야 할 것 같다고 대답했다. 그러고는 종이 냅킨을 씌운 그릇 안에 튀김을 한 줌 담아 성큼성큼 식당으로 향했다. 르블랑은 주방 쪽을 등지고 앉아 레일리 셰프와 함께 식사를 하고 있었다.

"르블랑 셰프님?" 나는 그릇을 손에 쥔 채 그를 불렀다.

그러자 르블랑 셰프는 고개를 돌려 튀김 그릇에 눈길을 주었다. 놀라움과 경멸, 짜증이 뒤섞인 표정이었다. "고맙군." 그는 튀김 그릇을 받아 들었고, 서비스를 마친 나는 주방으로 돌아왔다.

하지만 내 기분은 전혀 나아지지 않았다. 새로 가져다준 튀김은 르블랑이 처음부터 당연하게 누렸어야 했던 것이었다. 새로 가져다주었다고 해서 대단할 것은 없었다. 나는 타버린 튀김을 집어 우리 면전에 들이대던 그의 모습을 떨쳐버릴 수가 없었다. 대체 튀김은 왜 그렇게 쉽사리 타버렸던 것일까. 잘못된 결정의 연속이었다. 제임스는 튀김을 서둘러 끝내버리겠다는 생각으로 성급하게 굴었고, 셰프는 기름이 뜨겁다는 사실을 알고 있었음에도 그 기름에 튀김을 다시 넣었으며, 나는 촉촉한 삼각형 클럽 샌드위치가 자리한 접시 정중앙에 타서 못쓰게 되어버린 튀김을 아무렇지도 않게 담아버린 것이었다.

르블랑과 설탕당근이 오래 마음에 남았던 것은 결코 내가 여리거나 섬세한 사람이라서가 아니었다. 그것은 CIA의 본질과, 그것이 나를 비롯한 이곳 학생들의 내면에 일으킨 큰 변화 때문이었다. 많은 현대 교육 기관들과 달리 이곳에서는, 지식과 기술만이 아니라 제대로 된 가치를 판단하는 방법까지 학생들에게 가르쳤다. 그들이 가르치는 가치 체계는 종교에 가까울 정도로 아름답고 구체적이며 실질적이고 즉각적인 가치 체계였다. 나로 하여금 고작 설탕당근 튀김을 잊지 못하고 괴로워하도록 만든 것이 바로 이 가치 체계였다.

다음 날 나는 팬트리 주방으로 다시 찾아갔다. 오전, 오후 팬트리를 모두 가르치는 첫날이라 새벽 3시부터 쭉 주방에 있었던 셰퍼드 셰프는 이제 막 오후 수업을 시작하려던 참이었다.

"그 튀김이 머리에서 떠나지를 않아요."

셰프는 내 말이 떨어지기가 무섭게 고개를 끄덕이며 자신도 아직까지 스스로에게 화가 나서 견딜 수가 없다고 말했다. "여기가 진짜 레스토랑이었다면 그 튀김들은 쓰레기통 행이었을 거야."

"그런데 왜 셰프는 그걸 내놓을 생각을 하셨던 건가요?"

나는 질문했다. 나 자신을 위해서 대답을 듣고 싶었다. 나는 서비스 하던 내 모습을 떠올려 보았다. 상황은 늘 똑같았다. 처음에는 천천히 시작해 점점 속도가 빨라지다 갑자기 나도 모르는 사이 혼란에 빠지고 만다. 머릿속에 떠오르는 것이라고는 오로지 접시를 내가야 한다는 사실뿐이다. 생각이란 걸 할 시간이 없다. 그러나 생각이 멈춰버리는 순간 머릿속이 하얘지고 행동은 단순해지고 만다. 그리고 결국 사람들에게 타버린 음식 같은 것을 내주게 되는 것이다.

나는 셰프에게 대답을 재촉했다. "왜 그러신 거냐고요, 대답해주세요, 네?"

셰프는 아주 곤란하다는 목소리로 말했다. "포기하고 싶지 않았어."

메츠 총장

이곳에서 지낸 지 석 달이 지났는데도 나는 아직까지 학교의 총 책임자 퍼디낸드 메츠 총장을 만나지 못했다. 얼핏 보면 좀 이상한 일이기는 했다. 나는 작가였다. 그러므로 운영 예산이 무려 6천5백만 달러에 달하고, 대규모 식품 서비스 산업에 많은 영향을 미치며, 메츠 총장이 심혈을 기울여 관리하고 있는 이 학교 구석구석 어디든 다닐 수 있었다. 하지만 메츠 총장은 애초에 나를 만나지 않기로 결정했다. 나 역시 학교를 제대로 알기 전까지는 설익은 질문 따위 하고 싶지 않았고, 또 오히려 만나지 않음으로써 더 제대로 알 수도 있다고 생각했기에 굳이 만나려 들지 않았다.

총장에 관한 소소한 일화들, 사람들의 수군거림, 복도에서 그를 마주칠 때 취하는 사람들의 태도, 그 이름이 튀어나올 때 보이는 사람들의 반응, 지나치며 내가 직접 목격한 총장의 모습 등, 작은 정보 조각들이 켜켜이 쌓일수록 CIA 총장 메츠의 면면이 구체화되고 있었다.

예를 들면 이런 식이었다. 처음에는 그가 분명 굉장히 딱딱하고 기업가적인 사람일 거라는 선입견을 품고 있었다. 그리고 등교 첫날 부총장 팀 라이언과 메츠 총장을 모두 한자리에서 만났다. 그런데 총장이 잠시 그레이스톤 캠퍼스에서 온 듯한 전화를 받으러 자리를 비우자, 라이언은 친근한 표정으로 쿡쿡거리며 이렇게 말했다. "스테어 매스터*에서 걸려온 전화일걸."

메츠 총장은 늘 완벽하고 우아한 옷차림이었지만 딱히 기업가 스타일은 아니었다. 그는 키가 컸으며 체격이 늘씬하고 탄탄했다. 세련된 금발머리는 한 치의 흐트러짐 없이 단정했고, 콧수염도 잘 정돈되어 있었다. 은빛으로 빛나는 눈에, 우묵하게 들어간 뺨 위로는 광대뼈가 도드라져 있었다. 그의 모습은 마치 유명인이나 혹은 위험인물처럼 내 눈길을 사로잡았고 도저히 고개를 돌릴 수 없게 만들었다. 실제 메츠를 마주치는 것은 일 년에 예닐곱 번에 불과했지만, 아무리 노력해도 메츠의 그늘에서 벗어나는 것은 불가능했다. 그의 정신은 학교 어디에나 스며 있었다.

셰프 강사들과 이야기를 나누다 메츠라는 이름이 등장하면 나는 늘 셰프들을 향해 메츠를 어떻게 생각하느냐고 캐물었다. 어떤 셰프는 한마디로 메츠 씨는 '걸어 다니는 완벽함'이라고, 그 이상은 표현할 말이 없다고 말했다.

그의 지난 시절에 대한 이야기 몇 가지도 좀 알아낼 수 있었다. 메츠 총장은 스무 살이 될 때까지 독일 뮌헨에서 살았고, 독특한 독일 억양이 아직까지 남아 있었다. 그는 1962년 미국에 도착하자마자 맨해튼의 유명 레스토랑 르 파비용에서 일을 했으며, 그 후 플라자 호텔에서 연회 담당 셰프로, 그리고 하인즈 신상품 개발부 고위 간부로 지내다가 1980년 일을 그만두고 이 학교 총장이 되었다.

한 달에 한 번 있는 졸업식 전날인 목요일에는 식당으로 쓰는 예배당에

---

* 러닝 머신 브랜드 명.

서 일명 그랜드 뷔페라는 행사가 열렸다. 가드망제 반에서 만든 갤런틴*, 파테 앙 크루트**, 룰라드, 테린, 소금에 절인 연어 등을 담은 화려한 접시들과 제과 수업에서 만든 각종 케이크, 토르테***, 사탕과 프티 푸르**** 등을 담은 거울처럼 반짝이는 거대한 쟁반들이 즐비한 공식 뷔페 만찬이었다. 입문반, 생선 주방, 아시아 요리반에서도 음식을 만들었다. 메츠 총장이 졸업 연사를 비롯한 손님들에게 음식을 선보일 때까지 예배당은 아무에게도 개방되지 않았다. 메츠 총장은 준비한 음식을 돌아보다 멈춰 서서 학생들에게 준비한 음식에 대해 질문을 하곤 했다.

입문반 12일차, 저녁 식사를 마친 뒤 스미스 셰프는 누가 그랜드 뷔페에 쓸 연어를 준비하느냐고 브로일 스테이션을 향해 물었다. "메츠 씨가 틀림없이 물어볼 거야. 연어를 조리하기 전에 소금에 절였는지 아닌지 구분하는 방법을 아느냐고 말이야." 스미스 셰프는 소금이 고기 표면의 단백질 농도를 높인다고 설명했다. 그리고 단백질은 캐러멜화가 된다. 그러므로 그릴 위에 오래 올려놓지 않았는데도 연어가 아주 훌륭하고 짙은 갈색이 된다면 그것은 조리 전에 소금에 절였다는 뜻이라는 얘기였다. "메츠 씨는 너희가 감동을 선사해주기를 원해. 손님들을 깜짝 놀라게 만들어주기를 바라는 거야."

스미스 셰프는 이어서 메츠 총장이 블랑케트 드 보***** 를 좋아한다고 말했다. 블랑케트를 담당하기로 되어 있었던 롤라를 향한 말이었다. 메츠 총장은 뷔페 때마다 늘 블랑케트를 시식한다고 했다. 블랑케트는 벤이 전

---

* 닭고기, 송아지 고기 등을 주재료로 하여 만드는 서양식 찬요리.

** 파이에 넣거나 덩어리째 구운 파테.

*** 크림, 초콜릿, 과일 등을 혼합한 것을 채운 케이크.

**** 커피, 차와 함께 내는 아주 작은 케이크 또는 쿠키.

***** 화이트 소스로 조미한 송아지 고기 스튜.

날 만든 프리카세*와 비슷하지만 차이가 있었다. 정제란 무엇인가를 보여주는 화이트 스튜인 블랑케트는 송아지 고기를 데쳐 불순물을 제거하고 소스도 섬세하게 잘 걸러내 만드는 멋지고 우아한 요리였다. 작은 것에 집중해야 결과적으로 큰 차이를 만들어낼 수 있었다. 메츠 총장이 먹을 스튜는 반드시 최고의 수준으로 정제해 만들어야만 했다. "어디서 차이가 빚어지는지를 제대로 이해해야 해. 그게 핵심이니까." 셰프가 롤라에게 당부했다.

모두들 이번 그랜드 뷔페가 처음이었다. 스미스 셰프는 우리에게 일반적인 규칙을 쭉 알려주었다. "너희들이 얼마나 제대로 메뉴를 이해하고 있는지 메츠 총장이 확인하기 전까지는 아무도 음식에 손을 댈 수 없어. 너희가 배워 알고 있는 것들을 자랑스럽게 메츠 총장에게 들려주도록 해. 다만, 절대로 헛소리는 하지 말도록. 헛소리 비슷한 걸 생각만 해도 총장은 알아차릴 거야."

"메츠는 지는 경기는 하지 않는 사람이야." 그것이 스미스 셰프의 결론이었다. "요리도 그런 식으로 하지. 정말 젠장 맞게 뛰어난 요리사라고."

겁을 잔뜩 집어먹은 롤라가 물었다. "그분을 뭐라고 불러야 하나요?"

"메츠 씨라고 해야지." 셰프는 웃음기 없는 목소리로 대답했다. "메츠도 사람이야. 징글징글하게 뛰어난 요리사지만, 시작은 너희들과 똑같았어."

셰퍼드 셰프는 메츠 총장이 학교를 둘러보다 자신의 주방에 들렀던 일을 기억하고 있었다. 메츠 총장은 정기적으로 학교 전체를 둘러본다고 했다. 그때 셰퍼드는 더운 요리 입문 수업을 맡고 있었다. "우리는 키슈**를 만들었는데, 메츠 씨가 학생들과 대화를 나누다가 키슈를 만드는 방법을 얘

---

* 잘게 다진 고기와 야채를 넣은 스튜 혹은 프라이.
** 달걀, 우유에 고기, 야채, 치즈 등을 섞어 만든 파이의 일종.

기해달라고 했지." 학생들은 메츠에게 셰프 지시로 키슈 껍질 안에 치즈를 뿌렸다고 말했다. 그러자 그가 물었다. "그래? 그렇게 해야 하는 이유가 뭐라고 생각하지?" 학생들은 대답할 수 없었다. "아직 강의를 하기 전이었기 때문에 이유를 모르고 있었거든. 그러자 메츠 씨가 학생들에게 말했지. '그래야 키슈 바닥이 바삭하게 나오기 때문이다. 치즈를 바닥에 뿌려서 계란 반죽이 지나치게 빠르게 스며들지 않도록 막는 거지.'"

셰퍼드는 총장에게서 "유쾌하지 않은" 전화를 받아 "듣고 싶지 않았던 말을 들었던" 일도 똑똑히 기억하고 있었다.

팬트리 셰프로서 학생들을 가르치는 동시에 그녀는 총장이 오전에 먹을 가벼운 음식을 준비하는 특별 요리의 투르낭*까지 관리하고 있었다. "메츠 씨는 담백한 음식을 좋아했어. 아주 단순한 것들 말이야. 당근, 순무, 루터베이거**, 그리고 셀러리 스틱만 썰어서 준비하면 됐지." 어렵지 않은 임무였지만, 아주 아삭거리도록 준비해야 했다. 그러던 어느 날이었다. 셰퍼드 셰프의 주방은 만들어야 할 음식이 산더미 같았고 일을 할 학생은 10명밖에 없었다. 그 와중에 투르낭이 메츠 총장의 생채소 샐러드를 준비하기 시작했다. 며칠 된 채소들이라 셰퍼드 셰프는 투르낭에게 괜찮아 보이냐고 물었고, 투르낭은 괜찮은 것 같다며 그대로 접시에 담았다. 그러고는 비닐 랩으로 덮어두었다. 셰퍼드도 확인을 했지만 그다지 주의 깊게 살피지는 않았다. 랩을 씌워둔 채소는 나쁘지 않아 보였지만 실제로는 좀 마르고 시들거리는 상태였다. 하지만 학생이 10명밖에 없는 정신없는 상황에서 생채소 샐러드 같은 데에 관심을 기울일 겨를은 없었다. 그렇게 메츠 총장에게 전달되기 전까지 샐러드 접시는 실온에서 몇 시간 동안 방치되어 있었다.

---

* 대체 요리사. 주방 여러 파트를 돌면서 일함.

** 순무의 일종.

샐러드가 나간 뒤 얼마 지나지 않아 팬트리 주방의 전화벨이 울렸다. 메츠 총장이었다. 그는 셰퍼드 셰프에게 대체 뭘 내보낸 것이냐고 물었다. 그녀는 변명을 하고 사과했지만, 어떤 이유로도 충분치 않다는 사실을 알고 있었다. 중요한 것은 오로지 시든 채소가 접시에 올랐다는 사실이었다. 셰퍼드의 기억에 따르면 메츠 총장은 이렇게 말했다고 했다. "제대로 준비할 겨를이 없었다면 그렇다고 말을 했어야지요. 그랬으면 다른 방법을 찾아볼 수 있었을 것 아닙니까."

그 말이 맞았다. 그녀도 알고 있었지만, 메츠 씨에게는 할 수 없다는 대답을 할 수도 없었다. 할 수 없다는 대답을 해도 패배자가 되는 것은 마찬가지였다.

나는 극도의 순수함 때문에 블랑케트 드 보를 좋아하고, 아침 식사로 생순무를 먹는 이 사람에게 순식간에 매료되었다. 그는 사람들에게 대단히 큰 영향을 끼치고 있었다. 졸업식 외에 그를 볼 수 있는 기회는 거의 없었다. 동부와 서부로 캠퍼스가 나뉘면서 더더욱 마주치기 어려워졌다. 하지만 모두가 그를 기쁘게 할 수 있기를 바랐고, 모두가 그에게 잘 보이고 싶어 했다.

메츠 총장은 기준을 세웠다. 완벽이라는 기준이었다. 팬트리는 얼마든지 신선한 순무와 루터베이거, 당근, 셀러리를 구할 수 있는 곳이었고, 준비하지 못할 이유가 전혀 없었다. 점잖았지만 힐난이 담긴 총장의 목소리는 셰퍼드 셰프의 마음에 오래도록 남았다. "제대로 준비할 겨를이 없었다면 다른 방법을 찾아볼 수도 있었던 것 아닙니까?" 그건, 내 말 이해하겠나? 완벽하게 할 수 없다고? 그러면 내 다른 사람을 찾도록 하지, 라는 뜻이었다.

완벽하지 않은 것은 어떤 것도 용납되지 않았다. 메츠 총장에게 숯 검댕이 채소 튀김을 내놓겠다고? 말도 안 되는 소리. 그렇다면 다른 누구에게도 내놓아서는 안 된다는 뜻이었다. 그것이 바로 도덕적인 요리와 서비스였으며, 그 같은 도덕성이 CIA에서는 종교만큼이나 중요했다. 나는 이제야 알 것 같았다. 파두스의 스킬 주방에서, 셰퍼드의 팬트리에서, 어디를 가든 내 마음에 피어났던 제대로 해내겠다는 열의, 주어진 일을 완수하지 못했을 때의 분노, 잘 해냈을 때 느낀 깊은 희열의 근원, 이 완벽함의 근원은 바로, 퍼디낸드 메츠였다.

3부 요리의 파수꾼

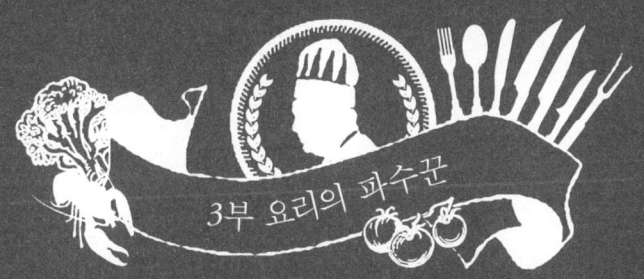

가드망제

"이브 펠더는 음식의 여신이야."

스킬 수업을 하던 중 파두스 셰프가 한 말이었다. 펠더는 CIA 교육과정 중 첫 해의 마지막 블록인 가드망제를 담당하고 있는 셰프였다. 그곳에서 나는 음식의 여신을 실제로 만나는 것은 물론 애덤, 에리카, 롤라와 트래비스 커플, 조용한 비앙카, 벤, 폴, 그레그 등 나의 옛 스킬 반 친구들과 다시 만나는 행운까지 누리게 되었다.

펠더의 수업은 현장 실습을 떠나기 전 마지막으로 수강하는 블록이었다. 그러다 보니 모두들 학교를 벗어났으면 하는 생각에 어찌할 바를 모르고 있었다. 입문반에서부터 시작된 몸을 가누기 힘들 정도의 극심한 피로는 가드망제로 올 때까지 줄어들기는커녕 점점 커지기만 했다. 게다가 블록이 끝나는 그 순간까지도 피로가 사라질 기미는 전혀 없어 보였다.

학교 전체가 이런 분위기였다. 때는 바야흐로 대청소와 수리를 위해 학교가 문을 닫는 17일간의 여름 휴관을 앞둔 마지막 블록이었다. 끝없이 이어지는 눈보라 속에서 시작된 반년간의 학교생활은 나른하고 뜨거운 7월, 피니시 라인 테이프를 끊고 꿀맛 같은 휴식의 순간으로 뛰어드는 마라톤

경기처럼 그 막바지를 향해 가고 있었다.

파두스 셰프만 빼고 말이다.

먹다 남은 오징어 샐러드를 들고 알럼나이 홀을 나서는 길에 마주친 셰프는 나를 보더니 멈춰 서서 이렇게 말했다.

"여름휴가 동안 내가 뭘 할지 맞춰봐." 웃음을 꾹 누르고 있는 표정이었다.

"뭘 하시는데요?"

"스킬 수업을 가르치게 됐어."

"스킬이라고요?"

"브라질에서 말야."

CIA는 상파울루에 위치한 한 호텔에서 본교와 동일한 내용을 원래 방식 그대로 가르치는 자격증 프로그램을 진행하고 있었다. 본교와 가장 크게 다른 것은 학생들은 같은 주방에 계속 남아 있고, 셰프 강사들이 옮겨 다니며 가르친다는 점이었다. 파두스 셰프가 스킬 수업을 마치면 루디 스미스가 들어와 입문 강의를 하는 식이었다. 뭐든 속에 담아두지 않는 성품의 파두스는 스케줄 담당 보브 브릭스 셰프에게 직접 찾아가 언제쯤 그런 외국 프로그램에 참여할 수 있을지 물어보았다. 그러자 브릭스는 이렇게 대답했다. "이번 여름휴가 때 계획이 어떠신가?"

다른 이들이 낚시를 하고 여유를 즐기며 집 앞 채소밭에서 풀을 뽑고 호박과 옥수수, 갓 딴 감자를 요리하는 동안, 파두스 셰프는 레이지 버블이 떠오르는 스톡에서 소뼈를 건져내고 브라운소스를 연달아 맛보며 콩소메 래프트를 만들게 된 것이었다.

하지만 파두스를 제외한 나머지 사람들은 거의 모두가, 원기를 회복하게 해줄 여름휴가를 손꼽아 기다리고 있었다. 다행히 가드망제는 매일 새로운 요리를 해내야 하는 프로덕션 주방이 아니라 미리 준비한 음식을 내놓는 곳이었다. 그래서 서비스가 임박한 순간에 미친 듯이 서두를 필요가 없는 일들이 대부분이었다. 여름휴가 전 마지막으로 수강하기에 걸맞은 수업이었다.

원래 가드망제는 찬 음식들을 비롯해 전채 요리, 이런저런 디저트, 그리고 얼음 조각 등의 장식을 담당하는 부서였다. 오늘날에도 주방에서 가드망제 혹은 팬트리 스테이션이 하는 일은 과거와 큰 차이가 없다. 덥거나 찬 전채 요리와 샐러드, 샌드위치를 담당한다. 우리 가드망제 반에서는 칵테일 카나페와 전채 요리를 주로 만들고, 졸업 전 메츠 총장과 손님을 모시고 개최하는 목요일의 그랜드 뷔페에 야심차게 만든 찬요리를 제공하고 있었다.

그런데 펠더 셰프는 첫날 강의에서 이렇게 선언했다.

"이 수업의 기본은 포스미트다."

포스미트는 흔히 생고기나 익힌 고기를 다지거나 간 것을 의미한다. 프랑스어 'farcir'와 'farce'(영어로 stuff와 stuffing의 뜻)에서 유래한 단어인데, 어쩐지 나는 그 단어를 듣거나 말할 때마다 참을 수가 없었다. 단어를 어쩌면 이렇게 되는 대로 만들 수 있을까 하는 생각에서였다. 하지만, 전통적인 포스미트는 주로 고기와 지방, 물의 복잡한 콜로이드계* 유제(乳劑)라는 과학적 혹은 분자적 관점에서의 설명은 그나마 들을 만했다. 그리고 이 음울한 포스미트를 뒤집어보면, 아주 매끄러우면서 심지어 장엄하게까지 들리는 이름을 지닌 여러 유형의 유제들이 존재했다. 갤런틴, 발로틴**, 푸아그라, 무슬린, 무스, 커넬***, 테린…… 이 모든 것이 포스미트였다! 심지어 다

* 하나 또는 그 이상의 물질이 다른 물질 또는 재료에 매우 미세한 크기로 불균일하게 분산하며 큰 계면을 가지게 된 것.

** 갤런틴의 일종. 저민 고기, 야채 등을 고기로 싼 것.

*** 고기 완자.

정하게 들리기까지 하는 소시지와 미국의 영웅 핫도그도 포스미트와 다를 것이 없었다. 이 모든 것을 아우르는 존재인 포스미트를 우리는 갈고, 로스팅하고, 베이킹하고, 포칭할 예정이었다.

물론 펠더 셰프는 포스미트를 진심으로 존중하고 있었다. 심지어 포스미트를 "해방운동가"라고까지 불렀다. 실제로 머지않아 신선도가 떨어질 자투리 고기도 포스미트로 만들면 얼마든지 훌륭한 요리로 재탄생할 수 있었으며, 이는 음식을 지키는 가드망제의 대표적인 예였다.

가드망제 주방에서는 무엇보다 양념과 향신료가 중요했다. 주로 찬 음식을 제공하기 때문에, 좋은 냄새를 풍기며 김이 무럭무럭 나는 뜨거운 음식의 효과를 대신할 풍미가 필요했던 것이다. 가드망제 기술은 향신료가 부의 상징으로 대유행하던 중세에 번창했다. 고기를 식히고 모양을 다듬어서 주로 아스픽 안에 저장하는 기술이었다. 이런 말을 들으면 사람들이 가장 먼저 떠올리는 것이 스팸이다. 그런 오명을 벗기 위해서라도 가드망제 음식은 특별히 아름답게, 그리고 외양도 맛도 유혹적으로 만들어야 했다.

"맛을 눈으로 볼 수 있어야 해." 펠더 셰프가 말했다. "'저 사람들 먹고 있는 것 좀 봐. 세상에, 정말 군침 넘어가게 생겼군. 저 당근 좀 봐, 칼질이 예술이야. 저 테린 좀 봐. 저 껍질 바삭한 파이 좀 봐, 저 안에 들어 있는 속 좀 봐!' 눈앞에서 본 손님들이 먹고 싶어서 비명을 지르게 만들어야만 한다는 거다. 손님을 유혹해야 해. 고명도 더 많이 얹고 양념도 더 치고, 칼질을 훨씬 아름답게 해서 맛이 눈에 보이도록 만들어야 한다. 메츠 총장은 그랜드 뷔페에만 오면, 표면까지 배어나올 즙이 있는지 보려고 꼭 우리가 만든 고기를 눌러보거든."

"우리는 특별한 조리법 없이 남은 자투리들을 이용하는 방법을 배울 거다. 정말 신나는 일이지. 지난밤 오리고기가 남았다면, 여러분에게 2, 3인분 정도 되는 오리고기를 포스미트로 만들어 16~20인분은 족히 되도록 변신시키는 방법을 가르쳐줄 거야."

"여러부운?" 펠더 셰프는 사우스캐롤라이나 찰스턴 출신이었다. 그래서 마치 작가가 새로운 단락을 시작할 때 탭 키를 사용하듯, "여러부운"이라는 말을 쓰곤 했다.

"여러부운, 조리법 없이 포스미트를 어떻게 만들까?"

당연히 핵심은 비율이었다. 셰프는 비율과 적절한 기술만 있으면 자유로울 수 있다고 말했다. 고기와 비계와 물의 비율을 알면 못할 게 없었다. 일반적인 유제는 고기와 지방, 얼음 비율을 5 : 4 : 3으로 썼다. 재료를 갈고 다지는 기계는 물론, 모든 것이 얼음처럼 차가워야만 했다. 혼합물 온도가 40도 이상으로 올라가면, 단백질과 지방이 제대로 섞이지 않아 분리되기 때문이었다. 이 유제는 비율에 따라 이름을 붙였다. 그래서 위와 같은 비율로 만든 것은 5/4/3 포스미트라고 불렀다. 낙부어스트*, 프랑크푸르트 소시지, 그리고 그 외 질감 좋은 소시지들이 대표적인 5/4/3 포스미트이다.

펠더 셰프는 작은 모자로 거의 다 덮을 수 있을 정도로 짧은 갈색 곱슬머리를 한 40대 초반의 호리호리한 셰프였다. 늘 열을 가까이 해 익어버린 듯 발그레한 셰프다운 얼굴에, 눈물방울이 거꾸로 매달린 것처럼 검은 눈의 아래쪽이 코 쪽으로 살짝 당겨진 모양이었다. 그녀는 음식에 대해 이야기할 때면 늘 눈을 반짝였고 흥이 오를수록 표정과 몸짓이 술 취한 사람처럼 변했다.

펠더 셰프는 독학으로 공부한 요리사였다. 네브라스카 오마하에 있는 카페 에그스프레스 레스토랑 지배인에서부터 V. 메르츠 레스토랑의 총주방

* 간 소고기나 돼지고기에 마늘을 넣어 만든 햄.

장까지 지냈다. 손에 닿는 것들을 닥치는 대로 읽던 그녀는, 앨리스 워터의 동업자이자 패스트리 셰프인 린지 쉬어가 〈쿡스 매거진〉에 쓴 칼럼을 보고 온 마음을 빼앗기고 말았다. 셰프와 농부가 협동해서 일해야 할 필요성에 대해 쓴 웅변적인 칼럼이었다. 펠더는 그들이 운영하는 레스토랑 셰 파니스에서 일하기로 마음먹었다. 이 같은 희망 하나로 그녀는 CIA에 등록했다. 공부를 하면서도 버클리의 명물 셰 파니스만을 바라보았다. 펠더는 결국 그곳에서 현장 실습 일자리를 얻어냈고, 1988년 졸업한 뒤 CIA 시절 은사에게서 학교로 다시 돌아가 강사 셰프 채용 시험을 보는 게 어떻겠느냐는 권유를 받을 때까지 7년을 머물렀다.

첫날, 펠더 셰프는 5시간 동안 거의 쉬지 않고 포스미트에 대해 이야기했다. 그러고 나서 위스콘신으로 떠나 그 주 내내 돌아오지 않았다. 펠더는 CIA와 농무성이 공동으로 진행하는 전국 학교 급식 개선 사업의 일환으로 공립학교 주방 직원들에게 기초 요리 기술을 가르치러 간 것이었다. 그래서 그 사이 우리는 다른 셰프와 공부를 해야 했다.

임시 강사는 오전 가드망제 셰프인 마크 애인스워드였다. 펠더 셰프가 돌아오는 다음 주까지 그가 오전, 오후 가드망제를 모두 가르치게 되었다.

지금도 나는 잘 모르겠다. 두 수업 모두를 책임져야 한다는 중압감 때문이었는지, 혹은 찬요리 주방이 원래 그런 곳인지, 아니면 버진 아일랜드(토르톨라에 있는 패서스 랜딩에서 총 주방장으로 지내며)에서 너무 오래 있었기 때문인지는 모르겠지만, 키가 크고 솜털처럼 부드러운 갈색 머리카락의 서른일곱 살 애인스워드 셰프는 유독 차분하고 침착했다. 정말이지 느긋했던 것이다. 그는 치열하기 그지없는 라 베르나뎅에서도 일한 적이 있었다. 클리퍼 크루즈 선박회사의 요크타운 클리퍼 호에서 셰프로도 근무했다. 저장 공간이 아주 작은 빠른 쾌속 범선의 주방은 공간은 매우 좁았지만, 일반 프로덕션 주방의 업무 강도와 요리 중 벌어지는 온갖 상황의 심각성에서는 전혀 뒤지지 않았다. 상상만 해도 조마조마한 일터였다. 하지만 이 사내를 당황시킬 수 있는 것은 아무것도 없었다. 가끔 눈썹을 치켜올리고 또 가끔 미소 짓거나 고개를 끄덕이는 게 전부였다.

건조한 느낌까지 드는 음성은 오히려 애인스워드를 탁월한 이야기꾼으로 만들었다. 그의 이야기에는 많은 정보가 들어 있었을 뿐 아니라 그는 어떤 주제에 대해서도 재미있는 이야기를 들려주는 재주가 있었다. 최근에 에버하르트 뮐러가 지휘하는 뤼테스에서 견학을 했던 애덤이 그날 밤 있었던 일을 떠들어대자 셰프도 걸음을 멈췄다. 애덤은 그곳에서 일을 많이 하지는 않았지만 그곳의 요리를 눈으로 보고 맛을 볼 수 있었다고 했다. "뤼테스 음식은 정말 완벽했어요. 모든 게 완벽 그 자체였다니까요. 주방에서 나가는 요리를 모두 맛을 보았지만 흠을 전혀 찾아낼 수가 없었어요. 특히 랍스터 스톡은 정말이지 끝내줬어요. 그런 맛은 처음이었어요."

애인스워드는 고개를 끄덕이며 에버하르트는 절대 미각의 소유자라고 말했다. 그러면서 라 베르나뎅에서 그와 함께 일했던 이야기를 들려주었다. 라 베르나뎅 요리사들도 랍스타 스톡을 만들었지만 제 맛이 나지 않았다. 그러자 누군가 치킨 스톡을 아주 조금 집어넣었다.

"아마 랍스타 스톡이 38리터쯤 됐을 거야. 그리고 우리가 넣은 치킨 스톡은 한 큰술이나 됐나. 그런데 맛을 본 에버하르트가 이렇게 외쳤지. '누가 여기다 치킨 스톡을 넣은 거야?'"

CIA가 워낙 외부와는 단절된 곳이다 보니, 바깥세상 이야기 듣는 재미는 생각보다 쏠쏠했다.

우리는 가드망제 음식에 얽힌 뒷얘기도 들을 수 있었다. 물소 모차렐라라고도 불리며(이탈리아에는 실제 물소젖으로 만든 모차렐라가 있다) 이제는 10달러만 주면 450그램 정도는 쉽게 구할 수 있는 생 모차렐라 치즈는, 사실 160도로 끓인 소금물(물 38리터당 소금 28그램 비율)에 녹인 싸구려 치즈 덩어리라고 했다. 소금물 온도를 견딜 수만 있다면 손으로, 그게 아니라면 숟가락으로 태피*만큼 부드럽고 쫄깃한 느낌이 될 때까지 커드**를 주무르면 식기 전에 뭐든 만들 수 있었다. 커다란 공 모양으로 만들어 기름과 허브에 재우거나, 긴 막대처럼 만들어 비닐로 포장할 수도, 또 보콘치니*** 용으로 2.5센티미터 정도 크기로 작게 나눠 묶을 수도 있었다. 아니면 펠더 셰프 식으로, 작은 모차렐라 구슬을 만들어 구운 홍피망과 레드와인 발사믹 비네그레트 드레싱을 곁들여 낼 수도 있었다. 쫄깃한 치즈를 도마에 얇은 종이처럼 펼쳐서, 페스토를 조금 바른 뒤 길게 말아 자르면 '모차렐라-페스토 회오리'가 됐다. 애인스워드 셰프는 우리 팀에게(우리 반은 모두 네 팀으로 나눠어 있었다) 학교에 지망하려는 학생들을 위한 칵테일 리셉션에 쓸 '모차렐라-페스토 회오리'를 만들라고 지시하면서, 절반은 레드와인과 올리브 오일로 만든 독특한 맛의 비네그레트 소스를 바르라고 했다. 우리는 거기에 구운 홍피망 네 개와 통마늘 네 개, 그리고 치포틀 페퍼**** 두 개를 곁들였다.

카나페가 이처럼 변신할 수 있는 것은 소금물과 450그램당 2달러가 나가는 치즈 커드 덕분이었다. 그러므로 소위 맛집이라는 곳에서 이런 걸 파는 것은 상당히 부정한 돈벌이라며, 애인스워드 셰프는 현자라도 되는 양 고개를 저었다.

우리는 2, 3일차에 만들 포스미트에 들어갈 엄청난 양의 고기를 뼈에서 발라냈다. 셰프는 지나가는 말처럼 닭 겉모양을 고스란히 남겨두면서 뼈를 발라내는 게 얼마나 재미있는 줄 아느냐고 입을 열었다. 뼈를 다 발라낸 뒤

---

* 캐러멜처럼 부드러운 사탕

** 우유에 산을 가했을 때 생기는 응고물.

*** 식욕 촉진을 위해 한입에 먹을 수 있도록 만든 이태리 음식.

**** 향이 강한 멕시코산 고추.

속을 채워 넣어 구워내면 마치 뼈가 그대로 붙어 있는 것처럼 보인다는 것이었다. "어머니께 그렇게 해드려봐. 메추라기를 속만 발라내는 거지." 셰프는 얘기를 계속했다. "너희들 중에도 학교에서 쓰는 유럽 메추라기를 본 사람이 있을 거야. 그것처럼 하는 거지. 그러고 나서 메추라기를 암탉 안에 넣는 거야. 암탉을 꿩 안에 넣고, 꿩을 오리 안에 넣은 뒤 굽는 거지." 맨 안쪽에 들어가는 메추라기 안에다 송로버섯을 채울 때도 있다고 했다. 셰프의 이야기를 들으며, 원래 잘 웃지 않는 애덤마저 미소를 띤 채 고개를 끄덕이고 있였다. 셰프는 이 요리의 기원을 이야기해주었다. 별 근거는 없지만, 타락한 고대 로마시대에서부터 이런 요리를 했다는 것이었다. 당시 요리사는 송로버섯을 두른 푸아그라로 굴뚝새 배를 채우고 그것을 메추라기 배 속에 넣고 그것을 암탉 배 속에 넣고 그것을 오리 배 속에 집어넣었다. 그 오리를 또 수탉 배 속에 넣고 그것을 아기 돼지 안에, 그리고 마지막으로 그것을 소 배 속에 넣었다. 그러고는 세월아 네월아 하며 오래도록 구워 완전히 익고 나면, 모여 앉아 송로버섯을 나눠 먹고는 나머지를 버렸다는 이야기였다.

하지만 애인스워드는 모든 것을 가르쳐주지는 않았다. 어떤 경우든 스스로 해결할 숙제를 남기는 게 그의 철칙이었다. 그는 내게 이렇게 말했다. "이 친구들은 이제 곧 현장 실습을 나가게 돼. 그러면 스스로 질문의 정답을 찾아내게 되겠지."

두 번째 실기 시험

두 번째 실기 시험은 현장 실습을 하러 떠나기 전, 기말 시험들 사이에 치르게 되어 있었다. 그러니까 가드망제 첫 주에 조리 시험을 보게 되는 것이었다. 6명이 한 조가 되어 오전 7시 우편실 옆 실기 시험 주방으로 모였다. 준비해야 할 메뉴 여섯 가지를 적은 종이를 시험 직전에 나눠주고 게시판에도 붙여놓았다. 메뉴는 수프 하나와 고기와 소스로 이뤄진 앙트레 하나, 채소 둘, 그리고 스타치 하나였다. 학생들은 본격적으로 요리를 시작하기 전 먼저 기본 소스 중 크림수프에 사용되는 게 무엇인지, 혹은 소고기 간 것과 달걀흰자에 들어 있는 단백질이 무엇인지 등의 질문에 대답해야 했다. 정답은 벨루테와 알부민이다.

메뉴는 아주 기본적인 것들을 시험하는 내용이었다. 앙트레로는 팬 그레이비를 곁들인 로스트 치킨이나 다진 허브 소스를 곁들인 치킨 소테 혹은 포칭한 후 홀랜다이즈 소스를 곁들인 연어가 나왔다. 모두 스킬 2에서 배운 것들이었다. 수프도 스킬 1에서 배운 것들이었다. 구체적인 항목은 그때그때 달랐지만, 어쨌거나 모두가 기본을 얼마나 잘 알고 있느냐를 시험하는 내용이었다. 수프는 2시간 15분 후에 제출해야 했고 앙트레에 주어진 시간은 15분이었다. 필요한 재료는 쟁반이나 냉장고 안에 있었다. 그리고 혹시 실수를 할 경우라도 아예 처음부터 다시 시작해 2인분의 식사를 만들 시간이 충분했다. 하지만 학생들은 대부분 긴장을 감추지 못했다. 음식을 늦게 제출하면 낙제이기 때문이었다. 치킨이 덜 익었거나 넓적다리 고기에서 피가 흐르는 등, 먹을 수 없는 상태로 제출하면 낙제는 물론, 재시험 비용까지 부담해야 했다. 낯선 주방에 들어가 모르는 셰프가 지켜보는 가운데 치러야 하는 시험이었다. 당연히 걱정이 될 수밖에 없었다.

실기 시험을 보는 날, 나는 스킬 주방에서 내 맞은편 자리를 차지한 채 아무 말도 없이 표준 미장 플라스를 만들던 렌 모르몬도와 함께 오전 7시에 도착했다. 테디 베어처럼 다정하고 덩치 큰 루와 은정도 와 있었다. 은정이 나를 보더니 말했다. "꼭 스킬 주방에 돌아간 것 같아 정말 기뻐." 정말 그랬다. 우리가 해야 할 과제는 오래전 스킬 주방에서 다 배웠던 것들이었다. 어려운 점이 있다면 누구도 메뉴를 미리 알 수가 없기 때문에 모든 메뉴를 잘 숙지해둬야 한다는 사실이었다. 뭐가 나올지 알 수 없다는 사실이 우리를 무겁게 짓눌렀다. 다른 학생들과 마찬가지로 은정도 모든 메뉴 조리법이 적힌 메모장을 웃옷 주머니에 넣어왔다. 하지만 나는 메모장을 가져오지 않았다. 연어를 넣어 포칭할 쿠르 부용 같은 재료의 정확한 양을 확인할 생각으로 스킬 수업 메모 몇 장을 들고 오기는 했지만 배운 대로 하면 나머지는 자연스럽게 될 거라는 생각이었다.

펠더 셰프의 충고가 큰 힘이 됐다. "실기 시험? 그건 그냥 늘 준비하는 저녁 요리일 뿐이야." 셰프는 첫날 우리에게 그렇게 말했었다. "그저 자신이 좋아하는 일을 하는 거지."

애덤 발로는 어딘가 모르게 모진 평지풍파를 겪은 듯한 외모의 셰프였다. 그는 커다란 코와 불타는 듯한 붉은 금발에 두꺼운 안경을 썼고, 심한

헝가리 억양의 영어를 썼다. 젊은 시절 발로 셰프는 부다페스트의 카르파티아 레스토랑에서 4년간 견습 생활을 했으며 23년째 CIA에서 일하고 있었다. "사람들은 나를 여러 이름으로 부르지. 하지만 형편없는 요리사라고는 안 해." 이렇게 말하며 그는 걸걸하게 웃었다.

발로 셰프는 우리에게 그다지 눈길을 주지 않았다. 우리는 종이와 은제통 하나, 작게 접은 노란 종이 뭉치가 담긴 그릇이 놓인 있는 작은 사각 테이블 주변에 모여들었다. 셰프는 종이가 담긴 그릇을 루에게 내밀었다. 루는 그중 하나를 집어 들어 펼쳤다. '셸로우 포칭'이라고 말한 루는 숨을 내쉬었다. 뭔가 감정이 담겨 있기는 했지만, 나는 그것이 걱정인지 행복인지, 혹은 그저 해야 할 것의 정체를 알게 되었다는 안도인지 알 수가 없었다. 루가 뽑은 종이에는 브로콜리 크림수프, 라이스 필래프, 브로콜리와 당근, 그리고 서대기 살코기 포칭이 적혀 있었다. 우리는 셰프와 함께 주방 기기들이 놓인 자리를 확인했다. 기기들을 가리키며 설명하는 셰프의 목소리는 중얼거림에 가까웠다. "오븐은 3시 15분까지 계속 켜놓도록. 본인이 쓴 솥은 직접 설거지해야 하고. 앙트레 제출에 늦지 않도록 해."

마침내 시험이 시작되었다. 셸로우 포칭을 해야 하는 루와 그의 운명을 뒤로한 채 우리 5명은 주방을 떠났다. 우리에게는 공부를 조금 더 할 시간이 있었다. 루가 시작한 메뉴에는 이제 더 이상 신경 쓸 필요가 없었다.

나는 10시에 북적거리는 주방으로 다시 돌아와 노란 쪽지 하나를 그릇에서 꺼냈다. 종이에는 '브레이징, 양 다리 스테이크, 콜리플라워, 깍지완두, 으깬 감자, 양파'라고 쓰여 있었다. 시작이 좀 늦어진 루는 내가 구두시험을 보려고 자리에 앉았을 때 겨우 수프를 제출하고 있었다. 구두시험을 완벽하게 마친 뒤 나는 요리에 돌입했다. 내가 뽑은 메뉴는 비교적 쉬운 편이었다. 홀랜다이즈 소스가 필요한 딥 포칭이나 쿠르 부용, 콩소메 같은 골치 아픈 종류가 아니었다.

브레이징을 잘하는 요령은 고기를 시어링하고 미르포아를 캐러멜화하는 두 가지 작업을 먼저 하는 것이었다. 브레이징을 마치는 데 1시간 반은 걸리기 때문이었다. 나는 주방 끝 쪽에서 고기가 시어링되는 동안 원래 자리로 돌아가 미르포아를 준비하고, 수프에 쓸 양파를 얇게 저몄다. 이 역시 시간이 오래 걸리는 일이었다. 캐러멜화를 제대로 하는 것은 양파 수프의 핵심이었기 때문이었다. 채소와 스타치는 식은 죽 먹기였다. 나는 수프가 끓어오르는 데 맞춰(수프 맛이 깊어지도록 천천히 오래, 제대로 끓일 생각이었다) 채소를 조리해 물기를 제거했다. 그리고 양 다리를 브레이징했다. 수프 준비가 끝나 스토브에 올리기 직전에는 으깬 감자를 완성했다. 셰프는 으깬 감자를 튜브에 넣어 가느다랗게 짜내는 일은 하지 말라고 했다. 그 덕에 수고를 훨씬 줄일 수 있었다. 셰프는 채소에도 특별히 뭘 할 필요가 없다고 말했다. 그리고 수프 위에는 구운 빵 한 장에 파마산 치즈와 그뤼에르 치즈를 녹여 곁들이기만 하면 된다고 말했다.

그동안에 루는 치명적인 실수를 저지르고 있었다. 셸로우 포칭 방법은 간단했다. 소테 팬에 약간의 기름을 둘러 샬롯을 천천히 익히고, 피시 스톡과 약간의 화이트와인을 넣어 은근히 끓인 뒤 샬롯 위에 서대기를 넣는다(이 포칭용 액체를 퀴송이라고 부른다). 그것을 황산지로 잘 싸서, 몇 분간 오븐에 넣어둔다. 그리고 퀴송은 졸여서 걸쭉한 소스를 만들면 됐다.

루가 실수를 저지른 것은 바로 그 지점이었다. 그는 생선을 꺼내 받쳐놓고는 퀴송이 적당한 농도가 될 때까지 졸였다. 그런데 한참을 졸여도 퀴송은 물처럼 묽은 상태를 벗어나지 못했다. 당황한 루는 온도를 올렸다. 앙트레를 제출해야 할 시간이 거의 다 되어가고 있었기 때문이었다. 결국 루의 소스는 순식간에 사라져 말라버렸다. 묽은 소스에 벨루테나 뵈르 마니에*를 넣었어야 했는데, 그 생각을 해내지 못한 것이었다.

모든 것을 지켜본 셰프는 루의 점수를 결정했다. 점수는 83점이었다. 발로 셰프는 그런 점수를 준 이유를 묻는 내게 이렇게 대답했다. "그는 소스를 끓여 없애버렸어. 소스 없이 마른 생선을 내놓은 거야. 사실 낙제를 줄 수도 있었지만, 다른 부분이 완벽했거든." 그러더니 셰프는 어깨를 으쓱해 보였다. "다른 셰프였다면 '넌 낙제야'라고 말했을지도 몰라. 그런다고 문제될 것 없으니까." 발로 셰프는 웬만하면 낙제 점수를 주지 않았다. 하지만 너무 허둥대는 바람에 요리 자체를 완전히 포기하거나 앙트레를 30분이나 늦게 제출하는 학생이라면 낙제를 줄 수밖에 없다고 말했다.

그사이 나는 모든 것을 제대로 해나갔고, 스토브 앞에서도 효율적으로 일했다. 나는 계획했던 대로 12시 15분까지 수프를 완성했다. 실은 그보다 조금 일찍 끝냈다. 그릴에 크루통을 넣어둔 채 잊어버려 재가 되어버렸지만, 치즈를 충분히 남겨두어 얼른 새로 만들 수 있었다. 수프를 제출한 뒤 버터와 소금 약간을 넣어 채소를 다시 데우고, 양 다리를 스토브에 올려 포크가 들어갈 정도로 완벽하고 부드럽게 익히는 한편, 소스를 졸이고 스토브에 올려놓아 온기를 유지시켰다. 나는 채소와 으깬 감자를 먼저 접시에 담았다. 집게로 양 다리를 집어내려는데, 소스 위에 둥둥 뜬 얇은 기름막이 보였다. 무시하고 접시 위에 고기를 올려놓고 소스 한 숟가락을 뿌리는데, 다른 학생들의 요리를 모두 채점한 발로 셰프가 어깨너머로 내 요리를 들여다보았다.

"잠깐 보자." 그는 내 소스 냄비를 끌어당겼다. "기름을 걷어야지."

이런 멍청이를 보았나, 하는 말투였다. 나는 허둥지둥 소스를 휘저었다.

"이봐, 지금 기름을 소스 안으로 다시 섞어 넣고 있잖아!" 그가 외쳤다.

---

* 밀가루와 버터를 반죽한 것.

나는 동작을 멈추고 셰프를 바라보았다. 뭘 해야 할지 아무 생각도 나지 않았다.

"아이구, 됐네." 셰프는 포기한 듯 말했다. "하던 거 계속해."

접시를 내려다보니, 한 숟가락 뿌려둔 소스 밖으로 이미 밝은 주황색 기름이 배어나오고 있었다. 음식을 모두 담아낸 나는 셰프와 함께 시식과 평가를 하기 위해 자리에 앉았다.

내 수프는 캐러멜화를 지나 타버린 양파를 너무 많이 넣고 또 너무 오래 끓여서 약간 쓴맛이 났다. 양파를 균일하게 자르지 못했던 게 문제였다. 하지만 그보다 더 큰 문제는 너무 걸쭉하다는 것이었다. 나는 심한 정도까지는 아니고 그저 조금 걸쭉한 것이라고 주장했다. "자네라면 이 수프 한 그릇을 다 먹겠나?" 셰프가 말했다.

"이렇게 푹푹 찌는 7월 중순의 주방이 아니라면, 셰프도 드시고 싶을 거예요." 내가 주장했다. "바람이 거센 겨울밤, 몹시 배가 고픈 상태라고 생각해보세요." 하지만 셰프는 넘어오지 않았다. 그는 가벼운 풍미를 선호했다. 그리고 맛은 차치하고서라도 구운 빵의 가장자리를 잘라내지는 말았어야 했다. 그냥 놓아두는 게 프랑스식이었으니까 말이다.

채소는 적당하게 익었다. 하지만 고기와 마찬가지로 물기가 좀 부족했다. 선반 위에 둘 때 뚜껑을 덮지 않은 게 문제였다. 소스는 기름기가 많은데다 너무 걸쭉했다. 브레이징을 할 때는 물을 섞은 빌 스톡을 썼어야 했는데, 브라운소스를 써버렸다. 감자는 괜찮았다. "이건 정말 괜찮군." 그렇게 말한 셰프는 내 점수를 기입했다.

내 점수는 91.7이었다. 셰프 말만 들었을 때 예상했던 점수보다는 나았지만, 실수가 너무 많아 기분이 개운치가 않았다. 내가 만든 음식은 먹을 만했고 사실 맛도 꽤 괜찮았다. 하지만 뛰어나다고 할 만한 구석은 전혀 찾아볼 수가 없었다. 여러 소소한 부분들에 소홀했기 때문이었다.

스킬 동료들은 대부분 나보다 좋은 결과가 나왔다. 브레이즈를 뽑은 그레그 린치는 만점을 받았다. 발로 셰프는 이 세상 어디서도 그보다 더 나은 브레이즈를 찾기 어려울 거라고 칭찬했다. 브레이즈에서 99점을 받은 벤은 이렇게 떠들어댔다. "소스가 지이이인짜 괜찮았어. 내 브레이즈를 맛보면서 셰프가 죽는 소리를 내더라니까." 벤은 그레그가 만점을 받았다는 사실에 못마땅해하며, 그래봤자 술수에나 능한 속 빈 강정이라고 깎아내렸다.

마지막 날, 나는 발로 셰프를 찾아가 나와 함께 스킬 수업을 들은 친구들이 다른 반에 비해 잘한 편인지를 물어보았다. "대체로 잘한 편이야. 오늘도 고득점자가 2명이었고, 어제는 3명이었어." 셰프는 고개를 끄덕였다. "질문에 대한 답도 다 알고 있었고 칼질 솜씨도 일품이었지."

우리 스킬 반 친구 중 절반은 한 사람을 찾아가 감사 인사를 했다. 좋은 점수를 받을 수 있었던 건 그 사람의 공이라 생각했기 때문이었다. 그 사람은 바로 파두스 셰프였다.

애덤은 다진 허브, 호박, 당근을 곁들인 치킨 소테와 파스타, 그리고 말린 완두콩 수프를 만들어 99점을 받았다. 실기 시험이 어땠냐고 묻는 내게 애덤은 마치 스포츠 경기 명장면을 해설하는 듯한 말투로 자신이 한 일을 늘어놓았다.

"내가 다른 치킨 조각을 제출했으면 만점을 받았을 거야." 제출한 치킨 조각 끝 쪽에 아주 작게 탄 흔적이 있었다는 것이었다. "다른 건 전부 완벽했어. 믿을 수가 없었지. 그 정도로 잘될 거라고는 생각 못했거든. 어쩌다 그렇게 해낼 수 있었던 건지는 나도 모르겠어. 사실 셰프가 완두콩 수프에 베이컨을 넣는 걸 좋아하지 않는다는 것을 알고 있었어. 색감이나 맛이 무거운 걸 별로 좋아하지 않잖아? 음식이 본연의 맛을 내기를 바라는 셰프야, 그 양반은. 그래서 베이컨을 구운 뒤 샬롯과 마늘, 셀러리를 그 기름에 볶았어. 하지만 베이컨 조각은 꺼내 두었지. 크루통도 베이컨 기름으로 만들었어. 그러고는 베이컨 조각을 향신료 주머니에 넣어 마지막 순간에 수프에 집어넣은 거야. 전에는 그렇게 해볼 생각을 한 번도 안 했는데 말야. 어쩌다 그런 생각을 떠올렸는지 모르겠어. 완성된 수프는 맛이 완벽했어. 참, 감자는 치킨 스톡으로 삶았어. 원래는 콩이랑 관절 부위랑 같이 익히잖아, 안 그래? 그리고 수프를 묽게 만들 때 쓰려고 치킨 스톡을 남겨 뒀지. 그러기를 아주 잘했어. 당근에 윤기가 나게 하는 데는 치킨 소스와 버터를 썼고, 데쳐서 물기를 제거한 서양호박은 다시 데운 뒤 버터를 넣었지."

나는 애덤에게 발로 셰프에 대해 어떻게 생각하느냐고 물었다.

"본인이 하는 일을 잘 알고 있는 셰프야. 실기 시험 점수 담당으로는 안 맞는다는 둥, 점수를 너무 쉽게 매긴다는 둥, 미각이 떨어진다는 둥 말하는 사람들도 있지만, 됐다 그래. 발로 셰프는 관대하지만 판단은 확실한 사람이란 말이지. 멜리사가 그러더군. '발로 셰프가 내 수프 맛이 너무 강하다고 하지 뭐야.' 그러고는 '무슨 말인지 이해가 안 가'라는 표정으로 나를 쳐다보는 거야. 그래서 나도 멜리사의 수프를 먹어봤어. 셰프 판단이 옳더군. 혹시 브로콜리를 회색이 될 때까지 익히면 어떤 맛이 나는지 알아? 저 깊은 곳에서부터 얼마나 기묘하고 흐물흐물한 칙칙한 맛이 나는지 모를 거야. 멜리사 수프가 딱 그런 맛이었어. 셰프 말이 무슨 뜻인지 나는 정확하게 이해가 되더라고."

빅터의 콩소메는 스킬 수업에서처럼 눌어붙었다. 에리카는 91점을 받았다. 그녀가 뽑은 것도 소테였다. "이 정도면 만족해, 난." 에리카는 살짝 어깨를 으쓱하며 미소 지었다. 그러더니 그 놀랍도록 푸른 눈으로 나를 바라보며 말했다. "게다가 완두콩 수프를 만들었잖아? 너도 내가 완두콩 수프를 얼마나 좋아하는지 알지?"

마법에 걸린 시간

일주일이 지나 월요일에 펠더 셰프가 돌아왔다. 솔직히 두 셰프 중 누가 더 마음에 드는지는 결정하기가 어려웠다. 애인스워드는 주말에 함께 나가 놀기 좋은 멋진 형 같았다. 반면에 펠더는 마치 이 세상 사람이 아닌 것 같은 매력으로 우리를 사로잡아버렸다. "요리는 마술이고 연금술이다." 그녀는 눈을 반짝이며 말했다. 그저 냄새가 좋은 액체를 젤라틴처럼 굳힌 것일 뿐인 아스픽까지도 흥미로운 음식으로 보이게 하는 재주가 있었다.

"지난 밤 야생 버섯으로 만든 커넬*을 띄운 랍스터 콩소메가 메뉴로 나왔다고 가정해보자." 펠더 셰프는 마치 마술사가 흰 비둘기를 만들어 공중으로 날려 보내듯 멋진 예를 들곤 했다. "그런데 콩소메 9백 밀리리터와 랍스터 한 마리가 남았어. 선택은 세 가지다. 남은 음식을 직원에게 주거나, 혹은 버리거나. 아니면 그걸로 만들 수 있는 뭔가를 생각해내는 거지. 제일 빠른 방법은 콩소메를 아스픽으로 변신시키는 거야."

"랍스터 아스픽을 만들면 돼. 랍스터를 익혀서 크게 깍둑썰기하고 파 약

* 간 생선이나 고기에 달걀이나 크림을 넣어 부드럽게 만들어 양념한 가벼운 덤플링.

간, 물냉이 약간을 준비한 뒤, 처빌과 차이브를 다져서 데친다. 랍스터 아스픽은 차게 나갈 음식이기 때문에 양념을 강하게 해야지. 아스픽에다 준비한 랍스터 살과 처빌, 차이브를 넣고, 세모꼴 테린 틀에 넣는다. 그렇게 완성된 음식을 얇게 저미면, 16~20명까지 먹을 수 있는 랍스터 테린이 완성되는 거야. 얇게 저민 테린 두 장에 싹 채소 약간, 랍스터 스톡으로 졸인 마요네즈를 조금 곁들여 내면 바로 내다 팔 수 있어. 남은 콩소메를 남김없이 활용하는 최고의 방법 아닌가?"

나는 박수를 치고 싶은 심정이었다.

애피타이저를 만드는 것이 8일차에 할 일이었다. 다른 스킬 반에서 온 친구 2명과 비앙카가 속한 우리 팀이 맡은 메뉴는 다음과 같았다.

크랜베리와 오렌지 쿨리*를 곁들인 치킨 갤런틴 / 구운 피칸과 비네그레트 소스를 곁들인 야생 쌀 피칸 샐러드 / 포트와인 시럽에 포칭한 배.

마셰**와 까치콩, 아티초크 속대, 토마토를 곁들인 랍스터 샐러드 / 송로버섯 오일 비네그레트 소스를 곁들인 송로버섯.

올리브 오일과 레몬즙, 파마산 치즈, 흑후추를 곁들인 셰이브드 채소 샐러드***.

---

* 홍피망, 브로콜리, 토마토 등의 채소로 만든 새콤한 맛의 퓌레 소스.

** 유럽과 북아프리카가 원산지인 허브의 한 종류.

*** 아주 가늘게 썬 채소로 만든 샐러드.

미식 잡지들에서나 볼 수 있는 아름다운 요리였다. 여섯 팀이 팀별로 다른 메뉴를 받았다. 이중 한 접시, 혹은 몇 접시는 베샤멜이 눌어붙은 솥과 치킨 벨루테 그릇과 오트밀처럼 뻑뻑한 클램 차우더가 마구 뒤섞인 8일차 스킬 1 주방에 마치 신기루처럼 등장해 선보일 예정이었다.

"여러부운?" 우리는 셰프의 시범을 보기 위해 모여들었다. "필기해. 갤런틴에 쓸 닭 껍질을 준비한다." 펠더 셰프는 다리가 있던 자리가 꼭 바짓가랑이처럼 생긴 통으로 이어진 닭 껍질 한 장을 오돌토돌한 부분이 아래로 향하도록 도마 위에 펼쳐놓았다. 그리고 껍질에서 지방을 긁어낸 뒤 네모난 모양으로 자르면서, 아주 섬세한 닭 껍질을 녹색 샐러드 채소와 소테잉한 닭 간에 뿌릴 수 있도록 적당한 온도의 오븐에서 잘 구워내면 어떤 모습이 되는지 설명했다. 바지 모양 부분을 잘라낸 뒤 껍질을 말기 쉽도록 비닐 랩 위에 펼쳐놓은 후 계속해서 다음 단계로 이어나갔다.

닭고기에서 살이 어두운 부분과 돼지고기 등심, 옆구리 위쪽 비곗살을 미리 양념에 재워 만들어 놓은 포스미트를 껍질 아래쪽에 길고 가늘게 펼쳤다. 위쪽에는 닭가슴살 두 개를 얹은 뒤, 남은 포스미트에 말린 체리와 피스타치오를 섞어 가슴살을 덮었다. 이렇게 만든 것을 닭 껍질로 단단히 싸서 지름 7.5센티미터에 높이 22.5센티미터 정도 되는 원기둥 모양으로 만들었다. 원기둥은 성긴 면보로 싼 뒤 정육 끈으로 묶었다. 양쪽 끝을 먼저 묶은 셰프는 다른 끈으로 중간중간 세 군데에서 더 묶어 주었다.

우리는 갤런틴을 170도로 끓는 치킨 스톡에서 포칭했다. 스톡 내부 온도는 160도였다. 포칭이 끝나면 스톡 안에 담가둔 채 밤새 식힌 뒤 천을 벗겨내고 당의를 입혀 잘게 다진 피스타치오에 굴릴 예정이었다. 그렇게 완성한 갤런틴을 자르면 가장자리는 녹색에 체리와 피스타치오가 빨강, 초록으로 점점이 박힌 포스미트가 하얀 닭가슴살 덩어리를 감싸고 있는 모습이 드러난다. 거기에 얇은 크랜베리 오렌지 쿨리와 쌀, 포칭한 배를 곁들여 내면 완성이었다.

완성하는 데 이틀이 걸리는 치킨 갤런틴을 준비해놓고 나니, 랍스터 샐러드는 식은 죽 먹기였다. 적어도 마셰가 보이지 않는다는 것을 깨닫기 전까지는 그랬다.

나는 식재료를 담당하고 있는 애덤을 찾았다. 애덤은 자신은 분명 마셰를 주문했는데 도착한 것은 보지 못했다고 대답했다. 우리는 주문장을 확인했다. 주문장대로라면 재료실은 마셰로 가득해야 옳았다. 나는 직접 재료실을 찾아갔다. 그쪽 사람들은 어찌 된 일인지 모르겠지만 도착하면 즉시 보내주겠다고 약속했다. 돌아오자마자 펠더 셰프에게 사정을 설명하자 그녀는 곧장 재료실로 향했다. 펠더는 허구한 날 재료실 사람들과 말다툼을 했다. 그녀가 에일룸 토마토*와 신선한 정어리, 매우 값비싼 소금으로 감싼 이탈리아산 앤초비를 쟁취할 수 있었던 것은 모두 그 덕이었다.

화가 난 표정으로 돌아온 그녀가 내게 말했다. "메츠 총장이 우리 마셰를 몽땅 가져갔대."

학교에서 구입하는 마셰는 근처 농장에서 수경 재배한 것으로 비닐로 포장해 단단한 갈색 상자에 넣어 배달됐다. 그래서 촘촘한 송이로 자라는 마셰가 전혀 다치지 않고 도착할 수 있었다. 학교에서는 비교적 흔하게 볼 수 있는 아름다운 채소였지만, 여름 휴관이 다가오면서 재료실에 오래 둘 수 없는 다른 재료들과 더불어 주문량이 줄었다. 펠더는 전화를 한 통 걸더니 조용한 목소리로 내게 지시했다. "생선 주방 건너편에 있는 사무실에 가봐. 반드시 아름답고 완벽한 마셰 여덟 송이를 상한 데 없이 가져와야 해. 도라에게 얘기하면 될 거야." 펠더 셰프는 내게 작은 호텔 팬과 종이 타월 적신

---

* 맛이 뛰어난 토마토의 한 종류.

것을 챙겨 가라고 하면서 가능한 한 조심스럽게 하나씩 꺼내서, 없어진 사실을 아무도 알아차리지 못하게 해야 한다고 몇 번을 강조했다.

나는 메츠 총장의 주문 정리를 담당하는 도라에게 셰프가 미리 얘기를 끝내놓은 상태라고 생각했다. 그녀의 목소리에 담긴 불온한 기운을 전혀 알아차리지 못했다. 사무실 앞에서 출근복 차림에 검은 머리카락을 한 여자와 마주쳤다. 복도에서 자주 보았던 여자였다. 메츠 총장이 먹을 루터베이거를 가지러 팬트리에 들를 때나, 역시 메츠 총장이 먹을 사워 도우*를 가지러 코펫지 셰프의 베이킹실에 들를 때면 그녀는 늘 다정한 모습이었다. 나는 그녀에게 도라를 찾고 있다고 말했다.

"도라를 만나러 왔다고요? 제가 바로 도라예요." 그녀가 대답했다.

나는 이름을 대면서, 펠더 셰프의 주방에서 도라에게 도움을 청해두었다는 얘기를 듣고 심부름을 왔다고 말했다. 나는 당연히 그녀가 이렇게 말할 줄 알았다. "아, 네. 기다리고 있었어요." 하지만 그녀는 고개를 저었다. "우리도 이것밖에는 없어요." 그러면서 식재료가 들어 있는 카트 속 상자 하나를 가리켰다. "재료실에 9백 그램을 주문했더니 이걸 보냈더군요." 상자에는 9백 그램이라고 적혀 있었다. 도라는 마셰가 가득 찬 비닐 봉투 두 개를 상자에서 꺼내 저울에 얹었다. 저울 밑에는 매츠 총장의 주문서가 끼어 있었다. 봉투 하나당 280그램씩, 9백그램 중 총 340그램이 모자랐다. 도라는 고개를 저었다. "총장님은 한가하게 상자나 들고 돌아다니실 수 있는 분이 아닌데."

나는 아무도 알아차리지 못하도록 교묘하게 꺼낼 테니, 완벽하고 아주, 아주 아름다운 마셰 여덟 송이만 부탁한다고 말했다.

---

* 신맛이 나는 반죽 혹은 빵. 독특한 풍미가 있어 특히 호밀빵을 만들 때 사용.

그녀는 거절했다. 하지만 통화를 하는 동안 기다려보라고 했다.

조수 한 사람이 들어와 카트를 보며 주문 내용을 점검하기 시작했다. 나는 그 조수에게 물었다.

"여기 있는 게 모두 필요하세요? 아주 약간만 가져가면 안 될까요?"

조수의 대답도 마찬가지였다.

"메츠 총장님께 전화해서 다 쓰실 건지 여쭤봐도 될까요?"

그러자 조수가 미소를 지으며 말했다.

"물론이죠, 그렇게 하세요. 전화 한번 해보시죠."

전화를 건다는 건 모험이나 다름없었다.

"총장님은 댁에 가셨나요?"

"아마 아직 사무실에 계실 거예요."

그 순간 귓가에, 그건 잘하는 짓이 아니라는 목소리가 들려왔다. 결국 나는 점점 말라가는 호텔 팬 안을 종이 타월로 문지르면서, 별 소용 없는 노력을 기울이기로 했다.

"총장님께서 마셰를 오늘 밤에 쓰신다고 했나요?" 내가 물었다.

"가져가실 거래요."

"어디를 가시는데요?"

"펜실베이니아에 있는 댁으로 가시는 걸로 알고 있어요." 그럴 법했다. 이제 하루만 지나면 4일간 수업이 없는 7월 넷째 주 주말이었기 때문이다. 나는 계속해서 내 임무에 충실했다. "마셰가 한창인 계절이니 분명히 펜실베이니아에 있는 총장님 집 근처 농장에서도 갓 수확한 마셰를 구할 수 있을 거예요."

조수는 고개를 저었다.

"분명히 살 수 있을 거라니까요."

조수는 여전히 고개를 가로저으며 나를 향해 미소 지었다. "총장님이 식료품점에 가신다고요? 평생 근처에도 안 가보셨을걸요!" 그렇게 말한 조수는 나에게서 완전히 돌아서버렸다. 자신도 방금 한 말이 말도 안 된다고 생각하는 듯 키득거리고 있었다. (하느님, 이 여자가 메츠 총장을 중상모략하지 못하게 하소서!) 학교 재료실을 마음대로 활용할 수 있다는 것은 확실히 CIA 총장만의 대단한 특권이었다. 숍라이트 같은 가게에서 하염없이 시간을 보내고 싶지 않은 건 나도 마찬가지였다.

"딱 여덟 송이만 주세요. 그거면 된다고요."

그녀는 고개를 저었다. 점점 마음이 약해지고 있다는 게 보이자 나는 짐짓 모르는 척 승부수를 던졌다. "내일 메츠 총장님께 페덱스로 보낼 수도 있지 않을까요?"

조수는 내 제안을 웃어넘겼다. 그때 도라가 돌아와 재료실에는 남은 마셰가 없다고 말했다.

"저는 아주 조금만 있으면 돼요. 6시까지는 가져가야 해요."

"우리는 4시에 필요하답니다. 지금 당장이라는 말이지요." 마셰 상자는 카트 위에 다시 올라갔고, 나는 텅 빈 호텔 팬을 든 채 내쫓기고 말았다.

나는 다른 주방을 돌아다니며 구걸하기 시작했다. 키프 셰프의 팬트리에 한 박스가 있었는데, 내용물을 보고 움찔 놀란 그는 이렇게 말했다. "몽땅 다 필요하네. 이건 내일 만들 50인분 요리의 고명으로 쓸 거야." 그렇게 말한 셰프는 한숨을 쉬며 마셰 한 송이를 꺼냈다. 그러더니 두 번째 송이에 이어 세 번째 송이, 그리고 네 번째 송이에 손을 얹고는 잠시 생각에 잠겼다. "여유분은 정말이지 딱 이만큼이야." 나는 "복 받으실 거예요"라고 외치고 싶은 것을 꾹 누른 채, 그저 고맙다는 인사를 하고 돌아섰다.

가드망제 주방으로 돌아와 펠더 셰프에게 있었던 일을 설명하자 그녀는 한숨을 쉬더니, 랍스터 샐러드를 네 개만 만들자고 말했다.

펠더 셰프가 랍스터 샐러드에 마셰를 즐겨 쓰는 이유는 곧 알 수 있었다.

셰프는 애피타이저를 두툼하면서도 모양이 망가지지 않도록 잘 썰어 랍스터 꼬리와 함께 접시에 담으라고 지시했다. 해초처럼 얽힌 마셰 속에서 랍스터는 마치 살아 있는 것처럼 보였다. 특히 주황색의 랍스터와 선명하게 대비되는 검은 송로버섯 조각들을 접시 위쪽에 흩뿌린 모양이 참으로 멋졌다. 한 번도 송로버섯 껍질을 벗겨본 적이 없었던 나는 방법을 셰프에게 물었다. 셰프는 깡통에 든 송로버섯을 써야 한다는 것이 영 마음에 들지 않는 눈치였다. 그녀는 송로버섯 껍질을 벗기며 이렇게 말했다. "450그램에 8백달러쯤 하는 신선한 송로버섯이 있다면 쌀 속에 넣어둬. 그러면 송로버섯 향이 쌀에 배어들지. 그 뒤 달걀 두 개를 쌀 속에 넣고 냉장고에 보관하는 거야. 그러면 달걀이 송로버섯 향을 빨아들이지. 달걀은 숨을 쉬거든. 이제 할 일은 그 달걀을 꺼내 부드럽게 스크램블하는 거야. 부드럽게, 부드럽게 스크램블한 달걀을 접시 중앙에 담은 뒤 팽 드미*, 그리고 샴페인과 함께 내놓으면, 새해 전야에 연인과 즐길 만한 정말 로맨틱한 음식이 되는 거지." 셰프는 이야기와 함께 송로버섯 다듬기를 마치고는 멀어져 갔다.

가드망제 학생들과 성격이 외향적인 학생들은 무대 위에서 식사를 했다. A블록에 들어온 신입생들과 와인 및 메뉴 수업이 있는 블록 학생들도 마찬가지였다. 원래 예배당의 높은 단상이었던 부분을 개조한 무대에서는 유럽 전통 요리를 담당하는 전통 연회 요리 반에서 내놓는 음식을 먹을 수 있었다. 우리가 자리에 앉으면 테이블 서비스 수업을 처음 듣는 학생 웨이터들이 갓 만든 따뜻한 롤빵을 은 식기에 내왔다. 그리고 식사를 마치면 커피를 리필해주었다. 우리는 흰옷을 입은 채로 6시 30분에 무대로 가 저녁을 먹

* 샌드위치용 식빵.

었다. 식사로는 미카도 샐러드*에 야생 가금류로 만든 콩소메, 그리고 생국수를 곁들인 오소 부코**가 나오는 식이었다.

식사에 시간이 너무 오래 걸린다거나(그래서 밥 먹은 뒤 담배 피울 시간이 남지 않는다), 이미 기름진 음식을 충분히 먹었다는 이유로 무대에서 먹지 않는 학생들이 많았다. 하지만 애덤은 절대 무대를 그냥 지나치지 않았고, 나 역시 그랬다. 그래서 우리 둘은 대개 함께 식사를 했다. 보통은 음식 얘기를 주고받았지만, 옛 스킬 반 동기들이 잘하고 있는지, 또 어떤 계획들을 하고 있는지 들을 수 있는 기회도 이때가 유일했다.

포칭한 농어 요리를 앞에 둔 채, 애덤과 수전은 현장 실습 이야기를 했다. 애덤은 전날 몽키 바의 존 생크에게 전화를 걸어 자리가 있는지 알아보았다고 했다. 수전은 그래머시 태번에서 바라던 실습 자리를 얻는 데 성공했다.

"난 네 군데를 찾아다녔어." 애덤이 말했다. "뤼테스, 이 사람들은 필요 없다고 했어. 그리고 매치, 오시아나, 몽키 바까지, 모두 네 군데였어."

"오시아나는 어땠어?" 수전이 물었다.

"거긴 정말 마음에 들더라. 릭이랑 라드도 괜찮았지. 라드는 저녁 담당 수 셰프야."

수전이 오시아나 주방은 너무 마초적이라는 얘기를 들었다고 하자, 애덤은 맞장구를 치며, 그래도 뤼테스보다는 낫다고 대답했다. "뤼테스에서는 프와소니에***가 한 번에 20인분은 되는 요리를 담으려다가 덴 적이 있었대. 다들 몰려들었지. 그런데 화상을 입은 그에게 수 셰프가 이렇게 말했다

---

* 굴을 곁들인 쌀.
** 송아지의 정강이 살을 와인, 양파, 토마토 등과 함께 찐 이탈리아 요리.
*** 생선 담당 셰프 혹은 스테이션.

는 거야. '화상을 입을 거라면 티 내지 말고 입어라. 화상을 입지 않기를 원한다면, 요리사 될 생각을 해서는 안 돼.'" 애덤은 웃으면서 고개를 절레절레 흔들었다. "별것도 아닌 사람이 그런 말을 했다는 거 아냐. 고작 수 셰프였어. 셰프도 아니었다니까. 자기가 하는 일이 뭐야? 그냥 우두커니 서서 주방이 신속하게 돌아가도록 만드는 역할을 할 뿐이잖아. 일도 하나 안 하면서 말이야."

하루는 은정 옆에 앉게 되었다. 은정은 접시에 담긴 코키유 생 자크*에서 홍합과 가리비를 꺼내 소스를 떨어내고 있었다. "한국 음식이 먹고 싶어." 처량한 표정이었다. 이곳 음식은 온통 버터와 크림투성이였다. "가드망제에서 만드는 연회 음식은 우리 음식 문화에는 없는 것들이라 정말 새로웠어." 미국에서 취업 허가를 받지 못한 은정은 현장 실습을 나가지 못해, 가드망제 후 곧장 베이킹 입문 수업을 듣고 있었다. 그녀는 오는 봄 한국으로 돌아가면 대학원에 다니면서 고급 호텔에서 일하고 싶다고 했다. 그러고 난 뒤에는 학생들을 가르치는 게 꿈이었다.

"나도 그래." 에리카가 끼어들었다. "나도 요리 선생이 되고 싶거든." 에리카는 버지니아 윌리엄스버그의 마르셀 데솔니어스 트렐리스 레스토랑 앤드 카페에서 현장 실습을 할 예정이었다.

우리가 농어 요리를 다 먹자 웨이터가 치우러 왔다. 그때 애덤은 사진 얘기를 꺼냈다. 그는 수업 시간에 카메라를 가져와 완성한 요리 사진을 자주 찍었다. 애덤은 잡지나 요리책에 들어가는 그런 사진이 아니라 예술 사진을 찍고 싶다고 했다. "내 생각에 사진과 음식은 공통점이 많아."

"어떤 점이 비슷한데?"

---

* 관자에 크림과 와인으로 만든 소스를 넣고 그 위에 빵가루나 치즈를 올려 브로일러나 오븐에서 구운 요리. 조개 껍질에 담아 냄.

내 질문에 그는 주저 없이 대답했다.

"대비, 질감, 명암, 정서가 들어 있거든."

"음식에는 어떤 정서가 있는데?"

"모든 정서가 다 들어 있지."

"우리가 먹은 농어에는 어떤 정서가 들었어?"

애덤은 미소를 지으며 고개를 저었다. 생선은 지나치게 익었고 소스는 옅고 맛이 흐렸다.

테이블에 앉아 우리 이야기를 듣던 낯선 친구가 끼어들었다. "혐오가 들었더군."

애덤이 말했다. "사람들이 음식을 먹는 동안 찍고 싶은 장면이 딱 하나 있어." 애덤은 저녁 만찬에 초대받을 때마다 소형 1회용 카메라를 가져가 사람들이 음식을 입안에 넣는 순간을 찍었다고 설명했다. "모두들 정말 싫어하지." 그의 집에는 그런 장면을 찍은 사진 음화(陰畫)가 가득 든 봉투가 있었다. 하지만 단 한 장도 인화를 하지는 않았다. 그가 중하게 여기는 것은 사진 촬영 행위에 담긴 반체제적 의미였다.

첫날 펠더 셰프는 우아하기 그지없는 방식으로 자신을 소개했다. 시작은 이름과 나고 자란 곳에 대한 얘기였다. 그러더니 멘토인 앨리스 워터 이야기를 꺼냈다. 요리사는 가까운 곳의 농부들을 도와야 한다는 앨리스의 말과 함께 그녀는 지난날 자신이 했던 일들을 들려주었다. 펠더 셰프는 유기농 딸기 농장으로 가 딸기를 땄다. 완두콩 농장에 가서는 완두콩을 땄다. 다음에는 양계장으로 가 그날 아침 잡은 닭을 샀다. 집으로 돌아와서는 정원에서 포도 잎과 상추, 허브를 땄고, 허드슨밸리의 풍요로움에 감탄하며 손님 여섯 사람을 저녁 식사에 초대했다. "음식은 바로 이런 거다." 그녀가 말했다. "음식은 지역사회와 밀접한 연관이 있지. 음식은 대지와도 떼려야 뗄 수 없는 관계다. 우리는 대지를 잘 돌보아야 해."

에리카는 넋을 잃고 앉아 있었다. 그런 이야기를 들어본 적이 없었기 때문이었다. 에리카는 이제껏 한 번도 음식에 정서적, 철학적 요소가 깃들어 있다고 생각해본 일이 없었다. 파두스 셰프와 스미스 셰프, 그리고 다른 여러 셰프들도 분명 은연중에 그 같은 생각을 들려주었지만, 펠더 셰프가 지닌 무엇인가가 에리카의 마음을 움직여 이 같은 생각을 받아들이도록 감화시켰던 것이다.

"가드망제는 시간이 걸린다. 요리도 시간이 필요해. 난 여러분이 얼마나 열렬히 달려들어 일하는가에는 관심이 없어. 시간을 들여 세부적인 부분들에 관심을 기울이지 않으면, 여러분은 위대한 요리사가 되지 못할 거야."

나는 가끔 펠더 셰프가 이 세상 사람이 아닌 것 같다는 생각을 하곤 했다. 그러나 인터뷰 때문에 그녀의 사무실에서 만나기로 약속한 날, 네 단짜리 계단을 씩씩거리며 오르던 모습은 전혀 불멸의 존재처럼 보이지 않았다. 그녀는 집 근처 농장에서 갓 캐내 축축한 흙을 뒤집어쓴 감자가 든 구겨진 갈색 종이 가방을 들고 있었다. 내가 펠더에게 수업 외에 시간을 좀 내달라고 부탁했던 것은 그녀에 대해 더 잘 알아보고, 훌륭한 요리사의 자질과 뛰어난 요리사가 되는 방법에 대한 그녀의 독특한 생각을 듣고 싶어서였다. 훌륭한 요리사가 되려면 비율은 기본이다. 비율은 뼈에 새겨야 한다. 기법, 기술, 기교는 식재료가 작용하는 방식에 대한 지식이 있어야 갖출 수 있다. 이 역시 뼈에 새겨야 한다. 거기에 경험 또한 중요한 요소다. 하지만, 이것 말고도 필요한 것이 분명 더 있었다. 나는 펠더 셰프가 나에게 그것을 알려줄지도 모른다는 희망을 품었던 것이다.

이브 펠더는 사우스캐롤라이나 주 찰스턴에서 태어나 음식과 요리를 사랑하는 가정에서 태어났다. 본인은 늘 요리사가 되고 싶다는 생각을 품고 있었지만, 부모님은 대학을 가야 한다고 주장했다. 찰스턴 대학 심리학과를 졸업한 뒤에도 펠더의 마음에는 요리사가 되고픈 열망이 남아 있었다. "난 늘 요리사가 되고 싶었어. 하지만, 알다시피 난 남부 숙녀였지. 남부 사람들에게 요리는 집안일이었어." 그 때문에 부모님은 펠더의 꿈을 응원해 주지 않았다. 독학으로 요리를 공부한 그녀는 결국 본인의 힘만으로 셰 파니스에서 일할 수 있게 되었다.

펠더 셰프는 셰프와 농부가 힘을 모아 운영하는 셰 파니스의 개념에서 큰 영향을 받았다고 했다. "거기에서 정말 많이 공부했어. 농부들과 관계를 발전시켜야만 한다는 사실을 배웠지. 폴 존슨이라는 사람이 셰 파니스에서 쓰는 생선을 공급했는데, 그는 젊었을 때 셰 파니스 직원이었어. 셰 파니스는 무려 20년 동안이나 폴의 생선을 샀지. 앨리스가 폴에게 사업 운영에 필요한 자금을 대준 거야. 아크메 베이커리를 운영하는 스티븐 설리반도 원래는 셰 파니스에서 빵을 구웠던 사람이야. 지금 그는 빵집을 운영해서 돈을 엄청나게 벌고 있어. 그리고 하루에 두 번 셰 파니스에 빵을 갖다주지. 셰 파니스에서 배운 것은 대부분, 그처럼 관계를 원만히 유지하면 내 레스토랑 내에서만이 아니라 레스토랑 밖에서도 더불어 사는 사회를 만들 수 있다는 점이었어. 중요한 것은, 음식이 바라는 바가 무엇인가 하는 점을 생각해야 한다는 사실이었지."

"음식은 뭘 원할까? 다른 것이 섞이지 않은 순수한 음식은 어떤 맛이 날까? 내가 가르치는 젊은 셰프들은 점점 더 많은 재료를 넣으려고 하고 있어. 그 친구들은 훈제며 뭐며, 여러 가지 것들을 하고 싶어 해. 그런데 말야, 사실 여기 이 감자는 단순히 셰리-샬롯 비네그레트 소스와 구운 마늘만 곁들여도 맛이 끝내줘. 정말 맛있어진다니까. 젊은 셰프들은 음식 본연의 맛을 낼 수 있어야 한다는 게 내 생각이야. 음식에 자신의 뜻대로 맛을 입히는 것은 잘못된 생각이라는 거지. 음식 본연의 맛을 살리려면 필요한 게 뭘까, 그걸 알아내기 위한 기술과 미각이 나에게 있을까를 고민해야 해. 맛을 봐야 해. 그리고 앞으로도 계속해서 조리법 같은 것은 사용하지 않을 작정이야. 음식은 맛으로 이야기하는 거니까."

펠더 셰프는 이야기를 계속했다. "맛을 보는 것은 정말 중요해. 학생들에게 맛을 보도록 가르치고, 미각을 길러주는 게 가장 중요하다는 말이지. 이를테면 올리브 오일을 사려고 할 때는 어떤 브랜드냐로 고르는 게 아니라 열 가지 올리브 오일을 맛보고 사용하기 딱 좋은 하나를 선택해야 한다는 것을 알려주는 거지. 맛을 비교하는 것도 중요해. 아이가 푸아그라를 싫어하건 혹은 캐비어를 싫어하건, 아, 여기서 말하는 아이란 그런 음식을 한 번도 먹어본 적 없는 우리 내면의 아이를 의미해, 셰프라면 어떤 게 훌륭한 것인지 구분하는 방법을 배워야만 해. 후천적 기호인 거지. 정말 맛좋은 근대를 먹어본 적 없으면 근대를 좋아하지 않을 수도 있겠지. 하지만, 근대 같은 건 내 인생에 없다는 식으로 생각하지는 말아야 해."

아름다운 7월의 한낮, 우리는 세인트 앤드루스 카페의 테라스에 앉아 있었다. 세인트 앤드루스 직원 크레이그 에드워즈가 다가와 음료가 필요하냐고 물었다. 그는 펠더 셰프의 광팬이라고 했다. 펠더에게는 "믿기 어려울 정도의 독특한 기운"이 있다는 것이었다. 에드워즈가 소다수를 가져다주자 펠더 셰프는 멋진 남부 숙녀의 말투로 이렇게 말했다. "그리 말해주다니, 영광이에요." 크레이그는 활짝 웃었다.

나는 화제를 좁혀 가드망제 이야기를 꺼냈다. 가드망제에서 이뤄지는 요리사 교육의 핵심은 무엇일까?

"첫째는 공식을 알려주는 거지." 그녀가 말했다. "공식을 알면 조리법 대신 기본 비율을 가지고 작업할 수 있게 돼. 바로 그 기본 공식에서부터 맛이 좋은지 아닌지 구별할 수 있는 거야. 난 비율을 이용하는 게 옳다고 확신해. 일단 기본을 알고 나면 뭐든지 마음대로 할 수 있어. 하지만 밀가루 한 컵과 달걀 하나가 파스타가 되고, 기름 한 컵과 달걀노른자 하나에서 마요네즈 한 컵이 나온다는 사실을 알기 전까지는, 그리고 그것이 머릿속에 깊이 뿌리내리기 전까지는 조리법이 적힌 책에 매달릴 수밖에 없어. 헌데 그런 책에 나오는 조리법이 꼭 기술을 가진 이가 쓴 것이란 법은 없거든. 책 안에 든 다양한 공식은 맞을 수도 있고 아닐 수도 있는 거야……. 단순한 시럽을 생각해봐. 과일 한 컵이 있어. 거기다 설탕 반 컵을 넣어 밤새 둔다면 과일에서는 즙이 몽땅 빠져나올 거야. 그걸 끓여 과육을 무르게 만들고 걸러내. 남은 즙을 접시에 떨어뜨려보면서 마음에 드는 점도가 될 때까지 졸여. 내 말은 그러니까, 그런 기본대로만 하면 저장 식품은 물론 잼도 만들 수 있고, 다른 무엇도 자유롭게 할 수 있다는 뜻이야. 그런 기법을 제대로 알아둬야지만, 원하는 것을 마음대로 할 수 있는 자유가 생기는 거야."

음식에 대한 열정은 끝없는 호기심에서 나오는 것이 분명했다. 펠더 셰프는 푸아그라 하나도 그냥 책에서 읽고 넘어가는 그런 사람이 아니었다. 그녀는 직접 프랑스 도르도뉴 지방을 찾아가 푸아그라를 만드는 오리와 거위를 기르는 농장에서 며칠간 지내며, 강제 영양 공급에서부터 도살에 이르기까지 전체 과정을 지켜보았다.

"셰프라면 프로슈토* 용 다리를 보존 처리하는 방법을 알고 있어야지. 호기심이 필요해. 판체타** 나 베이컨을 만드는 돼지 뱃살 보존 방법도 마찬가지야. 그런 걸 알아야 요리의 기본을 이해할 수 있어. 프랑스 남부의 농장 사람은 대체 무슨 일을 하는 걸까? 바욘 햄은 어떻게 만드는 걸까? 나는 그 과정이 궁금해. 말해줄 수 있는 사람은 없어. 그치만 지금 난 오리 강제 영양 공급이 뭔지 알고 있어. 메추라기 도살 방법도 알고 있지. 새끼 새를

* 향신료가 많이 든 돼지고기 넙적다리를 염장, 훈제 처리한 이탈리아 햄.

** 소금과 향료로 처리한 이탈리아식 베이컨이나 훈제하지 않은 약간 말린 베이컨.

잡아 손질하는 방법도 알아. 돼지와 양을 통째로 잡아 해체하는 방법도 알고 있어. 메스껍지 않냐고? 그래서는 안 되지. 음식과 떼려야 뗄 수 없는 것들이니까."

나는 위대한 요리를 만드는 능력은 타고나는 것인지, 아니면 배울 수 있다고 여기는지 그녀의 의견을 물어보았다.

"백만 불짜리 질문이네. 사실 나도 고민이 많은 문제야. 난 요리를 기교라고 생각해. 가르칠 수 있는 기교, 가르칠 수 있는 기술. 예술이라고 생각하지는 않아. 훌륭하고 긍정적인 태도를 지니고 있고 욕구와 집중력을 갖추고 있으며 목표를 직시하는 사람이라면, 얼마든지 훈련을 통해 요리사가 될 수 있다고 생각해. 열정이 있다면 가능하다고. 열정은 꼭 필요한 거야. 요리는 굉장히 어렵고 육체적으로 힘이 드는 일이거든."

주방은 남자들의 세계라는 분위기가 팽배한 것도 어쩌면 이렇게 일이 힘들기 때문이 아닐까 싶었다. 미치광이 같은 요리사가 존재하는 것 역시 같은 이유 때문일 수 있었다. 나는 펠더 셰프에게 기벽이나 좀 괴상한 행동을 제대로 표현하려고 미치광이라는 말을 썼다고 설명했다.

"난 여자들만 있는 주방에서 일하는 것도, 남자들만 있는 주방에서 일하는 것도 좋아하지 않아. 둘은 종이 다른 것 같거든. 세상을 바라보는 눈이 정말 완전히 다르지. 하지만 둘이 조화를 이뤄 일한다면 최고의 효과를 내. 남성은 남성대로 여성은 또 여성대로 오직 자신들만이 할 수 있는 무엇인가를 해낼 테니까. 정말 멋지잖아! 솔직히 남자들만 있는 주방이라면, 서로 산 정상으로 올라가려고 안간힘을 쓰며 발길질 해대는 염소 떼나 다름없을 걸?"

그렇게 말한 펠더 셰프는 큰 소리로 웃었다.

"늘 머릿속으로 존경하는 셰프들에 대해 생각하고 떠올리는 내 습관도 괴상한 짓에 속할까? 아무래도 그런 것 같아. 강박에 가깝거든. 음식에 대한 열정을 품고 있다면, 그것은 곧 삶이자 취미이고, 천직이면서 어쩌면 미친 행동으로 나타날지 모르지."

펠더는 생각에 잠긴 채 미소 지었다.

"그래, 조금은 괴짜처럼 보일 수 있겠네."

얼음을 깨고 끌로 떼어내고 전기톱으로 잘라내는 얼음 조각 수업 후(잘라낸 얼음 조각들은 대형 쓰레기통에 실려 나갔다), 우리는 7월 넷째 주 주말을 쉴 수 있었다. 그리고 곧이어 열리는 3일간의 그랜드 뷔페를 준비하기 위해 다시 돌아왔다. 그랜드 뷔페에는 정식 메인 메뉴와 가볍고 특이한 사이드 메뉴를 내는 것이 펠더의 원칙이었다. 예를 들어 한 팀이 메인 메뉴로 돼지고기 안심을 넣은 파테 앙 크루트와 훈제 돼지 안심을 곁들인 칠면조 무슬린, 그리고 푸아그라와 송아지 췌장 테린을 준비하면, 사이드 메뉴로는 그릴링한 채소에 포도 잎 살사를 곁들여 내고 허브를 넣어 만든 납작한 빵에 로메스쿠 소스*를 곁들이는 식이었다. 격식을 차린 듯 편안하며 전통과 현대가 어우러진 음식들이었다.

우리 팀은 연어 무슬린 파테 앙 크루트(팀마다 파테 앙 크루트를 한 가지씩 만들어야 했다)와 사프란** 무슬린, 가리비 테린, 그리고 연어 레몬 테린을 맡았다. 사이드 메뉴로는 리코타 치즈와 파마산 치즈를 채운 라비올리에 체리-토마토 비네그레트 소스를 곁들이고, 연어 파스트라미를 만들기로 했다. 팀별로 조리법을 기록해 제출하면 셰프가 평가할 예정이었다. 그랜드 뷔페를 위해 만든 조리법은 약 75가지였다.

---

* 구운 토마토와 앤초 칠리(순한 맛에서 매운맛까지 다양한 맛이 있는 약 8센티미터 길이의 칠리)로 만든 스페인식 소스.

** 창포, 붓꽃과의 일종으로 암술을 말려서 사용. 강한 노란색으로 독특한 향과 쓴맛, 단맛을 내는 향신료.

전날 펠더 셰프는 모두 깔끔하고 보기 좋게, 그리고 프로답게 일하라고 당부했다. "여러분은 CIA를 대표하는 사람들이다. 메츠 총장은 졸업식 연사를 모시고 그랜드 뷔페 곳곳을 둘러볼 거야." 그녀는 내일을 위해 "흠잡을 곳 없이 청결한 재킷"이 필요하다는 걸 잊지 말라고 말했다(에리카는 새 재킷을 사야만 했다). "앞치마도, 장갑도, 사이드 타월도 가져갈 수 없어." 셰프는 알림나이 홀에서 우리가 쓸 주방을 보여주면서, 갑자기 문이 열리거나 예기치 않게 튀어나와서 쟁반이 뒤집어질 수도 있는 위험한 지점들을 알려주었다.

"모든 음식을 맛보도록. 이제껏 신선한 정어리를 먹어본 적 없다면 제발 먹어봐." 뉴욕에서 일하는 요리사 친구에게서 신선한 정어리를 구할 수 있는 곳을 들은 셰프는 재료실에 구해달라고 부탁해 포도 잎으로 감싸 그릴링한 아주 흥미로운 정어리 요리를 만들었다. 정어리 머리가 자꾸 떨어져 나오려고 해 그릴링을 담당한 애덤이 고생이 많았다. "메츠 총장이 지나가면서 여러분에게 질문을 할 거야. '무슬린은 어떻게 만들었나? 무슬린과 무스의 차이가 뭐지? 무슬린은 몇 도에서 만들어야 하나?' 메츠 총장이 앞에 서면, 침착하게 대답해. 총장은 아주, 매우 좋은 분이다. 그분은 여러분이 만든 음식을 매우 자랑스러워해." 펠더는 겹쳐서 쌓아둔 의자 위에 무릎을 꼬고 앉아 있었다. 모자를 쓴 탓에 키가 더 커 보였다. 음식 얘기에 열을 올리는 그녀의 모습은 마치 이상한 나라의 앨리스에 나오는 기묘한 체셔 고양이 같았다. "드디어 결전의 날이다. 그랜드 뷔페이자 총장의 연회가 열리는 날이지. 잡지 〈고메〉에서 우리를 취재하러 나올 거야. 내일은 푸아그라도 맛볼 수 있다. 렐리시*랑 같이 먹어봐. 정말 끝내줄걸. 단, 푸아그라의

---

* 초절이한 열매 채소를 다져서 만든 양념.

진한 질감과 조화로운 맛을 즐기려면 아주 조금만 발라야 한다는 걸 잊지 말도록."

CIA의 50주년 기념 기사를 준비 중인 〈고메〉의 사진작가와 아트 디렉터가 화려하게 장식해 현란하기 그지없는 파테와 테린을 촬영하기 위해 나타나자, 우리의 예행연습 분위기는 한층 진지해졌다. 저녁 6시, 우리는 셰프에게 점검받은 요리를 들고 알럼나이 홀에 두 줄로 놓인 기다란 테이블로 향했다. 우리 맞은편에는 베이킹반 친구들이 접시로 사용하는 거대한 거울들이 놓여 있었다. 양쪽 가장자리에는 입문반, 생선 주방, 아시아 요리 주방에서 요리를 내놓았다. 문 앞에는 줄이 길게 늘어서 있었지만, 이제 몇 달 후면 프랑크푸르트 요리 올림픽 심판으로 활동할 메츠 총장이 나타나 모든 요리를 둘러보고, 질문을 던지고, 잘못된 점을 지적하고, 칭찬하는 과정을 끝내기 전까지는 아무도 입장할 수가 없었다. 약간씩 차이는 있었지만 3주마다 빠지지 않고 치러지는 행사였다.

"좋아, 좋아. 아주 훌륭해." 총장은 우리가 만든 요리들을 보며 속삭이는 듯한 목소리로 말했다. 요리를 하나하나 훑어보던 그는 잠시 멈추었다가 이내 다음 요리로 넘어갔다. 벤 그로스먼 앞에 선 총장이 물었다. "현장 실습은 어디서 하기로 했나?" 그러자 벤이 대답했다. "라 크르누이유입니다." 파테를 겹쳐놓은 방향이 틀린 팀 하나는 총장의 지적을 받았다. 가드망제 두 반과 베이킹 두 반, 그리고 입문반과 아시아 요리 주방에서 내온 음식을 총장이 모두 점검하고 난 뒤에야 알럼나이 홀 문이 열리고 학생과 직원들이 쏟아져 들어왔다. 그들은 접시를 들고 돌아다니며 우리가 준비한 음식에 대해 질문을 해댔다.

1시간 후, 우리는 아름다운 접시들을 들고 돌아왔다. 남은 음식은 쓰레기통에 버리고 주방을 청소했다. 다음 날, 우리는 주방 물품 목록을 작성하고 냉각기와 대형 냉장고를 비우며 대청소를 마친 뒤 마지막 시험을 치렀다.

마친 친구들은 한 사람씩 교실을 나갔다. 나는 나보다 먼저 끝낸 에리카를 바라보았다. 루를 불태우고 달걀을 스크램블했던 에리카였다. 그러나 지금 그녀는 훌륭한 요리사가 되어가고 있었다. 문을 닫고 나간 에리카의 모습이 창틈으로 살짝 보였다. 그녀는 내게 손을 흔들며 작별 인사를 건넸다.

이제 모두들 전국으로 흩어져 현장 실습을 떠난다. 그리고 다시 눈보라가 치는 1월까지 돌아오지 않을 것이다.

늘 아침저녁으로 북적거리는 학교에서 생활한다는 것은 기묘한 느낌이었다. 하지만 특유의 리듬과 함께 크게 변화하고 성장하는 학생들의 모습을 보니, 이젠 정말 이것이 진짜 학교로구나 하는 생각이 들었다. 따스하고 활기 넘치는 저녁 공기를 마시며 넓은 주차장을 걷다 보니, 옛 스킬 반과 지금쯤 상파울루에 안전히 도착했을 파두스 셰프가 몹시 그리워졌다. 셰프의 목소리가 아직도 귓가에 선했다. 뭔가 마무리가 필요하다는 생각이 들었다. 하지만 요리사의 길에 마무리란 극히 드물다는 것을 나는 알고 있다. 이곳 CIA에도 종료 같은 것은 없다. 이제, 서비스는 끝났고 주방은 말끔해졌다. 모두들, 대부분 혼자서, 짐을 꾸려 학교를 떠났다.

펠더가 우리에게 들려준 마지막 메시지가 생각났다. 대지를 돌보고, 혹시라도 제초제로 상수도가 오염되지 않았는지를 살피며, 우리를 먹여 살리는 농업이 제대로 이루어지고 있는지 신경 쓰고, 바다에 엉뚱한 것을 버리고 있지는 않은지 정신 차리고 살피라는 그녀의 말은 간절한 부탁이나 다름없었다. 그녀가 옳다. 대지가 완전히 망가진다면, 우리 입에 들어가는 음식도 망가질 수밖에 없기 때문이었다.

현장 실습

애덤은 가드망제를 마치고 긴 주말을 보낸 뒤, 7월 중부터 맨해튼 이스트 54번가 몽키 바에서 점심 요리 담당으로 일하기 시작했다. 그는 혹시라도 저녁 요리보다 재미가 없으면 어쩌나 걱정부터 했었다. 진정한 요리의 세계에서 점심이 찬밥 신세라는 사실은 어쨌거나 부정할 수가 없었다. 하지만 일주일쯤 지난 뒤 애덤은 아내 제시카에게 이렇게 말했다. "정말 마음에 쏙 드는 일이야." 제시카로선 깜짝 놀랄 말이었다. 애덤이 마음에 쏙 든다는 표현을 쓰는 것을 들어본 적이 한 번도 없었던 것이었다.

"완전 미쳤어." 애덤이 내게 말했다. "정신 나간 주방이라니까. 오늘은 아마 1시 30분부터 2시까지 130인분은 족히 만들었을 거야. 이리 치이고 저리 치이고, 하여튼 말도 안 되는 분량을 만들고 있다니까." 화요일에 일을 하러 그곳에 도착한 애덤은 금요일까지 혼자서 스테이션을 맡았다. 그는 혼자 일하는 게 좋았고 존 셍크 셰프를 존경했다. 하지만 거기서도 사람들은 애덤이 쓰려는 집게를 마구 가져가버렸다. 흡사 은정의 환영이 떠도는 듯했다. "이번에는 빌어먹을 토니야." 애덤이 말했다. "그릴을 담당하는 녀석인데 허구한 날 내 집게를 가져가는 거야. 오븐 문짝 하나에 걸려 있는 집게가 여섯 개여도 그 녀석 혼자 다 차지한다니까. 그래놓고는 가는 곳마다 집게를 놓고 다니는 거지. 튀김 한 뭉치를 튀김기에서 꺼낸 뒤 집게를 내려놓고 소금을 집어 들어. 그러고는 집게는 그 자리에 그대로 둔 채 자기 스테이션으로 돌아가는 거야. 나중에 필요하면 또 다른 집게를 갖다 쓰니, 나한테는 남는 게 없지 뭐야."

애덤은 오전 7시 45분, 청바지와 티셔츠 차림에 배낭을 메고 커피 잔을 든 채 몽키 바에 도착했다. 집에서부터 브루클린까지 F 트레인을 타고 오는 길이었다. 계단을 내려가 휑뎅그렁한 레스토랑 지하실로 향하는 그의 뒤를 좇았다. 세탁실에서 바지와 재킷을 꺼낸 애덤은 내게도 옷을 건넸다. 우리는 낡고 어둡고 길고 좁은 로커룸에서 옷을 갈아입었다. 로커 문짝에는 그래피티 낙서가 있었다. 애덤은 검은 서류 가방에서 셰프 나이프와 작은 중국식 식칼, 서빙 스푼을 꺼내더니 로커를 잠갔다. 그러고는 자신의 스테이션으로 향했다. 먼저 오븐을 켜고 장비를 담가둘 중탕냄비를 준비한 애덤은 나에게 셀러리 뿌리를 얇게 저미라고 시키더니, 워크인 냉장고 열쇠와 주방에 딱 하나뿐인 335그램짜리 국자를 찾으러 갔다. "수프 1인분에 딱 맞는 용량이거든." 애덤의 설명이었다.

나는 몽키 바의 셍크 셰프에게 이틀간 애덤 뒤를 따라다녀도 되느냐고 물어보러 갔다. 내 질문에 셍크는 싱긋 웃었다. "물론, 괜찮고말고." 애덤 역시 미장 플라스를 만드는 데 내가 도움이 될 거라고 생각했기에 문제될 것 없다고 여기는 듯했다.

"미장 플라스 양이 엄청나." 애덤이 말했다. "자르고 익히고 준비하고 해야 할 것들이 정말이지 미친 듯이 많아. 피망을 깍둑썰기하고 샬롯을 다지고 옥수수 다섯 자루를 알갱이만 떼어내야 해. 까치콩 한 줌을 아주 작게 깍둑썰기하고, 파도 엄청난 양을 잘게 썰어 볶고, 으깬 감자도 6, 7킬로그램 정도 만들어야 해. 감자 케이크 18개를 만들고, 수프에 들어가는 아스파라거스를 준비하고, 느타리버섯 반 상자를 소테잉하고, 오일 병을 모두 채우고 스톡 병도 채우고, 중탕냄비에는 소스를 준비해야지. 수프는 내놓을 수 있는 온도로 끓여놓고, 수프에 올릴 감자와 고기를 준비하고, 셰프가 쓸 타임을 가져와야 해. 셰프가 쓸 샬롯도 자르고, 대구 요리에 곁들여 나갈 수 있도록 셀러리 뿌리 네 개를 씻고 썰고 튀겨야 하고, 그 외에도 할 일이 많아."

애덤은 지난밤 으깨놓은 감자와 구운 지 좀 지난 감자 두 개, 세이지 한 줌과 버터, 크림, 밀가루로 감자 팬케이크를 만들었다. 재료를 야구공처럼 뭉친 뒤 약 1인치 두께로 납작하게 눌러 전기 플랫톱에 얹어 구우면 됐다. 그리고 버터와 올리브 오일에 담가 11분 정도 시어링 한 뒤, 팬 로스팅한 푸짐한 닭가슴살을 감자 위에 올렸다.

애틀랜틱시티 출신 서른한 살의 오전 담당 수 셰프 비니 플로토는 애덤이 출근하고 나서 1시간 뒤에 도착했다. 그는 그다지 기분이 좋아 보이지 않았다. "정말 지긋지긋하고 신물 나." 그가 말했다, "소스를 만들어야 하는데, 와인이 없잖아. 넌덜머리 나는 레스토랑 같으니라고. 어떻게 와인이 없을 수 있어." 결국 홀에서 직원 하나가 와인 두 병을 가져왔고, 그는 두 병 모두 거대한 솥 안에 들이부었다.

말소리는 보통 그다지 오래가지 않았다. 들리는 것은 오로지 칼질 소리뿐이었다. 애덤 말대로 준비해야 할 미장 플라스가 엄청나게 많았다. 이유는 알 수 없었지만, 여기서는 재료 90퍼센트를 미리 준비했다. 미장 플라스에만 오전이 몽땅 지나가버렸고, 서비스 시간이 되자 애덤은 스테이션에 프리제 천을 깔고, 그릴링한 감자, 오븐에서 말린 체리 토마토, 까치콩, 깍둑썰기 한 까치콩을 넣은 라타투이, 옥수수, 홍피망, 로스팅한 당근, 길고 가늘게 잘라 로스팅한 당근과 익힌 근대, 잘게 다진 파를 가득 담은 플라스틱 통, 접시 닦는 데 쓰는 작은 수건을 돌돌 말아 물에 적셔 담아놓은 통, 그리고 딜, 차이브, 로즈마리, 아스파라거스, 깍둑썰기 한 당근이 담긴 통까지 싹 정리해놓았다. 으깬 감자 그릇은 코팅된 버터 포장 종이로 덮었다. 스테이크 소스, 치킨 소스, 연어에 곁들일 바비큐 소스, 양고기 소스 등 소스란 소스는 모두 호텔 팬 모양 중탕냄비에 담겨 있었다.

"참, 어제 수전이랑 만났어." 내가 라타투이에 들어갈 홍피망을 네모지게 썰다가 말했다. 라타투이는 양고기와 함께 나갈 음식이었다. 수전은 그래머시 태번에서의 생활에 만족스러워하고 있었다.

"스팰러시에 있는 그 레스토랑 말하는 거야?" 애덤이 신이 나서 물었다.

"그래."

수전은 디저트를 만들고 있다고 했다. 자리가 바뀐 뒤 제일 먼저 했던 일은 복숭아 타틴에 쓸 캐러멜을 만드는 것이었다. 그녀는 블랙베리와 블루베리로 콩포트*를 만들고, 라즈베리에 설탕과 타임을 넣어 부드럽게 만들었다. 땅콩 캐러멜, 옥수수 파운드케이크도 만들었다. 패스트리 클라우디아 셰프는 아주 신선한 재료만 쓰기 때문에 수전은 모두 다 매일 새로 만들어야만 했다. 수전은 내게 주방과 워크인들, 그리고 자신이 일하는 스테이션을 구경시켜주었다. 그러더니 낮은 장 속에서 버터밀크, 크림, 설탕을 섞어 젤리처럼 만든 이탈리아 시골풍 디저트 파나 코타**가 듬뿍 담긴 작고 하얀 에스프레소 잔을 꺼내 보여주었다. "영화배우 제임스 카빌이 오늘 이걸 먹을 거야. 내가 만든 파나 코타를 말이야." 그렇게 말하는 수전의 얼굴은 정말 행복해 보였다.

벤 그로스먼은 라 브르누이유의 아뮤즈 부슈*** 스테이션에 있었다. 처

---

* 설탕에 졸여 차게 식힌 과일 디저트.

** 생크림과 우유를 끓여서 식힌 다음 젤라틴과 함께 굳혀서 만든 디저트.

음 일을 시작하고 이틀 동안은 테린과 무스를 만들었다. "우리가 가드망제 수업에서 했던 거랑 꼭 같지 뭐야." 벤은 무척 놀랐다. "비율은 물론 모든 게 다 똑같았어. 여기서는 케이퍼와 푸아그라로 테린을 만들어. 콜리플라워 무스를 만들어서 그걸로 커넬을 만든 뒤, 커민 오일이랑 바질 오일을 곁들여 내는 거야. 꽤 괜찮은 음식들이었어. 커민 맛이 좀 과하다는 느낌은 있었지만 말이야. 어쨌거나, '어라, 나도 그거 어떻게 하는지 알아. 아니, 정말이야, 할 줄 안다니까. 할 수 있어. 문제없다고.' 뭐 이런 느낌이었다고나 할까. 수업시간에 했던 것과 완전 똑같았어."

존 셍크 셰프는 12시 조금 전에 도착했다. 그는 〈푸드 앤드 와인〉에서 선정한 1995년 최고의 신예 셰프 10인에 이름을 올린 셰프로, 파리에서 스타지를 했고 고담 바 앤드 그릴의 알프레드 포테일 밑에서 4년간 일했으며, 몽키 바에 오기 전 레스토랑 두 곳에서 총주방장을 지냈다. 그리고 이제 곧 시내로 옮겨 가 클레멘타인의 주방으로 갈 예정이었다. 20년째 요리사로 일하고 있는 마흔네 살의 셍크 주변에는 주방이 바쁘지 않을 때조차도 분주한 기운이 감돌았다. 그는 키가 컸으며, 짧고 검은 머리에, 일할 동안에는 화려한 색의 반다나를 두르고 있었다. 애덤도 반다나를 두르는 습관이 생겼다. 내가 애덤에 대해 묻자 셍크는 이렇게 말했다. "애덤을 고용하지 않을 작정이었는데, 어쩌다 받아들였는지 모르겠어. 스케줄이 어찌나 빡빡하신지." 그러더니 셍크는 고개를 저었다. "하지만 그 친구에겐 진정한 자기만의 색깔이 있어. 훈련도 많이 거쳤고, 생각이란 걸 할 줄 알지. 그건 정말 좋은 점이야. 이 바닥에 아인슈타인이 넘쳐나는 건 아니거든."

*** 식당에서 주는 무료 전채 음식.

나는 계속해서 왜 학생을 고용했는지를 물었다. 셍크 본인은 정규 요리 교육을 받지 않았는데 말이다. 그는 학생들이 훌륭한 자원이라고 대답했다. 임금이 싸고 필요할 땐 언제라도 데려다 쓸 수 있으며 어떤 일을 맡겨도 해낼 수 있고 영어를 쓰기 때문이라는 것이었다. 실습생은 보통 1시간에 7달러 정도를 받는다. 하지만 경우에 따라 12달러까지 받을 수도, 또 한 푼도 못 받을 수도 있다.

비니는 애덤이 잘하고 있느냐는 질문에 셍크와 같은 말을 했다. 그러더니 한발 물러서서는, 애덤이 정말 뛰어난 요리사라고 칭찬을 했다.

애덤은 총주방장이면서도 직접 요리를 하는 존 셍크에게 감명을 받았다. "늘 자신의 자리를 지키는 셰프야. 12시 정각에 들어와서 12시 30분이면 불 앞에 서서 점심을 만들어. 그러다 2시 30분에서 3시 사이에 1시간 정도 자리를 비우지. 돌아와서는 재고 목록을 모두 작성하고 주문지를 만든 뒤, 5시 30분이면 다시 불 앞에 서서 저녁을 요리해. 그리고 저녁 서비스가 끝나면 다음 날 준비 리스트를 만들고 집으로 돌아가는 거야."

오늘도 마찬가지였다. 애덤은 12시 25분에 수프를 준비하기 시작했고 감자 썬 것과 아스파라거스 끄트머리를 준비해놓은 뒤 아스파라거스 수프에 들어갈 파를 다듬어 그릇에 담아두었다. 그러자 곧 비니와 애덤 중간에 셍크가 들어와 주문지를 불러주고 직접 요리하기 시작했다. 점심은 속도 싸움이었다. 셍크는 점심 주문을 "자유낙하"라고 불렀다. 12시 40분까지 주문지는 정보 수신 테이프처럼 빠르게 찍혀 나왔고 셍크는 자신의 스테이션 위 서비스대에 희고 긴 티켓들을 두 줄로 매달았다.

"몽키 둘." 셍크는 속도를 내 요리하면서 오븐을 향해 뒤를 돌았다 앞으로 돌았다 바삐 움직이며 주문을 불렀다. "수프 하나 주문이다. 게 불에 올리고, 참치도 올려. 자, 빨리 빨리 빨리. 치킨 하나 주문이야. 라비올리 올리고, 파이아르* 미디엄 둘 올리고, 몽키 하나 올리고, 오징어 올려." 그러면 음식을 나르는 직원들이 주방으로 내려왔다가 어깨 위에 거대한 쟁반을 받치고 되돌아 올라갔다.

그렇게 서비스를 이어나가다 어느 순간, 약간 멍해진 셍크는 뭘 주문하고 뭘 올렸는지 정리하려고 애를 쓰다가 문득 넘쳐흐르는 주문지 속에서 고개를 들며 유쾌하게 웃었다. “빌어먹을 테이블에 몽땅 불을 지르고 그냥 다 때려치울까?” 그렇게 말한 셍크는 얼마간 더 요리를 했다. 그 옆에서는 애덤의 존재감이 흐려질 정도였다.

“두 테이블 주문이다.” 셍크가 말했다. “치킨 세 개 올려.” 애덤은 치킨을 지글거리는 접시 위에 얹고 오븐 안에 넣어 돌렸다. “치킨 하나, 농어 네 개, 참치 하나 올려.” 셍크가 말했다.

일이 끝나자 애덤은 실망한 것 같았다. “이제 좀 신이 난다 싶으면 꼭 끝이 나더라.” 그는 전날, 오후에 쓸 새 메뉴(굴과 크레미니 버섯, 살구버섯, 곰보버섯, 표고버섯을 다져서 시어링해 내놓는)를 준비하느라 저녁 6시 30분까지 무려 11시간 동안을 주방에 틀어박혀 있었다. 오늘도 밤늦게까지 주방에 남아 버섯을 시어링할 생각이었다. 그는 열기가 들끓고 할 일이 넘쳐나는 서비스 시간을 좋아했다. 하지만 한편으로는 학교에 돌아갈 1월을 기대하고 있었다. 아직도 배울 것이 많이 남아 있었다.

한편 트래비스는 캔자스시티의 덕 클럽 저녁 요리 라인에서 일했다. 그것도 지역 최고 권위자들인 마커스 알렌과 스티브 보노 밑에서 말이다. 롤라는 레인보우 룸에서 일을 얻었다. 그렇게 실습 기간은 눈 깜짝할 새 끝나버렸다. 학교는 변함이 없었다. 3주마다 72명의 학생들이 졸업을 했고 72명의 학생들이 미식 입문 수업을 시작했으며, 72명의 학생들이 현장 실습을

---

* 소고기를 다져 얇게 구운 요리.

떠나고 또 돌아왔다. 트렐리에서 현장 실습을 마치고 돌아온 에리카는 성숙해지고 기술도 늘어 있었다. 돌아와 들어간 더운 요리 수업에서는 어찌나 빠르고 능숙했던지, 평가도 괜찮았고 함께 일하고 싶어 하는 친구들도 많아졌다.

에리카의 옛 친구 데이비드는 누구보다도 흥미로운 현장 실습을 경험했다. 그는 조지타운의 미셸 리샤르 시트로넬 레스토랑의 라비 다로슈 셰프 밑에서 일했다. 다로슈 셰프는 워터게이트 호텔 레스토랑 쟝 루이의 쟝 루이 팔라딘 셰프 밑에 있었다. 데이비드가 겪은 일은 정말이지 말로 표현할 수 없을 만큼 굉장했다. 첫날 준비 작업을 하고 있는데 다로슈가 오더니 80명의 손님을 모시는 연회를 도와주지 않겠느냐고 물었다. 그러려면 주방 밖으로 나가야 했지만, 거절 같은 건 생각조차 할 수 없는 일이었다. 알고 보니, 연회 장소는 호화로운 워싱턴 클럽이었다. 게다가 다로슈의 친구 쟝 루이 팔라딘이 일을 돕겠다며 나타났다. 미셸 리샤르도 찾아왔다. 결국, 현장 실습 첫날 마이클 파두스의 스킬 수업을 겨우 마친 애송이 데이비드 스콧은 미셸 리샤르와 쟝 루이 팔라딘의 사이에 서서 연회 준비를 하는 영광을 누렸다. 그리고 리샤르의 신발 위에 으깬 감자를 쏟았다.

4부 CIA 2년차

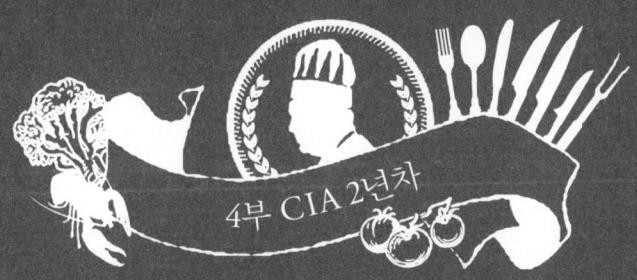

사멸 온도

첫날 학교에 도착한 것은 오전 6시가 채 안 된 시간이었다. 현장 실습에서 막 돌아온 학생들이 졸음이 가득한 얼굴로 하나둘 모습을 나타내는 동안, 나는 제빵 2 교실 밖 복도에 서 있었다. 복도는 조용한 편이었다. 그때 리처드 코펫지 셰프가 제빵실 안으로 성큼성큼 들어가더니 문을 걸어잠갔다. 복도에 모인 이들은 어떤 셰프와 공부하게 되는지, 또 어떤 반이 자기 반인지 궁금해하고 있었다. 우리는 똑같은 인원으로 나뉘어 반은 제과 수업을, 반은 제빵 수업을 듣게 되었다. 6시 정각이 되자 교실 문으로 코펫지 셰프가 머리를 내밀었다. "들어와도 좋다."

코펫지는 비쩍 마르고 키가 큰 흑인 셰프였다. 셰퍼드 셰프는 오랜 세월 하드롤로 이뤄진 지옥에 갇혀 있던 제빵 수업 전체에 그가 큰 충격을 던져 주었다고 말했다. 새로운 반에 들어갈 때면 나는 늘 파두스 셰프에게서 정보를 얻곤 했는데, 내가 코펫지에 대해 묻자 그는 이렇게 대답했다. "어쩌다 보니 그를 좋아하게 됐어. 그를 좋아하지 않는 사람도 있지만, 그를 존경하지 않는 사람은 한 사람도 없지." 파두스의 결론은 간단했다. "코펫지는 빵의 구루야." 르 시르크에서 제과 셰프를 지냈고 현재는 커리큘럼 및 교육 팀장을 맡고 있는 마르쿠스 패르빙어는 빵으로 무엇을 할 수 있는지를 코펫지가 모두에게 제대로 보여준 뒤에야 비로소, 빵 굽는 것을 좋아하는 사람들이 본인의 열정을 떳떳하게 드러낼 수 있게 되었다고 내게 말했다. 코펫지 덕에 빵은 아주 멋진 음식이 되었던 것이다.

우리는 줄지어 제빵실로 들어갔다. 코펫지 셰프는 문 앞에 서서 우리들을 한 사람씩 점검했다. "자네는 검정 신이 필요하겠군." 흰 띠를 두른 검정 캔버스 스니커즈를 신고 있는 학생을 향한 말이었다. "신발을 구한 뒤에 다시 오도록."

그는 구레나룻을 길게 기른 사람들에게도 다 자르고 오라고 통고했다. 손톱도 깎고 와야 했다. "늘 반죽을 주무를 텐데, 손톱이 길면 말이 안 되지."

제빵실에 모두 들어오자 그는 이렇게 말했다 "내일까지는 모두 규정에 맞는 매무새로 와야 한다. 내 규칙이 아니라 학교의 규율이니 내게 불평하지는 마. 내가 지키는 것은 너희도 지켜야 한다."

"현장 실습을 마치고 돌아온 것을 환영한다." 잠시 입을 다물었던 그는 다시 말을 이어나갔다. "학교 전체가 점심에 먹는 빵이 모두 우리 손에서 나온다. 제빵실은 무슨 일이 있어도 멈추지 않아. 반드시 계속 돌아가야만 하지. 자, 그러면 33페이지를 펴고, 신나게 반죽을 해보자."

첫인사에 할애된 시간은 그게 다였다. 학생 중 몇 명은 바로 어젯밤 하이드 파크로 돌아온 상태였다. 반드시 채워야 하는 18주 동안만 현장 실습에 나갔던 친구도 있었지만, 2학기 수업료를 충분히 모을 때까지 더 오래 일한 이도 있었다. 조시는 18개월 동안이나 현장 실습을 하고 돌아왔다. 제리라는 친구는 앨라배마 버밍햄에 있는 〈쿠킹 라이트〉의 간이 주방에서 일했다. 7개월 후 학교를 졸업하고 나서도 잡지사에 들어가는 게 꿈이라고 했다. 로스라는 친구는 그래머시 태번에서 일을 했는데, 그가 그곳에 있는 동안 뉴욕타임스의 레스토랑 비평가 루스 레이셜이 레스토랑 평가를 위해 찾아왔다. 로스는 레이셜의 테이블에서 테이스팅 메뉴를 주문한 모든 손님에게 나갈 요리 세 가지를 직접 만들었다. 아주 흥미진진한 일이었다.

허드슨 리버 클럽의 왈디 말루프 셰프 밑에서 실습을 하고 돌아온 앤서니는 "위, 셰프!"*라는 말이 입에 붙어버려 이제는 모든 셰프에게 그런 식으로 대답을 하고 있었다. 말루프의 주방에서는 그렇게 대답하지 않으면 쫓겨날 수도 있다고 했다. 클리블랜드 외곽의 레스토랑에서 현장 실습을 했던 스티브는 학교로 돌아오는 것이 "필요악"이라고 말했다.

하지만 댈러스에 있는 한 호텔에서 5개월 동안 스타치를 요리했던 제이슨 단테는 학교로 돌아온 것을 무척 기뻐하고 있었다. 단테는 루이지애나 웨스트 몬로 출신이었다. 코펫지 셰프가 막 수업을 시작하려는 순간 단테가 질문을 했다. "셰프, 질문을 드리겠습니다. 우리가 요리한 것을 우리가 먹나요?"

"여기서 하는 것은 요리가 아니다. 베이킹이지." 단테가 들은 대답은 그게 다였다.

우리가 첫 번째로 구경한 것은 한 번에 90킬로그램의 반죽을 만들 수 있는 반죽기였다. 먼저 할 일은 1번 린 도우**를 만드는 것이었다. 매일 한 팀씩 돌아가며 1번 린 도우를 만들게 되어 있었다. 린 도우를 맡는 팀은 오전 6시가 되면 대형 호바트 믹서에 물 16리터를 붓고 생 효모 5백 그램을 녹였다. 그리고 거기에 강력분 24킬로그램, 유기농 밀가루 4킬로그램, 소금 450그램 정도를 넣었다. 그렇게 만든 반죽은 41킬로그램이 조금 넘었다. 코펫지는 물 온도를 조절해 빵 반죽 온도를 21~24도로 유지했다. 그리

---

* 프랑스어로 "예스, 셰프!"라는 뜻이다.

** 설탕과 유지가 적게 들어간 담백한 빵, 혹은 반죽.

고 제빵실의 상태에 따라 매일 물 온도를 달리해서 썼다.

1번 린 도우를 반죽하고 난 뒤 코펫지 셰프가 말했다. "너희는 지금 요리에 익숙해져 있는 상태다. 요리는 격렬한 레이싱이지. 하지만 베이킹은 달라. 베이킹은 엄격한 작업이야. 지켜야 할 규율이 있지."

주방과 제빵실은 차이가 확연했다. 로스 홀 건너편 평생교육원 빌딩에 자리한 제빵실은 크고 조용하며 시원했다. 나무로 된 스테이션이 다섯 줄로 늘어서 있었고 스토브는 한 개도 없이 오븐만 설치되어 있었다. "흰 호밀", "검은 호밀", "거친 호밀", "다용도 킹 아서", "90% 유기농", "다용도 표백분", "맷돌로 간 통밀", "겨", "1등급 청정", "케이크", "우유 가루", "더럼", "호밀 흑빵"이라고 딱지가 붙은 재료는 대부분, 굴려야만 옮길 수 있는 커다란 깡통에 들어 있었다.

제빵실에는 주방 안에서는 느낄 수 없었던 편안함이 존재했다. 뭔가를 깨뜨리고 찢고 자를 필요 없이 그저 모든 재료를 함께 넣어 뒤섞을 뿐이었다. 주방에서는 속도가 진리였으며, 빠르게 움직이고 잘라 속도를 조절했다. 하지만 제빵실에서는 모든 것이 밀가루와 효모에 좌우되었고, 우리는 그걸 그대로 받아들여야 했다. 오랜 밀의 땅 미국에서는, 모든 재료를 밀가루를 기준으로 측정했다. 만드는 린 도우의 양이 얼마나 되는지와 상관없이 기본 공식은 동일했다. 밀가루가 100이면 물 60, 생 효모 3, 소금 2. 이것을 가리켜 제빵사의 비율이라 불렀다.

여기서 가장 중요한 것은 효모가 살아 있다는 사실이었다. 효모는 환경에 늘 활발하게 반응하는 재료였던 것이다. 코펫지는 "반죽은 기다려주지 않는다"고 말하곤 했다. "반죽은 굽기 전까지 살아 있다. 스테이크에게는 제 생각이라는 게 없지만, 반죽은 우리가 베이킹하기 전까지 스스로 생각을 하지."

서너 명이 한 팀을 이뤄 각기 다른 반죽을 맡았다. 조리법을 기준으로 삼았지만, 전체 반죽에 공동으로 적용되는 발효 시간과 베이킹 시간이 있었다. 셰프는 이렇게 말했다. "반죽을 보고, 듣고, 관찰해서, 무슨 일이 일어나고 있는지를 스스로 알아내도록 해라." 그는 믹서에서 나는 소리만 듣고도 반죽이 제대로 되고 있는지를 알 수 있는 사람이었다. 셰프는 린 도우 한 덩어리를 잘라내더니 긴 손가락으로 네모지게 펼치기 시작했다. 그렇게 펼쳐서 반투명한 상태가 되었는데도 찢어지지 않으면 반죽이 제대로 된 것이라고 했다.

"반죽을 만드는 것은 너희 손이다. 소테잉하는 것과는 다르지. 칼을 쓰지도 않는다. 손으로만 만지는 거야. 반죽은 살아 있어. 너희는 반죽과 함께 일하고 반죽은 너희와 함께 일하는 거야."

"그거 정말 로맨틱한데요." 단테의 말에 셰프가 응수했다.

"내 아내가 나와 결혼한 것도 그 때문이지."

효모가 살아 있다는 것 때문에 효모와 직접적인 연관이 없는 물질은 그냥 넘어가기 십상이다. 바로 글루텐 말이다. 글루텐에 대한 생생한 설명을 보고 싶으면 《맥기》를 펼쳐보면 된다. 밀가루에는 전분, 효소, 당, 수분 등 여러 성분이 있지만 다들 평범하다. 그런데 《맥기》에서는 "단 하나 예외가 있는데, 그것은 물과 섞으면 글루텐이라는 놀라운 물질을 만들어내는 단백질이다"라고 나와 있다. 《맥기》는 글루텐은 물에 녹지 않으며 "반죽을 몇 분 동안 씹으면 남는 껌 비슷하게 생긴 잔여물"이라고 정의한다. 글루텐이 없으면 빵은 절대 부풀어 오르지 않는다. 글루텐은 끊어지지 않고 늘어나는 아주 강력하고 유연한 단백질 그물이기 때문에, 우리의 도우미 효모가 배출하는 가스를 잘 가둘 수 있다. 반죽이 유연할수록 더 많은 가스를 품을 수 있고, 가스가 많을수록 반죽 크기가 커지고 질감이 섬세해진다.

마흔 살의 코펫지 셰프는 고등학교를 졸업하자마자 존슨 앤드 웨일스 대학에서 요리 교육을 받았으며, 동부 해안 곳곳에서 제과 제빵 셰프로 일하다 학생들을 가르치기 위해 다시 존슨 앤드 웨일스로 돌아갔다. CIA에서 수업을 한 지는 4년이 되었고 빵을 구운 것은 총 15년이었다. 코펫지 셰프는 자신이 제빵사 일 못지않게 강사 일도 좋아한다는 사실을 잘 알고 있었다. "나는 내 오븐이 마음에 들어." 학교에서는 코펫지의 제빵실에 무척 아름다운 마석(磨石) 데크 오븐을 설치해주었다. 내열 시멘트로 만든 3단 오븐은 2미터 깊이였으며, 두 단은 가스로, 한 단은 전기로 가열하는 방식이었다. 세 단 모두 스팀 주입이 가능했고 컴퓨터 조작 시스템을 갖추고 있었다. 스팀은 훌륭한 빵껍질을 만들기 위해서는 꼭 필요한 것이었다. 셰프는 그처럼 훌륭한 오븐을 한 번도 가져본 적이 없었다. "여기서 영원히 살 수도 있을 것 같아."

제빵 기술 강사로서 코펫지가 가르치는 것은 반죽과 발효였다. 그는 말했다. "나는 방 건너편에서도 반죽 소리를 구분할 수 있어."

대형 호바트를 사용하고는 있었지만, 반죽은 그저 재료만 섞으면 되는 작업이 아니었다. 물에 효모를 풀 때는 반드시 균일하게 섞이도록 주의를 기울여 작업해야 했다. 밀가루는 물에 닿자마자 즉시 엉겼고, 글루텐이 형성되기 시작하면 효모가 밀가루 속 탄수화물을 먹어치우기 시작했다. 그다음에 소금을 넣는데, 소금은 효모의 활동을 느리게 만들었다. 시원하고 건조한 날에 찬물을 사용하면, 오래, 천천히 반죽을 해야 글루텐이 제대로 생겼다. 물론 반죽을 치대는 과정에서 열이 생겨 효모가 부글거리기는 했다. 덥고 습한 날이면 반죽을 주의 깊게 관찰해야 했다. 코펫지 셰프는 무조건

---

* 장인이 직접 손으로 치대고 반죽해서 옛 방식을 고수해서 만든 전통 빵.

지시대로 반죽할 것이 아니라, "보고, 느끼고, 들으며" 조절하라고 가르쳤다. 살아 있는 반죽은 다양하게 변화하며 더 이상 먹을 게 남아 있지 않은 그 순간까지, 혹은 59도가 될 때까지 계속해서 생명을 유지했다. 이 온도를 가리켜 효모균의 사멸 온도라고 불렀다.

일단 반죽을 하고 나면 주로 흰 플라스틱 통이나, 나무 탁자 위에 비닐 랩으로 만들어놓은 거대한 주머니 속에 반죽을 담아 발효를 시켰다. 시간이 흐른 뒤에는 생성된 가스를 내보내고 효모에게 신선한 먹이를 제공하기 위해 반죽을 접었다. 그리고 반죽을 저울에 달아 코펫지 셰프가 지시한 무게대로 덩어리를 나누고, 성형을 하기 전까지 휴지시켰다.

에스코피에에서 쓸 바게트를 만들든, 워크인이라는 이름의 교내 델리숍에서 쓸 긴 샌드위치용 빵을 만들든, 성형 기술에는 연습이 필요했다. 길고 날씬한 관 모양이 될 때까지 반죽을 접고 손끝으로 봉하고, 또 접어서 접은 부분이 꼭 맞물리도록 손바닥 끝으로 두드리는 것이 중요했다. 이러한 성형 과정을 통해 빵의 내부 구조가 만들어졌다. 코펫지 셰프는 다양한 모양의 성형 시범을 보여주었다. 첫날 보여준 것은 넓적하게 생긴 이탈리아 빵 치아바타였다. 치아바타는 반죽 450그램을 길고 평평한 타원형이 될 때까지 잡아당겼다. 마지막으로 발효를 마치고 나면 손가락으로 자국을 낸 뒤 올리브오일을 바르고 코셔 소금을 뿌려 오븐에 넣으면 완성이었다.

제빵실에는 바게트 성형 기계가 있었지만 우리는 주로 수작업을 했다. 코펫지 셰프가 만드는 바게트는 모양이 정말 아름다웠다. 그는 일단 원통 모양의 반죽을 만들어 완벽한 일자로 쭉 뻗은 솔기가 바닥에 닿도록 놓은 뒤, 길게 늘이는 동시에 내부 구조가 치밀해지도록 잘 굴렸다. 길고 가는 손가락을 우아하게 움직여 앞뒤로 굴리는 동안 반죽은 점점 길어졌다. 그의 손길은 강하면서 동시에 섬세했다. 처음에 우리에게 시범 삼아 만들어 준 반죽이 세 개였는데, 모두 정확하게 같은 모양이었다. 이게 얼마나 대단한 일인지는 직접 해봐야 알 수 있다. 내가 바게트 성형을 좋아하느냐고 묻자 코펫지 셰프는 눈에 힘을 준 채 나를 바라보며 진지하게 고개를 끄덕였다. "늘 완벽하게 만들려고 노력하고 있지."

제빵실에는 긴박감 따위는 전혀 없었다. 가끔 셰프가 제빵실을 가로질러 이 반죽에서 저 반죽으로, 혹은 오븐 온도를 확인하기 위해 느리게 달릴 때는 있었다. 하지만 반죽처럼 휴식을 취하며 그냥 앉아 있을 때가 더 많았다. 그러나 셰프 말처럼 반죽은 겉과 속이 아주 달랐다. 밀가루와 물로 만든 그 평온하고 창백한 공 속에서는 격렬한 활동이 일어나고 있었다. 제빵 수업도 겉과 속이 다르기는 마찬가지였다. 상당 시간을 나무 탁자를 긁어내거나 반죽이 발효되기를 기다리며 게으른 대화나 나누는 게 고작인 것처럼 보였지만, 학교 전체에서 쓰는 빵 거의 대부분을 만들어내고 있었다. 하루에 2, 3백 덩어리는 족히 되는 양이었다. 학교 내 대중 레스토랑 네 곳에서 웨이터들이 빵을 가지러 왔다.

내 의지와는 상관없이 자율적으로 움직이는 반죽 덕에 다소 다른 종류의 긴장감이 찾아오기도 했다. 긴박한 상황은 대체로 효모 때문에 벌어졌다. 저 바닥에서부터 서서히 퍼져나가는 위기감이 느껴지는 것이다. 주방에서는 효율적으로 행동하고 생각해 위기를 넘길 수 있었다. 하지만 제빵실에서 효율은 중요한 요소가 아니었다. 원한다면 효율적으로 행동할 수 있었지만, 효모를 기다리고 관찰하며 녀석이 우리에게 원하는 바대로 해주는 것이 최선이었다. 프로덕션 주방에서는 보통 음식을 내놓기 직전이나 음식이 나가는 동안 멍해질 때가 있었다. 하지만 제빵실에서는 때를 가리지 않고 공황 상태가 찾아왔다.

제빵실 수업 3일차, 단테와 나는 샌드위치 빵을 맡았다. 우리가 사용한 것은 소금과 설탕으로 간을 맞추고 달걀흰자와 식물성 기름으로 부드럽게 만든 기본 하드롤 반죽이었다.

이유는 잘 모르겠지만 우리는 밀가루 계량을 잘못하고 말았다. 단테와 나는 멍청한 표정으로 72리터짜리 믹싱 그릇을 바라보았다. 저쪽 끝에 있던 셰프가 물을 더 넣어야 한다고 얘기했지만, 우리는 모든 것을 정확하게 계량했다고 주장한 뒤 물을 조금씩 붓기 시작했다. 우리는 계속해서 반죽을 돌리면서, 무엇이 잘못되었는지 알아보려고 코펫지 셰프가 다가올 때까지 물 1.8킬로그램을 더 부었다. 이 정도면 적당하다는 생각이 들자 우리는 반죽을 반죽기에서 꺼내 나무 탁자 위에 덩어리째 내려놓고 발효에 들어갔다. 공기는 따뜻하고 습했다. 15분 뒤 우리 곁을 지나가던 코펫지가 반죽 크기를 보고는 손을 얹었다.

"이놈 지금 달리고 있어." 그가 말했다. "30.5도 정도 되겠군. 전력 질주하고 있는 중이야." 디지털 온도계를 반죽에 넣었더니, 30도가 나왔다. "게다가 반죽 안쪽은 제대로 치대지지도 않았군." 코펫지 셰프는 이 현상을 "열병"이라고 말했다. 즉 과하게 섞어서 열이 나고 있다는 뜻이었다. 우리는 발효 시간과 반죽의 크기, 최종적으로 오븐에 넣을 타이밍까지 모든 것을 다시 조율해야 했다. 구울 빵은 엄청나게 많았고, 오븐 공간은 한정되어 있었기 때문이었다.

누군가 반죽을 망치면 코펫지 셰프는 아메리칸 바운티나 세인트 앤드류스 카페에서 온 웨이터에게 빵이 아직 준비되지 않았다고 말해야 했다. 가끔은 손님이 이미 홀에 들어와 자리 안내를 받고 있을 때에서야 뜨거운 빵을 가득 담은 커다란 플라스틱 상자를 든 웨이터가 헐떡거리며 달려 들어가기도 했다.

샌드위치 빵과 하드롤은 매일 만들었다. 우리가 만든 빵 중 최고는 반죽에 양념을 해서 만든 빵이었는데, 그런 작업을 할 때면 코펫지는 마치 캔버스를 멋진 모습으로 변신시키기 위해 팔레트에서 색깔을 선택하는 화가처럼 보였다. 단순히 구운 마늘을 린 도우에 넣고 올리브 오일을 바르거나 코셔 소금을 뿌리는 것으로 끝날 때도 있었지만, 그는 칼라마타 올리브와 월넛을 넣는 것을 좋아했다. 그러면 반죽은 짭짤하고 고소해졌으며 촉촉한 보라색으로 변했다.

점심시간이 지나 주방 청소를 마치고 나면 우리는 복도 아래 교실에 모여 셰프에게서 빵을 배정받았다. 예를 들어 3조는 2번 린 도우를 반죽해 프리토 디아블로 빵을 만들기로 했다. "잣을 넣고, 건포도와 고춧가루도 넣을 생각이야. 껍질이 딱딱하면서 약간 맵고 쫄깃하고 달콤한 빵이 되겠지. 분명히 마음에 들 거야." 사워 도우로는 크고 둥근 황금색 빵덩어리에 말린 체리가 숭숭 박히고 초콜릿이 군데군데 녹아내려 군침이 절로 도는 초콜릿 체리 사워 도우를 만들 예정이었다. "초콜릿 체리 빵을 만들고 있다는 말을 한 사람이라도 밖에다 흘리면, 아무한테도 맛보여주지 않을 것이다." 코펫지가 우리에게 경고했다.

이런 빵을 맛볼 기회를 누리는 건 제빵 수업만의 특전이었다. 초콜릿 체리 사워 도우는 굉장했다. 정말이지 끝내주는 맛이었다. 내가, 이제껏, 먹어본, 빵 중, 최고였다. 우리는 각자 빵을 한 덩어리씩 싸 갈 수가 있었다.

우리는 흑빵도 만들었다. 흑빵은 바네통이라는 이름의 줄무늬 용기에 넣어 발효를 시켰는데, 그런 용기를 쓰는 것은 밀가루와 달리 호밀가루에는 모양을 지지해주는 단백질이 부족하기 때문이었다. 그건 부순 호밀과 펌퍼니클 밀가루를 밤새 불려서 만드는 펌퍼니클 빵*도 마찬가지였다. 거친 곡물은 물에 불리지 않으면 글루텐 그물을 찢어놓았다. 코펫지 셰프는 글루

* 다량의 호밀과 소량의 밀가루로 만든 거칠고 짙은 색의 빵으로 약간 신맛이 남.

텐 그물이 근육의 힘줄과도 비슷하다고 설명했다.

우리는 밀가루와 익힌 감자를 7대 1로 섞고 생 딜을 잘게 다져 넣어 알록달록한 밀빵*도 만들었다. 맛이 죽여주는 해바라기 씨 빵은 우유 가루와 설탕, 해바라기 오일, 꿀, 달걀로 맛을 냈다. 해바라기 씨 덕에 황금색으로 바삭거리는 빵이었다. 소프트롤, 브리오슈**, 퍼프 페스트리*** 등 전통적인 빵도 만들었다. 그리고 반죽해 굴리고 발효시킨 뒤 엿기름으로 양념한 물에 끓여서 베이킹해 완성하는 쫄깃하고 완벽한 베이글도 만들었다.

우리는 사워 도우에 잡곡을 섞어 샌프란시스코 스타일 사워 도우를 만들었다. 샌프란시스코 스타일 사워 도우에는 물과 밀가루, 버터밀크, 표준 밀 사워 도우로 만든 종균을 사용하는데, 셰프는 그것을 특유의 감각으로 아름답게 변형시켰다. "4조는 사과 사워 도우를 만든다. 사워 도우를 만들고 완성 직전에 사과주와 사과 과육을 약간 넣고, 그 어떤 효모도, 시판 효모도 전혀 넣지 않을 것이다."

"점점 습해지고 있어." 우리가 장비를 챙기고 있을 때 셰프가 말했다. "이럴 때일수록 더 잘해야 해. 날이 습하면 반죽이 뒤통수를 제대로 치거든." 코펫지 셰프는 늘 알쏭달쏭하게 말을 맺었다. 열과 습기가 반죽에 미치는 영향이라든지 그래서 반죽이 어떤 지경이 되는지를 얼마든지 설명해줄 수도 있을 텐데, 그의 설명은 늘 부족한 느낌이었다.

적어도 내 입장에서는 그랬다. 요리와 베이킹은 너무나 깊고 넓은 강을 사이에 두고 있었고 나는 그런 차이에 대비가 전혀 되어 있지 않았다. 그래

---

* 고운 밀과 통밀을 섞어 만든 빵.

** 버터와 달걀이 많이 들어간 달콤한 프랑스 빵.

*** 얇게 반죽한 페이스트리를 여러 장 겹쳐 만든 파이.

서 제빵실에서 일어나는 일에 늘 어리둥절했다. 도저히 무슨 소리인지 알아들을 수가 없었다. 내가 제빵사에 걸맞지 않은 인간이라는 사실은 내 몸 상태 덕에 더욱 확실하게 굳어졌다. 처음 제빵 수업을 시작했을 때는 정말이지 열의가 충만했었다. 그러나 매일, 시간이 갈수록, 나는 점점 지치고 눈물을 줄줄 흘리며 쇠약해졌다. 마치 큰 병에 걸려 몸을 망가뜨리고 있는 것만 같았다. 매일 머리가 멍했고 어깨는 축 처졌다. 움직임이 둔한 채로 점점 짙어지는 안개 속에서 헤매는 듯한 기분이었다. 뭐든 해야지 이대로는 안 되겠다는 생각이 들었다. 제빵 수업 4일차가 되던 날, 코펫지 셰프가 내 상태를 알아챘다. 나는 눈물을 흘리며 재채기를 하고 있었다. 셰프를 제대로 보려고 고개를 저었던 것도 같다. 나를 본 셰프는 아무렇지도 않은 말투로 한마디를 건넸다.

"자네 밀가루 알레르기가 있군."

"밀가루 알레르기라고요?"

"가끔 그런 친구들이 있어."

그랬다. 그해 겨울 허드슨밸리를 강타한 겨울 폭풍처럼, 밀가루 알레르기가 나를 덮쳤던 것이었다. 게다가 내가 만지는 것은 파스타 반죽이나 파이 껍질 450그램 정도 수준이 아니었다. 22킬로그램은 족히 되는 밀가루 포대를 반죽기에 털어 넣다 보면 흰 구름이 피어올라 머리가 보이지 않을 지경이었다.

나는 셰프가 마른 홍피망 조각이 담긴 대형 플라스틱 통을 호바트 반죽기에서 돌아가고 있는 1번 린 도우에 들이붓지 않을 때조차도 머리가 떨어져 나갈 듯 심한 재채기를 해댔다. 결국 항히스타민제를 받으러 양호실로 가야 했다.

음식이 그렇듯, 제빵에도 역시 지식과 정신 두 가지 모두가 필요했다. 나는 내게서 요리사의 자질을 이미 발견했다. 요리의 본질에 대해 뼈에 사무치도록 깨달았던 것이다. 내가 배운 바로 요리사란, 욕망을 채우기 위해서가 아니라 원래부터 내면에 존재한 무엇인가를 충족시키기 위해 요리하는 사람이었다. 내 생각에는 제빵사도 마찬가지였다.

나는 요리사였기에, 아니 내 안에 요리사라 할 만한 것이 있었기에 제빵에 대해서는 완전히 이해할 수가 없었다(스스로 요리사라고 일컫는 주제넘은 짓은 하지 않으련다). 제빵은 요리와 마찬가지로 지식과 경험의 영역이었다. 다른 사람들처럼 빵을 굽고, 과연 제대로 반죽이 되었는지, 글루텐 그물이 제대로 형성이 되었는지 손으로 주무르기는 했지만, 나는 그 영역에 온전히 들어가지 못한 채 그저 외부에서 관찰하는 존재일 뿐이었다. 나도 나무 테이블을 긁어내고 호바트 반죽기에 끓는 물을 붓고, 반죽에 김을 쐬어주기 위해 반죽기에 비닐을 덮고, 또 설거지도 했다. 나도 코펫지 셰프를 흉내내 바게트를 꼼꼼히 말아보겠다며 반죽을 손바닥으로 두드렸고, 강한 듯 부드러운 손길로 길게 늘였다. 빵에 칼로 금을 냈고 손가락으로 자국을 냈으며 오일을 바르고 소금을 뿌리고 오븐에 넣어 '폭' 하고 부풀어 오르는 모습을 지켜보았다(이처럼 갑자기 부풀어 오르는 것을 오븐 스프링이라고 불렀는데, 이는 효모가 사멸하기 직전 열 때문에 과잉 활동을 해서 나타나는 현상이었다). 나도 빵을 식혔고 맛을 보았고, 식초와 물에 푹 적신 무거운 걸레로 데크 오븐을 청소했다. 하지만 그럼에도 나는 제빵사가 아니었다. 가끔은 뭔가를 이해했을지 모르겠지만, 죽을 때까지 빵의 진정한 본질, 혹은 제빵사의 본질을 이해할 수는 없는 사람이었다.

코펫지는 책을 가져와 우리에게 읽게 했다. 제빵실에서는 그럴 시간이 있었다. 셰프는 이제 막 출간된 새 책을 좋아하는 것 같았다. 그러면서 낸시 실버튼이 쓴 《라 브리 베이커리의 빵Breads of La Brea Bakery》에 이론이 제일 잘 나와 있다고 말했다. 하지만 그의 태도에는 어딘가 모르게 제빵 책 자체를 무시하는 듯한 기색이 엿보였다.

우리가 자리에 앉아 책을 읽는 동안 그는 이렇게 말했다. "빵은 반드시 경험을 해야만 제대로 알 수 있어. '실버튼식 조리법을 시도해봤는데 제대로 안 됐어'라고 말할 수는 없는 거지. 빵을 제대로 알기 위해서는 3개월에서 6개월은 제빵사와 어울려 지내야 해."

문득 제빵과 요리는 순전히 의미의 차이가 있을 뿐이라고 했던 파두스의 말이 떠올랐다. 하지만 제빵실에서 지내면서, 제빵과 요리는 마치 동서양의 철학처럼 근본적으로 다르다는 사실을 알게 되었다. 제빵을 하는 동안에는 공기 중의 습도, 효모, 밀가루의 구성 물질 등 수많은 보이지 않는 요소들을 볼 수 있어야만 했다. 하지만 요리사의 경우에는 주방이 너무 습하다는 이유로 불평하는 일이 절대 없었다. 콩소메가 투명하게 나오지 않았다면 다시 한 번 정제해 잘못된 점을 고칠 수가 있었다. 산과 단백질을 더 쓰면 그만이었다. 하지만 베이킹 과정에서 잘못된 것들은 고치기가 어려웠다. 제빵할 때 생겨나는 압력은 표면 아래, 저 안쪽에, 빵 껍질 내부에 존재했고 사멸 온도가 될 때까지는 그곳에 도사리고 있었다. 압력이 밖으로 터져 나오면 때는 이미 늦은 것이었다.

루이지애나 웨스트 몬로 출신 내 짝꿍 제이슨 단테는 내가 제빵 수업 내내 정신없이 재채기를 해대고 손등으로 눈을 비벼대는데도 아랑곳하지 않고 늘 활기가 넘쳤다. 호밀 종균을 재생시키면서 단테는 나에게 이렇게 말했다. "난 발효되고 있는 이놈이 정말 맘에 들어." 그는 뭐든 발효시키는 것을 좋아했다. 10대 시절에는 친구와 함께 밀주를 만들기도 했다. 어쩐지 먹고 죽는 게 아닌가 싶어 마시지는 않았단다. 기숙사에서는 양배추를 발효시켜 사워크라우트를 만들었다. 그는 수업 중에 제빵 수업이 제일 좋다고 했다. 그리고 내내 셰프를 귀찮게 따라다니며 치포틀 페퍼 빵을 만들게 해달라고 졸라댔다. 제빵 수업 6일차, 셰프도 마침내 두 손을 들고 말았다. 셰프는 아도비 소스에 담근 치포틀 네 캔과 포블라노 열두 개, 마늘 몇 통을 주문해 빵을 만들도록 허락해주었다.

데크 오븐에 포블라노와 마늘을 굽는 동안 우리는 과연 어떤 빵을 만들지 서로 의논했다. 단테는 자신 없는 태도로 사워 도우를 만들면 어떻겠느냐고 제안했다. 그런 그에게 나는 그렇게 만들면 잣과 홍피망 조각, 건포도를 넣고 린 도우로 만든 프리토 디아블로와 다를 게 뭐가 있겠느냐고 말했다. 느릿느릿 지나가던 코펫지 셰프가 멈춰 서서 무식하기 짝이 없는 우리의 대화에 귀를 기울였다. "포블라노와 치포틀은 남서부식이야. 안 그래?"

"그래서 옥수수를 넣는 게 어떨까 생각하고 있었어요." 단테가 애매하게 말했다.

그러자 코펫지 셰프는 고개를 끄덕였다. "나라면 옥수수 가루를 잘 불려서 조금 넣겠어. 마치 포리지*처럼 만들어 넣는 거지."

"셰프 말씀은……." 단테가 눈을 가늘게 뜨며 입을 열었다.

"내가 좀 도와주도록 하지."

셰프의 말에 단테는 마치 재미있는 놀이에서 쫓겨나기라도 한 듯 펄쩍 뛰었다. "아녜요, 그러지 마세요, 셰프!"

하지만 셰프는 말을 계속했다. "좀 도와주지 뭐. 옥수수 가루는 25퍼센트고, 동량으로 물을 넣어 익혀 포리지를 만드는 거야. 그걸 린 도우에 넣으면 돼." 그는 린 도우 페이지를 펼친 교과서를 들여다보더니, 4.5킬로그램 정도로 소량의 반죽이 나온다는 부분을 가리켰다. "이보다 1.5배 분량으로 만들도록." 말을 마친 셰프는 느긋하게 걸어가버렸다.

우리는 껍질을 벗기고 씨를 제거한 뒤 잘게 다진 포블라노와 옥수수 가

---

* 밀가루에 물을 부어 걸쭉하게 끓인 음식.

루를 익혔다. 치포틀을 다지는 일은 단테가 맡았다. 일단 린 도우를 반죽해 제대로 된 질감으로 만들어놓고 나면 그 어떤 것을 넣어도 맛을 낼 수가 있었다. 린 도우를 투명해질 정도로까지 잡아 늘이면 안에 생긴 거미줄 모양의 글루텐이 보였다.

우리가 만든 치포틀 포블라노 빵은 정말 튀는 맛이었다. 정확히 계량한 치포틀과 아도비 소스를 넣어 훌륭한 훈제 향이 감돌았고, 구운 포블라노 덕에 독특한 맛과 함께 빵에 작은 반점들이 알알이 박혔다. 그리고 옥수수 가루 덕에 거친 질감이 생겨났다. 우리는 옥수수 가루를 반죽에 살짝 뿌려 소박하면서 약간 껄끄러운 느낌을 보탰다.

단테가 점심을 먹으러 간 사이, 나는 제빵실에 남아 코펫지 셰프와 함께 마지막 빵을 구웠다. 이미 구운 빵 중에 우리가 치아파타와 포카치아 모양으로 만든 덩어리들이 있었는데, 그것들을 자세히 살핀 셰프는 살짝 덜 부풀어 약간 납작하게 나왔다고 말했다. 그리고 소금 냄새가 조금 강하다고도 말했다. 하지만 셰프는 그럼에도 불구하고 잘 만들었다고 칭찬해주었다. "잘 만들었어. 몇 개를 시험 삼아 바운티에 보낼까 생각 중이야. 그들이 마음에 들어 한다면 말이지……." 그러더니 어깨를 으쓱해 보였다.

우리 빵을 학교 최고의 레스토랑으로 보내기로 했다는 셰프의 말을 전해 들은 단테는 함성을 지르며 나를 붙들고 하이파이브를 했다.

코펫지 셰프는 빵을 완성하는 순서에 따라 팀별로 점심 식사를 하도록 보내주었다. 즉, 팀별로 시차를 두고 밥을 먹으러 왔다 갔다 했는데, 셰프는 늘 그 시차를 잘 조정해 15분에서 20분 정도는 제빵실에서 혼자만의 시간을 누렸다. 어떤 때는 책상에서 점심을 해결하기도 했다. 그리고 팔짱을 끼고 책상에 기댄 채 마석으로 된 데크 오븐에서 멋지게 구워지고 있는 빵들을 바라보았다.

제빵실은 색다른 공간이었다. 방 안의 모든 것에 하얀 녹청(綠青)이 덮인 것만 같았다. 그 덕에 방 안 풍경은 부드럽고 몽환적인 느낌이었다. 제빵실은 온화하고 시원하고 조용했다. 푹, 하고 반죽기에 밀가루를 붓고, 팍, 하고 크로아상이 부풀어 올랐으며, 슈우, 하고 반죽이 휴지되고 있었다.

셰프는 늘 사워크라우트와 적양파 조각을 넣은 사워 도우 한두 덩이를 만들었다. 이는 자주 CIA의 대표 빵 대접을 받았다. 메츠 총장 때문이었다. 3년 전쯤 메츠 총장이 빵에 푹 빠진 적이 있었다. 어느 날 총장의 비서에게서 연락이 왔다. 총장이 코펫지 셰프를 자신의 사무실로 호출했다는 전갈이었다. 사무실에 도착하자 비서는 샌프란시스코의 한 레스토랑에서 가져온 사워 도우 빵을 건넸다. 코펫지가 똑같은 빵을 만들 수 있는지 총장이 알고 싶어 했다는 것이었다. 이제 총장은 사워 크라우트와 양파를 넣은 빵 반 덩어리를 매일같이 먹고 있다. "총장 입맛에는 아주 신 도우가 맞는 모양이더군." 이렇게 말한 코펫지 셰프는 금세 표정을 바꾸며 덧붙였다. "제대로 된 입맛을 못 배워 그래." 극도의 겸손과 자만을 동시에 보이는 이런 태도는 아마도 제빵사들 사이에서 드물지 않은 모양이었다.

총장에게 그런 식으로 말할 수 있는 것은 오로지 제빵사뿐이었다. 무엇보다 메츠 총장은 요리사고 코펫지 셰프는 제빵사였기 때문에 그런 말을 할 수 있었던 것이었다. 제빵사와 요리사는 철저하게 다른 존재였다.

제빵 수업을 마친 후에는 보다 정제된 느낌에 훨씬 더 추운 주방인 제과 수업에 들어갔다. 작업은 대부분은 차가운 화강암 위에서 이뤄졌다. 여기서는 바닐라 소스와 가나슈* 만드는 법, 초콜릿을 가공하는 방법, 젤라틴을

* 초콜릿 크림의 일종.

꽃처럼 피워올리는 방법, 린저 토르테*와 마지팬** 장미, 패스트리 크림 만드는 방법을 배웠다. 황산지를 잘라 둥글게 말아 좁은 고깔 모양으로 만들어 프티 푸르에 가느다란 줄 장식을 하는 방법과 판지를 도려내 밤새도록 연습해야 하는 디자인들도 배웠다. 6주간의 제빵 및 제과 과정을 마치고 나면 학생들을 잠시 흰 셰프 재킷을 벗고, 6주간 와인과 메뉴에 대한 강의를 들으며 이론을 공부했다.

요리를 배우는 학생들이 주방 밖에서 그토록 오랜 시간을 보낸다는 게 이상하게 느껴졌지만, 학사학위를 취득하려면 아예 2년 동안을 주방 밖에서 보내야 했다.

로스 홀에서 서쪽으로 펼쳐진 건물의 3층에 위치한 학사 수업 교실은 윤기 나는 견목 바닥과 카펫이 깔려 있었다. 나는 이 모든 것을 누리며 학사 수업 몇 가지를 참관할 기회를 얻을 수 있었다. 학사학위 중인 학생들은 평상복 차림이었지만, 다른 대학의 학생들에 비해 나이가 좀 있었고 행색이 말쑥했다. 준학사를 이수한 뒤 학사학위를 이수하는 학생들은 17개월간의 수업과 6주간의 캘리포니아 음식 및 와인 투어에 2만 5천 달러가량을 지불했다. 1994년 8월에 처음 시작된 학사 프로그램은 250명이 정원이었으며, 등록 인원이 아직은 학교 측의 기대에 못 미치는 상태였다. 학사 행정년도 1996년 말 기준 총 225명의 학생들이 등록했으며, 106명의 학생들이 졸업했다. 하지만 아예 처음부터 CIA에서 4년을 공부하려고 결정하는 신입생들이 늘면서 학사학위 인원이 점점 증가하고 있는 추세였다.

학사 과정에서 주안점으로 두고 있는 것은 식품 서비스였다. 광범위한

---

* 아몬드 간 것, 레몬 껍질, 향신료를 첨가한 쿠키로 샌드위치처럼 가운데 잼이나 버터를 바르고 위에 아이싱으로 장식한 쿠키.

** 아몬드 반죽.

접객 및 경영에 초점을 맞추고 있는 다른 학교와 차별되는 부분이었다. '회계 및 예산 운영'과 '푸드 마케팅 및 프로모팅' 같은 수업만이 아니라, 외국어, 영작, 일반 교양 과목도 있었다. 교실에 앉아 일본의 경제력 부상에 대한 복잡한 강의를 듣다 보면 정신이 혼미해질 지경이었다. 아시아 문화 수업을 담당하고 있는 크리슈넨두 레이는 강의를 아주 잘하는 사람이었다. 모국인 인도에 대한 수업 중간에 문득, 종교란 모두 여성의 생식력과 그에 대한 남성의 질투를 통제하려는 시도에서 비롯되었다는 이야기로 넘어갔다가, 어느새 인도 사회에 대한 서구의 고정관념으로 자연스럽게 화제를 이동시킬 수 있었다. 그런 강의를 듣다 보면 우리를 마구 몰아붙이던 생선 주방의 혼돈과 타버린 뿌리채소 같은 건 그저 아득하게만 느껴졌다.

준학사 학생들은 메뉴 및 설비 계획, 와인 및 주류 관리, 레스토랑 법까지 모두 듣고 난 뒤 국제 요리, 심화 요리 원리, 전통 연회 요리 수업을 듣기 위해 흰 재킷을 다시 입었다. 그리고 CIA 수업 과정의 마지막 네 블록인 레스토랑 실습을 나갔다. 그곳에서 학생들은 진짜로 제 몫을 수행하게 되었다. CIA의 레스토랑 네 곳은 대중을 상대로 영업을 하는 곳으로 식사 예약을 하려면 최소 2주 전에는 전화를 걸어야 할 만큼 인기가 좋았다.

이들 레스토랑이야말로 CIA에서 1년 반이라는 짧은 시간 동안 학생들에게 가르친 것이 얼마나 대단한지를 고스란히 보여주는 척도였다. CIA 레스토랑들에 대한 신문과 잡지의 평은 상당히 좋았고, 상과 표창도 자주 받았다. 그러나 무엇보다 놀라운 점은 7일마다 계속해서 레스토랑 직원이 바뀐다는 사실이었다. 7일마다 한 번씩 직원 전체가 레스토랑을 떠났고 그 자리에 새 웨이터 18명과 새 요리사 18명이 도착해 업무 첫날을 시작했다.

세인트 앤드루스 카페

밝고 따스한 날씨 덕에 세인트 앤드루스 카페 출근 전날의 예비 모임은 테라스에서 열렸다. 모두들 흰색과 녹색 줄무늬가 그려진 파라솔 그늘 밑 유리 테이블 주변에 모여 있었다. 그림 같은 미소에 짓궂게 치켜올린 짙은 눈썹이 인상적인, 키가 크고 말쑥한 크레이그 에드워즈는 테이블 서비스 강사 필립 페피뉴 밑에서 일하는 홀 업무 담당 직원 중 가장 높은 직책을 맡고 있는 사람이었다. 녹색 앞치마를 걸친 채 띄엄띄엄 도착한 학생들은 알럼나이 홀에서 동료 학생들을 시중드는 테이블 서비스 입문 수업을 막 마치고 온 친구들이었다. 크레이그는 모두에게 환영 인사를 건네고는 복장 규정에서부터 숙제, 시간별로 해야 할 일들에 대해 쭉 설명해주었다. 제과 수업을 마치고 바로 온 나만 흰옷을 입고 있었다. 하지만 한 반에 낯선 학생이 끼는 것은 흔한 일이었다. 낙제를 하거나 몸이 좋지 않아 남들보다 뒤처지는 바람에 다른 반에 들어가는 경우는 얼마든지 있었다.

"여러분은 실제로 손님들의 시중을 들게 될 겁니다. 진짜 손님 말이죠." 크레이그가 입을 열었다. 그는 이제부터 할 일은 이제껏 학교에서 했던 그 어떤 일과도 다르다고 말했다. "미끄럼 방지 신발을 신는 것은 괜찮지만 절대 음식이 묻어 있으면 안 됩니다. 수업에서 입었던 셰프 재킷을 입도록 하세요. 그러면 앞치마를 더럽히지 않을 수 있을 겁니다. 안에는 티셔츠를 입으세요. 온도가 올라가도 셔츠가 땀을 흡수해줄 거예요. 아셨죠?" 그리고 그날의 웨이터장을 맡은 학생은 점잖은 옷을 입어야 한다고 강조했다. 바에서 일할 친구들은 평범한 서비스 복장을 갖추면 되었다. 바지는 CIA에서 제공하는 폴리에스테르 바지나 본인 바지를 입되, 색이 점점 바래는 면직물 작업복은 금지였다. 입구에 비치해놓은 종이가 출석부를 대신하므로 그곳에 사인을 해야 했다. 첫날은 6시 30분까지 출근해야 했으며 2일차부터 7일차까지는 시작 시간이 7시 45분이었다. 8시 30분까지 모든 준비를 마치면 바로 강의가 이어졌고 강의는 직원 식사가 준비되는 10시 30분에 끝이 났다. 마지막 점검은 11시 20분, 그리고 11시 30분이 되면 레스토랑 세인트 앤드루스 카페의 영업이 시작되었다. 우리는 첫 출근 전까지 크레이그가 준 메뉴 줄임말을 몽땅 외워야 했다.

"담배는 피워도 됩니다. 하지만 쉬는 시간에만 가능합니다. 그리고 뒷문을 이용해야 합니다. 우리 고객들이 이곳으로 지나가니까요." 그렇게 말하며 크레이그는 입구를 가리켰다. 정말이지 중요한 정보였다. CIA 학생 중 담배를 피우지 않는 친구는 드물었다. "담배를 피운 후에는 손을 씻고 구강청결제를 쓰도록 하세요. 페피뉴 씨는 이 부분에 관한 한 아주 엄격하신 분입니다."

마치 치약 광고에나 나올 것만 같은 밝게 빛나는 미소를 지닌 그는, 반년 전 학교를 졸업한 뒤 7일마다 한 번씩 꼭 같은 내용을 반복하고 있었다.

본격적으로 수업에 들어가기 전 준비 삼아, 그곳 음식도 먹어보고 익명의 고객으로 분위기도 느껴볼 겸 해서 아내와 딸을 데리고 세인트 앤드루스 카페에 갔었다. 세인트 앤드루스 카페는 교내에서 유일하게 독립된 건

물(정확한 건물 명칭은 일반 식품 영양 센터였다)에서 영업하는 레스토랑으로, 날씨가 좋지 않을 때면 유니폼을 입은 학생 무리가 수업에 들어가기 전 서성거리거나 식후에 담배를 피우는 안뜰 한쪽에 있었다. 카페에 도착한 손님들은 메뉴판과 예약 리스트가 놓인 웨이터장의 테이블이 있는 대기실 안으로 들어갔다. 이 편안한 공간 옆에는 커다란 유리 창문이 있어서 학생들이 소테잉하고 그릴링하며, 셰프나 직원이 마이크에 대고 주문을 불러주고 있는 주방 안이 훤히 보였다.

부드러운 다갈색의 얼굴에 키가 크고 말쑥한 지중해 출신의 필립 페피뉴가 우리 가족을 맞아주었다. 그의 태도는 정중하면서도 편안했다. 그는 내가 예약 전화를 했을 때와 똑같이, 11개월 영아도 아무 문제 없이 레스토랑을 이용할 수 있다고 설명했다. 그러고는 우리를 테이블로 안내했다. 홀 저쪽에서 학생 웨이터장이 손님을 안내하는 모습이 보였다.

구부러진 나무와 판판한 가죽으로 만든 의자가 편안해서인지, 세인트 앤드루스 카페의 식사 공간은 마치 브릿지 게임을 즐기는 거대한 일광욕실 같은 느낌이었다. 포근한 날씨 덕에 테라스 쪽으로 향하는 프랑스식 문은 활짝 열려 있었다. 테라스는 벽돌담 하나로 안뜰과 구분되어 있었다. 그 맞은편 벽을 거의 다 차지하고 있는 창으로 자연광이 듬뿍 쏟아져 들어와, 푸른 카펫과 매일 잘 닦아두는 은 식기 위에서 노닐고 있었다. 안이 들여다보이는 주방을 등진 자리에 바가 있었고 떡갈나무로 마감된 맞은편 벽에 커다란 벽난로가 설치되어 있었다.

페피뉴 씨의 매끄러운 안내에 이어 우리 자리를 담당한 웨이터는 크로마뇽인 같은 생김새였다. 그는 세인트 앤드루스 카페를 찾아준 것에 감사하다고 말하면서 고개를 천천히 끄덕였다. 마치 이미 선택한 레스토랑을 꼭 선택해달라고 부탁하려는 듯한 모습이었다. 마실 것이 필요하냐고 묻는 그에게 나는 점심과 함께 와인 한 병을 마실 생각이고 곧 주문하겠다고 대답했다. 내 말을 들은 우리의 웨이터는 펜을 주문장에 갖다 대고는 고개를 끄덕였다. 그의 입술이 넓은 이를 드러내 보이며 말려 올라간 모습을 관찰할 시간이 충분했다. 그는 계속해서 고개를 끄덕이며 펜을 여전히 주문장 위에 얹은 채 나를 바라보았다. 내가 생각 끝에 "잠깐만 시간을 주세요. 고맙습니다"라고 말하기 무섭게, 그는 눈썹을 치켜올리더니 살짝 미소를 지은 뒤 계속해서 천천히 고개를 끄덕이며 돌아섰다. 그러고는 거대한 레슬링 선수가 매트를 떠나듯 구석자리로 멀찍이 걸어가 뒷짐을 진 채 다른 웨이터 옆에 섰다.

11개월짜리 아이와 식사를 할 때는 반드시 식탁보를 제외한 모든 물건을 아이 손이 닿지 않는 반대편 끝에 갖다놓아야 한다. 미리 처리를 해뒀음에도 불구하고, 녀석은 이제 아무것도 거슬릴 것 없는 테이블에 몸을 던져 칼을 움켜쥐려고 안간힘을 쓰기 시작했다. 우리가 아이를 물건들에서 떼놓기가 무섭게 웨이터 한 명이 코펫지 셰프의 맛있는 빵을 담은 작은 접시를 가지고 도착했다. 그는 우리 딸이 뭔가를 먹을 수 있는지 물어보았다(빵은 향이 좋은 올리브 오일과 흰콩 스프레드와 함께 나왔다). 세심한 배려에 감명 받은 도나가 말했다. "아이가 있으신 모양이네요." 그러자 웨이터는 자신이 아니라 같은 반 다른 친구에게 아이가 있다면서, 그 친구가 빵을 빨리 내가는 게 낫겠다고 해서 가져온 거라고 말했다. 정말이지 고마운 일이었다.

그 순간 알 수 있었다. 이것이 바로 CIA 레스토랑의 테이블 서비스였다. 둔하고 어색한 느낌에서부터 세련되게 관심을 보이는 모습까지, 서비스 방식은 다양했다. 하지만 이곳에서는, 이곳보다 두 배 정도 더 큰 레스토랑에서 볼 수 있는 인원보다도 더 많은 웨이터가 대기한 채로 훨씬 더 많은 관심을 손님에게 기울이고 있었다. 테이블 시중을 드는 것을 편안하게 느끼는 학생도 있기는 했지만, 대부분은 그렇지 못했고 전혀 새로운 경험을 하고 있는 중이었다. 그들은 모두 돈을 내면서 테이블 시중을 들고 있었고 얼마나 잘하느냐에 따라 다른 점수를 받고 있었다. 모두들 어색해하고는 있었지만(그중에서도 크로마농인이 최악이었다) 어쨌거나 힘닿는 한, 설령 완벽하지 않다 하더라도, 민첩하게 요구를 들어주고 질문에 답해주기 위해 뭐든 기꺼이 하겠다는 자세가 충만했다. CIA 레스토랑 가운데 이보다 더 편안한 느낌을 주었던 곳은 없었다. 무척 정중한 에스코피에 룸에서조차도 이런 느낌은 받지 못했다. 이러한 편안함은 우리의 선사시대 친구가 어설프고 부자연스러운 서비스로 일관하다 식사 후 엉뚱한 계산서를 가져다주었음에도 퇴색되지 않았다.

내가 나비넥타이를 매고 녹색 앞치마를 목에 걸치며 레스토랑에 도착한 것은 6시 30분이었다. 이제 슬슬 주방으로 출근하는 일에 익숙해지고 있던 찰나에, 재즈 음악이 들릴 듯 말 듯 조용하게 들려오고 카펫이 깔린 시원한 홀에 들어선 것이었다. 페피뉴 씨는 내가 앞치마를 잘못 묶었다고 지적했다. 주방에서 하듯 묶었는데, 웨이터 앞치마는 끈을 겉으로 드러나지 않게 묶어야 한다는 것이었다. 앞치마를 고쳐 묶자 크레이그가 내게 가방을 아래층 로커에 갖다 넣으라고 말했다. 홀에는 책가방이든 서류 가방이든 가방은 한 개도 들여올 수가 없었다. 값진 은 식기가 즐비하기 때문이었다.

테이블은 옆으로 모두 치워져 있었고 의자는 벽난로 앞에 두 줄로 놓여 있었다.

"저는 페피뉴입니다. 크레이그는 이미 알고들 있죠? 이번 주 주방은 해니제스키 셰프가 맡습니다. 다음 주 여러분이 주방에 들어갈 때는 드 산티스 셰프가 돌아올 예정이고요. 마틴은 직원이고 댄은 수습 직원입니다." 매번 새 학생들을 받을 때마다 똑같이 되풀이하는 말들이었다. 페피뉴는 출석을 확인했다. 그리고 다른 강사들과 마찬가지로, 혹시 일을 배우는 동안 어려운 점이 있는 사람은 자신을 찾아오라고 말했다. 이어 매일 규칙적으로 해야 하는 일들과 시간별 업무 내용을 일러주기 시작했다.

"절대 빼놓지 말고 챙겨야만 하는 것들입니다. 펜, 주문장, 빵가루 치우개, 와인 따개를 잊지 마세요. 정말 바보스럽게 들리겠지만 계속해서 반복할 것입니다. 제 말을 제대로 알아듣지 못한 사람이 한 명도 없기를 바라니까요. 모두들, 반드시, 이 네 가지를 잊지 마시기 바랍니다." 그러면서 혹시라도 자신에게서 질책을 당하더라도 "개인적으로 받아들이지 말아 달라"고 당부했다. "나는 여러분에 대해 잘 알지 못합니다. 그러니 어떤 질책이든 마음에 품지 말기를 바랍니다."

페피뉴 씨는 유니폼이 왜 중요한지에 대한 자신의 생각을 들려주었다. "모두들 유니폼을 입어야 합니다. 학교에서 유니폼에 신경을 쓰는 건 당연한 거죠. 유니폼은 여러분에 대해 많은 것을 알려주는 장치입니다. 고객들이 보는 건 겉모습이에요. 그분들은 여러분의 내면을 볼 이유가 없지요."

잠시 후 페피뉴 씨는 우리에게 할 일을 지시했고 우리는 영업 준비를 위해 해산했다. 모두들 앞치마 위에 셰프 재킷을 걸쳤고, 웨이터장을 맡은 토드 사전트만 코트에 타이를 매고 머리를 하나로 묶었다.

나는 테이블에 칼과 포크, 빵과 버터 접시, 버터 칼과 냅킨을 준비했다. 그리고 케이스 65개에 담긴 소금통과 후추통을 모두 닦았다. 테이블마다 하나씩 놓을 화병 21개는 에스타마리아 몇 줄기가 꽂힌 채 냉장고에 준비되어 있었다. 다른 친구들은 바 재고 목록을 작성하고 커피 스테이션을 정리했으며 작은 접시에 콩 스프레드와 올리브 오일을 담고 사이드 스테이션*을 준비했다. 대여섯 명은 커다랗고 둥근 테이블에 앉아 은 식기를 닦았다.

나는 페피뉴 씨에게 우리 반에 대한 평가를 물어보았다.

---

* 레스토랑 홀에 손님들에게 나갈 기물이나 냅킨 등을 정리해놓은 테이블.

"아주 차분해요. 시작이 아주 순조로운 편입니다."

영업 준비를 끝낸 뒤, 우리는 메뉴 줄임말에 대한 테스트를 받기 위해 자리에 앉았다. 예를 들면, 모렐 버섯과 파르마 햄*, 파마산 치즈를 넣은 파스타는 "오르조"라고 불렀고, 포카치아와 아이올리 소스를 넣어 만든 지중해식 구운 소고기 샌드위치는 "오픈 페이스"라고 부르는 식이었다. 이제, 진짜 손님들의 식사 시중을 들 시간이 코앞으로 다가와 있었다.

"이 수업에서는 주문 받기가 핵심이죠." 페피뉴 씨가 말을 이었다. 주문을 받는 데는 타이밍, 요령, 자기 절제, 우아한 몸가짐, 분명한 목소리와 마음가짐, 인간 본성에 대한 약간의 이해와 세일즈맨 정신, 접객 능력 등, 테이블 서비스에 관한 모든 것이 응축되어 있었다. 앞으로 7일간 우리는 전문적인 테이블 서비스에 필요한 "능숙함"을 제대로 배울 예정이었다. 하지만 오늘은 첫날이었고 손님들이 올 때까지 2시간이 남아 있었다. 그래서 페피뉴 씨는 우리에게 메뉴를 집중적으로 설명해주었다. 제일 먼저 와인 목록을 살피면서 각 와인의 특징을 간단하게 정리했다. "우리 주방에서는 최소한의 기름을 씁니다. 그러다 보니 음식의 질감이 다른 곳과 다르지요. 그래서 우리는 와인 리스트를 까다롭게 준비합니다." 페피뉴 씨는 와인 외에 다른 술에 대해서도 설명했다.

"맥주는 점점 와인과 비슷해지고 있어요. 혹시 여러분들 가운데 레스토랑을 개업할 사람이 있다면 맥주 리스트를 와인처럼 다양하게 갖추는 게 좋을 거예요. 맥주 산업은 점점 커지고 있습니다. 성장 가능성이 아주 큰 분야라고 볼 수 있지요."

---

* 파마산 치즈를 만들고 남은 유청을 먹인 돼지고기로 염장하여 만든 이탈리아 햄.

페피뉴 씨는 이어서 음식에 대해 설명하기 시작했다. 전반적으로 매운맛은 적당한 수준이었다. 수프가 나갈 땐 사이드 스테이션 서랍에 보관된 부용 숟가락을 함께 내가고, 필요한 은 식기는 음식이 나가기 전에 미리 테이블에 놓아야 했다. 손님이 달리 말이 없으면 오픈 페이스는 미디엄 레어로, 연어는 미디엄으로 나갔다. 닭과 새우 앙트레는 매운 사프란 수프를 곁들인 링귀니*에 얹어서 나가기 때문에 수프 숟가락이 필요했다. 그릴링한 소고기 안심은 온도가 딱 맞아야 했다. 그런 식으로 전체 메뉴를 하나하나 살피고 커피 서비스까지 훑어보았다. 그 뒤에는 음식이 언제 불에 올라가는지, 또 언제 요리 준비에 돌입하는지 등 주방 내의 절차를 숙지했다. 홀에는 주문 받는 과정 전체를 담당하는 프론트 웨이터와 음식을 내가고 다 먹은 접시를 치우는 백 웨이터가 있었다. 빵부스러기와 소금, 후추를 치우고 나면, 디저트를 내갈 차례였다. 페피뉴 씨는 좀 더 자세히 살펴보자고 하면서, 커피 잔 손잡이는 4시 방향으로 놓아야 한다고 설명했다. 영업 중에는 20번대와 30번대만(테이블마다 번호가 붙어 있었다) 테이블 세팅을 다시 하되, 절대 테이블보의 비닐 커버가 몽땅 드러나게 벗겨서는 안 된다고 했다. 테이블 준비가 허술하면 음식에 대한 평가도 낮아질 수 있었다. 고객의 눈은 날카로웠다. 의자 위에 떨어진 빵부스러기라든지, 반짝이는 은 식기 칼끝에 묻은 흐린 얼룩 등은 귀신같이 발견했다. "하지만 문제없이 모든 것이 잘 돌아가고 있을 때, 문제가 없다는 사실을 알아차리는 고객은 없어요."

페피뉴 씨는 우리에게 원래 하는 일은 요리이지만 테이블 서비스에도 음식을 낼 때와 같은 열정과 신중을 다해주기를 바란다고 당부했다.

"손님을 맞이하면서 음료 리스트를 내놓아야 합니다. 손님께 음료가 필

---

* 납작한 파스타.

요하냐고 물어보세요. '안녕'이라든가 '어서옵쇼' 같은 말은 하면 안 됩니다. 이름을 대며 본인 소개를 할 필요도 없어요."

페피뉴 씨는 질문이 있으면 점심시간이 한창이고 손님이 꽉 차 있을 때라도 자신이나 크레이크에게 물어보라고 말했다. 어쨌거나 이곳은 교실이라는 사실을 잊지 말라는 것이었다.

우리는 1시간 반 만에 수많은 얘기를 소화해야 했다. 몇 명은 필기를 했고 나머지는 그냥 듣고만 있었다. 과연 전부 다 기억할 수 있을까? 나도 몽땅 적어보려다가, 너무 많은 얘기가 쉴 새 없이 쏟아지는 통에 결국 포기했다. 페피뉴 씨는 "자, 이제 마치도록 하죠. 식사가 준비되었네요"라고 말하고는, 11시 20분에 최종 점검이 있으니 주방에서 지난주 학생들이 준비해 둔 촉촉한 라자냐를 들라고 했다. 최종 점검까지는 20분 정도 남은 듯했다.

첫날 내가 맡은 일은 백 웨이터라 손님과 직접 대면할 일이 없었다. 스물두 살의 위스콘신 출신 브래들리 앤더슨이 프론트 웨이터였다(그는 자신을 섀기라고 불러달라고 했다). 브래들리는 가끔 추가로 웨이터를 고용하는 아메리칸 바운티에서 일한 적도 있고, 또 워낙 홀 일을 좋아했기 때문에 크게 부담스러워하지 않았다. 능숙한 섀기 덕에 그날은 조용히 지나갔다. 물론 페피뉴 씨가 언제나처럼 첫날 예약을 적당히 받고, 또 테이블마다 시중드는 사람을 둘씩 배치한 덕이기도 했다. 나는 거의 온종일 뒷짐을 지고 구석에 선 채로 발가락을 딛었다 뒤꿈치를 딛었다 하면서, 얼른 내가 맡은 테이블의 손님이 일어나기를, 얼른 치우고 다시 세팅할 수 있기를 기다리며 보냈다. 첫날이 아주 순조롭게 흘러가고 있었다.

세인트 앤드루스 직원이 된 이유를 묻자 크레이그는 이렇게 대답했다. "페피뉴 씨 때문이에요. 정말 멋진 분이지요."

필립 페피뉴는 어딘지 모르게, 1950년대 뉴욕 어딘가에 위치한 작고 어두운 아파트에 사는 독신남을 연상시켰다. 밤이면 티셔츠와 슬랙스를 걸친 채 신문을 읽는다. 오른쪽에는 샌드위치 반쪽이 담긴 작은 접시가 있다. 어쩌면 미지근한 물이 가득 담긴 잔도 함께 놓여 있을 것이다. 밤늦은 시각 이웃 하나가 자물쇠를 잠그고 아파트 문을 나서는 그의 모습을 목격한다. 티 하나 없이 말끔하게 차려입은 그는 뉴욕 밤거리로 사라진다.

물론 내가 사람들을 관찰하고 이상한 상상 따위나 하는 그런 종류의 인간은 아니다. 하지만 페피뉴 씨의 검은 눈과 다갈색 피부, 넓은 어깨에는 분명 스튜디오 시대* 영화 속 주인공을 연상시키는 구석이 있었다. 그는 턱수염 색깔이 아주 진했지만 언제나 깔끔하게 면도를 해서 턱과 윗입술이 반짝거리다시피 했다. 몸짓은 무용수처럼 우아했다. 그러나 어느 순간 보면 내가 발견한 이 모든 특징이 하나도 느껴지지 않기도 했다. 어쩌면 스스로를 워낙 손질하고 다듬어 그 안에서 그 어떤 모습도 찾아볼 수 없는 것인지도 몰랐다. 어쨌거나 사람들 눈에 그는 전문 웨이터일 것이다. 페피뉴 씨가 난생 처음 식사 주문을 받았던 것은 열여덟 살 때였다. 그는 테이블 서비스를 좋아했고 전문가였으며, 모든 위대한 선생들이 그렇듯 자신이 하는 일에 대한 무한한 애정을 학생들에게 고스란히 전달하는 재주가 있었다.

테이블 치우는 요령에 대해 설명을 하면서 페피뉴 씨는 손님이 음식을 먹는 중간중간 반드시 은 식기들을 갈아줘야 한다고 말했다. 그는 음식으로 얼룩진 칼이나 포크를 접시가 아니라 테이블보에 내려놓는다는 생각만으로도 몸서리를 치는 사람이었다.

커피에 대해 질문하자 커피를 어떤 식으로 내가야 하는지에 대한 이야기가 다양하게 쏟아져 나왔다. 서비스 도중에 나는 손님에게 커피를 쏟았고,

---

* 미국 영화사 중 1930~40년대를 주로 가리키는 말.

잔 가장자리와 받침에 마구 흘렸다. 받침 위에 웅덩이가 생겨날 정도였다. 그래서 컵과 받침을 갈아드릴까요, 라고 손님에게 물었다. 나는 페피뉴 씨에게 내 행동이 옳았는지 질문했다.

그러자 페피뉴 씨는 그보다 한 걸음 더 나아가야 한다고 대답했다. "물어만 보는 게 아니라, 벌써 치우고 있어야지요. 그러면서 치워드리겠다고 말해야 합니다." 그러더니 "커피포트에 대해 한마디 더 하겠어요"라고 말했다. "주둥이가 짧은 커피포트는 잘 흐릅니다. 우리가 쓰는 것처럼 주둥이가 긴 포트는 그나마 괜찮지요. 하지만 포트에 커피를 찰랑거릴 정도로 가득 채우지 마세요. 너무 가득 채워두면 손님에게 따라줄 때 마구 튀어버립니다." 일단 커피에 대해 생각하자 페피뉴 씨는 멈출 수가 없는 것 같았다. "미지근한 커피는 절대 안 됩니다. 그건 최악이에요. 차거나 뜨거운 커피는 괜찮지만, 어중간한 것은 팔 수 없습니다. 어떤 사람들은 입술이 녹아내릴 정도로 뜨거운 커피를 좋아합니다. 보통은 연세가 드신 분들이 그런 커피를 찾지요. 잘은 모르겠지만, 아마 틀니 때문일 거예요. 이런 손님께 나가는 커피라면 컵이 뜨거운지도 확인해야 합니다. 그분들은 입술에서 뜨거운 느낌이 나야, 커피가 뜨겁다고 생각할 테니까요."

"어린이들과 어르신들은 애정을 갈구하고 자기중심적입니다." 언제나 아이들에게는 우선적으로 주의를 기울여야 했다. "아이들이 행복하면 누가 행복하겠어요? 복잡하게 생각할 것 없어요. 그런 발상으로 엄청나게 돈을 긁어모으는 곳이 있잖아요?" 그는 잠시 입을 다물었다. "바로 맥도날드죠."

갈수록 그가 테이블 서비스 강사라기보다는 사회학이나 행동학 교수 같다는 생각이 들었다. 그는 입버릇처럼 이렇게 말했다. "난 몸짓 언어를 분석하는 걸 무척 좋아합니다."

진정 뛰어난 서비스를 제공하려면 몸짓으로 나타나는 언어에 능통해야 하는 게 맞을 것이다. 손님이 원하는 것이 무엇인지, 물이든, 주문이든, 방

온도를 올리는 것이든, 다 알아채고 충족시켜줘야 하니 말이다. 페피뉴 씨는 경외감이 가득한 목소리로 말했다. 나직하지만 또렷한 음성이었다. "무엇보다, 손님 스스로 본인의 욕구를 알아차리기 전에, 모든 것이 이뤄져야 하는 거죠. 바로 그런 곳에 손님이 북적거리게 마련입니다. 서비스가 좋으면 돈도 더 쓰게 되지요."

이유는 간단했다. 좋은 서비스를 누린 손님은 음식을 주문하면 당연히 빨리 나올 것이라 믿기 때문에 추가 주문을 하곤 했다. 그런 곳에서는 팁도 1, 2퍼센트 더 많이 주는 편이다.

페피뉴 씨는 행동을 민첩하게 하라고 당부했다. "일단 늦어지기 시작하면, 적극적인 서비스를 할 수가 없습니다."

그는 신속함을 거듭 강조했다. 서비스를 하는 중에는 시간이 얼마나 흘렀는지를 가늠하기가 쉽지 않다. 특히 테이블 두 군데를 동시에 돌볼 때는 더욱 페피뉴 씨는 초침 달린 손목시계를 가진 학생 둘에게 1분을 재보라고 시켰다. 그는 가만히 기다렸다. 마치 고요만이 가득한 곳에서 작은 소음에 귀를 기울이는 것처럼 보였다. 그가 다시 입을 열 때까지 꽤 긴 시간이 흐른 것 같았다. 평소보다 낮은 목소리였다. "마실 것 좀 주시겠어요?" 불만이 있지만 참고 있는 듯했다. 그러더니 다시 기다리며, 오른쪽, 왼쪽을 번갈아 보더니 다시 오른쪽을 보았다. 잠시 후 그는 좀 더 큰 목소리로 말을 꺼냈다. "우리가 원하는 것은 오로지 음료라고요." 조금 더 기다리던 그는 보이지 않는 상대방을 향해 속삭였다. "다른 데 가는 게 낫겠지?" 시간을 재던 두 사람이 동시에 1분이 다 됐다고 손을 들자, 그는 화난 손님의 커다란 목소리로 이렇게 말했다. "이봐요, 여기 앉아 있는 10분 동안 어떻게 마실 것 하나를 안 갖다줄 수 있는 거죠?"

언제 그랬냐는 듯 금세 화난 손님의 가면을 벗어던진 페피뉴 씨는 내 말이 맞지? 1분이 얼마나 길게 느껴질 수 있는지 알겠지? 라고 말하듯 눈썹을 치켜올리며 머리를 옆으로 살짝 기울였다. 웨이터가 오기를 하염없이 기다려본 적 있는 친구들은 이미 고개를 끄덕이고 있었다. 그러자 그는 입을 열었다. "'죄송합니다만 손님, 이제 겨우 1분밖에 안 지났는데요'라고 말할 수는 없습니다. 절대 잊지 마세요."

그는 테이블에서 냅킨을 집어 들더니 탁 털어 접힌 부분을 펼쳤다. 냅킨이 펼쳐지는 소리는 아주 작았다. "저는 쇼를 좋아합니다. 하지만 냅킨을 소리 내어 펼치는 모습은 영 별로더군요. 냅킨으로 큰 소리를 내는 웨이터에게서 시중을 받게 되면, 혹시 다른 웨이터들도 다 그러고 있나 잘 확인해 보세요. 혼자만 큰 소리를 내는 웨이터에게서 굳이 시중 받을 이유는 없잖아요?"

테이블 서비스에는 물론, 하지 말아야 할 사항들이 많았다. 페피뉴 씨는 손을 양쪽 주머니에 찔러 넣은 채 발 앞뒤에 체중을 바꿔 실으며 건들거리기 시작했다. 그리고 과장된 표정으로 방을 둘러보았다. "이러고 있다는 건 준비가…… 안 되었다는 뜻입니다."

"서비스 중에는 먹고, 마시고, 담배 피우지 마세요. 절대 안 됩니다. 레스토랑을 뛰어다니는 것도 안 됩니다. 웨이터가 달리는 모습을 보면 손님들은 불이 난 줄 알 것입니다. 손님들을 초조하게 하면 안 되죠. 마지막으로, 웃지 마세요. 웃었다고 칩시다. 그 대상이 누구겠어요?" 그 말에 학생들은 키득거렸다. "그리고 아시다시피, 레스토랑은 손님으로 그득합니다. 그 비웃음을 알아챌 사람도 많다는 얘기예요."

페피뉴 씨는 테이블 서비스가 멋진 공예품과도 같다고 말했다 "있는 듯 없는 듯하면서도 여전히 제 몫을 할 때, 비로소 서비스가 완벽하다고 할 수 있습니다."

페피뉴 씨가 사회학만을 강의하는 것은 아니었다. 그는 우리가 알아두어야 할 공식적인 내용을 가르치는 것도 빼놓지 않았다. 커다란 받침대에 우리가 사용할 주문지와 똑같은 표가 그려진 칠판이 놓여 있었다. 맨 윗줄에는 네 가지 코스가 표시되어 있었고 맨 왼쪽에는 좌석 번호가 순서대로 적혀 있었다. 페피뉴 씨는 학생 4명에게 테이블에 앉게 한 뒤 칠판을 본인 쪽으로 돌리고는 주문 받는 방법을 보여주었다. "그릴링한 소고기 안심 주문하셨습니다." 그는 소리 내어 말하면서 주문지에 적었다. 제일 중요한 것은 웨이터 본인과 손님이 동시에 주문 내용을 확인할 수 있도록 큰 소리로 주문 내용을 되풀이해 말해야 한다는 점이었다. "어떻게 구워드릴까요?" 그는 내용을 적으며 손님의 주문 내용을 반복해 말했다. "미디엄 레어로 주문하셨습니다." 그렇게 주문 내용을 모두 다 적은 뒤, 칠판을 우리 쪽으로 돌려 테이블에서 주고받은 이야기를 주문지에 어떤 식으로 적어야 하는지 확인해 주었다.

페피뉴 씨는 움직임이 컸다. 우리를 관객으로 삼아 무대에 선 듯, 방백하는 배우처럼 야단스럽게 움직였다. 테이블에 다가갈 때도 단순하게 걷지 않았다. 먼저 발이 도착하고 허리가 그 뒤를 따랐으며 그다음이 어깨 그리고 머리가 순서대로 도착했다. 마치 속도와 신속함을 보여주는 듯한 몸짓이었다. 일단 자리에 도착한 뒤에는 한순간에 지브스*의 현신이 되어, 자신감 넘치는 굵은 목소리로 이렇게 말했다. "안녕하세요. 세인트 앤드루스 카페에 오신 것을 환영합니다."

품위는 원래 겉으로 뻔히 드러나는 덕목이 아니었다. 진짜 품위가 있는 사람은 관심을 끌려고 들지 않기 때문에, 진정한 품위를 알아차리기란 쉽지가 않다. 페피뉴 씨가 그처럼 멋진 테이블 서비스 강사로 보이는 것은 품위 있는 모습을 보여주면서도 품위를 잃지 않기 때문이었다. 그는 우리에

* P. G. 워드하우스의 코믹 단편 소설《지브스 Jeeves》시리즈에 나오는 재치 있는 집사.

게 테이블 서비스의 역할을 온몸으로 보여주었다. 그는 본인의 직업에 숨겨진 환상과 마법적인 면을 학생들에게 고스란히 전해주는 마술사였다.

2일차에는 프론트 웨이터를 맡았다. 6인용 테이블인 41번과 4인용 테이블인 42번이 내 담당이었다. 내 백 웨이터는 거의 흰색에 가까운 짧은 금발 머리의 섀기였다. 페피뉴 씨를 보며 자극을 받은 나는 서비스가 너무 하고 싶었다. 마음속에 열의가 활활 타오르고 있었다.

준비를 하던 중 잠시 로비로 나가 예약 리스트를 확인하다가 42라고 적힌 곳에서 책이라는 이름을 발견했다. 1958년 CIA를 졸업한 리처드 책은 부총장 팀 라이언의 보좌관이었다. 만난 적은 없었지만, 그가 내 고향 컨트리클럽 셰프로 일한 적이 있고 휴 케이터러스의 총주방장이었다는 이유 때문에 내심 그를 마음에 들어 하고 있었다. 휴 케이터러스는 한때 클리블랜드의 밀가루 및 과자류를 대표했던 명망 높은 휴 베이커리의 한 부서였다. 리처드 책은 셰프다운 외모가 아니었다. 호리호리한 몸에 삭발 머리, 그리고 안경을 쓴 그는 정확한 나이를 알 수는 없어도 나보다 연배가 높아 보였다. 목소리는 비음에 신경질적이었다. 어딘가 모르게 사무원 같은 느낌을 주었지만 그는 사실 조리기능장이었다. 그런 그가 스타 셰프 래리의 부모인 포지온 씨 부부와 또 한 사람을 손님으로 모시고 내 테이블에 예약을 했다는 것이었다. 기대감에 마음이 부풀어 올랐다. 정말 재미있을 것 같았다.

책 셰프와 포지온 씨 부부는 예약 시간에 맞춰 도착해 홀 뒤쪽 불 꺼진 벽난로 바로 앞의 42번 테이블로 안내를 받았다. 네 번째 손님은 오지 않았지만 책 셰프는 반장이자 그날의 웨이터장인 진 휴이에게 그 자리를 치우지 말라고 말했다. 출발선에 선 경주마처럼 테이블을 향해 달려 나간 나는 손님들에게 환영 인사를 건네고 포지온 부인 오른쪽에 서서 무엇을 마시겠느냐고 물었다.

부부는 음료 메뉴를 빠르게 살폈다. 무알콜 음료가 마시고 싶다던 부인은 '씨 브리즈'를 주문했다. 포지온 씨가 어떤 음료인지 잘 모르겠다고 하자, 책 셰프가 물었다. "씨 브리즈가 뭔가요? 설명 부탁합니다."

물론 셰프가 그런 질문을 한 것은 포지온 씨를 위한 배려였다. 본인이 궁금해서라거나 손님 앞에서 나를 테스트하고 자랑하기 위한 물음은 아니었던 것이다. 하지만 나는 어쩐지 까다로운 상황에도 성실하게 대처하고 있다는 것을 보여줘야만 할 것 같은 느낌이었다. 씨 브리즈가 뭔지 이미 오래전부터 알고 있었고 시험을 본 적도 있었던 나는 마치 굉장히 어려운 과제를 해결하고 있다는 듯 목에 힘을 주고 대답했다. "씨 브리즈는 오렌지 주스 330그램과 크랜베리 주스 110그램을 섞어서 만든 음료입니다."

내 기억이 맞는다면, 내 말에 분명 책 셰프가 뭐라고 대답을 했다. 중국어를 했다 한들 내가 알아듣지 못할 말은 아니었다. 뭔가 잘못되었다는 뜻만은 확실했으니까. 나는 미소를 지으며 고개를 끄덕였다. 어쩌면 셰프는 이렇게 말했던 것도 같다. "지금 묘사한 음료는 마드라스로군요. 씨 브리즈는 크랜베리 주스와 자몽 주스로 만들죠." 대답이 무엇이었든, 내 머리는 이미 안개 비슷한 것으로 꽉 들어차 있어 아무 말도 들리지 않았다. 너무 정신이 없어서, 그날의 사건을 나중에 다시 떠올려보면서 비로소 뭐가 문제였는지 깨달았을 정도였다.

오렌지 주스나 자몽 주스를 원했던 듯 포지온 부인은 씨 브리즈가 괜찮을 것 같다고 말했고, 나는 온 의지를 그러모아 주문지에 그려진 사각형 안에 그 내용을 받아 적었다. 책 셰프와 포지온 씨는 쏠레 탄산수 큰 병 하나를 주문했다. 나는 바로 향했고 그곳을 지키던 크레이그가 제대로 된 씨 브리즈를 만들어주었다.

음료를 기다리고 있는데 페피뉴 씨가 미끄러지듯 내 곁으로 다가와 홀을 둘러보며 말했다. "먼저 오신 손님 주문을 받아서 미리 내가도록 하세요.

메츠 씨가 오시면 그분 주문은 따로 내가도록 할 거니까."

"메츠 씨라고요?" 내가 물었다.

페피뉴 씨는 고개를 끄덕이더니 미끄러지듯 멀어져갔다.

나는 격심한 충격에 휩싸였다. 이제는 학생 역할에 꽤나 적응이 된 모양이었다.

"메츠 씨라니." 나는 되풀이해 중얼거렸다.

6인석 손님은 정오가 조금 지나서 도착했다. 그것도 4명만 먼저 왔다. 연장자로 보이는 신사가 자리에 앉으면서, 여행 중이기 때문에 식사를 다 못해도 1시 15분에는 식당에서 나가야 한다고 말했다. 나는 손님들에게 식사를 빨리 내오도록 하겠다고 약속한 뒤 마실 것이 필요하냐고 물어보았다.

그리고 얼마 뒤 크레이그가 말했다. "메츠 씨가 왔어요."

그게 몇 시쯤이었는지는 정확하게 기억이 나지 않는다. 씨 브리즈 때부터 이미 시간 감각은 완전히 사라진 지 오래였고, 이내 다른 기능까지 모조리 상실했기 때문이었다. 손님의 얼굴, 내게 말을 거는 목소리, 공간지각력과 중력의 법칙까지 모든 감각이, 테이블 시중을 드는 동안 형체도 없이 녹아내리고 있었다. 말하지 말았어야 했나 후회하는 듯한 크레이그의 목소리를 듣는 순간, 나는 평정심을 완전히 잃어버린 채 이렇게 말했다. "메츠 씨라고?! 어떻게 해야 하지?"

크레이그는 잠시 입을 다문 채 내 상태를 가늠하듯 가만히 쳐다보았다. "마실 것이 필요하냐고 물어봐요."

크레이그 말을 듣자 내가 왜 그 생각을 못했을까 하는 생각이 들었다. 나는 종종걸음으로 홀을 향해 나갔다.

블레이저와 어두운 색 바지를 깔끔하게 입은 메츠 씨는 테이블에 몸을 기울인 채 굉장히 행복한 표정으로 포지온 씨와 대화를 나누고 있었다. 나는 테이블에 다가가 주문지 위에 펜을 얹은 채 기다렸다. 내가 말을 걸었는지 아닌지는 기억이 나지 않지만, 어쨌거나 마침내 내 존재를 알아차린 메츠 씨가 미소를 지으며 이쪽을 바라보았다. 예의 그 은빛 눈을 빛내며 그는 이렇게 말했다, "괜찮아요, 고맙습니다." 그러더니 다시 이야기를 나누기 시작했다. 내 기억이 확실하다면, 메츠 씨의 대답을 들은 나는 경기 막바지에 결승골을 넣기 위해 투입된 축구선수처럼 비장하게 테이블을 떠났다.

의식이 제 기능을 하지는 못했지만 완전히 정신이 나가버린 것은 아니었던 모양이었다. 나중에 주문지를 보니 종이를 가로질러 이런 문장이 적혀 있었다. "괜찮아요, 고맙습니다." 그날의 작은 기념품이자 메츠 씨가 내게 건넨 첫 마디였다.

그 이후로는 일이 더 꼬여버렸다. 그나마 백 웨이터 새기가 능숙하게 수습한 덕에 여러 차례 재앙을 피할 수 있었다. 세인트 앤드루스에서는 스크린을 터치해서 주방으로 주문을 전송하는 스쿼럴이라는 컴퓨터 주문 시스템을 사용했다. 그런데 어떤 이유에선지 책 셰프의 전채요리 주문이 전송되지 않았고 결국 늦어지고 말았다. 책은 테이블에 다가갈 때마다 나를 노려보았다. 내가 그 테이블의 메인 코스를 정확하게 받아 적으려고 얼마나 노력했는지 모른다. 컴퓨터에 입력만 했어도 만사형통이었을 텐데, 나는 입력을 하지 못했다. 41번 테이블에서 나를 불러세웠기 때문이었다. "저, 우리가 레스토랑에서 1시 15분에 나가야 한다는 사실을 다시 확인시켜 드리려고요." 아직 도착하지 않은 손님 2명은 여전히 소식이 없었지만, 네 사람 주문을 먼저 받았다. 여자 손님 한 분은 아이스 허브티를 갖다 달라고 했다.

내 사고 기능을 완전히 멈추게 한 것은 바로 그 주문이었다. 원래 허브티는 뜨겁게 나가도록 되어 있었고, 대신 아이스티는 미리 준비돼 바에 보관되어 있었다. 나는 손님에게 아이스티는 허브티가 아니라고 설명했다. 그녀는 역시 차 애호가답게 아주 재빨리, 뜨거운 허브티가 있다면 거기에 얼음을 넣어주면 되지 않느냐고 말했다. "그렇네요"라고 대답한 나는 바 담당 크레이그에게 사정 설명을 했다. 손님을 위해서라면 못할 게 뭐가 있겠는가. 늘 행복하고 기쁜 영혼의 소유자 크레이그는 질문하는 나를 마치 치질 환자 보듯 바라보았다. 그리고 그 순간, 등골이 오싹한 공포와 함께 내가 책 셰프 테이블의 주문을 입력하지 않았다는 사실이 뇌리를 스쳤다. 이후, 새기는 돌아가는 상황을 주의 깊게 관찰하고 대처해야 한다는 사실을 알게 되었다. 그리고 무사히 디저트 주문까지 받아, 커피를 가져다주었다. 그러는 사이 나는 나를 독점한 채 놓아줄 생각이 없는 6인석 사람들에게 시달리고 있었다. 넷은 앙트레를 먹고 있었고 둘은 이제 막 애피타이저를 먹기 시작한 상태였다.

내가 허브티 티백을 담근 주전자와 얼음을 가득 채운 유리잔을 가지고 도착하자 차 애호가는 엄청나게 감동을 받은 눈치였다.

"그래요, 제가 말한 게 이거예요." 그녀가 말했다.

나도 무척 기뻤지만 문제가 있었다. 이미 바에서부터 알고 있었던 문제였다. 차가 제대로 우러나지 않아 보였다. 주전자에 담긴 물은 투명했다. 크레이그는 괜찮을 거라며 가져가라고 재촉했지만 찻주전자를 만져보니 차가웠다. 처음부터 찬물을 부었던 것이다. 당연히 향기로운 찻물이 우러나오지 못할밖에. 이대로는 안 된다고 말했지만, 크레이그는 상관없다며 나가라고 말했다. 잘못되었다는 사실을 알면서도 나는 그냥 시키는 대로 손님에게 향했다. 준비하느라 이미 상당히 시간이 지체되었고, 홀 건너편에서는 책 셰프가 나를 향해 눈을 부라리고 있었기 때문이었다. 차 애호가가 찻잔에 맑은 수돗물을 붓고 유심히 바라보다 맛을 보는 모습을 보자, 발가락이 오그라들고 위장이 옥죄여왔다.

책 셰프의 테이블에는 다른 음식과 마찬가지로 디저트도 늦게 나갔다. 그러나 컵에 담긴 커피가 거의 비어가는 모습이 보이자 나는 신속하게 커피 주전자를 챙겨들고 다가가 더 드시겠느냐고 물었다. 좀 전에 리필을 사양했던 책은 다시금 다가오는 나를 발견하자 무섭게 노려보기 시작했지만, 모든 음식이 제 때에 나오지 않았던 것을 감안한 듯 이렇게 말했다. "조금만 하지요.*"

책 셰프의 말을 들은 나는 솔직히 이것도 테스트일 거라고 생각했다. 그래서 우두커니 서서 그를 물끄러미 바라보았다. 그러자 그도 나를 마주보았다. 아마도 나는 나도 모르게 고개를 끄덕이며, 입술을 말아 올려 이를 온통 드러낸 채 미소를 짓고 있었던 것도 같다. 그러다 문득 말귀를 알아들었고, 간신히 정신 나간 크로마뇽인 상태에서 벗어날 수 있었다.

1시 15분이 되자 6인석에 앉았던, 여행 일정이 빡빡한 나이 많은 손님과 그의 부인이 디저트를 입에 밀어 넣으며 문을 향해 빠르게 돌진했다. 그리고 1시 15분 30초, 나는 서명 날인이 되어 있지 않은 비자 카드가 담긴 가죽 수표 지갑을 흔들며 그 남자 뒤를 쫓고 있었다.

문제 많은 6인이 세 개의 분리된 계산서에 맞게 식사 요금을 치르고 나자 드디어 아무런 방해 없이 책 셰프에게 집중할 수 있었지만, 생각나는 말이라고는 "더 필요한 것 없으신가요?"뿐이었다. 나는 계산서를 테이블 위에 슬그머니 놓았다. 책 셰프가 서명만 하면 계산 완료였다. 뒷짐을 진 채 구석에 서 있는데, 책이 지갑을 꺼내는 모습이 보였다. 그가 나를 바라보는 게 느껴졌다. 내가 마주 보자, 책은 오만한 태도로 계산서를 들더니 테이블을 가볍게 두드렸다. 나 역시 레스토랑에서 자주 했던 행동이었다. 나는 그를 향해 고개를 한 번 까딱해 보였다. 포지온 부부와 셰프가 자리에서 일어서자 새기가 나를 스쳐 지나가며 말했다. "책 셰프가 놓고 간 20달러 봤

---

* 원문은 "I'll have a splash"로 소변을 보겠다는 뜻으로도 해석될 수 있는 문장이다. 긴장한 탓에 주인공이 엉뚱하게 알아들었던 것.

어?" CIA 레스토랑에서는 장학금으로 사용하기 위해 음식 값의 12퍼센트를 봉사료로 책정했다. 그리고 메뉴마다 이런 설명이 붙어 있었다. "추가 팁을 바라거나 요구하지 않습니다." 그렇기 때문에 팁은 아예 없을 때가 많았고 있다 하더라도 소액이었다. 팁이 나오면 프론트 웨이터와 백 웨이터가 나눠 가지게 되어 있었다. 그래서 테이블에서 20달러 지폐를 발견한 새기가 그토록 놀라고 행복해했던 것이었다.

테이블 시중을 드는 것은 확실히 처음에 생각했던 것보다 훨씬 어려웠다. 주방과 마찬가지로 홀 안에서도 공황 상태에 빠져 멍해지는 순간이 있었다. 시간이 지날수록 나는 겸손해졌고, 비록 갈팡질팡하기는 했지만 성실하게 임했으며, 몇몇 친구들보다는 잘했다는 사실을 알고 안도했다. 밀워키에서 영어 교사로 일했던 스물일곱 살의 마크 재노스키는 계속해서 손님들 머리를 치고 지나다녔다. 폴 안젤리스는 아직 앙트레도 주문하지 않은 커플에게 초콜렛 바바리안을 가져다주기도 했다. 그리고 대만 출신 학생 첸-화 강은 손님 무릎에 물을 쏟았다. 이 모든 것이 CIA 요리 교육의 일환이었다.

실제 레스토랑 요리사와 홀 직원들은 걸핏하면 싸우는 부부 사이처럼 상대방의 개성을 전혀 이해해주지 않기도 하고, 또 기꺼이 이해해주기도 하며 아옹다옹 지낸다. 그렇기에 CIA에서 훈련받은 미래의 요리사들이 직접 테이블 시중을 들고 그 어려움을 겪어보는 것은 일종의 혜택이었다. 직접 해본 덕에 무엇보다 공감 능력을 기를 수 있었고, 혹시라도 나중에 소테 스테이션에서 애써 빠르게 만들어낸 요리를 웨이터가 신속하게 내가지 못하는 경우가 생기더라도 상대방의 입장을 이해해주는, 그런 요리사가 될 수 있었다.

게다가 세인트 앤드루스에서 테이블 서비스를 배운다는 것은, 페피뉴 씨 덕에 일종의 특권이 되었다. 좋은 서비스가 레스토랑에 얼마나 중요한 역할을 하는지 뼛속 깊이 느낄 수 있었기 때문이다. 페피뉴 씨는 질 낮은 음식을 제공하면서도 번창하는 레스토랑들이 얼마든지 있지만, 아무리 음식이 좋아도 서비스가 불성실하고 엉망인 레스토랑은 결국 살아남지 못한다고 지적했다. 서비스가 곧 매출로 직결된다는 것이었다. "손님을 행복하게 해줄 방법을 배우세요. 서비스가 돈을 벌게 해줄 것입니다." 학생들이 7주간 35일, 무려 2.5블록에 맞먹는 기간을 테이블 시중을 들며 보내는 것은 바로 이러한 이유 때문이었다.

영업시간이 지난 뒤 그나마 느긋해 보이는 페피뉴 씨에게 말을 걸었다. 휴식을 취하고는 있었지만 그의 점잖고 효율적인 움직임은 다른 때와 꼭 같았고, 옷에도 주름 한 점 없었으며, 여전히 홀을 미끄러지듯 걸어 다녔다. 본인의 일을 무척 좋아하는 것처럼 보인다는 내 말에 그는 이곳에서 일한다는 것은 행운이자 영광이라고 대답했다. 그러더니 주변을 휙 둘러보더니 활짝 웃으며 속삭였다. "똥 속을 누비는 돼지 같은 기분이라니까요."

그의 대답을 들은 나는 이렇게 말쑥한 신사가 그런 표현을 썼다는 것에 놀란 나머지 말 그대로 펄쩍 뛰어올랐다. 그러나 그 덕에 그가 얼마나 대단한 세일즈맨인지를 새삼 깨달았다. 페피뉴 씨는 뼛속까지 말쑥한 사람이 아니라 그냥 그렇게 보이는 것뿐이었다. 사실 그게 핵심이었다.

가끔 강의 중에 그가 연기를 하는 모습을 보면, 연기력이 너무 출중해서 위험한 사람이라는 느낌이 들 때도 있었다. 페피뉴 씨는 무척 통제력이 뛰어났으며, 다른 사람들은 본인이 아니라 바로 그가 상황을 통제하고 있다는 사실을 아예 깨닫지도 못했다. 통제자가 누군지 알아차릴 기회를 그가 허락하지 않았기 때문이었다. 이것은 일종의 게임과도 같았다. 그의 가공할 재주가 감탄스러웠지만 그 속에 짓궂은 위선이 한 줄기 숨어 있다는 사실이 분명히 느껴졌다. 하긴, 천박한 손님에게도 고개를 조아리며 양해를 구하려면, 겸손과 더불어 그 정도 위선은 균형 있게 갖춰야 하는 것이 아닐까.

하루는 일을 마치고 나서 페피뉴 씨를 따라 그의 사무실로 향했다. 다른 테이블 서비스 강사를 비롯해 여러 직원들과 함께 쓰고 있는 작은 사무실은 레스토랑 지하의 영양학 수업 교실과 로커룸 옆에 있었다. 매일 서비스를 마치면 주방 직원들과 서비스 직원들은 모두 두 군데 교실에 모여 단백질과 탄수화물, 지방에 대한 1시간 반짜리 강의를 듣고 실험을 했다.

"학생들에게 서비스에 필요한 것들을 가르치고, 테이블 서비스에 대해 그들이 품은 생각을 변화시켜주기 위해 노력합니다."

페피뉴 씨는 그저 가르칠 뿐이라고 말했지만 사실 그가 학생들에게 끼치는 영향은 그 이상이었다. 그가 하는 일은 다양했으며 모든 역할이 섞이고 어우러지고 겹치고 비슷해 보였다. 그러다 보니 과연 그가 언제, 무슨 가르침을 주고 있는지 알아차리기 어려웠다. 하지만 그가 하는 일은 결국 하나였다. 페피뉴는 대중 레스토랑의 웨이터장이었고, CIA 교수진의 일원으로 강의를 하는 강연자였으며, 실천으로 보여주는 교사이기도 했다. 학생들은 서비스가 진행되는 동안 그가 취하는 태도와 몸소 보여주는 가치를 관찰하고 흡수했다.

그는 레스토랑을 교실이라고 말했지만, 우리는 그곳에서 연습을 하는 것이 아니었다. 진짜 손님들이 식사를 하러 오고, 식대로 상당한 돈을 지불하기 때문이었다. 이제 네 블록만 지나면 졸업을 하게 되는 학생들은, 학교에서 자신들이 공부한 음식을 먹을 사람들에 대해, 그리고 자신에 대해 알아나갔다. 페피뉴 씨는 손으로 머리를 받치고는 의자를 천천히 흔들면서 이렇게 말했다.

"짧은 시간이지만 며칠이 지나고 나면, 학생들은 자신에 대해 더 잘 알게 되고 자신감을 가지게 됩니다. 스스로에 대한 자각과 자신감이 생기면 더 빨리, 더 많이 배울 수 있게 되지요."

이 한마디에 모든 것이 담겨 있었다.

"하지만 테이블 서비스를 통해 얻게 되는 가장 큰 재산은 스스로를 지혜롭게 바라보는 눈이지요. 학생들은 타인과 공감할 수 있는 능력, 진실함, 강인함을 배웁니다. 그리고 사람들을 지휘하는 방법을 익히게 되지요. 그들에게는 롤 모델이 필요합니다." 그는 스스로를 돌아볼 줄 모르고 다른 사람들이 나의 행동에 어떤 반응을 보일지 생각할 수 없는 사람이 어떻게 이 모든 것을 할 수 있겠느냐고 의문을 던졌다. 웨이터에게 가장 중요한 원칙은 결국 "네 자신을 알라"는 말이었다. 이곳 CIA에서는 플라톤식 요리법과 소크라테스식 테이블 서비스 방식을 가르치고 있었던 것이다.

나는 CIA의 프랑스 레스토랑 에스코피에에서 식사를 했던 얘기를 그에게 들려주었다. 내 테이블 시중을 든 것은 그날이 서비스 첫날이라는 여자 웨이터였는데, 그녀는 내게 세상 어디서도 먹어본 적 없는 최고의 샐러드를 준비해주었다. 그리고 테이블 곁에 있는 아름다운 동 팬에서 직접 소테 요리를 해주었다. 이러한 서비스는 상당히 오래전부터 한물간 대접을 받았지만, 최근 들어 그 희소성 때문에 고루하다기보다는 오히려 즐거움을 선사해주고 있었다.

"바로, 그거죠." 페피뉴가 단호하게 말했다. "내가 정말 좋아하는 방식이 바로 그거예요." 서비스란 원래부터 화려하고 까다로운 일이지만, 대단한 절제와 겸손함, 절묘함을 담아 우아하고 완벽하게 해내야 했다. 그렇게 말하는 페피뉴의 눈이 밝게 빛났다. 하지만 그는 자신의 말을 곡해하지 말라고 당부했다. "나는 쇼를 구경하는 걸 좋아합니다. 누군가 자신의 능력을 뽐내는 순간이 좋아요." 하지만 거기에는 반드시 "절제"가 필요했다. 두 가지가 조화를 이뤄 보여주는 "극적 효과"야말로 그가 가장 좋아하는 것이었다.

그는 격식을 갖춘 서비스가 한물갔다는 취급을 받는 현실을 안타까워했지만, 요즘 들어 컵과 받침이 다시 등장하는 걸 보면 그 같은 서비스를 찾는 때도 다시 오지 않을까 하는 생각이 든다고 했다. 그러더니 의자에서 몸을 일으켰다. "분명 그런 날이 올 거예요. 컵과 받침이 서비스 산업을 변화시킬 것입니다."

테이블 서비스 4일차가 되자 모두들 손발이 착착 맞았다. 11시 20분이 되어 하나둘 모여들자, 페피뉴 씨는 빵가루 치우개와 주문장, 와인 따개, 펜을 모두 챙겨왔는지 확인하고는 그날의 특이 사항과 디저트 메뉴를 알려주었다. 그러고는 손목시계를 들여다보면서 이렇게 말했다. "11시 30분이군요. 영업 개시 시간입니다. 행복한 금요일을 즐깁시다."

며칠이 지나자 손님을 대하는 것도 친구와 대화를 나누듯 자연스러워졌다. 시중을 들고 질문에 대답하는 일이 즐거웠다. 손님들은 우리가 왜 이 학교에 왔는지, 지금 무엇을 하고 있는지, 또 졸업 후에 어디로 갈 생각인지 궁금해했다. 페피뉴 씨의 말대로 그들은 "이 레스토랑의 분위기를 만끽"하고 있었다.

페피뉴 씨의 강의는 변함없이 매혹적이었다. 아주 단순한 질문에 대해 답을 하면서도 그는 끊임없이 인간 본질과 집단 속 인간의 행동에 대해 반추했다. 내 마지막 질문은 그 많은 일의 우선순위를 매기는 기준에 관한 것이었다. 페피뉴 씨는 한 치의 망설임도 없이 대답했다. 주방에서도, 홀에서도 아주 유효한 한마디였다. "빨리 마칠 수 있는 일을 먼저 하세요. 4인석보다는 2인석을 먼저 챙기는 거죠. 4인석 손님이 먼저 왔다 하더라도 마찬가지입니다. 인원이 많으면 그만큼 시중드는 시간이 더 걸리니까요. 6인이면 4인보다 더 오랜 시간이 걸리겠죠? 제 기준은 그렇습니다."

세인트 앤드루스 주방

오전 6시가 조금 지나 도착한 뒤, 가방을 로커 안에 넣고 주방으로 향했다. 전날, 우리 반 반장이자 네브라스카 오마하 출신의 중국계 학생 진 휴이가 우리에게 이렇게 말했다. "6시 15분까지 도착해야만 해. 겁을 주려는 건 아니지만, 아무튼 6시 16분에 오면 지각이야. 정말 까다로운 셰프거든. 화장실에 있었다 해도 지각이야. 아래층에 있었어도 지각이고. 주방에 딱 도착하는 시각이 6시 15분이어야 해. 복장도 제대로 갖추고. 사이드 타월은 두 개야. 로커는 하나씩 쓰면 돼. 칼 세트도 거기다 둬. 도구 상자도 마찬가지야. 참, 이 셰프는 그램으로 말씀하시니까 기억해둬. 1온스당 30그램 정도 돼. 나눠주는 종이는 꼭 읽어야 해. 알았지?"

웨이터 일을 하면서 수없이 본 터라 이미 주방 모습은 익숙했다. 하지만 이상하게도 라인을 가로질러 지나갈 때마다 마치 불청객이 된 기분이었다. 손을 씻을 때건, 물을 마실 때건, 내 자세와 조급한 태도는 "실례합니다", "죄송합니다"를 연발하는 듯했다. 어쨌거나 다시 셰프 재킷을 걸치고 친구들과 함께 일하게 되었다. 게다가 역할을 배정받아 내 몫을 하게 되었다. 출석부에 이름이 들어가자 어쩐지 책임감이 솟구쳤다. 론 드 산티스 셰프는 내게 직원 식사를 맡으라고 했다. 동기들을 위해 요리를 하는 이 자리는 주방에서 가장 낮은 지위였고, 남은 재료나 맛이 가려는 채소를 사용해야만 할 때도 있었다. 망쳐버리면 엄청나게 욕을 먹었지만, 손님을 위한 식사만큼 큰 문제가 되지는 않았다. 말하자면 주방의 점원, 혹은 사환 같은 존재였던 것이다.

그렇지만 나는 결의를 다지며 준비 태세를 갖췄다. 이제 드디어 할 일이 생겼기 때문이었다. 웨이터와 강사, 동기들, 그리고 2명의 세인트 앤드루스 설거지 담당으로 이뤄진 직원 50명의 식사를 담당한 것은 존 마셜, 폴 안젤리스, 나, 이렇게 세 사람이었다.

확성기에서 목소리가 들려왔다. "모두들 홀로 집합하세요." 나는 칼 세트를 주방 뒤쪽에 있는 선반에 밀어 넣고 동료들과 함께 홀로 향했다. 주방으로 뚫린 창 위쪽에 걸린 시계는 6시 13분을 가리키고 있었다. 드 산티스 셰프는 키가 크지 않았다. 155센티미터 정도나 될까. 하지만 군살 없이 늘씬했으며, 빳빳하면서도 유연한 셰프 복장에 단정하고 잘생긴 얼굴이었다. 셰프는 각자 맡을 스테이션을 알려주었다. 마지막 이름을 호명하자 정확히 6시 15분이 되어 있었다. 매닝과 미미 빼고는 모두 와 있었다. 그들이 어디 있는지 아는 사람은 아무도 없었다.

언제나처럼 제일 먼저 할 일은 서비스 스테이션에서부터 구석구석 주방을 돌아보는 것이었다. 우리는 창을 등지고 바를 지나 조용하고 서늘한 홀 안으로 들어갔다. 그곳에는 새로 도착할 18명의 웨이터를 기다리는 크레이그와 페피뉴 씨가 있었다. 주방을 정면으로 볼 때 오른쪽에 페이스트리 스테이션이 있었고 그 옆으로 가드망제 스테이션이, 그리고 샌드위치와 샐러드를 담당하는 콜드 스테이션이 연달아 있었다. 그리고 반시계 방향으로 수프, 채소, 소테, 파스타, 그릴 스테이션이 반원 모양으로 늘어서 있었다. 1989년에 지어진 주방은 오로지 요리와 서비스를 위해 디자인된 공간이었다. 그러다 보니 다른 주방들과는 달리 그 외의 용도로는 한 번도 쓰인 적도 없고, 이미 존재하는 공간에 주방 기기를 억지로 밀어 넣을 필요도 없었다. 우리 쪽에서 볼 때 Y자를 뒤집은 모양으로 생긴 서비스 카운터가 스테이션을 나누고 있었다. 셰프는 Y자 중심부에 서서 주문을 부르고 신속하게 처리하도록 독려했다. 각 스테이션에서 나온 접시는 동일한 통로를 거쳐 밖으로 나갔다. 다양한 스토브에서 나온 많은 음식물을 담은 각기 다른 접시를 웨이터에게 내놓기에 적합하고 효율적인 디자인이었다.

"스테이션 준비는 이미 끝난 상태다. 필요한 것은 모두 다 테이블에 있다. 2일차부터는 너희 손으로 직접 스테이션을 준비하게 될 것이다."

"오전 9시면 접시를 워머나 쿨러에 넣어야 한다. 그리고 이 카운터가 뜨겁다는 것을 꼭 기억하도록." 셰프는 손바닥을 빛나는 스테인리스 스틸 서비스 카운터에 대고 문질렀다. "생 채소는 여기에 두면 안 된다." 새로운 주방에 들어갈 때 알아두어야 하는, 중요하지만 사소한 세부 사항이었다. 주방마다 각기 고유의 특이점이 있게 마련이다. 개성이 각기 다르기는 셰프들도 마찬가지였다. 이 모든 차이를 신속하게 숙지하고 파악하는 것이 아주 중요했다.

"이건 제빙기다." 주방을 따라 둥글게 돌던 중 그가 우리에게 말했다. "얼음을 꺼내기 전, 반드시 내 확인을 받아야 한다. 쓸 만한 얼음인지를 확인해야 하기 때문이지. 실제로 얼음을 쓰는 일은 극히 드물다. 이곳에서 가장 중요한 스테이션은 손을 씻는 핸드 싱크이다. 핸드 싱크를 사용하려면 라인 안에 서 있을 수밖에 없으니 유의해야 한다. 그리고 더 나은 표현을 못 찾아 이렇게 부르는데, 이건 쓰레기 스테이션이다. 여긴 벌써 문제가 있군." 파란색 재활용 쓰레기통이 보이지 않았다. 그러자 잠시 후 누군가 없어졌던 쓰레기통을 굴려와 회색과 노란색 재활용 쓰레기통 옆에 가져다 놓았다. "항상 이 자리에 두어야 한다. 늘 알고 있는 제자리에서 움직이면 안 돼." 우리는 마른 재료 보관대를 지나 워크인 냉장고로 향했다. "이 냉장고 왼쪽만 사용하도록 해라. 오른쪽에는 오후 미장 플라스 재료들이 들어 있다. 혹시라도 오른쪽에 들어갔다가 나한테 걸리면 이 수업을 재수강하게 될 거야. 농담이 아니야. 다시 한 번 말하는데, 거기에 있다가 걸리면 이 수업을 재수강하게 될 것이다. 이건 비닐 랩이다. 보이지?" 셰프는 싱크대 옆에 있는 거대한 롤을 가리켰다. "늘 저 자리에 둔다. 능률을 위해서야. 나와 함께 있는 동안에는, 모든 것을 계량하고 무게를 달고 저울질할 것이다. 반드시 그래야 해. 이유는 두 가지다. 첫째는 품질과 일관성을 위해서다. 둘째, 우리 음식에는 영양 제한이 있다. 제대로 계량하지 않으면 문제가 생기는 거지." 그릴 스테이션 뒤 벽에 걸린 게시판에는 우리 이름이 적힌 리스트와 함께 금주의 예약, 파티 등이 적힌 종이 여러 장이 붙어 있었다. "청소는 30분마다 한 번씩 한다. 청소를 하면 이름을 이니셜로 써라. 주방은 늘 말끔하고 청결해야 한다는 것을 유념하도록."

셰프는 스스로 여러 번 강조했듯, 신속함, 능률, 청결함을 중시하며 모든 것은 제자리에 두어야만 한다고 생각하는 사람이었다. 그러나 그에게는 그러한 특징을 넘어서는 뭔가가 더 있었다. 거의 속삭임에 가까운 목소리로 "말끔하고 청결하게"라고 말하는, 어딘가 모르게 연극적이고 조금은 광기 어린 모습은 마치 배우 잭 니콜슨을 보는 것 같은 느낌이 들었다. 처음에는 셰프가 많이 웃는 편이라고 생각했다. 하지만 시간이 지나면서 그가 무척 화가 난 순간에도 미소를 짓고 있다는 사실을 알게 되었다. 그건 미소가 아니라 그저 입 모양일 뿐이었다. 함박웃음을 짓듯 입술이 쫙 벌어지는 걸 가만히 보면, 이를 악물고 있을 때가 많았다. 그런 사실을 알고 나자 셰프가 곁에 있을 땐 한층 조심스럽게 행동하게 되었다.

"6시 24분이다. 6시 55분에 마지막으로 추가 재료를 주문할 수 있다. 그러니 각자 미장 플라스를 점검하도록. 모든 재료가 멀쩡하고 신선하고 손님에게 내기에 적합해야 한다. 대충 지레짐작해서는 안 돼. 이제 책임자는 너희다. 직원 식사 스테이션은 10시 15분부터 음식을 담아 10시 30분에는 내갈 수 있어야 한다."

오늘의 직원 식사는 밖에 앉아 페피뉴 씨의 첫날 강의를 듣고 있는 친구들이 어느 정도 준비를 마쳐둔 상태였다. 그래서 요리할 시간이 충분했다. 그저 뭘 만들지 결정을 내리기만 하면 됐다. 셰프는 우리에게 몇 킬로그램 있는 당근을 사용해 로스트 비프를 만들고 으깬 감자와 함께 내라고 말했다. 그러자 존이 당근을 채 썬 뒤, 깍둑썰기 한 사과와 캐러웨이* 씨앗과 함께 버터에 소테잉하는 건 어떻겠느냐고 제안했다. 그 말을 들은 셰프는 고개를 끄덕이고는 자리를 떴다. 7시에 시작하는 강의 전에 각자 미장 플라스를 점검하고 자신의 스테이션에 익숙해질 시간이 몇 분 정도 남아 있었다. 새로운 직원을 맞아들인 레스토랑은 영업 개시까지 이제 5시간도 채 남지 않았다.

첫날 강의는 기본 방침과 복장 규정을 비롯해 모두들 이전 수업들에서 익히 들었던 사항에 대한 전반적인 안내가 전부였다. 하지만 드 산티스 셰프는 별 흥미 없어하는 우리의 관심을 어떻게든 끌어내려고 작정한 것 같았다.

"세 가지 주요 기술을 알고 있어야 한다." 셰프는 교실 앞에 붙어 있는 수업 안내문을 보며 이렇게 말했다. "미장 플라스, 기본 원칙, 서비스이다. 기본 원칙이란 음식을 양념하고 접시 위에 담을 때까지 하는 모든 일을 의미한다. 마늘을 다지라고 했다면 큰 덩어리가 섞여서는 안 된다는 말이다. 다

---

* 향신료의 일종.

진다는 건 아주, 아주, 아주 고운 입자를 얘기하는 거야!"

드 산티스 셰프는 어떤 식으로 목청을 높여야 효과가 큰지를 잘 알고 있었다. 반대로 목소리를 낮추면 그의 말은 꽤나 즐겁고 장난스러운 속삭임처럼 들렸다.

"복장 규정은 중요하다." 그는 채점 방식에 대해 자세히 설명하며 이야기를 이어나갔다. "반드시 지켜야 한다. 상징은 중요하거든. 복장이야말로 상징 그 자체지. 얼마든지 다른 옷을 입을 수는 있다. 다만 그렇게 하지 않을 뿐이지. 규정 하나를 위반하면 점수의 70퍼센트를 깎을 것이다. 규정 위반 하나로 낙제를 할 수도 있다는 얘기다. 규정 하나를 더 위반하는 경우, 그날은 아예 점수가 없다. 그 말은 그 수업을 다시 들어야 한다는 뜻이야. 농담이 아니다. 그러니 규정을 철저히 준수하며 일하기를 바란다. 자, 날 봐. 이게 보이나?" 셰프는 깔끔하게 매여 있는 자신의 네커치프를 잡아당겼다. "재킷 버튼도 다 채웠어. 너희도 똑같이 할 수 있다."

"앞으로 7일간은 현역처럼 말해야만 한다. 차별이나 편협함은 절대 용납할 수 없어. 그런 모습이 보이면 그 자리에서 내보낼 거야. 그뿐만이 아니라 캠퍼스에서 아예 내보내기 위해 할 수 있는 모든 조치를 취할 것이다. 절대로 다시 돌아오지 못하게! 저 바깥세상에서 벌어지는 쓰레기 같은 일들을 이곳으로 끌어들이지 마." 잠시 말을 멈췄던 셰프는 다시 입을 열었다. "프로다운 자세는 돈으로 살 수 없다. 카탈로그를 보며 주문할 수 없는 거란 얘기야."

"10시 30분에는 모두 주방에서 나가야 한다. 이 바닥에는 일 중독자가 너무 많아. 꼭 식사를 해야만 한다는 것은 아니지만, 어쨌거나 주방에는 남아 있지 말라는 말이야. 그게 바로 질서를 유지하는 비결이다. 식사 시간에는 일을 하지 마."

"11시 15분까지는 모든 준비가 다 끝난 것처럼 보여야 한다. 설령 준비가 덜 됐더라도 마찬가지야. 우리 주방은 손님들이 들여다볼 수 있는 구조다. 그 시간이면 손님들이 들어와 앉을 준비가 된 상태거든. 그러니 우리도 준비가 끝나 있어야 하는 거지." 문득 가늘게 뜬 셰프의 눈빛이 음흉해졌다. "우리는 땀범벅이 되어 있어야 해."

"아무도 이런 얘기는 안 했을 것 같군. 모두들, 레스토랑 대소동에 온 것을 환영한다. 학교 전체 수업 중 이 시간이 단연 최고지. 시간이 정말 빨리 간다. 어, 하는 사이에 졸업이 다가오거든. 여기서는 일하는 방식도 훨씬 더 독립적이다. 많은 책임을 지게 될 거야. 시범이 필요하면 내게 얼마든지 부탁해라. 정보가 필요해도 나한테 물어. 의견이 필요하면 그것도 나에게서 구해라. 피드백이 필요해도 내게 물어봐." 그는 언제라도 필요할 때면 전화를 걸라고 하면서, 사무실과 집 전화번호를 알려주었다.

"마감할 때는 따로 모이지 않는다. 하지만 뭔가 잘못된 날이라면 함께 모여서 문제를 일으킨 스테이션을 색출해낼 거야."

"실수했다는 생각이 들어도 음식을 버리지 마. 더 익히거나 양념으로 해결할 수도 있으니까. 그러니 버리지 말도록. 뭔가 잘못됐다고 버리기부터 하는 건 잘못된 생각이다. 너희 모두가 학교를 졸업하면 이 바닥 생활을 시작하게 될 것이다. 무슨 말인지 알겠나? 음식 값도 일의 한부분이란 거지." 셰프는 단호하게 한마디 덧붙였다. "하지만! 탄 음식은 들고 오지 마. 그건 나도 해결할 수 없어. 새카매지고, 버석거리고, 타버린 음식? 그것은 더 이상 실수라고 부를 수가 없지."

셰프는 서비스 시간에 쓰는 지시 용어를 알려주었다. "주문"은 사전 통고라고 할 수 있었다. "'불에 올려'라는 말은 음식을 요리하라는 뜻이다. 혹은 재료들을 섞으라는 뜻이기도 하지. 마지막으로 하는 말은 '나가'이다. 음식을 그릇에 담는 건 언제가 제일 좋을까?"

몇 명이 대답했다. "접시를 내가기 직전입니다." 그러자 셰프가 물었다.

"이유는?" 그러더니 속삭이는 듯한 목소리로 답을 말했다. "음식은, 방금 접시에 담은 그 음식은! 촉촉하면서 김이 모락모락 나거든. 아주 즙이 많아 보이지. 너무 일찍 담으면 어떨까? 철판 요리처럼 보이지. 담아둔 지 좀 지난 것처럼 보인단 말이야!"

드 산티스 셰프 역시 재능 넘치는 배우였다. 그 덕에 이른 시간임에도 불구하고 모든 내용이 귀에 쏙쏙 들어왔다.

8시 30분까지도 미미와 매닝은 아무 이유 없이 나타나지 않았다. 두 사람은 그릴 스테이션을 맡도록 되어 있었다. 그러나 이제 영업 개시까지 3시간밖에 남지 않았다. 셰프는 위층으로 올라가다 말고, 직원 식사에 쓸 당근에 대해 나와 의논하고 있는 존에게 이렇게 말했다. "존, 네가 오늘 폴과 함께 그릴을 맡아라." 그리고 내게는, "첸과 브라이언이 직원 식사 준비를 도와줄 것"이라고 말했다.

첸-화는 주방에 들어와 기쁜 듯 보였다. 지난 주 홀 서비스를 마친 후 어땠느냐고 물어보았을 때는 이렇게 대답했었다. "접시도 깨지 않았고 손님에게 물을 쏟지도 않았어. 괜찮은 편이었어." 첸은 조리 영어에는 문제가 없었지만 대화를 나누는 것은 좀 어려워했다. 스태튼 섬 출신의 조프리 래스뮤센이 첸의 영어를 도와주고 있었다. 브라이언은 나중에 상하이에서 일하는 게 꿈이라고 말하면서, 중국인들이 미국 사람들에게 친절한 편이냐고 물었다. 그러자 첸은 이렇게 대답했다 "그럼, 째진 눈들은 양키를 좋아해." 조프리가 하는 짓이야말로 바보 같은 양키 그 자체였다. 붉은 금발 파마머리의 스물두 살 조프리는 대학 풋볼 선수로 뛰다 부상으로 운동을 그만둔 친구였다. 별로 바쁘지 않았던 날, 조프리는 영업시간 내내 캘빈 클라인 모델 같은 포즈로 구석에 서서 아무 일도 하지 않았다. 그는 자신이 모델 활동할 때 쓰는 예명이 "타일러"라고 했고, 우리는 그를 종종 예명으로 불렀다.

오전 시간은 꾸준하고 조용하게 흘러갔다. 식사를 마친 뒤에는 다음 날 만들 직원 식사 준비를 했다(내일은 허니 머스터드 글레이즈를 곁들인 돼지고기 허리살 로스트에 로즈마리 갈릭 포테이토, 그리고 채소 전분 소스와 생 허브를 뿌린 브로콜리와 당근을 만들 생각이었다). 그 뒤에는 일손이 필요한 스테이션을 도왔다. 다른 스테이션은 대부분 너무 바빠, 눈을 깜빡일 시간도, 준비하고 있는 음식에 대해 조용히 생각할 짬조차도 없었지만, 직원 식사 담당인 나는 주방 이곳저곳을 돌아다닐 수 있었다.

나는 세인트 앤드루스의 음식이 궁금했다. 학교에서는 세인트 앤드루스가 1984년 개장한 이래 국내 최초로 영양 및 건강을 고려한 메뉴를 구현하고 있다고 홍보했다. 건강식을 내놓는 레스토랑은 아니었지만 연어, 스테이크, 돼지고기, 파스타를 비롯해, 검보 같은 뜨거운 수프와 열량 높은 디저트 등, 맛좋은 음식을 제공하면서도 이들 음식이 사람에게 해를 덜 끼치는 기술을 개발하고 발전시키는 데 목표를 두었다. 그러기 위해 단순하면서 대부분의 사람들이 잘 알고 있는 방식을 선택했다. 즉 칼로리, 콜레스테롤, 염분, 당분, 단백질을 줄이고, 탄수화물이 풍부하면서 신선한 음식을 다양하게 만들어 내기로 한 것이었다. 이를 실천하기 위해서는 먹는 즐거움을 상당 부분 포기해야 했지만, CIA 셰프들은 아주 영리한 해결책을 내놓았고 그중 일부는 상당히 성공적이었다. 옥수수 전분으로 걸쭉하게 만든 진한 채소 스톡을 이용해 비네그레트 소스와 마요네즈에 함유된 지방을 2/3 정도 줄였다. 크림과 우유 대신 요구르트와 리코타 치즈를 아주 부드러워질 때까지 저어 만든 퓌레를 사용한 '아이스크림'은 놀라울 정도로 진하고 부드러운 맛이었다. 소시지 피자 위에 얹는 소시지는 돼지고기 지방 대신 캐롤라이나산 백미를 익혀서 썼다. 음식을 맛있게 만드는 재료를 모두 빼버리는 것이 아니라 스톡과 채소 퓌레를 많이 사용해 가능한 한 줄이는 게 핵심이었다.

식사를 마친 뒤 모두들 신속하게 주방으로 돌아왔다. 드 산티스 셰프는 스테이션을 넘나들며 모든 메뉴를 상세히 설명하는 동시에 요리해 접시에 담았다. 피자 네 가지, 전채 아홉 가지, 앙트레 여덟 가지였다. 만드는 데 걸린 시간은 40분이었다. 한 접시당 2분이 채 걸리지 않는다는 뜻이었다. 셰프는 참으로 활기차게 움직였다.

카포나타*와 폴렌타**, 시금치를 곁들인 돼지고기 스캘러피니와 팬 시어링한 닭과 새우를 사프란 국물에 담아낸 음식은 손님들에게 인기가 좋은 음식이었다. 지난 주 홀에서 일하며 그 두 요리를 얼마나 날랐는지 모른다. 이것들은 전직 영어 교사 마크 재노스키와 소테 스테이션의 스콧 스턴스가 맡기로 했다. 스물두 살의 스콧은 아주 덩치가 큰 친구로 뉴햄프셔 하노버에서 왔다. 그는 첫날 실수로 나를 레이몬드라고 불렀는데, 그에게 나는 계속 레이몬드였다. 나는 채소-소테-파스타 라인으로 끼어들어 요리하는 모습을 구경했다. 셰프는 먼저 6밀리리터 정도 두께로 두드려놓은 기름기 적은 돼지고기 허리 살 두 조각을 아주 뜨겁고 물기가 하나도 없는 소테 팬에 넣었다. 그러더니 마크에게 어째서 소테 팬에 아무것도 두르지 않는지 아느냐고 물었다.

"고기 안에 지방이 있어서 아닌가요?"

"맞다. 그래서 팬을 적정 온도로 달구기만 하면 전혀 문제가 없지."

하지만 돼지고기는 살짝 달라붙었고, 셰프는 그것을 잡아당기고 긁어 팬에서 떼어내 뒤집었다. 돼지고기는 훌륭한 갈색으로 그을렸다. 돼지고기가 익는 동안 셰프는 닭과 새우 요리를 만들기 위해 다른 소테 팬에다 닭을 시어링하기 시작했다. 닭이 제 색깔을 내자 셰프가 말했다. "스톡 110그램을

---

* 시칠리아의 전통 요리. 올리브유에 가지, 양파, 토마토, 엔초비를 넣어서 볶은 것.

** 이탈리아 요리에 쓰이는 옥수수 가루로 만든 음식.

가져와." 그리고 팬 안에 부은 스톡이 부글거리자 뚜껑을 덮고 포칭하라고 지시했다. 다시 돼지고기 차례였다. "돼지고기 표면에 물기가 생기고 핏물이 조금 보이면 미디엄 레어다. 잘 익었는지 확인하는 좋은 지표지." 셰프는 돼지고기가 미디엄이 될 때까지 조금 더 기다렸다.

돼지고기 소테 전에 셰프 시범을 먼저 보았던 채소 스테이션의 브라이언 가이거와 첸-화는 시금치를 소테잉해 샬롯과 페르노*로 양념하고 소테 스테이션의 돼지고기와 함께 나갈 폴렌타와 카포나타를 익혔다. 셰프는 모든 음식을 소박하게 접시에 담아낸 뒤 서비스 테이블 위에 놓고 다시 돌아가 닭을 살폈다. "3, 4분 정도 포칭해야 해. 천천히 부드럽고 먹음직스럽게." 뜨거운 불 위에 얹은 다른 팬 안에는 링귀니와 채소 스톡을 조금 넣어 빠르게 끓였다. "음식이 시들시들해 보이면 안 돼. 알았나? 즙이 보여야 해." 그리고 마지막으로 새우 두 개를 닭이 포칭되고 있는 팬에 넣고 뚜껑을 다시 덮었다. 셰프는 뜨겁게 졸아든 채소 국물로 코팅된 링귀니를 그릇에 담았다(홀에서 일하는 웨이터들은 보통 이 타이밍에 브로스 숟가락을 손님 자리에 가져다 놓는다). 그리고 링귀니 위에 닭가슴살을 얹고, 탄탄하게 휘어진 분홍색 새우 두 마리를 그 위에 얹은 뒤 사프란 육수를 부었다. 고명으로는 납작한 파슬리 잎을 얹었다. 완성이었다.

다음은 파스타 스테이션이었다. 반장인 진과 조프리(일명 타일러)는 애피타이저 하나와 앙트레 두 가지를 맡았다. 애피타이저는 모렐 버섯과 파르마 햄, 파마산 치즈를 곁들인 오르조였고, 앙트레는 토마토, 케이퍼 베리, 칼라마타 올리브를 올린 링귀니와 표고버섯, 오븐에 말린 토마토, 바질 페스토를 곁들인 감자 뇨끼**였다. 이 스테이션 요리는 모두 미리 준비를 완벽하

---

* 아니스 약초로 만든 프랑스 술.

** 버터와 치즈에 버무린 수제비 모양의 파스타.

게 마쳐놓고 시작하는 것들이었기에 주문 즉시 빠르게 완성할 수 있었다.

셰프는 다음으로 존과 폴이 담당하고 있는 그릴 스테이션으로 갔다. 벌써 11시 40분이었다. 시계를 본 셰프는 이전보다 훨씬 빠르게 움직이기 시작했다. 그는 그릴링 브루스케타에 올릴 느타리버섯부터 소테잉하기 시작했다. 적극적인 친구 마틴이 마이크에 대고 말했다. "연어 하나 미디엄 웰던 주문." 마이크는 뒤쪽 피자 스테이션에 있는 친구들을 위해 꼭 필요한 장비였는데, 누구의 목소리든지 깊고 어마어마하게 큰 소리로 증폭시켰다. 마치 구약성서 속 하나님의 음성처럼 들려오는 첫 주문에 나는 늘 놀라곤 했다. 놀라서 마틴을 바라보던 존은 셰프를 향해 고개를 돌렸다가 다시 마틴에게 돌아서서 대답했다. "연어 하나 미디엄 웰던 주문 받았습니다."

"팬에 기름을 조금 넣어 달궈라. 연어는 시어링이 정말 잘되거든. 시어링을 하면 연어에 독특한 맛이 생겨나지." 셰프는 말을 하면서 흰 버섯이 담긴 호텔 팬을 찬찬히 들여다보았다. "버섯을 씻지 않았군." 학생들에게 버섯을 세척하지 말고 솔질만 하라고 가르치는 셰프도 있기는 했다. 버섯이 물을 흡수해 맛이 희석된다는 이유 때문이었다. 하지만 드 산티스 셰프는 존과 폴에게 이렇게 말했다. "버섯을 세척해. 소독한 말 배설물에서 키우는 놈들이야. 난 말똥을 먹고 싶은 생각이 추호도 없거든. 씻어 와." 버섯은, 끓는 물에 잠깐 데쳐서 껍질을 벗긴 콩 약간과 함께 스테이크에 곁들여 나간다. 셰프는 파, 네모지고 납작하게 썬 토마토, 굵게 깍둑썰기한 청피망, 오이, 다진 마늘을 사과식초와 소금, 후추로 양념해 충분히 끓인 토마토 렐리시를 떠서 접시 한가운데에 놓은 뒤, 존이 그릴링한 소고기 안심을 올려놓았다. "로스팅한 감자도 함께 내간다. 이 요리에는 많은 게 들어가지." 그러고는 브루스케타와 알맞게 익은 느타리버섯 쪽으로 돌아갔다. 셰프가 움직이는 모습은 마치 고속으로 돌리는 영화를 보는 것만 같았다. "여기다 버섯을 쌓아 올리는 거야." 셰프는 마늘을 발라 그릴링한 브루스케타 위에 버섯을 쌓으면서 말했다. "버섯을 아끼지 마라." 풍성해진 브루스케타를 오븐에 넣어 데운 뒤에는 로스팅한 웨지 감자 네 개가 든 지글거리는 접시를 꺼냈다. "좀 과하게 구웠군. 다음부터는 조심하도록." 셰프는 소고기 주위에 으깬 감자를 튜브에 넣어 네 곳에 짰다.

"소고기 넷 불에 올려, 미디엄 둘, 미디엄 레어 둘." 마이크에서 마틴의 음성이 들려왔다.

이번에도 깜짝 놀란 존은 마틴을 바라보고 다시 셰프를 바라보더니 아무 말도 하지 말아야겠다고 생각하는 듯 망설이다가 입을 열었다. "소고기 넷 불에 올립니다, 미디엄 둘, 미디엄 레어 둘." 존이 소고기를 그릴에 올리기 위해 돌아서자 셰프가 불꽃이 튈 것만 같은 눈으로 노려보며 외쳤다.

"이봐! 넌 여기에 있어!"

"저는 소고기를 그릴에 얹으려던 것뿐인데요."

"우선은 표면이 마르도록 잘 닦아야지."

셰프는 웨지 감자 끝이 으깬 감자 덩이 중앙으로 향하도록 자리를 잡아 얹고 있었다. 존은 셰프가 시키는 대로 되돌아와 소고기를 들여다보았다. "네 자리는 여기야." 셰프는 접시에 브라운 스톡 소스를 뿌리고 그릴링한 연어를 가져다 로스팅한 비트와 동부콩, 그리고 두 가지 채소로 만든 쿨리와 함께 담아냈다.

나는 그릴 시범까지 모두 지켜본 뒤 내일 식사에 쓸 허리 살 두덩어리의 뼈를 바르기 위해 자리로 돌아왔다. 통 허리 살은 약 75센티미터 길이에 이상하게 생긴 뼈가 길게 박혀 있는 긴 고깃덩어리였다. 전에는 한 번도 해본 적 없는 일이라 호기심이 동했다. 나는 아주 날카로운 뼈 바르는 칼로 갈빗대에서 살을 발라냈다.

학교 근처 와인 양조장에서 일하는 쾌활한 크레이그 워커와 고향 노스캐롤라이나 컬로휘로 돌아가 지금은 휴장 중인 아버지 소유의 소년 캠프에다 레스토랑을 여는 게 꿈인 데이비드 셀러스는 장작 피자 스테이션을 맡았다. 누구나 선망하는 스테이션에 배정받은 두 사람은 세인트 앤드루스 피자를 배울 수 있다는 사실에 잔뜩 들떠 있었다. 피자 스테이션은 내가 허리 살을 다듬던 테이블 바로 옆이었다. 드디어 셰프가 시범을 보이기 위해 빠르게 다가왔다. 앞쪽에서는 마틴의 주문 통지와 요리를 올리라는 소리가 쉴 새 없이 이어지고 있었다. 피자 시범을 앞둔 셰프의 목소리에서 약간 들뜬 듯한 기운이 느껴졌다.

그는 스테이션 아래의 선반 앞에 쪼그리고 앉아 미장 플라스 쟁반을 끌어당겼다. 크레이그가 그 바로 옆에 서 있었다.

"내가 해둔 대로가 아니잖아!" 대답을 요구하며 올려다보는 셰프에게 크레이그는 셰프가 한 말이 무엇을 가리켰든지 자기 실수가 아니라는 의미를 담은 말을 흐릿하게 우물거렸다. "여기 둔 쟁반 두 개가 어디 갔느냐고!" 셰프는 쟁반을 몽땅 끄집어내더니 뒤적이기 시작했다. 크레이그는 손을 치켜들고는 다시 한 번 앞뒤가 안 맞는 말을 중얼거렸다. "두 개를 뒀고, 하나가 애피타이저용이었어! 오늘 아침에 만들어둔 거란 말이야! 이 스테이션 담당이 너야?! 여기 담당이 누구야!"

쏟아지는 셰프의 분노를 피하기 위해 짝꿍 핑계를 대는 건 지극히 당연한 반응이었다. 크레이그도 온데간데없이 사라진 짝꿍 데이비드 셀러스 이름을 대며 셰프의 집중 포화를 피하려 했다.

"그래서 그 녀석이 어디 있는데?"

원래 피자 시범을 구경하기로 마음먹었던 제과 담당 스콧 맥고원은 불똥을 피하고 싶은 마음에 우스꽝스럽게 휘둥그레진 눈을 하고는 돼지 허리살 발라내는 일을 돕겠다고 나섰다.

데이비드 셀러스는 짧게 자른 머리카락에 모자를 쓰고, 정직한 갈색 눈에 안경을 쓴 채 언제라도 친근하게 미소 지을 준비가 되어 있는 친구였다.

저쪽에서 껑충거리며 스테이션으로 다가오는 행복한 데이비드의 얼굴에는 '와, 신난다, 이제 시범을 보여주실 거죠!'라고 쓰인 미소가 걸려 있었다.

"대체 어디에 있었던 거야?" 셰프가 고함을 질렀다.

전혀 예기치 못한 셰프의 분노에 놀란 데이비드는 덜컥 멈춰 섰다.

"저, 저, 저는 화장실에 갔다 왔습니다."

"지금?" 셰프가 외쳤다. "꼭 지금 갔어야 했나? 서비스 중에?" 유순하게 어깨를 치켜올리며 말을 더듬는 데이비드를 보며 셰프는 믿을 수 없다는 표정으로 넌더리를 내며 고개를 저었다. 그러고는 밀가루를 뿌린 나무 피자 스테이션 위에서 반죽 한 덩어리를 굴리기 시작했다.

그러는 동안 그릴 스테이션은 밀려드는 주문에 제대로 두들겨 맞고 있었다. 아까보다 주문이 두 배는 빠르게 들어왔고, 분량도 그들이 미리 준비했던 것의 두 배는 됐다. 검은 눈동자에 검은 구레나룻을 기른 다갈색 피부의 이탈리아 친구 폴은 헝클어진 머리로 점점 혼란에 빠져들고 있었다. 그가 숨 가빠하는 동안 나는 돼지고기 허리 살을 포장하고 있었다. "혹시 버섯 좀 썰어줄 수 있어?" 폴은 내게 부탁하더니 번개처럼 사라졌다.

나는 버섯을 찾아, 세게 흐르는 물에 씻어 살균한 말똥을 제거한 뒤 썰었다. 빠르게 칼질하는 법을 배운 것은 바로 그때였다. 말 그대로 도마 위에서 달그닥거리며 얇게 저민 버섯을 만들어냈다. 하지만 아무리 빨리 잘라도 도저히 나가는 속도를 따라잡을 수가 없었다. 절반가량을 썰기가 무섭게 폴이 더 많은 버섯을 들고 달려왔기 때문이었다. 화창하고 따뜻한 오늘, 레스토랑 손님 모두가 그릴링한 연어와 소고기 안심을 주문하고 있는 것만 같았다.

마침내 내가 속도를 따라잡자 이번에는 3주 전쯤 졸업하고 이곳에 직원으로 온 댄 레스트러드가 나타나 부탁했다. "생선 주방에 가서 연어 좀 가져다줄래?"

나는 달렸다. 코키 클라크의 생선 주방은 새 학생을 맞아 강의가 한창이었다. 클라크 셰프는 팔짱을 끼고 서서 아주 조용히 고개를 젓고 있었다. 오늘도 그는 반 전체를 깊은 혼돈에 빠뜨렸으며 이제 막 한 방 먹일 참이었다. 고개를 젓는 그의 표정은 분명 지긋지긋하다는 말을 하고 있었다. "세인트 앤드루스에서 쓸 연어 여분이 있습니까?" 셰프는 눈앞의 모든 것에 화가 난다는 듯, 잔뜩 심통 난 표정으로 나를 쳐다보았다. "찾아봐."

연어를 들고 날듯이 돌아오자, 드 산티스 셰프는 즉시 뼈를 발라내 첫 조각을 저울에 달고는 살코기를 얼마나 발라낼 수 있을지 정확하게 계산했다. 댄이 커다란 콩 꼬투리 자루를 내게 건네며 지금 곧장 굵게 채 썰어달라고 부탁했다. 이번에도 그릴 스테이션이었다.

나는 최대한 빠르게 콩을 썰었고 어느 정도 쌓이자 호텔 팬을 들고 그릴 스테이션으로 향했다. 가는 중간에 폴과 마주쳤다. 내 손에 들린 것을 본 폴은 순간 눈을 감으며 말했다. "살았다." 그러고는 곧장 스테이션으로 달려갔다.

주방 문을 닫는 시간은 오후 1시였다. 하지만 존과 폴은 1시 40분까지도 땀을 뻘뻘 흘리며 계속해서 음식 접시를 내놓았다.

"오늘은 상당히 잘했다." 셰프가 말했다. 우리는 스테이션을 모두 마감하고 청소를 한 뒤 미장 플라스 쟁반을 냉장고 왼쪽 편에 갖다 두고 칼을 닦아 가방에 담았다. 그리고 마침내 주방이 고요하고 잠잠해지자 모두들 프론트로 모여들었다. "생각보다 조금 바빴어. 좋은 일이지. 바라던 바야. 내일은 일품요리가 없다." 레스토랑은 파티 손님으로 가득 찰 때가 자주 있었다. 지난주 홀에서 일하면서는 더치스 카운티 의원 모임과 채텀이라는 어르신 모임, 그리고 일명 '혼자가 아니야'라는 규모가 상당한 나이 든 여성들의 모임에 음식을 내가는 일을 도왔다. 그럴 때는 주방에서 연회 요리를 만들었다. "나라면 끝나자마자 사랑하는 사람을 만나러 가겠어. 그게 최고로 좋을 거야. 오늘 무슨 일이 있었는지, 너희가 어떤 활약을 했는지 들려주도록." 드 산티스 셰프가 해산을 지시하자 우리는 1시간짜리 채식 강의를 듣기 위해 아래층으로 향했다.

이것이 바로, 오키나와에 주둔했던 전직 미 해병대 조리장 출신 조리기능장 론 드 산티스 셰프가 지휘하는, 세인트 앤드루스 주방 레스토랑 대소동의 시작이었다.

금요일 식사 후 시간은 그럭저럭 평화롭게 지나갔다. 요리보다는 꽃 장식이 더 중요한 큰 파티가 두 건이나 있었기 때문이었다. 그러고 나서 우리는 주말을 푹 쉬고, 월요일, 즉 블록 마지막 주를 위해 6시 45분까지 다시 주방으로 돌아왔다. 폴과 존은 미장 플라스를 완벽하게 준비하기 위해 남들보다 일찍 출근하는 편이었다. 미미와 매닝은 스테이션 담당에서 강등되어 줄곧 나와 함께 직원 식사를 준비하고 있었다. 두 사람은 테이블 서비스 마지막 날, 미미가 가장 좋아하는 밴드인 콕트 트윈스를 보러 뉴욕까지 걸어갔다고 했다. 결국 주방 출근 첫날 아침까지도 집으로 돌아오지 못했고 간신히 도착한 뒤에는 너무 지쳐 학교에 올 수가 없었다. 금발에 아기 같은 얼굴을 한 열아홉 살 매닝은 과연 잘했던 짓일까 슬슬 후회하고 있었다.

어쨌거나 우리 세 사람은 함께 직원 식사를 준비했고, 오늘은 새우, 그릴링한 닭다리, 앙두유 소시지*, 미미가 만든 옥수수 빵을 함께 내는 잠바라야**를 만들기로 했다. 금요일에 쓰고 남은 재료가 거의 없어서 우리는 자투리 재료로 음식을 제대로 만들어내기 위해 오전 내내 정신없이 일했다.

---

* 매운맛 소시지의 일종.

** 해산물, 닭고기 등을 넣은 매콤한 잡탕밥.

지난 한 주 동안 우리가 짜 맞춰 만든 요리는 총 350인분이었고, 그것은 결코 만만한 일이 아니었다.

그릴을 좋아하는 내가 닭다리 그릴링을 맡았다. 나는 폴에게 전통식 그릴에 불을 붙여도 괜찮을지 물어보았다. 폴은 깨끗이 닦으면 아마 괜찮을 거라고 대답했다. 그는 지난주에 쌓인 재를 꺼내 뒷문으로 나르고 지하 폐기함으로 내려 보내는 것을 도와주면서 이렇게 투덜거렸다. "에이, 존 이 친구 하필 오늘 같은 날 안 오고 말이야." 그러고 보니 폴의 그릴 스테이션 짝꿍 존 마셜이 아직 모습을 보이지 않고 있었다.

"왜 안 왔는지 알아?" 내가 물었다.

"응, 알아." 폴이 씁쓸하게 말했다. "주말에 일했대. 피곤해서 도저히 올 수가 없다더군."

나는 폴보다는 존의 입장에 더 공감이 갔다. 서른일곱 살의 존 마셜은 매일 점심 서비스를 마치면 강의 두 개를 듣고 북쪽으로 1시간 동안 차를 몰아 간 뒤, 옷을 갈아입고 곧장 매쇼맥 사격 클럽에서 60인분의 요리를 만드는 셰프였다. 그는 엄연히 한 레스토랑의 직원이었으며 주말에는 브런치부터 저녁 식사 시간까지 일했다. 쉬는 날은 수요일 하루였고, 아내와 함께 보낼 시간도 그때뿐이었다. 그 외에는 월요일부터 금요일까지 새벽 5시쯤 일어나 대부분 밤 10시 30분에서 11시까지 쉬지 않고 일했다. 그리고 자정이 되어서야 잠자리에 들었다가 새벽 5시면 다시 일어나야 했다. 정말이지 고된 일정이었다. 그러니 나로선 그가 아침에 더 자고 싶어 한 것에 불평할 생각이 없었다. 그리고 어차피 그릴 스테이션을 혼자 맡는 건 내가 아니었으니까.

세인트 앤드루스에서는 직원 식사를 만들 때도 영양을 고려한 식단을 짰다. 그래서 나는 닭다리에 붙은 껍질을 몽땅 제거해야 했다. 그러고 나서 오일과 후추, 붉은 고추로 마리네이드 했다. 셰프가 그릴링 시범을 보이는 것을 본 적이 있었고, 또 파두스 셰프(아, 그리운 스킬 수업이여! 표준 미장 플라스, 베샤멜, 브라운소스, 콩소메, 모두 그립구나!)한테서는 언젠가 그릴 표면의 구역을 나누는 방식에 대해 배운 적도 있었다. 핵심은 그릴에 놓는 닭다리의 수량과 시간이었다. 가로, 세로 약 50센티미터 정도 크기의 그릴은 위쪽이 가장 뜨겁고 아래로 내려올수록 열기가 덜해진다. 그래서 나는 닭다리 15개 정도를 한 줄로 늘어놓은 뒤, 곱게 시어링되면 한 단씩 아래로 옮기고 원래 자리에 새 닭다리를 올려 시어링하기로 했다.

하지만 금세 진땀이 나기 시작했다. 내가 사용한 닭다리는 반 갈라 벌려놓은 상태였는데, 어떤 것은 뼈가 완전히 떨어져 나갔고, 또 어떤 것은 뼈를 중심으로 나비 날개처럼 열린 채 대롱거리는 모양이었다. 육류 해체 수업에서 다듬다 망쳐버린 고기가 틀림없었다. 직원 식사니 어쩔 수 없는 일이었다. 게다가 그릴도 온도가 균일하지 않아 뜨거운 지점과 차가운 지점이 있었다. 닭다리 50개를 모두 얹고 나자, 어떤 고기를 찬 지점에서 뜨거운 지점으로 옮겼는지 도저히 알아볼 수가 없게 되어버렸다. 리듬을 잃어버린 나는 한참을 손쓰지 못하고 닭다리를 그 자리에 가만히 내버려두었다. 하지만 위쪽에서 시어링하고 아래로 옮겨 익히는 모습이 겉보기에는 꽤 그럴듯해 보인 모양이었다. 왜냐하면 내가 30개쯤 되는 닭다리를 따뜻한 부분에 쌓아두고, 꼭대기 쪽에서 10개 정도를 더 시어링하는 모습을 본 셰프가 별 지적을 하지 않았기 때문이었다. 셰프는 이를 드러내고 입술을 말아 올려 도마뱀 같은 미소를 지으며 천천히 고개를 끄덕였다. “제대로 하고 있군그래. 바로 그렇게 하는 거야. 쭉 내려가면서 익히는 거지. 자리는 돌아가며 잘 바꿔줘야 해. 실컷 그릴에서 시어링해놓고 오븐에 넣어 익히는 인간들을 난 도저히 이해할 수가 없다니까. 아예 처음부터 오븐에 넣는 사람도 마찬가지고!” 그렇게 말한 셰프는 자리를 떴다.

셰프 역시, 내가 셰프에 대해 알아가듯 나를 알아가고 있었다. 지난 금요일의 일이었다. 우리 직원 식사 팀은 모든 것을 빠짐없이 체크해가며 많은 양의 돼지고기 허리 살과 거기에 곁들일 허니 머스터드 글레이즈를 멋지게 준비했다. 우리가 만든 소스는 소고기 로스팅 요리에 쓰고 남은 것이었다. 나는 거기에 포므리 머스터드* 약간을 넣어 소스 로베르를 흉내 냈다. 스콧은 우리가 발라내고 남은 갈비를 달라고 해 식초와 통후추, 월계수 잎으로 양념한 물에 담가 시머링한 뒤 남은 바비큐 소스를 발라 로스팅했다.

문제가 터진 건 직원 식사 준비가 마무리되기 30분 전인 9시 45분이었다. 익혔다고 생각한 고기 온도가 고작 50도밖에 안 됐다. 규정에 따르면 레어 온도가 55도에서 60도였으므로 문제는 문제였다. 우리는 고기를 꺼내기 전 오븐 온도를 65도로 올렸다. 식품의약국에서 정한 안전 규정대로라면 돼지고기 온도는 68도 이상이어야 했다. 댄은 온도계를 보면서 고개를 젓더니 오븐 온도를 올렸다. 그리고 15분 후, 우리는 로스팅을 하던 컨벡션 오븐이 켜져 있지 않다는 사실을 깨달았다. 댄은 고기를 반으로 자르더니 260도로 예열한 일반 오븐에 집어넣었다. 제발 15분 안에 익기를 바라면서 말이다.

직원 식사가 늦어지자 예상했던 대로 셰프는 흥분하고 말았다.

매닝이 카빙 스테이션**을 준비해 소스, 폴렌타, 채소를 돼지고기와 함께 가져다 놓자 그걸 본 셰프가 매닝에게 말했다. "그 돼지고기 당장 치워버려. 꼴도 보기 싫군." 조각난 돼지고기를 황급히 주방 뒤로 들고 온 매닝은 이해가 가지 않는다는 듯 큰 소리로 말했다. "왜 싫다는 거지?" 로스트가 그다지 뜨겁지 않다고 전해들은 셰프는 직접 고기를 잘라보았다. 바깥

---

* 프랑스 포므리 지방에서 생산된 머스터드 소스.

** 요리를 고객 테이블 앞으로 가져가 그 앞에서 뼈나 껍질 등을 제거하고 서빙할 때 쓰는 받침대.

쪽은 완벽하게 익어 있었다. 하지만 나머지 부분은 몇 번을 더 잘라봐도 먹을 수 없을 만큼 차가웠다.

나는 공황 상태에 빠지고 말았다. 이런 음식을 내갈 수 없다는 셰프의 말 때문이 아니라 순전히 그의 표정 때문이었다. 나는 거의 무의식중에 이렇게 내뱉었다. "팬프라잉으로 하겠습니다!" 셰프는 덜 익은 돼지고기를 노려보았다. 도저히 용납할 수 없는 방법이었지만 시계는 이미 10시 20분을 가리키고 있었다. 우리는 50명이 먹을 식사를 만들어야 했다. 선택의 여지가 없었다. "좋다." 셰프가 말했다. 나는 달려가 커다란 소테 팬 다섯 개를 집어 들고 손에 닿는 오일 병을 움켜쥐었다. 어쩌다 보니 올리브 오일이었다. 내가 절그렁대며 파스타 스테이션에 팬을 올려놓자 셰프가 말했다. "버너에 올려!" 그러고는 자리를 떴다.

팬은 너무 빨리 뜨거워져 연기가 났고 오일은 갈색으로 변해버렸다. 게다가 첫 고기조각은 팬에 달라붙고 말았다. 고기를 저며주기 위해 다시 돌아온 셰프는 고기를 두껍게 썰어 건네주며 팬을 조금 식힌 후 굽되, 한 면에 20초씩 완전히 익히라고 지시했다. 나는 익힌 고기를 호텔 팬에 담아 매닝에게 주었다. 내가 호텔 팬 하나를 가득 채우자마자 댄이 커다란 고깃덩어리를 들고 오더니 텅 빈 뜨거운 팬에 털썩 내려놓았다. 덩어리를 열 조각으로 펼쳐놓고 양념하고 익히면서 이 팬 저 팬을 들여다보던 댄이 가볍게 한마디 했다. "다 오븐 때문이야." 어쩐지 너무 무책임하다는 느낌이 드는 말이었다.

하지만 그저 좋은 요리사가 아니라 정말 멋진 요리사가 되려면, 한 번에 5천 개의 팬을 다루면서도 열과 향을 고려했을 때 땅콩 오일과 포도씨 오일이 어떤 차이가 있는지 따위에 관해 대화를 나눌 수 있는 능력쯤은 갖추고 있어야 했다. 그래서 나도 최선을 다해 멋진 요리사답게 한마디 했다. "서비스 중이 아니라 천만다행이야."

댄이 말했다. "그 말이 맞지만 내가 당하고 보니, 별 재미가 없군."

대화가 거의 끝날 무렵 제대로 익은 포크커틀릿 백 개를 완성했다. 지나치게 익히려야 익힐 시간도 없었다. 결과적으로 커틀릿은 뜨거웠고 촉촉했다. 남은 고기로 만든 갈비도 훌륭했다. 누가 만들었는지 모르는 게 분명한 직원 세 사람이 내게 말했다. "오늘 음식 정말 맛있었어." 이런 칭찬을 듣고 무덤덤한 사람이 있을까. 미미는 그릴 스테이션에서 매일 내오는 피자만 먹었다. 피자 역시 끝내줬다.

하지만 우리는 또 닭다리를 곁들인 월요일의 잠바라야도 망치고 말았다. 금요일의 돼지고기와 크게 다를 바 없었다. 잠바라야가 가득 담긴 거대한 로스팅 팬을 오븐에서 꺼내자 내용물이 끓지 않는 것이 보였다. 그건 매닝이 마지막 순간에 던져 넣은 새우가 완전히 익지 않았다는 뜻이었다. 하나를 잘라보자 상황이 분명해졌다. 새우를 하나씩 꺼내 팬에 넣고 가장 가까운 불 위에 놓았는데, 이번에도 또 그릴이었다. 나는 소스로 뒤덮인 갑각류를 꺼내 뒤집기 위해 러스의 집게를 빌렸다. 서른세 살의 가드망제 담당인 러스 코브는 롱 아일랜드 출신으로, 성인이 된 이후 거의 대부분을 주유소 직원, 정비공, 자동차 부품 판매 등의 일을 하며 자동차 업계를 떠난 적이 없었지만 이제 새로운 인생을 시작하려 하고 있었다. 러스는 학교에 다닐 수 있다는 사실 자체에 매우 흡족해했다. 결코 지치지 않는 쾌활하고 부지런한 친구였다. 그는 집게를 흔쾌히 빌려주었다. 다행히 그릴링한 새우는 오븐에서 끓인 새우보다 맛있었다. 그 덕에 최종 요리는 원래 계획보다 나아졌지만, 이번에도 역시 소 뒷걸음질로 쥐 잡은 격이었을 뿐이었다.

식사가 끝난 뒤 나는 매닝, 미미와 함께 화요일의 식사에 대해 의논했다. 그때 셰프가 가까이 다가와 내게 조용히 물었다. "요전번에 그릴 스테이션에서 일한 게 자네였지? 안 그런가?"

내가 어리둥절한 표정으로 쳐다보자, 셰프는 계속해서 말했다.

"오늘은 폴을 도와줘."

5분 후 레스토랑 영업이 개시됐다. 도우라는 게 정확히 무슨 뜻일까? 나는 궁금한 마음으로 핸드 싱크에서 손을 씻은 뒤 폴에게로 갔다.

이제 막 모든 준비를 마친 폴은 미장 플라스를 늘어놓으며 정신 나간 사람처럼 혼잣말을 중얼거리고 있었다. 중탕냄비와 통 등을 손으로 건드리며 그 안에 담긴 내용물을 "렐리시, 토마토 쿨리, 포블라노 쿨리, 버섯, 파……." 이렇게 하나하나 짚어보고 있었던 것이다. 그릴 스테이션은 널찍하고 효율적이었다. 미장 플라스는 폴의 오른쪽에 놓인 쟁반에 담겨 있었다. 그가 사용하는 버너는 네 개였고 버너 위에는 버너에서 솟아오르는 열기로 음식을 뜨겁게 보관할 수 있는 선반 두 개가 있었다. 폴 바로 왼편에는 그릴이 있었고, 그릴 옆에는 얼음에 담긴 호텔 팬들이 받침 위에 놓여 있었다. 주문이 들어와 그릴에 올리기 전 고기를 보관하는 곳이었다. 소고기가 담긴 팬에는 고춧가루와 양파가루, 마늘가루, 칠리가루, 마른 겨자, 황설탕, 소금이 뿌려져 있었다. 선반에는 그릴 도구들과 숯, 그리고 꽁꽁 뭉쳐 기름에 흠뻑 적신 헝겊이 준비되어 있었다. 기름 헝겊은 그릴이 완벽하게 청결하고 반질반질 윤이 나도록 문지르는 도구였다. 가끔은 기름을 지나치게 많이 먹이는 바람에, 뜨거운 불꽃이 구름처럼 피어올라 마치 오즈의 마법사에 나오는 장면처럼 존을 에워싸기도 했다. 혹시라도 스테이크와 연어가 그릴 위에 있을 때 이런 일이 벌어지면 그때마다 존은 연어 표면에 묻은 탄소 녹청을 닦아내야 했다.

그릴 스테이션에 준비된 미장 플라스의 내용은 이랬다.

<u>스토브 옆 쟁반</u>

- 토마토 렐리시
- 로스팅한 포블라노 쿨리

- 그릴링한 토마토 쿨리
- 생 콩
- 저민 파
- 채소 스톡
- 올리브 오일
- 통마늘
- 통깨
- 소금
- 후추
- 셰프 나이프

<u>리치인 냉장고 아래 칸</u>

- 호텔 팬에 담긴 소고기
- 호텔 팬에 담긴 연어 살코기
- 토마토 렐리시 여분
- 버섯 밑동 저민 것
- 느타리버섯
- 굵게 채 썬 콩깍지 여분

<u>스토브 위</u>

- 브라운 스톡이 담긴 소스 팬과 55그램짜리 국자
- 끓는 물이 담긴 소스 팬과 구멍 뚫린 숟가락
- 집게

<u>스토브 상단 선반</u>

- 소테 팬 두 개
- 내열 접시 세 개
- 받침대 달린 중간 크기 쟁반
- 호텔 팬에 담긴 로스팅한 감자
- 호텔 팬에 담긴 그릴링한 브루스케타

그릴 스테이션 앞에는 예의 그 Y자 모양의 뜨거운 서비스 테이블이 있었다. 그 아래에 접시와 으깬 감자가 들어 있는 짤주머니가 보관되어 있었다. 둘 다 손으로 잡기 힘들 정도로 뜨거웠다.

폴은 매일같이 서비스가 시작되기 전 전체 미장 플라스를 읊은 뒤 이렇게 말했다. "좋아, 오늘도 잘했어." 그러고는 다음 순간 마치 번개라도 맞은 사람처럼 "아! 깜빡했네. 칼이랑 집게를 챙겨야지"라고 외치곤 했다.

"폴, 셰프가 널 도와주라고 말씀하셨어."

폴이 대답했다. "잘됐군." 딱 한마디였지만 의미심장한 말투였다.

그때 러스가 물었다. "이봐, 마이크, 네가 내 집게 가지고 있지?"

러스가 그토록 흔쾌히 빌려준 집게를 나는 완전히 잊고 있었다. 나는 어디 있는지 전혀 모르겠다고 대답했다. 내 대답에 그는 짜증을 냈다. 서비스가 이제 막 시작되었고, 지금 당장 집게가 필요했다. 찾으려면 스테이션을 이탈해야 했다. 설상가상으로 내 집게도 어디로 갔는지 보이지 않았다. 혹시나 하고 설거지 기계 쪽으로 달려갔다가, 러스가 걱정이 되어 그릴 스테이션으로 되돌아왔다. "미안해, 러스." 그는 사과를 하는 내 멱살을 잡아 흔들고 싶은 표정이었다. 아까 집게를 마지막으로 쓰고 러스에게 돌려주기로 한 사람이 매닝이라는 것을 떠올린 내가 매닝에게 달려가려는 찰나, 구약성서 하나님처럼 첫 주문을 읊어주는 셰프의 목소리가 들려왔다. "주문이다. 소고기 둘, 미디엄 하나, 미디엄 레어 하나." 나는 쓰러질 것만 같았다.

꼼짝도 할 수가 없었다. 폴이 셰프에게 답했다. “소고기 둘, 미디엄 하나, 미디엄 레어 하나.” 그러고는 지나가던 마틴에게 물었다. “소고기는 아직이야?” 마틴은 고개를 끄덕였다. 우리가 가진 고기는 고작 두 덩어리뿐이었다. 소고기 안심이 조금 늦게 도착해 이제 막 자르고 있었다.

“소고기 미디엄 웰던 하나 주문.”

“소고기 미디엄 웰던 하나요.” 내가 대답했다.

“소시지 애피타이저 하나 주문, 불에 올려라.” 셰프가 앞에 놓인 작은 상자에서 찍혀 나오는 티켓을 읽으며 말했다.

“소시지 애피타이저 하나 주문이요, 불에 올립니다!” 주방 맨 뒤에 있던 데이비드 셀러스가 외쳤다. 마치 해병대처럼 씩씩한 목소리는 홀까지도 쩌렁쩌렁 울렸을 게 뻔했다.

셰프는 환한 표정으로 데이비드를 향해 싱긋 웃으며 말했다. “맘에 드는군.”

이내 주문은 정신없이 날아들기 시작했고 준비하라는 소리가 연달아 들려왔다. 셰프가 말했다. “브루스케타 어디 있나?”

나는 브루스케타 주문 명령을 전혀 듣지 못했다. 폴이 황급히 느타리버섯이 수북이 쌓인 브루스케타를 내열 접시에 담아 오븐에 집어넣으면서 외쳤다. “지금 곧 갑니다, 셰프.”

“브루스케타를 가져와.” 셰프는 또 다른 주문을 불러주며 말했다. “브루스케타 어딨냐고 묻잖아! 지금 필요하다고!” 주문은 계속 들어오고 있었다. “소고기 둘, 미디엄 하나, 미디엄 레어 하나.”

“소고기 둘, 미디엄 하나, 미디엄 레어 하나 올립니다.” 난 대답하면서 방금 자른 살코기 두 덩어리를 그릴 위에 얹었다.

정신을 차리기도 전에 서비스가 개시되었고, 나도 요리를 하고 있었다. 나는 스테이크 네 개와 연어 두 개를 그릴링했고, 스테이크 하나는 내가기 위해 스토브 선반에 올려놓았다. 폴은 버섯을 소테잉하고 콩을 익히면서, 소테잉한 느타리버섯이 5센티미터 높이로 쌓아 올려진 커다란 브루스케타를 칼로 들어내 접시에 담았다. 그러는 와중에 나를 향해, 나가라는 말이 들리면 그때 접시에 익은 음식을 담으라고 설명해주었다. 20분가량이 지나자 앙트레가 쏟아져 들어오기 시작했다. 폴은 버섯이 익는 동안 잠시 동작을 멈추고는 이렇게 말했다. "드디어 하이라이트야. 해보는 거야."

나도 같은 심정이었다. 만일 우리가 헬멧을 쓰고 있었다면 아마 나는 으르렁거리며 그를 들이받았을 것이다. 그만큼 에너지가 필요하다는 뜻이었다. 엄청난 에너지를 쏟아부어 집중하면 더위나 시간의 흐름은 느낄 수조차 없었다. 한 번에 안심 다섯 덩이를 그릴링하며 고기와는 익는 시간이 다른 연어 한두 개를 타이밍 맞춰 올린 적이 한두 번이 아니었다. 다 익었는지 판단하는 것은 온전히 감각과 눈이었다.

벌써 실수를 하나 저지르기는 했다. 내가 처음 만든 연어를 앞에다 가져다 놓자 셰프가 불렀다. "마이클, 연어는 손님에게 나갈 부분을 아래로 향하게 그릴에 올려야 해. 접시에 담을 때도 조심해야 한다. 기름진 부분이 위로 올라와서는 안 돼." 내가 익힌 연어는 지방이 회색으로 변했고, 밝은 주홍색이 섞인 분홍색 살코기는 전체적으로 작게 부서져 있었다.

"돼지고기 하나 주문이다, 불에 올려라." 셰프가 외쳤다. "오늘은 주문이 세 개뿐이군. 닭 하나 올리고 링귀니 하나 올려라, 오르조 두 개 주문이다, 불에 올려라, 나가라. 마이클, 소고기 어떻게 됐지?"

나는 그릴로 돌아서서 기름진 살코기를 찔러보았다. 손가락이 깊이 들어갔다. 아직 한창 레어 상태였다. 나는 대답했다. "5분 남았습니다." 어디서 그런 숫자가 나온 건지는 나도 잘 모르겠다.

셰프가 말했다. "반으로 잘라."

"반으로 자릅니다." 나는 셰프의 말을 되풀이하고는 폴에게 말했다. "반으로 잘라줄래?"

폴은 살코기를 그릴에서 꺼내 내열 접시 위에 얹더니 칼로 가른 뒤 다시 그릴로 옮겼다. 솔직히 내가 손님이라면 과연 반으로 잘린 고기를 받아도 상관없을까 고민이 됐는데, 놀랍게도 몇 분 안에 웰던이 된 고기를 다시 접자 잘랐던 흔적이 감쪽같이 사라졌다. 아마 셰프도 스테이크를 웰던으로 주문한 손님이라면 자른 흔적 같은 것에 신경 쓰지 않거나 아예 알아차리지 못할 거라 판단했던 모양이었다. 셰프가 뭔가를 지금 달라고 할 때는 정말 '지금!' 필요하다는 뜻이었다. 그 말에 따르지 않았던 것이 내 실수였다. "불에 올려"라는 말을 들었을 때 곧장 소고기를 올리지 않았던 게 틀림없었다. 벌써 실수만 두 개째였다. 러스의 집게를 잃어버린 것까지 합치면 세 가지였다.

셰프는 가끔 음식이 나오는 시점에 맞춰 웨이터의 위치를 물었다. 웨이터들은 우측통행으로 줄지어 들어와 접시가 담긴 커다랗고 둥근 쟁반을 어깨 위로 치켜든 채, 성큼성큼 우측 문을 통해 밖으로 나갔다.

콩이 다 떨어지자 폴이 말했다. "셰프, 굵게 채 썬 콩깍지가 더 필요한데요."

그러자 셰프는 알았다고 대답하더니 마이크로 향했다. "미미, 매닝, 앞으로 와라." 미미와 매닝은 미친 듯이 콩을 채 썰어 1분 30초쯤 후 두 개의 중탕냄비에 가득 채웠다.

"팀워크가 핵심이야." 폴이 말했다. 그는 온몸과 머리를 볶아대는 열기와 움직임, 아드레날린의 한가운데서 희열을 느끼고 있었다. "정말이지 멋진 반이야. 정말이지 멋진 반이라고." 그렇게 말하는 그의 모습은 마치 자백 약*을 복용한 사람 같았다.

그릴 스테이션은 언제나처럼 할 일이 많았다. 잠시 짬이 나자 폴이 말했다. "잠깐만 나갔다 올게." 음수대로 달려갔다 온 그는 다시금 흥겨운 상태가 되었다. 폴은 주머니에 있는 온도계를 보았다. "54도네." 내가 느끼기에도 대충 그 정도는 되는 것 같았다. 더웠다.

"뇨끼 대자가 필요하다." 셰프가 파스타 스테이션에 말했다. "뇨끼 소자도 필요해."

"지금 갑니다, 셰프." 조프리가 대답했다.

셰프는 데이비드와 함께 27번 테이블의 주문이 들어왔는지 확인하더니 놀랍게도 마이크로 이렇게 말했다. "자, 다른 스테이션은 마감해라."

폴이 두 손을 높이 치켜들고 외쳤다. "오예!" 나도 손을 들었다. 그러자 폴이 아주 세게 손뼉을 부딪쳤다. 폴은 정말 신나 보였다.

"여기는 요리를 배우는 곳이 아니야." 셰프가 말했다. 서비스를 마친 뒤 나는 그의 공동 사무실에 앉아 있었다. 사무실에는 책상과 의자가 두 개씩, 그리고 파일 캐비닛 외에는 아무것도 없었다. "일이 돌아가는 방식을 배우는 곳이지."

드 산티스는 1980년에 CIA를 졸업했지만 진짜 요리를 배운 곳은 학교가 아니었다. 해병대에서 배운 것도 아니었다. 그는 해병대는 "진짜 요리"를 배우는 곳이 아니라고 말했다.

나는 그에게 "진짜 요리"가 뭐냐고 물었다.

"진짜 요리는 설명할 수 있는 게 아니야. 보고 듣고 맛보는 거지."

셰프는 CIA 졸업 직후, 독일 뮌헨의 그랜드 호텔 콘티넨탈과 밤베르크의 작은 레스토랑 미헬스 퀴헤에서 일하기 전까지는 요리를 제대로 배우지 못했다고 했다.

---

* 사람들에게 진실을 말하게 하는 효과가 있는 것으로 여겨지는 약.

“레스토랑에는 총 60석이 있었어. 주방은 이 방보다도 작았고. 화요일에서부터 토요일까지 하루에 테이블 회전은 두 차례 정도였지.” 웨이터는 한 명이었다. “그 사람은 절대 빨리 걷는 법이 없었어.” 미헬 셰프와 드 산티스 셰프는 매일 밤 미친 사람처럼 요리했고, 웨이터는 준비된 음식이 무엇이든 집어 들고 주문한 손님에게 가져갔다. 그 테이블의 나머지 손님이 음식을 받았는지는 전혀 아랑곳하지 않았다. 그래서 가끔은 요리를 가지고 나갔을 때 일행 중 하나는 이미 식사를 끝낸 상태인 경우도 있었다.

미슐렝 직원들이 레스토랑을 평가하기 위해 찾아오자 미헬 셰프는 그들을 내쫓았다.

“미헬 셰프가 신경 썼던 건 신선도였어. 요리의 완성도와 계절 변화에도 주의를 기울였지. 그는 내게 근처에서 나는 계절별 식재료들이 얼마나 중요한지 알려주었어. 까다로운 상황 속에서 빠르게 열심히 일하는 방법도 알려주었지. 그 코딱지만 한 레스토랑에서, 엄청 바쁜 와중에도 말이야.”

CIA에서 만난 최고의 셰프들은 모두 그 같은 ‘내 인생의 셰프’ 한 명씩을 기억하고 있었다.

하지만 이 일에는 늘 대가가 따랐다. 나는 건강하고 활기 넘치는 드 산티스 셰프가 쉰네 살 정도 되었을 거라 생각했지만, 그의 진짜 나이는 서른아홉이었다. 독일에서 만난 아내와 살고 있는 그의 두 아이는 아직 사춘기도 지나지 않았다고 했다. 도대체 이 셰프들이 왜 그렇게 나이가 들어 보이는지, 정말 모르겠다는 생각이 들었다. 학생 입장에서 바라보다 보니 무의식적으로 한 세대쯤 차이가 난다고 생각한 걸까. 셰프를 부모나 스승, 선생 바라보듯 하는 것이다. 하지만 꼭 그것 때문만은 아닌 것 같았다. 여전히 대학원생 같은 파두스 셰프도 있으니 말이다. 파두스 셰프가 한참 어려 보였지만, 두 사람은 고작 두 살 차이가 날 뿐이었다. 아마도 드 산티스가 나이 들어 보이는 것은, 프로다운 태도와 군대식 엄격함, 강사로 지낸 10년의 세월 때문일 것이다.

세인트 앤드루스의 오후 셰프인 해니제스키는 요리를 프로 축구에 빗댔다. 그는 현재 석, 박사 학위를 취득하기 위해 애쓰고 있었다. 평생을 요리만 하며 살 수는 없다는 게 그의 생각이었다. "이 일은 대가가 너무 크거든." 그는 학생들에게 늘 이렇게 말하곤 했다.

하지만 가만히 생각해보면, 셰프의 피부에서 시각적으로 느껴지는 노화의 흔적도 분명히 있었다. 그릴 스테이션에서 처음 일을 맡았던 날, 나는 상당히 그럴듯한 근거를 발견했다.

그들은 모두, 일 년 내내 매일같이 그릴과 불과 뜨거운 금속, 끓는 물이 있는 곳에서, 혹은 오븐에 머리를 밀어 넣으며 일했다. 뜨거운 열기 속에서 말 그대로 스스로를 요리하고 있었다. 그래서 다른 사람들이 아직 한창 레어 상태일 나이에 그들은 미디엄 웰던이 되어버린 것이다. 그리고 때가 되면 미친 요리사로 돌변했다. 요리사들은 저속 촬영한 필름 속 주인공처럼 빠르게 움직이며 주당 50~80시간을 일했다. 노화는 분명, 실제 시간보다는 인생을 살며 얼마나 많은 일을 하고 많은 역할을 했느냐와 더 밀접한 연관이 있는 것 같았다. 결국 요리사들은 대부분의 사람들보다 더 오랜 시간, 더 빠른 속도로 일하기 때문에 나이가 드는 것이었다. 셰프들이 왜 그리 나이 들어 보이는지 알 것 같았다.

맛

다음 날, 즉 주방 5일차이자 블록 12일차는 테이스팅 데이였다. 모두들 전체 메뉴를 맛보기로 되어 있었다. 스테이션마다 담당한 요리를 모두 두 개씩 만들어 접시에 담았고, 10시까지 서비스 라인에 내놓았다. 1초도 늦으면 안 되는 일이었다. 드 산티스 셰프가 우리에게 할 일을 알려준 것은, 아침 강의를 들으러 교실에 모인 직후였다.

"오늘은 테이스팅 수업을 한다. 그 말은 10시까지 모든 음식을 먹을 수 있는 상태로 준비해둬야 한다는 뜻이지. 그 순간에 미적거리며 접시에 담고 있으면 안 돼. 그리고 약 10분간 음식을 맛볼 거다. 테이스팅이 끝나면 스테이션 준비를 하고 그 후 직원 식사를 준비할 거야. 그럼 더 먹는 거지." 셰프는 웃고 있었다. "정말이지 멋진 인생이지 않아!"

"자, 오늘도 75인분을 준비한다. 목, 금요일 준비를 할 때는 월요일 계획도 세워둬야 해. 월요일에는 65인분이 필요하다. 금요일 밤 퇴근할 때 이미 월요일 준비가 끝나 있어야 한다는 뜻이야." 월요일은 새로운 반이 첫날을 시작하는 날이었다. 그렇기 때문에 이처럼 다음 반을 위해 전 반이 미리 준비를 해두는 것은, 7일마다 직원이 바뀌는 이 레스토랑에 꼭 필요한 일이었다. "월요일에 새로 온 학생들은 기본적으로 너희가 준비한 것을 데워서 접시에 담기만 할 거야. 내가 월요일을 제대로 꾸려나갈 수 있도록 너희가 도와줘야 한다. 첫날이 미친 듯이 바쁜 것 잘 알지?"

"스테이션을 뜰 때는 쟁반에 아무런 메모도 남기지 말도록. 아마 카테리나에 가면 온 사방에 널린 수많은 작은 쪽지를 발견하게 될 거야(레스토랑 대소동의 다음 행선지는 이탈리아 식당 카테리나 드 메디치였다). 분명히 말해두는데, 앞서 다녀간 친구들이 미장 플라스 쟁반에 남겨둔 작고 귀여운 메모들을 아주 조심해라. 누가 썼는지 알 수 없는 메모를 어떻게 믿을 수가 있어. 안 그래? 그래서 우리는 메모 같은 것을 못 남기게 하는 거야. 내가 여기에 오자마자 그런 관행을 아주 신속하게 없앴지."

"오늘은 음식 얘기를 하려고 한다. 재미있을 것 같지 않아? 브라운소스 얘기부터 해볼까? 어제 우리는 준비한 음식을 모두 팔아치웠다. 뒷맛이 사흘은 너끈히 가는 대 사건이지."

7일에 한 번씩 드 산티스 셰프는 세인트 앤드루스의 음식과 철학에 대해 이야기했다. 그가 가장 먼저 꺼낸 말은 분명, 지구상에서 본인이 가장 좋아하는 기본 재료가 브라운 빌 스톡이라는 것이었다. 그 순간 두말할 것도 없이 나는 그가 몹시 좋아졌다. 누군가 자신의 요리사 자질에 대해 의문을 품기라도 하면 드 산티스 셰프는 《건강 요리 기법Techniques of Healthy Cooking》 182페이지에 나오는 궁극의 브라운 빌 스톡에 관한 본인의 분석과 설명을 들려주며 그 같은 의문을 말끔히 해소해주었다.

책에 나온 발상은 단순했다. 풍부한 맛과 깊고 맑은 색, 강한 질감을 자랑하는 양질의 브라운 빌 스톡으로 더 양질의 브라운소스를 만들 수 있다는 것이었다. 조리법 역시 명확하고 단순했으며, 브라운 스톡을 위한 표준 조리법이라고도 할 수 있었다. 다만 물 대신 정말 훌륭한 브라운 빌 스톡을 사용하는 게 독특했다. 셰프는 마치 서양 교회법에 나온 글을 상세히 분석해 이론에 밝은 설교사처럼, 넘치는 열정으로 학생들에게 설명하는 대학교수 같은 모습이었다.

책에는 "1단계 : 양파, 당근, 파, 셀러리를 뜨거운 오일에서 갈색이 될 때까지 소테잉하시오"라고 나와 있었다.

"제일 먼저 양파를 뜨거운 오일에서 소테잉하라고?" 드 산티스 셰프는 잠시 말을 멈추고는 방을 둘러보았다. "그보다는 천천히 하는 게 낫다. 부디 재료를 로스팅 팬에 넣어라. 160도로 예열한 오븐에 넣은 뒤, 수분이 충분한 셀러리를 넣는 거야. 셀러리가 색을 내기 시작하면 당근을 넣고 익혀라. 당근이 색을 내기 시작하면," 그의 목소리가 크레센도로 높아졌다. "그때 양파를 넣으란 말이지! 모든 재료가 고운 갈색이 되면 드디어 토마토 페이스트를 넣는 거야! 시간이 충분하다면 갈색이 더 짙어지도록 놓아둬라." 말을 멈춘 셰프는 고개를 끄덕였다. 웃고 있었지만 웃는 게 아니었다. 그러더니 그는 고함을 질렀다. "미르포아를 이렇게 준비하는 목적이 뭐겠어?"

뒤쪽에서 부드러운 목소리가 들려왔다. "색과 맛 때문이 아닐까요?"

"색이 가장 중요한 목표지." 드 산티스 교수님이 말했다. "맛은 두 번째야. 빌 스톡에 쓸 송아지 뼈가 엄청나게 많다고 치자. 송아지 뼈는 구워야 하지만 진한 갈색은 금물이다. 아주 좋은 구수한 냄새가 날 때까지 구우면 된다. 너무 구워지면 자연 탈산소화가 일어나면서 전혀 유쾌하지 않은 쓴 맛이 나게 돼." 그는 눈썹을 치켜올렸다. "이 단계에서부터 이미 많은 일이 일어나지. 아직 첫 단계를 넘어가지도 않았어."

"브라운소스는 자연 탈산소화이자 현대 소스야"라고 그가 반복했다. "현대 소스가 또 뭐가 있을까?"

우리는 천천히 한 목소리로 대답했다. "쥐*, 뵈르 블랑, 쿨리, 살사, 처트니**, 브로스입니다."

"브로스!" 셰프는 까치발을 하며 외쳤다. "아름다운 현대 소스 부류 중 하나이지. 비네그레트 또한 완전히 다른 부류야. 그릴링한 요리들에 같이 나가는 걸 봤을 거야. 감귤류 비네그레트 말이야. 즙은 어때? 야채 즙은? 정말로 깔끔한 주서기가 있다면 버튼만 눌러. 거기서 나오는 걸 즉석에서 소스로 쓸 수 있어." 그의 목소리는 악마의 속삭임처럼 변했다. "정말 끝내주는 맛이야."

다시 빌 스톡과 주요 단계 두 가지로 되돌아갔다. "첫 번째 단계는 강화이다." 목소리가 연극조로 높아졌다. "강하게 만드는 거야, 알겠어? 힘! 포르테! 강하게!" 그러더니 이렇게 속삭였다. "원래 가지고 있던 훌륭한 빌 스톡으로 강화하는 거야. 뼈와 향신료와 와인, 미르포아를 써서 그 풍미를 높이고 강화할 거야. 그런데, '훌륭한 브라운 빌 스톡'이라는 말을 들으면 딱 떠오르는 게 뭐지?"

셰프는 잠자코 대답을 기다렸다.

"색, 맛, 질감, 향입니다."

"보통 훌륭한 브라운 빌 스톡이라고 하면 이 네 가지를 주요 특질이라고 말하고, 또 이렇게들 생각해. '그래, 그런 거야, 당연한 것 아냐?' 하지만, 이 모든 특질을 갖추게 하려고 요리사는 아주 기본적인 무엇인가를 해야 했어. 그게 뭘까?"

"뼈를 적당히 갈변시켜야 하지 않나요?" 누군가 물었다

"그렇지, 뼈를 갈색으로 만들어야지."

동의는 했지만 셰프가 바라던 정답은 아니었다.

"정확한 시간 동안 적정 온도로 시머링하는 건가요?"

"뭐, 그것도 중요해."

---

* 육즙으로 만든 묽은 소스.

** 과일, 설탕, 향신료와 식초로 만드는 걸쭉한 소스.

그는 수긍했다.

"걸러내기인가요?"

"그래, 그래, 느리게 시머링하는 것, 아주 중요하지. 불순물을 남김없이 제거하는 것도 마찬가지고. 하지만 그것 말고 요리사가 했던 뭔가 대단히 아주 가치 있는 행동이 또 뭐였겠느냔 말이야."

"적당한 양념이요?"

"물론."

"색깔인가요?"

"계속해봐."

모두가 당황했다. 도저히 정답을 내놓을 수가 없었다. 그때 맨 끝에 앉은 러스가 머뭇거리며 부드러운 음성으로 말했다.

"미르포아 대 뼈 대 물의 비율을 정확하게 써야 합니다."

"바로 그거야!" 셰프의 목소리에 나는 자리에서 튕겨 나갈 뻔했다. "알겠어? 그 요리사는 계량을 했어! 측정해본 거지. 자, 이만큼의 뼈가 있다, 거기에 정확한 양의 물이 필요해, 그렇게만 하면 모든 것이 아름다워지는 거야. 브라운 스톡이건 화이트 스톡이건 종류는 상관없어. 비율만 맞추면 모든 것은 아름답게 어우러져. 그러니 모두," 여기까지 말한 그는 잭 니콜슨처럼 속삭였다. "계량을 하란 말이다."

"자, 훌륭한 빌 스톡을 만들었고, 그걸 강화했다. 이제 두 번째 단계지. 이 단계에서는 두 가지 일이 일어난다. 감소와 정제가 바로 그것이다." 그는 버너 중심에서 비껴나도록 솥을 당겨 반만 부글거리도록 만드는 방법을 설명했다. "이 방법이 멋진 건, 불순물이 솥의 차가운 지점으로 모여든다는 거야. 그러면 계속해서 건져내는 거지. 이게 바로 정제가 일어나는 과정이다. 자연스럽게 일어나는 일이야. 아주 아름답고 투명한 스톡을 만들려면 이 두 가지가 자연적으로 일어나게 해야 해."

"그럼 양이 충분히 줄었다는 건 어떻게 알 수 있을까? 과연 멈출 때가 됐다는 걸 어떻게 알아내지?"

계량 얘기로 재미를 본 러스가 다시금 계량 이야기를 꺼냈다. 그러자 셰프는 한 번으로 족하다고 핀잔을 주었다. 누군가 접시에 조금 덜어보면 되나요? 라고 물었다. 셰프는 방을 둘러보았다. 아무도 모르나? 라고 말하는 듯한 표정이었다.

누군지 모를 목소리가 조용히 말했다. "맛을 보면 되나요?"

"그렇지!!!" 셰프는 검지로 허공을 찌르며 목에 핏대를 세우고 외쳤다. 공중으로 몇 센티미터쯤 뛰어오르기까지 했다. "그게 유일한 방법이야! 내가 어제 얘기했잖아! 맛 좀 봐봐, 라고! 내내 말이야!" 그는 잠시 입을 다물었다. "좋은 맛이 나도록 만들어야 해." 그러더니 두 손을 내밀었다. "맛, 맛, 맛, 맛, 계속해서 맛을 보아야만 해. 그리고 그 맛이," 그 지점에서 셰프는 다시 목소리를 낮췄다. "너무 좋아서 미칠 것만 같으면! 그럼 제대로 만들었다는 뜻이야. 그러면 제대로 만든 거라고."

"자! 딱 떨어지는 농도가 아닐 수 있어. 대개 지나치게 묽지. 폴, 아까 접시에 담아본다고 했지? 그게 바로 농도를 확인하는 확실한 방법이다. 국자로는 안 돼, 국자에 담아 나갈 게 아니거든. 소스는," 셰프는 다시 속삭였다. "접시에 담아 나가는 거잖아. 아마도 따뜻한 요리가 담긴 접시겠지. 접시에 조금 놓고 둘러봐. 농도가 가볍고 괜찮다면 딱 된 거야. 하지만 접시 위에서 초콜릿 소스처럼 꼼짝도 않는다면, 문제가 있는 거지, 아주 큰 문제가 말이야. 그런 경우에는 다시 묽게 만들어야 한다. 맛을 제일 먼저 보고, 따뜻한 접시에 얹어 농도를 확인한다. 그러고 나서 거르는 거야. 그러면 완성이다. 끝이야."

셰프는 만족스러운 표정으로 결론을 내렸다.

"질문 있나? 이렇게 해서 최종 결과물이 나왔다. 준비 완료지. 아무것도 더 할 필요 없이 그저 데워서 접시에 두른 뒤 문밖으로 가져 나가면 되는 거야. 다른 건 없어." 셰프의 입술이 말려 올라가 사악한 미소를 만들어내고 있었다. "아주 뜨거운 라인 위에서, 수많은 팬에서 음식이 익고 요리 접시가 문밖으로 나가고 있어. 돌아서서 접시에 담고 다시 돌아서고 하는데, 계속해서 데워지고 있던 소스가 갑자기 초콜릿 소스처럼 보이는 거야. 너무 진해. 자, 이럴 땐 뭘 해야 하지? 뭘 팬에 더 넣어야 할까?"

"물입니다." 존이 대답했다.

"물! 왜지?"

"원래 물로 만든 거니까요."

"그렇지! 스톡을 쓸 생각은 하지 마라. 물은 수도꼭지만 돌리면 얼마든지 얻을 수 있다. 게다가 이제껏 한 일이라고는 물로 끓인 것뿐이야. 이미 원하는 맛은 다 냈어. 물만 더 넣으면 원래 맛이 고스란히 살아날 거야."

"그래서, 이렇게 책에 나온 조리법을 제대로 파헤쳤다. 그치?" 이번에는 장난기 어린 표정으로 웃고 있었다. "조리법은 이런 식으로 봐야 한다. 솔직히 그냥 조리법 하나를 뽑아서 언제, 어디서, 왜, 어떻게 하느냐고 물을 수도 있었지. 하지만 그러지 않았다. 조리법 안에는 개념이 들어 있어. 그 외에도 무수한 것들이 포함되어 있지. 여기 나와 있는 건 요리의 본질이야. 직관, 느낌, 육감 등 고려할 게 많겠지만, 여기 나온 조리법을 방금처럼 바라보고, 또 늘 염두에 두면 도움이 될 것이다. 이 책에 나온 것은 말 그대로 베이스고, 그 베이스에다가 뭔가를 해보는 거야."

"이상적인 방법이지. 방금처럼 하는 게 요리를 바라보는 가장 좋은 방식이야. 하지만 너희 모두가 이상적인 방법을 실천할 수 있는 환경에서 일하게 되지는 않아. 여러 레스토랑에서 일하게 될 것이고, 저마다 베이스로 쓰는 것이 있을 테니, 너희도 그걸 사용하게 되겠지. 자, 그걸 쓰지 않을 수도 있고, 또 별로라고 말할 수도 있어. 아니면 셰프의 지위에 오른 뒤 생각해볼 수도 있겠지. '어떻게 해야 이 베이스에서 더 훌륭한 맛을 낼 수 있을까?' 어차피 이것저것 재료는 많잖아. 거기서 양념이며, 허브며, 향신료 같은 걸 얻을 수 있을 거야. 그리고 베이스의 맛을 돋워서 뭔가 멋진 결과를 만들 수 있겠지."

셰프는 질문이 있느냐고 물었다.

빌 시팬스키가 질문했다. "셰프는 늘 정해진 방침대로 맛을 내십니까, 아니면 재료 본연의 맛을 살리는 편입니까?"

"정말 멋진 요리의 미덕은 뛰어난 맛에 있기도 하지만," 셰프는 손가락을 딱 하고 튕겼다. "재료 본연의 맛이 살아 있다는 점이 핵심이지. 약간의 사슴 뼈가 있어. 그것을 로스팅해 솥에 넣고 브라운 스톡을 조금 넣어 15분 정도 끓인 뒤, 불을 끄고 뚜껑을 덮어 45분간 두었다가 걸러내면," 다시 한 번 더 손가락을 튕겼다. "사슴고기 맛이 난다. 스톡의 모든 특질이 고스란히 살아 있으면서 사슴고기 맛이 나는 거야. 그게 바로 훌륭한 요리의 미덕이지. 특정 영양 성분이 들어 있기도 하지만, 그 자체로 여전히 맛이 좋아. 자, 이제 더 궁금한 건 없겠지? 시간이 다 되어가는군. 난 브라운 스톡 얘기를 너무 좋아해 탈이야. 자, 이제 얼른 192페이지로 넘어가보자."

남은 시간 동안 《건강 요리 기법》에 등장하는 매력적이고 기발하기까지 한 기본 조리법을 골고루 살펴보았다. 《건강 요리 기법》은 "겨울 과일로 만든 콩포트를 곁들인 소시지 프렌치 토스트"며 "무화과와 야생 버섯을 곁들여 프로슈토로 감싸 그릴에 구운 메추라기" 같은 요리가 아니라, 그야말로 맛있는 음식을 합리적이고 건강하게 만드는 방법에 관한 책이었다.

192페이지에는 질감과 농도를 위해 탈지 우유를 증발시켜 기본 크리미 벨루테를 만드는 방법이 나와 있었다.

20페이지를 더 넘기자 비네그레트 소스를 만드는 또 다른 기법이 나와 있었다. "자, 우리가 늘 하는 방식이지." 드 산티스 셰프는 자랑스레 말했다. "기존 오일의 2/3에 해당하는 양만큼 스톡을 쓰는 거야. 완성된 소스는 양이 같지만 지방이 고작 5그램에 콜레스테롤은 거의 찾아볼 수가 없어. 그중에서도 채소 스톡을 강력하게 추천한다. 치킨 스톡을 졸여서 신선한 녹색 채소에 붓는다고 생각해봐. 아마도 양배추를 넣은 차가운 닭고기 수프 맛이 날 거야. 그게 맛있을 리가 있어? 내 말 믿어. 채소 스톡이 좋아. 채소 스톡에는 샐러드는 물론 여러 가지 음식에 고루 어울리는 훌륭한 채소 맛이 들어 있어." 뜨겁고 진한 채소 스톡에 전분을 조금 넣어 오일과 비슷한 점도가 되도록 만든 뒤 식히면 된다고 했다. 그러고 나서 스톡 양의 절반에 해당하는 오일을 넣어야 했다. "이렇게 두 가지만 섞으면 그건 비네그레트 베이스가 되지. 그 베이스의 1/3 만큼의 식초 혹은 산을 넣으면 그게 바로 비네그레트 소스야. 그걸로 어떤 요리든 맛있게 만들 수 있어. 오일을 쓰는 것 못지않게 말이야. 기존에 하던 것과는 확실히 다르지만 그 결과는 아주 훌륭해."

세인트 앤드루스의 아이스크림은 글라스라고 불렀다. 크림을 쓰지 않기 때문이었다. 레스토랑에서는 온갖 음식에 들어가는 크림과 우유를 몽땅 리코타 치즈와 요구르트로 바꿨고, 설탕은 메이플 시럽으로 대신했다. 크림 질감의 드레싱과 패스트리 반죽, 아이스크림과 디저트 소스에는 모두 리코타 치즈를 썼다. 리코타 치즈에는 달걀처럼 엉기는 특성이 있었고 지방과 유사한 질감과 느낌을 낼 수 있었다. 할 일은 간단했다. 치즈를 죽어라고 휘저어 걸쭉한 크림 상태로 만들기만 하면 됐다.

"유제품이 필요한 베이스, 여기서도 리코타 치즈가 활약을 하지. 먼저 리코타 치즈를 으깨어 걸쭉한 퓌레로 만든다. 그 단계가 아주 중요해. 리코타 치즈에 요쿠르트와 메이플 시럽, 바닐라를 넣으면 바닐라 소스가 돼." 셰프의 목소리가 다시금 악마의 속삭임으로 돌변했다. "준비 완료인 거지. 그냥 프로세서와 블렌더를 켜고 재료를 완전히 부드럽게 갈아서 접시에 담기만 하면 돼. 그렇게만 하면 바닐라 소스라고 내놓을 수가 있단 말이지! 소스 하나만 맛을 봐도 정말 죽여준다고. 본연의 맛이 살아 있거든. 다른 건 아무것도 필요 없어! 향이 날 만한 것, 그래, 어쩌면 인스턴트커피를 뜨거운 물 한 숟가락으로 녹여보는 거야. 정말 쓰디쓴 맛이 나겠지? 절대 마시고 싶지 않은 진한 맛일 거야. 바로 그걸 바닐라 소스에 넣으면 일종의 카푸치노 소스가 탄생할 거야. 어떤 짓이라도 해볼 수 있어. 나만의 소스로 쓸 수 있다는 말이야. 진하고 아름답기 그지없는 베이스니까."

"아이스크림 메이커에 넣으면," 셰프는 손가락을 튕겼다. "글라스가 탄생하지. 패션프루트 글라스, 초콜릿 글라스, 라즈베리 글라스를 맛봤는데, 어느 것 하나 아이스크림 맛에 뒤지지 않더군."

셰프는 주방으로 돌아가 테이스팅과 영업 준비를 해야 할 시간이 될 때까지 비계 대신 쌀을 넣은 포스미트, 드라이 루와 베이킹한 밀가루로 만든 검보, 탈지 우유와 옥수수 가루, 과일을 퓌레 형태로 만들어 완성하는 수플레* 등에 대해 계속해서 이야기했다. 그러고 나서 우리는 뇨끼와 연어, 소고기, 돼지고기, 사프란 브로스로 익힌 닭고기, 새우 등을 마구 먹어댄 뒤, 싹 치우고 나서 다시 직원용으로 준비된 식사를 해치웠다. 그러고는, 음식을 맛보고 분위기를 만끽하러 온 사람들을 위해 음식을 조금 더 만들었다.

"이제 슬슬 계획을 세워야 한다. 졸업 후를 위해 준비해야 해." 드 산티스 셰프가 말했다. "업계 상황은 불과 5년 전과도 사뭇 다르다. 너희 눈앞에는 심각한 어려움이 도사리고 있어. 미래의 셰프에게 세상이 무엇을 기대하는지 알고 있어야 한다. 현장에 나가 해야 할 것들, 알아야 할 것들을 미리 챙

* 달걀흰자와 우유, 밀가루를 섞어 거품을 낸 것에 치즈, 과일 등을 넣고 구운 것.

겨둬야 한다는 거야."

세인트 앤드루스에서 보내는 마지막 날, 우리는 조용한 강의실에 앉아 셰프의 말에 귀 기울이고 있었다. 셰프는 빠르게 변화하고 있는 식품 업계 현실에 대해 언급하면서, 졸업 후 현장에 진출하기 전 곰곰이 생각해볼 만한 몇 가지 사항들을 정리해주었다. 남녀를 불문하고 요리사로 훈련받은 이들은 이제 예전보다 더 큰 기회를 얻을 수도, 또 더 큰 어려움을 겪을 수도 있었다.

"그러므로 뛰어난 전문 기량을 지니고 있어야만 한다. 물론 우리 학교 졸업생들은 기술이 뛰어나다는 것을 나도 잘 알고 있어. 공식 훈련을 거친 미국 셰프들은 전문 기량에 관한 한 세계 최고라고 장담할 수 있어. 난 졸업 후 유럽으로 건너가 1, 2, 3년차 견습생이며 셰프들과 온몸으로 부대끼며 일해봤고, 그렇게 몇 년을 지내다 견습생 훈련까지도 받았지만, 여전히 공식 훈련을 거친 미국 셰프들이 세계 최고라는 생각에는 변함이 없다. 그리고 이 기술적 능력은 우리 일에 정말 큰 도움이 된다. 뛰어난 전문 기량을 지닌 사람은 어디에서, 왜, 언제, 무엇을 해야 하는지 제대로 알고 있어. 그저 '이봐, 묻지도 따지지도 말고 그냥 해'라고 시켜서 하는 게 아닌 거지."

"그다음은 개념적 기술이야. 이건 마치 칼 다루는 기술과 같아서, 계속해서 발전시켜야 하고 연습을 게을리해서는 안 된다. 비전과 창의성 같은 것이 개념적 기술에 속하지. 업계에 진출하면 자신의 비전을 직접 설명하고 이야기할 수 있어야 해. 앞날을 이끌어나갈 셰프로서 확고한 철학 그리고 뚜렷한 신념과 이상을 품어야 해. 자신이 목표 지점을 제대로 바라보고, 또 거느린 직원이나 운영하는 사업체, 그 외 모든 것이 어디로 가게 될 것인지 내다볼 수 있으려면, 본인 인생에 대한 비전은 필수인 거야. 거기에 함께 필요한 것이 바로 창의성이다."

“접시에 음식을 담는 모양에도 창의성은 필요하다. 그런 건 지금도 충분히 잘하고 있어. 하지만 다른 것들, 그러니까 손님을 레스토랑 안으로 들어오게 만드는 방법 같은 것 말이야, 그런 것들에 대해서도 창의력을 발휘할 수 있어야 한다는 말이다. 직원의 이직률을 낮추는 방법도 마찬가지다. 이건 정말 관리하기 어려운 일이야. 고용인이 이직하길 바라는 사람은 없어. 일이 제대로 굴러가지 못하고 있다는 방증이거든. 시간과 비용도 엄청나게 깨지지. 그러니 직원을 붙들어둘 창의적 방법을 생각해낼 수 있어야 한다는 거야. 홀이든 주방이든 마찬가지로 말이야. 물론 그 외에도 문밖으로 음식을 내기 위해 필요한 경영 기술도 많이 알고 있어야 한다.”

“재정 관련 기술이 있어야 한다.” 셰프는 칠판에 같은 말을 썼다. “2일차에 조금 맛을 보기는 했어. 기억나지? 전체 매출 분석과 혼합 퍼센트를 계획하고 예측하는 방법 말이야. 그게 바로 재정 경영 기술의 한 부분이다. 이윤과 손실을 바탕으로 읽고 이해하고 분석하고 행동할 수 있어야 해. ‘아, 그 셰프. 훌륭하지. 음식 맛이 아주 좋아’로 충분한 시대는 이미 끝났어. 더 이상은 설득력이 없어. 그러니 손익을 따져 계산해낼 수 있는 방법을 알아두라는 말이야. 아니, 반드시 할 수 있어야만 해. ‘아, 손익 계산 같은 걸 못하신다고요? 그럼 뭐, 안녕히 가세요. 우리는 그런 일을 할 수 있는 사람을 찾을 생각이거든요. 그 사람 음식이 당신보다 아주 조금 부족하다 하더라도……,’” 드 산티스는 엄지와 검지를 꽉 붙이면서 눈을 가늘게 떴다. “‘벌어들이는 돈은 그쪽이 나을 테니까요.’”

“마케팅에 대한 지식도 일정 부분 갖춰야 한다. 본인을 마케팅하는 것에서부터 시작해라. 나를 어떤 방식으로 팔 것인가, 그게 중요해. 여기 모인 사람은 모두 스스로를 판매해야 한다. 여기서 배운 것을 제대로 이해하고 그것을 이용해 사람들에게 팔아라. 그것이 바로 마케팅의 시작이다.”

“우리는 여러 재료가 골고루 들어 있는 피자에 익숙하지. 내가 이 얘기한 적 있나?" 드 산티스는 업계에 종사하는 친구 하나가 찾아와 세인트 앤드루스를 견학하고는 레스토랑 비즈니스 개선 방안에 대해 도움을 주었던 얘기를 들려주었다. 이번에도 생생하게 1인 2역을 소화해내는 천생 배우의 모습이었다.

"밤에 함께 앉아 그의 얘기를 들었지. '정말 좋았어. 그런데 영양에 신경 쓴다는 건 알겠는데, 세인트 앤드루스에서 정말 독특한 건 뭐라고 할 수 있는 거지?' 나는 우리에게 피자가 있다고 대답했어. '피자가 있다고?' '그래!' 그러자 그 친구가 묻더군. '어디에 있는데?' '메뉴를 봐봐. 거기 나와 있어!' '대체 어디에 나와 있는데?!' '전채 목록에 있잖아.' 그러자 그가 말했어. '너 바보야?! 눈에 띄게 해놔야지! 사람들이 딱 보고 '와, 여기엔 피자가 있네!'라고 말할 수 있을 만한 곳에다가 적어야지!'"

"결국 메뉴에 담을 목록, 각 메뉴의 위치, 마케팅 방식 등 그 친구 의견을 수용해, 피자를 전채요리 목록의 맨 아래에서 끄집어내 따로 뺐지. 그러고는 세인트 앤드루스 카페 점심 특선이라는 이름으로 한가운데 정통으로 때려 넣은 거야! 맨 위 중간에 잘 보이도록 '우리는 장작 피자를 팝니다'라고 써서 말이야."

"피자 판매량은 그전의 두 배로 늘었어. 어때. 이건 아주 단순한 마케팅 방식이야. 하지만 난 전혀 모르고 있었지. 쉬지 않고 배워야 해. 계속해서 모든 것을 마케팅해야 하고. 경영을 하자면 꼭 알아둬야 할 중요한 요소인 거지."

"미래의 셰프가 정말 다른 점은 광범위한 지식을 가지고 있다는 거야. 훌륭한 음식을 만들 줄 아는 것만으로는 안 된다는 말이지. 다양한 이유와 다양한 목적으로 조사 연구하는 법을 알고 있어야만 해. 뜻이 명확하고 완전한 문장을 쓸 줄도 알아야 해. 문법까지도 정확하게!" 셰프의 목소리에 잠시 벽이 진동하다 멈췄다. "제발 부탁 좀 하자. 응? 이젠 우리도 지적인 전문가들처럼 글을 쓸 때가 되었단 말이야. 최소한 한 가지 언어는 유창하고, 정확하고, 완벽하게 알고 있어야 해. 두 가지 언어를 쓸 수 있다면 그야말로 좋겠지. 세 개 이상의 언어를 구사한다? 그러면 못할 게 없을걸?"

"과학적 지식도 더 많이 갖춰야 한다. 세상에 나가면 지속 가능한 농업이네, 선발 번식이네, 수경 재배네 정말 온갖 얘기를 듣게 될 거야. 유전공학 같은 것도 어느 정도 알고 있어야 한단 말이다. 대부분의 셰프들은 자기 주장에 이렇다 할 증거를 대지 못해. 하지만 자신의 주장에 관련된 게 무엇인지 정도는 찾아낼 수 있어야 한다. 마음에 들지 않아도 할 수 없어. 일하는 내내 절대 멀리할 수 없어. 유전공학이라는 주제를 맞닥뜨렸다, 그러면 그게 뭔지는 알아야지 않겠어?"

"그러고 나서 예술적인 요소 몇 가지를 갖추면 금상첨화지. 예술은 내일의 셰프가 갖춰야 할 덕목이야. 옛 방식은 더 이상 효과가 없어. 확실히 내가 현장에 있을 때와는 다른 분위기거든. 10년 전, 아니 5년 전과도 달라."

"국내 식품 서비스 산업은 1996년 기준, 총 3,120억 달러 규모로 추정된다. 3,120억 달러란 말이지, 웬만한 나라 GNP에 버금갈 액수야." 셰프는 목소리를 낮췄다. "사실 이 바닥 사람치고 돈 안 좋아하는 사람도 없고 말이야."

"내가 보기에는 식품 서비스 산업에서 가장 유망한 것은 건강 관리 분야야." 그게 그의 결론이었다. "양로원 역시 마찬가지고. 매리어트 호텔에서도 실적이 별로인 리조트 문을 닫고 양로원으로 개조하고 있어. 안 늙는 사람은 없거든! 베이비 붐 세대들이 점점 고령화되고 있어. 그들을 돌보고 먹일 사람이 필요해."

"세상은 크게 변하고 있어. 슈퍼마켓에도 신경을 써야 해. 가정식 대용품에 관심을 가진 사람들이 점점 늘고 있거든. 교육 분야도 마찬가지야. 세상에는 너희가 갈 곳이 많다. 본인이 나아갈 길에 대해 곰곰이 생각하고 노력해나가면, 기회를 잡을 수 있는 방법은 무궁무진한 거야. 세상에는 해볼 만한 일이 정말 많아. 식품 산업은 거대하다. 3,120억 달러는 레스토랑에서 벌어들이는 돈만 따진 게 아니야. 알겠어? 다양한 분야에서 나오는 돈이라고. 이제 스스로를 위한 계획을 세우도록. 모두들 업계 동향을 잘 살피고 어디로 가야 할지 찾아봐."

"질문할 사람 없어? 그럼 좋다. 자, 오늘은 해산 전에 특별히 준비를 잘 해둬야 한다고 말했지? 각 스테이션별로 시범 요리 준비를 마무리해서 랩으로 잘 싸 워크인 선반에 보관해놓도록. 월요일에 새로 오는 반에게 그걸로 시범을 보일 것이다. 디저트도 마찬가지야. 언제가 되었든 준비만 완료해놓아라. 하지만 새 학생들이 오는 월요일, 새 블록 1일차에는 일품요리 73인분을 준비해야 한다는 걸 잊지 마. 할 일이 엄청나니까. 오예, 신난다!"

셰프는 앞으로 쓱 다가서며 속삭였다. "주방이 말끔해지기 전까지 주말은 시작되지 않아. 집중해. 집중해라!"

30분 뒤 셰프는 뒤쪽 피자 스테이션에서 장미나무 손잡이가 달린 과도로 메추라기 알을 깨고 있었다. 블록 마지막 날이면 늘 하는 작업이었다. 데이비드와 크레이그가 셰프를 도와 크림치즈를 부드러워질 때까지 젓고 거기에 넣을 신선한 딜과 차이브를 다졌다. 모두들 각자의 스테이션에서 오늘과 월요일에 쓸 재료를 준비하는 동안, 피자 스테이션은 메츠 총장이 아침으로 먹을 피자를 만들었다. 메추라기 알과 캐비어를 올린 피자였다.

오늘은 졸업식이기도 했다. 메츠 총장은 디즈니 월드에서 온 졸업식 연사 디터 해니그와 손님들을 개인 식당으로 모셔 아침식사를 대접하기로 했다. 세인트 앤드루스 피자는 그 상에 오르는 음식 중 하나였다. 지난 몇 달간 메츠 총장은 드 산티스 셰프가 총장을 위해 개발한 훈제 연어 피자를 즐겨 먹었다. "훌륭한 피자였어." 셰프가 말했다. "하지만 좀 질린 모양이더라고. '뭐가 드시고 싶으세요?'라고 물었더니 '새로운 것이면 된다'고 하더군."

셰프는 피자 가장자리에 베이컨과 판체타*를 두를 생각이었다. 그러나 이내 그런 피자는 흔하기 때문에 아무리 잘해봐야 좋은 평가를 받기 어렵다는 사실을 깨달았다. 셰프는 "아침식사"와 "베이컨 앤드 에그"를 연달아 떠올리고는 메추리알을 써볼까 하는 생각에까지 이르렀다. 메추리알이 퍽 마음에 든 셰프는 베이컨을 빼기로 했다. 하지만 그것만으로는 지나치게 귀엽고 또 좀 평범하다는 생각이 들었다. 이런저런 아이디어를 내놓다 캐비어를 떠올린 것이 직원인지 학생 중 하나인지는 명확치 않다. 하지만 상당히 그럴듯하게 들렸다. 캐비어 역시 알이지 않은가? 뭔가 느낌이 있었다. 메추리알 캐비어 피자. 흥미로웠다. 캐비어 덕에 화려함까지 더해졌다. 드 산티스가 연습 삼아 만든 피자는 메츠 씨와 손님들에게 내놓아도 좋을 만큼 맛이 훌륭했다. 총장이 마음에 들어 하지 않을 경우에 대비해 원래의 훈제연어 피자도 함께 올려 보냈다. 나중에 총장실에서 전화가 왔다. 피자는 성공적이었다. 결국 졸업식 아침에 나갈 피자는 메추리알 캐비어 피자로 결정됐다.

졸업식 연사이자 샌프란시스코에서 활동하고 있는 제레미아 타워 셰프가 피자를 맛보고 샴페인을 곁들이는 게 어떻겠느냐고 제안했다. "캐비어에는 샴페인이 필수지." 드 산티스 셰프는 타워의 말에 찬성했다. 샴페인을 곁들인 피자 맛은 아주 빼어났고, 샌프란시스코로 돌아간 타워 셰프는 자신이 운영하는 레스토랑 메뉴에 같은 피자를 추가했다.

---

* 돼지 옆구리살로 만든 이탈리아식 베이컨.

우리에게도 콩고물이 돌아왔다. 졸업식마다 드 산티스 셰프는 피자를 두 개씩 더 만들었고, 그 덕에 모든 학생들이 훌륭한 피자를 맛볼 수 있었던 것이다. 특히나 수요일 테이스팅 데이 10시에 딱 맞춰 요리를 완성한 우리 반은 샴페인까지 함께 즐길 수 있었다. 올해 들어 테이스팅 요리를 제시간에 내놓은 반은 우리까지 딱 두 반밖에 없었다고 했다.

하지만 피자를 완성하기까지 아무런 사건도 없었던 것은 아니다. 크레이그와 데이비드가 열의를 불태우다 못해 장작불을 너무 세게 피웠던 것이다.

셰프도 처음에는 알아차리지 못했다. 옆에서 과도로 스무 개가 넘는 메추리알을 깨서 피자 한 조각에 하나씩 놓이도록 자리를 잡고 있었기 때문이었다. 데이비드와 크레이그는 크림치즈에 신선한 허브를 섞었다. 셰프는 반죽 한 덩이를 편 뒤 그 위에 접시를 올려 완벽한 원 모양으로 잘라냈다. 그리고 가장자리 2.5센티미터를 남기고 크림치즈를 전체에 펴 발랐다. 마지막으로 28그램짜리 국자를 이용해 피자 가장자리에 있는 크림치즈를 눌러 날달걀을 얹을 자리를 만들었다. 달걀은 굉장히 빨리 익기 때문에, 빵을 먼저 구워야 했다. 그래서 셰프는 거기까지 만든 피자를 조심스럽게 돌로 된 화덕 안으로 밀어 넣었다. 셰프는 눈을 가늘게 뜨고 잠시 지켜본 뒤 다음 피자를 만들기 시작했다. 총장 식당으로 옮겨 가다 바닥에 떨어뜨릴지도 모를 상황에 대비해 셰프는 늘 피자 두 개를 만들었다.

하지만 일이 제대로 돌아가지 않고 있다는 사실을 금세 알아차린 셰프는 화덕 주변을 이리저리 돌아다니며 피자를 살피다 결국 나무주걱으로 꺼냈다. 안타깝게도 치즈는 약간 갈색이었고 빵은 익지 않은 상태였다. 셰프는 고개를 저으며 온도계를 살폈다. 무려 430도를 가리키고 있었다. 그는 계속해서 고개를 저었다.

"나무를 너무 넓게 펼쳐놓았잖아." 셰프는 화덕을 들여다보며 화를 냈다. 화덕 벽은 오렌지 빛으로 타오르고 나무는 마구 흩어져 있었다. 점점 열이 오르고 있있다. 피자는 20분 안에 완성해야만 했다. 하지만 돌로 된 화덕의 온도를 빠르게 낮추는 방법은 없었다. 게다가 화덕은 시간이 갈수록 더 뜨거워지고 있었다.

이제 나는 직원 식사를 만들러 돌아가야 할 시간이었다. 셰프가 짜증내는 순간에 그 옆에 얼빠진 표정으로 서 있고 싶은 생각은 추호도 없었다. 자리를 뜨면서 셰프가 데이비드에게 명령하는 것을 들었다. "로스팅 팬 가져와! 긴 집게도!"

나란히 설치된 파스타와 그릴 스테이션 사이에는 주방 뒤쪽 피자 스테이션으로 이어지는 작은 공간이 있었다. 협소한 자리였지만 그곳에는 작고 둥근 카운터가 있었고, 나는 여기에서 채소를 좀 썰기로 결정했다. 내가 일을 막 시작하려는 순간 셰프가 외치는 소리가 들려왔다. "저리 비켜!" 그는 불타오르는 장작으로 가득한 로스팅 팬을 든 채 광기 어린 눈빛으로 나를 향해 돌진하고 있었다. 나는 칼을 떨어뜨리고 간신히 몸을 피했다. 셰프는 그릴 스테이션 스토브 위에 큰소리로 팬을 내려놓고는, 그릴 뚜껑을 들어 올려 불타는 장작을 던져 넣었다. 화덕 온도를 낮추기에 딱 좋은 방법이었다. 게다가 실내에서 불타오르는 나무 220킬로그램을 처치할 장소로는 그릴이 제격이었다. 돌화덕에서 꺼낸 장작을 그릴 스테이션에 설치된 후드 아래로 정말 신속하게 옮기지 않으면 안 된다는 사실을 셰프는 알고 있었다. 서두르지 않았다면 살수 시스템이 가동되어 화학물질 거품이 미장 플라스 전체에 흩뿌려져, 결국 주방 전체가 문을 닫는 엄청난 일이 벌어졌을 것이다.

총장의 피자는 무사했다.

스테이션 하나와 거기에 필요한 미장 플라스는 며칠이면 익숙해진다. 한 주방에서 보내는 시간은 7일이면 충분했다. 마지막 날 서비스가 개시되자,

모든 일은 순조롭게 진행되었다. 학생 요리사들은 시계처럼 정확하게 제몫을 해냈다. 주방 청소가 끝나자 셰프는 반 전체를 불러냈다. 여러 학생들이 이미 도착해 칼 가방을 옆에 끼고 모자를 벗은 채 잡지를 들춰보고 있었다. 잡지에는 여러 젊은 요리사들 틈에 서 있는 폴의 사진이 실려 있었다. 잡지에서 요리학교 학생들과 현장 실습에 관한 기사를 쓰면서, 당시 엘 토바에서 실습을 하고 있던 폴 이야기를 실었던 것이었다. "마이크에 대고 읽어 봐." 누군가 외쳤다. 폴은 깊고 진지한 목소리로 기꺼이 성실하게 읽어 내려갔다. "이론을 배우고 현실에 적용하는 것이다." 폴의 목소리가 주방 전체에 울려 퍼졌다. 그 모양을 본 드 산티스 셰프는 미소를 지으며 고개를 저었다.

모두 자리를 잡자 셰프가 한 걸음 나서서 입을 열었다.

"모두에게 아주 대단히 고맙다는 말을 하고 싶다. 너희 덕에 아침에 이곳에 오는 길이 즐거웠다. 너희의 유머 감각도 고맙고, 열심히 일해준 데에도 감사하고 있다. 너희가 만든 음식은 훌륭했다. 이제 다른 레스토랑에서 일하는 동안에도 이곳에서 배운 것을 바탕으로 견실하게 발전해나가기를 바란다. 거기서도 멋진 시간을 보내게 될 것이다. 더 멋진 시간을 보낼수록 더 많은 것을 배우게 될 테고. 가끔 나를 만나러 와도 좋아. 업계에서 종사하는 친구들과 통화하면서 일자리 소식을 듣기도 하니까."

말을 마친 셰프에게 학생들은 돌아가며 악수를 청하고 고맙다는 인사를 건넸다.

정말 잊을 수 없는 기억 두 가지가 있다. 하나는 그날 아침의 일이다. 우리는 샴페인과 함께 완성된 피자를 한 조각씩 맛볼 수 있었다. 모두가 똑같은 옷을 걸치고 모인 칵테일파티에 참석한 기분이었다. 셰프는 우리에게 주의를 주었다. "조심해야 해. 달걀이 골칫덩어리거든. 정신 똑바로 안 차리면 턱으로 줄줄 흘러내려." 아주 조심했지만, 정신을 차리고 보니 노른자가 턱 중앙을 일직선으로 지나고 있었다. 셰프 말대로 이 피자에는 무엇보다 샴페인이 제격이었다. 폴은 긴 잔을 손에 들고 우물거리며 나를 바라보았다. "아아, 이게 진짜 요리학교 생활의 참맛인 거야." 주말이 코앞에 다가온 금요일, 테이블 서비스와 요리로 정신 없었던 한 블록이 끝나가고 있었다. 날은 화창하고 따스했다. 손에 든 메추리알 캐비어 피자 한 조각과 차가운 샴페인, 턱 아래로 떨어지는 노른자까지. 정말이지 행복한 순간이었다.

영원히 마음에 남을 또 하나의 기억은 바로 드 산티스 셰프이다. 검지로 하늘을 찌르며 목에 핏대를 세운 채 공중으로 뛰어오를 듯 몸을 꼿꼿이 세운 그의 입에서 한마디가 흘러나온다. "맛을 봐!!"

5부 바운티

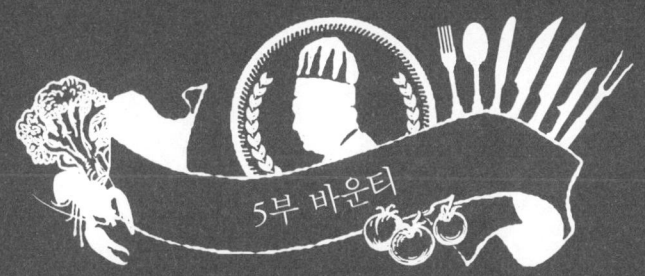

완벽함의 무대

메츠 총장과 라이언 부총장에게 인터뷰를 요청하기까지 나는 반년 가까이 기다렸다. 헬기를 타고 정상에 올라가 아래를 내려다보면 산을 제대로 알 수가 없다. 산 어귀에서부터 시작해 직접 올라야 한다. 나는 CIA에서 그런 시간을 보내고 있었던 것이다.

1982년, 퍼디낸드 메츠는 미국 지역 요리를 제공하는 CIA의 레스토랑 아메리칸 바운티 레스토랑 오픈 멤버로 스물네 살 청년 하나를 초빙했다. 1977년 CIA를 졸업한 팀 라이언은 메츠 총장이 부 연구 셰프로 있었던 하인즈 그룹이 있던 도시, 피츠버그의 라 노르망디에서 총 주방장으로 일하고 있었다. 라이언은 그렇게 스물네 살의 나이로 셰프 강사가 되었다. 그의 인생은 늘 그런 식이었다. 도전한 모든 일에서 최연소 기록을 세웠다. 라이언은 1984년 팀 내 가장 어린 선수로 요리 올림픽에 참가했다. 스물여섯에는 최연소 조리기능장이 되었다. 서른일곱에는 업계 종사자 2만 5천 명이 속해 있는 미 요리 연맹의 최연소 회장이 되었다. 1년 뒤에는 연맹 이사회 의장이 되었다. 그때는 CIA 부총장을 겸임하고 있을 때였다. 한 가지 더 덧붙이자면, 그 기간에 라이언은 MBA 학위도 취득했다.

PBS에서 방송되는 요리 쇼인 〈CIA 요리의 비밀〉 오프닝에는 라이언이 요리하는 모습이 담긴 영상이 나온다. 그는 유니폼을 입고 찜솥 옆에서 껍질콩을 쥔 채 카메라를 보며 묻는다. 대단한 지혜를 비밀스럽게 알려주려는 듯한 모습이다. "프로 셰프는 채소가 익었다는 사실을 어떻게 구분할까요?" 그러더니 껍질콩을 한 입 먹고는 잠시 후 고개를 끄덕이며 말한다. "잘 익었군요." 그는 녹색 채소가 다 익었다는 사실을 알아내는 대단한 비법이 있다고 주장하는 TV 요리사들을 놀리면서 대충 시간을 때우려던 의도였다고 말했다. 말은 그랬지만 실제로도 그는 직접 먹어보고 익은 정도를 파악했다. 메츠는 독일인 특유의 인상 때문에 무관심한 사람으로 비춰질 때가 많았지만, 팀 라이언은 사람들을 격의 없이 대했다. 한 강사는 라이언이 마치 "일반 강사인 것처럼" 행동한다고 말했다.

라이언에게 하고 싶은 질문 두 가지를 마음에 품은 채 나는 로스 홀 한쪽 끝, 떡갈나무 바닥이 깔린 건물에 위치한 사무실에서 라이언을 만났다. 그때까지 나는 늘 그가 양복 입은 모습만을 보았고, 실제로 그는 여러모로 기업인 같은 외양을 하고 있었다. 하지만 내 첫 질문에 대한 그의 대답은 매우 요리사다웠다. "이제는 브라운소스를 그리 많이 만들지 않아요." 그는 잠시 말을 멈추었다. "하지만 브라운 루는 좋아합니다."

"왜죠?" 내가 물었다.

"난 깊은 갈색이 좋아요. 페일 루로 만든 브라운소스는 희멀건 색만 날 뿐이지요." 그는 브라운 루에 매력적인 견과류 향이 들어 있다고 말했다. 확실히 내 스킬 선생 파두스를 지지하는 듯한 발언이었다.

라이언은 내가 루에 관심이 많고 그 가치를 높게 평가한다는 사실을 이미 잘 알고 있었다면서, 지난해에는 스킬 교과과정에서 전통 기본 소스를 전혀 가르치지 않는 방향으로 현대화를 추구하는 게 맞을지에 대해 쭉 고민했다고 말했다. 결국 그는 자신이 존경하는 업계 내 인물 40인에게 조사를 했다. "정말 놀랐지요. 만장일치였어요. 교과과정을 바꿔야만 한다고 생각하는 사람은 한 명도 없었습니다." 모두들 기본을 반드시 가르쳐야 한다고 생각했다. "이 바닥 사람들이 유행의 첨단을 걷지는 않아요."

내 다음 질문은, 따로 이름은 언급하지는 않았지만 한 스킬 수업에서 겨울 폭풍이 치는 기간에 시험을 보러 학교에 와야만 했던 내가 아는 어떤 학생에 관한 것이었다. 파두스가 내게 들려준 '우리는 간다, 너와 우리는 다르다'는 말은 어떤 스킬 선생이라도 했을 당연한 이야기였을까? 혹시 진실을 조금 담되, 스킬 수업의 중요성을 부풀리고 자신의 권력을 강화해 요리교육의 개념 자체를 굉장한 것으로 만들려는 그러한 시도는 아니었을까? 수업에 빠지는 사람들이 모두 나와 같은 일을 경험하는 것은 아니었다. '우리는 무슨 일이 있어도 간다'는 말은 사실 좀 과장 아닐까?

라이언은 마치 이런 이야기를 전에도 들어보기라도 한 것처럼 고개를 끄덕이며 말했다. "그 말에는 우리 학교의 철학이 담겨 있습니다. 그리고 사실 겨울이 되면 여러 차례 공표도 하지요. 전기가 나가지 않는 한, 학교는 문을 닫지 않습니다. 학생 80퍼센트 이상이 등교하면, 직원은 늘 온다는 게 우리 학교의 사고방식인 거죠."

"어째서 그런 거죠?"

"글쎄요, 잘 모르겠습니다. 어쨌거나 그들은 옵니다. 개교 이래로 늘 그랬어요."

"그 이유가 뭐라고 생각하시나요?"

"모두 헌신적인 사람들이라서 그런 게 아닌가 싶어요. 마이클 당신이야 일 때문에 여기에 온 거잖아요. 그러니 어쩔 수 없는 거죠. 그리고 이러한 방침에는 우리가 학생들에게 자연스럽게 가르치려고 하는 가치가 담겨 있어요. 자, 우리는 학생들에게 말합니다. '절대 위험에 빠지길 원하지 않지만, 인생의 결정을 내리고 그 결정에 책임을 지는 것은 당신입니다.' 위험한 일을 자초하더라도 그것은 본인 결정이라는 말이죠. 학교는 문을 닫지 않아요. 그게 우리 방식이에요. 계속 지켜나갈 원칙입니다. 바깥세상과 크게 다르지 않아요. 어떤 상황이든 레스토랑은 문을 엽니다. 당신이 일하는 곳이 호텔이라고 칩시다. 그 호텔도 문을 열지요. 그런데 일하러 나타나지 않으면, 돈을 벌 수 있을까요? 아니지요. 그게 바로 우리의 철학입니다. 사실 이 바닥에는 문제가 많아요. 무턱대고 일자리를 옮기고, 무책임하게 행동하고, 원수가 되기도 하고, 일터에 나타나지 않는 사람들이 있습니다. 우리 CIA 출신은 절대 그러지 않기를 바랍니다. 어쩔 수 없는 상황이 닥치면 사람들이 어떻게 하는지 아세요? 알면 놀랄 거예요. 자, 쉽게 갈 수 있는 방법이 전혀 없다고 생각해보세요. 정말 내키지 않지만, 집 앞 진입로 눈을 파내야 해요. 소금도 뿌려야 하고, 기상 시간도 1시간 앞당겨야 합니다. 그것 말고도 할 일이 많지요. 쉬운 길을 택할 수 없는 상황이라면, 놀라운 능력을 발휘하게 되지요."

당연히 파두스가 옳았다. 나는 그가 고마웠다. 짐짓 회의적인 시각으로 바라보았지만, 나는 그의 말이 결코 과장된 것이 아니요, 진실이었다는 사실을 알고 있었다. 그의 말은 속임수도, 그런 체하는 것도, 연극도 아니었다. 만일 그렇게 느꼈다면 그때 그처럼 과민하게 반응하지도, 베샤멜소스를 만들겠다고 빙판길을 40킬로미터나 운전해 가지도 않았을 것이다. 나는 그의 말이 뭔가 다르다는 것을 느꼈던 것이다.

CIA를 다니는 학생들은 학교 관계자들이 현실감이 부족하고 너무 목에 힘을 준다고 비판하는 경우가 많았다. 글쎄, 이유는 잘 모르겠다. CIA 졸업생이 아니거나 이곳에서 일한 적이 전혀 없는 업계 요리사와 셰프들의 경우, 학교를 깎아내리고 졸업생을 조롱하기도 했다. 그들은 CIA 졸업생들이 실력도 없는 주제에 능력보다 더 많은 돈을 요구한다고 주장했다. CIA는 업계에서 찬밥 신세가 된 지 오래라는 둥, 크림 브로콜리와 콜리플라워 폴로네즈 따위나 만드는 늙은 셰프들만 우글거린다는 주장을 하는 사람도 있었다.

나는 그런 주장이 들어맞는 걸 본 적이 없었다. 사실 그중 어떤 것도 정당한 주장이라는 생각이 들지 않는다. 하지만 CIA를 계속해서 폄하하는 무리들이 품은 감정은 상당히 강했다. 하나같이 격렬한 반감을 드러냈다. 도대체 무엇 때문일까? 정말 그렇게 믿고 있다면 CIA 졸업생을 고용하지 않으면 되는 것 아닌가. 학교에서 일어나는 일에 신경을 끊으면 그만이다. 하지만 그들은 그러지 못했다.

CIA는 미국 내에서, 아니 어쩌면 전 세계에서 명백히 가장 큰 영향력을 행사하는 요리학교였다. CIA는 3,120억 달러 규모의 미국 식품 서비스 산업에 강력한 힘을 행사할 수 있었다. 그들이 CIA에 반감을 보이면서도 관심을 끊지 못하는 이유는 바로 이 때문이었다. CIA는 해마다 학부 및 평생교육 과정을 통해 8백~1천 명의 전문가를 배출한다. 그레이스톤 캠퍼스 역시 학생 수가 늘면서 성장 가도를 달리고 있다. 천 명에 가까운 요리사들이 학교에서 배운 지식을 본인이 거느린 직원들과 직장 동료에게 전파하는 것은 너무나 당연한 수순이며, 그 과정에서 학교의 영향력은 놀라우리만치 커질 수밖에 없었다. 또한 세계 여러 국가에서 진행되는 교육과정을 통해 CIA의 영향력은 국제적인 수준으로 확대되고 있었다. 훌륭한 시설과 많은 셰프들의 지식, 그리고 요리 교육을 실시해온 지난 반세기 동안 축적된 지식에 이르기까지 방대한 자원을 겸비한 CIA는, 식품 관련 지식 및 정보, 그 분배에 있어 세계의 중심으로 우뚝 설 만반의 태세를 갖추고 있었다. 또한 인터넷 덕분에 언젠가는 이 모든 지식을 각 가정과 업장에서 컴퓨터를 통해 이용이 가능해질 수도 있다. 훌륭한 요리사도 있고, 다소 서투른 이도 있으며, 또 욕심이 많은 이도, 진실한 이도 있고, 젊은이도, 나이 든 이도 있지만, 어찌 되었거나 CIA 졸업생은 끊이지 않고 배출되었다. 누구 한 사람이 전체를 대표할 수 있다고는 할 수 없지만, 학교에서 내어주는 정보와 그 정보에 필연적으로 담긴 가치는 계속해서 업계로 스며들었다.

《미국의 요리 장인들Masters of American Cookery》을 쓴 요리 전문 작가이자 역사학자인 베티 퍼셀은 제2차 세계대전이 지나간 1940년대에 미국에서 음식 '혁명'이 시작되었다고 주장한다. 퍼셀의 주장에 따르면, 유럽에서부터 먼 아시아에 이르기까지 세계 곳곳에 흩어져 있던 군인들이 다양한 지역의 낯선 맛에 눈을 뜬 채 미국으로 돌아오면서 음식에 관한 호기심과 열린 마음이 태동했다. 그리고 얼마 후 일반인들이 대륙을 넘나들며 여행할 수 있게 되자, 오로지 깡통 수프와 코카콜라에 열광하던 한 나라가 혜택을 입게 되었다. 제2차 세계대전이 끝난 뒤, 그리고 1980년대를 지나면서 전문 요리사가 아닌 네 사람, 즉 M. F. K. 피셔, 크레이그 클레이본, 제임스 비어드, 줄리아 차일드가 책과 TV를 통해 이 음식 혁명에 박차를 가했다. 전 국민의 음식에 대한 지식과 관심 그리고 요리 실력을 향상시키고, 특히 요리란 재미가 있는 것이라는 개념까지 퍼뜨렸던 것이다. 1960년대를 강타한 이 혁명은 지금도 계속 진행 중이다.

혁명을 이끌어간 또 하나의 축은 코네티컷 바 협회에 최초로 가입 허가를 받은 한 여성이었다. 프렌시스 로스라는 이름의 이 여성 변호사가 코네티컷에 위치한 요리학교 교장으로 초빙되면서 혁명이 시작되었던 것이다. '뉴헤이븐 레스토랑 기구'는 전쟁으로 인해 인력이 해외로 빠져나가면서 요리사 부족 현상을 타개하고자, 1944년 레스토랑 경영자들이 모여 창설한 학교였다. 학교는 2년 후인 1946년 2월, 가게 앞 딸린 공간을 빌려 남학생 50명을 데리고 수업을 시작했다. 직업이 필요한 퇴역 군인들이 학교의 성장에 큰 역할을 했다. 그 덕에 1년 뒤 학교는 새 건물로 이전할 수 있었고, 1950년까지 6백 명의 전문가를 배출했으며, 이름을 CIA로 바꾸었다.

프랜시스 로스는 패기 넘치는 여성이었다. 그는 학교를 단순한 직업학교나 전문대학이 아니라 미국 최고의 요리 전문 대학교로 만들겠다는 결심으로, 거의 20년간 수많은 레스토랑 단체들을 대상으로 강연을 하고 학교 기금을 모았다.

1972년, 현재 캠퍼스로 이사를 오기 직전까지 CIA를 다니는 학생은 1천 3백 명으로 늘었다. 그리고 4년 뒤에는 교과과정에 혁신이 단행되었다. 당시 학생이었던 팀 라이언은 학교의 표준 시간표가 정말 말도 안 되는 것이었다고 기억하고 있었다. 학교는 9월에 도착한 1천1백 명의 학생들로 "정신없이 버글거리고" 있었다. "입학 첫날 고급 제과 수업을 듣게 되기도 했어요. 위생 교육은 받지도 못한 채 에스코피에나 아메리칸 바운티에 들어가기도 했지요."

메츠가 이사회에 돌풍을 일으키며 총장이 되던 1980년, CIA에 등록한 학생은 1천8백 명으로 늘었고 졸업생은 1만 6천 명에 달했다. 그러나 학교는 여전히 고등학교 학력이 전부인 육체노동자와 군인으로 가득한 직업학교에 지나지 않았다. 복장 및 행동 규범은 일관성이 없었다. 메츠가 주재한 첫 졸업식에서는, 한 학생이 현장 실습 이후 한 번도 빨지 않은 것이 틀림없어 보이는 셰프 재킷을 걸치고 카우보이모자를 쓴 채 졸업장을 받기도 했다. 게다가 1970대 중반 거의 매년 총장이 바뀌면서, 학교는 그 어떤 성장도 이루기 어려웠다. 업계지 〈레스토랑 & 인스티튜션스Restaurants & Institutions〉에서 학교 설립 50주년을 기념하여 CIA의 역사를 자세하게 그린 적이 있었다. 기사에는 1975년 제이콥 로젠탈이 총장을 사임한 후부터 1980년 퍼디낸드 메츠가 그 자리에 앉기까지 사이에 일어난 일에 관해서는 한마디도 언급하지 않았다. 만일 1977년 졸업생이 아니었다면 팀 라이언에게는 마치 그 시간들이 아예 일어나지 않은 것처럼 느껴졌을 것이다. 물론 그는 그 당시의 학교에 대해 애정 어린 향수를 지니고 있었다.

내가 라이언에게 메츠 총장이 책임지고 돌보아온 것이 과연 무엇이냐고 묻자 라이언은 잠시 생각에 잠겼다가 이내, 주방, 교실, 레스토랑, 건물들을 쭉 읊었다. 그러다 중간에 말을 멈추더니 이렇게 말했다. "우리 학교의 모든 것, 전부 다죠." 라이언은 메츠 총장이 학교의 여러 부서를 다음 세기를 향해 이끌고 지휘하는 다양한 팀을 구성했다고 덧붙였다.

요리 교육의 탁월함, 품질 좋은 재료와 도구에 가장 중점을 두고, 학생과 강사들의 복장과 품행의 수준을 향상시키면서, 메츠는 가까운 미래를 넘어 더 멀리까지 내다보는 행보를 걸었다. 그는 실험 주방, 생선 주방, 미국 지역 요리 주방, 돼지 식품 가공 주방 등 다양한 주방들을 창설했다. 신입생들이 음식 문화 전반에 관한 지식을 습득하도록 돕기 위해 미식학 입문 과정을 개설했다. 대중에게 요리를 서비스하는 레스토랑도 세 개나 열었다. 세인트 앤드루스 카페는 국내 최초로 영양을 고려한 조리법을 추구하는 레스토랑 중 하나였으며, 아메리칸 바운티 레스토랑은 '지역'이라는 말이 업계에 유행하기 훨씬 전, 국내 최초로 미국 지방 요리를 기리고 탐험하기 위해 만든 레스토랑이었다.

메츠는 제과제빵 학위를 도입했고, 평생교육 프로그램을 위한 건물을 지었다. 현재 그곳에서는 해마다 업계 전문가 수천 명을 배출하고 있다. 지난 12월 CIA는 뉴욕 주 교육위원회의 승인을 받은 학사 프로그램에서 처음으로 졸업생을 내보냈다. 신규 도서관과 비디오 센터가 최근 완공되었고 같은 건물 안에 다니엘 블뤼, 그레이 쿤츠, 앙드레 솔트너 등의 셰프들이 강연하고 요리 시범을 보여주는 대규모 시범 극장을 개관했다. 시범 극장 주방 뒤에는 CIA의 요리 비디오 시리즈를 만들 뿐 아니라 고용인을 하이드파크에 보낼 여력이 안 되는 전국 기업들에 요리 시범과 수업을 방송으로 송출하는 시청각 자료 제작 센터가 있었다. CIA는 멕시코시티에서 30주짜리 요리 교육을 실시하고 있었으며, 브라질, 푸에르토리코, 인도, 일본, 홍콩, 싱가포르 등지에서도 평생교육 프로그램을 진행하고 있었다.

언젠가는 디지털 셰프라는 이름의 인터넷 사이트를 개설해 전 세계 레스토랑의 주방과 가정에서 컴퓨터로 요리 시범과 음식 정보를 공유할 수 있을 것이라는 포부도 있었다. 머지않아 현실이 될 가능성이 높은 비전이었다. 그러면 가정에서 요리를 하면서도 인터넷을 통해 얼마든지 학교의 수많은 조리법 파일 중 어떤 것이라도 불러올 수 있을 것이다. 조리법에 나온 닭가슴살 소테를 클릭하면 올바른 소테잉 기술 시범이 화면에 나오고, 조리법에 강판으로 당근을 채 썰라고 나와 있으면, 강판을 클릭해 도구에 대한 설명과 구매 장소까지 볼 수 있는 것이다. 플랭크 스테이크*와 아스파라거스, 표고버섯을 워크인에서 잔뜩 찾아낸 프로 요리사라면 CIA 홈페이지에서 특별한 프로그램을 이용해 플랭크 스테이크와 아스파라거스, 표고버섯을 재료로 하는 수천 가지 조리법을 살펴볼 수도 있었다.

지난 가을, 그레이스톤 캠퍼스가 문을 열었다. 자체 유기농 정원을 보유하고, 최신식 포도 농장에서 메를로 포도를 기르며, 맨 위층에는 환한 조명이 드리워진 명실상부한 세계 최고의 강의용 오픈 주방을 갖추고 있는 캠퍼스였다. 한 신문에서는 이 주방을 가리켜 "요리 교육계의 타지마할"이라고 일컬었다. 메츠 총장을 업계 선구자라고 칭송하는 〈네이션스 레스토랑 뉴스Nation's Restaurant News〉 같은 매체의 주장이 과장은 아닌 것 같았다.

하이드 파크 캠퍼스 내에서 메츠 총장은 걸어 다니는 음식 사전으로 대접받았다. 그는 하인즈 USA에서 연구직으로 일하는 동안 피츠버그 대학

* 소 배 부위 고기로 만든 스테이크.

에서 학사 및 MBA 학위를 취득했다. 4년마다 독일에서 열리는 요리 올림픽에 20년간 출전했으며, 1984년에는 올림픽 종목 가운데 가장 어렵고 명망 높은 더운 요리 종목에서 미국 팀에게 금메달을 안긴 장본인이었다. 그는 1988년에 한 번 더 금메달을 목에 걸었다. 더운 요리 종목에서 금메달을 연달아 획득한 나라는 미국이 처음이었다. 다른 나라 모두가 깨고 싶어 하는 최고의 팀을 메츠가 이끌었던 것이었다. 하지만 미국 요리 협회는 그 팀이 CIA 셰프들의 사적 모임이 되었다면서 메츠를 팀에서 방출했다. 그로 인해 메츠는 분노했다. 메츠의 부재 속에서 미국은 이어진 두 번의 올림픽에서 부진한 성적을 보였다. 가장 최근의 더운 요리 부문 기록은 5위로, 1992년 기록한 최종 7위보다 조금 나은 기록일 뿐이었다.

메츠 총장은 조리기능장이기도 했지만, 스미스 셰프의 말에 따르자면 무엇보다 한 사람의 요리사였다. 지난 가을, 팀 로저스와 함께 메츠는 학교 위쪽에 자리한 프랭클린 루즈벨트 사저에서 미국과 러시아 대통령을 위해 음식을 만들었다.

메츠가 학교를 맡은 시기는 음식 혁명이 새로운 전환을 맞이한 시기였다. 메츠가 학교를 발전시키는 동안 국민들이 음식을 대하는 태도가 더욱 세련되어졌으며, 셰프라는 존재도 더 많은 관심을 받게 되었다. 이제 더 이상 프로 주방을 거칠기 짝이 없는 노동 계층의 세계로 여기는 사람은 없었다. 반드시 존경받는 직업은 아니지만 상당히 매력적으로 여겨지게 된 것이었다.

나는 메츠를 만나는 날을 손꼽아 기다렸다. 꼭 물어보고 싶은 것이 있었다. 기업 경영과 전략적 계획, 업계의 미래에 대한 예언과는 상관없는 질문들이었다. 이곳에서 생활하며 내가 느낀 것들에 대해 그의 생각을 듣고 싶었다. 한 사람의 요리사가 알아야만 하는 것은 무엇일까? 요리 교육은 과연 무엇인가? 나는 메츠 총장이 브라운소스를 만들 때 어떤 루를 쓰는지도 알고 싶었다. 그리고 그 마셰로는 무엇을 했는지도 궁금했다.

약속한 8시가 되기 전에 메츠의 사무실에 도착했다. 그리고 얼마 후, 멀리서 메츠가 다가오며 내게 인사를 건넸다. 그는 저편에 있는 문을 열더니 몇 분 후 다른 쪽 문으로 나타나 나를 집무실로 안내했다. 우리는 커다란 방 안에 놓인 둥근 테이블을 앞에 두고 앉았다. 방 중심에는 오래전 캠퍼스에 붙박이로 설치한, 등받이가 높고 색깔이 짙은 로코코식 나무 벤치가 놓여 있었다. 메츠와 한 공간에 있는 것이 쉬운 일은 아니라는 게 벌써부터 느껴졌다. 그는 굉장히 조용히 있는데도 눈길을 끄는 인물이었다. 자신의 존재감으로 방을 가득 메우고 있었다. 장식과 가구는 튀지 않으면서도 고급스럽고 호화로웠다. 괜히 여기저기 흘끗거리면서도 나는 메츠 총장에게서 좀처럼 눈을 뗄 수가 없었다.

잠시 메츠의 아내 캐롤 이야기와 책 작업에 대한 이야기를 나눴다. 내게 한사코 마셰를 내놓지 않았던 도라 보티글리에리가 방 안으로 카트를 밀고 와 구석에 작은 뷔페를 준비하고 둥근 탁자에 다가와 도자기 잔을 접시에 받치고는 커피를 부었다. 그때 도라는 내게 "총장님은 한가하게 상자나 들고 돌아다니실 수 있는 분이 아닌데"라고 말했었다. 도라가 잔 옆에 냅킨을 내려놓았다. 오렌지와 멜론 중 어떤 주스를 마시겠느냐는 도라의 질문에 나는 오렌지를 마시겠다고 대답했다.

"전통 스타일을 좋아하는 친구로군." 메츠가 도라에게 말했다.

그러자 도라가 나를 향해 미소 지었다.

우리는 학교의 미래에 대한 그의 목표와 업계 내의 꼭 필요한 프로 정신의 중요성, 그리고 세인트 헬레나의 새 캠퍼스에 대해 대화를 나눴다. 그는 그레이스톤 캠퍼스를 무척 자랑스러워하면서 그곳 메인 주방 사진을 찾아오겠다며 자리에서 일어섰다. 그곳에는 팬이 있는 곳에만 열이 가해지는 인덕션 버너가 설치되어 있다고 했다. 그는 두 손을 나란히 펼쳐 보이면서 말했다. "이쪽에서 물을 끓이면서 저쪽에다가는 버터 450그램을 놓을 수도 있는 거지. 그래도 버터는 녹지 않는다네." 나는 놀라운 시설이지만, 그게 과연 필요한 만큼의 열을 충분히 공급할 수 있느냐고 물었다. 그러자 메츠는 손가락으로 2.5센티미터 정도를 만들어 보였다. "인덕션 버너에서는 물 이만큼을 8초 안에 끓일 수 있어." 메츠와 라이언은 둘 다 인덕션 버너를 사용해본 적이 있었고, 그게 가스 버너보다 낫다는 사실을 알고 있었다. 그리고 그것이 미래를 위한 올바른 선택이라고 믿었다. 메츠는 무엇보다 품질이 중요하다고 여기는 사람이었다. 그다음에는 대학 입학 자격시험 프로그램에 대해 이야기를 나눴다. 이는 최근 20년 사이 학교에서 이룬 가장 큰 쾌거였다. 메츠는 이를 가리켜 "요리 교육과 비즈니스 경영의 결합"이라고 설명했다.

분명 모든 이야기가 순조로웠고 즐거웠으며 아주 중요한 주제들이었다. 하지만 나는 좀 더 구체적인 것을 바랐기에, 곧장 본론으로 들어갔다. 브라운소스, 루. 어떤 종류를 쓰십니까?

"페일 루로 브라운소스를 만들 수 없는 것은 분명하지. 문제는 어떤 지방을 쓰는가 하는 것이라네." 메츠는 잠시 다양한 지방의 특성에 대해 이야기했다. 그 바람에 내 머리는 온통 혼란스러워지고 말았다. 마치 눈에 파묻힌 것 같은 느낌이었다. 에스코피에에서는 정제 버터를 사용했다. 코키 클라크의 생선 주방 오후 수업을 담당하는 셰프이자 공공연한 블론드 루 지지자인 델라플레인은 검보를 가르치다 말고 악어 지방으로 루를 만든다는 루이지애나의 한 요리사에 대해 들려주기도 했다. 그래도 그건 내가 알아들을 만했는데, 메츠 총장은 아예 심연 속으로 나를 밀어 넣었던 것이다. 그가 말을 마치자, 나는 내 질문의 의도를 설명했다. 루 칙령 이야기를 들은 그는 상당히 놀란 듯했다. 내게 그런 일이 일어난 이유를 묻는 메츠에게 솔직히 잘 모르겠다고 대답했다. 다만 브라운 루를 쓰는 것을 잘못된 방법이라고 생각하는 사람들이 있다는 것과, 스킬 학생들이 브라운 루를 너무 쓴맛이 나게 만드는 편이라는 사실을 알 수 있었을 뿐이라고 말이다.

메츠 총장이 말했다. "내가 볼 때는 쓴맛이 난다는 건 너무 오래 조리했다는 뜻이거든. 쓴맛이 나면 그건 탄 루라고 불러야지."

만족스러운 대답이었다. 이제야 루 문제를 마음에서 내려놓을 수 있을 것 같았다.

그러고 나서는 하인즈 시절 얘기로 넘어갔다. 메츠는 학부 및 대학원 학점을 이수하는 와중에 마치 아주 한가한 사람처럼 온종일 회사 일을 하고, 체중 조절용 식품을 개발하며, 5천여 명의 피츠버그 주민들에게 고급 요리 기법을 가르치고, 자신의 조리법을 정교하게 다듬고 정량화했다. 그는 지금도 여전히 매일 집에서 요리를 한다고 말했다. 집에서도 요리는 완벽했다. 완벽은 그의 기준이었고, 어디에서 요리를 하든 그 기준은 바뀌지 않았다. "집에서는 음식이 다 되면 그게 바로 저녁 시간이라네. 시간을 정해두지 않는 거야."

나는 이상한 질문을 하나 하겠다고 말문을 열었다. 그러고는 7월 넷째 주 주말 펜실베이니아 집으로 마셰 약간을 가져가신 것으로 아는데, 그걸 어디에 썼는지 여쭤보면 실례가 되겠느냐고 물었다.

메츠는 잠시 생각에 잠기더니 이렇게 대답했다. "랍스터 샐러드에 썼네."

랍스터 샐러드!

그는 계속해서 아보카도, 아티초크와 더불어 마셰는 샐러드를 겉보기에도 멋지게 만들어주고 맛도 훨씬 좋게 만드는 채소라고 설명했다. 나는 "그렇겠군요"라고 대답했다. 기묘하게도 메츠는 내가 그날의 마셰에 대해 알고 있다는 데에 전혀 놀라지 않은 것처럼 보였다. 그 사실을 어떻게 알았는지에도 별 흥미가 없는 것 같았다.

나와 대화를 나누는 동안에도, 그리고 매월 열리는 신입생 연회에서도 메츠는 예를 들어가며 음식을 바라보는 시각과 태도에 대해 설명을 하곤 했다. 가장 흔한 예가 루벤 샌드위치에 치즈를 넣는 방법이었다. 사과 파이를 멋지게 만드는 요소에 대해 이야기를 꺼냈다가, 빵 껍질이 겹겹으로 벗겨지는 이유며, 파이를 굽는 적정 온도 이야기로 넘어가기도 했다. 훌륭한 파이 껍질은 원래, 엉망으로 만든 퍼프 페이스트리일 뿐이라고 했다. 가지를 요리할 때 왜 소금을 치는지 얘기하다가 소금이 수분에 일으키는 영향과 가지의 지방 흡수로까지 넘어가기도 했다. 메츠는 소금이 가지의 수분을 빼내지만 동시에 지방을 빨아들이는 것을 막아준다고 말했다. 그래서 기름기 없는 요리를 만들 수 있다는 것이었다. 메츠 총장은 마치 플라톤식으로 이뤄지는 학술 토론회를 이끌듯, 수많은 질문과 대답으로 꼬리에 꼬리를 무는 이야기들을 들려주었다.

하지만 그 같은 이야기는, 음식을 만들 때 일어나는 여러 작용의 원인을 제대로 이해하는 것의 중요성을 알려주기는 했어도 문제의 핵심을 찌르지는 않았다. 학교에서 10년을 보낸다 하더라도 모든 이유를 다 알 수는 없었다. 대단한 지식을 쌓은 채 졸업할 수는 있지만, 그 정도 지식은 말하자면 빛이 쏟아지는 크고 멋진 복도로 통하는 입구를 지나 앞으로 나아가는 동안 소년의 머리에 드리운 한 줄기 빛에 불과했다. 물론 파이 반죽이 겹겹이 벗겨지도록 만드는 핵심 요소를 알아두는 것은 중요하다. 루벤 샌드위치에서 치즈의 역할을 아는 것도, 유화의 물리학을 아는 것도 역시 중요한 일이다. 하지만 그것들은 모두 하나의 예시이자, 요리 교육이라는 큰 줄기에서 뻗어 나온 곁가지일 뿐이었다.

"나는 요리 교육이 여러 가지 요소로 이뤄져 있다고 생각하네." 메츠 총장이 큰 줄기에 대해 설명하기 위해 입을 열었다. 커피를 마시거나 의자를 돌릴 때 보이는 그의 몸짓과 움직임은 참으로 우아했다. 편안하면서도 품위 있는 태도였다. 말 속에는 부드럽지만 분명한 독일어 억양이 묻어 있었다. "우선은 요리의 기본 원리를 제대로 이해하고, 제대로 실행할 수 있어야 하지. 로스팅이든 브레이징이든 프라잉이든 그 어떤 방법이든지 말일세." 그는 마치 탄식을 내뱉듯 무겁게 한숨을 쉬었다. "기본 원리를 제대로 알고, 그와 관련된 부수적인 것들까지 모두 알게 되면, 바로 그때부터 진짜 요리가 시작된다고 해도 과언이 아닐 거야……. '내가 브레이징을 제대로 한 건가? 혹시 책을 들여다보고 찾아봐야 하나?' 이런 생각은 더 이상 나지 않는 걸세. 답은 이미 내 안에 들어 있거든. 알고 있고, 여러 번 해봤으며, 더 이상 찾아볼 필요도 없어. 이제야 제대로 '손님 50명을 접대해야 해, 손님 백 명을 접대해야 해'라고 집중해서 생각할 수 있는 거지."

"창의성도 중요해. 기본 원리를 이해하면 창의적으로 생각할 수 있어. 나는 종종 신입생들에게 창의성을 발휘할 수 있어서 요리사라는 직업에 매료된 사람도 많다고 얘기한다네. 재미있는 것은, 이 친구들은 아는 게 거의 없다는 거야. 창의력을 발휘할 수 있는 순간은 공부를 시작한 첫 주가 아니거든. 시간이 어느 정도 흘러야 해. 첫 주에는 창의력을 발휘한다고 해봐야 그 바탕으로 삼을 요리에 대한 지식이 일천하거든. 그런데 어떤 고기는 오로지 브레이징만 해야 하고 그릴링과 포칭으로는 절대 요리할 수 없다는 사실을 알고 있다면, 창의력 발휘에 엄청난 강점으로 작용하게 되는 걸세. 학생이 소테에 대해 잘 이해하게 된다고 해보세. 소테의 강도만 해도 정말로 많거든. 원리에 대해 제대로 이해하기 위해 한 가지로 뭉뚱그려 말하고 있지만, 각각의 개념을 이해하고 잘 발전시키려면 경험과 열린 마음이 필요하네. 그리고 열린 마음을 지닐 수 있는 유일한 방법은, '내가 기본을 제대로 이해하고 있나?' 하는 걱정을 하지 않아도 되는 수준으로 올라서는 거지."

"그리고 한 가지 더. 열정이 있어야 하네. 매일같이 더 알고자 노력하고, 매일같이 더 많은 것들을 실천해보는 자세 말일세."

라이언 역시 열정에 대해 이야기한 바 있었다. 그는 그 어떤 경우라도 경험이 많은 학생보다는 열정을 지닌 학생을 뽑을 거라고 했다.

"열정을 가르칠 수 있습니까?" 내가 물었다.

"물론이지. 솔선수범해서 보여주면 돼. 입으로 떠드는 것이 아니라 몸소 보여주는 걸세. 분명 가르칠 수 있어. 학생들에게 변변치 않은 생 허브에 대해 설명하면서 마구 흥분하기 시작하는 선생이라면, 분명 열정을 지닌 사람이지. 자신보다 성숙하고 경험 많은 사람이 그처럼 몰두하는 것을 즐기고, 본인이 만든 요리에서 뭔가 다른 요소를 찾아내 기뻐하는 모습을 목격한 학생은 당연히 그 열정을 학습하게 될 걸세."

"균형을 유지하는 능력도 필요해. 내가 아는 이들 중에 특히 어린 친구들은, 레스토랑을 열 기회가 생기면 열과 성을 다해 그 일에 몸을 던지지. 아주 좋은 점이야. 하지만 시간이 지나면, 그들 역시 에너지를 소진하게 돼. 우리 삶에는 이 일 말고도 너무나 중요한 것들이 분명히 존재한다는 걸 알아야 해. 내가 요리를 한다는 이유만으로 변함없이 기쁨을 누릴 수 있는 것은 바로 그 균형을 유지하는 데 노력을 기울이기에 가능한 걸세. 만약 내가 오직 요리에만 매달려서 하루 18시간을 투자한다면, 요리란 분명 힘들고 단조로우며 아무런 기대도 생기지 않는 일이 되고 말 걸세. 내 지인 가운데 그렇게 변했던 친구가 있었어. 제빵실로, 주방으로 돌아가는 걸 넌덜머리 나게 싫어했다네. 그런 일이 벌어지면 상황은 끔찍해지지. 그런 기분으로는 훌륭한 요리를 만들지 못하게 될 테니까. 행복을 느낄 수도 없고, 비탄에 빠져 아무런 기대도 품지 못하게 된다네."

"결국 이렇게 세 가지로 정리할 수 있겠어. 기본에 대한 이해, 열정, 균형 말일세."

메츠 총장은 교육 문제를 구체적으로 고민하고 살피고 있었다. 하지만 그 와중에도 여러 주방에서 음식을 주문하면서 그 품질을 계속해서 지켜보았다. 그는 학생들과 강사들이 제대로 하고 있는지 살피기 위해서라고 말하더니 이렇게 덧붙였다. "감자 샐러드는 내 기준에서 좀 벗어나더군. 잘 만드는 방법을 아는 사람이 워낙 없어. 하지만 나는 이렇게 해라, 저렇게 해라, 하면서 지나치게 나서지는 않는다네."

"최근 샐러드를 드셔보셨나요?" 내가 물었다.

"음." 그는 거의 보이지 않을 정도로 살짝 고개를 끄덕였다.

표정으로 보아 만족스럽지 않았던 게 틀림없었다. "어떠셨나요?"

"대단히 훌륭하지는 않았네." 분명 화가 났다기보다는 슬퍼하는 듯 보였다. 감자 샐러드 맛이 그를 불행하게 만들었던 것이다.

"이유가 뭐였습니까?"

"자네도 알다시피, 이런 저런 이유를 대며 덜 익은 채소를 유행이라고 생각하는 사람들이 있어. 하지만 내가 보기에 그건 정말 멍청한 생각일세. 그렇게 날것이 좋으면 아예 생감자를 가져다주면 될 것을." 메츠는 입을 다물고 골똘히 생각에 잠겼다. "감자가 푹 익지 않았어. 누군가는 이렇게 말할 수도 있겠지. '그래서, 어쨌다고요?' 하지만 덜 익은 감자에는 여러 가지 문제점이 있다네. 첫째, 식감이 편치 않아. 둘째, 감자에 아무런 맛이 스며 있지 않지. 질감과 맛은 음식에서 아주 중요한 요소들이야. 게다가 이건 원칙의 문제이기도 해. 어떤 재료를 얼마나 익혀야 하는지를 안다는 것, 그게 기본이거든. 감자는 미디엄 레어로 익히지 않아. 더욱이 샐러드에 쓸 때는 말할 필요도 없지. 아주 간단한 문제야. 하지만 '난 남들과 다르게 하겠어, 보다 현대적인 방식으로 해보겠어'라는 생각에 사로잡힌 사람이 많아. 훌륭한 결과를 낸다면 옛 방식이라고 안 될 게 뭐겠나. 왜 완벽한 것에다가 손을 대려고 드느냐는 말일세."

메츠 총장이 하는 말을 들으면서, 감자를 요리하는 방법이란 도덕적 가치 판단과 연관이 있는 것이라는 생각이 들었다. 내가 학교에서 각각의 주방에 들어가 경험했던 것과도 같은 느낌이었다. 메츠 총장은 접시에는 한 사람의 가치가 고스란히 담기게 된다고 했다. 그리고 이것이야말로 요리의 기본이라 볼 수 있는 마지막이자 아주 특별한 요소라고 단언했다.

나는 접시에 자신의 가치를 담는다는 말이 의미하는 바를 좀 더 명확하게 알고 싶었다.

"자네도 알다시피 예술가는 그림이나 스케치 혹은 조각에 가치를 담아 자신을 표현하지. 우리는 접시 위에 내놓는 음식으로 우리의 가치를 보여준다고 생각하네. 예술적 감각이 아니라 미각으로 말일세. 나는 늘 그렇게 느껴. 가족을 위해 만든 음식을 접시에 담을 때에도, 음식을 즐길 사람이 누구든지, 나는 언제나 말한다네. '이렇게 음식을 장만하게 되어 행복하다. 분명 맛있을 거야. 맛있는 음식이 아니라면 내오지도 않았을걸. 내가 좋아하는 방식으로 내 기준에 맞춰 만든 정말 맛있는 음식이야. 부디 맛있게 먹어주길.' 이렇게 매번 가치 선언을 한다고나 할까."

작별 인사를 한 뒤에 깨달았다. 그 말이 결국 훌륭한 요리사가 되기 위한 마지막 요소라는 사실을 말이다. 숨겨진 비밀 같은 것은 없었다. 바깥에서 찾을 수 있는 것도 아니었다. 자신의 가치, 자신의 기준. 그게 전부였다. CIA에서 학생들에게 가르치려 하는 이 마지막 요소는 거의 완벽함에 가까운 기준이었다. 그러므로 학교를 뒤로하고 떠나는 학생 모두가 도달하기는 불가능할 것이다. 그러나 훌륭한 학생, 열정을 품은 학생, 수많은 애덤들과 에리카들은 자신의 위치를 제대로 파악할 수만 있다면, 언제든지 완전하고 도달하기 어려운 그 같은 완벽함을 이해하게 되리라. 기준은 분명했다. 완벽하게 요리할 것. 완벽하게 청결할 것. 완벽하게 꾸준할 것. 메츠의 지휘 속에서 CIA는 스스로를 완벽함을 선보이는 무대로 만들었던 것이다.

아메리칸 바운티 레스토랑

내가 마지막으로 일했던 아메리칸 바운티는 학생들이 거치는 마지막 정류장이었으며, 표면적으로는 학교 최고의 레스토랑이었다. 처음 요리 교육에 대해 책을 쓰기로 하고 의논을 하고자 라이언 부총장과 프리츠 소넨슈미트 셰프를 만나 식사를 한 곳도 아메리칸 바운티였다. 그들이 손님을 모시고 아메리칸 바운티를 찾은 것은 흔한 일이었다. 아메리칸 바운티는 연간 3만 6천 명이 찾아와 식사를 할 정도로 사람들에게 인기가 좋았다.

서른세 살의 비교적 젊은 댄 터전 셰프을 찾아가 언제나처럼 내 소개를 하기 위해 재킷을 챙겨 입었다. 늘 학생으로 보였으면 했지만, 소개를 하고 나면 내가 이방인이라는 사실은 여지없이 사람들의 관심을 끌었다.

"저, 셰프." 지나가는 셰프를 향해 말했다. 내 목소리를 들은 그는 마지못해 걸음을 멈췄다. 금색 눈썹에 차가운 푸른 눈의 터전 셰프는 꼿꼿한 자세에 마치 오랫동안 무거운 것을 들었던 듯 어깨가 삐딱하게 기울어 있었다. 나를 알고 있기를 바라면서 이름을 댔지만, 그는 움찔하더니 고개를 저었다.

"메이요 박사가……."

그는 불쾌한 듯 다시금 눈을 찌푸렸지만 이내 고개를 끄덕였다. 학위 프로그램 부학장인 프레드 메이요에게서 나에 대해 들었다는 의미였다. "혹시 알고 있나, 그……."

"예비 모임이요?" 내가 대답했다. "오늘 3시 30분으로 알고 있습니다."

"맞다." 그렇게 말하고는 셰프는 걸어가버렸다.

나는 혹시라도 셰프가 미소를 지으며 수업 자료를 챙겨 돌아오지 않을까 하여, 한참 동안 같은 자리에 서 있었다. 하지만 그런 일은 일어나지 않았다. 악수는커녕, 반갑다는 인사도 없었다. 아무것도 말이다. 하는 수 없이 세인트 앤드루스에서 함께 일했던 친구들을 만나러 갔다. 모두들 에스코피에 주방에서 7일을 보낸 뒤 이곳으로 오게 되어 있었다. 친구들은 복도에서 셰프를 기다리고 있었다. 몇 명은 셰프에 대해 이러쿵저러쿵 이야기를 하고 있었다. 매닝이 말했다. "완전 터프 그 자체야. 미국 지방 요리 수업을 그분한테 받았거든. 그런데 지금은 훨씬 더 심해졌대." 모두들 힘없이 고개를 끄덕였다.

3시 30분이 되자 우리는 레스토랑으로 들어가 탁자보가 씌워져 있지 않은 작은 탁자 주변에 앉았다. 유리창 너머 제과 및 꼬치구이 스테이션에서 일하던 폴 안젤리스가 우리를 보더니 홀 안으로 들어왔다. 더 이상 같은 반에서 함께할 수 없다는 사실이 영 마음에 들지 않는 눈치였다. 그는 국제 요리 수업을 빠뜨려서 졸업을 하려면 재수강을 해야 했다. 그래서 바운티 스케줄이 오후로 배정되었다.

반장 진이 말했다. "너희 반으로 돌아가."

"입 다물어." 폴이 대답했다. "우린 같은 반이잖아."

그렇게 잠시 어정거리던 폴은 터전 셰프가 나타나자 슬그머니 내뺐다. 누군가 폴이 들을 수 있을 정도로 큰 목소리로 말했다. "자식, 우리 반은 무슨."

터전 셰프는 탁자 위에 커다란 링 세 개가 달린 파일을 펼쳤다. 그러고는 출석을 부르며 할 일을 배정해 주었다. "러스 코브, 마크 재노스키? 너희는 수프 스테이션이다. 스콧 스턴스, 스콧 맥고원? 생선 스테이션이다. 마이클 룰먼, 존 마셜? 너희는 그릴 스테이션이다."

터전 셰프는 계속해서 읽어 내려갔지만, 이미 내 귀에는 아무 소리도 들리지 않았다. 셰프가 내 이름을 폴 자리에 넣다니. 착오가 아니라면, 내가 학교 최고의 레스토랑에서 핫 라인을 맡게 된다는 말이었다.

"이 종이들을 반드시 읽어라. 그냥 넘어가서는 절대 안 된다." 간신히 기능을 되찾은 귀에 셰프의 목소리가 들려왔다. "이것은 이 학교에서 가장 철저하고 세심하게 만든 자료다. 너희들에게 구체적인 방법을 알려주려는 거야. 이건 성경이다. 여기에 나온 조리법을 준수해라. 해석의 여지는 전혀 없다."

예비 모임에서는 내내 기본 이야기를 했다. 하지만 그런 과정은 셰프에 대해 제대로 파악하는 데 늘 도움이 되었다. 터전 셰프는 우리에게 준수할 사항과 채점 기준에 대해 이야기했다. "수업에 결석하지 않고 지각을 하지 않으며, 규정을 지키고, 스테이션을 준비해 음식을 요리하고, 청소하고, 주방을 청결히 유지하며, 내가 요구하는 것을 즉각적으로 해치운다면, 이 모두를 제대로 한다면 C학점을 받게 될 것이다."

셰프는 자신의 교육 철학에 대해서도 들려주었다. "이곳은 너희의 일터이고 나는 총주방장이다. 그렇게 생각하고 행동하기를 바란다. 아첨을 떨라는 게 아니야. 현장에 있었을 때 나는 내 주방에 들어오고 싶어 하는 사람들에게 며칠간 수습 기간을 주었다. 그래야 그들의 방식을 알 수 있었으니까. 너희는 그 사람들과 같은 입장이다."

학생들을 평가하는 기준은 다음 세 가지로 분류했다. 우선 지식. 모든 바운티의 조리법이 담긴 자료를 숙지하고 스테이션을 제대로 파악하는 것을 의미했다. 다음은 기술. 음식을 제대로 조리하고 스테이션을 원활히 운영하는 것을 가리켰다. 그리고 프로다운 정신. "이건 사실 말할 필요조차 없어. 하지만 다시금 확인시켜주겠다. 칼을 제대로 갈아 와라. 무딘 칼이 보이면 즉시 압수다. 변명은 용납하지 않는다. 모든 것을 제대로 해내야 한다. 아메리칸 바운티를 낙제하는 사람들은 대개 하루를 결석하는 것이 원인이다. 나는 너희를 이미 졸업한 사람으로 본다. 여기는 너희 첫 직장이다. 아메리칸 바운티를 찾는 사람은 하루에 120명 정도이다. 너희가 당장 현장에 나가도 빠지지 않도록 준비시키는 게 내가 할 일이야."

터전 셰프는 교육, 접객, 그리고 학교에서 가장 뛰어난 음식을 내는 것을 목표로 했다.

"뭔가 잘못했다면 내게 말해라. 그렇다고 잘라버리지는 않을 테니. '셰프, 태워버렸어요' 혹은 '조금 더 익혀버렸어요'라고 그냥 있는 그대로 말해. 절대 어물쩍 넘어가려고 들지는 마. 우리 손님들은 뉴욕 시내에 있는 레스토랑 수준의 돈을 지불한다. 실수한 음식을 내지 않는 게 핵심이다."

"이곳 직원 로즈 앤 서피코다. 로즈가 너희에게 뭘 하라고 요구하면, 그것은 곧 내 명령이다. 내 입에서 떨어진 말과 같다는 뜻이다. 주방은 6시 30분에 연다. 굳이 7시 전에 올 필요는 없지만, 일찍 와도 상관없다. 주방에 들어가는 순간 내 스테이션에 맛보기 숟가락, 중탕냄비, 소금, 후추를 챙겨놓아라. 본인에게 필요한 것은 쟁반에 챙겨둔다. 만일 양배추 27킬로그램이 필요하면, 쟁반에 있는지 확인해라. 추가 재료 주문은 8시 30분이며 최대 여덟 가지 품목을 신청할 수 있다. 그 후 물건이 떨어지면 다른 주방에서 얻어내야 한다. 서비스 동안에는 가능한 한 조용히 일해라."

그 뒤에는 각 스테이션별 설명으로 넘어갔다. 러스와 마크는 칠면조 브로스(칠면조와 허브 덤플링과 채 썬 당근, 파를 고명으로 얹는다)와 옥수수와 랍스터 차우더(홍피망과 차이브를 곁들인다), 사과, 당근을 넣은 비달리아 양파* 수프,

그리고 염소 치즈와 캐러멜화한 양파로 만든 타르트를 맡았다. 채소 스테이션은 견성 잭 치즈**와 팬에 구운 버섯을 넣은 옥수수 케이크와 근처 코치 농장에서 만든 염소 치즈와 검은콩, 생 옥수수로 속을 채운 포블라노 고추 로스팅을 맡았다. 수많은 일품요리를 맡아야 하고 인기가 워낙 많아 가장 고된 스테이션인 소테는, 게살 케이크 전채를 비롯해 정통 머스터드 그레이비와 구운 마늘을 곁들이고, 크림처럼 만든 감자, 소테잉한 옥수수, 피망, 호박과 함께 내는 닭고기 팬 로스팅, 그리고 스튜잉한 케일과 로즈마리-마늘-카베르네 소스와 체더치즈를 얹은 웨지 감자, 그릴링한 호박, 오븐에서 말린 감자 등을 곁들여 내는 양 다리 꼬치구이를 맡았다.

훌륭했다. 명랑한 미국의 음식들이었다.

하지만 내일은 이 음식들을 아무것도 만들지 않을 예정이었다. 지난 두 블록 동안 스케줄이 변경되어 졸업반 학생들이 요리를 하는 대신 졸업식을 하게 되었던 것이다. 즉, 에스코피에와 바운티에서는 졸업식과 함께 새 블록을 시작하게 되었다는 뜻이었다. 내일 있을 졸업식은 연 3회 있는 학사학위자들의 졸업식까지 함께 이뤄지는 드물게 성대한 행사였다. 졸업생들과 가족들은 아메리칸 바운티 레스토랑에서 식사를 하게 되어 있었다. 그래서 우리는 내일 코울슬로와 홍피망-딜 소스를 곁들인 게살 케이크 애피타이저 120개와 호두-라즈베리 비네그레트 소스를 곁들인 물냉이-꽃상추-사과-어린 비트 샐러드 120개를 만들어야 했다. 거기에 마리네이드해놓은 닭가슴살 120개를 그릴링해 토마토 살사, 양파 푸딩과 함께 내놔야 했고, 디저트로는 초콜릿, 바닐라, 버본 소스를 곁들인 블랙 바텀 바나나 크림 파이 120개를 만들어야 했다.

---

* 단맛이 강한 양파.

** 몬터레이 잭 치즈의 다른 말. 향이 순한 흰색의 미국산 치즈.

“홍피망 쿨리를 함께 낼 것이다.” 다음 날 아침 7시, 게살 케이크에 대해 이야기를 시작하면서 터전 셰프가 말했다. 그의 강한 바리톤 음성은 쿨리, 케이퍼, 양파 푸딩 같은 단어와 대조를 이뤄 우스꽝스러운 분위기를 자아냈다. “샬롯과 마늘을 부드럽되 착색이 되지 않을 정도로만 스웨팅해라. 피망을 넣고 열기가 밸 정도로만 소테잉한 뒤 치킨 스톡을 넣어 뭉근하게 끓이고, 갈아서 퓌레로 만든다. 크림소스 농도여야 한다.” 셰프는 화이트보드에 색깔 마커로 요리를 담아내는 모양을 그렸다.

다음은 샐러드였다. “호두를 토스팅해야 한다. 지난 반은 완전 태워버렸지.” 그는 말을 멈추고 고개를 저었다. “그것도 CIA 마지막 날, 태워먹은 거야. 호두 45킬로그램과 잣 45킬로그램을 태우고 난 후 반드시 비결을 알려줘야겠다는 생각을 하게 됐다. 멍청하게 들리겠지만 효과가 있을 거야. 호두를 토스팅하는 중에는, 도마 구석에 호두 한 개를 올려놓도록. 정말 효과가 있어. 진짜야.”

“자,” 그는 말을 이어나갔다. “생선 스테이션은 양파 푸딩을 만든다. 조리법의 다섯 배로 해야 해. 오븐 온도는 46도로 할 거야……. 그릴 스테이션에는 이미 만들어놓은 소스가 있으니 데킬라만 넣으면 된다. 조리법의 네 배로 하면 돼. 치포틀은 더 넣지 마라, 알겠나? 매운 맛은 더 필요 없거든. 어쩌면 몽테 오 뵈르를 할지도 모른다. 포블라노 조리법에 나온 라임크림은 여섯 배로 만들 것이다. 반씩 나눠서 만들도록.” 닭고기는 바삭하게 구워 가루를 낸 칠리 페퍼와 소금으로 양념이 되어 있었다. “10시 45분에는 그릴 무늬 내는 작업을 시작해야 한다.” 셰프는 말했다. “7시와 11시 방향으로 정확하게 격자무늬를 내야 해. 그릴 온도를 끝까지 올리지는 마라. 속은 레어로 익히고 껍질이 부드러워야 한다. 그러고 나서 중간 크기 팬에 크기별로 올린다. 그래야 골고루 익거든. 2백 도로 예열한 오븐에 넣어 완전히 익힌다. 언제 불에 올릴지 내가 알려줄 것이다. 대략 한 번에 네 판씩 시차를 두어 올릴 것이다."

"절대 잊지 말아야 할 것은, 너희가 오늘 연회 주방에서 일하고 있다는 사실이다." 이 말은 곧, 모두가 작은 깍둑썰기를 정확히 알고 있어야 한다는 뜻이었다. 그래야 두 사람이 썰어도 그 크기가 고를 수 있기 때문이었다. "마지막 요리도 첫 요리와 같은 수준으로 나와야 한다. 모두 처음부터 끝까지 일정하게 긴장감을 유지하면서 일해야 해. 11시 정각에 시작한다." 셰프는 깍지를 낀 채 엄지손가락을 마주대고 돌리면서 몸을 뒤로 젖혔다. "그럼, 나는 이것저것 좀 치우면서 미장 플라스나 확인하겠다. 기억해라. 내가 추구하고 또 용납하는 수준은 완벽함이다. 완벽하지 않은 것은 이 주방에 필요 없다."

주방으로 들어가면서 문득, 이 사람은 정말 질적으로 다른 냉혹한 존재라는 생각이 들었다. 아침 7시의 냉혹함보다 더 강렬한 것이 있을까. 터전 셰프의 목소리는 조금의 흔들림도 없었다.

첫날은 연회 준비라 스테이션과 주방이 한결 편안하게 느껴졌다. 게다가 터전 셰프가 지난 반에게 스테이션 준비를 미리 해두도록 시켜 도움이 많이 됐다. 우리 몫의 미장 플라스를 뒤적이는 존을 쳐다보다 물어보았다. "이제 뭘 하지?" 그러자 존은 어깨를 으쓱했다. 집으로 가서 낮잠을 좀 자고 서비스 때 다시 올까, 라고 말하는 내게 존은 그다지 좋은 생각이 아니라며 핀잔을 주었다.

존은 아직도 주 6일, 밤 11, 12시까지 사격 클럽에서 요리를 하고 있었다. 그리고 다음 날 아침 5시 30분이면 일어나 학교로 향했다. 존은 이런 생활에도 좋은 점은 있다며, 허리 사이즈가 44인치에 38인치로 줄었다고 말했다. 그에게는 참으로 긴 일 년이었다. 한번은 일을 마치고 둘이 함께 주차장을 향해 걸어가다가, 이렇게 일을 하고 또 다른 주방으로 일을 가다니 보통 힘든 게 아니겠다는 생각에 내가 말했다. "생각해보니 네 부인이 안됐어." 그러자 존은 우스꽝스러운 표정으로 놀란 척을 했다. "내가 결혼을 했다고?" 그러더니 큰 소리로 호머 심슨 흉내를 냈다. 존은 나보다 나이가 많고 주방에 익숙한 친구였다. 그와 짝꿍이라는 사실이 정말 기뻤다.

그릴 스테이션에서 내는 음식은 훌륭하지만 소박한 새우와 스테이크 요리였다. 그러나 준비 작업은 매일같이 나를 곤경에 빠뜨렸다. 요리는 두 가지밖에 안 되는데 내 속도는 요리에 들어가는 모든 재료를 제대로 준비하기에 완전히 역부족이었다. 게다가 일품요리 외에 소스를 만들고 그릴링을 해야만 하는 파티도 자주 있었다.

애피타이저로는 그릴링한 새우 사테이*에 매운 땅콩 소스와 아시아식 녹색 채소, 오이, 민트 샐러드가 함께 나갔다. 이 요리는 세 부분으로 구성되어 있었지만 부분별로 들어가는 재료가 너무 다양했다. 새우는 피시 소스와 커리, 꿀, 코코넛 밀크, 마늘 등 다양한 커리 향신료를 넣어 공들여 만든 커리 마리네이드에 미리 재워둬야 했다. 땅콩 소스에는 홍 커리 페이스트와 강황, 땅콩버터, 코코넛 밀크, 치킨 스톡, 피시 소스, 라임 주스가 들어갔다. 샐러드는 녹색 채소 믹스였는데, 우리는 오이 껍질을 벗기고 씨앗을 발라내 얇게 저며야 했고, 홍피망을 채 썰고 소테잉해 양념하고, 표고버섯도 채 썰어 접시가 나갈 때 고수와 민트 장식을 얹어야 했다. 샐러드와 함께 나가는 비네그레트 소스에는 쌀 식초와 라임 주스, 디종 머스터드, 꿀, 다진 파, 생강, 마늘, 간장, 다진 고수, 구워서 다진 약간의 땅콩이 들어갔다.

---

* 동남아의 꼬치 요리.

앙트레는 보다 정교했다. 170그램짜리 필레 미뇽*을 파프리카 말린 것으로 문지르고, 소금, 커민, 설탕, 머스터드, 후추, 말린 오레가노, 고춧가루, 마늘, 안초 칠리 가루에 재워야 했다(말린 포블라노인 안초는 구워서 갈면 맛좋은 가루가 되었다. 물에 불려 다져서 살사 맛을 멋지게 북돋우는 재료로 쓰기도 했다). 프렌치프라이를 만들 감자 수백 개를 썬 뒤 135도로 달군 기름에서 서비스 직전에 튀겨야 했다. 그런데 이 감자는 일반적인 방법으로 그냥 튀기기만 하면 되는 게 아니었다. 양파 껍질을 벗겨 다진 후 분쇄기로 아주 잘게 다진 뒤 즙을 짜서 마를 때까지 굽고 향신료 분쇄기로 간 소금을 뿌리고, 올드베이**를 넣어서 만든 가루로 감자를 자르기 전 먼저 양념을 해야만 했다. 시금치 줄기를 제거하고 씻어서 거대한 체에 받치고, 시금치 소테에 쓸 샬롯도 다져야 했다. 터전 셰프는 스테이크에 옥수수와 콩을 섞어 끓인 요리를 함께 냈다. 잘게 다진 양파, 알맹이만 떼어 삶아 물기를 제거한 옥수수, 깍지를 떼고 삶아 역시 물기를 제거하고 껍질을 벗긴 잠두를 섞은 것이었다. 이 믹스는 주문이 들어오면 크림치즈 농도로 졸여둔 크림에 넣어 다시 데웠고, 마지막에 굵게 다진 처빌을 얹었다. 이렇게 완성한 서코타시***는 그냥 접시에 담지 않았다. 그건 너무 쉬웠다. 우리는 서코타시를 양파로 만든 작은 컵에 담아 접시에 올렸다. 양파를 데쳐 물기를 제거한 뒤 껍질을 벗기고 반으로 잘라 아래쪽에는 서코타시를 가득 담고 윗부분은 뚜껑으로 썼다. 물론 양파도 안초 칠리 가루와 커민 간 것, 고수 간 것을 2:1:1로 섞어 양념했다. 하지만 바운티에서의 생활에 가장 큰 어려움을 안겨준 것은 그릴링한 필레 미뇽에 얹어 나가는 바비큐 소스였다. 바비큐 소스에는 다

---

* 쇠고기의 뼈가 없는 연한 허리 살 부분의 안심, 등심.

** 각종 허브와 스파이스를 섞은 시판 양념.

*** 옥수수와 콩을 섞어 함께 끓인 것.

진 양파, 마늘 끝동 다진 것, 마른 머스터드, 안초 칠리 가루, 커민, 고수, 고춧가루, 말린 오레가노, 검게 구운 토마토, 셰리 식초, 당밀, 꿀, 버번, 빌 스톡, 브라운소스가 들어갔다.

수업 시작 전 조리법을 복습하면서, 끝에 나온 재료를 적는 내 손이 부들부들 떨렸다. 이 맛좋고 정교한 바비큐 소스를 만들기 위해서는 먼저 브라운소스를 만들어야 했다. 그리고 주방에 속한 18명의 학생들 중 우연하게도 내가 브라운소스 담당이 되고 말았다.

내가 도착한 것은 6시 33분이었다. 존은 이미 스테이션에 도착해 칼을 갈고 있었다. 자신의 도마를 내 도마보다 그릴에 가깝게 놓아둔 존이 스테이크와 새우 그릴링을 맡았고 나는 우리 스테이션의 나머지 요리를 맡기로 했다. 처음 30분 동안은 딱히 할 일을 찾지 못해 미장 플라스 상태를 점검하며 대충 빈둥거렸다. 어느새 도착한 셰프가 깨끗이 정돈하고 에어컨을 틀어놓은 홀에서 강의를 하기 위해 우리를 불러 모았다. 강의는 꽤 길었다. 나는 커피를 들이켜고 머리를 마구 흔들어가며 정신을 차리려고 노력했다. 강의가 끝나자 우리는 늘 만드는 일품요리에 연회 요리 지시를 받은 뒤 주방으로 돌아왔다. 우리의 땅콩 소스와 바비큐 소스는 그대로 내놓아도 괜찮은 상태였다. 천만다행이었다. 바비큐 소스는 만드는 법을 알고 있다 하더라도 정작 만들자면 오전 내내 걸릴 일이었다. 게다가 존은 직원 식사 후 곧장 그릴에서 시어링할 닭가슴살 48개에 쓸 연회 소스 2.7리터를 만들어야 했기 때문에 바비큐 소스마저 새로 만들어야 했다면 꽤 골치가 아팠을 게 틀림없었다. 셰프는 강의 중에 존에게 소스를 만들라고 지시했다. 닭 뼈 9백 그램을 로스팅하고 미르포아 220그램를 캐러멜화하고, 치킨 스톡과 빌 스톡을 각각 6컵씩 넣어 끓여 만드는 소스였다. 거기에 약간의 향신료, 월계수 잎, 마늘을 반으로 잘라 넣고 끓이고 기름을 걷어낸 뒤 약간의 바질 줄기를 넣고 걸러내야 했다. 그리고 양념을 치면 완성이었다.

"바운티는 작고 분주한 레스토랑이다" 터전 셰프의 말이었다.

그럴 거라는 데 딱히 반대하는 것은 아니었지만 사실 난 그런 생각을 할 겨를은 없었다. 감자를 자르고 샬롯을 갈고, 양파를 다지듯이 작게 썰어 그라인더로 간 뒤 물기를 빼 가루로 만들어야 했다. 나는 10시 반이 되자 서둘러 뛰어나가 5분 만에 식사를 마친 뒤 스테이션으로 돌아왔다. 1시간 후 서비스 개시 때까지 과연 준비를 마칠 수 있을지 자신이 없었다. 누군가 요란한 소리를 내며 바닥에 물건을 떨어뜨렸다. 오늘만 벌써 세 번째였다. "뭐야, 손에 기름칠이라도 한 거야?" 셰프가 핀잔을 주는 순간 스콧 스턴의 미장 플라스 쟁반이 바닥에 나뒹굴었다. 분명 사기그릇이 깨지는 소리였다. 생선 스테이션은 가늘게 썬 모든 재료를 수프 컵이나 작은 앞 접시에 담았다. 수프 컵 파편 속에 채 썬 홍피망 더미가 떨어졌을 뿐이었지만, 스콧은 훨씬 더 소중한 것을 잃은 것만 같은 표정이었다. 첫날부터 시범을 망쳤다며 셰프는 소리를 질렀다.

셰프는 마치 레밍처럼 쉬지 않고 주방 곳곳을 걸어 다녔다. 가만 보면 어딜 가나 몸보다 목이 앞서 있었다. 그가 하는 행동에는 늘 격렬함이 깃들어 있었다. 그날 라인을 따라 성큼성큼 걷던 셰프는 얼음을 넣어둔 중탕냄비에 담아 랩을 씌워 놓은 우리의 미장 플라스 호텔 팬 앞에 멈춰 섰다. 그러더니 손가락으로 랩을 뚫어 잠두며 옥수수, 양파를 쑤석거리며 얼마나 잘게 썰었는지 확인했다. 랩을 벗기면 될 것을. 마치 자신의 진로에 우리 호텔 팬이 버티고 있어 못마땅한 것만 같은 모습이었다.

잠시 후 셰프는 우리 스테이션 시범을 시작했다. "양념이 가장 중요하다. 뭘 해야 할지 잘 생각이 안 날 때는 소금과 후추를 가장 먼저 챙겨라." 그렇게 말한 셰프는 계속해서 요리를 만들어나갔다. 애피타이저 준비 콜이 들려오면 새우 네 개를 꼬치 두 개에 나란히 꽂아 그릴에 얹어야 했다. 애피타이저 접시는 라인 뒤 선반에 놓여 있었다. 믹싱 볼에 녹색 채소와 손끝으로 듬뿍 집은 표고버섯, 홍피망, 오이, 잘게 썬 고수와 민트, 그리고 비네그레트 소스를 작은 국자 한 가득 떠서 넣었다. 그리고 접시 중앙에 버무린 채소를 모양을 잡아 쌓았다. 가능한 한 높이 쌓아야 했다. 그러고는 새우를 뒤집고 필레 미뇽을 구웠다. 주문 콜이 들어오면 스테이크를 그릴 위에 얹어 자국을 만들어야 했다. 셰프가 원하는 것은 뚜렷한 우물 정자 무늬였다. 그래서 7시 방향으로 한 번, 11시 방향으로 한 번 놓아 정확하게 자국을 만들고 뒤집은 뒤 레어 상태인 채로 선반 위에 보관했다. 그리고 불에 올리라는 콜이 들리면 230도 오븐에 넣어 익혔다. 새우가 다 익으면 동그랗게 만들어놓은 채소 가운데 쪽을 향해 꼬리를 두고 모두 같은 방향으로 둥글게 늘어놓았다. 매운 땅콩 소스를 꼭지가 좁은 소스 병에 담아 샐러드 주변에 둥글게 그리고 구운 땅콩을 뿌리면 완성이었다.

그 사이에 속을 파 놓은 비달리아 양파에 바비큐 소스를 약간 바르고 커민, 안초 칠리 믹스로 양념했다. 그리고 내열 접시에 얹어 오븐에서 구웠다. 버터 약간을 소테 팬 두 개에 녹이고 한쪽에는 양파를, 다른 쪽에는 샬롯을 넣어 스웨팅했다. 그 뒤 샬롯 팬에서는 시금치를 소테잉하고, 양파 쪽에는 옥수수와 잠두, 크림 약 55그램을 넣은 뒤 양념해 졸였다. 시금치에는 잽싸게 치킨 스톡 약간을 넣어 숨을 죽였다. 크림이 걸쭉해지고 재료들이 모두 뜨거워질 때까지 졸이고 나서 처빌을 가늘게 썰어 얹고 뜨겁게 김이 오르는 비달리아 양파를 가져와 모든 음식을 접시에 담아냈다. 도자기 접시 위에 그려진 마크를 12시 방향으로 놓고 기준으로 삼았다. 1시 방향에는 양념한 시금치를 얹었다. 그 사이 존은 오븐에 스테이크를 넣어 마무리하고 있었고 나는 뜨거운 튀김기에서 데쳐두었던 감자를 튀겨냈다. 양파는 3시 방향에 놓은 뒤 서코타시에 숟가락을 꽂아 접시로 흘러내리게 하고 뚜껑을 살짝 얹었다. 6시 방향에는 소스 55그램을 얹고 그 위에 스테이크를 놓았다. 감자 튀김을 건져 기름을 빼고 양념한 뒤 통나무집처럼 생긴 평행사변형 통 안에 담고 9시 방향에 놓았다. 고수 잎을 고명으로 올리면 앙트레 완성이었다.

셰프가 소테 스테이션으로 이동하자 마이크에서 들려오는 로즈 앤의 목소리와 함께 연회 서비스가 시작되었다. "수프 샘플러* 하나 준비, 새우 하나 준비." 잠시 조용하던 로즈 앤이 다시 불렀다. "그릴?" 그러자 존이 낮은 장 속으로 기어들어가며 대답했다. "새우 준비합니다." 존은 새우를 그릴에 얹었다. 세척기 위에 걸린 시계는 12시 10분을 가리키고 있었다.

서비스가 시작되면 시간 같은 것은 사라져버린다. 존이 마지막 스테이크 10개를 불에 올린 것은 2시 정각이었다. 2시간 사이 있었던 일이 나는 거의 생각나지 않았다. 정신을 차리고 보니 연회에 쓸 닭 쟁반을 손에 들고 얼굴에는 차가워진 땀으로 범벅이 된 채 워크인 냉장고 안에 서 있었다. 서코타시를 밀리지 않게 만들어내고 양파와 시금치를 베이킹하고, 그 모든 것을 접시에 담으려고 안간힘을 쓰는데, 라인을 따라 질주하고 있는 터전 셰프가 보였다. 셰프는 성큼성큼 다가오면서 내게 스테이션 청소를 지시했다. 엉망이긴 했지만 나는 다른 일로 바빴다. 다시 한 번 내 옆을 지나던 셰프가 이렇게 말했다. "당장 하던 일 멈추고 스테이션 치워. 저건 한곳에 좀 모아. 이게 다 네 스테이션에 필요한 거야? 아니거든. 여기서 밥을 먹을 수 있을 정도로 깨끗이 청소해." 나는 스테이션을 청소했다.

내가 가져온 스테이크 앙트레를 본 셰프는 눈을 가늘게 떴다. 접시를 돌려 서코타시를 보더니 이렇게 말했다. "너무 끓였군. 크림이 분리된 걸로

---

* 여러 음식을 각각 작은 그릇에 담아 맛보게 한 메뉴.

보여."

"새로 할까요?" 시금치를 올리는 동안 크림이 분리된 것이었다.

그는 됐다고 말하더니 티켓을 확인하고 다시 말했다. "그래, 다시 해라. 2분 남았다."

셰프는 나중에 우리 접시를 웨이터에게 넘겨주면서 또 한마디 했다. "이봐, 프라이는 또 색이 너무 진하군."

내 옆에서는 소테 팀이 일하고 있었다. 우리는 버너 여섯 개를 나눠 썼는데, 내가 쓸 수 있는 것은 하나뿐이었다. 연어는 일찌감치 준비해놓은 양이 다 떨어졌지만, 터전 셰프가 간신히 여분을 구해다 제시간에 다듬어 요리할 수 있게 해줬다. 존은 우리 스테이션에 주문이 들어오면 재빨리 준비해 불에 올린 요리들을 갈색 타월 위에다 계속해서 올려놓고 있었다. 나도 내 힘을 보태고 있다는 사실이 무척 기뻤다.

샬롯이 동이 나자, 어찌 된 일인지 미미가 다진 샬롯을 가득 담은 접시를 들고 나타났다. 분명 부탁한 기억이 없는데. 나는 그녀가 천사임에 틀림없다고 생각했다. 문득 내가 콩깍지를 채 썰어 나타났을 때 기뻐했던 폴의 모습이 떠올랐다.

갑자기 존이 우리 스테이션을 닫아도 되느냐고 로즈 앤에게 물었고 그녀는 그렇게 하라고 대답했다.

우리는 준비한 음식을 모두 내보냈고, 그럭저럭 괜찮게 만들었다. 완벽하지 않은 것도 좀 있었지만, 나도 내 몫을 해냈다. 덥고 피곤했다. 하이파이브를 하거나 자축할 기운도 시간도 없었다. 화요일을 위해 준비할 것도 산더미였고, 3시가 되기 전에 전부 깨끗하게 설거지하고 닦아 치워야 했고, 남은 재료는 랩을 씌워 보관해야 했다.

미장 플라스를 워크인 냉장고에 넣고 나자 존이 엄청 큰 양배추를 들고 돌아섰다. 그러더니 나를 향해 왜 우리 선반에 이런 게 있느냐고 물었다.

나는 당연히 모른다고 대답했다. 존은 양배추를 내게 넘겼다. 그때 진이 들어왔다. 나는 마치 운동용 공이라도 되는 양 괜히 양배추를 진을 향해 던졌다. 진은 양배추를 받아 들더니 화가 난 시늉을 했다. "프로다운 자세 같은 건 전혀 없는 거야? 여긴 CIA고 이곳에 있는 한 우리는 전문가란 말이야. 이렇게 시시덕거릴 시간이 어디 있어." 그러더니 그는 이렇게 말했다. "아, 깜빡했네. 넌 작가랬지."

미장 플라스를 정리하며 모든 것을 제자리에 넣어두려고 애쓰던 존이 진에게 말했다. "오늘처럼 일한 날에는 정말 작가라고 부르면 안 될 것 같은데."

그 말에 나는 멈칫했다. 그리고 존에게 고맙다고 말하고는 워크인 밖으로 나왔다.

3시 정각, 우리는 감독 주변에 모인 공격수들처럼 셰프를 둘러쌌다. "첫날 잘하는 경우는 거의 없다." 셰프가 입을 열었다. "오늘 점수는 D플러스에서 C마이너스 사이라고 말하고 싶군. 생선 스테이션. 내가 시범 하나 보여주자고 너희에게 얼마나 입 아프게 이것저것을 챙겨오라고 시켰는지 알 것이다. 너희는 정말이지 준비가 엉망이었어. 앞으로 어떨지 안 봐도 훤하다. 그릴 스테이션. 너희는 괜찮았어. 소테도 괜찮았다. 하지만 서비스 동안에는 그릴이 너무 지저분했다. 소테는 속도가 느리고 약간 엉성했지. 자질구레하게 고칠 점이 많았어." 그는 계량 오류를 지적하면서 반드시 조리법을 정확히 따르라고 말했다. "내가 별말 하지 않고 있다면 대체로 잘하고 있다는 뜻이다. 하지만 내 입에서 말이 나오기 시작하면, 그러니까 이걸 치워라, 저걸 해라, 라는 식으로 말이 나오면, 제대로 돌아가고 있지 않다는 뜻이야. 다음 주는 정말 바쁠 것이다. 질서 있게 움직이자. 질문 있나? 주말 잘 보내도록."

주말은 순식간에 지나버렸다. 그리고 화요일에 다시금 바운티로 돌아왔다. 그날, 일을 모두 마친 뒤 나는 도시에 사는 내 친구에게 이메일을 보내 요즘 통 연락을 하지 못한 이유를 설명했다.

> 진짜 주방에서 실제로 주방 일을 맡아 핫 라인에 서서 일한다는 것은 정말이지 쉽지 않은 도전이야. 우리 셰프는 젊고, 거칠고, 군대식이지. 손님이 마구 몰려들 때면 라인을 따라 다가오면서 나를 향해 으르렁거려. "이봐, 프라이 기름이 너무 뜨겁잖아!! 색만 봐도 구분할 수 있어."
>
> "예, 셰프. 뜨거웠습니다. 저는……."
>
> "어떻게 해야 하는지 몇 번을 얘기해야 하나. 제대로 하란 말이야. 못하겠으면 제대로 할 수 있는 놈을 찾아보겠어."
>
> 내 짝꿍 주머니에 들어 있는 온도계는 48도를 가리키고 있는데, 나는 서코타시와 시금치 두 개를 내가야 해. 준비 콜이 떨어졌고, 형사 사촌을 둔 로즈 앤 서피코가 미디엄과 미디엄 레어를 찾고 있거든. 정말 잘해보려고, 또 완벽하게 하려고 노력하고 있어. 그리고 그런 이야기를 기록하고, 사람들의 이야기를 잊지 않으려고 애쓰는 중이야. 그래야 나중에 글로 옮길 수 있을 테니까.

여기는 직장이었다. 나는 6시 30분에 도착해 미장 플라스를 빠르게 만들어내고 서비스가 시작되면 요리를 했고 청소를 했다. 존이나 다른 친구들처럼 다른 직장으로 가지 않고 3시에 집으로 갈 수 있다는 사실에 감사했다. 어느 날 지각을 한 토드 사전트는 왜 늦었느냐는 질문에 사팔눈을 만들고 얼굴을 찌푸리며 이렇게 대답했다. "일하고, 수업 받고, 기숙사 일까지 하는 게 나한테 약간 힘들어서." 그는 밤마다 하이드 파크 블루 펍에서 요리를 하고 테이블 시중을 들었다. 데이브 셀러스가 고개를 끄덕이며 가끔은 너무 피곤해서 알람이 울리거나 말거나 그냥 두고 누워 있게 된다고 맞장구쳤다. 기숙사에서 생활 사감으로 일하고 있는 토드는 기숙사에서도 허구한 날 알람 때문에 민원이 들어온다고 말했다.

이곳은 터전 셰프가 처음에 한 말대로 엄연한 직장이었다. 순 학생들뿐이니 "진짜" 레스토랑이라고 할 수 없다며 끊임없이 투덜대는 학생들의 주장과 달리, 이곳은 가짜가 아니었다. 학교 바깥에 있는 레스토랑인 몽키 바에서는 라인에서 일하는 사람이 여기처럼 8명이 아니라 7명이었다. 준비 담당은 1명, 가드망제가 3명이었으며, 제과에 4명이었다. 전부 다 해서 12명. CIA 학급 중에서도 작은 규모에 해당하는 인원이었다.

수요일. 존은 나타나지 않았다. 주방에 들어온 지 고작 사흘밖에 되지 않았는데도 나는 이미 완전히 지쳐버린 상태였다. 나는 존이 오지 않았다는 사실을 도저히 믿을 수가 없었다. 존은 우리 일이 얼마나 많은지 잘 알고 있는 친구였다. 물론 그의 스케줄이 얼마나 가혹한지는 나도 알고 있었다. 그래도 우리가, 아니 이제 나 혼자 얼마나 많은 일을 해야 할지 뻔히 알고 있으면서도 그가 잠을 자기로 선택했다는 것을 믿을 수가 없었다. 이럴 수는 없었다.

셰프가 미미에게 내 일을 도우라고 지시했지만, 미미는 눈코 뜰 새 없이 바쁘게 이곳저곳 준비 작업을 돕고 나서야 내 쪽으로 와 시금치를 소테잉하고 서코타시를 만들었다. 나머지는 모두 내 차지였다. 다음 날 학교에 온 존은 내게 사과했다. 오늘도 여느 때처럼 연회가 잡혀 있었고, 다시금 닭고기를 요리해야 했다. 나중에 서비스가 한창일 때 오븐에 넣어 익힐 닭에 존이 그릴 자국을 냈고 나는 바비큐 소스를 만들어야 했다. 그러기 위해서는 먼저 브라운소스가 필요했다.

나는 터전 셰프에게 물었다. "여기다 브라운소스를 넣으신 이유가 뭐예요? 이유가 있었을 텐데요."

"그냥 스톡만을 넣어봤는데 잘되지 않았어. 밀가루로 걸쭉하게 만든 소스가 필요했지." 브라운소스로 만든 바비큐 소스는 진하고 부드럽고 어딘가 풍요롭다 못해 사치스러운 질감이었다. 졸인 빌 스톡으로는 그런 질감을 낼 수가 없었다. 브라운소스에 어떤 종류의 루를 쓰느냐는 질문에 셰프는 블론드 루를 썼다고 하면서, 스킬 수업에서는 브라운소스를 좀 탄 맛이 나게 만드는 편이라는 말을 덧붙였다. "학교를 졸업한 후 루는 서른 번 정도나 만들어봤나. 블론드 루를 쓴 지 10년도 넘었지." 그러더니 그는 이렇게 말했다. "어디 브라운소스를 좀 얻어올 수 있을지 알아봐줄게."

살았다! 몇 시간 후면 이제 서비스 개시인데, 루를 익히고 미르포아를 준비해 캐러멜화하고 브라운소스를 만들려면 1시간은 족히 걸린다. 15분 후, 전화를 끊은 셰프가 내게 외쳤다. "마이클, 직접 브라운소스를 만들어야겠어." 순간 머리가 지끈거리기 시작했다. 나는 피곤했다. 그것 말고도 할 일은 무지막지하게 많았다. 나는 머릿속으로 브라운소스 145밀리리터를 만들려면 루가 얼마나 필요한지 계산하려고 안간힘을 썼다. 스킬 수업에서는 1.1킬로그램을 만들기 위해 220그램을 썼다. 하지만 밀가루를 얼마나 넣었는지는 기억이 나지 않았고, 분량에 맞게 계산할 여력도 없었다. 시간도 촉박했다. 그래서 나는 밀가루를 어림짐작으로 팬에 붓고는 오븐에 넣은 뒤 미르포아를 썰기 시작했다.

주방에서 보내는 시간은 시기별로 그 의미가 달랐다. 주방에 도착하고 강의가 시작되기까지의 45분은 서비스 직전 45분보다 훨씬 더 중요했다. 그 첫 45분 동안 스테이션에 필요한 모든 것을 챙기고 몇 가지 재료를 준비해놓으면, 그날은 서비스 내내 별 문제 없이 순조롭게 흘러가게 되고, 또 식사를 하는 데 오롯이 45분을 쓸 수 있었다. 그날 내 경우에는 그 시간에 밀가루를 계량하고 루를 만들고 미르포아를 잘라 캐러멜화해야 했다. 하지만 20분 정도를 빈둥거리고 의논 같은 건 전혀 하지 않은 채 할 일 세 가지 중 한 가지만 겨우 마치고 그 시간을 날려버린다면, 이후에 아무리 빨리 일하고 아무리 많은 시간을 절약해도 그날 하루는 손쓸 수 없는 악몽으로 변하고 말았다. 무슨 짓을 해도 속도를 따라잡을 수 없었다. 에너지 보존의 법칙과도 같았다.

또한 정신의 분열을 목격할 수도 있었다. 브라운소스가 끓고 있는 동안 나는 양파와 마늘을 더 가져오려고 건재료 보관대로 갔다. 미르포아를 만드느라 갖다놓았던 양파는 이미 다 써버린 상태였고, 내 자리에서 보관대까지는 누가 방해만 않는다면 15초면 갈 수 있는 거리였다. 양파와 마늘을 다지고 조리법을 훑어보다 셰리 식초가 필요하다는 사실을 깨닫고는 아까 마늘과 양파를 가지러 갔을 때 챙겨오지 않은 것에 대해 자책했다. 식초 역시 건재료 보관대에 있는 물건이었다. 사실은 그 전에 미르포아 재료를 챙길 때 미리 가져왔어야 했다. 머리는 장식으로 달고 있나, 하는 생각이 들었다. 식초를 계량한 뒤 꿀이 필요하다는 사실을 깨달았다. 그 역시 건재료 보관대에 있는 물건이었다. 그런데 버번은 어디에 있었더라? "셰프," 내가 물었다. "우리 주방에 버번이 있나요?"

그러자 셰프가 대답했다. "지금 버번이 어디 있느냐고 묻는 거야? 벌써 소스를 걸러내고 있어야 할 시점에?"

물론 이렇게 대답하고 싶었다. "빌어먹을 소스는 지금 거르지 않고 있는데, 어쩌실래요. 썩을 버번이 있느냐고 묻잖아요?" 실은 나한테 하고 싶은 말이었다. 하지만 꾹 참고 이렇게 대답했다. "예, 셰프." 그리고 결국은 셰프 도움 없이 제과 스테이션에서 버번을 찾아냈다.

10시 30분이 되자 존은 무늬를 만들기 위해 닭가슴살을 몽땅 꺼냈다. 멋진 격자무늬를 새기고 껍질을 만들 생각이었다. 하지만 그릴은 완전히 달궈지지 않은 상태였다. 그다지 바쁘지 않은 상황이었다면 얼마든지 눈치

챌 수 있었을 분명한 사실이었다. 그러나 존은 그릴에 닿을 때 기분 좋은 지글거림이 들려오지 않는다거나, 닭을 누를 때 다른 때와 달리 손이 그다지 뜨겁지 않다는 사실을 전혀 깨닫지 못한 채, 그저 시어링하는 동안 뭘 또 해야 하나 하는 생각만 했던 것이다. 결국은 평소처럼 빠르게 껍질을 만들지도 못했고, 격자무늬를 만드는 데도 시간이 더 오래 걸리고 말았다. 닭은 생각보다 더 오래 그릴 위에 놓여 있었다. 일부는 꺼냈지만, 일부는 그릴에 계속 남아 있었다.

터전 셰프가 지나가다 말고 그릴을 보며 말했다. "완전히 익혀버릴 참이야? 전부 당장 꺼내." 그 자리에 멈춰선 그는 돌아서서 존이 이미 꺼내 스테이션에 올려놓은 닭을 살피며 손가락으로 찔러보았다. 구멍이 뚫릴 정도로 아주 세게 말이다. 셰프의 손가락이 닭을 뚫고 튀어나오지 못하는 걸 보고 나는 깜짝 놀랐다. "야, 이 사람아. 이거 다 익어버렸잖아! 분명히 레어라고 했을 텐데!" 셰프는 다른 닭을 더 찔러보더니, 잔뜩 화가 난 채 고기 한 덩어리를 들어 올려 두 손으로 정 가운데를 찢고는 흐린 분홍색으로 변한 속을 들여다보았다. 그러고는 손에 든 고깃덩어리를 용기 위에 던지고 걸어가버렸다. "젠장!" 손을 치켜올리며 고함을 치고 있었다.

잠시 후 다시 돌아온 셰프는 존이 요리한 닭가슴살 30개를 하나씩 살피더니 12개를 남겨두었다. "이건 따로 두었다가 직원 식사 담당에게 갖다줘라." 그는 컴퓨터 책상 앞으로 가더니 의자에 앉아 육류실에 전화를 걸었다. "지금 당장 필요해. 응, 통닭 여섯 마리. 가지러 갈게." 몇 분 후 그가 말했다. "그릴! 육류에서 닭을 가져와." 존이 딱해 보였던 터라 나도 모르게 내가 가겠다고 나섰다. 육류실은 건물 반대편 아래층에 있었다. 나는 닭 여섯 마리를 들고 되돌아와 매닝에게 넘겨 가슴살을 발라달라고 부탁하고는 다시 일하러 돌아왔다. 서비스 시간이 다가왔다. 셰프는 으레 그랬듯 라인을 돌며 모두의 미장 플라스를 확인하고 소스를 맛봤다.

존이 셰프와 이야기를 나누고 있었다. 서비스가 시작되기 전 정신없이 칼질을 하던 나는 두 사람이 이야기를 나누는 줄도 모르고 있다가 문득 셰프의 목소리를 듣고는 제정신으로 돌아왔다. "나한테 그런 식으로 말하면 안 되지." 셰프는 허허 하고 웃었다. 목소리가 평소보다 낮았고 고개를 젓고 있었다. 존이 말했다. "레스토랑에서 중노동하려고 학교에 온 게 아니란 말입니다."

"남들보다 나이도 좀 있고, 또 현장에서 일해본 경험도 있어서 그런 생각을 했는지는 모르겠지만." 존은 셰프 면전에 얼굴을 바짝 들이대고 있었다. 그 어떤 셰프에게도 그런 식으로 행동해서는 안 되는 일이었다. 하지만 나를 정작 놀라게 한 것은 존이 아니라 셰프의 모습이었다. 터전 셰프는 말을 하고 있는 와중에도 조금도 흔들림 없이 미장 플라스와 소스를 확인하고 있었다. 손가락으로 샬롯을 쑤석거리고 솥을 들여다보았으며 농도를 확인하기 위해 휘젓고 불길을 조절했다. 셰프가 말했다. "어쩌면 경험이 있다보니 그렇게 느끼는 것인지도."

"셰프가 가르치는 방식이 저랑 잘 안 맞는 것일 수도 있겠죠." 존이 응수했다.

나는 셰프에게 간신히 시간에 맞춰 섞고 걸러낸 소스를 검사받아야 했다. 셰프는 맛보기 숟가락으로 소스를 살짝 떨어뜨려보았다. "농도는 괜찮군. 완벽해." 하지만 맛을 보며 고개를 끄덕이다 말고 멈칫하고 놀랐다. "당밀을 두 숟가락 정도 더 넣어. 그리고 소금 조금이랑. 너무 많이는 말고. 그러면 괜찮을 거야." 말을 마친 셰프는 다른 곳으로 가버렸다.

서비스가 시작되었고 연회 음식도 나갔다. 일품요리는 느리게 들어왔고, 늘 그랬듯 아침 내내 차곡차곡 쌓여가던 긴장은 서비스를 하는 동안 모두 풀렸다. 일이 끝날 무렵 터전 셰프과 존은 둘 다 일한 적 있었던 워싱턴 이야기를 한가롭게 나누고 있었다.

그날은 주방 청소가 좀 일찍 끝이 났다. 그리고 우리는 서비스 라인 끝 마이크 옆에 선 셰프 주변에 모여들었다.

"오늘은," 셰프가 입을 열었다. "전날보다 나았다. 점점 좋아지고 있어. 하지만 아직 내가 기대한 만큼은 아니야. 연회 요리는 여전히 타이밍에 문제가 있었고, 일품요리는 세부적인 부분에 좀 더 신경을 써야 해." 잠시 침묵이 흘렀다. 우리 모두 멍하니 시간을 죽이는 동안 생각에 잠겨 있던 셰프가 말했다. "알다시피 나는 늘 서두르라고 말하고 너희는 '최선을 다하고 있어요'라고 말하지. 하지만, 틀렸다. 너희들은 최선을 다하고 있는 게 아니야. 본인이 뭔가를 얼마나 빠르게 할 수 있는지 알게 되면 너희도 놀라게 될 것이다. 너희들이 발휘할 수 있는 능력에는 한계가 없어. 아무리 잘해도, 아무리 빨라도 그게 다가 아니야. 그걸 잊지 마라."

그는 한 사람 한 사람에게 오늘 무엇을 배웠는지 물었다. 미미는 사워크림의 하나인 클래버 크림을 배웠다고 대답했다. 조프리는 이렇게 말했다. "누군가 내 일을 도와주면 꼭 두 번씩 확인을 해야 한다는 걸 배웠어요."

셰프는 미소를 지었다. "그래, 그걸 깨달았단 말이지. 그래, 나도 늘 그런 생각을 한다. 빌, 너는?"

빌이 말했다. "저는 정말 훌륭한 채소 스톡 만드는 법을 알았습니다."

"내 생각에는 버섯 기둥과 스웨팅이 좋은 채소 스톡의 비결이야." 그는 스톡이나 물을 붓기 전, 채소가 거의 곤죽이 될 때까지 스웨팅하는 것을 좋아했다.

또 다른 친구가 소스 통을 닦아야 한다는 것을 배웠다고 하자 셰프가 말했다. "나는 큰 레스토랑 여러 곳에서 일했어. 그런 곳에서조차도 늘 통을 닦아 찌꺼기가 쌓이지 않게 관리한다. 그리고 뭐든지 가능한 작은 통에 담아두지. 존, 넌 어때?"

존이 라인 담당 마지막 사람이었다. "셰프가 기분이 좋지 않을 때 똑같이 굴어서는 안 된다는 것을 배웠습니다."

셰프는 싱긋 웃으며 고개를 끄덕였다. "좋다. 내일 보자."

주방 안에서의 대화는 한계가 있었다. 일을 해야만 하기 때문이었다. 그래서 나는 셰프에게 서비스가 끝난 뒤 언제라도 좋으니 시간을 내줄 수 있느냐고 물어보았다. 시카고 출신에 서른세 살이라는 것 외에 댄 터전에 대해 내가 알고 있는 것은 거의 없었다. 그는 반짝이는 빨간색 스포츠카를 몰고 다녔다. 똑똑했으며, 요리에 대한 생각이 확고한 사람이었다. 터전은 캘리포니아에 있는 학교에서 마들렌 카망과 함께 요리를 했다. 그는 저술가이자 요리사인 마들렌에 대해 이렇게 말했다. "멋진 분이야, 아주 멋진 숙녀지." 그리고 그녀가 "요리사다운 마음가짐을 가지고 있다"는 사실을 알고는 놀랐던 이야기를 들려주었다. 내가 너보다 더 터프하고, 내가 너보다 더 빠르고, 내가 너보다 더 나아, 이런 마음가짐을 터전 본인은 숨기고 있었다. 하지만 준비를 제대로 하지 못했거나 미장 플라스가 제대로 마련이 안 되어 있거나 스테이션 여기저기 소금 알갱이와 재료 조각들이 흩어져 있으면, 라인에는 한바탕 폭풍우가 지나갔다. 그가 주방에서나 강의 중에 주로 했던 얘기는 요리사의 길이 얼마나 험난한지에 관한 것들이었다. 그래서 나는 가장 먼저 그에 대한 질문을 하고 싶었다. 그렇게 힘들다면, 왜 이 일에 뛰어든 걸까?

내 질문을 들은 그는 갑자기 목 깊은 곳에서부터 쿨럭거리며 웃음을 터뜨렸다. 그러고는 미소를 지으며 말했다. 주방에서는 보지 못했던 온화한 말투였다.

"아이고, 참. 이거 재미있네. 처음 스킬 수업에 들어갔을 때 말이야, 몇 주가 흐른 뒤 나는 속으로 생각하고 있었어. 신입생들 첫날에 한번 물어봐야겠다고 말이야. '왜 이 일을 하려는 거지? 혹시 미친 거 아니야? 대체 왜 이런 일에 뛰어들려고 하는 거야?'"

그 질문에는 터전 본인도 그저 늘 요리를 했을 뿐이라는 말밖에는 대답을 할 수가 없었다. 어릴 때는 설탕 쿠키 한 판을 망치는 바람에 주방 바닥이 온통 설탕투성이에 엉망이 된 적도 있었다. 그가 처음 했던 일은 레스토랑 식탁을 치우는 것이었다. 아주 어릴 때부터 주방은 그에게 그 어느 곳보다 멋진 공간이었다. 마침내 주방에 들어가게 되었을 때 그가 원했던 것은 오로지 "라인을 왔다 갔다 하며 요리를 하는 것"이었다. 터전은 고등학교 때 이미 요리학교를 염두에 두고 있었다. 그리고 CIA를 찾아왔을 때, 여기가 바로 자신이 있을 곳이라는 사실을 깨달았다. 그는 1985년에 CIA를 졸업했다.

여기에 또 다른 측면의 "요리사의 마음가짐"이 있었다. 현장에 뛰어들고 6년 내내, 주 6일, 주당 90시간을 일하며 스트레스에 시달리고 기진맥진해져 이 일을 그만두어야 하나 심각하게 고민하고 있을 때, 터전은 메릴랜드 해변에 신규 개장한 호텔과 레스토랑에서 총 주방장을 맡아달라는 요청을 받았다. 그는 당연히 제안을 수락했다. "미쳐 돌아가는 것 같은 곳이었어. 하지만 즐거웠지." 그가 말했다.

나는 요리와 요리 교육에 대한 이야기로 화제를 돌렸다. 이 주제에 늘 등장하는 기본이 이번에도 이야기의 중심이었다.

"안 그래도 오늘 아침 로즈 앤이 그런 얘기를 하더군." 그가 말했다. "이곳에서 배웠던 것들을 되돌아보니, 모든 게 참으로 중요하다는 생각이 들었다는 거야. 녹색 채소를 알맞게 익히는 방법. 여기 선생들이 죽어라고 학생들 머리에 넣어주는 내용이잖아? 이런 게 정말, 정말 중요한 지식이야. 최고의 셰프들을 자세히 관찰해봐. 수업 시간에도 말한 적 있지만, 그들이 실제로 한 일은 오로지 기본 요리 기술들을 완벽하게 익히고 자신의 것으로 만든 것뿐이야. 진짜 훌륭한 셰프들은 기본을 익히고 늘 실천에 옮기며 습관으로까지 만든 사람들이야. 그래서 그들이 껍질콩 요리를 하면 열 번이면 열 번, 늘 완벽한 껍질콩 요리가 나오는 거지."

"셰프 본인은 좋은 요리사인가요?"

내가 물었다.

"글쎄. 난 누구나 어느 정도는 게으른 면이 있다고 봐. 모두 말이야. 근데 가장 게으름이 덜한 사람이 가장 성공하는 요리사가 되는 거라고 생각해. 매일같이 최선을 다해 최고의 요리사가 되기 위해 분투하는 거지. 내 목표가 바로 그거야. 위대한 총주방장이 되는 것에는 관심 없어. 좋은 요리사가 되는 법을 배워 다른 사람에게 가르치고 싶을 뿐이야. 할 수 있는 한 가장 나은 요리사가 되기 위해 늘 노력하고 있어."

나는 셰프에게 좋은 요리사가 되는 건 어려운 일이라고 말했다. 그리고 자세한 건 기억나지 않지만, 셰프에게서도 그런 말을 들은 적이 있다고 덧붙였다. 아무리 잘해도, 아무리 빨라도 그게 다가 아니라고 말이다.

"재미있군그래. 오늘 반장이랑 문제가 있었지. 그리고 그 얘길 강의 중에 했고. 속도며 그 외의 것들에 대해, 이 정도면 충분하다 할 수 있는 수준이란 건 없어. 아무리 빨라도 그 이상이 있는 거야. 나이가 들수록 더 빨라지고 더 효율적으로 일할 수는 있겠지. 그 친구가 한 말이 참 재미있었어. 사실 좀 뒤처져 있었는데, 의도치 않게 불쑥 내뱉어버린 거야. '이게 최선이라고요!'"

나는 웃음을 터뜨렸다. 우린 그런 식의 말버릇은 배운 적이 없었기 때문이었다.

"그래서 그 친구 스테이션으로 가봤어. 보통 그렇게 확인을 해보거든. 봤더니 조그마한 티스푼으로 소스를 만들고 있더군. 내가 큰 숟가락을 들어 올리면서 말했지, '내 생각에는 좀더 빨리 할 수도 있을 것 같은데?' 그 친구는 혼란에 빠져 있었어. 나한테 열이 받기 시작했지. 그 친구에게 '나한테 화내지 마. 지금 할 일이 있잖아. 그러니 나중으로 미뤄두라고' 정도로 말했던 것 같군. 나중에 그가 사과했지."

"주방 일은 압박이 굉장히 크기 때문에 이런 건 얼마든지 있을 수 있는 일이라고 생각해. 나라도 그럴 수 있으니까 말이야. 그럴 때가 바로 '대체 어떻게 돌아가고 있는 거야?'라고 외치는 순간인 거야. 그렇게 혼란에 빠져 허둥대고 있을 때는 다소 흥분하게 되는 게 사실이야. 하지만 그 같은 압박감도 나쁜 것만은 아니야. 결국 되돌아보며 이렇게 말하게 되거든. '다음번에 냉정하게 대처해야지. 제대로 해낼 거야. 걱정은 나중에 하겠어.'"

"존이 바로 그랬던 거군요."

내가 말했다.

"그랬지. 존에 대해서 계속 생각해봤어. 난……." 갑작스레 셰프는 웃음을 터뜨렸다. "'나한테 그런 식으로 말하면 안 되지'라고 말했지. 그렇게 덤벼들었던 친구들은 결국 나중에 다시 찾아와 이렇게 말해. '셰프, 제가 틀렸어요, 죄송합니다.' 하지만 난 그 상황을 이해해. 라인에 있을 땐 전투를 치르는 상황이나 마찬가지야. 최전선에 나가 있는 거지. 그리고 사실 굉장히 스트레스가 커질 수도 있어. 속도가 뒤처지고 문제가 생기기 시작하면, 열이 오르는 거야. 그런데 그게 또 압박이 장난이 아니거든. 내가 모셨던 수석 요리사 한 분이 전투라는 말을 한 것도 그런 이유 때문이지. 매일같이 벌어지는 시간과의 전투라고 말이야. 그 수석 요리사는 제프리 버벤이라는 분인데, 이렇게 말씀하셨어. 절대 시간이 이기게 놔두지 마라, 매일 시간을 무찔러라."

터전에게 가장 큰 영향을 끼친 셰프는 졸업하자마자 들어간 메이플라워 호텔 니콜라스 레스토랑의 제프리 버벤과 데이비드 파이였다. 터전은 그곳에서 인생의 항로를 결정했다.

"첫날 기분은, 엄마야, 였어. 무서워 죽을 것만 같았지." 셰프가 말했다.

“진짜로 죽을 것만 같았다니까. 그런 상태가 8개월이나 이어졌어. 정말이야. 버벤은 나를 울리기까지 했거든.” 터전은 갑자기 피곤한 표정이었다. 당시 일을 떠올리는 것만으로도 충분히 피로를 느끼는 듯했다. “버벤은 나를 걷어찼어. 요리사로선 견디기 힘든 일이지. 나를 라인 밖으로 걷어차 쫓아버린 거야. ‘이 정도로는 안 돼!’ 속도도 느리고 완성조차 하지 못했으니 그럴 만도 했지. 그가 날 해고하지는 않을까 걱정스러웠어.”

당시 수 셰프가 데이비드 파이였는데, 그 사람은 실제로 이렇게 말했어. ‘한 번 더 기회를 주지.’ 그리고 그날, 내 안에 뭔가 일어났지. 무려 8개월 만의 일이었어. 다음 날 주방에 들어서자 나는 활기차게 움직이고 있었어. 내가 바랐던 것은 셰프가 외치는 소리를 최대한 적게 듣는 거였어. 일주일에 한 번은 이런 소릴 들었거든. ‘이봐, 지금 뭐 하고 있는 거야? 이게 뭐지?’ 물론 셰프가 늘 옳았어. 그러니까, 나는 준비가 덜 되어 있었던 거야. 그런 질책을 당하고도 아무렇지 않게 견딜 수 있는 사람은 그리 많지가 않아. 난 수많은 요리사가, 적어도 백 명은 되는 사람들이 들어왔다 겨우 하루, 이틀 버티다가 나가는 모습을 분명히 봤어. 분명 큰 기대를 품고 들어왔고, 또 그곳을 필히 출발점으로 삼아야 했는데도 못 견디는 거야.“

“나도 CIA를 졸업할 때는 지금 내가 가르치는 학생들과 비슷했을 거야. 잘은 기억 안 나지만, 성적표에 A와 B가 많았던 건 확실해. 하지만 졸업할 때 과연 좋은 요리사였을까, 그건 알 수가 없지. 잘 모르겠어. 시간이 걸렸거든. 스스로 좋은 요리사가 되어가기 시작했다고 말할 수 있기까지 3년에서 5년은 걸렸어. 머릿속에서 뭔가가 일어나는 거야.”

그 말이 맞았다. 나도 터전이 말한 바로 그것을 대충이나마 느꼈다. 무엇인가를 띄엄띄엄 깨닫다가 어느 순간, 갑자기 전혀 다른 사람이 되는 것이다. “머릿속에서 뭔가가 일어난다.” 체계가 생기고, 정보와 경험의 파편들이 결합해 견고해지고 자리를 잡는다. 전체 속도 시스템이 점차 아귀가 맞아 들어가다 갑자기 딱 맞물리게 된다. 그것은 주방 안이든, 밖이든, 어디를 가나 존재한다. 직접 겪어봐야 한다. 그냥 말로 표현하기는 쉽지가 않다. 터전은 이를 가리켜 여섯 번째 감각이라고 말했다. 무엇인가 '철컥' 하는 순간, 주방에서 일어나고 있는 모든 것을 알게 되었던 것이다. 이것을 키친 센스라고 부르는 사람도 있었다. 이는 내면으로 뛰어든 생명체와도 같다.

나는 요리사라는 직업의 진정한 의미에 대해 알고 싶었다. 대체 어떤 사람들이 이 일을 하는 것일까? 아니다, 이렇게 묻는 것이 맞겠다. 과연 어떤 정신과 육체를 지닌 사람이 요리 외의 것을 선택하지 못하는 것일까?

"내가 함께 일했던 셰프들 중 일부는 일에 대한 열정이 대단했지. 또 어떤 사람은 일 중독자였어. 요리 말고 다른 일은 아무것도 하지 않는 거야. 주방에서 나갈 생각을 하지 않아. 그들이 주방을 떠나지 않는 것은 뭔가를 통제할 수 있다는 점 때문일 수 있지. 어떻게 설명해야 할지는 잘 모르겠지만, 아무튼 주방 안에서는 지배할 수가 있거든. 모든 것이 나를 중심으로 돌아가며 거기에 힘을 행사하다 보면 정말 끝내주는 기분이 들지. 보잘 것 없는 데서 음악을 뽑아내는, 교향악단 지휘자의 느낌이랄까. 아니면, 그저 뭔가를 먹는 걸 좋아해서이기도 해. 먹는 행위에 대한 애정, 음식에 대한 감사의 마음. 나 역시 그 무엇보다 먹는 게 좋아. 그리고 먹으려면 때로 자신을 위해 요리해야 하거든. 늘 나가서 먹을 수는 없으니까. 그리고 요리는 예술이기도 해."

"그런가요?"

"내 생각에는 그래. 접시에 담고 보여주는 행위를 충분히 예술이라고 부를 수 있지. 요리에는 예술과 화학과 과학과 그 외, 여러 가지 소소한 측면들이 들어 있어."

"내가 함께 일했던 사람들은 음식에 순수한 열정을 품고 있었어. 음식 자체를 사랑했지. 물론 요리로 사람들을 행복하게 만들고 싶어 하기도 했지. 그런데 내가 이 일을 마음에 들어 하는 이유는 확실히 물리적 이유 때문이야. 요리가 운동처럼 느껴질 때가 많거든. 나는 그런 느낌이 좋아. 뭔가를 성취하는 느낌도 얻을 수 있어. 모든 음식이 제대로 나가고 서비스가 끝나고 난 뒤의 기분은 무슨 말로도 설명할 수가 없지. 어디서도 그런 기분은 느낄 수 없어. 어쩌면 야구에서 완봉승을 거두면 그런 느낌일까? 그래 그거야, 바로 그것. 늘 제대로 해내기 위해 노력하고, 또 한 번의 완봉을 꿈꾸지."

"요리는 학습이 가능한 건가요?" 내가 물었다.

"그럼, 물론 가르칠 수 있고말고. 당연히. 요리라는 건, 말하자면 각기 다른 품종의 와인을 골라낼 수 있는 능력이나 마찬가지거든. 미각 훈련의 문제인 거지. 미각은 얼마든지 훈련할 수가 있어. 그리고 무엇이 되었든 아주 여러 번 반복해서 맛을 보면, 누군가 제대로 만들었을 때 '와, 매번 미묘한 맛 차이를 느낄 수가 있군, 와, 정말 돈이 아깝지 않은 맛이야.' 이렇게 구분을 해낼 수 있는 거지. 분명 가르칠 수 있어. 두말할 것 없는 사실이야."

나는 나에 대한 평가를 물어보았다.

"잘했다고 생각해. 내가 약간 살살 몰아붙이기는 했지. 저녁 시간에 그 스테이션을 맡았다면, 할 일이 하나 더 늘었을 거야. 가끔은 타이밍에 문제가 있기는 했지만, 아마 처음 며칠 동안 약간 긴장한 탓이 아닐까 싶어. 존이 결석한 날이 제일 힘들었을 거야. 자네가 지배자이고 책임자였으며 제대로 해야만 했거든. 다음 날 분명 자네는 달라진 모습이었어. 훨씬 효율적으로 일하고 있더군. 뭘 해야 할지 정확히 알고 있었어."

칼 다루는 기술이나 소스 만드는 법을 배우듯, 혼란스러운 상황에 빠졌을 때 대처하는 방법 역시 배울 수 있고 또 배워야만 하는 것이다. 요리사라면, 언젠가는 손쓸 수 없는 공황 상태에 빠질 수 있다. 위대한 요리사가 되려고 노력 중이라면, 그런 상황을 더 많이 겪게 될 것이다. 터전 셰프에게는 혼란에 빠졌을 때 해결하는 방법이 있었다.

토요일 서비스 직전이었다. 준비를 하고 있던 소테 담당 첸이 손을 떨며 나를 보고 있었다.

"긴장돼?"

내가 물었다. 나는 버터넛 스쿼시*를 깍둑썰기하고 있었다. 첸은 고개를 끄덕였다.

"왜?"

나는 이유를 물었다.

"떨려."

"말 때문에 그래? 서비스 동안 사람들이 너무 빨리 말하고 정신없이 돌아가는 게 두려운 거야?"

"응, 가끔 알아들을 수가 없어."

첸의 준비 작업은 지연되고 있었다. 해야 할 미장 플라스가 한두 가지가 아니었는데, 제대로 해놓은 게 하나도 없었다. 게다가 스테이션마저도 케일과 시금치, 샬롯 속, 버너에 불을 붙일 때 썼던 불탄 종이 타월 파편으로 온통 엉망이었다. 흔히 있는 일이었다. 눈코 뜰 새 없이 바쁠 때는, 엉망이 되어가는 스테이션을 치울 시간을 낼 정도로 합리적으로 행동할 수가 없었다. 터전 셰프가 지나가다 첸에게 말했다. 벌써 여러 번째 같은 말을 하고 있었다.

"첸, 스테이션을 치워."

---

* 견과류 맛이 나는 호박의 일종.

셰프는 첸이 제시간에 일을 끝낼 수 없을 거라 생각해 좌절하고 있다는 것을 알아차렸다. 첸에게는 남은 시간이 얼마 없었다. 셰프도 그 사실을 알고 있었다.

"혼란에 휘말려 얼빠진 상태가 된다는 말 알고 있지?"

셰프의 질문에 첸이 고개를 끄덕였다.

"내가 그런 상황이라면, 진짜 그런 상태에 빠져버리면, 나는 일단 하던 일을 멈춘다. 그리고 이렇게 말할 거야. '시간 좀 주세요.'" 터전 셰프는 보이지 않는 가상의 셰프를 올려다보며 자리 밖으로 걸어 나와 심판에게 타임을 외치듯 손을 들어 올렸다.

"1분만 주세요."

셰프는 손을 들어 올린 채 그렇게 말하더니 스테이션으로 고개를 숙였다. 그러고는 몸을 굽혀 파란색 수세미를 위생 바구니에서 뽑아 어깨를 둥글게 구부린 채 아주 느리고 과장된 동작으로 첸의 스테이션을 닦았다. 전체를 아주 체계적으로, 넓고 깨끗한 스테인리스 스틸이 드러날 때까지 말이다.

"그리고 나는 내 스테이션을 닦을 것이다."

놀랍게도 셰프는 스테이션을 체계적으로 닦느라 못 보는 것 같으면서도, 주변에서 나가고 있는 요리를 제대로 살피고 있었다.

마침내 연기가 끝이 나고, 몸을 일으킨 셰프는 수세미를 바구니에 던져 넣었다. 그리고 첸에게 말했다.

"혼란에 빠지면 잡동사니들이 이렇게 산을 이루기 시작한다."

그렇게 말하면서 셰프는 스테이션 위에 펼친 손바닥을 천천히 가슴께까지 들어 올렸다.

"그럴 때 머리를 열어보면 네 뇌 모양새가 딱 그 짝일 거야."

그 말을 들은 나는 웃음을 터뜨리고 말았다. 정말 딱 맞는 표현이었다.

음식과 불에 타버린 종이 타월 파편, 소금과 후추가 나뒹굴고 소스가 흘러 굳어버린 첸의 스테이션이 떠올랐다. 그게 바로 공황 상태에 빠진 뇌의 모습이었다. 파편이 여기저기 널려 있고, 더러운 맛보기 스푼이 사방에 놓여 있고, 타버린 타월이 널브러지고, 신발에는 음식 찌꺼기가 들러붙어 있는 등 스테이션이 엉망이 되면, 이 모든 것은 곧 일어날 일과 섞이게 되고, 말 그대로 음식에 고스란히 반영된다. 게다가 마치 머리 안쪽에 잡동사니가 코팅이 되어 달라붙기라도 한 듯 생각 자체를 하기 힘들어진다. 하지만 스테이션을 깨끗하게 치우면 뇌도 깨끗해진다. 거치적거리는 것도 쓸데없이 눈앞을 어지럽히는 것도 없는 말끔히 정리된 스테이션에서 더 신속하게 일할 수 있는 것과 마찬가지로, 머릿속이 깨끗해지면 보다 효율적으로 행동하게 된다.

내 웃음소리를 들은 셰프는 본인도 그 비유가 마음에 들었던지 큰 소리로 웃었다. 아까부터 로즈 앤이 나타나 음식 주문지를 들고 셰프를 부르고 있었지만 본인의 유머 감각을 좀 더 오래 즐기며 웃고 싶었던 그는 못 들은 체했다. 그러자 로즈가 한 번 더 불렀다. "셰프."

즉시 웃음을 그친 셰프는 로즈 앤에게 소리쳤다. "뭐야! 지금 학생에게 이야기하고 있잖아!" 로즈 앤은 아무 말도 하지 못한 채 눈만 굴렸다. 조금 더 웃고 난 터전 셰프는 평소답지 않게 바보같이 군 자신의 행동이 민망했던 듯 로즈를 향해 슬그머니 웃어 보였다. "그래, 뭔데?"

토요일의 주방은 이제 순조롭게 굴러가고 있었다. 셰프도 조금 긴장을 풀 수 있었다.

이후 서비스 내내 첸은 스테이션을 깨끗하게 유지했지만, 닭에는 문제가 있었다. 그가 사용한 닭은 날개가 달려 있고 뼈를 발라놓은 거대한 가슴살로, 빠르고 뜨겁게 소테잉했다가 불에 올리라는 콜이 떨어지면 오븐에 넣어 마무리해야 했다. 그러나 닭은 제대로 익지 않았다. 첸은 나를 쳐다보며 이렇게 말했다. "양키들 닭은 너무 커." 그때 셰프가 첸의 스테이션으로 다가왔다. 두 사람은 오븐 앞에 쭈그리고 앉아 온도를 260도까지 올렸다. 셰프는 포크로 고깃덩어리들을 찔러보았다. "저놈은 거의 다 됐고 이놈은 아주 잘 익었어." 첸도 찔러보더니 셰프에게 고개를 끄덕였다.

터전 셰프는 학생들이 자동 조종 장치처럼 그냥 내버려둬도 능숙하게 일을 해치우는 상태가 되고 나자 지루해하기 시작했다. 그래서 순전히 재미로 매우 아름다운 포스미트를 만들었다. 먼저 작은 로스팅 팬에 히코리 나무 조각을 집어넣어 버너 위에 올린 다음, 다른 팬으로 나무 위를 덮고 그 위에 판자를 깔고 뼈를 발라낸 닭다리를 얹어 훈제를 했다. 훈제한 고기는 20퍼센트 돼지기름과 함께 갈고, 샬롯, 졸인 사과주, 소금, 후추, 타임, 로즈마리, 포므리 머스터드와 섞었다. 스테이션을 돌아가며 도와주던 데이비드가 짤주머니에 포스미트를 담아 뼈를 발라낸 메추라기 안에 28그램가량을 넣었고, 다 넣은 다음에는 메추라기 다리를 껍질에 낸 구멍에 꿰어 단단히 고정시킨 뒤 전체적으로 기름을 발랐다. 그렇게 만든 것을 주문이 들어오면 존이 그릴에 얹어 무늬를 낸 뒤 오븐에서 마무리했다.

존은 빌 스톡과 치킨 스톡을 반씩 섞고 로스팅한 닭 뼈로 맛을 더 강화해 소스를 만들었다. 그리고 2.7리터로 졸여놓은 세이지와 사과주를 넣었다. 맛을 본 셰프가 베르주*와 로즈마리, 타임을 더 넣었다. 존은 잠시 후 소스를 걸러내 졸였고, 요리가 나가기 직전 우리는 소스에 몽테 오 뵈르로 맛을 더했다.

그러는 동안 나는 버터넛 스쿼시와 사과를 잘라 버터로 소테잉했다. 그러고 나서 약간의 야생 쌀, 호두, 치킨 브로스 약간을 넣은 뒤 소금, 후추,

---

* 덜 익은 포도즙.

생 타임을 섞어 간을 맞췄다. 다른 팬에는 버터와 약간의 베이컨 지방을 데워 아리코베르*와 잠두, 익힌 베이컨을 소테잉했다.

완성된 요리는 아름다웠다. 밝은 노란 빛이 도는 주홍색 버터넛 스쿼시와 하얀 사과를 야생 쌀 한 숟가락과 함께 접시 한가운데에 놓았다. 이 위에 속을 채운 메추라기 두 마리를 5시와 7시 방향을 바라보도록 놓았다. 데쳐두었다가 치킨 브로스로 다시 데운 표고버섯 송이 주변에는 잠두와 아리코베르를 뿌렸다. 요리에 소스를 두른 후에는 작은 밝은 녹색 타임 잎을 메추라기 위에 흩뿌렸다.

할 일이 남아 있던 것은 아니었지만, 어찌 된 일인지 그때쯤 우리는 우리 스테이션 일에 아주 능숙해져, 칼질과 요리를 더 해야 한다는 말을 듣는다 해도 쓸데없고 지겨운 일이 아니라 즐거운 오락거리로 느낄 것만 같은 기분이었다.

하루를 정리하며 모두 모여들자 터전 셰프가 말했다. "이제 하산할 때가 되었나 보다. 오늘은 그 어느 날보다 훌륭했다. 오늘은 실수가 거의 없었어. 주말 신나게 보내고 화요일에 보자."

화요일은, 내게는 CIA 주방에서 일하는 마지막 날이었고, 내 동기들에게는 2년을 마무리하는 졸업식 전, 주방에서 보내는 마지막 날이었다. 기분이 어떠냐고 묻자 너무 뻔한 질문이라며 핀잔이 쏟아졌다. 미미가 말했다 "아침에 일어나니 이제 이 유니폼을 입는 것도 오늘이 마지막이구나 하는 생각이 들었어." 내가 존에게 주방을 떠나서 좋으냐고 묻자, 그는 조용히 굳은 미소를 지었다. 분명 온갖 비아냥이 입안에 맴도는 것 같은 표정이

---

* 작은 녹색 콩.

었다. 마침내 싱긋 웃으며 그가 대답했다. "그래, 여길 나가면 기쁠 거야."

"다들 기분 괜찮은가?" 링 세 개가 달린 파일을 들고 온 셰프가 물었다. 졸업 예정자들은 주말 동안 마지막 블록을 무사히 마치게 된 것과 졸업을 축하하며 돼지고기 로스팅 파티를 벌였다. 터전 셰프는 그 일을 제일 먼저 물었다. "돼지고기 로스팅 괜찮았나? 어떻게 나왔어? 그래? 좋아, 아주 좋아. 오늘은 바쁜 날이다. 일품요리 예약은 70인분이다. 준비를 모두 끝내놓고 내일 쓸 일품요리 50인분가량과 소규모 파티까지 확실히 준비해두도록. 여기까지 전부 일품요리야. 연회는 손님 28명이 오기로 되어 있다. 게살 케이크 28개는 투르낭들이 맡는다. 내일 쓸 게살 케이크 12개 준비도 해둬야 한다. 꽃상추와 코울슬로도 준비한다. 앙트레." 셰프는 존과 나를 보며 말했다. "너희는 원래 하던 스테이크를 요리한다. 돼지 등심으로 할 것이다. 투르낭들, 돼지고기 등심은 12개를 주문했으니 다듬도록. 안심처럼 통째로 마리네이드할 것이다. 알았나? 소스는 1.8리터가 필요하다. 투르낭들, 너희가 이 일을 돕는다. 채소 스테이션은 프렌치프라이를 만들어야 한다. 우선 감자 35개를 썰고, 거기에 뿌릴 양파 양념 믹스를 만들어야 한다는 것을 잊지 마라. 그리고 시금치 5자루도 씻어야 한다. 너희가 쓸 양파 30개를 추가로 더 주문했다. 그리고 서코타시에 쓸 양파도 30개가 있다. 그러니까 그릴, 너희들은 양파와 소스, 서코타시를 준비해라."

"잠두는 주문하셨나요?" 존이 물었다.

"그래, 1.8킬로그램 주문했다." 셰프는 계속해서 연회 음식을 쭉 살핀 뒤 다음 반이 첫날 쓸 미장 플라스를 준비해놓으라고 당부했다. "모든 준비를 끝내고 랩을 씌우자마자 나를 부르면 함께 스테이션을 돌아볼 수 있을 것이다. 다음에 올 반을 위해 우선순위를 매긴 준비 목록을 꼭 남겨두어라. 스테이션 도표를 남기는 것도 잊지 말고. 그리고 나가기 전 천천히 잘 확인해서 말끔하게 정석대로 잘 정리하도록 해라."

"그리고, 지난 이틀 동안 주방을 쓰지 않았으니, 모든 것을 두 번씩 확인하도록 해. 꺼내서 맛보고 손님에게 내놔도 되는지 확인해야 한다. 11시 30분에 내가 모두 맛보고 살필 것이다. 그때 상태가 좋지 않고 끈적거리는 재료를 잡아내지 않게끔 신중을 기해라."

"다음으로는 오늘의 일품요리를 어떻게 준비할 것인지 너희들의 계획을 들어보겠다. 자, 수프 스테이션부터."

수프 스테이션에 이어 생선 스테이션이 스스로 세운 계획을 이야기 한 뒤 셰프가 말했다. "좋아, 그릴?"

존이 입을 열었다. "저희는 서코타시 30인분에 들어갈 양파 50개를 준비할 예정입니다. 바비큐 소스는 많기는 한데, 1.8리터까지는 안 됩니다. 그래서 바비큐 소스를 만들어 1.8리터를 채워야 합니다. 내일 쓸 양파 가루를 만들기 위해 양파 약간을 말려야 할 것 같습니다. 오늘의 스페셜에 들어갈 미장 플라스도 더 만들어야 하고, 감자도 썰어야 합니다."

"감자는 채소 스테이션에서 하도록 하자."

그런 식으로 모든 스테이션의 계획을 다 듣고 나자 터전 셰프는 토요일에 대한 평가와 약간의 개선 사항(주로 소테 스테이션에 대한)을 이야기하고는, 이렇게 결론을 내렸다. "지난번은 최고의 날이었어. 그렇지만 오늘은 그때보다 두 배는 더 잘 해낼 거라고 기대한다. 이 학교에서 만든 요리 중 최고를 내놓는 날이 되어야만 한다. 알겠나? 이 얘기는 이걸로 마무리하자."

"보통 8일차는 말이지, 음, 나도 한때 너희처럼 졸업을 준비하고 있었다. 난 직장을 구하지 못한 상태로 졸업을 했어. 내 첫 직장에서는 이제껏 했던 그 어떤 일과도 다른 중요한 일을 하게 될 거라고 생각했지. 내 자신이 원하는 게 뭔지 당최 몰랐던 거야." 터전 셰프는 대형 호텔 체인에서 일하게 되었다. 그곳에서 조리법의 엄격한 통제 같은 유용한 기술을 배우기는 했지만, 그곳은 요리사로서 성장하기 어려운 환경이었다. 한 친구가 그에게 메이플라워 호텔에 자리가 있다고 얘기해주었다. “길을 걷다가 그냥 들어갔더니 한 남자가 내게 말을 하더군. 그가 바로 제프리 버벤이었어. ‘그래, 누군가 필요하기는 했어, 며칠 후에 오도록 해.’ 나는 결국 거기에서 일하기로 했지. 그리고 너희에게 얘기했다시피 일을 시작한 이튿날 셰프에게서 해고할 생각이라는 말을 들었던 거야. 하지만 그날 일 덕분에 나는 내 인생의 나머지를 준비할 수 있었지. 나는 2년 반 동안 버벤 밑에서 일했어. 나에게 꼭 필요한 시간이었지. 내게는 호된 가르침이 필요했던 거야. 그가 일하던 방식은 지금도 생생해. 아무 일도 없을 때에는 늘 스테인리스 스틸을 닦고 있었지. 언제나, 늘 뭐든지 다 문질러 닦았어. 이런 말을 하고 있을 때조차도 저쪽에 앉아 테이블을 닦으면서 하는 거야. 좀 광적인 사람이었어. 하지만 그런 모습에서 나는 중요한 교훈을 얻었지. 그가 일하는 방식에서도 말이야. 담당 스테이션을 깨끗이 닦는 것을 잊지 마라. 하루 중 언제가 되었든, 늘 정리를 해둬. 처음 버벤 밑에 들어갔을 때는 매일, 매사에, 전혀 보조를 맞추지 못했는데, 버벤은 그런 날 완전히 바꿔놓았지. 정말 중요한 건, 나한테 대놓고 ‘자, 가서, 싹 치워버리자’라고 말하는 사람이 있었다는 거야. 물론 그런 사람 밑에서 일하게 될 가능성은 별로 높지가 않지. 그러니 어쩌겠어. 매일 알아서 스스로를 몰아붙여야지.”

“내가 깨달았던 교훈 두 가지를 들려주도록 하지. 현장에 나가면 너희 중 몇몇은 일을 얻게 되고 몇몇은 그러지 못할 수도 있어. 나한테 부탁하러 온 친구도 몇 있었지. 무얼 해야 하는지 알려줄까? 어디를 가게 되든지 그 도시에서 상위 10개, 혹은 상위 20개의 레스토랑을 찾아서, 그중 하나에서 일하도록 해. 돈을 기준으로 생각해서는 안 돼. 물론 그래야 하는 친구도 있기는 하겠지. 나이가 있고, 부양가족이 있고, 아내와 아이들이 있고, 또 돈 걱정을 해야 할 상황일 수도 있으니까. 하지만 그런 사람을 빼고는 모두들 웬만하면 적어도 3년에서 5년 정도는 돈을 기준으로 일자리를 찾아서는 안 된다. 진심으로 하는 말이야. 계속해서 옳은 결정을 내리고, 옳은 사람 밑에서, 그리고 품격 있는 레스토랑에서 일하도록 해라. 꾸준히 그렇게 시간을 보내다 보면, 졸업하자마자 평균적인 호텔에 들어가 서른두 살에 수 셰프를 꿰찬 친구보다 더 많은 돈을 벌게 될 것이다. 그리고 종국에는 훨씬 더 높은 곳까지 올라가게 될 거야. 처음에는 배울 것이 무엇이 있는지를 따져야 한다. 두 번째는 나 역시 늘 실천했던 것이기도 한데, 몸담았던 곳을 떠날 때는 절대 그보다 못한 곳으로는 가지 마라. 반드시 더 나은 곳으로 가라는 말이다. 시간이 지나면 돈은 들어오게 마련이고, 옳은 결정을 내리기만 했다면 그 돈은 생각보다 정말 많을 거야. 옳은 결정을 내리는 것이 핵심이야."

"또 뭐가 있을까? 이 바닥에서는 몸 파는 사람처럼 자기 관리를 해야 해. 정말이지 몸을 많이 쓰는 일이거든. 그리고 아주, 무엇보다 신속하게 움직여야 한다. 일터에 있을 때 무기력한 사람이 무척 많지만, 여기서는 그래서는 안 돼. 요리를 한다는 것은 진정으로 힘든 육체노동이다. 일종의 전쟁, 혹은 게임으로 볼 수도 있어. 매일같이 벌어지는 나와의 전쟁, 시간과의 전쟁인 거지. 이 전쟁에서 시간에게 져서는 안 된다. 그래서 난 늘 스스로에게 상기시키지. 지금 내가 있는 곳은 주방이지? 그래, 할 일을 최대한 빠르게 효율적으로 산뜻하게 해치우자, 라고 말이야. 아마 이 두 가지만 유념하면 될 거야."

마지막으로 셰프는 모두에게 졸업 후 계획이 어떤지 물어보았다. 테레사는 시애틀로 돌아가 현장 실습을 했던 레스토랑으로 간다고 했다. 마크도 시애틀로 간다고 했다. 첸은 에스코피에에서 만드는 대부분의 음식과 기본 원칙들을 대만에 있는 아버지의 호텔에 도입하고 싶다고 했다. 매닝과 미미는 샌프란시스코로 간다고 했다. 존은 잡지 〈푸드 아트Food Art〉에 입사했다가 독일로 갈 계획이었다. 러스는 이렇게 대답했다. “저는 뉴욕 그랜드 하얏트로 갈 생각이에요. 2년 뒤에는 제 레스토랑을 열고 싶고요.”

“멋지군.” 셰프가 말했다. “빌?”

“저는 보스턴 하버 호텔로 일하러 갈 예정입니다.”

“그래, 거기 총주방장이 누구지?”

“대니얼 브루스입니다.”

“아, 들어본 적 있어. 좋아. 진?”

“플로리다로 가려고요.”

“플로리다라니, 거기 가서 뭘 하려는 건지 알 수가 없군. 낚시 같은 걸 하려고? 토드?”

“제가 어떤 곳을 원하는 건지 잘 모르겠어요. 보스턴이나 시카고 지역으로 우선 가려고요. 현장 실습에서 알게 된 인맥을 활용해볼 참입니다.”

“실습을 어디서 했지?”

“디트로이트의 래틀스네이크 클럽이요.”

“지미 슈미트를 거기서 얼마나 자주 만났지?”

“제가 갔을 때 그곳에서는 대대적인 이직이 있었어요. 이제 막 셰프 3명을 뽑았던 데다 일손이 모자라서 상당히 자주 볼 수 있었죠.”

“좋다. 이 정도로 마치고, 오늘의 예약 손님 70명도 잘해보자.”

그리고 우리는 주방으로 돌아갔다.

“아무래도 셰프가 일부러 시간을 끌어댄 것 같아.” 스테이션으로 돌아가며 나는 존에게 말했다. “바비큐 소스는 온종일 걸린단 말이지. 다듬을 양파만도 산더미인데.”

“그래봤자 서코타시 30인분일 뿐이야.” 존이 말했다.

“할 수 있는 일을 시켜야지, 원.”

“다 할 수 있어.”

CIA 주방에서 보내는 마지막 날, 그렇게 나는 다시금 브라운소스를 만들었다. 지난 겨울 맹렬했던 루 논쟁이 또렷이 떠올랐다. 당시 나는 이렇게 생각했다. "진짜 이상한 곳이로군. 브라운소스니 뭐니, 어떤 색의 루로 요리해야 하느니 따위에 이렇게 열을 올리다니. 정말 이상한 사람들 아냐?" 그런데 어느새 나도 그런 사람이 되어 있었다.

하지만 상념에 젖어 있을 때가 아니었다. 내게는 오늘 마지막으로 할 일들이 있었다. 잠두 깍지를 몽땅 벗겨 익힌 뒤 또 껍질을 벗겨야 하고, 메추라기 스페셜에 쓸 미장 플라스를 끝내야 하며, 양파는 끓여서 물기를 빼고 껍질을 벗겨 속을 파야 했다. 껍질을 벗겨 다지고 갈고 말린 뒤 분쇄해야 할 양파도 있었다. 그리고 무엇보다 브라운소스 3컵을 만들어야 했다. 무슨 색 루를 만들었느냐고? 블론드였다. 블론드면 충분했다. 지금껏 브라운소스를 만들 때 감안해야 할 것들이 많다는 사실을 충분히 배웠으니 말이다.

우리는 모든 것을 정확하게 제대로 해냈다. 서비스는 신속하고 순조로웠으며 시작했는가 싶었을 때 마무리됐다.

헤어지기 전 셰프가 말했다. "상당히 훌륭한 날이었다. 아주 신속하게 움직였어. 무엇보다도, 잘해냈다. 너희가 이곳에서 지내는 7일 동안 내가 진정으로 전하고자 하는 것은, 약간의 현실감이다. 얼마나 빠르게 움직여야 하는지, 어떻게 해야 일을 완수할 수 있는지 어느 정도 익히게 하려는 거지. 가끔은 듣기 싫은 소리를 좀 하기도 했지만, 내 진정한 목표는 너희가 밖에 나가 일할 만반의 준비를 갖추도록 돕는 것이었다. 모두 행운이 함께하기를 빈다. 잘 지내라." 몇몇이 박수를 치자 셰프가 덧붙였다. "잊지 마라. 내일 홀에서 일하기 시작하면, 더 이상 난 너희 친구가 아니야."

이제 끝이었다. 존은 다음 날 검정 바지와 흰 셔츠, 나비넥타이와 앞치마 차림으로 지난 주 내내 만들었던 음식들을 손님에게 내갔다. 셰프 재킷을 다시 입을 수 있었던 것은 6일이 지난 뒤 졸업식에서였다. 졸업반은 알럼나이 홀 무대에 앉아 있다가 한 명씩 무대를 가로질러 나가 고개를 숙이고 메츠 총장이 걸어주는 졸업 띠를 받았다. 짧은 축하의 순간이었다. 그리고 그것이 CIA 교육의 마지막이었다. 몇몇은 유럽으로, 몇몇은 뉴욕으로, 첸은 대만으로, 나머지는 웨스트코스트로, 그렇게 우리 반은 뿔뿔이 흩어졌다. 생각할 시간 같은 것은 없었다. 결국 요리사의 삶이란, 완벽을 향해 끊임없이 나아가는 방랑자의 삶, 그것이었다.

나가며

아메리칸 바운티의 주방에 들어간 첫 토요일, 내가 진짜 요리를 시작했고 내 파트너 존이 진에게 나를 작가라고 부를 수 없을 거라고 말했던 그날, 나는 파두스 셰프를 찾아갔다. 그의 집을 찾아간 것은 어떻게 보면 일종의 성지순례였다. 내가 바운티에서 잘 버텨내고, 실기 시험을 무사히 통과하고, 이제 그 어떤 주방에서도 자신감 있게 일할 수 있게 된 것은 모두 파두스 셰프 덕분이었다. 파두스 셰프는 좋은 스승이었다. 언젠가 터전 셰프에게 스킬 수업을 누구에게서 배웠느냐고 물었던 적이 있었다. 그는 한 여성의 이름을 대면서 이렇게 말했다. "학교를 다니며 많은 수업을 받지만, 스킬 선생님만은 절대 잊지 못해." 터전의 말은 사실이었다. 나도 파두스 셰프가 그리웠다. 그가 음식에 대해 이야기하고, 홀랜다이즈 소스가 너무 시다는 둥, 소금이 덜 들어갔다는 둥 논쟁했던 일이 무척 많이 생각났다.

집으로 가는 방향을 물어보려 전화를 하자 파두스가 말했다. "여긴 허허벌판이야." 나는 브라질에서 지낸 3주간의 이야기를 듣고 싶다는 구실로 그에게 만남을 청했었다. 하지만 사실 그런 핑계는 필요하지 않았다. 파두스는 자신과 가장 가까운 이웃들은 집 앞마당에 고장 난 세탁기를 쌓아두는 그런 사람들이라고 말했다. 그가 세 들어 사는 목장 스타일 집 뒤로는 몇 킬로미터는 족히 되는 것 같은 옥수수밭이 펼쳐져 있었다. 옥수수밭 너머에는 멀리 푸른 캣스킬 산이 보였다. 따스하고 화창한 여름 오후였다. 파두스의 개 펌프킨과 얼리는 제 주인이 나를 맞이해 주방으로 안내하는 내내 컹컹거리며 뛰어다녔다. 파두스는 청반바지를 입고 있었다. 자른 지 얼마 안 된 듯 해진 곳 하나 없는 바지였다. 그는 얼음을 부수는 중이었다고 말했다.

"이제 막 박하주를 만들려던 참이었어. 한 잔 줄까?" 나는 한 잔 마시면 정말 좋겠다고 대답했다. "뒷마당에서 박하를 기르고 있거든." 파두스는 박하를 가장 제대로 즐기려면 박하주를 마셔야 한다고 말했다. 그 말이 맞는 것 같다는 생각이 들었다. 이렇게 화창하고 따스한 오후라면 더더욱.

우리는 뒷마당으로 난 작은 테라스에 앉아 커다란 잔에 담긴 완벽한 박하주를 마시며 이야기를 나누었다. 캣스킬 산 위로 해가 지나고 있었다. 파두스는 브라질은 이곳과 너무 달라 소스 만드는 방법이며 루의 상태를 달리해야 했다고 말했다. 그가 그래야 했던 이유를 쭉 설명하기 시작하자, 마치 스킬 교실로 돌아간 기분이었다. 그는 내게 물었다. "미국 밀은 어디서 자라는지 알아? 특징은?" 코펫지 셰프는 기후가 험할수록 더 억센 밀이 자란다고 가르쳐주었다. 밀을 억세게 만드는 것은 단백질이었다. 기후가 험한 대초원 지대에서 자라는 밀은 단백질 함량이 아주 높았다. "브라질 밀은 어디서 자라는지 알아?" 파두스는 예의 그 열정적인 말투로 이야기를 이어 나갔다. "그래서 그게 무슨 의미겠어? 브라질 밀은 단백질, 글루텐 함량이 낮고 전분 함량은 높아지지. 루를 만들기 위해서는 단백질과 글루텐이 더 필요하고 전분 맛과 느낌은 좀 줄여야 하거든. 그렇게 하지 못하면 소스는 영원히 만들 수 없어." 결국 브라질 학생들은 지리적 이유 때문에 소스를 걸쭉하게 만드는 재료로 칡 같은 순수 전분을 사용했다. "칡은 흔하게 자라거든. 시장에 가면 생 칡을 얼마든지 살 수가 있어."

파두스는 그곳에서 사귄 친구들과 학생들 그리고 주방의 사진을 보여주었다.

이야기를 마치고 나서는 다시금 느긋한 기분으로 돌아갔다. 긴 주방 근무를 마치고 박하주를 마시는 저녁이라니, 참으로 멋지다는 생각이 들었다. 옥수수 바다 끝 먼 산 너머로 기우는 태양이 연무를 온통 붉게 물들이고, 정원의 개들은 풀숲을 들락거리며 즐겁게 뛰놀고 있었다. 정원 옆 화분에서는 그리피스 셰프가 선물한 작은 무화과나무 한 그루가 자라고 있었다. 테라스 위로 어린 너도밤나무 그림자가 늘어졌다. 정말이지 완벽한 여름밤이었다. 그리고 겨울의 눈보라를 떠올리며 가슴 속 깊이 묻어두었던 이야기를 꺼내기에 아주 적당한 순간이었다.

"셰프, 고맙다는 말을 하고 싶었어요." 내가 말했다. "제가 요리사가 아니라는 것을 잘 알고 있습니다. 저는 작가죠(나는 이런 구분을 짓는 게 늘 조심스러웠다. 특히 파두스 앞에서는 더더욱 말이다). 하지만 셰프의 스킬 수업이 아니었다면, 지금처럼 무사히 해내지 못했을 겁니다."

"이봐, 마이클." 파두스가 말했다. "자넨 요리사야. 토요일 오후에 아메리칸 바운티 그릴 스테이션에서 일하고 있는데, 그게 요리사가 아니면 뭐겠어."

감정이 북받쳤다. 세상에, 내가 요리사라니. 눈보라 치던 그날 이후, 얼마나 이루고 싶었던 꿈인가. 존이 건넨 칭찬도 정말 고마웠지만, 이제 나도 이름을 얻게 된 것이었다. 그것도 나를 그리 불러줄 자격을 갖춘 유일한 사람, 내 스킬 선생에게서 말이다. 말로 설명할 수 없을 정도로 자랑스러웠다. 바로, 요리사로서의 자부심이었다.

THE CULINARY INSTITUTE OF AMERICA®

THE WORLD'S PREMIER CULINARY COLLEGE

CIA 커리큘럼 소개(준학사 과정)

1학년

1학기	2학기
조리 수학	경영 기초
현장 실습 사전 세미나 1	육류 선별 및 가공 수업
현장 실습 사전 세미나 2	해산물 선별 및 가공 수업
식품 안전	현대 연회 요리
세미나: 성공을 향한 레시피	육류 요리
미식학 입문	대량 요리
영양학	조리 능력 시험 1
식재료 연구	현장 실습 등록 세미나
조리 기초	대학 작문

현장실습 (18주)

2학년

1학기	2학기
제과 제빵	접객 서비스 입문
가드망제	와인
미국 요리	조리 능력 시험 2
원가 관리 및 식자재 구매	교내 캐주얼 레스토랑 요리 실습
지중해 요리	교내 캐주얼 레스토랑 접객 실습
아시아 요리	교내 정식 레스토랑 요리 실습
메뉴 개발	교내 정식 레스토랑 접객 실습
	원가 계산

옮긴이 정현선
홍익대학교를 졸업했다. 좋아하는 이야기를 남들보다 먼저 읽고자 외국어를 배웠고, 익힌 언어를 십분 활용해 영어 강사 및 영어 도서 출판기획자로 일했다. 현재 프리랜서 번역가로 활동하며 멋진 이야기를 들려주기 위해 쉼 없이 글자와 씨름하는 중이다. 역서로는 《한 권으로 읽는 구름책》《하이파이낸셔》《환경을 지키는 영웅들》《와인 시크릿》《터지는 아이디어》《핫 버튼》 등이 있다.

셰프의 탄생

첫판 1쇄 펴낸날 2013년 1월 15일
10쇄 펴낸날 2022년 5월 25일

지은이 마이클 룰먼
옮긴이 정현선
발행인 김혜경
편집인 김수진
편집기획 김교석 조한나 김단희 유승연 임지원 곽세라 전하연
디자인 한승연 성윤정
경영지원국 안정숙
마케팅 문창운 백윤진 박희원
회계 임옥희 양여진 김주연

펴낸곳 (주)도서출판 푸른숲
출판등록 2003년 12월 17일 제2003-000032호
주소 경기도 파주시 심학산로 10(서패동) 3층, 우편번호 10881
전화 031)955-9005(마케팅부), 031)955-9010(편집부)
팩스 031)955-9015(마케팅부), 031)955-9017(편집부)
홈페이지 www.prunsoop.co.kr
페이스북 www.facebook.com/prunsoop **인스타그램** @prunsoop

ISBN 978-89-7184-687-2(03840)